HEYNE<

Das Buch:

DER LETZTE KUSS
Raina hat drei Söhne im heiratsfähigen Alter, die gutaussehend, charmant und begehrt sind: Chase hat die Lokalzeitung des Vaters übernommen, Rick ist Polizist und Roman Außenkorrespondent einer Zeitung in London. Eine feste Beziehung möchte keiner von ihnen eingehen, obwohl Raina sich dringend eine Hochzeit und Enkelkinder wünscht. Nur eine List kann ihr noch helfen und so erzählt sie ihren Söhnen von angeblichen Herzproblemen. Tatsächlich lassen sich die drei Chandler-Brüder erweichen, und entscheiden mit einer Münze, wer heiraten muss .

DER TAG DER TRÄUME
Eigentlich müsste Raina Chandler überglücklich sein, denn ein Wunsch ist in Erfüllung gegangen: ihr Sohn Roman hat endlich geheiratet. Trotzdem ist sie noch nicht zufrieden, da Romans Brüder noch immer keine glücklichen Familienväter sind und auch das ersehnte Enkelkind auf sich warten lässt. Deshalb ist nun Rick an der Reihe, doch der gutaussehende Polizist hat bereits schlechte Erfahrungen mit der Ehe gemacht. Er ist geschieden und als stadtbekannter Playboy will er nicht noch einmal vor den Traualtar treten. Aber er hat nicht mit der hübschen Kendall Sutton gerechnet ...

Die Autorin:

Carly Phillips hat sich mit ihren romantischen und leidenschaftlichen Geschichten in die Herzen ihrer Leserinnen geschrieben. Sie veröffentlichte bereits über zwanzig Romane und ist inzwischen eine der bekanntesten amerikanischen Schriftstellerinnen. Mit zahlreichen Preisnominierungen ist sie nicht mehr wegzudenken aus den Bestsellerlisten. Ihre Karriere als Anwältin gab sie auf, um sich ganz dem Schreiben zu widmen. Sie lebt mit ihrem Mann und zwei Töchtern im Staat New York.

CARLY PHILLIPS

Der letzte Kuss

Der Tag der Träume

ZWEI ROMANE

WILHELM HEYNE VERLAG
MÜNCHEN

DER LETZTE KUSS
Titel der Originalausgabe:
The Bachelor
Copyright © 2002 by Carly Phillips
Copyright © der deutschsprachigen Ausgabe 2004
by Wilhelm Heyne Verlag, München,
in der Verlagsgruppe Random House GmbH
Aus dem Amerikanischen von Dolores Jeran

DER TAG DER TRÄUME
Titel der Originalausgabe:
The Playboy
Copyright © 2003 by Carly Phillips
Copyright © der deutschsprachigen Ausgabe 2004
by Wilhelm Heyne Verlag, München,
in der Verlagsgruppe Random House GmbH
Aus dem Amerikanischen von Nina Bader

Verlagsgruppe Random House FSC-DEU-0100
Das für dieses Buch verwendete FSC-zertifizierte Papier
Holmen Book Cream liefert Holmen Paper, Hallstavik, Schweden.

Taschenbuchausgabe 07/2008
Copyright © dieser Ausgabe 2008
by Wilhelm Heyne Verlag, München,
in der Verlagsgruppe Random House GmbH
Printed in Germany 2008
Umschlagillustration: Akiko Kawana / Getty Images
Umschlaggestaltung: Nele Schütz Design, München
Druck und Bindung: GGP Media GmbH, Pößneck
ISBN: 978-3-453-72207-1
www.heyne.de

Der letzte Kuss

Prolog

»Ihnen fehlt nichts, Mrs. Chandler. Das Kardiogramm ist normal und ebenso Ihr Blutdruck. Nichts als eine Magenverstimmung. Ein Mittel gegen Sodbrennen, ein bisschen Ruhe und es geht Ihnen wieder blendend.« Die Ärztin legte sich das Stethoskop um den Hals und machte eine weitere Notiz auf dem Krankenblatt.

Ein Gefühl der Erleichterung überkam sie, ebenso stark, wie sie zuvor der Schmerz übermannt hatte. Das brennende Gefühl in Brust und Arm hatte sie unvorbereitet getroffen. Seit Raina ihren Mann durch einen Herzanfall im Alter von siebenunddreißig Jahren verloren hatte, konnte sie unerwartete Schmerzen nicht mehr leicht hinnehmen. Sie war gesundheitsbewusst geworden, achtete auf ihr Gewicht und hatte sich angewöhnt, stramme Spaziergänge zu machen, bis zum heutigen Tag.

Beim ersten stechenden Schmerz hatte sie zum Hörer gegriffen und ihren ältesten Sohn angerufen. Nicht einmal die Erinnerungen an die sterilen, antiseptischen Krankenhausgerüche oder die deprimierenden grauen Wände konnten sie davon abhalten, auf ihre Gesundheit zu achten. Bevor sie diese Welt verließ, war noch eine Mission zu erfüllen.

Sie betrachtete die attraktive junge Ärztin, die sie in der Notaufnahme betreut hatte. Jede Frau, die in dem trostlosen Krankenhausgrün gut aussah, verfügte über Potenzial. »Sie sind neu in der Stadt, oder?« Aber Raina kannte die Antwort, noch bevor die Ärztin genickt hatte.

Sie kannte jeden in Yorkshire Falls, jeden von den 1723 Einwohnern – bald 1724, sobald der Herausgeber des Lokalteils der *Yorkshire Falls Gazette* und seine Frau ihr Baby bekommen hatten. Dr. Eric Fallon, ihr praktischer Arzt, war seit Jahren ein enger Freund. Eric war ebenfalls verwitwet und hatte erst kürzlich dem Wunsch nachgegeben, weniger zu arbeiten und sein Leben mehr zu genießen. Dass er eine neue Partnerin, Dr. Leslie Gaines, eingestellt hatte, war seine Antwort auf zu viel Stress.

Sie war neu in der Stadt und wurde dadurch für Raina zu einem nicht nur interessanten, sondern auch unverbrauchten möglichen Heiratsmaterial für ihre übersättigten Söhne. »Sind Sie verheiratet?«, fragte Raina. »Hoffentlich verzeihen Sie mir meine Neugier, aber ich habe drei ledige Söhne und …«

Die Ärztin kicherte. »Ich bin erst seit ein paar Wochen hier, und schon ist der Ruf Ihrer Söhne ihnen vorausgeeilt, Mrs. Chandler.«

Raina stand da mit stolzgeschwellter Brust. Ihre Jungen waren gute Männer. Sie waren ihre größte Freude und doch seit kurzem Anlass zu ständiger Frustration. Chase, ihr Ältester, Rick, der Lieblingspolizist der Stadt, und Roman, der Auslandskorrespondent und kleine Bruder, der sich zur Zeit in London aufhielt, um über einen Wirtschaftsgipfel zu berichten.

»Also dann, Mrs. Chandler …«

»Raina«, verbesserte sie und betrachtete die Ärztin prüfend. Nettes Lachen, Sinn für Humor und ein fürsorgliches Wesen. Nein, als Partnerin für Roman oder Rick käme sie doch nicht in Frage.

Roman würde von ihrer sachlichen Art gelangweilt sein, und die Arbeitszeit einer Ärztin würde mit der eines Polizeibeamten kollidieren. Aber für Chase, ihren ältesten Sohn, könnte sie genau die richtige Frau sein. Seit er vor fast zwanzig Jahren die Nachfolge seines Vaters als Herausgeber der *Yorkshire Falls Gazette* angetreten hatte, war er viel zu ernst, herrisch und überfürsorglich geworden. Gott sei Dank hatte er das gut aussehende, markante Gesicht seines Vaters, um einen anständigen ersten Eindruck zu hinterlassen, ehe er den Mund aufmachte und die Kontrolle übernahm. Zum Glück liebten Frauen fürsorgliche Männer, und die meisten alleinstehenden Frauen der Stadt würden Chase auf Anhieb heiraten. Er war attraktiv, ebenso wie Rick und Roman.

Rainas erklärtes Ziel war es, alle ihre drei Jungen zu verheiraten, und das würde ihr auch gelingen. Aber zunächst einmal müssten sie mehr von einer Frau wollen als nur Sex. Nicht, dass etwas nicht in Ordnung war mit Sex; tatsächlich konnte sie sich daran als etwas mehr als Angenehmes erinnern. Aber die Mentalität ihrer Söhne bereitete ihr Probleme. Sie waren *Männer*.

Und da sie die drei großgezogen hatte, wusste Raina genau, wie sie dachten. Selten akzeptierten sie ein weibliches Wesen länger als für eine Nacht. Die Frauen hatten Glück, die einen ganzen Monat durchhielten, aber niemals länger. Interessierte Frauen zu finden, war nicht das Problem. Bei ihrem guten Aussehen und ihrer Ausstrahlung lagen den Chandler-Boys die Frauen zu Füssen. Aber Männer – ihre Söhne eingeschlossen – wollten nun einmal das, was sie nicht haben konnten, und ihren Jungs wurde zu viel angeboten; und alles leicht zu haben.

Der Reiz des Verbotenen und der Spaß an der Jagd waren dahin. Warum sollte ein Mann *Bis dass der Tod uns scheidet* in Erwägung ziehen, wenn ihn Frauen umgaben, die ihm ohne jede Verpflichtung erlagen? Es war nicht so, dass Raina die heutige Generation nicht verstand. Durchaus nicht. Aber sie liebte auch das Drumherum eines Familienlebens – und war schlau genug abzuwarten, bis sie das gesamte Paket bekam.

Allerdings musste in der heutigen Welt eine Frau für den Mann eine Herausforderung darstellen. Aufregung versprechen. Und selbst dann, spürte Raina, würden ihre Jungen zurückschrecken. Um ihr Interesse zu wecken und wach zu halten, brauchten die Chandler-Männer ganz besondere Frauen. Raina seufzte. Welche Ironie des Schicksals, dass sie, eine Frau, deren idealer Lebensinhalt Ehe und Kinder waren, drei Sohne aufgezogen hatte, denen das Wort *Junggeselle* heilig war. Bei dieser Einstellung würde sie niemals Enkelkinder haben, nach denen sie sich so sehnte. Und ihren Söhnen würde ein Glück verwehrt bleiben, das sie verdient hatten.

»Ein paar Anweisungen, Raina.« Die Ärztin klappte das Krankenblatt zu und blickte auf: »Sie sollten für den Notfall eine Flasche Antazidum im Hause haben. Oft ist aber auch eine Tasse Tee die beste Medizin.«

»Also keine Pizza-Lieferungen zu später Stunde mehr, was?«

Amüsiert sah die jüngere Frau sie an.

»Ich fürchte, so ist es. Sie müssen sich schon eine andere Zerstreuung suchen.«

Raina zog einen Schmollmund. Was sie nicht alles für ihre Zukunft auf sich nahm. Für ihre Jungen. Chase und Rick würden übrigens jede Minute zurück sein, und die Ärztin hatte die dringlichste Frage noch nicht beantwortet. Raina´s Blick glitt über deren schlanke Figur. »Ich möchte Sie nicht drängen, aber …«

Dr. Gaines grinste, offenbar immer noch amüsiert. »Ich

bin verheiratet. Und selbst wenn das nicht so wäre, würden Ihre Söhne es sicher vorziehen, sich ihre Frauen selbst auszusuchen, denke ich.«

Raina schluckte ihre Enttäuschung herunter und winkte als Antwort mit der rechten Hand ab. »Als ob meine Jungen je selbst ihre Frauen finden würden. Oder besser gesagt *Ehefrauen*. Es müsste schon um Leben und Tod gehen, damit sie sich gezwungen sähen, zu heiraten und eine Familie zu gründen ...«

Rainas Stimme verebbte, als ihr die Bedeutung ihrer eigenen Worte bewusst wurde.

Eine Sache um Leben und Tod. Der einzige Umstand, der ihre Söhne von der Notwendigkeit zu heiraten überzeugen könnte. Wenn es um Leben und Tod ihrer Mutter ginge.

Als der Plan gerade Gestalt annahm, meldete sich Rainas Gewissen, die Idee gleich wieder fallen zu lassen. Es wäre grausam, ihren Söhnen weiszumachen, sie sei krank. Andererseits wäre es zu deren eigenem Besten. Sie konnten ihr nichts abschlagen, nicht, wenn ihre Mutter sie wirklich brauchte. Indem sie sich auf ihre Gutmütigkeit verließe, könnte sie sie letztendlich zu einem *Glücklich bis an ihr Lebensende* führen. Was sie allerdings zunächst weder wissen noch schätzen würden.

Sie kaute an ihrer Unterlippe. Es war riskant. Aber ohne Enkelkinder war ihre Zukunft von Einsamkeit bedroht und ebenso die ihrer Söhne, wenn die ohne Frau und Familie blieben. Sie erhoffte sich mehr für sie als ein ödes Zuhause und ein Leben von so unermesslicher Leere, wie sie es seit dem Tod ihres Mannes führte.

»Frau Doktor, meine Diagnose hier ... ist sie vertraulich?«

Die jüngere Frau warf ihr einen schrägen Blick zu. Zweifellos war sie an diese Frage nur bei den ernstesten Fällen gewöhnt. Raina sah auf ihre Uhr. Die Zeit, bis ihre Söhne wiederkamen, wurde knapp. Der Plan, den sie gerade gefasst hatte – und damit die Zukunft ihrer Familie – hingen von der Antwort der Ärztin ab, und Raina klopfte ungeduldig mit dem Fuß auf den Boden.

»Ja, sie ist vertraulich«, sagte Dr. Gaines mit einem gutmütigen Lachen.

Raina entspannte sich etwas und zog den Krankenhauskittel enger um sich. »Gut. Ich nehme an, Sie wollen nicht den Fragen meiner Söhne ausweichen müssen, deshalb vielen Dank für alles.« Sie streckte höflich ihre Hand aus, obwohl sie die Ärztin eigentlich lieber durch den Vorhang geschubst hätte, bevor die Kavallerie mit gezielten Fragen anrückte.

»Es war eine Freude und ein Erlebnis, Sie kennen zu lernen. Morgen ist Dr. Fallon wieder in der Praxis. Falls Sie bis dahin irgendwelche Probleme haben, rufen Sie mich ohne zu zögern an.«

»Ja, mach' ich«, antwortete Raina.

»Was ist jetzt also los mit dir?« Rick, das mittlere Kind, das keiner jemals hatte ignorieren können, stürmte durch den geschlossenen Vorhang, Chase auf seinen Fersen. Ricks unverfrorene Art spiegelte den Charakter seiner Mutter wieder. Seine haselnussbraunen Augen glichen ihren, ebenso die dunkelbraunen Haare, ehe ihr Friseur sie in die Hände bekommen und ihr nun fast graues Haar in honigblondes verwandelt hatte.

Roman und Chase, die Buchstützen, standen mit ihren pechschwarzen Haaren und strahlendblauen Augen ganz im Gegensatz dazu. Beide, ihr Ältester und ihr Jüngster, waren dem Vater wie aus dem Gesicht geschnitten. Ihre imposante Gestalt und das dunkle Haar erinnerten sie stets an John. Vom Charakter her waren sie allerdings einmalig und mit keinem zu vergleichen.

Chase stand vor seinem aufgeregten Bruder und sah der Ärztin direkt ins Gesicht: »Was ist los?«

»Ich glaube, Ihre Mutter möchte Ihnen das selbst erklären«, sagte Dr. Gaines und verschwand durch den schrecklich kunterbunten Vorhang.

Zugunsten der guten Absicht setzte sich Raina über ihr schlechtes Gewissen hinweg und kämpfte mit den Tränen, während sie sich einredete, die Drei würden ihr am Ende dankbar sein. Dann legte sie eine zittrige Hand auf ihr Herz. Und erklärte ihren Söhnen ihren angegriffenen Gesundheitszustand und ihren einzigen Herzenswunsch.

Kapitel eins

Roman Chandler starrte auf seinen ältesten Bruder, oder genauer gesagt auf die Vierteldollarmünze in dessen rechter Hand. Sofort nach dem Anruf, der ihn von den Herzproblemen seiner Mutter in Kenntnis gesetzt hatte, stieg er ins nächste Flugzeug von London nach New York. Dort musste er einen Anschlussflug nach Albany nehmen und dann einen Leihwagen, um die eine Stunde in seinen Heimatort Yorkshire Falls zu fahren, eben außerhalb von Saratoga Springs, New York. Er war so müde, dass ihm vor lauter Erschöpfung die Knochen weh taten.

Jetzt kam zu all seinen Problemen auch noch dieser Stress hinzu. Wegen des Herzleidens seiner Mutter würde einer der Chandlerbrüder seine Freiheit opfern müssen – um Raina ein Enkelkind zu bescheren. Welcher der Brüder diese Last auf sich nehmen sollte, wollten sie mit einer Münze entscheiden, woran aber nur Rick und Roman beteiligt waren. Chase hatte bereits seine Pflicht und Schuldigkeit der Familie gegenüber getan, als er das College aufgab, um die Zeitung weiterzuführen und seiner Mutter zu helfen, die jüngeren Brüder großzuziehen. Deshalb sollte er jetzt nicht mitmachen – obwohl er zunächst darauf bestand. Weil er absolute Gleichberechtigung verlangte. Aber Rick und Roman hatten durchgesetzt, dass er an der Auslosung nicht teilnehmen durfte.

Statt dessen sollte er den Scharfrichter spielen.

»Also, dann sagt schon was. Kopf oder Zahl«, forderte Chase sie auf.

Roman blickte zur ungestrichenen Decke hoch, zum ersten Stockwerk des Hauses, in dem er seine Kindheit verbracht hatte und wo sich seine Mutter gerade auf Geheiß des Arztes ausruhte. Sie standen indessen auf dem staubigen Lehmboden der Garage, die an das Wohnhaus angebaut war, und mussten sich entscheiden. Dieselbe Garage, in der sie als Kinder ihre Bälle und Fahrräder aufbewahrt hatten und in die Roman Bier geschmuggelt hatte, wenn er seine älteren Brüder nicht in der Nähe wähnte. Dasselbe Haus, in dem sie aufgewachsen waren und an dem ihre Mutter festhielt, was sie sich leisten konnte, da Chase hart arbeitete und bei der Zeitung Erfolg hatte.

»Nun los, Jungs, einer muss anfangen«, sagte Chase in ihr Schweigen hinein.

»Du brauchst nicht so zu tun, als würde dir das hier Spaß machen«, murmelte Rick.

»Du glaubst also, dass es mir Spaß macht?« Chase drehte die Münze zwischen seinen Fingern, und seine Lippen zitterten vor Enttäuschung. »Das ist großer Blödsinn. Todsicher möchte ich nicht mit ansehen müssen, wie einer von euch beiden das Leben aufgeben muss, das er gewählt hat – nur einer Laune wegen.«

Roman war sich sicher, dass Chase das Ganze deshalb so mitnahm, weil er selbst seinen eigenen Lebensweg nicht hatte bestimmen können. Er war über Nacht mit der Doppelrolle des Verlegers und des Erziehungsberechtigten belastet worden. Als ihr Vater starb, fühlte sich Chase verpflichtet, den Platz des Familienoberhauptes einzunehmen – mit seinen siebzehn Jahren war er der älteste der Geschwister. Und genau das veranlasste Roman dazu, überhaupt an dem Münzewerfen teilzunehmen. Er war derjenige gewesen, der Yorkshire Falls hatte verlassen und seine Träume verwirklichen können, während Chase zurückbleiben und seine Wünsche aufgeben musste.

Roman und Rick betrachteten ihren ältesten Bruder als Vorbild. Wenn Chase glaubte, dass die angegriffene Gesundheit der Mutter und deren heftiger Wunsch nach einem Enkelkind ein Opfer rechtfertigten, dann musste Roman zustimmen, weil er es seinem Bruder schuldig war und weil er das Gefühl der Hingabe an die Familie mit ihm teilte.

»Es handelt sich bei unserer Mutter nicht um eine Laune«, erklärte Roman. »Sie sagt, sie habe ein schwaches Herz, das keinen Stress vertragen könne.«

»Oder keine Enttäuschungen«, erwiderte Rick. »Mama hat das Wort nicht benutzt, aber du weißt verdammt gut, dass sie so empfindet. Wir haben sie enttäuscht.«

Roman nickte zustimmend: »Wenn Enkelkinder sie also glücklich machen, dann liegt es bei einem von uns, ihr eins zu verschaffen, das sie verhätscheln kann, solange sie es noch genießen mag, Großmutter zu sein.«

»Wenn sie weiß, dass einer von uns glücklich verheiratet ist, wird sich der Stress verringern, den sie ja vermeiden soll«, ergänzte Chase. »Ein Enkelkind wird ihrem Leben einen neuen Impuls geben.«

»Könnten wir ihr nicht einfach ein Hundebaby schenken?«, fragte Rick.

Diesen Vorschlag konnte Roman gut verstehen. Er war mit seinen einunddreißig Jahren einen Lebensstil gewohnt, der es ausschloss, sich niederzulassen. Ehe und Familie waren ihm nicht bestimmt gewesen. Bis jetzt. Es war nicht so, dass er sich aus Frauen nichts machte. Im Gegenteil. Himmel, er liebte die Frauen – wie sie dufteten, wie ihre weiche Haut sich anfühlte, wenn sie seinen erregten Körper streifte. Aber er konnte sich nicht vorstellen, seine Karriere aufzugeben, um für den Rest seines Lebens jeden Morgen dasselbe weibliche Gesicht über den Frühstückstisch hinweg anzusehen. Er war verblüfft, dass in diesem Moment eine Entscheidung fürs Leben fallen sollte, und ihn überlief ein Schauer.

Er wandte sich an seinen mittleren Bruder: »Rick, du hast schon mal eine Ehe gewagt. Nicht nötig, das erneut zu tun.« Obwohl sich Roman durchaus nicht als der geeignete Kandidat vordrängeln wollte, konnte er es nicht zulassen, dass sein Bruder einen Fehler der Vergangenheit wiederholte – nämlich zu heiraten, um jemand anderem zu helfen, und dabei sich selbst zu opfern.

Rick schüttelte den Kopf: »Falsch, kleiner Bruder. Ich werde mit dir eine Münze werfen. Das letzte Mal hat hiermit nichts zu tun. Jetzt geht es um die Familie.«

Roman verstand. Die Chandlers waren Familiennarren. Damit war er wieder keinen Schritt weiter. Sollte er zu seinem Job als Auslandskorrespondent der Associated Press zurückkehren, weiterhin im Umfeld politischer Brennpunkte landen und dem Rest der Welt Geschichten aufdecken, von denen man noch nichts erfahren hatte, oder sollte er sich in Yorkshire Falls niederlassen, wie er es niemals vorgehabt hatte? Obwohl Roman sich manchmal nicht ganz im Klaren war, welchem Traum er eigentlich nachjagte – seinem eigenen, dem von Chase oder einer Kombination aus beiden – lebte er in der Angst, das unfreie Leben seines Bruders zu reproduzieren.

Trotz seines aufgewühlten Magens war er bereit und nickte Chase zu. »Lasst es uns hinter uns bringen.«

»Wie du meinst.« Chase warf die Münze hoch in die Luft.

Roman nickte Rick zu, um ihm die Wahl zu lassen, und Nick rief: »Kopf!«

Wie in Zeitlupe drehte sich die Münze und flog durch die Luft. Genau so zog Romans sorgloses Leben vor seinen Augen an ihm vorbei: Die Frauen, denen er begegnet war und mit denen er geflirtet hatte, die besonderen, mit denen er lange genug zusammen gewesen war, um eine Beziehung aufzubauen. Nie war es eine Frau fürs Leben gewesen, höchstens eine heiße, leidenschaftliche Bekanntschaft – in letzter Zeit seltener, seit er älter und kritischer wurde.

Laut klatschte Chase eine Hand auf die andere, und benommen fand Roman in die Wirklichkeit zurück. Er begegnete dem ernsten Blick seines ältesten Bruders.

Die Wende im Leben.

Der Tod eines Traums.

Der Ernst der Situation versetzte Roman einen Schlag in die Magengrube. Er straffte die Schultern und wartete ab, während Rick hörbar die Luft einsog.

Chase hob die eine Hand hoch und blickte auf die Münze, ehe er zunächst Rick und danach Roman ansah. Dann tat er seine Pflicht, wie er sie immer erfüllte, ohne einen Rückzieher: »Es sieht so aus, als könntest du jetzt was zu trinken gebrauchen, kleiner Bruder. Du bist das Opferlamm bei Mutters Streben nach Enkelkindern.«

Rick stieß einen tiefen Seufzer aus, der nichts war im Verhältnis zu dem Bleiklumpen in Romans Magen. Chase ging zu Roman hinüber. »Wenn du da wieder raus willst, ist jetzt noch Zeit. Es wird dir niemand Vorwürfe machen.«

Roman zwang sich zu einem Lächeln, womit er dem achtzehnjährigen Chase nachzueifern versuchte. »Du hältst es also für eine schwere Aufgabe, Frauen unter die Lupe zu nehmen und Babies zu machen? Wenn ich damit fertig bin, wirst du dich an meine Stelle wünschen.«

»Sieh zu, dass sie Klasse hat«, sagte Rick sehr hilfsbereit, aber weder in seinen Worten noch in seinem Tonfall war eine Spur von Humor. Er konnte sich offensichtlich in Romans Schmerz hineinversetzen, obwohl er sichtlich erleichtert war, nicht der Auserwählte zu sein.

Roman wusste den Versuch, ihn aufzuheitern, zu schätzen, auch wenn es nichts nützte. »Es ist noch wichtiger, dass sie nicht zu viel erwartet«, schoss er zurück. Welche Frau er auch immer heiraten würde, sie musste von Anfang an wissen, wer er war, und akzeptieren, was er nicht war.

Chase gab ihm einen Schlag auf den Rücken. »Ich bin stolz auf dich, Kleiner. Das ist eine Entscheidung, die man nur einmal im Leben trifft. Sei dir vorher sicher, dass du mit ihr leben kannst, ja?«

»Ich habe nicht vor, mit irgendjemand zu leben«, murmelte Roman.

»Was hast du dann vor?«, fragte Rick.

»Eine nette Ehe aus der Ferne, die mein Leben gar nicht besonders verändern muss. Ich möchte eine Frau finden, die bereit ist, zuhause zu bleiben und das Kind aufzuziehen, und die glücklich ist, mich wiederzusehen, wann immer ich zurückkomme.«

»Du hast dir schon genug aufgeladen, ist es das?«, konterte Rick.

Roman sah ihn finster an. Der Versuch, ihn aufzuheitern, war fehlgeschlagen. »Wir hatten es doch eigentlich verdammt gut, als wir Kinder waren, und ich möchte sicher gehen, dass die, die ich heirate, meinem Kind ein ebenso schönes Leben geben kann.«

»Du wirst also unterwegs und die Frau wird zuhause sein.«

Chase schüttelte den Kopf. »Halte mit dieser Einstellung besser etwas hinter dem Berg. Bestimmt willst du doch nicht gleich zu Beginn deiner Suche mögliche Kandidatinnen vergraulen.«

»Keine Chance«, kicherte Rick. »Wie sagt man? Bevor er in ein Leben voller Abenteuer entschwand, gab es kein einziges Mädchen auf der High-School, das ihn nicht begehrt hätte.«

Trotz der angespannten Situation musste Roman lachen. »Aber erst nach deinem Abgang. Es war nicht leicht, in deine Fußstapfen zu treten.«

»Das versteht sich ja von selbst.« Rick verschränkte die Arme vor der Brust und grinste. »Aber man sollte fair bleiben. Ich musste in die Fußstapfen von Chase treten, und die waren riesig. Die Mädels liebten seine starke, stille Art. Allerdings, sobald er seinen Abschluss nahm, lenkten sie ihr Augenmerk auf mich.« Er schlug sich auf die Brust. »Und als ich dann weg war, konntest du das Terrain übernehmen. Und *alle* waren sie interessiert.«

Nicht alle. Wie so oft tauchte ohne Vorwarnung die Erinnerung an seine High-School-Angebetete wieder auf. Charlotte Bronson, ein schönes Mädchen mit pechschwarzem Haar und grünen Augen, hatte seine Teenager-Hormone gründlich durcheinander gebracht. Sie hatte ihn brüsk zurückgewiesen, und das lag ihm immer noch im Magen, genauso schmerzhaft wie damals. Sie war diejenige, die ihm entkommen war, und er hatte sie niemals vergessen. Gern hätte er alles als Teenager-Schwärmerei bezeichnet und es dabei belassen, aber er musste sich der Wahrheit zuliebe eingestehen, dass es tiefer gegangen war.

Seinen Brüdern gegenüber hatte er das nie zugegeben, noch würde er es heute tun. Einiges musste ein Mann auch für sich behalten können.

Zuletzt hatte Roman gehört, dass Charlotte nach New

York City gezogen wäre, der Hauptstadt der Modewelt. Obwohl er ein Apartment in derselben Stadt gemietet hatte, war er ihr nie begegnet oder hatte sie gar besucht. Abgesehen davon war er selten länger in der Stadt als für eine Übernachtung, um seine Kleidung zu wechseln und dann seinen nächsten Bestimmungsort anzusteuern.

Seit längerem hatte ihm auch seine Mutter keinen Klatsch mehr serviert, sodass ihn jetzt die Neugier packte. »Ist Charlotte Bronson wieder in der Stadt?«

Rick und Chase wechselten einen überraschten Blick. »Und ob«, antwortete Rick. »Sie besitzt ein kleines Geschäft in der First Street.«

»Und sie ist unverheiratet«, ergänzte Chase und lächelte endlich.

Romans Adrenalinspiegel stieg rapide an. »Was für ein Geschäft?«

»Warum gehst du nicht einfach vorbei und siehst es dir an?«, wollte Rick wissen.

Der Gedanke reizte ihn. Roman fragte sich, wie sie jetzt wohl war. Immer noch so still und ernst wie damals? Ob ihr das pechschwarze Haar noch auf den Rücken fiel und so manchen Mann in Versuchung führte, es zu berühren? Er war neugierig, ob ihre grünen Augen noch so ausdrucksstark und offen wirkten. Sie waren wie ein Fenster zu ihrer Seele gewesen – für denjenigen, dem etwas daran lag, hineinzuschauen.

Ihm hatte es etwas bedeutet, und er war für sein Bemühen mit Nichtachtung gestraft worden. »Hat sie sich sehr verändert?«

»Geh und schau selber nach.« Ebenso wie Rick wollte Chase ihn ein wenig anschubsen. »Du kannst es ja als deine erste Chance betrachten, mögliche Kandidatinnen zu sichten.«

Als ob Charlotte interessiert sein würde! Nach ihrer einzigen Verabredung war sie mit Leichtigkeit davongegangen und hatte ihn anscheinend ohne eine Spur von Bedauern ziehen lassen. Aber Roman hatte ihr dieses Desinteresse niemals abgenommen, und das war sicherlich nicht nur selbstgefällig. Die Funken zwischen ihnen waren heftig genug gewesen, um die ganze Stadt anzuzünden, die chemischen Reaktionen zwischen ihnen waren so heiß, dass eine Explosion zu befürchten gewesen war. Aber sexuelle Anziehung war nicht das Einzige, was sie verbunden hatte.

Sie waren einander in einer tieferen Weise zugetan gewesen, und zwar derartig, dass er seine innersten Hoffnungen und Zukunftsträume preisgab, was er noch nie zuvor getan hatte. Dass er einen so intimen Winkel seiner Seele bloßgelegt hatte, machte ihn sehr verletzbar, und so hatte ihn ihre Zurückweisung besonders schmerzhaft getroffen. Das erkannte er jetzt mit der Einsicht des Erwachsenen, die ihm damals gefehlt hatte.

»Vielleicht schau ich mal bei ihr vorbei.« Roman verhielt sich mit Absicht etwas unbestimmt. Er wollte seinen Brüdern nicht noch mehr Anzeichen seines neuerlichen Interesses an Charlotte zeigen. Außerdem brauchte er eine ganz andere Art Frau, eine, die mit seinen Plänen einverstanden war.

Als er sich vergegenwärtigte, weshalb es überhaupt zu diesem Gespräch gekommen war, stöhnte er laut auf. Seine Mutter wollte Enkelkinder haben. Und Roman würde sein Bestes tun, sie ihr zu schenken. Aber das bedeutete nicht, dass er vorhatte seiner Gemahlin all die erstickenden Gefühlen und Erwartungen einer typischen Ehe zu bieten. Er war ein Mann, der seine Freiheit brauchte. Er war kein Ehemann für alle Jahreszeiten. Bei seiner Frau in Spe sollte der Wunsch nach Kindern größer sein als der nach einem Ehemann, und sie musste es genießen, allein zu sein. Eine unabhängige Frau, die verrückt war nach Kindern, dürfte genau die Richtige sein.

Denn Roman hatte vor zu heiraten, seine Frau zu schwängern, wie der Blitz zu verschwinden und möglichst nicht mehr zurückzublicken.

Die Sonne schien durch das Schaufenster und brannte mit unglaublicher Wärme auf Charlottes Haut. Der perfekte Rahmen für die tropische Dekoration, die sie gerade arrangierte. Sie band die Träger eines String-Bikinis auf dem Rücken der Schaufensterpuppe zu, die den Mittelpunkt der Dekoration bilden würde, und drehte sich dann zu ihrer Assistentin um. »Wie findest du es?«

Beth Hansen, die auch Charlottes beste Freundin seit Kindertagen war, kicherte. »Ich wünschte, ich wäre so toll gebaut.«

»Bist du doch jetzt.« Charlotte betrachtete Beths zierliche Figur und ihre korrigierten Brüste.

Yorkshire Falls war eine kleine Stadt, vier Stunden von New York City entfernt – weit genug, um eine Kleinstadt zu bleiben, dicht genug, dass sich die Fahrt in die Großstadt lohnte, solange es der Anlass rechtfertigte. Und für Beth war eine Brustvergrößerung offensichtlich ein guter Anlass gewesen.

»Das könntest du auch haben. Da brauchst du gar nicht so viel Vorstellungskraft.« Beth deutete auf die Schaufensterpuppe. »Schau sie dir an und stell dir vor, du würdest genauso aussehen.« Sie zeichnete mit den Händen die kurvenreiche Form nach. »Liften wäre ein Anfang, aber eine Vergrößerung um eine Körbchennummer würde die Aufmerksamkeit der Männer noch mehr erregen.«

Charlotte stieß einen übertriebenen Seufzer aus. »Wenn man bedenkt, wie viel Aufmerksamkeit unser Laden jetzt schon auf sich zieht, brauche ich keine weitere Hilfe, die Blicke auf uns zu lenken.«

Mit Männern hatte sie seit ihrer Zeit in New York City – also seit sechs Monaten – keine Verabredungen mehr gehabt, und obwohl sie sich manchmal einsam fühlte, war sie noch nicht bereit, wieder mit dieser Routine anzufangen – mit den langen Essensverabredungen einschließlich der sich hinziehenden Schweigeminuten, oder dem obligatorischen Gute-Nacht-Kuss, bei dem sie unvermeidlich die forschende Hand ihres Begleiters festhalten musste, bevor es in richtige Fummelei ausartete. Ihr war andererseits klar, dass sie dieses Spiel in absehbarer Zeit wieder aufnehmen musste, wenn sie zusätzlich zu ihrer Karriere ihr Leben mit Mann und Kindern vervollständigen wollte.

»Jede Frau braucht männliche Beachtung. Es stärkt das Selbstbewusstsein, da gibt's gar nichts zu argumentieren?«

Charlotte runzelte die Stirn. »Mir wäre lieber, ein Mann würde …«

»An deinem Verstand interessiert sein als an deinem Gesicht oder Körper«, äffte Beth sie nach, die Hände in die Hüften gestützt.

Charlotte nickte: »Das ist richtig. Und ich würde es jedem Mann mit dem gleichen Respekt vergelten.« Sie grinste: »Klinge ich langsam wie eine Platte, die einen Sprung hat?«

»Ein bisschen schon.«

»Erklär mir mal Folgendes: Warum sind die Männer, die mich anziehen, nur an der Verpackung interessiert und bleiben nicht auf lange Sicht in meiner Nähe?«, fragte Charlotte.

»Weil du dich mit den falschen Männern verabredet hast? Oder vielleicht, weil du ihnen keine Chance gibst? Außerdem ist es eine bewiesene Tatsache, dass Männer zunächst von der Verpackung angezogen werden. Ein cleverer Typ, der richtige Typ, wird dich kennen lernen, und dann kannst du ihn mit deiner brillanten Intelligenz umhauen.«

»Männer, die zuerst auf das Aussehen achten, sind zu oberflächlich.«

»Du fängst ja schon wieder an! Ziehst verallgemeinernde Schlüsse. Dabei bitte ich dich, Unterschiede zu machen.«

Beth legte wieder die Hände in die Hüften und sah Charlotte finster an. »Die Verpackung vermittelt nun mal den ersten Eindruck«, beharrte sie.

Charlotte fragte sich, wie Beth derartig darauf bestehen konnte, wo sie doch der lebende Beweis für das Gegenteil war. Wenn Beth daran glaubte, dass ein Mann zunächst nur von der Verpackung angezogen wurde, um erst danach eine Frau um ihrer selbst willen kennen und schätzen zu lernen, warum hatte sie sich dann einer Schönheitsoperation unterzogen, nachdem sie ihren Verlobten gefunden hatte? Doch hatte Charlotte ihre Freundin zu gern, um sie mit einer solchen Frage zu verletzen.

»Sieh dir zum Beispiel dieses Geschäft an.« Beth fuhr mit der Hand durch die Luft. »Du verkaufst die Verpackung und bist damit verantwortlich für die Verjüngung so manch einer Beziehung oder Ehe, die fade geworden ist.«

»Das kann ich nicht bestreiten.« Viele ihrer Kunden hatten ihr dasselbe erzählt.

Beth grinste: »Die Hälfte aller Frauen dieser Stadt hat wieder Sex, und das verdanken sie dir.«

»So weit würde ich nun nicht gehen.«

Die Freundin zuckte die Schultern. »Wie auch immer. Was ich damit sagen will: Vermittelst nicht gerade du die Botschaft, dass Verpackung wichtig ist?«

»Ich hielte es lieber für meine Botschaft, dass es okay ist, ganz sich selbst zu sein.«

»Ich glaube, wir meinen dasselbe. Aber ich lasse das Thema jetzt mal fallen. Habe ich dir erzählt, dass David Pauschalangebote macht? Augen und Kinn, Liften und Implantate.«

Charlotte verdrehte die Augen. Ihrer Meinung nach war Beth perfekt gewesen, bevor sie sich unters Messer begeben hatte, und Charlotte konnte immer noch nicht verstehen, was sie auf den Gedanken gebracht hatte, sich verändern zu müssen. Aber Beth wollte offenbar nicht darüber reden. Sie pries nur die Dienste ihres zukünftigen Mannes an.

»Hat dir schon mal jemand gesagt, dass du dich wie eine Werbung für deinen Schönheitschirurgen anhörst?«

Beth lächelte: »Aber natürlich. Ich habe vor, den Mann zu heiraten. Warum sollte ich sein Geschäft und unser gemeinsames Bankkonto nicht gleichzeitig aufbessern?«

Beths geldgierige Reden passten überhaupt nicht zu der süßen, sachlichen Frau, wie Charlotte sie kannte; eine weitere feine Veränderung, die Charlotte seit ihrer Rückkehr an Beth bemerkte. Wie Charlotte war Beth in Yorkshire Falls geboren und aufgewachsen. Und wie einst Charlotte wollte auch Beth bald nach New York City ziehen.

Charlotte hoffte, dass ihrer Freundin die strahlenden Lichter der Großstadt gefallen würden. Mit gemischten Gefühlen erinnerte sie sich an ihre eigenen Erfahrungen. Am Anfang hatte sie die belebten Straßen geliebt, das rasende Tempo, den Lichterschein und das rege Leben selbst noch am späten Abend. Aber sobald der Reiz des Neuen verblasst war, wuchs die Leere. Nach einem Leben in einer eng verbundenen Gemeinde wie Yorkshire Falls hatte sich die Einsamkeit als überwältigend erwiesen. Beth würde sich damit nicht auseinandersetzen müssen, da sie nach New York zu ihrem Ehemann ziehen wollte.

»Du weißt, dass ich niemals vollwertigen Ersatz für dich finden werde«, sagte Charlotte wehmütig. »Du bist die perfekte Assistentin.« Als Charlotte sich entschlossen hatte, ihren Posten als Verkaufsmanagerin bei einer noblen Boutique in New York City aufzugeben und *Charlottes Speicher* in ihrer Heimatstadt zu eröffnen, war nicht mehr als ein Anruf nötig gewesen, um Beth zu überreden, ihren Job als Empfangsdame in einem Immobilienbüro zu kündigen und bei Charlotte anzufangen.

»Ich werde dich auch vermissen. Dieser Job hat mir mehr gegeben als alles, was ich je zuvor gemacht habe.«

»Das liegt daran, dass du endlich deine Begabungen richtig einsetzt.«

»Weil du einen solchen Weitblick hattest. Dieser Laden ist unglaublich.«

Charlotte errötete leicht. Sie hatte sich Sorgen gemacht, ob eine schicke Boutique in ihrer kleinen Heimatstadt im ländlichen Norden erfolgreich sein könnte. Beth war diejenige gewesen, die sie in der Phase vor der Eröffnung emotional angetrieben und unterstützt hatte. Charlotte hatte sich unnötig Gedanken gemacht. Dank Fernsehen, Internet und Magazinen waren die Frauen von Yorkshire Falls reif für Mode. Ihr Geschäft war ein Hit – wenn auch eine gewisse Kuriosität inmitten der alteingesessenen Läden.

»Wo wir gerade von Talenten sprechen: Ich bin so froh, dass wir doch anstelle von Schwarz dieses Aquamarinblau gewählt haben.« Beth fingerte an den Bändern herum, die fest um den Rücken der Schaufensterpuppe gebunden waren.

»Es gleicht genau der Farbe des Wassers vor den Fidschi Inseln, der Koro-See und des Südpazifischen Ozeans.« Charlotte schloss die Augen und versuchte sich das alles vorzustellen, wie es in den Broschüren abgebildet war, die in ihrem Büro lagen.

Sie hatte gar nicht vor zu reisen, aber von fernen Ländern hatte sie geträumt, solange sie denken konnte. Schon als junges Mädchen hatten Fotos von idyllischen Ferienorten ihre Hoffnung genährt, dass ihr umherziehender Vater zurückkehren würde und sie teilhaben ließe an seinem gewiss glamourösen Leben. Auch heutzutage konnte sie das gelegentliche Verlangen, exotische Orte kennen zu lernen, kaum unterdrücken. Aber sie befürchtete, dass dieser Wunsch sie ihrem Vater zu ähnlich machte – selbstsüchtig, oberflächlich und herzlos zu sein – und so beschränkte sie sich auf die Abbildungen. Wie die in ihrem Büro, Fotografien von glitzerndem Wasser, schaumgekrönten Wellen und nackter Haut unter brennender Sonne.

»Nicht zu vergessen, dass Aquamarinblau die Sommerdekoration für das gesamte Schaufenster bestimmen wird.«

Beth Stimme drang in Charlottes Gedanken, und sie öffnete daraufhin ein Auge. »Das kommt noch dazu. Jetzt sei still und lass mich weiter träumen.« Aber der Zauber war gebrochen.

»Man kann sich schwer an den Anblick von Badeanzügen gewöhnen, wo wir den Winter erst knapp hinter uns haben.«

»Ich weiß.« Neben luxuriöser und schlichter Unterwäsche verkaufte Charlotte auch einige ausgewählte modische Teile – Pullover im Winter, Badeanzüge und passende Überwürfe im Sommer. »Aber die Modewelt arbeitet nach ihrem eigenen Zeitplan.«

Das tat Charlotte ebenfalls. Kaum war die kalte Luft einer blassen Märzsonne gewichen, da kleidete sie sich schon für die Sommersaison in schockierend knalligen Farben und leichten Stoffen. Was anfangs dazu dienen sollte, Leute in ihren Laden zu locken, hatte sich bewährt. Jetzt kamen Kunden durch Mundpropaganda zu ihr, und inzwischen liebte sie das, was sie trug.

»Ich denke, wir sollten die Badeanzüge in der rechten Ecke der Auslage drapieren«, sagte Charlotte nach einiger Zeit.

»Klingt gut.«

Charlotte zerrte die Schaufensterpuppe zum Fenster, das auf die First Avenue hinaussah, die Haupteinkaufsstraße von Yorkshire Falls. Sie hatte das Glück gehabt, sich den perfekten Standort zu schnappen, und es hatte sie dabei nicht beunruhigt, ein weiteres Einzelhandelsgeschäft an die Stelle des früheren Bekleidungsladens zu setzen, denn ihre Ware war auf der Höhe der Zeit. Sie brauchte erst nach sechs Monaten mit einer Mieterhöhung zu rechnen, Zeit genug, um auf die Beine zu kommen, und der Erfolg bewies ihr inzwischen, dass sie auf dem richtigen Weg war.

»Hör mal, ich bin am Verhungern. Ich werde mir nebenan was zu essen gönnen. Kommst du mit?« Beth nahm ihre Jacke hinten von dem Garderobenständer und zog sie an.

»Nein, danke. Ich bleibe lieber hier und mache das Schaufenster fertig.« Charlotte und Beth hatten heute fast die gesamte Inventur geschafft. Wenn das Geschäft geschlossen war, konnte man schneller notwendige Arbeiten erledigen als zu den Öffnungszeiten. Die Kunden wollten nicht nur einkaufen, sondern auch plaudern.

Beth seufzte:« Wie du willst. Aber deine sozialen Kontakte sind jämmerlich. Selbst ich kann dir besser Gesellschaft leisten als diese Schaufensterpuppen.«

Charlotte wollte lachen, warf dann aber einen Blick auf Beth und erkannte in deren Augen etwas mehr als nur einen Scherz. »Du vermisst ihn, stimmt's?«

Beth nickte. Fast jedes Wochenende war ihr Verlobter hergekommen, blieb von Freitag bis Sonntag, um dann für die Arbeitswoche in die Großstadt zurückzufahren. Da er dieses Wochenende ausgelassen hatte, konnte Charlotte sich vorstellen, dass Beth wahrscheinlich keine Lust auf eine weitere einsame Mahlzeit hatte.

Ebenso wenig wie Charlotte. »Weißt du was? Geh und besetze uns einen Tisch, und ich komme dann in fünf …« Ihre Stimme verebbte, als sie vor dem Fenster einen Mann entdeckte.

Pechschwarzes Haar glänzte in der Sonne, eine aufregende Sonnenbrille verdeckte sein Gesicht. Eine abgetragene Jeansjacke verhüllte die breiten Schultern, und Jeans saßen eng um seine langen Beine. Charlottes Magen machte einen Hüpfer und hinterließ ein warmes Gefühl in ihrem Bauch, als sie ihn zu erkennen glaubte.

Sie blinzelte und war sich dann wieder sicher, dass sie sich geirrt hatte. Er war weit genug zurückgewichen und jetzt außer Sicht. Sie schüttelte den Kopf. Unmöglich, dachte sie. Jeder in der Stadt wusste, dass Roman Chandler als Nachrichtenreporter unterwegs war. Seine Ideale hatte Charlotte stets respektiert, den brennenden Wunsch, Ungerechtigkeiten aufzudecken, die bisher nicht publik waren. Allerdings verstand sie nicht, was genau ihn von zuhause fernhielt.

Schon immer hatten seine Ambitionen sie an ihren Vater, einen Schauspieler, erinnert. Ebenso sein Charme und sein gutes Aussehen. Ein Zuzwinkern, ein Lächeln, und die Frauen lagen ihm zu Füßen. Verdammt, sie war von ihm hingerissen gewesen, und nachdem sie heftig geflirtet und sich sehnsüchtige Blicke zugeworfen hatten, folgte ihre erste Verabredung. Es war ein Abend gewesen, an dem sie sich auf

Anhieb und in einer bedeutungsvollen Weise mit Roman verstanden hatte. Sie hatte sich schnell und heftig verliebt, wie es nur einem Teenager ergehen kann. Und es war ein Abend gewesen, an dem sie erkennen musste, dass Roman vorhatte, Yorkshire Falls zu verlassen, sobald sich ihm die Gelegenheit bot.

Jahre zuvor hatte Charlottes Vater Frau und Kind verlassen, um nach Hollywood zu gehen. Bei Romans Erklärung hatte sie sofort erkannt, was er durch sein Fortgehen dann alles zerstören würde.

Sie musste sich nur das einsame Leben ihrer Mutter anschauen, um standhaft nach ihrer Überzeugung zu handeln. Am selben Abend noch hatte sie sich von Roman für immer mit der Lüge verabschiedet, er würde sie nicht wirklich anziehen. Und sie hatte sich nicht erlaubt, zurückzuschauen, egal, wie sehr das schmerzte – und es schmerzte sie sehr.

Vorsicht, nicht berühren. Eine kluge Regel für ein Mädchen, das sich sein Herz und seine Seele unversehrt erhalten wollte. Zur Zeit war ihr nicht nach einer Beziehung zumute, aber das würde sich ändern, wenn der richtige Mann auftauchte. Bis dahin würde sie sich an diese Regel halten. Sie hatte nicht die Absicht, dem Weg ihrer Mutter zu folgen, indem sie darauf wartete, dass der Wandervogel hin und wieder heimkehrte, also würde sie sich auch nicht mit einem rastlosen Wesen wie Roman Chandler einlassen. Außerdem gab es keinen Grund, sich darüber Gedanken zu machen. Mit Sicherheit war er nicht in der Stadt, und selbst wenn er es wäre, würde er sich von ihr fernhalten.

Beth Hand auf ihrer Schulter ließ sie überrascht zusammenzucken.

»Hey, geht's dir nicht gut?«

»Doch. Ich war nur in Gedanken.«

Beth zupfte ihr blondes Haar aus dem Jackenkragen hervor und öffnete die Tür zur Straße. »Bis gleich. Ich besetze uns einen Tisch, und du kommst in ein paar Minuten nach.« Sie ließ die Tür hinter sich ins Schloss fallen, und Charlotte wandte sich wieder der Schaufensterpuppe zu, wild entschlossen, die Sache zu beenden – und sich zu beruhigen – bevor sie zum Essen ging.

Ausgeschlossen, dass Roman zurück war, redete sie sich ein. Völlig ausgeschlossen.

32

Kapitel zwei

Es dämmerte bereits, als Roman Normans Gartenrestaurant betrat – so benannt nach Norman Hanover Senior, der es eröffnet hatte, und wegen der Gärten auf der gegenüberliegenden Straßenseite. Inzwischen führte Norman Junior das Restaurant, Besitzer und Koch zugleich. Am Morgen nach der Münzgeschichte schlief Roman lange und lenkte sich dann ab, indem er mit seiner Mutter Karten spielte und somit sicher ging, dass sie sich schonte. Einige Zeit hatte er auch damit verbracht, über ein Angebot der *Washington Post* nachzudenken, einen Job in der Redaktion in D.C. zu übernehmen, das ihn an diesem Morgen erreicht hatte.

Jeder Journalist war für eine solche Chance zu einem Mord fähig, das wusste Roman. Aber obwohl er zugeben musste, dass er die politischen Intrigen und das veränderte Tempo genießen könnte, war es noch nie sein Ziel gewesen, sich an einem Ort niederzulassen. Er war schon viel herumgekommen, aber es gab immer noch mehr zu sehen, noch mehr zu berichten, noch mehr Ungerechtigkeiten aufzudecken. Allerdings konnte er sich auch ausmalen, dass er sich im Hinblick auf die dort herrschende Korruption in Washington, D.C. nicht gerade langweilen würde.

Roman bezweifelte auch, dass er sich in der Hauptstadt der Nation ebenso eingeengt vorkäme wie in seiner kleinen Heimatstadt, und hätte das Angebot wohl ernster genommen, wenn er beim Werfen der Münze nicht der Verlierer gewesen wäre. Jetzt, da er sich auf eine mögliche Ehefrau einzustellen hatte, die zweifellos liebend gern mit einem Mann zusammenleben würde, der sein Zuhause in den Vereinigten Staaten hatte, sprach alles dafür, diesen Job nicht anzunehmen. Es war somit für ihn noch reizvoller, wieder ins Ausland zu gehen.

Am frühen Abend war seine Mutter vor dem Fernsehapparat eingenickt, und Roman konnte endlich das Haus verlassen in der beruhigenden Gewissheit, dass sie sich ausruhte und sich nicht übernehmen würde.

Weil es schon spät war, ging er schnellen Schrittes durch die Stadt, bis die Farben in einem Schaufenster – jede Menge leuchtender Farben – seinen Blick anzogen und ihn veranlassten, stehen zu bleiben, um die Veränderung zu ergründen. Er blinzelte, um besser sehen zu können, die Nase an der Fensterscheibe, Damenunterwäsche im Visier.

Die Auslage bestand aus heißen Rüschennachthemden, Strumpfhaltern und was das andere Geschlecht sonst noch so trug, um einen Mann zu becircen – und er hatte in seinem Leben reichlich derlei Aufmachung gesehen. Die Stücke im Fenster waren sinnlich und dekadent, auch verführerisches Leopardendesign war dabei.

Offensichtlich hatte sich wirklich einiges in seiner kleinen Heimatstadt verändert. Als er sich fragte, wer es wohl geschafft hatte, den Konservatismus in die Knie zu zwingen, kam ihm die Unterhaltung mit seinen Brüdern vom Vorabend wieder in den Sinn. *Ist Charlotte Bronson wieder in der Stadt?*, hatte er sie gefragt.

Sie hat ein kleines Geschäft in der First Street … Geh mal vorbei und sieh es dir an. Seine Brüder hatten ihm absichtlich ungenau, auf jeden Fall amüsiert geantwortet, fiel ihm jetzt wieder ein.

Er gönnte sich einen weiteren Blick auf die aufreizenden

Slips im Schaufenster und schüttelte heftig den Kopf. Unmöglich, dass dieser Laden Charlotte gehörte.

Die Charlotte, an die er sich erinnerte, war eher zurückhaltend als extrovertiert, eher von Natur aus sinnlich als unverhohlen sexy. Diese Kombination hatte ihn immer fasziniert, aber ungeachtet dessen kam ihm Charlottes ganze Persönlichkeit nicht so vor, als könnte sie einen derartig verführerischen und erotischen Laden aufgemacht haben. *Oder etwa doch?*

Ein Auto hupte und holte Roman in die Wirklichkeit zurück. Als er sich umdrehte, sah er, wie Chase seinen Laster weiter unten an der Straße einparkte. Er blickte auf seine Uhr. Rick würde schon im Restaurant warten. Es war später noch reichlich Zeit, den Laden in Augenschein zu nehmen, nachdem er sich mit seinen Brüdern getroffen hatte. Er stürmte in das Lokal und ging nach hinten durch, vorbei an den Tischen am Fenster.

Roman fand Rick bei der alten Jukebox, aus der der jazzige Reggae-Rhythmus des neusten Hits ertönte. Er schaute sich um und ließ die vertraute Atmosphäre auf sich wirken. »Abgesehen von der Musik ist das Nachtleben von Yorkshire Falls so aufregend wie eh und je.«

Rick hob die Schultern. »Hast du wirklich erwartet, dass sich etwas geändert hätte?«

»Eigentlich nicht.« Selbst die Innenausstattung war die alte, wie er bemerkte. Da Norman Senior ein besessener Vogelfreund gewesen war, bestand die Dekoration aus hölzernen, handbemalten Vogelhäuschen, die die Wände zierten, im Wechsel mit Bildern verschiedener Vogelarten in ihrem natürlichen Lebensraum.

Dieser Ort war früher und auch heute noch ein Zuhause für die älteren Teenager, die sich von ihren Eltern abnabeln wollten, ebenso für die Singles in der Stadt und für die Familien, die einen Happen essen wollten, wenn sie vom Little League Training kamen. Heute gehörten die Chandler-Brüder zu den Stammkunden. Nachdem Roman wochenlang in Hotels gewohnt und kaum seine New Yorker Wohnung, geschweige denn seine Familie zu Gesicht bekommen hatte, musste er zugeben, dass es schön war, nach Hause zu kommen.

»Sag jetzt nur noch, dass die Burger immer noch so gut sind wie früher, und ich bin ein glücklicher Mann.«

Rick lachte: »Dich kann man wirklich schnell glücklich machen.«

»Womit könnte man denn dich glücklich machen, Rick?« Jahre waren vergangen, seit Ricks Ehe mit einer verheerenden Scheidung geendet hatte. Seine Frau hatte ihn wegen eines anderen Mannes verlassen. Rick war der unbekümmerte Bruder geblieben, das musste man ihm hoch anrechnen, aber Roman fragte sich oft, wie es wohl in seinem Innern aussah.

Rick verschränkte die Arme vor seiner Brust: »Ich bin bereits ein zufriedener Mann.«

Nach allem, was Rick durchgemacht hatte, konnte Roman nur hoffen, dass sein Bruder wirklich meinte, was er da sagte.

»Hi, mein Hübscher, was kann ich dir bringen?«, fragte ihn eine hohe Frauenstimme.

Roman erhob sich, um Isabelle, Normans sechzigjährige Frau und die Lieblingskellnerin aller, kurz an sich zu drücken. Sie roch nach einer einzigartigen Mischung aus Hausmannskost und dem guten, altmodischen Fett, das Norman zum Kochen benutzte, wenn sie es nicht bemerkte.

Er trat einen Schritt zurück. »Schön, dich zu sehen, Izzy.«

Sie lächelte: »Deine Mutter ist überglücklich, dich zu Hause zu haben.«

Er setzte sich wieder hin. »Ja, schon, ich wünschte nur, es gäbe dafür einen anderen Grund.«

»Deine Mutter ist zäh. Sie wird sich wieder erholen. Norman und ich haben ihr genug vorgefertigte Mahlzeiten rübergeschickt. Sie ist für die ganze Woche versorgt.«

»Ihr seid die Besten.«

Sie grinste. »Als ob ich das nicht wüsste. Was soll ich dir also bringen? Cheeseburger deluxe?«

Roman lachte. »Du hast ein Gedächtnis wie ein Elefant.«

»Nur wenn es sich um meine Lieblingsgäste handelt.« Sie zwinkerte Roman zu und wandte sich dann an Rick. »Steak und Kartoffelbrei, soweit ich weiß. Selterwasser heute Abend, Wachtmeister?«

Rick nickte. »Ich bin im Dienst.«

»Ich nehme das gleiche.«

»Was hast du also vor, wo du jetzt zuhause bist?«, fragte Izzy.

»Was sich so ergibt. Heute Abend will ich mal sehen, ob Chase irgendwelche Hilfe brauchen kann, wenn ich schon mal da bin.«

Sie steckte sich den Stift hinters Ohr. »Ihr Chandlerjungs arbeitet zu hart.«

Rick zuckte die Schultern. »So sind wir nun mal erzogen, Izzy.«

»Ach, übrigens … Mach auch einen Burger für Chase fertig. Er wird gleich hier sein«, sagte Roman.

»Bin schon da«. Sein älterer Bruder tauchte hinter Lizzy auf.

»Gutes Timing. Ein Cheeseburger, ein Burger und ein Steak. Setzt euch hin, und ich bringe euch was zu trinken.« Isabelle wollte gehen.

»Für mich eine Cola, Izzy.« Chase schüttelte sein Jacke ab, hängte sie über die Stuhllehne und setzte sich. »Was habe ich bisher verpasst?«

»Rick hat mir erzählt, wie zufrieden er mit seinem Leben ist«, antwortete Roman trocken.

»Das sollte er auch sein. Du würdest dich wundern, in was für Notlagen sich die Frauen dieser Stadt befinden, nur um eine Entschuldigung dafür zu haben, anrufen zu können und den Bullen zu ihrer Rettung kommen zu lassen«, erwiderte Chase. »Wir könnten eine ganze Seite der Zeitung Wachtmeister Ricks Heldentaten widmen.«

Roman grinste. »Ich bin sicher, dass er es nicht als Belastung empfindet, oder?«

»Genauso wenig wie Chase es hart findet, die Frauen mit Picknickkörben abzuwimmeln, die ihn aus seinem Büro locken und auf den Rücken legen wollen. Ich meine auf die Picknickdecke.«

Rick lachte und lehnte sich in seinen kunststoffbezogenen Stuhl zurück, Genugtuung im Gesicht. »So viele Frauen, und so wenig Zeit.«

Roman lachte. »Außerhalb von Yorkshire Falls ist die Auswahl ja wohl größer. Wie kommt es, dass du dich nie fortbegeben hast?« Er hatte sich immer gefragt, warum sein mittlerer Bruder damit zufrieden war, diese kleine Stadt im Griff zu haben, wo er doch besseren und abwechslungsreicheren Gebrauch von seinen Talenten machen könnte, wenn er in eine große Stadt ginge.

Weiß der Himmel, Roman hatte sich in den Sommern, als er für Chase Reportagen gemacht hatte, eingeengt gefühlt

38

durch die dürftigen und oft trivialen Geschichten, mit denen er betraut war, während die übrige Welt ihn anzog und lockte mit Größerem, Besserem … Was eigentlich, hatte er damals selbst nicht gewusst. Er war immer noch nicht sicher, was eigentlich die Attraktion war, aber er fragte sich, ob sein Bruder jemals ähnliche Unzufriedenheit empfand oder den Drang, etwas anderes zu machen.

»Roman? Roman Chandler? Bist du das?«

Offenbar bekam er in absehbarer Zeit keine Antwort auf seine Fragen. Er schob seinen Stuhl zurück, blickte auf und sah sich einer seiner alten High-School-Freundinnen direkt gegenüber.

»Beth Hansen?« Er stand auf.

Sie kreischte vor Aufregung und schlang ihre Arme um seinen Hals. »Du bist es! Wie geht es dir? Und wie konnte mir bloß entgehen, dass du zurück bist?«

»Da meine Mutter aus dem Verkehr gezogen ist, mahlen die Klatschmühlen wohl etwas langsamer.« Er erwiderte die freundschaftliche Umarmung und trat einen Schritt zurück, um sie genauer anzuschauen.

Professionell gestyltes blondes Haar fiel auf ihre Schultern, das sie schicker aussehen ließ als das lässige, typisch kalifornische Mädchen, das er in Erinnerung hatte. Und war es Einbildung, oder waren ihre Brüste unglaublich gewachsen, seit er weg war?

»Ich habe das von Raina gehört. Geht es ihr einigermaßen?«, fragte Beth.

Er nickte. »Es wird ihr wieder gut gehen, wenn sie sich schont und auf die Anweisungen des Arztes hört.« Und es würde ihr noch besser gehen, wenn Roman heiratete und sobald wie möglich eine Frau schwängerte. Es war ihm unmöglich, anders als in klinischen Begriffen an seine Mission zu denken, da doch Liebe und Begierde nichts damit zu tun hatten.

Er warf Beth einen weiteren prüfenden Blick zu, diesmal als möglicher Kandidatin. Er hatte sie immer gemocht, was hilfreich sein konnte, um sein Ziel zu erreichen. Sie waren gute Freunde gewesen, weiter nichts, aber damals auf der High-School war er jedenfalls mit ihr ausgegangen. Sie hatten sich einige Male verabredet und dann auf dem Rücksitz von Chase Auto miteinander geschlafen – weil sie bereit und er geil war.

Vor allem aber, weil er nach der Zurückweisung durch Charlotte Bronson verzweifelt sein Selbstbewusstsein aufbessern musste.

Er hatte beschlossen: tat er ›es‹ nicht mit Charlotte, dann verdammt noch mal mit Beth.

Das war alles männliche Eitelkeit gewesen, wie er jetzt zugeben musste. Aber er und Beth waren bis zum Abitur zusammengeblieben, weil es unkompliziert war und Spaß machte.

Danach konnten sie beide getrennter Wege gehen. Keiner fühlte sich verletzt, und ihre Kameradschaft war offensichtlich erhalten geblieben.

»Grüß Raina ganz lieb von mir, ja?«, bat Beth.

»Mach ich.«

»Wie lange bleibst du also diesmal?« Ihre glänzenden Augen funkelten vor Neugier.

Beth zog ihn nicht so an wie früher Charlotte, aber sie hatte ein gutes Herz. War sie wohl noch interessiert? Roman hätte es gern gewusst. Wenn ja, würde sie sich auf eine freundschaftliche Ehe ohne Liebe einlassen? Er kam ihr etwas näher. »Wie lange möchtest du mich denn hier behalten?«

Sie lachte und knuffte ihn in die Schulter. »Du bist immer noch so ein Aufreißer. Jeder weiß doch, dass du nicht länger bleibst, als du unbedingt musst.«

Chase hinter ihm räusperte sich, ein Geräusch, das sich mehr wie eine Warnung anhörte. »Du kannst Beth gratulieren, Roman. Sie hat sich mit einem Großstadtarzt verlobt, einem Schönheitschirurgen.«

Roman lächelte seinen Bruder dankbar an für dessen Hilfestellung, die verhinderte, dass er sich blamierte, indem er Beth tatsächlich anmachte.

»Hoffentlich weiß er, was er für ein Glück hat.« Roman griff nach ihren Händen und bemerkte erst jetzt den riesigen Stein an ihrem Finger. »Mein Gott. Ich hoffe, sein Herz ist ebenso groß wie dieser Ring. Du hättest es verdient.«

Sie blickte ihn ganz offen an. »Das ist das Netteste, was ich je gehört habe.«

Wenn das das Netteste war, dachte Roman, dann musste ihr Verlobter aber sehr an seiner Ausdrucksweise arbeiten.

»Hör mal, ich muss mich hinsetzen, sonst ist unser Tisch weg.« Sie gab ihm einen freundschaftlichen Kuss auf die Wange. »Lass öfter mal von dir hören, so lange du in der Stadt bist, ja?«

»Mach' ich.«

Er setzte sich wieder hin und hoffte, seine Brüder würden vergessen, dass er Beth offenbar als mögliche Kandidatin anvisiert hatte. Er sah ihr nach, als sie weiter ging und sich an einem Tisch, der sich außer Hörweite befand, niederließ. Erst dann schaute er Rick und Chase ins Gesicht.

Sie sahen einander an, ohne das Schweigen zu brechen, bis von Rick ein unterdrücktes Lachen zu hören war. »Du hoffst, dass sein Herz so groß ist wie der Ring?«

Roman grinste. »Welch anderen Vergleich hätte es sonst gegeben?« Ohne das Naheliegendste zu nennen, dachte er.

»Für einen Moment dachte ich nur, du würdest die Größe ihrer … Ach, schon gut.« Rick schüttelte den Kopf und grinste immer noch amüsiert.

»Du weißt, dass ich mehr Stil habe.«

»Findest du, dass sie zehn Mille wert sind?«, wollte Chase wissen. »Nicht, dass ihr Verlobter ihr etwas berechnet hätte.«

»Sie sind … eindrucksvoll«, antwortete Roman.

»Offenbar eindrucksvoll genug, um dich überlegen zu lassen, ob du den bewussten Schritt wagen solltest.« Die eine Seite seines Mundes verzog sich zu einem Grinsen.

Damit war Romans Hoffnung, sie würden ihn in Ruhe lassen, wohl dahin. Sie waren immer gutmütige Witzbolde gewesen, daran hatte sich nichts geändert. »Na wenn schon, ich habe sie einen Augenblick in Erwägung gezogen. Dachte eben an unsere gemeinsamen guten Zeiten zurück, nicht an die Größe ihrer … ihr kapiert schon.«

Die Brüder nickten verständnisvoll.

Izzy kam mit den Getränken und unterbrach damit die Unterhaltung.

»Wie wäre es denn mit Alice Magregor?«, fragte Chase, sobald Izzy außer Hörweite war. »Sie kam neulich in die Redaktion – mit einem selbstgekochten Essen und einer Flasche Merlot in einem Picknickkorb. Da ich nicht interessiert war, fragte sie nach Rick. Das ist ein deutliches Anzeichen dafür, dass sie sesshaft werden will.«

»Mit euch beiden«, murmelte Roman. In ganz Yorkshire Falls gab es keine einzige ungebundene Frau, die nicht versucht hatte, Chase oder Rick mit ihren Erzeugnissen – gebacken oder von anderer Art – zu ködern und zu verführen. »War Alice nicht die mit der gewaltigen Frisur?«

»Genau die«, bestätigte Rick.

»Ich kann mich nicht erinnern, dass sie je an etwas anderem als Frisuren und Make-up interessiert gewesen wäre«, rief er sich ins Gedächtnis zurück. Und selbst wenn ihre Haare sich beruhigt hätten, es fiel ihm nichts ein, was für sie von gemeinsamem Interesse gewesen wäre. »Ich brauche intelligente Gespräche«, sagte Roman. »Ist sie dazu fähig, oder ist sie immer noch so oberflächlich?«

Chase stöhnte. »Roman hat Recht. Das könnte auch der Grund sein, warum sie immer noch solo ist – in einer Stadt, in der sich alle direkt nach dem Abitur paarweise zusammen tun.«

Roman griff nach seinem kalten, feuchten Glas. »Ich muss die Sache gleich beim ersten Mal richtig hinkriegen.« Er lehnte den Kopf nach hinten und merkte, wie das Blut in seine Schläfen schoss, bevor er sich wieder aufrichtete und seines Bruders Blick erwiderte. »Ich muss mir jemanden aussuchen, den unsere Mutter auch mögen wird. Sie wünscht sich aus emotionalen Gründen ein Enkelkind, aber genauso gern möchte sie wieder an allem teilhaben. Ich meine, die Leute hier in der Stadt waren nach Vaters Tod gut zu ihr, aber, wenn wir ehrlich sind, wurde sie zu der Witwe, mit der keiner so recht etwas anzufangen wusste.«

»Sie verkörperte die größte Angst einer jeden Ehefrau«, fügte Chase hinzu.

»Wo wir gerade von Mutter sprechen … Ich möchte nur sicher gehen, dass ihr beide euch an die Abmachung erinnert. Wenn einer von euch diesen Plan verpfeift und es Mutter verrät, sitze ich im nächsten Fugzeug, das mich hier wegbringen kann, und lasse euch zwei als die Gelackmeierten zurück. Habt ihr das verstanden?«

Rick stieß einen tiefen Seufzer aus. »Du hast es wirklich raus, einem den Spaß daran zu verderben, die Wette gewonnen zu haben.«

Roman zuckte nicht mit der Wimper, bis Rick endlich nachgab. »Ja doch, ja doch. Meine Lippen sind versiegelt.«

Chase zuckte die Schultern. »Meine auch, aber ist dir klar, dass sie uns allen dreien ständig Frauen aufdrängen wird, bis du deine Braut enthüllt hast.«

»Das ist der Preis dafür, dass ihr solo bleibt«, erinnerte Roman sie.

»Dann sollten wir die Sache mal anpacken, bevor unsere Mutter wieder auf den Beinen ist. Wie steht's mit Marianne Diamond?«, fragte Chase.

»Verlobt mit Fred Aames«, war Ricks Antwort.

»Der dicke Junge, über den sich alle lustig machten.« Fetter Freddy, das fiel Roman jetzt wieder ein.

»Nur du nicht. Du hast Luther Hampton verprügelt, weil er Freddys Lunch geklaut hatte. Ich war zu stolz auf dich, um mich darum zu scheren, dass du vom Unterricht suspendiert wurdest«, erinnerte sich Chase.

»Was macht Freddy denn jetzt?«, wollte Roman wissen.

»Na ja, er ist jedenfalls nicht mehr der fette Freddy,« antwortete Chase.

»Wie schön für ihn. Übergewicht ist ungesund.«

»Er ist in die Fußstapfen seines Vaters getreten und hat sein eigenes Klempnerunternehmen. Jedermann in der Stadt kann ihn gut leiden, und du hast dazu den Anstoß gegeben.« Rick saugte den Rest seines Selterwassers mit einem lauten Schlürfen auf.

Roman hob die Schultern. »Ich kann es nicht fassen, dass ihr beide euch daran noch erinnert.«

»Es gibt noch ganz andere Dinge, an die ich mich erinnere«, erwiderte Chase, mit einer Mischung aus Humor und Ernsthaftigkeit im Blick, dem Blick des großen Bruders.

»Das Abendessen, Jungs.« Izzy war mit ihren Gerichten erschienen. Der Duft von Normans Burger und den Pommes frites ließ Roman das Wasser im Mund zusammenlaufen und erinnerte ihn an seinen leeren Magen. Er schnappte sich ein Pommesstäbchen, ehe sie den Teller vor ihn hinstellen konnte, und steckte es in seinen Mund. »Ein großes Lob an den Koch. Seine Hauptgerichte sind die besten.«

»Schluss mit dem Rumgerede. Sieh zu, dass du alles aufisst. Das ist das einzige Lob, aus dem Norman sich etwas macht.« Sie sagte, sie käme wieder, um die Getränke nachzufüllen, und verschwand.

»Wo waren wir also stehen geblieben?«, fragte Chase.

Roman biss in seinen Burger, ohne abzuwarten, dass Chase mit dem Ketchup fertig war. Er kaute und schluckte.

»Wir haben über Frauen diskutiert.« Rick kam gleich wieder aufs Thema.

»Aber es sieht so aus, als ob dir noch ein weiteres Wiedersehen bevorsteht«, bemerkte Chase, ehe einer von ihnen eine neue Kandidatin vorschlagen konnte.

Roman drehte sich um und sah eine Frau den Gang des Restaurants herunterkommen, ein Traum in einem orangeroten Rock und einem tief ausgeschnittenen Oberteil, mit glänzendem schwarzem Haar, das ihr weich über die Schultern fiel.

Vertrautheit traf ihn wie ein Schlag in die Magengrube – im gleichen Augenblick, als Rick sich vorbeugte und ihm ins Ohr flüsterte: »Charlotte Bronson.«

Sobald er auf ihr Gesicht achtete, wusste er, dass Rick Recht hatte. Die Wärme, die plötzlich seinen Körper durchströmte, hatte einen Grund, merkte er, während er sie betrachtete. Ihr Körper war nicht mehr der eines Mädchens, sondern der einer Frau – sinnlich, voll und sehr verführerisch. Ihre Haut war wie aus Porzellan und immer noch so strahlend, ihr Lächeln so sprühend, wie er es in Erinnerung hatte, und sein Mund verzog sich zu einem breiten Grinsen. Schon immer hatte sie ihn durch ihre bloße Anwesenheit zum Lächeln gebracht, und das hatte sich nicht geändert. Aber sie war verändert. Kosmopolitischere Kleidung und ein selbstbewussterer Schritt – offensichtlich hatte sie zu sich selbst gefunden.

Aus seinem High-School-Schwarm war eine verdammt schöne Frau geworden. Er bekam einen trockenen Mund und unter dem Tisch eine Wahnsinnserektion, die er niemals hätte verbergen können. Diese Frau hatte schon immer eine teuflische Wirkung auf ihn gehabt, dachte Roman, und sein Puls begann zu rasen in der Erwartung, dass sie an seinem Tisch anhielt.

Die ganze Zeit über flüsterte Rick ihm ins Ohr: »Fünf, vier, drei, zwei …«, und erinnerte ihn daran, warum er große Brüder hasste.

Und gerade, als sie ihn bemerken und stehen bleiben musste, bog sie scharf nach rechts und ging auf den Tisch zu, an dem Beth auf sie wartete.

Er stöhnte und drehte sich wieder zu dem Exekutionskommando um, das er seine Geschwister nannte.

»Es sieht so aus, als würde sie es dir nicht leicht machen, kleiner Bruder.«

War das nicht schon immer so gewesen?

Chase lachte. »Ich wette, du bist nicht gewohnt, ignoriert zu werden. Das muss fürs Selbstbewusstsein die Hölle sein.«

»Halt verdammt noch mal den Mund«, murmelte Roman. Er hatte den einen Abend auf der High-School nicht vergessen. Obwohl er immer Charlotte für diejenige gehalten hatte, von der die Trennung ausging, hatte er sich nie vergewissert, was wirklich der Grund dafür war. Das lag nicht daran, dass er Angst vor der Anstrengung oder selbst vor einer weiteren Zurückweisung hatte. Immer hatte er die Neigung verspürt, hinter ihr her zu sein; er hatte nur nie die Zeit dazu gefunden.

Das hatte sich nun geändert. Da er jetzt für länger hier blieb, gab er sich nicht mehr damit zufrieden, dass sie ihn absichtlich ignorierte. Die Zeit war gekommen, das Problem gezielt anzugehen.

Roman *war* zurückgekehrt. Charlotte drehte sich der Magen um; Fassungslosigkeit und Schock durchfuhren sie. Ihr anfänglicher Blick aus dem Schaufenster und ein Gefühl, das sie zu ignorieren versuchte, hatten sie nicht auf die Wirkung vorbereitet, die sein Anblick auf sie haben würde.

Verflucht sei der Mann. Niemand auf Gottes Erdenrund hatte die Fähigkeit, sie derartig zu berühren wie er. Ein Blick, und sie fühlte sich von Kopf bis Fuß wie ein hormongesteuerter Teenager.

Die Zeit hatte sich auf sein gutes Aussehen ausgewirkt – im positiven Sinne. Die Jahre hatten ihn in unglaublicher Weise gezeichnet. Sein Gesicht war schmaler, schärfer geschnitten, und seine Augen waren – wenn das überhaupt möglich war – von einem noch tieferen Blau. Sie schüttelte den Kopf. Eigentlich war sie viel zu weit entfernt gewesen, um das behaupten zu können – zunächst hatte sie an der Restauranttür gestanden, um ihn mit Beth allein zu lassen, dann hatte sie wegen ihrer schwitzigen

Hände und aus Angst, die Fassung zu verlieren, sich nicht genähert.

Charlotte war sich aber darüber im Klaren, dass sich eines nicht geändert haben konnte: sein Reporterinstinkt. Er sah nicht nur alles, er analysierte auch alles. Und sie wollte nicht von ihm analysiert werden.

»Deine Hände zittern ja«, bemerkte Beth.

Charlotte nahm noch einen kräftigen Schluck von dem Selterwasser, das ihre Freundin für sie bestellt hatte. »Das kommt vom Koffein.«

»Ich glaube, eher von einem Überschuss an Testosteron.«

Irgendwie brachte Charlotte es fertig, ihr Getränk nicht in das grinsende Gesicht gegenüber zu prusten. »Du meinst Hormonüberschuss?«

»Was auch immer. Der Tisch voll scharfem männlichen Fleisch regt dich total auf.« Sie deutete mit einer Handbewegung auf die Ecke, die die Chandler-Brüder eingenommen hatten.

»Zeig nicht so dorthin«, sagte Charlotte.

»Warum nicht? Alle andern hier im Restaurant starren sie doch auch an.«

»Das stimmt«, gab Charlotte zu, merkte aber gleich, dass sie die Gelegenheit verspielt hatte, behaupten zu können, sie hätte sie gar nicht gesehen. Sie hatte geplant, die Brüder zu ignorieren. Wenigstens so lange, bis sie etwas gegessen und ihre Abwehrkräfte gestärkt hatte gegen Romans verunsichernde Wirkung.

Seufzend legte sie ihre feuchten Hände übereinander. »Aber nicht ich. Ich bin immun.«

»Das warst du schon immer. Oder du hast es jedenfalls vorgetäuscht«, bemerkte Beth mit einer Weisheit, die ihr in jungen Jahren gefehlt hatte. »Nicht, dass ich das im geringsten verstehen kann.« Sie schüttelte den Kopf. »Damals schon nicht und überhaupt niemals.«

Noch nie hatte Charlotte ihrer besten Freundin erzählt, warum sie in Wahrheit Roman zurückgewiesen hatte. Auf der High-School hatte sie ihre Abwehr meterhoch aufgetürmt, worauf Roman nach ihrer Zurückweisung in Beths offene Arme gestürzt war. Trotz Schmerz und Eifersucht hatte Charlotte ihre Freundin ermutigt, indem sie vorgab, immun zu sein, wie Beth es eben gerade beschrieben hatte. Dann hatten sie ihr Abitur und Roman hatte sich auf und davon gemacht.

Charlotte hatte nie gefragt, wie ernst ihre Beziehung gewesen war. Oft hatte sie sich eingeredet, sie habe es aus Respekt vor Beth Privatsphäre unterlassen, aber die Wahrheit war viel egoistischer. Sie hatte es nicht wissen wollen. Und – anders als beim Thema Schönheitsoperation – Beth war in Hinsicht auf das Thema Roman total diskret gewesen.

Aber die Zeiten hatten sich geändert, und Beth war jetzt mit einem anderen Mann verlobt. Roman gehörte zu ihrer fernen Vergangenheit, sodass Charlotte sich vornahm, heute Abend die Angelegenheit anzusprechen.

»Er sieht immer noch wirklich gut aus«, schwärmte Beth.

Schon änderte Charlotte ihre Meinung über eine offene Aussprache.

»Hey! Falls du immer noch an Roman interessiert bist, nimm ihn dir doch. Wenn es Dr. Implantat nichts ausmacht, dann mir auch nicht.«

»Lügnerin.« Beth warf ihre Serviette auf den Tisch und verschränkte die Arme vor der Brust, ein Lächeln auf den Lippen. »Ich habe gesehen, wie du ihn gemustert hast, ehe er sich umdrehte und dich bemerkte. Und ich habe gesehen, wie du deinen Blick abwandtest, als hättest du ihn überhaupt nicht bemerkt.«

Charlotte rutschte unbehaglich auf ihrem Sitz hin und her.

»Kommt die Frage zu spät, wen ich wo gesehen haben soll?«

»Du Feigling.«

»Wir haben alle unsere Schwächen, hör also auf, mich auf die Palme zu bringen. Ich muss jetzt übrigens auf die Toilette, wenn du mich bitte entschuldigen würdest.«

Charlotte machte sich schnell davon, ohne einen Blick in Roman Chandlers Richtung zu werfen. Aber sobald sie den schmalen Korridor erreicht hatte, der zu den Toiletten führte, wischte sie ihre feuchten Handflächen an ihrem hauchdünnen Rock ab.

Fünf Minuten später hatte sie ihre Lippen nachgezogen und sich all ihre Qualitäten in Erinnerung gerufen, sodass sie, wenn es denn absolut nicht zu umgehen war, mit Roman eine höfliche Unterhaltung führen konnte – mit Haltung und Unbefangenheit.

In ganz neuer Verfassung öffnete sie die Tür und prallte direkt auf Romans breite Brust. Der unglaubliche Geruch von moschusartigem Aftershave und männlicher Potenz hüllte sie ein. Und erregte sie. Sie hielt überrascht den Atem an.

Als sie einen unsicheren Schritt zurück machte, ergriff er mit beiden Hände ihre Unterarme. »Vorsicht!«

Vorsicht? Machte er Witze? Seine Hände auf ihrer nackten Haut fühlten sich warm, fest und nur allzu gut an. Sie blickte auf und in seine blauen Augen. »Das hier ist die Damentoilette«, sagte sie dümmlich. Sie seufzte. Das war's dann wohl mit Haltung, sprühender Konversation und Esprit.

»Nein, das hier ist der Korridor. Die Damentoilette ist hinter dir und die für Herren dort drüben.« Er grinste. »Ich weiß das schließlich. Ich bin hier praktisch aufgewachsen.«

»Ich muss an meinen Tisch zurück. Beth wartet auf mich. Beth Hansen, du erinnerst dich doch an sie, oder?« Charlotte verdrehte die Augen. Es wurde immer schlimmer.

Zu ihrem Ärger lachte er. »Na ja, wenigstens weiß ich jetzt, dass du dich noch an mich erinnerst.«

Sie tat nicht so, als verstünde sie ihn nicht, und konnte auch nicht lügen. »Ich war spät dran und in Eile, Beth wartete schon.« Sie hob ihre Hände, ließ sie dann wieder fallen.

»Du wolltest mich also nicht absichtlich ignorieren?«

Brennende Röte stieg ihr ins Gesicht. »Nein. Ich … ich muss gehen. Beth wartet auf mich. Schon wieder.«

Seine raue Hand streichelte ihre Wange, und während ihr das bewusst wurde, schoss ein Schauder durch ihren Körper, ein Zittern, das ihm unmöglich entgehen konnte. »Ich lasse dich erst an deinen Tisch zurück, nachdem du mir eine Frage beantwortet hast. Es ist jetzt zehn Jahre her, und die Anziehung zwischen uns ist immer noch so stark wie damals. Wann wirst du endlich aufgeben?«

Am Sankt Nimmerleinstag, kam ihr in den Sinn, aber sie presste die Lippen zusammen. Zum einen, weil sie es nicht wirklich meinte, zum anderen, weil er so eine harte Zurückweisung nicht verdient hatte.

Sie leckte sich die trockenen Lippen. »Wann wirst du aufgeben, dich zu bemühen?«

Er grinste. »Am Sankt Nimmerleinstag.«

Es war klar, dass er ihre Gedanken nachgeäfft hatte! Sie lehnte sich an die Wand auf der Suche nach Halt und Schutz, aber das nützte nichts, weil Roman einen Schritt nach vorn machte und ihren Körper zwischen Wand und seiner schlanken, harten, männlichen Gestalt einschloss.

Die Jahre schmolzen dahin, als er – beide Hände an die Wand gestützt – ihren Kopf einklammerte und seine Lippen über ihrer Stirn schwebten. Sein warmer Atem an ihrer Wange und der Druck seines Körpers gegen ihren eigenen fühlten sich verlockend gut an, und sie fragte sich, warum sie ihm so lange widerstanden hatte. Sie schloss die Augen und gestattete sich, die erotische Empfindung, die sie durchpulste, zu genießen. Nur für einen Augenblick, ermahnte sie sich. Nicht länger.

Er war anziehend und gleichzeitig außer Reichweite, wie die exotischen Reiseziele, die sie studiert und sich erträumt hatte, die sie aber niemals aufsuchen würde. Weil sie nicht ihr Vater war, und weil ihr Leben hier stattfand. Ausgeglichenheit und eine solide Zukunft waren an diese Stadt gebunden, daran, hier ihre Wurzeln zu haben.

Aber Romans Lippen, die sie jetzt an der weichen Stelle zwischen Kinn und Ohr berührten, ließen sie Sicherheit und Routine vergessen. Wärme durchpulste ihre Adern, Feuchtigkeit benetzte ihren Slip, und sie wollte so viel mehr, als sie sich zuvor eingestanden hatte.

»Geh Freitag Abend mit mir essen.« Seine kehlige Stimme hallte in ihrem Ohr nach.

»Ich kann …« Seine Lippen ließen sich auf ihrem Ohrläppchen nieder, seine Zähne knabberten genau an der richtigen Stelle. Weiße, heiße Pfeile der Begierde schossen in andere, intimere und empfindsamere Körpergegenden, und dieser Gefühlsschwall erweckte ihren Körper zum Leben. Sie stöhnte laut auf, brach ihren Satz und damit jeden beabsichtigten Widerspruch ab.

Seine Zähne gruben sich ein, wechselten sich dann ab mit seiner Zunge, heftig und federleicht zugleich, und verführerischer als das tiefste Verlangen, das sie je in sich verspürt hatte. Wenn er vorhatte, sie umzustimmen, dann machte er seine Sache erstaunlich gut. Seine Lippen verweilten, feucht und warm, ohne etwas zu fordern, aber gleichzeitig so unglaublich sinnlich. Eine zaghafte Stimme in ihrem Kopf versuchte zu rebellieren und erinnerte sie daran, dass dies hier Roman war, der wieder verschwinden würde, sobald es seiner Mutter besser ging, oder sobald ihn diese Stadt langweilen würde. Oder *sie.*

Sie sollte gehen! Dann streichelte er ihre Ohrmuschel mit seiner Zunge und pustete sanft auf ihre feuchte Haut. Wie sehr er sie in Versuchung führte. Ein Stöhnen entwich ihren kaum geöffneten Lippen.

»Ich verstehe das als eine Zusage«, flüsterte er.

Sie zwang sich, die Augen zu öffnen. Ja zu einer Verabredung mit ihm? »Nein!«

»Dein Körper sagt mir aber etwas ganz Anderes.«

Er wich nicht zurück, was diese Abweisung schwerer machte als jede in der Vergangenheit – weil er Recht hatte. »Mein Körper braucht einen Aufpasser.«

Ein charmantes Grinsen umspielte seinen Mund. »Also, das ist eine Aufgabe, die ich gern übernehmen würde.«

»Natürlich nur, während du in der Stadt bist.« Sie zwang sich zu einem gelassenen Lächeln.

»Natürlich.« Endlich trat er zurück und gab ihr Raum zum Atmen, den sie dringend brauchte. »Du solltest wissen, dass ich ein Mann bin, der eine Herausforderung zu schätzen weiß, Charlie.«

Sie wurde ganz starr als sie diesen Spitznamen hörte, den ihr Vater für sie benutzte. Er hatte ihren Namen, Charlotte

Bronson, zu Ehren seines Lieblingsschauspielers Charles Bronson ausgesucht. »Charlotte«, korrigierte sie Roman.

»Okay, *Charlotte,* du ziehst mich einfach an. Das hast du schon immer getan. Und wenn *ich* das zugeben kann, dann kannst *du* das auch.«

»Was ändert das, was auch immer zuzugeben ich bereit bin? Man kriegt im Leben nicht immer, was man sich wünscht.« Weiß Gott war *ihr* das selten gelungen.

»Aber wenn du es irgendwann versuchst, bekommst du vielleicht, was du brauchst.« Er lehnte sich mit einer Schulter an die Wand und grinste.

»Ich bin beeindruckt. Du kennst die Rolling Stones.« Sie applaudierte affektiert.

»Mehr als das. Ich weiß ihre Worte auf das Leben anzuwenden.« Er stieß sich von der Wand ab und richtete sich zu voller Größe auf. »Merk dir meine Worte, Charlotte. *Wir werden uns noch mal verabreden.*« Er ging den langen Korridor hinunter, drehte sich dann aber um. »Und auf Grund deiner und meiner Reaktion werden wir wahrscheinlich noch eine ganze Menge mehr zusammen machen.« Seine Stimme war erfüllt von Gewissheit und Versprechen.

»Okay, klar, Roman. Wir werden uns treffen, geht in Ordnung.«

Bei diesen Worten riss er weit die Augen auf.

»An dem Tag, an dem du dich entscheidest, hier zu bleiben.«

Und weil *das* niemals geschehen würde, dachte Charlotte, würde es auch nicht zu dieser Verabredung kommen. Er stellte überhaupt keine Bedrohung für sie dar. Jawohl, wunderbar.

»Je mehr du mich herausforderst, desto entschlossener

bin ich.« Er lachte und glaubte offenbar nicht, dass sie meinte, was sie sagte.

Es war ihm durchaus nicht klar, dass sie es todernst meinte. Nichts weiter konnte sich zwischen Charlotte und diesem sorglosen Weltenbummler abspielen, außer natürlich, sie wollte wie ihre Mutter enden, einsam und verlassen.

Aber Roman hatte ihr den verbalen Fehdehandschuh hingeworfen. Für sie hieß es jetzt nur, stark genug zu bleiben, um zu widerstehen.

56

Kapitel drei

Als Roman aus Normans Restaurant und in die kühle Nachtluft hinaustrat, hatte er einen Job am Hals.

Chase hatte einen Notruf von Ty Turner, seinem Redakteur erhalten, dass dieser nicht zur Gemeindeversammlung gehen könne, weil er seine schwangere Frau ins Krankenhaus begleiten müsse. Eine solche Aufgabe war so ungefähr das Letzte, wozu Roman Lust hatte, aber er hatte sich vorgenommen, seinem Bruder Arbeit abzunehmen. Deshalb bot er sich an, über das Treffen zu berichten.

Während also Rick zur nächsten Telefonzelle eilte, um vor seiner Nachtschicht zu hören, wie es seiner Mutter ging, und Chase sich zurückzog, weil er sich um die Ausgabe für die nächste Woche kümmern musste, machte sich Roman auf den Weg zu der Palaverversammlung.

Er sah auf seine Uhr und stellte fest, dass er noch ein paar Minuten totzuschlagen hatte, ein paar Minuten, um sich den verführerischen Laden nebenan anzusehen und herauszufinden, wem er gehörte. Ein Blick auf Charlotte, und er hatte nicht mehr gewusst, wie er hieß. Keine Chance, dass er konzentriert genug gewesen wäre, um sie nach ihrem neuen Geschäft zu befragen.

Während er sich auf die Auslagen im Schaufenster konzentrierte, blieb ihm der Mund offen stehen. Waren das gehäkelte Slips an der erstaunlich lebensechten Schaufensterpuppe? In einer so konservativen Stadt wie Yorkshire Falls? Er konnte sich nicht genug wundern – und spürte eine leichte Erregung, als ihm bewusst wurde, dass die schwarz-haarige Puppe eine unglaubliche Ähnlichkeit mit Charlotte hatte. Erst als ihm plötzlich auffiel, dass er wie ein Lüstling wirken musste, der gierig Damenunterwäsche beäugte, machte er einen Schritt zurück. Großer Gott, er hoffte inständig, dass ihn niemand beobachtet hatte. Über diese Peinlichkeit würde er nie hinweg kommen.

Roman trat einen weiteren Schritt zurück und stieß auf etwas Hartes. Er drehte sich um und erblickte Rick, der ihn, die Arme vor der Brust verschränkt, angrinste. »Hast du etwas entdeckt, das dir gefällt?«

»Du bist wirklich zu komisch«, murmelte Roman.

»Ich dachte, du wolltest dich in deine Jugendzeit zurück-versetzen.«

Roman wusste sofort, worauf Rick anspielte. Natürlich erinnerte sich sein mittlerer Bruder an Romans High-School-Streich, damals, als seine Vorstellung von Spaß eine Slip-Razzia im Haus von Freunden war, wo die Mädchen eine Pyjamaparty veranstalteten. Es war nicht nur seine Idee gewesen, nein, er hatte auch für vierundzwanzig Stunden einen Slip von seinem Rückspiegel hängen lassen, so verdammt gut war er sich vorgekommen. Bis seine Mutter dahinter kam, ihm eine Wahnsinnsstandpauke hielt und ihn auf eine Weise bestrafte, die er nie vergessen sollte.

Raina Chandler besaß einen einzigartigen Ideenreichtum, um die scheinbar unverbesserlichen Verhaltensweisen ihrer Söhne zu kurieren. Nachdem sie einen Sommer lang seine frisch-gewaschenen Boxershorts vorne *vor* dem Haus zum Trocknen aufgehängt hatte, wollte er nie wieder jemanden einer derartigen Demütigung aussetzen.

Mit ein bisschen Glück hatte der Rest der Stadt den Vorfall längst vergessen. »Ich kann es nicht fassen, dass sich ein

Laden wie dieser hier hält«, sagte er, um das Thema zu wechseln.

»Doch, doch. Jung und alt, schlank und etwas … kräftiger – sie alle kaufen hier. Die Jüngeren sowieso. Unsere Mutter befindet sich auf einem Kreuzzug, um die älteren Frauen auch hier hinein zu locken. Sie selbst ist eine der treuesten Kundinnen.«

»Unsere Mutter trägt solche Slips?«

Die beiden Brüder schüttelten gleichzeitig den Kopf. Das wollten sie sich beide nicht vorstellen. »Wie geht es ihr?«

»Schwer zu sagen. Sie wirkte ganz außer Atem, als ich anrief, als wäre sie gerannt, was aber doch unmöglich ist. Deshalb werde ich gleich einmal nachsehen gehen.«

Roman atmete hörbar aus. »Ich habe mein Handy dabei. Ruf an, wenn du mich brauchst.«

Rick nickte. »Mach ich.« Dann schlenderte er die Straße entlang, die an dem Laden vorbeiführte, machte direkt an der Ecke, von der aus es zu den Apartments ging, kehrt und kam kurz danach zurück.

»Was ist los?«, fragte Roman, der sofort erkannte, dass sein Bruder die Gegend observierte. Natürlich wollte er wissen, warum.

Rick zuckte die Schultern. »Während des Wochenendes hat es in Yorkshire Falls ein paar Einbrüche gegeben.«

Romans Reporterinstinkt schaltete sich ein. »Was wurde gestohlen?«

Ein Lächeln, das Roman nur als boshaft bezeichnen konnte, umspielte den Mund seines Bruders. »Wenn ich nicht selbst zur Zeit der beiden Einbrüche mit dir zusammen gewesen wäre, dann wärst du für mich der einzige Verdächtige. Aber ich habe keinen blassen Schimmer.«

»Slips?« Roman ließ seinen Blick von seinem Bruder zu

der Auslage im Schaufenster wandern und wieder zurück. »Du willst mir erzählen, dass irgendein Idiot in ein Haus eingebrochen ist und Damenunterwäsche gestohlen hat?«

Rick nickte. »Ich hätte dich und Chase schon beim Essen darüber informiert, aber es war dort zu voll, um ungestört zu reden. Es sieht so aus, als hätten die guten Menschen von Yorkshire Falls eine regelrechte Verbrechensserie am Hals.«

Dann berichtete er über die Einzelheiten der Diebstähle.

Es stellte sich heraus, dass sämtliche gestohlenen Slips in dem Geschäft gekauft worden waren, vor dem sie gerade standen.

Roman warf noch einen Blick in das Schaufenster. Die besagten Slips konnten dort von aller Welt betrachtet werden. *Wem gehörte dieser Laden?* Die Charlotte, die er von früher kannte, wäre wohl nicht frech genug gewesen, um diesen Laden zu eröffnen, aber diejenige, die diese knalligen Farben trug und die ihn derartig herausgefordert hatte, war eine völlig andere Frau.

»Wirst du mir sagen, wem dieser Laden gehört?«, fragte er Rick.

Ein Funkeln in den Augen seines Bruders alarmierte Roman und bestätigte ihm, was er bereits vermutet hatte. Als Rick jedoch stumm blieb, mit einem wissenden Ausdruck auf dem Gesicht, tat Roman das Naheliegendste. Er trat einen Schritt zurück und blickte zur Markise hoch.

Ein burgunderroter Überhang mit knallrosa Verzierungen und schwungvollen Schriftzeichen bot sich seinen Augen.

CHARLOTTES SPEICHER – VERBORGENE SCHÄTZE FÜR LEIB, HERZ UND SEELE.

»Verdammt.« Offensichtlich hatte er diese Möglichkeit zu

schnell verworfen. Charlotte, *seiner* Charlotte gehörte dieser sinnliche, erotische Laden.

Weil sie eine sinnliche, erotische Frau war, wie sie es ihm in Normans Korridor bewiesen hatte. Und sich selbst hatte er auch etwas bewiesen. Er war ein Mann mit gesunden fleischlichen Gelüsten, und es war viel zu lange her, seit er dem nachgegeben hatte.

»Solltest du nicht irgendwo anders sein?«, fragte Rick.

Roman ignorierte das Lachen seines Bruders, schlug ihm auf den Rücken und machte sich auf in Richtung Rathaus.

Zwanzig Minuten später war Roman von totaler Langeweile übermannt. Was er nicht alles für die Familie tat, dachte er und gähnte, während er darauf wartete, dass der Teil des Abends ein Ende nahm, der dem Baubericht gewidmet war. Obwohl er sich kaum konzentrieren konnte, machte er Notizen.

Er wartete, seinen Stift über dem Block gezückt.

»Nächster Punkt. Gesuch für eine Sondergenehmigung, in die Eingangstür des Hauses Sullivan Street 311, Sullivan Wohnsiedlung, eine Hundeklappe einbauen zu dürfen. Nachbarn beschweren sich, besagte Klappe zerstöre die Einheitlichkeit und Schönheit der Wohnsiedlung …«

»Mein Beagle Mick hat ein Recht auf freien Zugang in sein Zuhause.« George Carlton, der Kläger, stand auf, um gleich darauf von seiner Frau Rose zurückgerissen zu werden.

»Sei ruhig, George. Wir sind jetzt nicht dran.«

»Fahren sie fort«, bestimmte ein Ausschussmitglied.

»Wir werden älter, und Mick ebenso. Es kostet uns Kraft, jedes Mal aufzustehen, wenn er sich erleichtern muss.«

Sie setzte sich wieder und faltete die Hände im Schoß.

Die Menschen verhungerten in Äthiopien, im Nahen

Osten wurden sie ermordet, aber hier in Yorkshire Falls beherrschten Hundesorgen den Alltag. Roman erinnerte sich daran, dass sein dringender Wunsch, die Stadt zu verlassen, begonnen hatte, als er bei Chase in die Lehre ging. Es war mit jeder Versammlung gewachsen, an der er teilgenommen hatte. Sie artete aus in kleinkarierte Streitereien zwischen Nachbarn, die zu viel Zeit hatten.

Damals war Romans Fantasie auf der Suche nach Abenteuern zweigleisig gelaufen, zu fremden Schauplätzen mit interessanten, tempogeladenen Ereignissen – und zu Charlotte Bronson, seinem Schwarm. Jetzt, da er die meisten seiner Traumstätten besucht hatte, gab es für ihn nur noch ein Hauptinteresse. Seine Gedanken kehrten zu Charlotte zurück. War die Anziehungskraft wirklich gegenseitig?

Er hatte sich vorgenommen, sie zu stellen, damit sie zugab, dass sie ihn heute Abend gemieden hatte, und um herauszufinden, warum sie ihm auf der High-School den Laufpass gegeben hatte. Zwar hatte er eine Ahnung, wollte es aber von Charlotte selber hören. Dabei war es gar nicht seine Absicht, sie beide in Versuchung zu führen und zu erregen. Nicht, bevor er in jene Augen geblickt und in deren Tiefe die gleichen Emotionen hatte aufflammen sehen.

Nichts hatte sich geändert. Sie freute sich ja, ihn zu sehen, so sehr sie auch gegen diese Wahrheit ankämpfte. Er dachte an diesen frischen Schimmer von glänzendem Korallrot auf ihrem vollen Schmollmund. Kein heißblütiger Mann konnte da widerstehen. Er hatte ihr Parfüm eingeatmet und sich an ihre weiche, duftende Haut geschmiegt. Er war ihr nah genug gekommen, um gereizt, aber nicht befriedigt zu werden.

Roman stöhnte auf. Warum nur rebellierte ihre Vernunft, obwohl ihr Körper *Nimm mich* schrie – was er gern getan hätte. Und jetzt wusste er, warum das so war. Endlich hatte sie ihm einen Grund für ihre Zurückweisung genannt, den er verstand. Einen, den er schon die ganze Zeit über vermutet hatte. *Wir werden uns treffen, geht in Ordnung. An dem Tag, an dem du dich entscheidest, hier zu bleiben.*«

Sie wünschte sich ein Zuhause in Yorkshire Falls. Sie brauchte Stabilität und Sicherheit, um glücklich leben zu können bis an ihr Lebensende. Ihre Eltern hatten das nie getan – jeder wusste das. Jetzt verstand er die Wahrheit. Damals war er zu jung und zu gehetzt gewesen. Nun bedeutete es, dass sie die Letzte war, an die er sich mit seinen Plänen hätte wenden können. Er durfte sie nicht verletzen, und das bedeutete, dass er sich an Charlotte ein Beispiel nehmen und sich von ihr fernhalten musste.

»Nächster Punkt.« Ein Hammer knallte vorne auf die hölzerne Schreibtischplatte.

Roman schreckte zusammen. »Verdammt, jetzt habe ich das Ergebnis verpasst«, murmelte er. Weil er mit *ihr* beschäftigt gewesen war. Dieses Mal hatte er sich nur das Hundedilemma entgehen lassen, aber beim nächsten Mal konnte es mehr sein. Das durfte nicht wieder passieren.

»Bist du das, Chandler?«

Als Roman seinen Namen hörte, wandte er sich um und sah, wie ein Typ, der ihm vertraut vorkam, auf den Platz hinter ihm rutschte.

»Fred Aames, erinnerst du dich?« Der Typ streckte seine Hand aus.

Chase und Rick hatten nicht gesponnen. Fred sah überhaupt nicht mehr dem dicken Kind ähnlich, das alle drangsaliert hatten. »Hey, Fred, wie geht es dir?« Roman schüttelte ihm die Hand.

»Bestens. Wie steht es mit dir? Warum bist du wieder da?«

»Ich bin wegen meiner Mutter zurück in der Stadt; und jetzt sitze ich hier für die *Gazette*.« Roman blickte nach vorn. Es war noch kein neuer Antrag eingegangen.

»Ich habe von Rainas Ausflug ins Krankenhaus gehört.« Fred fuhr sich mit der Hand durch sein dunkles Haar. »Mann, das tut mir Leid.«

»Mir auch.«

»Vertrittst du Ty?« Er beugte sich vor und legte einen Arm hinten auf Romans Sitz, wobei er ihn beinahe nach vorn stieß. Fred hatte zwar an Gewicht verloren, aber nicht an Körperkraft. Er war immer noch ein verdammt gewaltiger Kerl.

Roman unterdrückte ein Husten und nickte. »Seine Frau liegt in den Wehen, und er konnte nicht an zwei Stellen zugleich sein.«

»Das ist nett von dir. Übrigens sind diese Versammlungen wunderbar dazu geeignet, sich hinsichtlich unserer Stadt auf den neusten Stand zu bringen.«

»Da ist was dran.« Wenn er aufmerksam zuhören würde, dachte Roman. Aber er hatte keinen Schimmer, ob man Mick, dem Beagle, seine Freiheit zugestanden hatte oder ob er den Rest seines Hundelebens hinter verschlossenen Türen verbringen musste.

Das Geräusch des Hammers auf dem Holz ließ sie wissen, dass die Versammlung für eine kurze Pause unterbrochen wurde. Roman stand auf und streckte sich, um wach zu werden.

Fred stellte sich neben ihn. »He, bist du zur Zeit mit jemandem liiert?«

Noch nicht. Roman schüttelte den Kopf. Er wollte sich auf keinen Fall mit anderen als seinen Brüdern auf dieses Thema einlassen. »Im Augenblick nicht, warum?«

Fred kam näher. »Sally starrt dich die ganze Zeit an. Ich dachte, sie hätte es auf Chase abgesehen, aber jetzt ist sie wohl von dir ganz hingerissen.« Mit einer großartigen Gebärde, die sein Geflüster überflüssig machte, zeigte er auf Sally Walker, die Notizen für das Bezirksprotokoll machte.

Sie hob so halb die Hand zum Gruß, knallrote Flecken auf den Wangen.

Roman winkte zurück, sah dann aber weg, um ihr deutliches Interesse nicht noch anzufeuern. »Sie ist nicht mein Typ.« Weil sie nicht Charlotte heißt. Der Gedanke tauchte ungebeten auf. »Warum machst du dich nicht selbst an sie ran?«, fragte Roman.

»Du scheinst noch nicht gehört zu haben, dass ich verlobt bin«, antwortete Fred stolz. »Marianne Diamond wird meine Frau.«

Es fiel Roman wieder ein, dass einer seiner Brüder das schon erwähnt hatte. Er grinste, hob eine Hand, um Fred auf den Rücken zu hauen, verkniff es sich aber doch. Er wollte den kräftigen Kerl nicht ermuntern, diese Geste zu erwidern. »Na dann, schön für dich. Gratuliere!«

»Danke. Pass auf, ich muss mit einem der Ratsmitglieder sprechen, bevor das hier wieder losgeht. Ich warte auf die Genehmigung für ein paar Jobs … also, ich erspar dir die Einzelheiten. Bis demnächst.«

»Mach's gut.« Roman kniff sich in den Nacken. Erschöpfung drohte ihn zu übermannen.

»Wie war dein erster Tag zurück im Schützengraben?«

Er drehte sich um und entdeckte Chase hinter sich. »Was ist los? Geht's um Mutter?« Er hatte nicht erwartet, Chase an diesem Abend noch einmal zu sehen.

»Nein.« Chase legte ihm beruhigend die Hand auf die Schulter, dann zog er sie wieder weg.

»Was dann? Traust du mir das hier nicht zu?« Es wäre gar nicht so unberechtigt, dachte Roman. Er hatte immer noch keine Antwort auf das Beagleproblem der Carltons.

Chase schüttelte den Kopf. »Ich habe mir nur vorgestellt, dass du bei diesen Sachen ganz kribbelig werden musst und wollte dich ablösen, falls es länger dauert.« Er rieb sich seinen Nasenrücken. »Ich habe dich und Fred zufällig belauscht. Es sieht so aus, als hättest du eine Kandidatin ausfindig gemacht.«

»Nach dem, was Fred sagt, war Sally zuerst an dir interessiert.«

»Glaub mir, du hast freie Bahn. Ich würde es dir nicht verübeln, wenn du sie mir wegnimmst«, erwiderte Chase trocken. »Sally ist mir viel zu ernsthaft. Sie ist der Typ, der schon nach der ersten Verabredung von Haus und Kindern träumt.« Er schüttelte sich.

»Wenn sie so einen Einzelgänger wie dich mag, wird sie ja kaum an so einem extrovertierten Kerl wie mir interessiert sein.« Roman grinste und freute sich, seinen Bruder mit dessen Qualitäten eines einsamen Wolfes aufziehen zu können. Rick hatte Recht damit gehabt, dass Frauen die grüblerische Schweigsamkeit seines ältesten Bruder anziehend fanden.

Aber ein Blick von Chase brachte ihn in Verlegenheit. Er war offensichtlich nicht bereit, sich auf Romans Ausflüchte einzulassen. »Sally ist daran interessiert, eine Familie zu gründen. Alles, was sie zur Zeit anstrebt, macht sie zur perfekten Kandidatin für dich. Warum sagst du zu Fred, sie sei nicht dein Typ?«

»Weil sie es nicht ist.«

»Verzeih mir, wenn ich dich auf das Naheliegende aufmerksam mache, aber ist das nicht genau das, was du willst? Sally interessiert sich für dich, und du gehst darauf nicht ein. Sieh zu, ob sie dein Arrangement akzeptieren würde.«

Roman blickte über die Schulter und sah sich Sally Walker noch einmal an, diesen Typ der unschuldigen, leicht errötenden Frau. »Ich kann nicht.« Unvorstellbar, Sally zu heiraten. Mit Sally zu schlafen.

»Ich rate dir, vorsichtig zu sein, kleiner Bruder. Wenn du eine Dame auswählst, die tatsächlich dein Typ ist, könntest du versäumen, dich so schnell wie möglich aus dem Staub zu machen.« Chase zuckte die Schultern. »Denk mal darüber nach.«

Natürlich musste wieder einmal Chase, Romans Vaterfigur, ihn auf das aufmerksam machen, was eigentlich so klar war, und ihn an seine Prioritäten erinnern. Die Jagd nach einer Ehefrau. Sein Bruder hatte Recht. Roman brauchte eine Frau, die er zurücklassen konnte, und nicht eine, zu der er sich immer wieder hingezogen fühlte. Deshalb war Charlotte genau die Falsche für ihn. Er wünschte sich wie verrückt, dass er nicht in diesen Zwängen befangen wäre. Wenn er nur gewusst hätte, wie das anstellen. Dass er sie berührt, ihren Duft eingeatmet hatte, machte sein Verlangen nur stärker, nicht schwächer.

Eine Stunde später befand er sich auf dem Heimweg, die Worte von Chase im Kopf, aber Charlotte im Unterbewusstsein. Sie war auch Schuld daran, dass er in der folgenden Nacht mehrmals total verschwitzt aufwachte.

Zehn Jahre waren vergangen, und die Flamme brannte heißer denn je. Das wiederum bewies nur das Eine: Versuchung hin oder her, Roman konnte es sich nicht leisten, mit Charlotte eine Beziehung aufzubauen. Jetzt nicht und überhaupt nicht, niemals.

Früh am nächsten Morgen wurde Roman von der Sonne geweckt. Trotz heftiger Kopfschmerzen streckte er sich und stieg mit einem neuen Gefühl von Entschlossenheit und Zielstrebigkeit aus dem Bett. Nach dem Duschen steuerte er auf die Küche zu. Frühstück würde nicht die Schmerzen vertreiben, aber wenigstens seinen leeren Magen füllen. Er holte eine Schachtel Schokoflakes aus der Speisekammer, füllte eine Schale damit, streute ein paar Minimarshmallows darüber und ertränkte dann das Ganze in Milch.

Sein Magen knurrte im selben Moment, als er sich niederließ, und zwar auf dem Platz, den er schon als Kind am liebsten gehabt hatte. Er zog die letzte Ausgabe der *Gazette* näher, um das neue und verbesserte Layout zu betrachten, und hatte vor Stolz einen Kloß im Hals.

Es war Chase gelungen, mit der gestiegenen Bevölkerung der Stadt auch die Zeitung weiterzuentwickeln.

Plötzlich hörte er jemanden die Treppe herunterlaufen und sah sich verblüfft um, als seine Mutter gerade beim Betreten der Küche abrupt stehen blieb.

»Roman!«

»Hast du wen anderes erwartet?«

Sie schüttelte den Kopf. »Es ist nur …Ich dachte, du wärst schon weg.«

»Und du hattest beschlossen, in meiner Abwesenheit einen Marathon zu laufen?«

»Wolltest du nicht mit deinen Brüdern frühstücken?«

Er kniff die Augen zusammen. »Ich kam heute früh nicht aus dem Bett …, aber wechsle nicht das Thema. Bist du da gerade die Treppen hinuntergelaufen? Du sollst dich nämlich schonen, schon vergessen?« Hatte nicht auch Rick berichtet, sie hätte gestern Abend ganz atemlos geklungen?

»Wie sollte ich etwas so Wichtiges vergessen!« Sie legte eine zitternde Hand auf ihre Brust und kam langsam auf ihn zu.

»Was ist mit dir? Geht es dir gut?«

»Was sollte mir denn fehlen?« Wie sich dieses Gespräch im Kreise drehte, verwirrte ihn, sonst ging es ihm bestens.

»Deine Ohren sind offensichtlich noch vom Flug mitgenommen, wenn du meinst, du hättest mich laufen gehört. So etwas Lächerliches! Soll ich dir bei Dr. Fallon einen Termin machen?«

Er schüttelte so heftig den Kopf, dass sich seine Ohren hätten öffnen müssen, wären sie denn verstopft gewesen, und sah seiner Mutter in die Augen: »Mir geht es gut. Um dich mache ich mir Sorgen.«

»Nicht nötig.« Langsam ließ sie sich auf dem Stuhl neben Roman nieder, starrte auf seine Müslischale und runzelte die Stirn. »Na schön, ich sehe, manches hat sich nicht geändert. Ich kann es kaum fassen, dass ich tatsächlich dieses Zeug für dich bereit halte. Es wird noch deine …«

»Zähne verfaulen lassen, ich weiß.« Das hatte sie ihm oft genug angedroht, als er ein Kind war. Aber sie liebte ihn genug, um ihn auf jede Art zu verwöhnen. »Ist dir klar, dass ich bis jetzt noch keinen einzigen Zahn verloren habe?«

»Mit der Betonung auf *bis jetzt*. Ein alleinstehender Mann braucht alle seine Zähne, Roman. Keine Frau findet es attraktiv, mitten in der Nacht aufzuwachen und auf dem Nachttisch dein Gebiss im Wasserglas zu entdecken.«

Er verdrehte die Augen: »Bloß gut, dass ich ein respektabeler Mann bin, der keine Frauen bei sich übernachten lässt.« Das sollte seine Mutter erst einmal schlucken, dachte Roman trocken.

»Mit Respekt hat das nichts zu tun«, murmelte sie.

Wie gewöhnlich hatte seine Mutter nicht ganz Unrecht. Die Frauen blieben nicht über Nacht, weil er momentan mit keiner liiert war – und das seit einiger Zeit. Frauen, die eine Nacht blieben, hielten es für selbstverständlich, noch eine zu bleiben, und noch eine. Und als Nächstes fand sich der Mann in einer Beziehung wieder – was Roman für gar nicht so schlimm hielt, vorausgesetzt, er fände eine Frau, die ihn länger als ein paar Wochen interessierte. Chase und Rick ging es genauso. Allmählich kam es Roman so vor, als trügen die Herzen der Chandler-Brüder den Stempel BETRETEN VERBOTEN.

Jede intelligente Frau las das Feingedruckte, ehe sie sich auf irgendetwas einließ.

»Du bist schlauer, als es dir gut tut, Mutter.«

Als er sich von seinem Stuhl erhob, bemerkte er, dass Raina fertig angezogen war. Sie trug marineblaue Hosen, eine weiße Bluse mit einer Krawatte und hatte die Nadel mit den drei Baseballschlägern angesteckt, in der Mitte eines jeden ein Brillant – ein Geschenk seines Vaters zur Geburt von Chase, erweitert bei jedem weiteren Sohn. Abgesehen von einer leichten Blässe sah sie großartig aus. So, wie seine Mutter immer aussah, dachte er voller Stolz. »Gehst du irgendwo hin?«, fragte er.

Sie nickte. »Ins Krankenhaus, den Kindern vorlesen.«

Er machte den Mund auf, um etwas zu sagen, aber sie kam ihm zuvor.

»Und bevor du mit mir streitest, wie es Chase und Nick bereits versucht haben, lass mich dir etwas klar machen. Ich bin seit Freitag Abend im Bett gewesen, nachdem deine Brüder mich nach Hause gebracht hatten. Es ist ein wunderschöner Morgen. Sogar die Ärztin hat gesagt, dass frische Luft mir gut tun wird, solange ich mich nicht übernehme.«

»Mutter …«

»Ich bin noch nicht fertig.«

Sie machte vor seiner Nase eine Handbewegung, und er ließ sich auf seinen Stuhl zurückfallen, weil er wusste, dass er doch nicht zu Wort kommen würde.

»Montags und Freitags lese ich immer den Kindern vor. An diesen Tagen hat Jean Parker Chemotherapie, und sie freut sich auf *Der neugierige Georg geht ins Krankenhaus.*«

Die Gute, dachte er. Obwohl sie selber krank war, stellte sie andere an erste Stelle. Schon immer hatte sie in ihrem Herzen mehr als genug Platz gehabt für jedes Kind, das in ihr Haus kam.

Als ob sie seine Gedanken gelesen hätte, legte sie ihre Hand auf besagtes Herz und streichelte es sanft. »Und außerdem kann einem nichts so das Herz um Jahrzehnte verjüngen wie Kinder.«

Er verdrehte die Augen. »Mehr Ruhe hat den gleichen Effekt, ich erwarte also, dass du nach dem Vorlesen zuhause und im Bett bist.« Auf keinen Fall wollte er auf die Spitze mit den Kindern eingehen. Nicht jetzt, da er gerade die Jagd nach einer Mutter für seine zukünftigen in Angriff nahm. »Bist du fertig mit deinem Monolog?«, fragte er höflich.

Sie nickte.

»Ich wollte mich nicht streiten. Ich wollte nur wissen, ob ich dir Frühstück machen kann. Ich möchte nicht, dass du dich übernimmst, bevor du mit deiner ehrenamtlichen Arbeit beginnst.«

Auf ihrem Gesicht breitete sich ein Lächeln aus. Obwohl sie bereits über sechzig war, hatte ihre Haut eine blühende Farbe, um die sie die meisten Frauen beneiden würden, und ihre Falten waren weniger tief als bei vielen Damen ihres Alters. Plötzlich überkam ihn die Angst, sie zu verlieren. Er stand wieder auf und breitete die Arme aus. »Ich liebe dich, Mutter. Jag mir niemals wieder einen derartigen Schrecken ein.«

Sie erhob sich und umarmte ihn ebenfalls, mit starken Armen und festem Griff. Das war seine Mutter, die Frau, die ihn aufgezogen hatte und die er über alles liebte, auch wenn sie sich wegen seiner Arbeitsüberlastung nur ab und zu sahen. Er konnte sich ein Leben ohne sie nicht vorstellen. »Ich möchte, dass du noch ganz lange bei uns bist.«

Sie schniefte: »Das möchte ich auch.«

»Wisch deine Nase ja nicht an meinem Hemd ab.« Bei weiblichen Tränen war ihm unwohl, und er wollte sie wieder munter und stark sehen. »Die Ärztin hat gesagt, dass es dir gut geht, solange du auf dich achtest, oder? Kein Stress, kein Übertreiben?«

Sie nickte.

»Ich nehme mal an, dass Vorlesen nicht schaden kann. Soll ich dich in die Stadt fahren?«

»Chase holt mich ab.«

»Und wie kommst du wieder zurück?«

»Eric fährt mich nach dem Lunch vorbei.«

»Wie geht es Dr. Fallon?«

»Prima. Er passt genauso auf mich auf wie ihr drei.«

Sie trat zurück, tupfte sich die Augen mit einer Serviette, die sie vom Tisch gegriffen hatte, und war wieder seine beherrschte Mutter, wenn sie auch seinem Blick auswich.

»Wie wäre es mit einem Bagel und einer Tasse koffeinfreiem Tee?«, fragte Roman.

»Verwöhn mich nicht. Sonst bin ich aufgeschmissen, wenn du wieder fort bist.«

Er grinste. »Irgendwie bezweifle ich das. Du bist die stärkste Frau, die ich kenne.«

Raina lachte. »Dass du mir das nicht vergisst.«

Eine Stunde später verließ Roman das Haus, um in die Stadt zu gehen. Er war dankbar, dass die Unterhaltung beim Frühstück sich schließlich nur um den neuesten Klatsch und nicht weiter um Babys gedreht hatte. Er wusste, was er zu tun hatte, und er brauchte und wollte keine Ermahnungen.

Die Aufgabe, die ihm da bevorstand, würde nicht leicht sein. Die Frauen dieser Stadt waren zu künftigen Ehefrauen und Müttern erzogen worden – egal, ob berufstätig oder nicht. Es war die Rolle der Ehefrau, die Roman nervös machte und ihn daran zweifeln ließ, dass er eine finden würde, die seine ungewöhnlichen Bedingungen akzeptieren könnte. Er brauchte eine nicht so traditionelle Frau, die seine häufige Abwesenheit hinnahm, und er fragte sich, ob eine solche Person in Yorkshire Falls zu finden wäre.

Allerdings blieb immer noch die Möglichkeit, eine kosmopolitische Frau zu wählen, die Romans Bedürfnisse besser verstand. Er würde zuhause sein Notizbuch befragen müssen, aber einige Frauen, die er auf seinen Reisen getroffen und genauer kennen gelernt hatte, fielen ihm sofort ein. Da war einmal Cynthia Hartwick, eine englische Erbin, aber Roman schüttelte gleich den Kopf. Sie würde für ihren Nachwuchs Kindermädchen einstellen, er aber wünschte sich für jedes seiner Kinder eine liebevolle, mütterliche Erziehung.

Yvette Gauthier hatte er immer gemocht, eine hübsche Rothaarige mit einem übersprudelnden Temperament, die es fertig brachte, dass der Mann sich wie ein Gott fühlte. Doch als er sich daran erinnerte, dass diese Charaktereigenschaft ihn beinahe erdrückt hätte, fiel ihm ebenfalls ein, dass sie Flugbegleiterin geworden war und somit nicht in jedem Fall da sein würde, wenn sein Kind hinfiel und sich verletzte oder Hilfe bei den Hausaufgaben brauchte. Raina war immer für ihre Jungen greifbar gewesen. Obwohl es Roman nichts ausmachen würde, wenn seine Frau berufstätig wäre, kam ein Job in der Ferne bei beiden Elternteilen gar nicht in Frage.

Außerdem würde seine Mutter keine von den beiden gutheißen. Er musste lachen, als er sich Rainas Reaktion auf die kühle Engländerin oder die erotische französische Megäre vorstellte.

Seine Mutter war der Kern des Problems in dieser Situation – sie wollte Enkelkinder haben, deshalb müsste seine Frau hier wohnen oder bereit sein, sich in Yorkshire Falls niederzulassen.

Damit schieden die Frauen schon mal aus, die er unterwegs getroffen hatte, dachte Roman und fühlte sich irgendwie erleichtert. Er konnte sich sowieso nicht vorstellen, eine von ihnen zu heiraten.

Die Sonne knallte auf seinen schmerzenden Kopf; er war noch nicht in der Stimmung, unter Leute zu gehen. Erst einmal brauchte er Koffein, aber als er sich der Stadt näherte, wurde er aus seiner Einsamkeit gerissen. Eine hohe Stimme rief seinen Namen, und als er sich umdrehte, sah er, wie Pearl Robinson, eine ältere Frau, die er schon ewig kannte, auf ihn zueilte – in ihrem Hausmantel, die grauen Haare wie immer zu einem Knoten geschlungen.

»Roman Chandler! Deine Mutter sollte sich schämen, dass sie mir nichts von deiner Heimkehr erzählt hat! Andererseits hat sie sicher anderes im Kopf als Klatsch und Tratsch. Wie fühlt sie sich? Ich habe ein Blech Brownies gebacken, die ich ihr heute Nachmittag bringen wollte. Kann man sie heute besuchen?«

Roman lachte über Pearls Gerede. Sie war eine wirklich nette Frau, harmlos, wenn einem Geschwätz und Lautstärke nichts ausmachten, und Roman stellte fest, dass ihn nach seiner langen Abwesenheit beides nicht störte.

»Es geht ihr gut, Pearl, danke der Nachfrage. Und ich bin sicher, dass sie liebend gern heute Besuch haben würde.« Er nahm die ältere Frau kurz in die Arme. »Wie ist es dir und Eldin ergangen? Malt er noch?«

Schon seit Jahren lebten Pearl Robinson und Eldin Wingate unter für ein älteres Paar unkonventionellen Umständen zusammen. Unverheiratet wohnten sie gemeinsam in einem alten Haus, das Crystal Sutton gehörte, einer weiteren Freundin von Raina, die vor etwa einem Jahr ins Pflegeheim gemusst hatte.

»Eldin malt immer noch, wenn er auch nicht Picasso ist. Aber es geht ihm gut, danke, und er ist gesund, toi, toi, toi.«

Sie klopfte sich mit dem Knöchel an die Stirn. »Obwohl ihm sein Rücken gelegentlich Ärger macht und er mich noch immer nicht über die Schwelle tragen kann. Deshalb leben wir weiterhin in Sünde«, sagte sie und zitierte damit ihre Lieblingsbeschreibung ihrer Beziehung.

Nur zu gern erläuterte Pearl ihren Status jedem, der es hören wollte und so oft es während einer Unterhaltung möglich war. Offenbar hatte sich an dieser Eigenart nichts geändert. Aber Roman hatte jetzt eine andere Haltung dazu. Er war nicht mehr von ihrer einseitigen, egozentrischen Sichtweise genervt, sondern er spürte, dass er seine kleine Stadt mit all ihren unterschiedlichen Bewohnern vermisst hatte. Selbst die friedliche Stille seines Morgenspaziergangs war eine erfrischende Abwechslung zu seinem hektischen Alltag.

Wie lange würde es allerdings dauern, bis die Gefühle seiner Jugend, Langeweile und Eingesperrtsein wieder zum Vorschein kamen und Oberhand gewannen? Wie lange würde sein Vergnügen anhalten, wenn er in den Hafen der

Ehe eingelaufen war? Bei dem Gedanken an sein bevorstehendes Schicksal überlief ihn ein Schauer.

»Bist du krank?« Pearl legte ihm ihre Hand auf die Stirn.

»An einem so schönen Tag kann man unmöglich frösteln. Vielleicht sollte lieber deine Mutter dich umsorgen als umgekehrt.«

Er blinzelte und merkte, dass er ganz in Gedanken gewesen war. »Mir geht es gut, wirklich.«

»Also schön, ich will dich nicht länger aufhalten. Ich gehe nur schnell zur Bank und dann nach Hause. Später sehe ich dann nach deiner Mutter.«

»Grüß Eldin von mir.«

Pearl steuerte auf die Bank in der First Street zu, und auch Roman setzte seinen Weg fort. So vieles war in der Stadt beim Alten geblieben, ihn aber interessierte jetzt, was neu und anders war, und er begab sich direkt zu Charlottes Laden. Fest stand, dass sie eine Frau war, die ihn immer anzog, egal, wie oft sie selber dagegen ankämpfte.

Obwohl sie so gegensätzliche Vorstellungen vom Leben hatten, dass sie nicht zusammenpassten, reizte sie ihn. Leider Gottes erfüllte sie nicht das wichtigste Kriterium, nämlich die Bereitschaft, sein Herumreisen zu akzeptieren. In ihm wuchs der Wunsch, den Laden zu stürmen und ihre Abwehrkräfte zu überwältigen, aber die Vernunft setzte sich durch. Jeder Kontakt würde ihnen beiden nur Schmerz bereiten.

Mit resigniertem Blick sah er sich um und entdeckte – auf demselben Fleck wie gestern Abend – Rick, der ihn nachdenklich betrachtete. »Wieder auf Streife?«, fragte Roman.

»Ich schau mich nur nach verdächtigen Typen um, so wie du einer bist.« Rick grinste.

Roman stöhnte auf und rieb sich die brennenden Augen. »Fang gar nicht erst an.«

Rick beäugte ihn misstrauisch. »Da ist aber einer heute früh gereizt.«

Bevor Rick angefangen hatte, ihm auf die Nerven zu gehen, war das noch nicht so gewesen. »Später, Bruder. Ich brauche einen Kaffee.«

»Ach ja? Damit du wach wirst und mit der Weiberjagd beginnen kannst?«

Bei Ricks Gerede hämmerte es in Romans Kopf immer heftiger.

»Viel Glück.« Rick ging an ihm vorbei und auf den mit Slips bestückten Laden zu.

»Was ist los?«

Rick drehte sich um ohne einen Anflug von Belustigung im Gesicht. »Bin im Dienst.«

»Der Höschendieb?«

Er nickte ohne ein weiteres Wort. Das war auch gar nicht nötig. Er hatte Roman schon mehr Informationen als erlaubt gegeben, alle streng vertraulich. Jemand brach ein in die Häuser der Kunden dieses Ladens und stahl eine bestimmte Marke von Slips. Rick hoffte, Charlotte könnte sachdienliche Hinweise geben, die bei den polizeilichen Untersuchungen hilfreich wären.

»Willst du mitkommen?«, fragte Rick.

Roman musterte ihn, um zu sehen, ob er sich über ihn lustig machte. Immerhin war dies der Bruder, der als Teenager am Telefon in Romans Namen *Blind Dates* verabredet hatte. Aber Rick stand da und wartete, ohne auch nur zu grinsen. Hatte Roman eine Wahl? Er hatte keine. Die Frau seiner Träume war dort drinnen. Roman warf seinem mittleren Bruder einen dankbaren Blick zu. Obwohl sein Selbsterhaltungstrieb ihm riet, sich fernzuhalten, trieb ihn die Neugier an.

Er hatte das dringende Bedürfnis, das musste er sich eingestehen, Charlotte zu begegnen.

Beim Klang der Türglocke hielt Charlotte inne; sie war gerade dabei gewesen, lavendelfarbene Unterwäsche zusammenzufalten. Hochblickend sah sie Officer Rick Chandler hereinschlendern.

Sie winkte ihm freundschaftlich zu, aber ihr blieb die Hand in der Luft stehen, als Roman ihm folgte. Sie leckte sich die trockenen Lippen, während sie beobachtete, wie die beiden durch ihren so femininen Laden gingen.

Nebeneinander wurde der Unterschied zwischen den Brüdern ganz besonders deutlich. Alle drei Chandlers waren mehr als atemberaubend. Aber so gut Rick auch aussehen mochte, er machte nicht den gleichen überwältigenden Eindruck auf Charlotte wie Roman. Seit sie sich wieder in der Stadt aufhielt, waren sie gute Freunde geworden, nichts weiter. Selbst Chase, der Roman äußerlich sehr ähnlich war, kam auf Charlottes Richterskala längst nicht so weit wie Roman.

Irgendetwas an dem jüngsten Chandler-Bruder fesselte sie – sein pechschwarzes Haar, sein selbstsicherer Gang und seine unwiderstehlichen blauen Augen. All das erweckte in ihr die Sehnsucht nach Dingen jenseits ihrer Kontrolle oder ihres Verstandes. Sie schauderte und ließ dann die Realität wieder zu. Ganz gleich, wie gut die Chandler-Männer aussahen, keiner der Brüder hatte Interesse daran, hier eine Familie zu gründen.

Das war schon so etwas wie ein Stadtmythos. Und Charlotte konnte das unmöglich ignorieren.

Sie ließ ihren Kopf kreisen und schüttelte Arme und Beine aus. »Entspann dich«, murmelte sie laut. Roman war immer sehr einfühlsam gewesen, und sie wollte nicht, dass er ihre Nervosität auf seine Person bezog. Am vorigen Abend war deutlich geworden, dass Roman selbstsicherer war als ihm gut tat, und er brauchte keine weitere Bestätigung für sein Ego.

»Hallo, Charlotte.« Rick ging auf sie zu, ohne die herumliegenden Slips besonders zu beachten, und stützte seinen Ellbogen auf dem Tresen auf, so selbstbewusst und lässig, als wäre er umgeben von Baseballs und Fanghandschuhen im Sportgeschäft am Ende der Straße.

Roman stand neben ihm und verschlang sie mit einem einzigen heißen Blick.

»Hallo, Officer.« Sie brachte ein freundliches Zwinkern zustande, das beiden Männern gelten sollte. »Was kann ich für euch tun? Seid ihr hier, um das Neueste an Tangas zu begutachten?« Sie machte diesen Scherz, den sie immer bei Rick anwandte, um eine gewisse Normalität zu erzeugen.

Rick grinste. »Nur wenn du vorhast, sie mir vorzuführen.«

Sie lachte: »Davon kannst du nur träumen.«

Roman räusperte sich, um offenbar an seine Anwesenheit zu erinnern. Als wenn sie die vergessen könnte. »Na komm schon, Roman«, sagte sie, »Du musst doch wissen, dass dein Bruder alle Frauen mag. Er hätte einen ganzen Harem, wenn das legal wäre, oder, Rick?«

Rick kicherte nur.

»Können wir zur Sache kommen?«, fragte Roman.

»Leider nur Polizeibelange.« Rick schien plötzlich ganz ernüchtert.

Charlotte gefiel der ernste Ton in seiner Stimme gar nicht.

»Warum setzen wir uns nicht?« Sie führte sie zu den riesigen Sesseln im Queen Anne Stil neben der Ankleidekabine.

Die Präsenz der beiden Männer übertraf die blumige, feminine Dekoration. Ihr Blick blieb an Roman haften. Er verkörperte den magnetischen Reiz der Chandler-Brüder, kam ihr dabei in den Sinn. Wenn er im Raum war, musste sich jedes weibliche Wesen seiner Gegenwart bewusst sein.

Während Roman stehen geblieben war, hatte Rick sich hingesetzt und sah aus, die Hände zwischen den Knien gefaltet, wie ein Mann mit einem Geheimnis.

»Was ist los?«, fragte sie.

Stumm wechselten die Brüder einen Blick. Dann durchbrach elektrisches Piepen die Stille, Ricks Polizeiradio verlangte seine Aufmerksamkeit. Er blickte bedauernd zu Charlotte hinüber. »Entschuldige mich.« In der Zeit, in der er sein Funksprechgerät von seinem Gürtel abhakte und Dienstliches besprach, ließ Romans durchdringender Blick den ihren nicht los.

Rick schaute hoch. »Tut mir Leid. Ruhestörung im Gemischtwarenladen, Unterstützung in einer Notsituation.«

Charlotte gab ihm ein Zeichen: »Geh nur.« *Und nimm deinen Bruder gleich mit,* flehte sie stumm.

»Roman, kannst du sie informieren? Sie muss schließlich wissen, was los ist«, zerstörte Rick ihre Hoffnungen.

Roman nickte: »Nur zu gern«, erwiderte er mit dieser erotischen Stimme.

Sie schauderte. Verdammt sei dieser Mann, dass er eine solche Wirkung auf sie hatte, dachte sie, aber als Rick gegangen war und Roman und Charlotte allein im hinteren Teil des Ladens standen, hoffte sie, eine Maske von höflicher Freundlichkeit auf dem Gesicht zu tragen. Da Beth heute Morgen frei hatte und die Kunden ausblieben, gab es niemanden, der sie stören konnte, deshalb würde es sicherer für sie sein, die Anziehungskraft zu ignorieren. »Wenn das nur möglich wäre«, murmelte sie.

»Was soll möglich sein?«, wollte Roman wissen.

Sie schüttelte den Kopf und schluckte schwer. »Gar nichts. Geht es um den Unterwäschedieb?«

Roman nickte: »Es handelt sich um deine Ware.« Er lehnte sich neben ihr an die Wand.

»Was für Teile?« Rick hatte ihr bei seinem letzten Besuch keine Einzelheiten mitgeteilt.

Roman hüstelte und errötete, bevor er antwortete: »Damenslips.«

Charlotte grinste. »Das gibt's doch nicht! Ein Thema, das einen Chandler rot werden lässt.«

Seine Verlegenheit zeigte ihr eine verletzlichere Seite Romans, abweichend von seinem normalen selbstsicheren Erscheinungsbild. Für dieses Privileg war sie dankbar, und ein verräterischer Teil ihres Herzens öffnete sich ihm.

»Es ist mein Ernst«, erwiderte er und war sich nicht der Wirkung bewusst, die seine Verlegenheit auf sie hatte.

Dabei musste sie es auch belassen.

»Dieser Typ ist offenbar eine Art Fetischist.«

Ein Slipfetischist. Sie schüttelte ironisch den Kopf, dann drangen Romans Worte erst zu ihr durch. »Du sagtest, dieser *Typ* sei ein Fetischist. Warum muss es denn ein Mann sein? Glaubt das die Polizei?«

»Das musst du mit Rick besprechen.«

Sie nickte und überlegte weiter: »Dir ist klar, dass nur eine Frau die gestohlenen Sachen tragen könnte – ohne dass es jemand merkt. Es sei denn, es handelte sich um einen dürftig ausgestatteten Mann.« Sie begegnete seinem amüsierten Blick und ertappte ihn beim Lachen.

»Benimm dich, Charlotte.«

Sein Grinsen erfüllte sie mit Wärme, es kribbelte in ihrem Bauch. »Welche Sorte von Slips denn? Ich verkaufe Dutzende.«

»Auch da weiß nur Nick die Einzelheiten, aber er erwähnte die gehäkelten im Schaufenster. Er sagte, die seien handgefertigt.«

Von ihr. Ihre Stücke waren exklusiv, modisch, persönlich und nicht dafür gedacht, einem Perversen als Objekte der Besessenheit oder des Spottes zu dienen. Sie hatte ihre Gründe, diesem Hobby nachzugehen, das zum Grundstock ihres Geschäfts geworden war. Aber Charlotte konnte es sich nicht vorstellen, vor Roman persönliche Geheimnisse zu enthüllen, wo doch Abstand der sicherste Weg zu sein schien. Vor allem dann, wenn die Details, die mit diesen Kleidungsstücken verbunden waren, auf ein emotionales Minenfeld führten.

Das Häkeln war wie ein Fenster zu ihrer Seele, und ein Gespräch darüber würde ihren tiefsten Schmerz und ihre Enttäuschung offenbaren. Charlotte hatte Häkeln und Stricken von ihrer Mutter gelernt. Die diese Fähigkeiten als Mittel der Flucht entwickelt hatte, nachdem der Vater, als Charlotte neun Jahre alt war, auf der Suche nach Ruhm beide verlassen hatte. Hollywood warte auf ihn, hatte er eines Morgens gesagt und war gegangen, um nur in unterschiedlichen Abständen zurückzukommen. Sein Drehtürverhalten war zu einem Trauma in ihrem Leben geworden. Bei der starken Anziehungskraft, die Roman auf sie ausübte, hatte sie immer befürchtet, dass sich dieses Trauma bei einem Leben mit ihm fortsetzen könne.

Er räusperte sich, und Charlotte blinzelte. »Ich weiß, welche Marke das ist«, sagte sie endlich. »Womit kann ich der Polizei helfen?«

»Im Moment wollte Rick dich nur besser informieren. Sicher kommt er auf dich zu, wenn er Fragen hat.«

Sie nickte. Als Schweigen zu lasten begann, suchte sie nach einem neutralen Thema: »Wie geht es deiner Mutter?«

Seine Züge wurden weich. »Sie hängt zuhause rum. Einmal am Tag darf sie außerhalb etwas unternehmen, dann kommt sie heim, um sich hinzulegen und auszuruhen. Ich habe ein besseres Gefühl, seit ich sie selbst gesehen habe. Als Chase mich anrief, war ich zu Tode erschrocken.«

Ihr Herz schlug ihm entgegen, der Wunsch, ihm zu helfen, Angst und Schmerz zu überwinden, war stark und überwältigend. Aber sie konnte es sich nicht erlauben, sich noch mehr auf ihn einzulassen, als es sowieso schon der Fall war. »Wann bist du angekommen?«, wollte sie wissen.

»Samstag früh.«

Raina war spät am Freitag Abend in die Notaufnahme geschafft worden. Charlotte bewunderte Romans starke beschützende Seite, die auch an seinen Brüdern zu finden war, wenn es um ihre geliebte Mutter ging. Aber obwohl ein Teil von ihr sich danach sehnte, dass er sich auch um sie so sorgte, wusste sie, dass das nicht andauern könnte, selbst wenn es dazu käme.

Er atmete aus und kam auf sie zu. Kraftvoll und sicher stellte er sich dicht neben sie. Ihr Herz klopfte schneller, ihr Puls beschleunigte sich. Seine Körperhitze umfing sie, zusammen mit einer Woge von Wärme und Gefühl, die die reine Begierde übertraf. Der Mann hatte verborgene Tiefen und eine angeborene Herzensgüte, die man seit jeher seiner Familie zusprach. Er könnte ihr alles geben, was sie sich ersehnte, nur nicht für immer, dachte sie traurig.

Er streckte die Hand aus und hob ihr Kinn hoch, sodass sie ihm in die Augen schauen musste. »Pass auf dich auf.

Rick kann nicht mit Sicherheit sagen, ob dies ein außergewöhnlicherVorfall ist oder ob ein Spinner am Werk ist.«

Ein Schauder durchfuhr sie. »Mir wird schon nichts passieren.«

»Dafür werde ich sorgen.« Seine raue Stimme war voll der Fürsorge, nach der sie sich gesehnt hatte, und sie spürte einen Kloß im Hals.

»Nur noch eins«, sagte er. »Rick möchte nicht, dass das alles an die Öffentlichkeit gerät. Die Bullen können keine Stadt in Panik gebrauchen oder Gerüchte über einen Höschendieb, die sich wie ein Lauffeuer verbreiten.«

»Als ob man hier bei uns Klatsch unter Kontrolle halten könnte.« Sie verzog den Mund. »Aber kein Wort über meine Lippen.«

Sie begleitete ihn zur Tür, hin- und hergerissen zwischen dem Wunsch, ihn dazubehalten, und der offensichtlichen Notwendigkeit, ihn gehen zu lassen. Er hielt ein letztes Mal ihrem Blick stand, dann ließ er die Tür hinter sich ins Schloss fallen. Charlottes Hände waren feucht, ihr Puls raste – und der Höschendieb war nicht die Ursache.

Auf dem Weg zu ihren lavendelfarbenen Slips, die sie auf dem Tresen zurückgelassen hatte, machte sie sich die Realität bewusst. Auf diesem Planeten konnte es keine zwei unterschiedlicheren Menschen geben als sie und Roman es waren. Er bevorzugte Schnelllebigkeit und Herausforderung, sie brauchte Beständigkeit und die Behaglichkeit der Routine. Da bildete auch ihr kurzer Aufenthalt in New York keine Ausnahme, so aufregend er auch gewesen war. Das hatte sein müssen wegen der Ausbildung an der Modeschule, und so schnell es ging war sie nach Yorkshire Falls zurückgekehrt. Roman dagegen hatte es zu seinem Lebensziel gemacht, sich von der Heimat fernzuhalten. Sie hatte damals mit ihm

Schluss gemacht, weil sein Bestreben, Yorkshire Falls hinter sich zu lassen, sie davon überzeugt hatte, dass er ihr nichts als Schmerz bereiten würde. Und nichts von dem, was er inzwischen in seinem Leben gemacht hatte, konnte sie davon überzeugen, dass er anders geworden war. Während sie die Slips wegräumte, wünschte sie sich von Herzen, dass sich alles zum Besseren wenden könnte, sie musste aber nüchtern akzeptieren, dass die Realität nicht so aussah.

Damals wie heute war ihr einziger Trost, dass sie keine Wahl hatte. Sie hatte das Richtige getan. Sie wollte nicht das Leben ihrer Mutter wiederholen, also in der Luft hängen, bis ein Mann zurückkehrte und sich dazu herabließ, sich ihr zu widmen – nach seinen Bedingungen –, um dann wieder zu verschwinden.

Sie durfte den sexuellen Empfindungen nicht nachgeben, die Roman in ihr wachrief, noch die Wahrheit anerkennen, die tief in ihrem Herzen verborgen war – dass sowohl seine herausfordernde Persönlichkeit als auch sein unbeständiger Lebensstil sie reizten. Und deshalb hatte sie den Teil von sich zum Schweigen gebracht, der sich nach Roman Chandler sehnte, und auch die Samen der Unzufriedenheit abzutöten versuchte, die in ihrer Seele keimten.

Selbst jetzt noch.

86

Kapitel vier

Eine Frühlingsbrise begleitete den frühen Morgen, die ungewohnte Wärme nach Yorkshire Falls brachte und Rainas Lungen mit unglaublich süßer, frischer Luft füllte. So frisch wie ihre Söhne in deren Teenagerzeiten, dachte sie voll Ironie.

Von Normans Restaurant aus ging sie quer über die First Street auf den grasbewachsenen Hügel zu, der mitten in der Stadt lag – mit einer Gartenlaube an seinem Fuß. Hier wollte sie Eric während seiner Mittagspause treffen, ehe er wieder in die Praxis musste, um die Nachmittagstermine wahrzunehmen. Obwohl es eine Einladung von ihm war, hatte sie den Ort ausgesucht und das Essen besorgt. Wer konnte schon einem Picknick im Freien widerstehen? Sie hatte köstliche Sandwiches mit gegrilltem Hühnchen mitgebracht.

Auf dem Mittelstreifen hielt sie inne. Mit Erstaunen sah sie, dass Charlotte Bronson und Samson Humphrey, der Entenmann, wie die Kinder der Stadt ihn nannten, beieinander standen. Samson wohnte am Stadtrand in einem heruntergekommenen Haus, das in seiner Familie von Generation zu Generation weitervererbt worden war. Raina hatte keine Ahnung, wovon er lebte, oder was er mit seiner Zeit anstellte, außer im Park zu sitzen und die Enten zu füttern, aber er gehörte zum lebenden Inventar der Stadt.

Sie ging zu ihnen hinüber. »Hallo, Charlotte, Samson.« Sie lächelte beide an.

»Hi, Raina.« Charlotte neigte den Kopf. »Schön, dich zu sehen.«

»Dich auch.« Als Samson stumm blieb, spornte sie ihn an: »Schönes Wetter heute. Perfekt für dich zum Entenfüttern.«

»Hab' dir doch schon gesagt, dass ich Sam heiße«, murrte er, kaum laut genug für die anderen. »Kannst du denn überhaupt nichts im Kopf behalten?«

»Er ist so mürrisch, weil er noch nicht zu Mittag gegessen hat, stimmt's, Sam?«, fragte Charlotte.

Raina lachte, weil sie sehr wohl wusste, dass er immer mürrisch war. Aber es war klar, dass Charlotte versuchen würde, auch das ruppigste Verhalten gerade zu biegen.

»Wie willst du das wissen?«, fragte er.

Raina wusste, dass Charlotte wahrscheinlich Recht hatte, aber schließlich hatte sie für ihn ja ein Extrasandwich eingepackt, für den Fall, dass sie ihm begegnen würde.

»Schon gut, ich weiß, du bellst, aber beißt nicht«, erwiderte Charlotte. »Komm, nimm das hier.« Sie reichte ihm eine braune Papiertüte und kam somit Raina bei ihrer guten Tat zuvor.

Seit Roman zu High-School-Zeiten für Charlotte geschwärmt hatte, war es Raina klar, dass das Mädchen ein Herz aus Gold besaß. Sie erinnerte sich an die eine Verabredung der beiden, nach der sich ihr Sohn am nächsten Morgen als richtiger Brummbär aufgeführt hatte. Doch es gab mehr zwischen Roman und Charlotte als eine misslungene Verabredung. Raina hatte das damals gewusst. Sie wusste es jetzt. Genauso wie sie wusste, dass Charlotte Bronson und ihr goldenes Herz genau das Richtige für ihren jüngsten Sohn wären.

»Mach schon, Sam, nimm es doch«, sagte Charlotte.

Er griff nach der Tüte, murmelte ein kaum hörbares »Danke«, grub seine Zähne unter die Folienverpackung und nahm einen gewaltigen ersten Bissen. »Mit Senf wär's mir lieber gewesen.«

Raina und Charlotte lachten beide. »Norman weigert sich, auf gegrilltes Hähnchen Senf zu tun, und übrigens, gern geschehen«, entgegnete Charlotte.

Anscheinend spielten die Gewürze auf dem Sandwich doch keine Rolle, dachte Raina, als er die Hälfte mit zwei Bissen verschlungen hatte.

»Ich muss zurück zur Arbeit.« Charlotte winkte Raina und dann Sam zu und begab sich zu ihrem Laden.

»Nettes Mädchen«, bemerkte Raina.

»Sollte mehr Verstand haben, als sich um mich zu kümmern«, murmelte er.

Sie schüttelte den Kopf. »Das beweist nur ihren guten Geschmack. Also dann, genieße dein Lunch.« Raina ging an ihm vorbei, um sich auf dem anderen Ende der Bank niederzulassen.

Sie würde sich hüten, ihm näherzukommen. Er würde einfach weggehen, wie er es bisher immer getan hatte, ungeselliger Einzelgänger, der er war. Die kleineren Kinder hatten Angst vor ihm, die größeren machten sich über ihn lustig, und der Rest der Stadt ignorierte ihn allgemein. Aber Sam hatte Raina schon immer Leid getan, und sie mochte ihn trotz seiner rauen äußeren Schale. Wenn sie sich in Normans Restaurant etwas zu essen holte, nahm sie auch immer für Samson etwas mit. Offenbar ging es Charlotte genauso. Auch das hatten Raina und die jüngere Frau gemeinsam, abgesehen von Roman.

»Das hätte ich wissen können, dass du vor mir da sein würdest«, sagte eine vertraute männliche Stimme.

»Eric!« Raina stand auf, um ihren Freund zu begrüßen. Dr. Eric Fallon und Raina waren zusammen in derselben Straße von Yorkshire Falls aufgewachsen. Sie waren als verheiratete Paare befreundet gewesen und bis jetzt Freunde geblieben, wo ihre Partner gestorben waren; Erics Frau lange nachdem Raina John verloren hatte.

»Du hättest lieber nicht den weiten Weg gehen sollen. Magenverstimmung oder nicht, man kann nicht vorsichtig genug sein.« Besorgte Falten zerfurchten seine Stirn.

Raina wollte nicht, dass er sich Sorgen um sie machte, aber sie hatte zunächst eine andere, dringendere Angelegenheit zu klären. Sie würde ihren lieben Freund an sein medizinisches Berufsethos erinnern müssen, bevor er sich aus Versehen verplauderte und einem ihrer Söhne erzählte, dass sie an nichts Schlimmerem litt als an besserem Sodbrennen. »Chase hat mich hier abgesetzt, und ich schätze mal, dass du entweder mein Krankenblatt studiert hast oder dass dir sonst irgendwie etwas über meinen Krankenhaustrip zu Ohren gekommen ist?«

»Du hättest mir das selbst sagen sollen, als ich dich heute früh angerufen habe.«

»Wenn dich alle Freunde mit ihren Gesundheitsproblemen belästigt hätten, sobald du aus den Ferien zurück bist, wärst du sofort wieder nach Mexiko umgekehrt.«

Er seufzte und fuhr sich mit der Hand durch sein graumeliertes Haar. »Du bist nicht irgendeine Freundin. Wann wirst du das endlich begreifen?« Mit seinen dunklen Augen sah er sie eindringlich an.

Sie tätschelte seine Hand. »Du bist ein netter Kerl.«

Seine gebräunte, vom Wetter gegerbte Hand umfasste ihre, der Kontakt fühlte sich erstaunlich warm und zart an.

Sie war berührt und wechselte das Thema. »Ich nehme an, du hast gehört, dass Roman wieder da ist?«

Eric nickte. »Jetzt erklär mir aber mal, warum mir auch zu Ohren gekommen ist, dass deine Söhne auf Zehenspitzen um dich herumschleichen, als würdest du jeden Moment zerbrechen. Warum Roman sich Sonderurlaub genommen hat. Und warum du, wenn du nicht gerade unterwegs bist, zuhause auf Anweisung des Arztes *ruhst*. Ich weiß nämlich verdammt gut, dass Leslie nichts von dringend notwendiger Ruhe gesagt hat. Notwendige Magenmittel, das vielleicht.«

Raina blickte sich um, in der Hoffnung, jemand würde sie vor einer Strafpredigt bewahren, aber es war kein weißer Ritter in Sicht, nicht einmal Samson, der hinter ihnen die Blumenbeete jätete. »Eric, wie alt sind die Jungen? Alt genug, um verheiratet zu sein«, sagte sie, ohne auf eine Antwort von ihm zu warten. »Alt genug, um Kinder zu haben.«

»Das ist es also, was dir Sorgen macht. Du willst Enkelkinder?«

Sie nickte nur, weil es ihr schwer fiel, zu sprechen, die Wahrheit zuzugeben, ohne die wachsende Leere in ihrem Leben und in ihrem Herzen einzugestehen.

»Die Jungen werden heiraten, wenn sie soweit sind, Raina.«

»Was spricht dagegen, das Ganze etwas zu beschleunigen? Der Himmel weiß, dass Rick einsehen muss, dass ihn nicht alle Frauen verletzen werden, nur weil eine es getan hat. Und dann ist da Roman …«

»Entschuldige, aber ich verstehe dich nicht«, unterbrach Eric sie. »Was hat dein Krankspielen mit dem Wunsch zu tun, dass deine Söhne eine eigene Familie gründen?«

Sie blickte nach oben. Himmel hilf, wie begriffsstutzig Männer sein konnten – sie hatte das Gefühl, nur von solchen umgeben zu sein. »Meine Söhne würden mir niemals meinen Herzenswunsch verweigern – noch dazu einen, der auch ihr eigenes Leben bereichern würde. Nicht, wenn sie glaubten …« Sie krauste die Nase und zog ängstlich und zögerlich die Schultern hoch.

»Dass deine Gesundheit in Gefahr sei?« Auf ihr kaum wahrnehmbares Nicken hin stand er abrupt auf. »Großer Gott, wie konntest du das deinen Kindern antun?«

»Ich habe es für meine Kinder getan. Setz dich wieder hin, du machst mir ja eine Szene.« Sie zerrte an seinem Ärmel und er folgte ihrem Befehl.

»Es ist nicht richtig.«

Raina ignorierte den Anflug eines schlechten Gewissens. Okay, es war mehr als ein Anflug, aber wenn ihr Plan gelänge, würde niemand zu Schaden kommen und jeder davon profitieren. »Du darfst es ihnen nicht sagen.«

»Diese Jungen lieben dich. Nenne mir einen plausiblen Grund, warum ich das nicht tun sollte.«

»Dein Hippokratischer Eid.« Sie verschränkte die Arme vor ihrer Brust. »Muss ich ihn erst für dich zitieren? Ich kann das nämlich, solltest du wissen. Zeile für Zeile«, fügte sie sicherheitshalber hinzu.

»Daran zweifle ich nicht«, antwortete er mit zusammengebissenen Zähnen.

»Fünftes Jahrhundert vor Christus: ›Ich schwöre bei Apollo‹, dem großen Heiler …«

»Du hast gewonnen, Raina, aber es gefällt mir nicht.«

»Das ist mir schon klar.« Für gewöhnlich genoss sie es, sich mit ihm Wortgefechte zu liefern, und schon als sie sich die Zeilen eingeprägt hatte, wollte sie ihm mit ihrem Wissen imponieren, aber der Sieg war überhaupt nicht süß. »Meine Söhne wissen nicht, was ihnen im Leben entgeht. Was ist so falsch daran, ihnen das vor Augen zu führen? Du hast selber zwei süße Enkelinnen, die beide in Saratoga Springs wohnen, keine zwanzig Minuten von hier. Ich wette, dass du dir ein Leben ohne sie gar nicht mehr vorstellen kannst. Und ich bin sicher, du wärst verzweifelt, wenn deine Töchter noch keine eigene Familie hätten.«

»Das kann ich dir nicht beantworten, da sie beide verheiratet sind und Kinder haben. Aber ich bezweifle, dass ich ihnen etwas vormachen würde. Es ist deine Taktik, die ich anfechte, nicht deine Gefühle. Und da wäre noch etwas.«

Mit seinem Daumen fuhr er ganz langsam über ihren Handrücken, und erst jetzt wurde Raina bewusst, dass er sie immer noch festhielt. Sie schluckte schwer. »Was denn?«

»Du bist zu lange allein gewesen. Untersuchungen zeigen, dass verwitwete Frauen, Frauen mit einem Workaholic zum Ehemann und Frauen ohne eigene Interessen sich eher in das Leben ihrer Kinder einmischen.«

Es gab Vieles im Leben, das Raina nicht leiden konnte. Eins davon war, von oben herab behandelt zu werden. »Ich habe andere Interessen. Jeden Morgen gehe ich zum Joggen raus oder laufe auf dem Heimtrainer im Keller.«

Er hob eine Augenbraue. »Du joggst noch mit deinem schwachen Herzen?«

Sie zuckte die Schultern. »Wenn ich sicher bin, dass sie mich nicht erwischen, und das ist nicht leicht, glaube mir. Diese Jungen sind so stur, und da sie zu dritt sind, scheinen sie überall zugleich zu sein. Der Keller ist mein einziger Zufluchtsort, aber das ist jetzt nicht das Thema. Ich arbeite auch noch ehrenamtlich im Krankenhaus«, fügte sie in dem Bestreben hinzu, ihn von ihren externen gesunden Betätigungen zu überzeugen.

Er runzelte die Stirn. »In der Kinderabteilung. Es ist ein wunderbares Geschenk, das du den Kindern da machst, aber soweit es dich betrifft, handelt es sich um eine Ausweitung derselben Besessenheit. Es ist ungesund, sich in das Leben seiner Kinder einzumischen.«

Sie straffte die Schultern. Ihr Herz schlug schmerzhaft in ihrer Brust, und sie spürte einen Kloß im Hals: »Ich bin nicht besessen und mische mich nicht ein. Ich übertreibe etwas, damit meine Söhne ihren Horizont erweitern. Das ist alles.«

»Also gut, lass uns festhalten, dass wir uns in diesem Punkt einig sind, uneinig zu sein. Aber im Hinblick auf deine Person wird es Zeit, dass ich dir meine Meinung sage, und nicht nur als dein Arzt.«

Raina wusste nicht genau, warum, aber ihr Adrenalinspiegel stieg in einer Weise an wie seit Jahren nicht mehr. Schmetterlinge flatterten in ihrem Magen.

»Es gibt noch andere Studien, die ich zitieren könnte, aber hast du gewusst, dass die emotionale und körperliche Beziehung zu einem anderen menschlichen Wesen ein entscheidender Teil des Lebens ist?«

»Ich habe Beziehungen. Zu meinen Söhnen, meinen Freunden, zu dir … zu jedem in dieser Stadt.«

»Ich spreche nicht von Freundschaften, Raina.«

Sie begegnete seinem Blick und sah ihm zum ersten Mal richtig in die Augen, sah ihn nicht nur als Freund, sondern auch als Mann. Als attraktiven, fürsorglichen, begehrenswerten Mann.

Er sah wirklich gut aus, sein graumeliertes Haar ließ ihn vornehm, nicht älter erscheinen. Seine Haut war gebräunt und vom Wetter gegerbt, auf eine markante Weise, die allen Falten Trotz bot. Und sein Körper hatte, wenn auch nicht die

Straffheit der Jugend, so doch die äußere Erscheinung eines kraftvollen Mannes bewahrt.

Sie fragte sich, was er wohl sah, wenn er sie betrachtete, und entdeckte überrascht, dass es ihr nicht egal war. Das Gespräch hatte einen persönlichen, sinnlichen Unterton angenommen, den sie bei Eric noch nie gehört hatte. Ob sie sich wohl täuschte? Sie war zu alt, um anzunehmen, dass Männer sie mit wirklichem Interesse ansahen. Nicht mehr. Seit John nicht mehr.

Aber hatte sie nicht selbst soeben Eric in einer – sie wagte es kaum zu denken – intimen Weise gemustert? Völlig verwirrt ballte sie die Hände zu Fäusten, und er ließ sie endlich los.

»Um zwei habe ich Patienten. Wir sollten jetzt wohl essen.«

Raina nickte dankbar und packte ihren Picknickkorb aus, den sie in Normans Restaurant gefüllt hatte.

»Erzähl mir also, welche anderen Projekte du noch laufen hast«, sagte Eric und begann zu essen.

»Von dem abwechslungsreichen Bridgeabend hast du gehört, oder?« Einmal im Monat bestand Raina darauf, dass die Frauen in ›Charlottes Speicher‹ einkauften, anstatt Bridge zu spielen. Damenabend nannte sie es.

Er lachte. »Na klar. Du hast es zu deiner Mission gemacht, Charlotte zum Erfolg zu verhelfen.« Er zeigte mit der Hand über den Rasen auf ›Charlottes Speicher‹ auf der gegenüberliegenden Straßenseite.

Raina hob die Schultern: »Warum nicht. Ich habe das Mädchen schon immer gern gehabt.«

»Schon wieder am Bemuttern«, bemerkte Eric zwischen zwei Bissen. Raina sah ihn missbilligend an und wollte etwas erwidern, aber da milderte er seine Worte durch ein gewinnendes Lächeln ab. »Komm am Freitag Abend mit mir zum Saint Patrick's Day-Tanz.«

Nie zuvor hatte er sie eingeladen, mit ihm auszugehen. Niemals hatte er ihr angeboten, sie irgendwohin zu begleiten, es sei denn, sie begegneten sich in einer Gruppe. Babysitten bei einer Witwe nannte sie es, und keiner hatte je widersprochen. Erics Frau war jetzt drei Jahre tot, und er hatte sich in seine Arbeit gestürzt, also war sie über diese Einladung erstaunt.

»Ich würde gern mitgehen, aber die Jungen werden auch da sein, und …«

»Um Himmels willen, sie könnten denken, dir fehlte gar nichts, was?«

Die Hitze stieg ihr ins Gesicht. »So in etwa.«

»Dann muss ich dir wohl ein Rezept für einen abendlichen Ausgang schreiben.«

Seine Augen funkelten, und sie musste zugeben, dass sie schwach wurde. Nicht wegen seines Angebots, sondern seinetwegen. »So etwas wie Babysitten?« Sie musste Klarheit haben. Sollte sie als sein Date mitgehen, oder wollte er nur eine alte Freundin aus dem Haus locken?

Mit einem festen, abschätzenden Blick sah er ihr in die Augen. »Es geht nicht ums Babysitten. Wir haben ein Date.«

»Mit dem größten Vergnügen.« Die Schmetterlinge traten wieder in Aktion, und diesmal erkannte sie dieses leidenschaftliche Gefühl nicht nur, nein, sie begrüßte es auch mit offenen Armen.

Drei Tage, nachdem Roman in Charlottes Laden gewesen war, konnte sie ihn immer noch nicht aus ihren Gedanken verbannen.

In ihren Träumen versuchte sie es gar nicht erst, aber am Tage, wenn die Ladenglocke läutete, flatterten ihre Nerven, ob möglicherweise er hereinkäme. Klingelte das Telefon, hüpfte ihr Herz bei dem Gedanken, sie könne am anderen Ende seine tiefe Stimme hören.

»Wie jämmerlich«, murmelte sie. Sie musste unbedingt aufhören, an Roman zu denken.

Seufzend parkte sie am Randstein gegenüber vom Haus ihrer Mutter. Der Besuch bei Annie war ein wöchentliches Ritual. Als Charlotte wieder in die Stadt zurückgekehrt war, hatte sie schon zu lange allein gelebt, um wieder bei ihrer Mutter einzuziehen, und außerdem hatte sie nicht in die Depression und Frustration zurückfallen wollen, die damit einhergingen, bei Annie mit all deren absurden Hoffnungen und Träumen zu wohnen.

Aber heute sträubte sie sich dagegen, sich von ihrer Mutter deprimieren zu lassen, denn sie war entschlossen, bei diesem strahlenden Tag eine ebenso strahlende Laune zu behalten. Die Sonne schien von einem knallblauen Himmel, und sie schwebte förmlich im Frühlingsfieber. Sie wollte weiterschweben. Sie durfte nur nicht daran denken, wie es ihr am Abend beim Tanz im Rathaus ergehen würde, wenn sie den Geruch von Cornedbeefeintopf einatmen und dem Klatsch der Stadt zuhören müsste, anstatt ein richtiges Date mit Roman Chandler zu haben. Ein Mädchen musste kluge Entscheidungen treffen, und das hatte sie getan.

Charlotte drückte erneut auf den Klingelknopf, weil sie nicht ihren Schlüssel benutzen und ihre Mutter erschrecken oder sie glauben lassen wollte, Russell wäre heimgekehrt. Annie hatte niemals ihre Schlösser auswechseln lassen und würde das auch niemals tun. Sie lebte in einem ewigen Schwebezustand.

Endlich ging die alte Haustür weit auf, und ihre Mutter stand da in einem Morgenrock. »Charlotte!«

»Guten Morgen, Mama.« Bevor sie eintrat, zog sie ihre Mutter fest an sich.

Das Haus roch muffig, als ob bei dem herrlichen Frühlingswetter nirgendwo ein Fenster geöffnet worden wäre, und ihre Mutter sah so aus, als wollte sie ihren einzigen arbeitsfreien Tag drinnen verbringen. Wieder einmal.

»Müsstest du nicht im Geschäft sein?«, fragte Annie.

Charlotte sah auf ihre Uhr. »Ja schon, aber Beth kann den Laden genauso gut öffnen und zunächst einmal etwaige Kundschaft bedienen.« Ihr kam plötzlich eine großartige Idee. Sie hatte etwas unternehmen wollen, und jetzt hatte sie dafür einen glänzenden Einfall. »Zieh dich an«, ermunterte sie ihre Mutter.

»Wir machen uns einen Mutter-Tochter-Vormittag.« Während sie noch sprach, drängte sie ihre Mutter die Treppe hoch ins Schlafzimmer. »Ich wette, dass Lu Anne uns dazwischenschieben kann für Haare und Nägel. Dann kaufen wir uns etwas zum Anziehen für den Tanz heute Abend und gehen danach bei Norman essen. Ich lade dich ein.«

Ihre Mutter blickte sich in dem verdunkelten Zimmer um. »Also, ich hatte gar nicht vor, da heute Abend hinzugehen, und jetzt das Haus zu verlassen …« Sie verstummte.

»Keine Ausreden.« Charlotte zog die Rollläden hoch und ließ somit das Licht herein. »Wir werden richtig Spaß haben.« Sie verschränkte die Arme vor der Brust. »Und ich werde ein Nein nicht akzeptieren, zieh dich also an.«

Während Charlotte sich fragte, wie sie wohl reagiert hätte, wenn Roman auf ähnliche Weise in ihre Festung gestürmt wäre, blinzelte ihre Mutter nur und fügte sich erstaunlicherweise ohne Widerspruch.

Eine halbe Stunde später saßen sie in ›Lu Annes Locken‹, einem Salon, der von einem weiteren Mutter-Tochter-Team geführt wurde. Lu Anne bemühte sich um die älteren Damen mit bläulich-weißem Haar, ihre Tochter Pam befasste sich mit den flippigen Teenagern und den modebewussten jüngeren Frauen.

Nach dem Friseur landeten sie bei Norman zum Lunch, um danach den Einkauf in Angriff zu nehmen. Charlotte konnte sich nicht daran erinnern, wann sie das letzte Mal ihre Mutter aus dem Haus gelockt hatte und war froh, sich dafür die Zeit genommen zu haben.

Sie suchte einige Kleider für ihre Mutter aus, und sie konnten sich schließlich auf eines einigen, nachdem Annie alle widerstrebend anprobiert hatte. »Das steht dir großartig. Zusammen mit der veränderten Frisur und dem neuen Make-up betont dieses Kleid das Grün in deinen Augen.«

»Ich verstehe gar nicht, warum dir das heute Abend so wichtig ist.«

»Außer der Tatsache, dass es sich um die jährliche Wohltätigkeitsveranstaltung für ›Little League‹ handelt? Weil es wichtig ist, mal aus dem Haus zu kommen. He, vielleicht läufst du ja Dennis Sterling in die Arme. Ich bin ganz sicher, dass er interessiert ist, Mama. Er hängt öfter in der Bibliothek rum, als es selbst ein Tierarzt nötig hat.«

Annie zuckte die Schultern. »Ich gehe nicht mit anderen Männern aus. Ich bin verheiratet, Charlotte.«

Charlotte zog frustriert die Luft ein. »Mama, findest du es nicht an der Zeit, dich endlich nach vorn zu bewegen? Nur ein kleines Stück? Und selbst, wenn du anders denkst, was wäre so schlimm daran, einen Versuch zu starten? Vielleicht macht es dir sogar Spaß.« Falls Russell sich herablassen würde aufzukreuzen, was immer wieder geschah, würde es dem Mann ganz gut tun, zu sehen, dass ihre Mutter nicht nur herumsaß und auf seinen großen Auftritt wartete.

»Er liebt mich. Dich liebt er auch. Wenn du ihm eine Chance geben würdest …«

»Eine Chance, was zu tun? Nach Hause zu kommen, um in einem Atemzug Hallo und Auf Wiedersehen zu sagen?«

Annie hielt die Kleider dicht an sich gepresst, als ob die Stoffschichten sie vor Charlottes Worten hätten schützen können.

Charlotte zuckte zusammen. Sie musste gar nicht sehen, wie ihre Mutter zurückwich, um zu erkennen, dass sie zu hart gewesen war. Sobald sie die Worte ausgesprochen hatte, bereute sie ihre schroffe Bemerkung und ihren scharfen Ton. Beschwichtigend legte sie ihrer Mutter die Hand auf den Arm, brachte aber kein Wort heraus.

Annie brach zuerst das Schweigen. »Man kann seine Liebe auf unterschiedliche Weise ausdrücken, Charlotte.«

Ihr Vater zeigte seinen Mangel an Gefühl mit jeder erneuten Abreise. »Mama, ich will dich nicht verletzen und ich will mich nicht streiten.« Wie oft hatte sie schon eine ähnliche Version dieses Gesprächs mit ihrer Mutter hinter sich gebracht? Sie hatte den Überblick verloren. Aber jedes Mal, wenn sie glaubte, kurz vor einem Durchbruch zu stehen, würde ihr treuloser Vater wieder angetanzt kommen. Als hätte der Mann Radar, dachte Charlotte. Offensichtlich wollte er Annie nicht, aber er wollte auch nicht, dass sie über ihn hinwegkam. Infolgedessen verbrachte ihre Mutter ihr Leben in einem Schwebezustand. Aber so war es nun einmal, rief Charlotte sich ins Gedächtnis. Deshalb mussten ihre eigenen Entscheidungen das eindeutige Gegenteil von denen ihrer Mutter sein.

Annie, die alles bis auf die Worte ihrer Tochter zu würdigen wusste, hielt das Kleid vor sich und gab Charlotte erneut die Gelegenheit, ihre Mutter prüfend zu betrachten. Die Farbe der neuen Frisur verdeckte das Grau, und das Make-up ließ ihre Gesichtszüge aufleuchten. Sie sah zehn Jahre jünger aus.

»Warum starrst du mich so an?«

»Du bist … schön.« Das war ein Adjektiv, das Charlotte gewöhnlich nicht benutzte, um ihre Mutter zu beschreiben. Vielleicht auch nur deshalb nicht, weil Annie sich äußerst selten um ihr Aussehen bemühte.

Jetzt aber musste Charlotte bei ihrem Anblick an das Hochzeitsfoto auf der Frisierkommode ihrer Mutter denken. Russells und Annies Hochzeitsfeier war nicht aufwendig gewesen, aber ihre Mutter hatte doch eine traditionelle weiße Robe getragen – und bei der Glut der Jugend und der Liebe hatte sie nicht nur einfach schön gewirkt. Sie hatte bezaubernd ausgesehen. Sie musste wahnsinnig glücklich gewesen sein, wie man an dem Leuchten ihrer Wangen und dem Glanz in ihren Augen erkennen konnte. Sie könnte wieder glücklich sein, dachte Charlotte. Aber sie bemühte sich nicht, und genau das machte die Situation so frustrierend.

Charlotte machte ihrer Mutter Vorwürfe, weil sie jede Hilfe ablehnte, und ihrem Vater, weil er immer wieder verschwand. Aber Annie war die zerbrechlichere von beiden. Charlotte liebte ihre Mutter. Sie berührte deren Haar. »Du bist wirklich schön, Mama.«

Annie winkte ab, streckte dann aber zu Charlottes Erstaunen die Hand nach ihr aus und berührte ihre Wange. »Auch du bist schön, Charlotte. Innerlich und äußerlich.«

Es war eine Seltenheit, dass Annie lange genug aus ihrem Nebel auftauchte, um die Welt um sich herum wahrzunehmen. Das Kompliment war für ihre Mutter so untypisch, dass Charlotte einen Kloß im Halse spürte und für kurze Zeit keine Worte fand. »Ich sehe aus wie du«, sagte sie, als sie sich erholt hatte.

Annie lächelte nur und nestelte an den weichen Rüschen des Kleides mit offensichtlichem Verlangen herum. Sie war unschlüssig.

»Komm mit zu dem Tanzabend, Mama.«

»Ich sage dir was … Ich komme mit, wenn du die Diskussion über deinen Vater beendest.«

Charlotte wusste, wann sie zugreifen musste. Dass sich ihre Mutter bereit erklärte auszugehen, war ein Fortschritt. Egal, welche Gründe sie dafür hatte. »Okay.« Sie hob unterwürfig die Hände. »Was hältst du davon, wenn wir jetzt diese Sachen hier bezahlen und dann in meinen Laden gehen? Wir suchen etwas Unterwäsche aus, beenden unseren Weibertag, und dann bringe ich dich nach Hause.«

Bei dem Wort *nach Hause* leuchteten Annies Augen auf. Charlotte nahm sich vor, Dr. Fallon anzurufen. Es musste irgendeinen besonderen Grund geben für Annies starkes Bedürfnis nach ihrem Zuhause. Vielleicht konnte der Arzt im Gespräch etwas erfahren.

Als sie am ›Speicher‹ anlangten, war Charlotte entschlossen, ihrer Mutter eine weitere halbe Stunde Spaß *außerhalb* ihres Hauses zu bereiten. Und Beth, ihre Assistentin, gehorchte äußerst glücklich, als Charlotte sie aufforderte, die attraktivsten unterschiedlichsten Exemplare an Unterwäsche hervorzuholen.

Charlotte hängte das GLEICH-ZURÜCK-Schild an die Ladentür und wandte sich an Mutter und Freundin. »Modenschau gefällig? Los, Mama. Du kannst dir aussuchen, was du willst. Befreie dein inneres Ich, damit es sich mit dem neuen äußeren Ich zusammentun kann. Was meinst du?«

»Ich bin zu alt, um in Unterwäsche umherzustolzieren.«

Immerhin lachte Annie dabei, und dieser Laut machte Charlotte warm ums Herz. »Aber ich schau euch beiden zu.«

»Und du versprichst, dass du wenigstens eine Garnitur mitnimmst?«

Ihre Mutter nickte.

Der Nachmittag verlief wie eine Pyjamaparty, wobei Charlotte und Beth die verführerischsten BHs und Slips vorführten. Annie schien nicht nur die Show zu genießen, sondern auch die Vorstellung, sich selbst einmal etwas Gutes anzutun.

Fortschritt zeigte sich auf unterschiedliche Weise, und Charlotte glaubte, heute ein Stück weitergekommen zu sein. »Das letzte Modell!«, rief sie ihrer Mutter und Beth zu, die in dem privaten Vorführbereich direkt vor den Umkleidekabinen warteten.

»Okay. Ich bin wieder angezogen. Und deine Mutter sitzt in ihrem Sessel und hat Spaß, oder, Annie?«, fragte Beth.

»Stimmt. Ihr Mädels macht mich auf eure Jugend neidisch.«

Ihre eigene hatte ihre Mutter an einen Mann verschwendet, der es nicht verdiente, dachte Charlotte, aber sie hütete sich, das auszusprechen und so einen perfekten Tag zu verderben. Stattdessen zog sie die Garnitur an, die sie bis zuletzt aufgehoben hatte, eine aus ihrer handgearbeiteten Häkelkollektion. Sie hatte ihrer Mutter nie erzählt, dass sie das von ihr geerbte Talent für diese Arbeiten verwandte, weil sie nie gedacht hatte, dass sie bereit wäre, aus ihrem Schneckenhaus herauszukommen, um sich dafür zu interessieren. Aber heute war es soweit.

Es klopfte laut an der Ladentür. »Ich geh' schon«, rief Beth. »Wir haben schon so lange geschlossen, dass die Leute sich wundern werden.«

»Wer immer es ist, wimmle ihn für noch ein paar Minuten ab, ja?« Charlotte war ihr Geschäft jetzt weniger wichtig als die verbindende Zeit, die sie mit ihrer Mutter verbrachte. Dieser letzte Teil ihres gemeinsamen Tages sollte sie noch näher zusammenbringen.

»Mach ich!«

Charlotte hörte, wie die beiden Frauen nach vorn gingen, um nachzusehen, wer da klopfte. In der Zwischenzeit machte sie sich den BH zu, eine Ergänzung zu ihrer Kollektion. Diese Kleidungsstücke waren einzig und allein für intime Stunden gedacht.

Sie blickte in den Spiegel – und hatte nicht damit gerechnet, dass das Tragen dieser Stücke sie derartig erregen würde. Ihre Brustwarzen wurden hart und ragten durch die Maschen des Materials hindurch, während sie ein leeres, schmerzhaftes Gefühl in der Magengrube verspürte. Ihre Gedanken wanderten zu Roman. Sie strich sich mit den Händen über die Hüften und drehte sich so, dass sie sich von der Seite betrachten konnte, ihre langen Beine und den flachen Bauch. Sie musste zugeben, dass ihre Brüste den BH gut ausfüllten. Wenn sie nur den gleichen Mut hätte, den sie ihren Kunden zu vermitteln suchte, dann würde sie … was? Fragte sie sich selbst und zwang sich, die Antwort durchzuspielen.

Sie würde sich Roman Chandler holen. Sie würde sich den Gefühlen hingeben, die sie bereits seit der High-School empfand. Was als Kindheitsschwärmerei begonnen hatte, war in die Neugier und Sehnsucht einer Erwachsenen umgeschlagen. Wie war er jetzt? Welche Art Mann war aus ihm geworden? Die innige Zuneigung zu seiner Mutter stand ihr vor Augen, um eine Skizze seines Charakters anzufertigen, aber das war nur ein Anfang, und es gab noch so viele Tiefen, die sie gern ausloten würde.

Der einzige Weg, dieser Neugier nachzugeben, war der, ihren Gefühlen nachzugeben. Zu akzeptieren, was er ihr anbot, solange er es ihr anbot – und dann den Mut zu entwickeln, ihr Leben fortzuführen, sobald er gegangen war. Anders als ihre Mutter, die nie den Schritt nach vorn gewagt hatte, würde Charlotte ihrer tiefsten Leidenschaft zwar nachgeben – aber sich danach von ihm lösen.

Doch während Roman bei ihr wäre – so dachte sie und vollendete damit ihre Fantasien – und während er ihr gehörte, würde sie alles daransetzen, ihn zu halten. Sie würde ihm ihre handgearbeiteten Kreationen vorführen und beobachten, wie seine Augen sich vor Verlangen und Begierde weiteten. Als ob es wirklich passieren würde, zitterte ihr Körper in Reaktion auf ihre schamlosen Gedanken. Sie konzentrierte sich wieder auf das Hier und Heute und fragte sich, ob sie wirklich den Mut hätte, ihre Fantasien auszuleben. Sicherlich konnte sie das Bedürfnis rechtfertigen. Ganz offenbar hatte sie Roman auch nach zehn Jahren noch nicht damit aus ihren Gedanken verbannt, dass sie vorgab, er würde nicht für sie existieren oder er würde sie nicht anziehen.

Sie war nicht wirklich über ihn hinweggekommen, wenn sie das ignorierte. Warum sollte sie nicht versuchen, ihn zu vergessen, indem sie ihren Gefühlen einfach nachgab? Wenn sie aus den Fehlern ihrer Mutter lernte, dann war sie auch nicht dazu verdammt, diese zu wiederholen.

Ihr Herz schlug schneller, als sie die Vorstellung überkam, sich hinzugeben. Sich Roman hinzugeben. Mit Roman sich ihrer Leidenschaft hinzugeben.

»Okay, wir sind soweit.« Sie hörte Beth Stimme aus dem vorderen Teil des Ladens, und das Bimmeln der Ladenglocke brachte Charlotte in die Realität zurück. Unglücklicherweise löste sich die Erregung nicht genauso schnell auf.

Charlotte schüttelte den Kopf. Es war Zeit, sich wieder darauf zu besinnen, warum sie diese Unterwäsche angezogen hatte. Um vor ihrer Mutter mit ihren Fähigkeiten im Häkeln anzugeben, und vielleicht, um Annie dazu zu bringen, dieselbe Wäsche zu tragen und aus ihrem eigenen privaten Gefängnis auszubrechen. Beide, Mutter und Tochter, mussten in ihrem Leben große Schritte nach vorn machen, dachte Charlotte.

Schritte näherten sich dem hinteren Raum, offenbar die von Beth.

»Bereit oder nicht, ich komme!«, rief Charlotte und trat aus dem kleinen, abgegrenzten Raum hinaus in den Bereich mit den Queen Anne Stühlen. Aber statt ihrer Mutter und Beth bestand ihr Publikum nun aus einer Person.

Aus einem unglaublich aufregenden, kraftvollen männlichen Wesen namens Roman Chandler.

Roman starrte auf Charlottes nahezu nackten Körper in totalem Schock. Die erotischste Garnitur aus BH und Slip, die ihm je zu Augen gekommen war, umschloss eng die weichen Kurven der zauberhaftesten Frau, die er je gesehen hatte. Derselben Frau, die er, so kam es ihm vor, schon immer gewollt hatte.

Darauf war er bei Gott nicht vorbereitet gewesen. Endlich hatte er sich entschlossen, Abstand zu halten, und jetzt das!

»Roman?« Sie riss die Augen auf und machte zu seiner Erleichterung einen Satz, um hinter den Schwingtüren Schutz zu suchen. Unglücklicherweise hielt sie inne.

Wartete sie, überlegte sie etwas? Er wusste es nicht, aber er genoss den perfekten Blick auf ihren blassen, zarten Rücken, ihre schmale Taille und die verlockend durchschimmernde Haut ihres reizenden Pos.

Und dann drehte sie sich um, ganz langsam, und legte eine Hand oben auf die Lattentür im Caféhausstil. Ihre Brüste, weiß wie Milch, schoben sich in dem gehäkelten schwarzen Material nach oben, voll und sinnlich, und schienen nach ihm zu verlangen. Sie baten ihn förmlich, seinen gerade abgelegten Schwur, sich fernzuhalten, zu vergessen.

Sie richtete ihren Blick auf ihn, ohne nach ihren Kleidern zu rennen. Er hatte nicht gewusst, dass sie solchen Mut besaß. Noch eine weitere Eigenschaft, die er an ihr entdeckte. Aber Schamlosigkeit war nicht alles, was diese unglaubliche Frau auszeichnete; ihr Zittern und die unregelmäßigen Atemzüge bewiesen ihm, dass sie durchaus nicht beherrscht war. Eindeutig nicht die vollendete Verführerin, dachte er, Gott sei Dank. Ihre weichere, unschuldige Seite würde ihm helfen, ausgeglichen und beherrscht zu erscheinen. Das war auch dringend nötig, denn sein Körper machte ihm jede Sekunde mehr zu schaffen.

»Wo sind meine Mutter und Beth?«, wollte sie wissen.

Diese erstaunlich grünen Augen sahen in die seinen, und eine Strähne ihres zerzausten schwarzen Haars hing über einer bloßen Schulter, sodass er sich fragte, wie sich die seidigen Strähnen wohl auf seiner nackten Haut anfühlen würden.

»Beth lässt dir sagen, dass sie Annie nach Hause bringt und später zurück sein wird. Viel später.« Offenbar hatte die nun bald verheiratete Beth eine Gelegenheit entdeckt, die Kupplerin zu spielen und sie sofort ergriffen.

»Ein abgekartetes Spiel«, murmelte Charlotte, der anscheinend das Gleiche wie Roman bewusst wurde. »Und du bist hier, weil …?«

»Du hast etwas, was ich brauche.« Er fluchte leise. Er hatte nicht vorgehabt, so verdammt zweideutig zu klingen.

Sie atmete tief ein. Um sich Mut zu machen? Roman wusste es nicht, aber er brauchte selbst eine Dosis davon, weil sie auf ihn zukam, bis sie ganz nah war. So nah, dass er ihren Duft, frisch wie der Frühling, wahrnehmen konnte. Und sofort mehr wollte.

»Was kann ich dir also geben?«, fragte sie.

»Rick sagte, er habe dich angerufen und dich gebeten, für ihn eine Liste mit den Namen deiner Kunden in einem Umschlag bereitzulegen.« Roman wusste nichts Genaues, aber es hatte mit dem Höschendieb zu tun.

Sie nickte. Aber weder machte sie Anstalten, den versprochenen Umschlag zu holen, noch sich anzuziehen. Er konnte sich nicht erklären, was Charlottes Gesinnungswandel bewirkt hatte, seit sie sich zuletzt begegnet waren, aber es gab keinen Zweifel, dass jetzt sie sich ihm näherte und ihn in die Enge trieb. Anscheinend hatte sie ihren eigenen Plan, aber er wusste verdammt noch mal nicht, was für einen.

Roman atmete hörbar aus. Der Spieß hatte sich umgedreht. Das Raubtier war zum Beutetier geworden, und er war sich der Ironie bewusst.

»Wo sind deine Kleider?«, fragte er.

»Warum interessiert dich das?«

Das Verlangen wuchs in ihm, kraftvoll und verzehrend. Er verwandte seine ganze Konzentration darauf, ihr in die Augen und nicht auf ihren verführerischen Körper zu schauen. »Was ist los, Charlotte?« Verdammt. Ihr Name klang wie eine Liebkosung; hitzige Wärme rauschte durch seine Adern.

Sie hob eine zarte Schulter. »Warum kämpfst du plötzlich gegen etwas an, was du unbedingt haben wolltest? Wo du mich doch herausgefordert hast, es dir zu geben.«

Sie war seiner Frage ausgewichen und hatte stattdessen selbst eine gestellt, mit zögernder Stimme trotz ihrer provokanten Haltung. Aber er konnte ihr nicht antworten, ohne seine Brüder, die Münz-Wette oder seine eigenen Pläne zu verraten. Er konnte sich dem selbst kaum stellen und weigerte sich, es Charlotte zu offenbaren. »Du hast mich knallhart abgewiesen. Wieso hast du dich anders entschieden?«

Sie war kaum bekleidet und bot ihm an, was sein Herz begehrte. Aber er musste dagegen ankämpfen – oder riskieren, den Beruf, den er liebte, aufs Spiel zu setzen sowie eine Zukunft, wie er sie sich wünschte.

»Ich dachte, das Wie und Warum sei dir egal.« Sie griff nach dem Kragen seines Jeanshemdes und fuhr an ihm mit einem zitternden Finger bis zur Spitze entlang.

Ihm brach tatsächlich der Schweiß aus. »Weißt du, ich habe Moralvorstellungen und Prinzipien.«

»Außerdem sagst du offen heraus, was du für Absichten hast. Du kannst nicht bei mir bleiben. Deine Ehrlichkeit gefällt mir.«

»Dir gegenüber werde ich immer ehrlich sein, Charlotte.«

»Also gut, ich habe beschlossen, dass ich einverstanden bin.« Ein zögerliches Lächeln spielte um ihren Mund. »Du möchtest der Anziehung nachgeben? Nun, ich auch.« Sie schluckte schwer. »Ich … ich will dich, Roman.«

»Oh, verdammt«, murmelte er. Welcher Mann könnte einer solchen Erklärung widerstehen? Seine Hand umfasste ihren Nacken, seine Finger verwoben sich mit ihrem Haar, und er versiegelte ihren Mund mit seinen Lippen.

Dieser erste Kuss begann zart, aus dem Bedürfnis heraus, zu erforschen, aber er geriet schnell außer Kontrolle aufgrund des Hungers, der sich in zu vielen Jahren aufgestaut hatte. Ein wildes Verlangen, sich für die verlorene Zeit zu entschädigen, verzehrte ihn. Heiß und ausgehungert fuhr er mit seiner Zunge über den Rand ihrer Lippen und verlangte Einlass, den sie ihm gewährte. Dort war es feucht, süß und rein und schmeckte so wie es richtig war.

Ein kehliges Stöhnen entrang sich ihr. Er war nicht sicher, wer sich zuerst bewegte, aber sie ging rückwärts und er folgte, ohne dass sein Mund von ihrem ließ. Sie stießen an die Wand hinter ihnen. Sobald sie in der kleinen, separaten Umkleidekabine waren, fielen die Schwingtüren zu und schlossen sie darin ein. Seine Hände wanderten von ihrem Hals hinunter, um ihre Taille zu umfassen. Sein Unterleib schmiegte sich in das V ihrer Beine und seine Erektion wuchs, schwoll an vor Verlangen, als er ein warmes Zuhause ahnte, das ihn willkommen hieß.

Ihre feuchte, weibliche Hitze fing ihn auf durch den harten Stoff seiner Jeans. »Großer Gott«, murmelte er, sein Körper zum Bersten angespannt. Die Schranke seiner Kleidung behinderte ihn und ein süßer, aber heftiger Schmerz verlangte nach Erfüllung. Er schob sich hin und her, auf der Suche nach tieferem Einlass, als es möglich war.

Als ob sie seine Gedanken lesen könnte, öffnete sie weiter ihre Beine, und er zog stoßweise den Atem ein. Sie lehnten Wange an Wange, ihre Hände ergriffen seine Schultern, ihre Finger gruben sich in die Haut unter seinem Hemd, und ihr Atem kam in flachen, unregelmäßigen Zügen.

Fast umschloss sie ihn. Ihr Körper bot ein Bett für den seinen, und wenn er einatmete, war er umhüllt von ihrem Duft. Dieser Duft erfüllte ihn auf eine Weise, die rein sexuelles Verlangen weit übertraf, und gerade das war die Erkenntnis, die ihn in die Realität zurückbrachte. »Was zum Teufel tun wir hier?«, brachte er mit Mühe über seine Lippen.

Sie lachte unsicher, ihr Atem heiß auf seiner Haut. »Ich weiß nicht, wie du es nennen würdest, aber ich bin dabei, mich von dir zu befreien.«

Als ob das möglich wäre, dachte er. Nach zehn Jahren war sie immer noch die einzige Frau, die zugleich mit seinen Hormonen auch seine Gefühle durcheinander brachte. Sie hatte die Fähigkeit, ihn seine Absichten zum Teufel schicken zu lassen.

Ihr Kopf lehnte gegen die Wand, während sie ihn mit glänzenden Augen betrachtete. »Du musst zugeben, dass die Idee ihre Vorzüge hat.«

Er trat einen Schritt zurück und fuhr sich mit der Hand durchs Haar. Tatsächlich, die Idee hätte ihre Vorzüge – wenn er vorhätte, mit Charlotte zu spielen, bis er ihrer müde würde. Vorausgesetzt, er würde jemals ihrer müde. Roman hatte da seine Zweifel.

Außerdem hatte er einem Plan zu folgen. Ein Schicksal, das er nicht anstrebte, aber erfüllen musste, weil er eine Münze geworfen und Familienverpflichtungen hatte. Im Moment war ihm völlig schleierhaft, wie er sein Ziel erreichen sollte. Diese Frau war gefährlich. Sie wollte keine lang andauernde Bindung mit einem Mann, der nicht beabsichtigte, in Yorkshire Falls zu bleiben. Schon das allein bedeutete, dass sie nicht in Betracht kam.

Aber gleichzeitig fürchtete Roman, dass sie imstande wäre, ihn festzuhalten, in dieser Stadt, und ihn die Träume und Lebensziele, die er immer gehabt hatte, vergessen zu lassen.

Je mehr er nachgab, desto tiefer zog sie ihn hinein. »Mich von dir befreien zu wollen, ist eine verdammt gute Idee. Ich habe zwar keine Ahnung, wie ich das anstellen soll, aber das hier …«, er zeigte auf ihren fast nackten und seinen erregten Körper, »ist nicht die schlaueste Art und Weise.«

Ehe er es sich anders überlegen konnte, drehte er sich um und stürmte durch die Schwingtüren, deren Scharniere hinter ihm quietschten. Er erlaubte es sich nicht, zurückzublicken.

Erst als er sich auf der Straße und in Sicherheit befand, fiel ihm ein, dass er Ricks Liste mit den möglichen Verdächtigen vergessen hatte. Und es kam für ihn überhaupt nicht in Frage, jetzt noch einmal ins Feuer zurückzukehren.

Kapitel fünf

Die Straßen von Yorkshire Falls waren leergefegt; die meisten Einwohner hatten sich im Rathaus versammelt. Nachdem Charlotte noch etwas frische Luft geschnappt hatte, ging sie in den Saal an ihren freiwilligen Arbeitsplatz, wo sie die Bowlenschüssel bewachen sollte. Kein vernünftiger Erwachsener würde diese grüne Flüssigkeit sonst anrühren, aber am alljährlichen Saint Patrick's Day Tanzabend genehmigte sich jeder etwas von der farbigen Mixtur.

Sie sagte sich, dass sie sich lieber darauf konzentrieren sollte, dass niemand Alkohol in die Bowle kippte, als auf Roman zu achten. Wenn sie nur an ihren sinnlichen Zusammenstoß am Nachmittag dachte, bekam sie schon eine Gänsehaut.

Sie hatte allen Mut zusammengenommen, um alles noch einmal nachzuvollziehen. In ihrer Fantasie griff sie noch einmal nach ihm. Sie akzeptierte seinen Kuss und ergab sich ihm, und wusste doch, dass er sie tief verletzen konnte. Und das hatte er auch getan. Er hatte ihrem Selbstbewusstsein einen schweren Schlag versetzt, den sie so bald nicht vergessen würde. Jetzt wusste sie, wie er sich damals gefühlt haben musste. Rache schmerzte gewaltig, dachte sie.

Aber sie konnte nicht leugnen, dass er sie nach wie vor anzog. Wieder ließ sie ihre Blicke durch den überfüllten Saal schweifen. Er sah zum Anbeißen attraktiv aus in seinen schwarzen Jeans und dem weißen Hemd. Er fiel auf, und nicht nur, weil er – ganz gegen den Brauch – kein Grün trug. Ihre Augen konnten sich nicht von ihm lösen. Offenbar beruhte das nicht auf Gegenseitigkeit, denn er hatte noch nicht einmal in ihre Richtung geschaut.

Stattdessen zog er von einer alleinstehenden Frau zur nächsten, versprühte seinen Charme, sein müheloses Lächeln, seinen Sex Appeal. Mit anzusehen, dass er ein äußerst empfängliches Publikum hatte, wurmte Charlotte gewaltig. Sie war nur eine von vielen. Das tat weh.

Als sie an ihrem Posten anlangte, hatte sie Gesellschaft bekommen. Raina Chandler saß hinter dem langen Tisch, der behelfsmäßig als Bar diente. »Hi, Raina.«

Die ältere Frau begrüßte sie mit einem breiten, freundlichen Lächeln.

»Lass dich anschauen.« Charlotte trat einen Schritt zurück, um Raina richtig in Augenschein zu nehmen. Sie war schlank wie immer, und ein durch Make-up erzeugter Glanz schimmerte auf ihren Wangen. Charlotte konnte ihr nicht ansehen, dass sie im Krankenhaus gewesen war. »Du siehst wunderbar aus!«

»Vielen Dank. Ich versuche, mich von meinem Gesundheitszustand nicht unterkriegen zu lassen.« Rainas Blick flog zur Seite, dann wieder zurück.

»Ich habe dich eine ganze Woche nicht gesehen. Hoffentlich bedeutet das, dass du dich schonst. Ein Trip ins Krankenhaus ist einer zu viel.«

Raina nickte. »Ich lerne gerade, achtsamer zu sein«, gab sie zu. »Aber zurück zu dir. Ich bin gekommen, um dich zu entlasten. Misch dich unters Volk.«

»Oh nein.« Charlotte schüttelte den Kopf. »Ich werde dich hier nicht rumstehen lassen, um die Bowle zu bewachen. Du sollst dich ausruhen.«

Raina wehrte mit einer Handbewegung ab: »Ich bin nicht deine Ablösung.«

Charlotte blickte sich um, konnte aber keinen anderen entdecken. »Wer dann? Hoffentlich nicht meine Mutter.«

»Als ich deine Mutter zuletzt sah, ging es ihr bestens. Sie unterhielt sich sogar mit jemandem.«

»Mit Dennis Sterling?«, fragte Charlotte und konnte die Hoffnung in ihrer Stimme nicht verbergen.

»Leider wird Dennis sich verspäten.«

»Mist.« Als einziger Tierarzt der Stadt hatte er jeden Notfall am Hals.

Raina tätschelte ihr die Hand. »Mach dir keine Sorgen. Wenn der Mann wirklich interessiert ist, wird er hartnäckig bleiben, nachdem er deine Mutter heute Abend gesehen hat.«

»Sieht sie nicht umwerfend aus? Ich habe ihr Kleid selber ausgesucht.«

»Dein Geschmack ist perfekt, wie immer. Du siehst übrigens auch bezaubernd aus.«

»Danke dir.« Charlotte spürte, wie ihr die Hitze in die Wangen stieg. Ihr war bewusst, dass sie sich nur für Rainas Sohn schön gemacht und dabei etwas Gewagtes gewählt hatte, ein Outfit, das sie während ihrer Zeit in New York erstanden hatte.

Zwar war es ihm gelungen, ihr soweit zu widerstehen, dass er sich losreißen konnte. Aber sie hatte die Reaktion seines Körpers auf den ihren gespürt. Der Mann war nicht immun. Heute Abend wollte sie ihr Selbstvertrauen durch seine anerkennenden Blicke steigern. Unglücklicherweise aber haftete dieser blauäugige Blick keineswegs so an ihr, wie sie es erhofft hatte.

»Ich habe gehört, dass du mit meinem Jüngsten einen

Zusammenstoß hattest«, sagte Raina, als ob sie Charlottes intimste Gedanken lesen könnte.

Die Röte in ihren Wangen begann zu brennen. Wer konnte sie mit Roman gesehen haben? Sie überlegte fieberhaft, während sich die Ereignisse des Nachmittags bis ins letzte erotische Detail in ihrem Kopf abspielten. »Ich …äh … wir …«

»Ihr habt euch doch an einem der letzten Abende bei Norman wiedergetroffen. Rick hat es mir erzählt.« Raina ignorierte Charlottes erleichtertes Aufatmen und tätschelte ihr nur erneut die Hand. »Man weiß nie, was sich nach Jahren der Trennung alles entwickeln kann. Ich bin hier, um dir eine Chance zu geben, deine aufregende Garderobe auch richtig einzusetzen. Sam wird auf die Bowlenschüssel aufpassen, oder?«

Raina griff hinter sich und zog den absoluten Einzelgänger der Stadt näher.

»Hi, Sam.« Sie war überrascht, dass er sich in diese Massenveranstaltung gewagt hatte, aber es lag wohl am freien Essen und Trinken.

»Ich wüsste gern, wie ihr beiden miteinander bekannt wurdet?«, fragte Raina.

»Sie hat einfach eine Schwäche für einen alten Mann«, murmelte er. Charlotte nickte. Sie hatte schon immer etwas für den Einzelgänger übrig gehabt.

»Und Sam macht manchmal Besorgungen für mich.« Er erledigte Postgänge oder ähnliches und bekam dafür ein Entgeld, damit er sich etwas zu essen kaufen konnte, dachte Charlotte, sprach es aber nicht aus.

Er war ein stolzer Mann. Nur wenige in der Stadt bemühten sich, ihn kennen oder verstehen zu lernen. Aber schon als kleines Mädchen hatte sie mitbekommen, wie ihre

Mutter sich um ihn kümmerte. Später dann, als sie nach Yorkshire Falls zurückgekommen war, betrübte es sie, mit anzusehen, dass sein einsames Leben unverändert geblieben war, und sie gab sich besondere Mühe, ihm zu helfen, ohne ihm direkt Almosen anzubieten.

»Nun gut, heute wird er die Bowlenschüssel bewachen«, versprach Raina.

»Damit du frei bist, um mit mir zu tanzen.« Rick Chandler tauchte auf der anderen Seite des Tisches auf und trieb sie vor seiner Mutter mit einem Zwinkern in die Enge.

Das Letzte, was Charlotte jetzt brauchte, war Zweisamkeit mit einem weiteren Chandler-Mann. »Solange mich jemand ablöst, gehe ich etwas frische Luft schnappen.«

»Hast du das nicht gerade getan?«, stellte Raina sie bloß.

Rick suchte ihren Blick. »Du musst mir helfen, mein Image aufzubessern. Rundum lehnen die Frauen mich ab.« Sein Blick war ostentativ, und sie begriff, dass er mit ihr sprechen wollte, ohne Aufsehen zu erregen. Wahrscheinlich Polizeiangelegenheiten. Sie war ihm immer noch die Liste mit den Kunden schuldig, die bei ihr handgearbeitete Slips gekauft oder bestellt hatten.

Mit den Wichtigsten von Yorkshire Falls sollte man lieber kooperieren, dachte Charlotte. »Ich denke, ein Tänzchen wird mir eher gut tun als frische Luft.«

Rick schob den Tisch zurück, damit sie vorbei konnte.

»Und das bedeutet, dass ich zu meinen ...« Rainas Stimme verstummte, und sie legte eine zittrige Hand auf ihr Herz.

»Mama?«, fragte Rick.

»Es geht mir bestens. Vielleicht war es nur keine so gute Idee, heute Abend hierher zu kommen. Herzklopfen.« Sie blickte weg, hinüber zur anderen Seite des Saals. »Ich werde einfach Eric bitten, dass er sich zu mir setzt, bis er mich nach Hause bringen kann. Er ist mein …«

»Date«, schlug Rick vor und legte seiner Mutter einen Arm um die Taille. Charlotte warf er einen besorgten Blick zu, spielte ihn aber mit einem Lächeln vor seiner Mutter herunter. »Du kannst es ruhig sagen. Du bist hier mit deinem Date.«

»Ich bin hier mit meinem Arzt.«

»Der plötzlich seine ausschließliche Aufmerksamkeit einer einzigen Patientin zuwendet?« Rick lächelte seine Mutter wissend an, dann winkte er quer durch den Raum dem Arzt zu, damit er herüberkäme.

»Eben, du sagst es. Ich bin seine Patientin.«

Charlotte bemerkte, dass sie dem Blick ihres Sohnes auswich.

»Wer ist denn heute Abend die Glückliche?«, fragte Raïna, ganz offensichtlich, um das Thema zu wechseln.

»Ich habe dir doch schon gesagt, dass die Frauen nichts mit mir zu tun haben wollen.« Er zwinkerte Charlotte zu.

»Was ist denn aus Donna Sinclair geworden?«, bohrte seine Mutter weiter.

»Die wollte mich nur wegen meines Körpers.«

Raina verdrehte die Augen. Charlotte musste einfach über diese Bemerkung lachen, obwohl auch sie um Rainas Gesundheit besorgt war.

»Erin Rollins?«

»Schnee von gestern, Mutter.«

»Dann könntest du doch vielleicht versuchen, Beth Hansen aufzuheitern.«

Als Beth erwähnt wurde, stutzte Charlotte beunruhigt. »Wieso? Ist sie nicht bei David?« Charlotte erwartete Beth und ihren Verlobten nicht hier, nicht, nachdem die beiden sich zwei Wochen nicht getroffen hatten.

»Ich habe Beth nicht gesehen, aber gehört, dass ihr Verlobter nicht erschienen ist. Also vermute ich, dass sie Trost gebrauchen kann«, meinte Raina. »Aber das kann auch nur ein Gerücht sein.«

Charlotte seufzte. »Ich gehe auf dem Nachhauseweg bei ihr vorbei und rede mit ihr.«

Raina nickte. »Einer von euch sollte das tun. Also, Rick, da Charlotte diesen Job übernommen hat, fordere doch Mary Pinto zum Tanzen auf. Sie steht dort drüben bei dem Rollstuhl ihrer Mutter.«

Er schüttelte den Kopf.

»Lisa Burton?« Sie zeigte auf die konservative Lehrerin, die an der Wand lehnte.

Er seufzte. »Ich kann schon allein eine aussuchen, Mama. Außerdem will ich hier gerade mit Charlotte reden. Hast du vor, sie zu verscheuchen?«

»Merkwürdig. Nach dem, was ich über das Verhalten deines Bruders höre, sobald Charlotte in der Nähe ist, dachte ich, sie sei seine Angelegenheit, nicht deine.«

Ehe Charlotte reagieren konnte, gesellte sich Dr. Fallon zu ihnen. Er versprach Rick, bei Raina zu bleiben, bis sie sich wieder erholt hätte, und sie dann direkt nach Hause zu bringen. Gleich darauf führte er Raina weg, eine Hand fest auf ihrem Rücken.

Rick starrte ihnen nach, amüsiert über dieses neue Paar, aber offenbar doch sehr besorgt hinsichtlich der Gesundheit seiner Mutter. »Sie könnte in keinen besseren Händen sein«, beruhigte ihn Charlotte.

»Ich weiß.«

»Hat dir schon mal jemand gesagt, dass ihr Chandlers die reinsten Tornados seid?«, fragte sie und meinte Rainas Anspielung auf Roman.

Rick schüttelte den Kopf: »In letzter Zeit nicht, aber diese Beschreibung ist so gut wie jede andere.«

»Ich verehre deine Mutter, aber manchmal kann sie so ...«

»Unverblümt sein«, vollendete Rick.

»Eine bewundernswerte Eigenschaft, wenn sie sich auf andere bezieht«, sagte Charlotte lachend. »Doppelt bewundernswert, wenn sie für mich die Geschäfte ankurbelt. Es ist nur ...«

»Sie hat dich mit ihrem Spruch über Roman in Verlegenheit gebracht.«

Charlotte nickte. »Willst du noch mal nach deiner Mutter sehen, bevor wir tanzen?«

»Nein. Du hast es doch selbst gesagt – sie könnte in keinen besseren Händen sein als in denen ihres Arztes. Schenkst du mir also diesen Tanz?« Er streckte seine Hand aus. »Du kannst mir dabei die Namen deiner Kunden ins Ohr flüstern.«

Sie lachte. »Warum nicht?«

Er zog sie in seine Arme und auf die Tanzfläche, gerade richtig zu einem langsamen Tanz. Es war nicht ganz der übliche Ort, um über einen Höschendieb zu sprechen. Auf der überfüllten Tanzfläche stießen sie mit mehreren Paaren zusammen, so auch mit Pearl und Eldin. Das sündige Duo tanzte sehr langsam – aus Respekt vor Eldins schlimmem Rücken. Ihr Anblick, so glücklich in ihrem Alter, sollte Charlotte für ihre eigene Zukunft hoffen lassen, aber stattdessen verstärkte er ihre Sehnsucht nach Roman.

»Deine Kunden, Charlotte«, flüsterte Rick, jetzt Wange an Wange mit ihr.

»Du bist ein einmalig schlauer Bulle.« Sie lachte und flüsterte ihm die verlangte Information ins Ohr. Endlich hatte er seine Kundenliste.

Aber das Beste an dem Tanz war, dass er etwas bewirkte, was Charlotte mit ihrer Aufmachung nicht erreicht hatte: Roman schenkte ihr endlich seine Aufmerksamkeit. Mit finsterer Miene verfolgte er ihre Schritte.

Falls er seinen Bruder erwürgte, müsste er dafür in der Hölle schmoren, aber vielleicht wäre es Roman das Opfer wert – wenn Rick dann seine Hände von Charlottes nacktem Rücken nehmen würde.

Roman ballte seine Fäuste, während er ihre grünen Lederhosen und das taschentuchartige Oberteil beäugte, das wie ein Sarong um ihren Oberkörper gewickelt und auf dem Rücken geknotet war. Ein Mistknoten, der durch den kleinsten Windhauch geöffnet werden könnte – oder durch eine flüchtige Berührung flinker Finger. Sowieso sollte sie der Teufel holen, dass sie so gewagt gekleidet in diesen Saal kam. Das hier war verdammt noch mal ein Familienfest im Rathaus, kein Tanzvergnügen für Singles in New York City!

»Hu-hu, Roman!« Eine Frauenhand wedelte vor seinem Gesicht herum. Terrie Whitehall. Er hatte vergessen, dass er sich mitten in einem Gespräch befand – über die Unhöflich-keit von Bankkunden gegenüber den Kassierern. »Was ist?«, fragte er, ohne seinen Blick von Charlotte zu wenden und von Rick, dem Verräter.

»Ich bin mir immer noch nicht sicher, was ich von ihr halten soll«, sagte Terrie.

»Was du von wem halten sollst?« Schon vor langer Zeit hatte Roman die Kunst entwickelt, etwas zu wiederholen, ohne wirklich zuzuhören.

»Charlotte Bronson. Du starrst sie doch an, über wen sollte ich also sonst reden?«

Auf frischer Tat ertappt, wandte er sich mit Gewalt wieder der Brünetten zu, die ihn ansah wie einen Verrückten. »Was ist mit ihr?«

»Immerhin, sie ist älter als ich …«

»Nur ein Jahr«, erinnerte er sie.

»Na ja, sie hat mir nie etwas getan. Trotzdem, nach Hause zu kommen und solch einen schamlosen Laden zu eröffnen …«

»Ich hatte den Eindruck, dass die meisten Frauen, ob jung oder alt, das kosmopolitische Flair zu schätzen wissen, das sie in die Stadt gebracht hat.«

»Einige Frauen, ja.«

Aber nicht die eifersüchtigen, verklemmten, dachte er und betrachtete Terrie mit ihrem streng zurückgebundenen Haar, dem spärlichen Make-up und einer Rüschenbluse, die bis obenhin zugeknöpft war. Was zum Teufel hatte er sich dabei gedacht, sie als Mutter seines Kindes in Erwägung zu ziehen?

Roman wusste verdammt gut, was er sich dabei gedacht hatte: dass er eine Frau finden würde, die wie das absolute Gegenteil von Charlotte aussah. Eine, die von neun bis fünf einen respektablen Beruf ausübte, die ihm intelligente Unterhaltung bieten konnte, wie er sie suchte. Okay, ein Gespräch hatte er mit ihr geführt. Teilweise intelligent, das meiste Klatsch und nicht scharfsinnig genug, um sein Interesse wach zu halten.

Er hatte sich außerdem beweisen wollen, dass Aussehen nicht alles war – und das stimmte auch, solange die fragliche Frau eine vernünftige gesunde Achtung vor anderen, deren Beruf und Kleidung bewies. Diese Frau jedoch betrachtete Charlottes Art mit Verachtung. Ihr Name musste sogleich von seiner Kandidatinnen-Liste gestrichen werden.

Zusammen mit dem halben Dutzend Frauen, mit denen er heute Abend gesprochen oder die ihn in die Enge getrieben hatten. Nachdem er Charlotte in ihrem Laden zurückgelassen hatte, war er nach Hause gegangen, um lange kalt zu duschen und sich geistig von der einen Frau, die er wollte, zu distanzieren, damit er die Frauen anmachen konnte, die er nicht wollte.

Idiotenlogik. Roman sah ein, dass dieser Babyplan von vornherein idiotisch war. Er blickte sich im Saal um und entdeckte seine Mutter. Raina ruhte sich auf einem Stuhl aus, vertieft ins Gespräch mit Eric Fallon, dem Arzt der Familie. Hoffentlich hatte sie sich nicht überanstrengt, indem sie so kurz nach dem Krankenhaus zu einer Party ging.

Jemand sollte mal nach ihr sehen und mit ihrem Arzt reden. Ihm kam eine Idee. Er entschuldigte sich bei Terrie, ging auf seinen Bruder zu und packte ihn bei der Schulter, ohne ein Wort an Charlotte zu richten. »Ich denke, du solltest mal nach unserer Mutter sehen. Sie sieht irgendwie blass aus und hat fast den ganzen Abend auf einem Fleck gesessen.«

Rick wies mit dem Kinn auf Roman. »Geh du doch selber. Siehst du nicht, dass ich gerade tanze?«

»Sie hört nicht auf mich. Weil ich normalerweise nicht da bin, denkt sie, dass ich zuviel Theater mache.« Was soweit stimmte. Allerdings hörte Raina auf niemanden, ihre drei Söhne eingeschlossen. Aber wenn sein Bruder deshalb seine Hände von Charlottes Rücken und Taille nehmen müsste, würde Roman es gerechtfertigt finden, nur die halbe Wahrheit zu sagen.

»Hau ab«, konterte Rick.

»Ich finde, Roman hat Recht.«

Charlottes weiche Stimme versetzte Roman einen Schlag in die Magengrube, aber er ignorierte das brennende Gefühl. »Wenn Raina nur dir gegenüber aufrichtig ist, solltest du dich vergewissern, ob es ihr gut geht«, sagte sie zu Rick.

»Sie sitzt da mit niemand anderem als ihrem Arzt, mein Gott noch mal.«

Ein Punkt für Rick, dachte Roman, als er Charlottes Blick begegnete. Falls sie wusste, dass er sie nur von der Gesellschaft seines Bruders befreien wollte, ließ sie sich nichts anmerken. Ihre sonst warmen Augen waren kalt wie Eis.

Er hatte ihren Zorn gewollt. Er hatte ihn absichtlich herausgefordert, damit er sie leichter hinter sich lassen und mit seiner Mission fortfahren konnte. Aber nach seinen Gesprächen mit den Frauen der Stadt fühlte er sich innerlich leer. Seine Gefühle für Charlotte waren so stark wie zuvor.

Wie zum Teufel sollte er eine andere Frau zum Heiraten finden – und mit ihr schlafen –, wenn die einzige, die er begehrte, ihn immer wieder so anzog?

»Rick, bitte. Wenn Roman beunruhigt ist, hält er es wohl für nötig, nachzuschauen.«

Als Rick sich nicht rührte, entschied Charlotte: »Ich sag euch was. Ihr beide unterhaltet euch. Ich sehe nach Raina.«

Ehe einer der Brüder reagieren konnte, hatte sie sich aus Ricks Griff befreit und schlenderte zur anderen Seite des Saals hinüber, weit weg von den beiden Chandlers.

»Du bist lahm, jämmerlich und leicht durchschaubar«, murmelte Rick.

»Das Gleiche gilt für dich. Dabei willst du nichts als ein bisschen Spaß haben, deshalb nimm deine verdammten Pfoten weg. Sie hat etwas Besseres verdient.«

Rick sah seinen Bruder prüfend an. »Ich mag die Gesellschaft von Frauen. Von allen Frauen. Und es gibt in dieser Stadt keine, die nicht weiß, wie der Hase läuft. Wenn sie mehr erwarten, lassen sie sich eben nicht darauf ein. Ich habe Spaß an ihnen, sie an mir, und keiner nimmt Schaden.«

»Besonders du nicht?«

»Mich eingeschlossen.« Rick zuckte die Schultern, aber in seinen Augen war ein Anflug von Kränkung zu sehen.

Roman bereute sofort die spitze Bemerkung. Niemand hatte es verdient, derartig benutzt und verletzt zu werden, wie es seinem mittleren Bruder geschehen war. Besonders nicht, da ihm stets die Interessen der anderen – selbst auf Kosten seiner eigenen – am Herzen lagen.

»Rick …«

»Vergiss es.« Er fegte Romans Besorgtheit mit seinem leichten Chandlergrinsen fort.

Roman stöhnte auf. Er wusste, dass er überreagiert hatte. Zwar fürchtete er eigentlich nicht, dass Charlotte mehr von Rick wollte als Freundschaft; aber auch nüchterner Verstand bewirkte nicht, dass er Ricks allzu freundschaftliche Berührungen auf ihrer Haut ruhig mit ansehen konnte.

»Besteht die Chance, dass du dich mit einer anderen amüsieren könntest?«, fragte er seinen Bruder.

»Warum? Weil sie dir gehört?«

Als Roman auf den Köder nicht reinfiel, trat Rick einen Schritt zurück und musterte ihn mit dem typischen Blick des Bullen, der bedeutete *Mir wird gerade so einiges klar.* »*Du* bist unterwegs, um eine Fernehe einzugehen, kleiner Bruder. Wenn du so besorgt bist, dass Charlotte etwas Besseres verdient hat, dann solltest du, wie mir scheint, deinen eigenen Rat annehmen.«

»Tatsächlich?«, murmelte Roman.

»Ach, hör doch auf. Du verletzt alle Mädchen mit unterschiedlichen Botschaften.«

Roman kannte Rick besser als jeder andere, und er verstand, dass sein Bruder das Beste für Charlotte wollte und zugleich ihn in die richtige Richtung zu drängen versuchte. Ob Charlotte in Romans Armen landete oder nicht, war Rick egal, es sollte nur keiner von beiden verletzt werden. Seines Bruders Beschützernatur war im Einsatz. Dieselbe Beschützernatur, die ihn schon einmal in Schwierigkeiten gebracht hatte.

Roman gab es ungern zu, aber Rick hatte Recht. Er sandte unterschiedliche Botschaften aus. Charlotte hatte ihn zehn Jahre lang gemieden, und dann, als sie endlich auf seine unverhohlenen Signale einging, was machte er? Er wies sie zurück – aus reinem Selbsterhaltungstrieb – auf ihre Kosten.

Rick schlug Roman auf die Schulter: »Wo wir das jetzt geklärt haben, werde ich dich lieber in Ruhe lassen und nach unserer Mutter sehen.« Er wandte sich um und ging auf Raina und Charlotte zu, während Roman zurückblieb und sich an seinen eigenen Worten verschluckte, die einen sauren Nachgeschmack hinterließen.

Roman mühte sich eine weitere halbe Stunde lang ab, Interesse für die noch alleinstehenden Frauen der Stadt zu zeigen, dann wusste er, dass er jämmerlich gescheitert war. Und daran war allein diese grünäugige Frau Schuld, die ihn vom ersten Tag an verhext hatte. Außerdem war da noch sein mittlerer Bruder, der bei Charlotte herumhing und ihn damit schikanierte und nervte – ohne Zweifel mit Absicht. Wenn Rick auf eine Reaktion wartete, so war er verdammt nahe am Erfolg.

Jetzt gerade, als Roman sich zur Tür wandte, sah er, wie Charlotte und Rick zusammen hinausgingen, er eine Hand auf ihrem nackten Rücken. Um Selbstbeherrschung konnte er sich jetzt nicht kümmern, und Selbsterhaltung, so entschied er, wurde sowieso ziemlich überbewertet.

Ohne zurückzublicken, stürmte er hinaus und in die dunkle Nacht.

Raina beobachtete, wie ihr mittlerer Sohn mit Charlotte wegging, um nach Beth Hansen zu sehen, während ihr Jüngster aus dem Rathaus rannte und aller Augen mit seinem abrupten und ärgerlichen Abgang auf sich zog. Ihre Söhne verstanden sich auf einen guten Auftritt, aber an ihren Abgängen mussten sie noch arbeiten.

Hinsichtlich ihres Verschwindens konnte sie allerdings ein Gefühl der Erleichterung nicht verleugnen. Trotzdem würde sie weiterhin wie festgenagelt dasitzen müssen. So gern sie auch ein Tänzchen wagen würde, sie konnte es sich nicht leisten, dass ihren Söhnen das zu Ohren kam. Die waren zu schlau, um nicht hinter ihren Betrug zu kommen, wenn sie sich nicht vorsah. Ihr war nicht klar gewesen, wie schwierig es sein würde, eine angeschlagene Gesundheit vorzutäuschen, als sie ihren Plan ausgeheckt hatte.

Sie schüttelte den Kopf und blickte hinüber zum Bowlengefäß. Samson war schon seit längerem verschwunden und durch Terrie Whitehall ersetzt worden, die Roman stehen gelassen hatte. Sie seufzte. Zwar vergötterte sie ihre Jungen, aber sie hasste das Chaos, das sie hinter sich zurückließen.

Besonders Charlotte meinte sie beschützen zu müssen. Ganz gewiss wollte sie Charlotte Bronson nicht als Chandler-Opfer erleben.

Sie als Schwiegertochter – das wäre eine ganz andere Geschichte! »Es sieht so aus, als habe es zwischen Roman und Charlotte erneut gefunkt«, bemerkte sie zu Eric, erfreut, dass ihr Jüngster Charlotte gegenüber Gefühle gezeigt hatte.

Sie gab nicht viel darauf, wie er heute Abend von einer Frau zur nächsten stolziert war und dabei die eine, die ihn am meisten interessierte, ignoriert hatte. Sie wusste auch, dass Ricks Interesse an Charlotte rein platonisch war, dass er nur seines Bruders Eifersucht wecken wollte, um ihn dadurch eher früher als später zum Handeln zu bewegen.

Raina gefiel die Idee. Das könnte funktionieren – wenn Roman nicht vorher Rick umbrachte. »Diese Jungen sind noch mal mein Tod«, sagte sie laut.

Eric nahm sich eine Karotte vom Plastikteller und biss hinein. »Du bemutterst schon wieder.«

»Glaubst du, dass Roman ihnen nachgegangen ist?«

»Glaubst du, er möchte, dass wir darüber spekulieren?«

Raina zuckte die Schultern: »Ich bin sicher, dass alle anderen im Saal das Gleiche tun. Er war nicht gerade diskret bei seinem Abgang.« Sie klopfte mit einem Fingernagel gegen den Metallsitz ihres Klappstuhls. »Wenn ich es mir recht überlege, gilt das Gleiche für Annie. Arme Charlotte. Meinst du, dass Annies Depression heilbar ist?«

Er seufzte. »Soll ich mit dir etwa die Diagnose für eine Patientin diskutieren?«

»Eine potentielle Patientin. Charlotte sagte, sie möchte, dass du ihre Mutter behandelst – wenn es denn etwas anderes als Liebeskummer ist. Charlotte ist eine süße, einfühlsame Frau. Sie würde eine wunderbare Ehefrau und Mutter abgeben. Übrigens, wo wir gerade von Babys sprechen …«

»Lieber nicht.« Eric nahm noch eine Karotte von dem Plastikteller, den er auf seinem Schoß hielt, tauchte sie in fettreduzierte Salatsauce und steckte sie Raina in den Mund.

Sie wäre beleidigt gewesen, wenn seine Stimme nicht so tief und fesselnd, seine Berührung nicht so warmherzig gewesen wäre. Eine längst vergessene Hitze stieg in ihr auf, die in der Magengrube begann und sich von dort ausbreitete.

Sie kaute und schluckte an der Karotte und ließ sich Zeit, sich dem neuen Gefühl hinzugeben. »Du versuchst, mich abzulenken«, sagte sie, als sie aufgegessen hatte.

»Deine Jungen sind gegangen. Du musst nicht mehr so zerbrechlich tun. Wie mache ich mich?« Er tauchte noch eine Karotte ein. »Ich meine, im Ablenkungsbereich.«

»Für einen älteren Mann nicht schlecht.« Sie lächelte und konnte es nicht fassen, dass sie gerade flirtete. Ob es wirklich seine Absicht war, sie abzulenken, war ihr egal; ihr gefiel die Aufmerksamkeit eines Mannes und sie entdeckte, dass sie dies mehr vermisst hatte, als ihr bewusst war.

»Wen nennst du hier alt?« Er drückte die Karotte auf ihre Nasenspitze und küsste dann schnell den Tupfer Soße fort, der zurückgeblieben war.

Ein Verlangen, das ganz eindeutig war, stieg in ihr auf. »Auf alle Fälle gibst du mir nicht das Gefühl, alt zu sein«, murmelte sie. Sie achtete nicht einmal darauf, dass sie sich in der Öffentlichkeit befanden, wo jeder sie sehen konnte.

»Das will ich hoffen.« Er lachte und lehnte sich näher zu ihr hinüber, um ihr ins Ohr zu flüstern. »Und ich wette, schon bald kann ich dir das Gefühl geben, noch jünger zu sein. So jung, dass du deine Suche nach Enkelkindern vergessen und nur noch an mich denken wirst.«

»Ich würde gern mal erleben, wie du das machst.« Und machst, und machst. Solange er ihr weiterhin das Gefühl vermittelte, jung, sprühend und lebendig zu sein, konnte er mit ihrer Erlaubnis so lange experimentieren, wie er wollte. Sie hoffte, Roman hatte das Gleiche vor.

Mit Charlotte.

Charlotte verließ das Rathaus zusammen mit Rick, um nach Beth zu sehen. Sie hatte ein Zimmer in einem alten Haus am Rande der Stadt gemietet. Mit einer Veranda, die rundherum ging, Spalieren und einem riesigen Garten. Viel Sonne, die in die Küche schien, gab einem das Gefühl von Zuhause. Es war genauso wie das Haus, von dem Charlotte immer geträumt hatte, um eines Tages mit einer eigenen Familie dort zu leben. Diesen Traum hatte sie gehabt, wenn sie nicht gerade von fernen Ländern mit exotischen Namen fantasierte, von unglaublich schönen Landschaften, erhellt von glitzerndem Wasser und herrlichen Sonnenstrahlen.

Manchmal dachte Charlotte, sie hätte eine gespaltene Persönlichkeit, zwei Seelen in ihrer Brust, die sich nach zwei verschiedenen Dingen sehnten. Allerdings gab es in beiden Szenarien Sonnenschein und ein Happyend, etwas, was sie sich auch für Beth wünschte.

Von beidem war im Gesicht ihrer Freundin kein Anflug zu sehen, sodass Charlotte Mr. Implantat am liebsten erwürgt hätte. »Warum hat er es dieses Wochenende nicht geschafft?«

Beth zuckte die Schultern. »Er sagte, er hätte einen unerwarteten Vortragstermin.«

Beth drehte sich weg und starrte aus dem Fenster.

»Ist das eine Umschreibung für *Etwas hat sich plötzlich ergeben?*«, flüsterte Charlotte Rick ins Ohr.

Er warf ihr einen warnenden Blick zu, den sie ernst nahm. Verstehen konnte sie nicht, warum Beths Verlobter die Frau, die er zu lieben vorgab, nicht mehr beachtete und zu sich holte.

»Vielleicht hat sich ja wirklich ein Termin ergeben, den er nicht ablehnen konnte.« Rick ging zu Beth hinüber und legte ihr freundschaftlich einen Arm um die Schultern.

»Warum hat er mich dann nicht gefragt, ob ich ihm in New York Gesellschaft leisten will?« Sie drehte sich um und sah Charlotte an.

Charlotte senkte den Kopf. Sie wusste keine Antwort. Der Einwand war berechtigt, aber das wollte sie ihrer Freundin im Moment lieber nicht eingestehen.

»Vielleicht wollte er nicht, dass du dich langweilst«, sagte Rick. »Und vielleicht …«

»Er wird dich dafür entschädigen«, fügte Charlotte hinzu und ging auf Ricks Liste möglicher Erklärungen ein. Er versuchte, die verletzte Beth zu besänftigen, und das war richtig so. Beth hatte noch genug Zeit, der Wahrheit ins Gesicht zu sehen und sie zu akzeptieren, was immer das auch heißen mochte. Heute Abend brauchte sie einfach nur ihre Freunde.

Charlotte sah zu, wie Rick Beth mit Aufmerksamkeit überschüttete, um ihren Humor und ihr Selbstwertgefühl wieder aufzubauen. Beth lächelte sogar über seine schlechten Witze. Wenigstens er war eine Hilfe. Charlotte war in einer zu miesen Stimmung, um der Freundin nützen zu können.

Zunächst verschwand ihre Mutter durch eine Nebentür – genau in dem Augenblick, da Dennis Sterling zum Haupteingang hereinkam –, dann versäumte Beth den großen Abend der Stadt, weil sie schon wieder sitzen gelassen worden war. Charlotte wusste nicht, was schlimmer war: als Frau von einem Mann nur zum Vergnügen benützt zu werden, oder allein und elend zu sein.

Ihr Magen krampfte sich zusammen, und das Herz klopfte bis zum Halse. Charlotte verglich sich sowohl mit Beth als auch mit Annie, voller Angst, wie sie zu sein. Beide Frauen waren eines Mannes wegen unglücklich. Selbst wenn elend ein zu starkes Wort für ihr gegenwärtiges Befinden war, die Gefühle, die Roman in ihr wach rief, empfand sie doch sehr intensiv.

Er hatte ihr eine Kostprobe seiner Verführungskünste gegeben, Feuer gelegt und sie ermutigt zu handeln, sie dann ohne Grund abgewiesen und die Kränkung noch vergrößert, indem er sie ignorierte und andere Frauen mit seinem Charme überhäufte. Wäre nur sexuelle Anziehung im Spiel gewesen, hätte Charlotte besser damit umgehen können. Aber ihre Reaktion ging über das Physische hinaus. Sie wollte Romans eigentliches Ich in seinem hinreißenden Körper erkennen, und das machte ihr Angst.

Dieser verdammte Kerl! Sie rieb sich die nackten Arme und wollte nur noch nach Hause. Ihre beiden Freunde waren in ein Gespräch vertieft; Rick verschaffte Beth eine erfreuliche Ablenkung.

Charlotte schlüpfte unbemerkt hinaus. Der Vollmond geleitete sie heim, und die Sterne hoben sich glitzernd vom schwarzblauen Himmel ab. Sie atmete den Duft von Blumen und frischem Gras ein. Plötzlich musste sie an den Höschendieb denken. Rick hatte gesagt, während der Woche sei alles ruhig gewesen, aber er halte den Fall noch nicht für erledigt. Allerdings wurde ihr auch jetzt bald klar, dass sie keine Ahnung hatte, wer verdächtigt werden könnte, und so bemühte sie sich auch nicht weiter.

Zwanzig Minuten später war sie zuhause, hatte ihre Partykleidung ausgezogen und war in etwas Gemütliches geschlüpft – ihr Lieblingsoutfit, ein weißes, ärmelloses Kleid, das bis Mitte Wade reichte und um den Saum herum eine dicke Spitzenrüsche aufwies. Ehe Beth es aufhängen oder an jemanden verkaufen konnte, hatte Charlotte es damals aus der Schachtel geschnappt. Das Kleid war eine von den wenigen Sachen, die sie mit nach Hause nahm, anstatt sie zu verkaufen – weil es gemütlich und doch sehr weiblich war; sie fühlte sich darin total sie selbst.

Sie mixte sich ein Glas Eistee, griff sich ihr Lieblingsbuch, stieß das Fenster auf, das zur Feuerleiter aufging, und stieg hinaus. Eine kühle Brise strich über ihre Haut. Bei der Besichtigung dieses Apartments hatte die versteckte Feuerleiter sie am meisten gereizt – auch die Möglichkeit, einfach aus dem Bett zu schlüpfen, um die Treppe hinunter zur Arbeit zu gehen.

Jedes Mal, wenn Charlotte hier hinauskletterte, fand sie die Einsamkeit, die sie erwartete, herrlich. Sie setzte sich hin und blätterte in dem großformatigen Buch in ihrem Schoß. Von all ihren Reisebüchern und Broschüren war ihr *Zauberhafte Zufluchtsorte* das liebste. Sie hatte es mit dem Geld ihres ersten Babysitter-Jobs erstanden und deshalb ausgewählt, weil es besonders Los Angeles hervorhob, mit dem riesigen Hollywoodschriftzug am Berghang. In der Stadt der Engel waren die Stars und Berühmtheiten zuhause, Leute wie ihr Vater, dachte sie, als sie noch klein genug zum Träumen war.

Mit dem Kauf dieses Buches konnte sie sich die Orte ausmalen, wo sie ihn vermutete, die Restaurants, die er häufig aufsuchte, die Leute, die er dort traf. Sie hatte Szenarien heraufbeschworen, in denen er sie bei der Hand nahm, sie all den wunderschönen Menschen vorstellte, und ihr die exotischen Schauplätze zeigte. Später, nachdem sie erwachsen war und verstanden hatte, dass er niemals für immer zurückkommen würde, hatte sie den Traum, in dem er sie mitnahm, ersetzt durch einen, in dem sie allein reiste und diese Orte für sich entdeckte.

Aber mit diesem Traum kam auch die schreckliche Angst,

dem Mann zu gleichen, den sie verachtete. Sie wusste tief in ihrem Herzen, dass sie es niemals wagen würde, solche Reisen zu unternehmen. Sie wollte nicht Gefahr laufen, durch die bittere Realität enttäuscht zu werden – oder selbstsüchtig zu werden wie er.

Trotzdem brachten ihr Bücher wie dieses Ablenkung, wenn sie eine Besänftigung brauchte. Sie verbannte dann einfach ihren Vater und ihre Vergangenheit aus ihren Gedanken und genoss eine Fantasiereise mit wunderbaren neuen Schauplätzen. Jetzt atmete sie tief durch und blätterte die Seiten um, aber sie schaffte es nicht, sich darin zu verlieren. Nicht heute Abend.

In diesem Moment hörte sie jemanden an ihre Tür hämmern. Sie rieb sich die Arme. Eine Gänsehaut überkam sie. Das Geräusch wiederholte sich, und sie stürmte hinein. Mitternacht war für Yorkshire Falls nicht die angemessene Besuchszeit.

Hastig legte sie das Buch auf den Tisch und ging zur Tür. »Wer ist da?«

»Roman. Mach auf.«

Ihr drehte sich der Magen um. »Es ist spät.« Außerdem war sie nicht in der Stimmung für noch mehr körperliches Geschiebe und Gedränge.

Erneut hämmerte er an die Tür. »Mach schon, Charlotte! Nur für fünf Minuten.« Seine Stimme war verführerisch tief.

Sie lehnte sich gegen die Tür – selbst das Holz zwischen ihnen konnte nicht verhindern, dass eine Hitzewelle ihren Körper durchflutete. »Geh lieber.«

»Nicht, ehe wir geredet haben.«

»Komm morgen früh in den Laden.« Wenn Beth als Prellbock in der Nähe ist, dachte Charlotte.

Als Antwort schlug er mit der Faust gegen die Tür.

»Du weckst die Nachbarn!«

»Dann lass mich rein.«

»Ich wünschte, ich könnte es«, sagte sie, zu leise, als dass er es hätte hören können. Auf keinen Fall durfte sie ihn in ihr kleines Apartment lassen, wo er sie mit seiner Gegenwart überwältigen würde, mit seinem Geruch, seiner Ausstrahlung. Sie lehnte ihre Stirn gegen die kühle Tür, aber das brachte ihr keine Erleichterung von der inneren Hitze, die er verursachte.

Draußen kehrte Stille ein, und obwohl sie das verlangt hatte und erleichtert sein müsste, war sie enttäuscht, dass er so schnell aufgab. Sie ging zurück zum Tisch, aber das Buch, das sie zuvor gereizt hatte, erinnerte sie jetzt nur noch an versäumte Gelegenheiten. Plötzlich von draußen ein lautes Gepolter, Lärm von der Feuerleiter her. Der Mann gab doch nicht so schnell auf, wie sie gedacht hatte. Ihr Herz schlug schneller, und in ihrer trockenen Kehle spürte sie ihren Puls. Sie sah zu, wie Roman den Absatz erreichte und sich duckte, damit er seinen großen Körper durch den Fensterrahmen zwängen konnte. Er betrat ihr Apartment und richtete sich zu voller Größe auf.

Er war beeindruckend, wann immer sie ihn sah, aber in ihrer kleinen Wohnung waren seine Größe und seine Anziehungskraft überwältigend. Sie schluckte schwer und fragte sich, was er wollte – und ob sie wohl die Kraft haben würde, dem Tauziehen zu widerstehen, das er so zu genießen schien.

136

Kapitel sechs

Charlotte stand in ihrem Apartment, die Hände in die Hüften gestemmt, und sah Roman misstrauisch an. Der sich wie ein richtiger Dreckskerl fühlte – was er wohl auch war, wenn man bedachte, was seit seiner Rückkehr alles zwischen ihnen beiden gelaufen war, sein gegenwärtiges ungeladenes Eindringen in ihre Wohnung miteingerechnet.

Den größten Teil des Abends war er vor ihrem Haus herumgestanden, nachdem er das Fest verlassen hatte. Je länger sie weg war, desto wildere Vorstellungen machte er sich, bis er sich eingestehen musste, dass seine Gefühle außer Kontrolle gerieten, sobald es sich um Charlotte handelte. Dass sie schließlich allein heimgekommen war, hatte ihn in keiner Weise beruhigt. Rick respektierte zwar die Grenzen zwischen Brüdern, aber Charlotte gehörte schließlich keineswegs ihm, Roman.

Ganz gleich, wie verdammt besitzergreifend er sich fühlte, er musste loslassen. Als er wartend auf und ab gegangen war, hatte er Zeit zum Nachdenken gehabt, und er wusste jetzt genau, was er Charlotte zu sagen hatte. Er wusste nur noch nicht, wie er anfangen sollte.

»Du verhältst dich merkwürdig ruhig für einen Mann, der gerade in ein Apartment eingebrochen ist«, sagte sie endlich.

»Ich bin nicht eingebrochen –«

»Ich habe dich nicht zur Vordertür hereingelassen, wie würdest du es also nennen, wenn du durch das Fenster hereinplatzt?«

»Besuchen.« Drum herumreden. Er fuhr sich mit der Hand durchs Haar. »Offensichtlich bist du nicht in der Stimmung, mit mir zu sprechen, dann kannst du mich ja ausreden lassen.«

Sie hob die Schultern. »Du bist nun mal hier. Je eher du redest, desto eher kannst du wieder gehen.«

Jetzt, da er das Allerheiligste betreten hatte, wollte er es ganz bestimmt nicht gleich wieder verlassen. Ihre kleine Wohnung wirkte blumig und feminin, ganz wie Charlotte. Er nahm alles in sich auf, die weißen Wände, die gelben Vorhänge, das geblümte Mobiliar, und anstatt sich fehl am Platz zu fühlen, umgeben von so viel Weiblichkeit, war er fasziniert und erregt. Der Journalist in ihm wollte tiefer graben, mehr erfahren. Der Mann in ihm wollte nur sie.

Beim Anblick ihres engen Kleides spürte den Adrenalinschub in seinen Adern. Es war offenbar als bequeme Freizeitkleidung gedacht, wirkte aber absolut sinnlich. Der schneeweiße Farbton stand im Kontrast zu ihrem zerzausten schwarzen Haar. Trotz einer Farbe, die Unschuld symbolisierte, beschwor dieses enge Kleid alles andere als *reine* Gedanken herauf.

Doch er war nicht hier, um den sinnlichen Tanz fortzuführen, den sie so gut beherrschten. Er war hier, um sich selbst und seine Gefühle zu erklären – etwas, das Roman Chandler nie zuvor getan hatte, mit Sicherheit nicht gegenüber einer Frau. Aber Charlotte war ja nicht irgendeine Frau. Das war sie nie gewesen.

Sie sollte erfahren, dass sein Rückzug nichts mit seinen Gefühlen zu tun hatte, aber alles mit ihrer unterschiedlichen Wesensart – und der Tatsache, dass er ihre Bedürfnisse respektierte. »Ich muss ein paar Dinge klären.«

»Was für Dinge?«

»Du hast über die Notwendigkeit gesprochen, dich von mir zu befreien, und umgekehrt.«

Sie riss die Augen auf, ihre Verletzlichkeit wurde genauso deutlich wie die sexuelle Spannung zwischen ihnen beiden. »Du hast das Angebot zurückgewiesen, soweit ich mich erinnern kann. Du hast mich zurückgestoßen, dann in der Öffentlichkeit ignoriert, und jetzt bist du zurück, platzt in meine Privatsphäre und willst reden. Du bist interessiert, du bist nicht interessiert, du bist wieder interessiert …« Im Takt mit ihrem verbalen Feuerwerk ging sie schnell auf und ab und fuhr mit den Händen durch die Luft. »Komme ich dir vor wie ein Spielzeug zum Hinterherziehen?«

Ihre Frage bestärkte Ricks Behauptung und Romans Befürchtung, dass er sie mit seinen unterschiedlichen Signalen verletzt habe, und deshalb schuldete er ihr eine Erklärung. Aber sie gab ihm keine Gelegenheit, zu antworten.

»Oder ist es vielleicht das, was du magst – die Jagd, das Verbotene. Womöglich bist du einer von den Männern, die etwas nicht mehr wollen, wenn sie es zu leicht bekommen können.« Sie schüttelte den Kopf. »Und ich habe es dir verdammt leicht gemacht.« Sie wurde knallrot bei dem Gedanken daran, was sich im Umkleideraum ihres Ladens zwischen ihnen abgespielt hatte.

Er ergriff ihre Handgelenke, als sie an ihm vorbeikam, und hielt sie fest, bis sie seinem Blick begegnete und ihre grünen Augen einzig und allein auf seine konzentrierte.

»Du glaubst also, ich will dich nicht?«, stieß er durch zusammengebissene Zähne hervor.

»Ich habe keinen gegenteiligen Beweis.«

Ihre Worte waren so etwas wie eine Mutprobe und erregten seine animalischen Instinkte. Alle guten Vorsätze waren weggewischt, sie hatte ihn bis an seine Grenzen und darüber hinaus gereizt. Er machte einen Schritt vorwärts und drückte sie gegen die Wand, bis ihre Körper sich aneinander pressten. Es war ausgeschlossen, dass sie den Beweis seiner Begierde nicht bemerkte, genauso, wie er ihre aufgerichteten Brustwarzen nicht ignorieren konnte, die spitz und hart seine Brust versengten. Ohne auf eine Antwort zu warten, neigte er den Kopf zu einem Kuss – einem kampfartigen Kuss, bei dem sich ihre Zungen begegneten, und der ebenso wechselseitig wie leidenschaftlich war.

Es kostete ihn all seine Entschlossenheit, um diesen Augenblick zu unterbrechen, aber er hob seinen Kopf: »Wäre das ein Beweis?«, fragte er und atmete schwer dabei.

Sie holte tief Luft und stieß sich von ihm ab. »Okay, Roman. Keine weiteren Spielchen.«

Nichts wollte er so wenig, wie mit ihren Emotionen spielen, aber jedes Mal, wenn sie in der Nähe war, geriet er völlig außer Kontrolle und verhielt sich gegen jede Vernunft.

»Was willst du von mir?« Sie rieb sich die Oberarme, als ob sie sich selbst Wärme und Behaglichkeit verschaffen könnte.

Er stöhnte laut auf. »Was ich haben will, und was ich mir nehmen kann, sind zweierlei Dinge.« Endlich waren sie zum Kern des Problems vorgedrungen. »Ich bleibe nicht in der Stadt«, sagte er, mit sanfter und leiser Stimme, und sprach damit die eine Wahrheit aus, die sie mit Sicherheit zurückstoßen würde. Egal, wie sehr es ihn schmerzte.

»Ich weiß.« Sie biss sich auf die Unterlippe. »Und ich wünschte, mein Vater wäre mit meiner Mutter genauso ehrlich gewesen.«

Ihre Worte trafen Roman unvorbereitet. Er wusste nur, was alle in der Stadt wussten – dass Russell Bronson sich aus Yorkshire Falls davongemacht und seine Frau mit einem kleinen Kind allein gelassen hatte. Er kehrte in unregelmäßigen Abständen zurück, blieb für eine Weile, um dann wieder zu verschwinden. Roman wusste auch, dass beiden Frauen sein Verhalten großen Schmerz bereitet hatte. Etwas, was er niemals gewollt hätte oder beabsichtigen würde.

Er streckte die Hand aus und berührte Charlottes Wange.

»Das ist nicht dasselbe.«

»Nur deshalb, weil ich mich bewusst darauf einlassen würde, dass es sich um keine feste Beziehung handelte? Sonst wäre es genau das Gleiche.«

Ihre Stimme war rau und emotionsgeladen, drang tief in Romans Herz. Es war lange her, dass irgendjemand oder irgendetwas ihn so im Innersten berührt hatte. Nicht jedenfalls seit dem Tod seines Vaters und den ersten Jahren, in denen seine Mutter getrauert hatte. Roman rebellierte instinktiv gegen die aufsteigenden Regungen, aber die intensiven und ehrlichen Gefühle ließen sich nicht mehr zurückdrängen. Und es gefiel ihm nicht, mit dem weggelaufenen Ehemann und Versager-Vater der Stadt in einen Topf geworfen zu werden, mit dem Mann, der Charlotte so weh getan hatte.

»Niemals würde ich meine Verpflichtungen derart missachten.« Aber noch während er sprach, wurde ihm bewusst, dass er genau das vorhatte.

Sich verheiraten, seine Frau schwängern und verschwinden. Genau das, was Charlottes Vater ihrer Mutter angetan hatte. Roman hatte bei den bevorstehenden Veränderungen in seinem Leben nur an sich selbst gedacht; ihm war gar nicht in den Sinn gekommen, was sein Verhalten bei der betroffenen Frau anrichten könnte oder würde.

Angewidert schüttelte er den Kopf. Selbst wenn seine Motive selbstlos waren, nämlich auf das Wohl seiner Mutter und nicht auf das eigene ausgerichtet, wäre seine Handlungsweise dennoch zu verurteilen, wenn er dabei jemanden verletzte. Er schluckte einen Fluch hinunter. Im Hinblick auf Charlottes Vergangenheit waren seine Pläne, betrachtet mit ihren Augen, einfach schändlich.

Aber die Verpflichtung gegenüber seiner Familie und der Wunsch seiner Mutter blieben unverändert. Er konnte nur hoffen, das sein Plan, so selbstsüchtig er auch nach seiner neuesten Erkenntnis war, anders beurteilt werden würde von einer Frau, die keine Angst davor hatte, verlassen zu werden, die die Umstände hinnahm und sich ein Kind wünschte – ohne unbedingt das typische Familienszenario dazu haben zu müssen. Charlotte würde so etwas nicht verstehen oder akzeptieren. Einer anderen Frau wäre das vielleicht möglich. Also war das Versprechen, das er seinen Brüdern gegeben hatte, in Gefahr, wenn er sich nicht so bald wie möglich von Charlotte losriss.

»Ich weiß, dass du nicht da bleibst«, sagte sie. »Das wusste ich bereits, als ich … als ich mich dir genähert habe. Ich wollte mich von dir befreien – das hat nichts mit langfristiger Bindung zu tun. Ich will dich zu keiner Verpflichtung drängen. Um so etwas habe ich dich nicht gebeten.«

»Aber am Ende würdest du es mir übel nehmen. Es ist nicht deine Art, mit Resten vorlieb zu nehmen, und ich kann nicht mehr geben. Ich bin nicht der Mann, den du brauchst. Der Typ, der für immer und ewig zuhause bleibt.« Er schüttelte den Kopf. »Es wäre eine Dummheit, wenn wir uns miteinander einließen. Und schmerzhaft. Ganz egal, wie viel wir uns andererseits ersehnen.«

Sie neigte den Kopf, und ihre Wange lag schließlich in seiner Handfläche. »Ich weiß, du würdest es nicht tun. Deine

Verpflichtungen missachten, meine ich. Ihr Chandlers seid zu ehrlich.«

Wenn sie wüsste, dachte Roman. Charlotte durfte niemals von der Münzwette und der verdammten Abmachung erfahren. »Wir sind die aufrechtesten Bürger der Stadt«, bemerkte er trocken.

»Deshalb bist du hier und gibst das Geheimnis preis, warum du mich abgewiesen hast. Das ist mehr, als ich damals für dich getan habe«, gab sie mit weicher Stimme zu. »Du bist ein toller Mann, Roman. Ich hätte dir so etwas überhaupt nicht zugetraut.«

»Mach nicht den Fehler und stell mich als einen guten Kerl dar«, warnte er sie.

Sie lehnte den Kopf zurück und schaute ihn durch ihre dichten Wimpern an. »Ich würde dich nicht als Engel bezeichnen, aber immerhin nimmst du auf mich Rücksicht. Das weiß ich zu schätzen, selbst wenn mir das, was ich gerade gehört habe, nicht gefällt.« Ein bedauerndes Lächeln spielte um ihre Lippen.

»Ich muss sagen, dass es mir genauso wenig gefällt.« Nichts von alledem. Trotz seiner warnenden und beteuernden Worte wünschte Roman sich verzweifelt, diese Lippen ein letztes Mal zu küssen. Ein endgültiges Adieu.

Sie musste seine Gedanken gelesen haben, denn sie stellte sich in demselben Moment auf die Zehenspitzen, als er sich zu ihr hinunterneigte. Aber ein einfacher Kuss war nicht genug, um sein Verlangen zu stillen, und so hielt er sanft ihr Gesicht in beiden Händen, um einen tieferen Zugang zu ihrem feuchten Mund zu haben.

Es sollte ein Abschiedskuss sein, stark und leidenschaftlich genug, um die Erinnerung daran ein Leben lang zu bewahren. Und so legte er seine Hand auf ihre Hüfte und fing an, den Stoff ihres Kleides zusammenzuraffen und Zentimeter für Zentimeter die weiche Baumwolle nach oben zu ziehen, bis er endlich die nackte Haut ihrer Taille spüren konnte.

Seine Finger berührten ihr weiches, warmes Fleisch, und als sie einen kleinen Seufzer ausstieß, begann sein Herz noch heftiger zu schlagen.

Ganz plötzlich wusste er es – er konnte sich genauso wenig von ihr verabschieden, wie er eine andere Frau als Ehefrau und Mutter seiner Kinder auswählen konnte. Ehe er in der Lage war, diesen Gedanken weiter zu verfolgen, klopfte es laut an die Tür und erschreckte sie beide.

Sie machte einen Satz zurück, und die Realität hatte sie mit diesem nicht enden wollenden Hämmern wieder eingeholt.

Roman stöhnte frustriert auf. »Sag mir, dass du keinen Besuch erwartest.«

»Tu ich auch nicht.« Sie wandte ihre Augen ab, unfähig, seinem Blick zu begegnen. »Dich hatte ich auch nicht erwartet, und es gibt niemanden sonst, der zu dieser späten Stunde aufkreuzen würde, ohne vorher anzurufen.«

»Gut.« Er war nicht in der Stimmung, anderen menschlichen Wesen zu begegnen. »Verschwinde!«, rief er und bekam dafür ihren Ellenbogen zwischen die Rippen.

»Ich habe zwar gesagt, dass ich niemanden erwarte, aber es kann doch etwas Wichtiges sein.«

Er ließ sie los, völlig betäubt von der Erkenntnis, zu der ihn dieser Kuss geführt hatte.

»Mach auf, Roman. Hier ist die Polizei.« Ricks Stimme drang zu ihnen durch die Tür.

Trotz des Bedauerns, das sie schmerzlich empfand, konnte Charlotte ein Lachen nicht unterdrücken, Roman aber

144

fand es gar nicht komisch. Rick war der letzte Mensch, dem er begegnen wollte. Schon der bloße Gedanke an seinen Bruder und Charlotte brachte ihn immer noch auf die Palme.

Als sie zur Tür ging, glättete sie ihr zerknülltes Kleid und fuhr sich mit einer zitterigen Hand durch ihr zerwühltes Haar. Sie konnten unmöglich verbergen, was sie gerade getan hatten.

Er wollte das auch überhaupt nicht. Ihre wundgeküssten Lippen brandmarkten sie, und Roman gefiel das verdammt gut.

Das war's dann wohl mit seinen guten Vorsätzen. Er war hier hereingeplatzt, um sich dafür zu entschuldigen, dass er ihr so widersprüchliche Signale vermittelt hatte. Er hatte vorgehabt, Lebewohl zu sagen und sich damit von sämtlichen Illusionen zu verabschieden, die sie sich gegenseitig machten. Aber mit Charlotte war nichts jemals endgültig oder beendet, so sehr er sich auch bemühte.

Die Erkenntnis traf ihn unvermutet. Ein Abschied war nicht möglich. Nicht von Charlotte. Er konnte von dieser Frau nicht fortgehen und sich einer anderen zuwenden.

Er wusste, dass er momentan unter Schock stand und schüttelte den Kopf. Ihm war ebenfalls klar, dass er auch sie schockieren würde. Anstatt sich für seine Frauenjagd zu befreien, hatte er sich nun auf eine Kandidatin festgelegt. Eine, die nicht die Frau am häuslichen Herd in einer Fernehe mit dem Globetrotter-Ehemann spielen wollte. Es würde Kompromisse geben müssen. Aber das war in Ordnung. Selbst bestens durchdachte Pläne änderten sich im Laufe der Zeit. Wenn es um Charlotte ging, hatte er sich entsprechend zu ändern. Er hatte keine Wahl.

Zunächst aber musste er sie dazu bringen, ihnen beiden

nach seiner langen Rede über sein Weggehen eine Chance zu geben. Roman stöhnte laut auf. Sicherlich würde sie ihm keine Türen vor der Nase zuschlagen. Möglicherweise, würde sie mit ihm schlafen, um sich von ihm zu befreien. Oder um sich zu vergewissern, dass sie sich danach einfach von ihm trennen könnte.

Er musste sie davon überzeugen, dass sie sich irrte. Dazu konnte er sie nur sehr langsam bringen, soviel wusste er. Und dieses Mal gab es kein Zurück.

Bei diesen neuen Entschlüssen drehte sich Roman der Magen um, aber, verdammt noch mal, er hatte trotzdem ein gutes Gefühl dabei. Er lockerte seine Schultern, um die Spannung zu verringern, aber ehe er weiter überlegen konnte, hatte Charlotte bereits Rick hereingelassen. Chase folgte ihm auf den Fersen.

Welchen Anlass mochten seine beiden Brüder haben, in Charlottes Apartment zu erscheinen?

»Ist mit Beth alles in Ordnung?« Charlotte suchte Ricks Blick, deutlich besorgt um ihre Freundin.

»Es geht ihr gut. Ich habe sie wegen eines Notrufs allein zurückgelassen, aber sie fühlte sich okay.«

»Worum geht es denn dann?« Sie blickte Rick misstrauisch an. »Roman braucht keine Anstandsdame, welchem Umstand habe ich also diesen Besuch zu verdanken?«

Darauf wollte Roman auch gern eine Antwort haben.

»Wir setzen uns besser hin«, schlug Rick vor.

»Wir setzen uns besser nicht hin«, murmelte Roman. Er wollte ihren Besuch nicht in die Länge ziehen.

»Es geht um den Höschendieb, oder?«, fragte Charlotte mit erhobener Stimme. »Er hat wieder zugeschlagen?«

»Sie ist schlau«, sagte Rick. »Wusstest du, dass sie schlau ist, Roman?«

»Eine richtige Schlaubergerin«. Charlotte musste lachen.

Roman verdrehte die Augen, drehte sich um und ging hinüber in den Wohnbereich. Offensichtlich stand ihm ein Sitin bevor mit seinem Polizistenbruder, seinem Journalistenbruder und Charlotte, die weder seine Geliebte noch Ex-Geliebte war – sondern seine zukünftige Ehefrau. Er mochte nicht daran denken, dass sie ihn ablehnen könnte. Sein Adrenalinspiegel stieg stetig an in nervöser Anspannung. Er konnte sich nur vorstellen, wie sie auf seine Gedanken reagieren würde, aber keinesfalls durfte er sie einweihen. Noch nicht. Nicht, ehe er sie wirklich für sich gewonnen hatte – auf eine Weise, der sie sich nicht würde entziehen können.

Er ließ sich auf die butterweiche, geblümte Couch nieder. »Was ist los?«, fragte er, als sich alle gesetzt hatten.

»Charlotte hat Recht. Es gab einen weiteren Einbruch.« Rick brach als erster die Stille.

»Und morgen früh werde ich es in der Zeitung veröffentlichen«, fügte Chase hinzu.

Roman nickte. Sein älterer Bruder durfte nicht noch einen Diebstahl unter Verschluss halten. Er hatte es überhaupt nur aus Rücksicht auf die Polizei getan, damit diese ihre Untersuchungen anstellen konnte, ohne sich festzulegen.

Charlotte lehnte sich etwas nach vorn. »Bitte sagt mir, dass sie nicht genau die gleiche Sorte gestohlen haben.«

Rick nickte. »Jack Whitehall ist auch nicht sonderlich begeistert über die Wahl.«

»Also geht es um die Slips von Frieda, seiner Frau?« Charlotte legte den Kopf in die Hände und stöhnte. »Ich hatte sie gerade erst fertiggestellt. Vor ein paar Tagen haben wir sie ihr mit der Post nach Hause zugeschickt.«

Roman griff auf, was Rick gesagt hatte. »Was hat White-hall so aufgeregt, außer der eindeutigen Tatsache, dass in sein Haus eingebrochen wurde?« Wieso sollte es dem älteren Mann nicht völlig egal sein, welche Sorte gestohlen wurde?

»Tja, soweit es Jack bekannt war, bevorzugte seine Frau schlichte, praktische, weiße Slips«, antwortete Rick.

»Friedas *waren* weiß«, beteuerte Charlotte, offenbar be-müht, ihre Kundin zu verteidigen.

»Weiß und sexy«, erklärte Chase. »Als wir gingen, stritten sie sich gerade darüber, für wen sie diese Slips tragen wollte.«

»Sie hat sie als Überraschung für den siebzigsten Geburts-tag ihres Mannes gekauft«, murmelte Charlotte. »Typisch Mann, lauter falsche Schlüsse zu ziehen.«

»Hey, geh nicht zu hart mit unserem Geschlecht um, Baby«, sagte Roman und bekam dafür ihren Ellbogen in den Bauch. Er ächzte laut auf. Wenigstens lenkte der Schmerz die Aufmerksamkeit seines Körpers auf etwas anderes als auf seine Begierde. Und als der Schmerz nachließ, betrachtete Roman seine Umgebung, um sich von Charlottes verführe-rischem Duft abzulenken. Mit der Hand fuhr er über einen glänzenden Bildband, der schon mal bessere Tage gesehen hatte.

»Das sind also drei Diebstähle insgesamt …«, bemerkte sie.

»Fünf.«

Diese Zahl erregte Romans Aufmerksamkeit.

»*Fünf?*«, fragten er und Charlotte gleichzeitig.

»Drei sind allein heute Abend geschehen. Während die ganze Stadt den Saint Patrick's Day feierte, hat sich irgendein Typ aufgemacht, um Damenhöschen zu stehlen.«

»Wer sollte so etwas so … so …«, Charlotte stand auf, und Roman, der ihre Frustriertheit spürte, versuchte gar nicht erst, sie zurückzuhalten, »… so etwas Kindisches tun? So etwas Dämliches? Und Perverses?«, fragte sie.

Rick kicherte. Roman hatte keine Lust, vor Charlotte an seine eigenen Jugendsünden erinnert zu werden. »Na gut, wir können die Liste der Verdächtigen kurz halten, weil wir wissen, wen wir alles beim Tanzfest gesehen haben.«

»Es gibt da ein Problem«, sagte Rick.

»Und das wäre?«

»Das Timing funktioniert nicht. Der letzte Diebstahl geschah ungefähr um zehn Uhr dreißig. Whitehall jagte den Kerl in seinen Hinterhof, aber der war gewieft und rannte in das kleine Wäldchen daneben. Darauf bekam der alte Mann einen Asthmaanfall und brach zusammen.«

»Verdammt«, murmelte Roman.

»Genau. Wir wissen, dass es jemand mit gutem Durchhaltevermögen ist. Und wenn er zwei Häuser vor zehn Uhr dreißig erreicht hat, an zwei verschiedenen, weit auseinanderliegenden Straßen, dann hatte er jede Menge Zeit. Zusammengenommen wissen wir so gut wie gar nichts. Ich habe das Fest ungefähr um neun Uhr fünfundvierzig verlassen. Chase war gar nicht dort, weil er arbeiten musste, und du, kleiner Bruder, hast dich um neun Uhr achtundvierzig davongemacht, Zeugenaussagen zufolge.«

»Etwas, das Whitehall uns unbedingt wissen lassen wollte«, sagte Chase.

In Roman keimte eine Befürchtung auf. »Warum?«

Charlotte, die auf und ab gegangen war, blieb vor Chase in seinem dicken Clubsessel stehen. »Ja, warum?«

Chase kniff sich in den Nasenrücken, und Roman wusste, dass er tief in der Klemme steckte. »Der alte Mann fühlte sich an einen gewissen Streich erinnert, den Roman vor langer Zeit gespielt hat.«

»Vor sehr langer Zeit«, brummte Roman.

»Als er kindisch und dämlich war«, ergänzte Rick, wobei er Charlotte zitierte.

»Aber nicht pervers«, sagte Chase und grinste.

»Die Höschenrazzia«, murmelte Charlotte. »Das ist so lange her, dass ich es vergessen hatte.«

»Ich wünschte, das wäre allen so gegangen.« Roman warf seinen Brüdern einen finsteren Blick zu.

»Trotzdem, warum sollte Whitehall gerade jetzt eine so alte Nummer ausgraben?«, fragte sie.

Roman fuhr sich mit beiden Händen über die Augen. »Die Party fand zwar bei Jeannette Barker statt, aber die Höschen, die ich geklaut hatte ...«

»Und die du an den Rückspiegel gehängt hattest«, ergänzte Rick äußerst hilfsbereit.

»Gehörten Terrie Whitehall«, beendete Chase den Satz. »Die wiederum heute Abend in ihr Elternhaus gestürmt kam, als wir gerade gehen wollten.«

Verdammt, wie hatte Roman das vergessen können? So lange hatte er sich an diesem Abend mit der zickigen Bankkassiererin unterhalten, ohne dass es ihm überhaupt in den Sinn gekommen war, dass er einstmals ihre Unterwäsche gestohlen hatte. »Als Terrie dann hörte, was ihrer Mutter abhanden gekommen war, beschloss sie also, dass ich der Übeltäter sein müsste?«, fragte Roman mit einem ungläubigen Kopfschütteln.

»Nein, sie erwähnte nur, dass sie dich aus dem Rathaus hat rennen sehen. Bedauerlicherweise war sie nicht die Einzige.« Rick erhob sich und verschränkte die Arme vor der Brust. »Jack Whitehall hat dich als Verdächtigen verpfiffen.«

Roman konnte nicht fassen, was er da hörte. »Das ist ein Haufen ...«

»Da stimme ich dir zu, aber wenn einmal eine Anklage erhoben ist, muss ich Ermittlungen anstellen.« In seiner besten Vollstreckerpositur, die nur durch ein schiefes Grinsen auf seinem Gesicht gemildert wurde, wandte Rick sich Roman zu und sagte: »Dürfte ich dich fragen, wohin du heute Abend gegangen bist, nachdem du das Rathaus verlassen hattest? Und ob jemand für deinen Aufenthaltsort bürgen kann?«

Charlotte öffnete und schloss fassungslos ihren Mund. Chase brach in Gelächter aus.

Der Abend ist voller Überraschungen gewesen, dachte Charlotte, als sie Rick und Chase zur Tür brachte. Mit Roman dicht hinter sich hatte sie so eine Ahnung, dass es noch mehr davon geben könnte. »Danke, dass ihr vorbeigekommen seid, um mich über die weiteren Diebstähle zu informieren.«

Rick hielt inne. »Nun mal Spaß beiseite: Wir sind gekommen, um dich zu warnen. Es hat fünf Einbrüche mit nur einem Verbindungsglied gegeben – und das bist du! Du verkaufst nicht nur die Artikel, die gestohlen wurden, du stellst sie auch her.«

Roman hob erstaunt die Augenbrauen, aber er stellte keine Fragen, sondern warf ein: »Deshalb werde ich sie auch nicht allein lassen.«

Sie schüttelte den Kopf, sagte aber nichts. Das hatte sie schon vorausgesehen, dass Romans Beschützerinstinkt geweckt würde, aber sie wollte ihre Argumente gegen sein Bleiben aufsparen, bis sie allein waren.

Ihr gefiel seine Fürsorge, aber sie war unnötig. Der Höschendieb hatte die Häuser von Kunden behelligt, und niemand war verletzt worden. Sie würde vorsichtig sein, vertraute aber darauf, dass sie in Sicherheit war. Roman durfte nicht über Nacht bei ihr bleiben. Klatsch und Tratsch waren das liebste Hobby der Stadt, und sie hatte nicht die Absicht zuzulassen, dass ihre Nachbarn aufwachten, um ihn im Morgengrauen zu beobachten, wie er aus ihrer Vordertür schlich oder die Feuerleiter hinunter kletterte.

»Solange du zuhause bist, bist du sicher genug«, bemerkte Rick mit einem Blick auf Roman und verhalf ihr so zu einer Ausrede. »Mit Nachbarn auf beiden Seiten deiner Wohnung wird niemand so blöd sein, hier einzubrechen – aber lass die Fenster fest verschlossen. Du solltest unter den gegebenen Umständen nicht irgendeinem schmierigen Typen so etwas wie eine offene Einladung vermitteln.«

Aus dem Augenwinkel begegnete sie Romans Blick und konnte gerade noch ein Lachen unterdrücken. Sie beide wussten, dass er der letzte schmierige Typ war, der an diesem Abend durch ihr Fenster geklettert war, aber warum sollte sie seinen Brüdern noch mehr Munition liefern.

Sie trieben schon Schabernack genug mit ihm, allerdings auf eine so liebevolle Weise – wie sie ihr in ihrem ganzen Leben noch nie begegnet war. Sie war ein Einzelkind. Sie war zu schnell erwachsen geworden, nachdem ihr Vater sie verlassen hatte, während trotz allem die Chandler-Brüder in angemessener Zeit hatten erwachsen werden und doch noch kindlich bleiben können. Der geschwisterliche Wettstreit, die Kunst, dem anderen eine Nasenlänge voraus zu sein, aber auch die Liebe zwischen den Brüdern waren so auffällig, dass Charlotte in ihrer Gegenwart einen Kloß im Hals spürte. Sie hatte keinerlei wahren Familienzusammenhalt erlebt, und ihr wurde jetzt bewusst, wie sehr ihr so etwas gefehlt hatte.

Sie blickte zum offenen Fenster hinüber. »Ich werde darauf achten, ganz bestimmt.«

»Wir machen Überstunden, aber ich kann nichts versprechen, solange wir den Kerl noch nicht haben, also pass auf.«

Sie nickte nochmals.

Chase legte ihr brüderlich eine Hand auf die Schulter: »Du kannst darauf wetten – sobald ich den Artikel veröffentlicht habe, wird die ganze Stadt auf dich aufpassen.«

»Das hat mir gerade noch gefehlt, so im Mittelpunkt zu stehen.« Sie seufzte. »Ich hoffe, es macht mir nicht mein Geschäft kaputt. Dass die Leute Angst haben, meine Ware zu kaufen, kann ich mir nicht leisten.«

Rick schüttelte den Kopf. »Das Schlimmste, was dir passieren kann, ist, dass diese bewusste Häkelware weniger verlangt wird.«

»Ich hoffe, du behältst Recht.« Ein Minus im Umsatz konnte sie sich nicht erlauben, wenn sie weiterhin pünktlich ihre Miete bezahlen wollte. Ihre Ersparnisse aus der New Yorker Zeit waren fast aufgebraucht, und der Laden begann gerade erst, sich zu amortisieren.

»Wir werden eine Streife in der Nachbarschaft einsetzen, okay?«

Sie nickte und schloss endlich die Tür hinter Rick und Chase. Dann nahm sie allen Mut zusammen, sich umzudrehen und Roman anzusehen. Er lehnte mit einer Schulter an der Wand, Sex in seiner ganzen Haltung, einen zuversichtlichen Ausdruck im Gesicht.

Wenn sie es nicht besser wüsste, hätte sie annehmen können, dass sich etwas zwischen ihnen verändert hatte. Schon wieder.

»Was ist denn so Besonderes an der Unterwäsche, die gestohlen wurde?«, wollte er wissen.

»Sag du es mir. Du hast sie aus erster Hand gesehen.« Sie schluckte schwer. »Neulich in der Umkleidekabine.«

Die Erinnerung vertiefte das Blau seiner Augen zu einer Gewitterfarbe. »Die hast du selbst gemacht?«

Sie nickte. Er legte seine Hand um ihre, und seine harten Fingerspitzen wirkten sich verheerend auf ihre Nervenenden aus. Sie sandten weißglühende Feuerpfeile durch ihren Körper. Endlich hielt er ihre Hände zur genaueren Betrachtung hoch. »Mir war nicht bewusst, dass ich es mit einer Künstlerin zu tun habe.«

Sie lachte unsicher auf, angespannt durch seine Berührung und das Verlangen, das er wieder entfachte. »Nun wollen wir mal nicht übertreiben.«

»Süße, ich habe diese Teile gesehen und dich in ihnen. Ganz bestimmt übertreibe ich nicht. Ich kann jetzt verstehen, warum ein Mann alles daran setzen würde, sie in die Finger zu bekommen. Erst recht, wenn du sie trägst.« Sein Stimme wurde rau und verführerisch.

Er drehte ihr Handgelenk nach außen und platzierte einen strategischen Kuss darauf, um dann mit seinen Zähnen eine Fingerspitze anzuknabbern. Bei dem ersten sanften Biss wurden ihre Brustwarzen hart, und als er von einer zur nächsten Fingerspitze weiter glitt, war ihr ganzer Körper vor brennendem Verlangen in Aufruhr.

Sie fragte sich, wo das jetzt hinführen sollte, warum er jetzt begann, sie zu verführen, anstatt Lebewohl zu sagen. Seinen plötzlichen Stimmungswandel konnte sie sich nicht erklären. Sie hegte keinen Zweifel daran, dass der Kuss zuvor als endgültiger Abschied gemeint war.

»Kannst du dir vorstellen, dass ich heute Abend meine Augen nicht von dir lassen konnte?« Roman benetzte die Innenseite ihres Handgelenks und blies kühle Luft auf ihre feuchte Haut.

Sie unterdrückte ein entzücktes Stöhnen. »Da hast du mich aber ganz schön getäuscht.«

»Ich habe versucht, uns beide zu täuschen. Selbst heute

Abend, als ich hier in dem irrigen Glauben, mich von dir lösen zu können, hereingeplatzt bin, habe ich versucht, uns beide zu täuschen.«

Ihr schlug das Herz im Halse, und sie hörte aufmerksam zu.

»Im Laufe der Jahre habe ich die Kunst vervollkommnet, zu beobachten, ohne entdeckt zu werden. Bei meinem Beruf ist das eine Notwendigkeit.« Sein Mund wanderte ihren Arm hinauf und erregte sie mit der federleichten Berührung seiner Lippen. »Ich habe dich beobachtet.«

»Na gut. Dann hast du es mit Sicherheit geschafft, mich zu täuschen.«

»Aber ich glaube nicht, dass ich Terrie Whitehall täuschen konnte«, sagte er, als er bei ihrer Schulter angelangt war und anhielt, um die empfindliche Haut an Charlottes Hals zu berühren.

Sie bekam weiche Knie und musste sich an die Wand lehnen. »Terrie hat sich also aus Eifersucht gegen dich gewandt?«

»Es sieht ganz so aus«, erwiderte er, sein Atem heiß auf Charlottes Schulter.

Er stützte hinter ihr seine Hände an die Wand und klemmte sie ein mit seinem schlanken, harten Körper. Sie rang nach gleichmäßigem Atem, als seine Erektion, voll und fest, sich zwischen ihren Beinen bemerkbar machte. Sie versuchte sich zu erinnern, worüber sie gerade gesprochen hatten, aber ihr fehlten die Worte. »Ich kann mich nicht konzentrieren«, murmelte sie.

»Das ist der springende Punkt.« Er fuhr ihr mit seinen Händen durchs Haar. »Lass mich heute Nacht dableiben, Charlotte. Lass mich auf dich aufpassen.«

Diesen Versuch, Bodyguard zu spielen, hatte sie erwartet.

»Das ist keine gute Idee.« So sehr sie es auch genossen hätte. Sie drückte beide Hände gegen seine Schultern, aber anstatt ihn wegzustoßen, kostete sie die Hitze und Stärke seines Körpers so dicht an ihrem aus.

»Warum habe ich dann ein so gutes Gefühl dabei?« Er schob seine Hüften nach vorn und stieß dabei sein hartes Glied gegen ihren Venushügel.

Empfindungen erwachten wie Wellen zum Leben. Ihre Lider schlossen sich, und sie genoss das Gefühl. »Weil an Sex nichts vernünftig ist. Aber ich will jetzt vernünftig sein. Du kannst nicht bleiben. Du bist hergekommen, um Abschied zu nehmen. So etwas hast du vorhin gesagt.« Die Erinnerung an seine Worte schmerzte sie.

»Und dann habe ich dich geküsst und gemerkt, dass es für mich verdammt noch mal gar nicht möglich ist, einfach zu verschwinden.«

»Was?« Nie gekannte Aufregung und Hoffnung keimten in ihr auf, als sie seine Worte zu begreifen begann. »Was sagst du da?«, fragte sie, um sicher zu gehen.

»Es hat schon immer etwas zwischen uns gegeben. Etwas, was ewig bleiben wird. Wenn du den Mut hast, das Risiko einzugehen und zu sehen, wohin es führt, dann habe ich ihn auch.« Seine blauen Augen blickten tief in ihre.

Ihr Puls ging unregelmäßig. Er hatte sie überrascht und war offensichtlich selbst schockiert. Sie verstand das Hin und Her zwischen ihnen genauso gut wie er.

Er verblüffte sie, ja, aber ihr war diese Möglichkeit selber schon durch den Kopf gegangen. Eine Affäre mit Roman wollte sie nicht nur, sie brauchte sie sogar. Denn wenn sie dem Verlangen, das sich seit Jahren angestaut hatte, nachgab, bestand die Chance, dass es endlich einen natürlichen Ausweg fand. Sie setzte dabei ihr Herz aufs Spiel, das wusste

Charlotte. Aber sie war schon einmal von ihm fortgegangen, und obwohl sie es niemals zugab, noch nicht einmal sich selbst gegenüber, bereute sie das in ihrem tiefsten Innern. Sie brauchte die Erfahrung, mit ihm zu schlafen. Sie brauchte die Erinnerung daran, um sie ein Leben lang – ohne ihn – mit sich zu tragen.

Sie würde es verarbeiten. Anders als ihre Mutter, die das ewige Warten auf den geliebten Mann hingenommen hatte, würde sie, Charlotte, stark sein und unbeschadet aus allem hervorgehen.

»Kann ich also bleiben?«, fragte er mit seinem charmantesten Grinsen.

»Weil du glaubst, ich brauchte Schutz vor einer nicht existierenden Bedrohung, oder weil du mit mir zusammen sein willst?«

»Beide Gründe gelten.«

»Aufpassen kann ich selbst auf mich. Sogar Rick meint, ich sei in Sicherheit. Was das Andere anbelangt … es ist zu früh.« Charlotte hatte nicht vor, gleich mit ihm ins Bett zu steigen, egal, wie sehr ihr Körper gegen diese Entscheidung protestierte.

Sie brauchte Zeit, um seine Absichten zu verstehen. Sie musste diesmal wissen, dass er es sich nicht wieder anders überlegen würde. Vor allem aber wollte sie ihn besser kennen lernen. Alles an ihm. Sie brauchte Zeit, um sowohl in seinen Kopf als auch in sein Herz einzudringen. Wenn er verschwinden würde, was sie mit Sicherheit annahm, wollte sie nicht so leicht vergessen werden. Weiß der Himmel, sie würde ihn nicht vergessen, selbst wenn sie ganz andere Wege gehen würde.

Roman nickte und akzeptierte ihre Antwort. Er wollte sie nicht drängen, nicht, wo er solche Fortschritte gemacht und ihren Argwohn durchbrochen hatte. Sie lachte jetzt über seine Witze, akzeptierte seinen Gefühlswandel. Das war erst einmal genug.

Nach all seinen unklaren Botschaften erwartete er nicht, dass sie sich über Nacht ihm öffnen und sich ihm anvertrauen würde. »Wie wäre es denn, wenn ich auf dem Fußboden schliefe und Leibwächter spielte?«, fragte er in einem allerletzten Versuch, mehr Zeit mit ihr zu verbringen.

Sie schüttelte den Kopf und lachte. »Keiner von uns würde ein Auge zutun.«

»Schlaf wird sowieso überbewertet. Wir könnten wach bleiben und reden.« Dann wäre er wenigstens bei ihr.

»Wir würden nicht reden, und das weißt du auch.« Ihre Wangen nahmen einen gesunden Rosaton an. »Aber die Nachbarn täten es.«

Ihm persönlich war es völlig egal, was die Nachbarn tuschelten, aber Charlotte nicht, und in einer Kleinstadt war das Geschäft eng mit dem Ansehen verbunden. Frustriert fuhr er sich mit der Hand durchs Haar, dann zwang er sich, zu akzeptieren, was sie sagte.

»Du rufst an, wenn du mich brauchst? Selbst wenn du nur glaubst, dass du mich brauchst?«

Sie begegnete seinem Blick. »Oh, ich brauche dich, Roman. Nur – wegen dieser Art von Bedürfnis werde ich dich nicht anrufen.«

Er atmete schwer. Auch er brauchte sie. Auf eine Weise, die über sexuelles Verlangen hinausging. Als hätte sie eine Hand um sein Herz gelegt. Er hoffte nur inständig, dass sie vorhatte, ihn loszulassen, sobald es Zeit für ihn war, weiterzuziehen.

Als Roman erwachte, hüllte die Sonne sein ehemaliges Kinderzimmer wie in eine Decke und badete seinen Körper in

Wärme. Charlottes Apartment hatte er zwar verlassen, aber sie war die ganze Nacht bei ihm geblieben, in heißen und fesselnden Träumen, die jedoch seltsam unerfüllt blieben.

Er schloss die Augen, lehnte sich in seine Kissen zurück und beschwor noch einmal alles herauf, was er am Abend zuvor erfahren hatte. Während sie und seine Brüder über die letzten Einbrüche gesprochen hatten, hatte er sein Talent genutzt, zuhören zu können, während er etwas ganz anderes aufnahm – und er hatte die großformatigen Hochglanzbücher und Magazine entdeckt, die vor ihm auf dem Tisch lagen. Die Titelseiten zeigten ferne Länder und bezaubernde Schauplätze. Einige waren heimisch, andere ausländisch wie schottische Schlösser, oder exotisch wie der Südpazifik.

Nichts Ungewöhnliches, um Anlass zum Gespräch zu geben, dachte Roman. Viele Leute kauften ähnliche Prachtbände als Dekorationsobjekte. Aber wenige lasen sie so lange, bis sie ganz abgenutzt waren, und noch wenigere ließen solche Exemplare mit Eselsohren zur Ansicht herumliegen. Charlotte hatte es getan.

Nachdem er sich also umgesehen hatte, war es ihm möglich gewesen, in seiner Vorstellung ein Bild zusammenzusetzen, das voller Widersprüche und Verlockungen war. Charlotte war sehr weiblich und sehr sexy. Erwartungsgemäß liebte sie Blumen. Doch sie war zögerlich, sich ihrer Wirkung nicht bewusst, und kühne Schritte fielen ihr nicht gerade leicht – was die Wahl ihres Geschäfts ziemlich unvorhersehbar gemacht hatte. Das galt auch für die Unterwäsche, die sie in Handarbeit anfertigte. Diese entblößte mehr als sie verhüllte – nicht nur die Haut unter den gehäkelten Slips, sondern gleichzeitig Charlotte und ihr Innerstes.

Die Bücher enthüllten noch viel mehr. Obwohl sie Heim und Herd in Yorkshire Falls liebte, war doch ein Teil von ihr fasziniert von fernen Ländern und exotischen Schauplätzen. Diese Erkenntnis bewirkte einen Adrenalinschub in seinen Adern. Sie passte noch besser zu ihm, als sie zuzugeben bereit war.

Oh Charlotte, dachte er. Sie fesselte ihn in einer Weise, wie es keine Story und keine andere Frau jemals fertig gebracht hatten. Er musste sie für sich gewinnen, musste sie überzeugen, dass sie auf eine komplizierte Art so miteinander verbunden waren, dass sie gar keine andere Wahl hatten, als ihr Leben gemeinsam zu verbringen. Nur dann konnte er die Verpflichtung seiner Familie gegenüber wahrnehmen und die Sehnsucht seiner Mutter nach einem Enkelkind erfüllen. Nur dann konnte er zu seinem Leben unterwegs zurückkehren, dorthin gehen, wohin die Geschehnisse ihn führten, und fortfahren, öffentliche Aufmerksamkeit auf wichtige Probleme zu lenken. Und vielleicht würde sie eines Tages mit ihm reisen wollen.

»Oh, mein Gott. Roman, wach auf!« Die Stimme seiner Mutter drang zu ihm.

Allein zu leben hatte seine Vorzüge, und als seine Mutter ohne anzuklopfen in sein Zimmer platzte, fiel ihm wieder ein, was das war: Die Privatsphäre.

Er setzte sich in seinem Bett auf und zog die Decke höher. »Morgen, Mutter.«

Ihre Augen funkelten amüsiert; sie schien irgendetwas zu wissen, was ihn total alarmierte. »Lies das.« Zu seinem Missfallen wedelte sie mit der *Gazette* vor seinem Gesicht herum.

Er griff sich die Zeitung. »GERAUBTE HÖSCHEN« las er laut.

»Schöne Überschrift«, bemerkte sie. »Chase war sprachlich schon immer gut.«

Er warf einen Blick auf seine Mutter und sah, wie sich Lachfältchen um ihre Augen kräuselten. »Bist du nicht besorgt wegen der Diebstähle?«, fragte er sie.

»Rick hat die Sache unter Kontrolle. Polizeichef Ellis ebenfalls. Außerdem ist niemand verletzt. Lies die letzte Zeile, Roman.«

Ehe er das tun konnte, hatte sie ihm schon die Zeitung aus den Händen gerissen und las vor: »Zwar hat die Polizei noch keine Verdächtigen, aber Jack Whitehall verfolgte einen Mann, einen Weißen, in seinen Hinterhof, bis dieser in dem Wald hinter dem Haus verschwand. Obwohl die Polizei erst einen Verdächtigen benennen muss, vermutet Jack Whitehall, dass Roman Chandlers Heimkehr mit dem ersten Diebstahl vor einer Woche zusammenhängen könnte. Mr. Whitehall zufolge hatte Roman Chandler hinter einem Kindheitsstreich gesteckt, bei dem es um gestohlene Unterwäsche ging. Es wurde keine Anklage erhoben in diesem Fall, der sich vor über einem Jahrzehnt ereignet hatte, und die Polizei glaubt, dass die Fälle nichts miteinander zu tun haben.«

»Hübscher kleiner Artikel«, murmelte er.

»Was hast du zu deiner Verteidigung zu sagen?«

Er verdrehte die Augen. »Großer Gott, Mutter, damals war ich auf der Highschool.« Was für eine Antwort erwartete sie?

Aber über seinen Bruder war Roman stinksauer. Selbst wenn das Zitat Whitehall zugeschrieben und von den Bullen zurückgewiesen wurde, schien es ihm unglaublich, dass Chase so einen Schwachsinn berichtete. »Man sollte meinen, dass Chase mehr Verstand hat als ...«

»Chase berichtet nur die Tatsachen, junger Mann. Gib deinem Bruder nicht die Schuld für etwas, das wiederkehrt, um dich heimzusuchen.«

Seit Jahren hatte Roman nicht mehr erlebt, dass seine Mutter mit einem ihrer Söhne in diesem kühlen Ton sprach. Angesichts der Tatsache, dass sie seit ihrer Krankheit so eine sanfte Stimme entwickelt hatte, überraschte ihr Ton ihn jetzt. Allerdings würde sie niemals hinnehmen, dass ein Bruder wütend auf den anderen wäre, und das würde sich auch nicht ändern, nur weil es ihr nicht gut ging. Sie war der Überzeugung, dass ihre Jungen eine Einheit bilden sollten. Durch dick und dünn zusammenhalten mussten!

In den meisten Fällen stimmte Roman dem zu. In diesem Fall aber nicht. Aber er wollte auch nicht, dass sie nervös auf und ab ging und sich Sorgen machte, nur weil er sich über Chase ärgerte.

»Setz dich hin. Es ist nicht gut für dein Herz, wenn du dich aufregst.« Er klopfte auf das Bett.

Sie blickte überrascht auf, dann ließ sie sich langsam am Fußende des Bettes nieder.

»Da hast du Recht. Ich dachte nur, du solltest vorbereitet sein. Du wirst als Höschendieb gehandelt.«

Daraufhin konnte Roman nur mürrisch dreinblicken und seine Arme vor der Brust verschränken.

»Was ich mir nicht sehr deutlich ausmalen kann, ist die Reaktion der Frauen hier.«

Er machte sich auf einiges gefasst. »Was meinst du denn?«

Seine Mutter zuckte die Schultern. »Ich bin nicht sicher, ob sie sich dir an den Hals werfen oder vor dir weglaufen werden. Um deinetwillen solltest du lieber hoffen, dass sie so etwas unwiderstehlich finden. Ich jedenfalls hoffe, dass sie es unwiderstehlich finden, denn sonst werden meine Enkelkinder noch länger auf sich warten lassen.«

Roman murmelte einen Fluch vor sich hin. »Warum kannst du nicht mal auf Rick oder Chase herumhacken?«

Raina klopfte mit dem Fuß auf den Holzfußboden, knapp neben dem geflochtenen Vorleger, den sie ihm vor Jahren gekauft hatte. »Leider Gottes sind deine Brüder gerade nicht hier.« Sie nahm die Zeitung auf und schien den Artikel noch einmal zu überfliegen. »Weißt du was? Wenn ich so recht darüber nachdenke, glaube ich, dass die Frauen dieser Stadt sich fern halten werden, bis die Anklage fallen gelassen wird. Niemand möchte etwas mit einem verurteilten Verbrecher zu tun haben. Selbst einen, der nur möglicherweise ein Verbrecher ist, möchte ein nettes Mädchen nicht seinen Eltern anschleppen.«

»Großer Gott, Mutter«, sagte er schon wieder.

»Habe ich dir nicht vorher gesagt, dass diese Dinge dich noch einmal heimsuchen werden? Es ist wie mit den Ergebnissen des Eignungstests oder deinen Noten in der neunten Klasse. Sie hatten einen Einfluss auf dein späteres Collegestudium. Aber davon wolltest du ja nichts hören. Du wusstest alles besser.« Ohne Vorwarnung schlug sie ihm mit der Zeitung auf die Schulter. »Mir war völlig klar, dass das hier eines Tages wieder an die Oberfläche kommen wird!«

Da Roman ahnte, dass sie gerade erst anfing, stöhnte er und zog sich die Decke über den Kopf. Er war zu alt, um mit seiner Mutter zusammenzuleben, und zu müde, um sich jetzt mit dieser Sache zu befassen.

164

Kapitel sieben

Um neun Uhr fünfundvierzig am nächsten Morgen begann sich vor *Charlottes Speicher* eine Schlange zu bilden. Charlotte warf Beth, die mit ihr über nichts anderes sprach als über das Geschäft, einen Blick zu. Offenbar hatte sie sich am Abend zuvor total ausgequatscht, und Charlotte respektierte ihre Privatleben – zunächst jedenfalls. Sie war jedoch fest entschlossen, am Ende des Tages ihre Freundin in die Enge zu treiben, um herauszufinden, was los war.

»Hast du ohne mein Wissen einen Ausverkauf angezeigt?« Beth deutete auf die Scharen von wartenden Frauen.

»Ich wünschte, es wäre so.« Charlotte runzelte verwirrt die Stirn.

Sie ging zur Eingangstür und schloss auf. Die Frauen strömten herein, als würde hier die Ware verschenkt. Alle umringten sie, bis Frieda Whitehall hervortrat, die offensichtlich die Sprecherin war. Das Haar der älteren Frau wurde langsam grau und war auf die einzige Weise frisiert, die Lu Anne kannte. Für gewöhnlich kleidete sich Frieda in Polyesterhosen mit dazu passenden waschbaren Seidenblusen, und auch heute machte sie keine Ausnahme. Aber Charlotte wusste, dass Frieda ihre Ehe aufpeppen wollte, und deshalb hatte sie Charlottes handgearbeitete Unterwäschegarnitur gekauft.

»Was kann ich für die Damen tun?«

»Wir sind interessiert an …« Frieda räusperte sich und errötete.

»Den geraubten Höschen!«, rief Marge Sinclair aus dem Hintergrund der Meute. »Meine Donna könnte auch welche gebrauchen.«

»Und ich muss meine ersetzen«, sagte Frieda. »Außerdem möchte ich auch welche für Terrie. Vielleicht lockert sie das ja etwas auf.«

»Geraubte Höschen?« Charlotte blinzelte überrascht. »Sie meinen die gehäkelten.« Offenbar war der Diebstahl inzwischen allgemein bekannt. In dieser Stadt verbreiteten sich Neuigkeiten schnell. Nur auf inständiges Bitten von Rick und dem Polizeichef hatte die Situation nach den anfänglichen Einbrüchen geheimgehalten werden können.

»Wir möchten alle welche.«

»Sie alle?«

Es erhob sich ein zustimmendes Gemurmel, und die Eingangstür stand nicht still. Es kamen jüngere Frauen, aber auch ältere, alle von ihnen waren an Charlottes ›geraubten Höschen‹ interessiert.

»Sie müssen verstehen, dass wir die nicht vorrätig haben.« Beth übernahm jetzt. »Diese Sorte wird individuell angefertigt. Ich notiere Ihre Namen, Ihre Farbwünsche und Maße. »Stellen sie sich in einer Reihe auf, und dann fangen wir an.«

»Was um alles in der Welt ist denn bloß los?«, fragte Charlotte. Noch am Abend zuvor hatte sie befürchtet, dass es mit ihrem Geschäft bergab gehen würde, und jetzt gab es diese Flut von Kunden, die genau die Sorte Höschen verlangten, die zum Einbruch einluden. Bei diesem Andrang würde sie bis Weihnachten – in neun Monaten – durchhäkeln müssen.

»Hast du die Morgenzeitung gelesen?«, wollte Lisa Burton wissen, eine ehemalige Mitschülerin von Charlotte und jetzt eine angesehene Lehrerin.

Charlotte schüttelte den Kopf. Sie hatte verschlafen, nach einer unruhigen Nacht voll übersteigerter Träume, in denen sie selbst und Roman die Hauptrolle spielten. »Keine Zeit für Zeitung oder Kaffee. Wieso?«

Lisas Augen funkelten vor Aufregung, als sie ihr ein Exemplar der *Gazette* hinhielt. »Wenn es einen Mann in dieser Stadt gäbe, den du mit Freuden in dein Haus einbrechen und deine Slips stehlen ließest, wer würde das wohl sein?«

»Na ja …«

Ehe Charlotte weitersprechen konnte, beantwortete Lisa ihre eigene Frage: »Natürlich einer der Chandlers.«

Charlotte blinzelte. »Natürlich.« Roman war der einzige Chandler, der sie interessierte, obwohl sie das nicht laut vor den anderen bekennen würde.

Er musste ihre Slips nicht stehlen, sie würde sie ihm bereitwillig übergeben – genauso wie wahrscheinlich die Hälfte aller Frauen dieser Stadt. Sie erinnerte sich an den gestrigen Abend, als seine Brüder von dem letzten Einbruch und den Anschuldigungen gegen Roman berichtet hatten. Chase hatte angekündigt, dass er es veröffentlichen würde.

»Was hat denn da genau gestanden?«, fragte sie die Freundin. »Lass nichts aus.«

Eine halbe Stunde später hatte Charlotte ihre Türen abgeschlossen, weil sie eine Pause brauchte. Vor ihr lag eine neue Liste von Frauen, die ihre Höschen erstehen wollte, Frauen, von denen sich viele erträumten, so Roman Chandler in ihr Haus locken zu können.

»Ich glaube, mir wird schlecht.« Charlotte setzte sich an ihren Schreibtisch. Sie ließ Beth vorn im Laden nach dem Wahnsinnsandrang des Morgens wieder Ordnung schaffen, während sie selbst die Namensliste kopierte, um sie der Polizei zu geben.

Die Frauen hatten nicht nur die teuersten Waren aus ihrem Sortiment bestellt, sie hatten während der Wartezeit auch allerhand gekauft – Duftkissen für die Schubladen, Kleiderbügel für Unterwäsche und einiges an Dessous. Es war der erfolgreichste Tag seit der Eröffnung, und es war noch nicht einmal Mittag. Aber anstatt zufrieden zu sein, fühlte Charlotte sich unbehaglich.

Der Gedanke, mit Romans Junggesellenruf Geld zu verdienen, gefiel ihr gar nicht.

Eifersucht durchzuckte ihr Herz, als sie an all die Frauen dachte, die heute in ihrem Laden seinen Namen erwähnt hatten. Es ärgerte sie, schmerzlich daran erinnert zu werden, was und wer er war: Ein Wandervogel, der die Frauen liebte. Und sie hatte zugestimmt, eine von diesen Frauen zu sein – bis er die Stadt verließ. Charlotte lief es kalt den Rücken hinunter, und dennoch konnte nichts, was an diesem Morgen passiert war, ihre Meinung ändern über den Kurs, den sie und Roman eingeschlagen hatten.

Sie blickte auf die Zeitung, die Lisa zurückgelassen hatte, und schüttelte den Kopf. Roman war alles Mögliche, unter anderem ein Junggeselle und Wandervogel, aber er war kein Dieb. Sie glaubte nicht für eine Sekunde, dass er hinter diesen Einbrüchen steckte. Der Gedanke war lächerlich, und die Tatsache, dass erwachsene Frauen dieser Vermutung nachhingen, warf sie um. Sie bauten sich ein Fantasiegebilde um die ganze Sache, um ihn auf.

Charlotte konnte dieses Verlangen verstehen, aber sie wusste es besser als die meisten: Fantasien wurden niemals wahr, und die Wirklichkeit war ein viel strengerer Lehrmeister.

Roman setzte alles daran, sich mit Liegestützen und einem langen Lauf zu überanstrengen, ehe er duschte, sich anzog und sich in das Büro der Gazette aufmachte. Er hoffte sehr, dass er das Bedürfnis, seine Faust in seines großen Bruders noch größeres Maul zu schlagen, würde unterdrücken können. Als Reporter respektierte Roman die Wahrheit, aber in diesem Fall fand er, dass es einen besseren Weg hätte geben müssen, um mit dem Klatsch einer Stadt fertig zu werden, als ihn noch glaubwürdiger zu machen, indem man die Spekulationen druckte. Leider hatten einige Leute hier ein besseres Erinnerungsvermögen als ein Elefant.

Er fuhr mit offenen Wagenfenstern die First Street hinunter. Die frische Luft weckte ihn auf und beruhigte ihn zugleich. Als er an Charlottes Speicher vorbeikam, ging er vom Gas. Davor hatte sich eine kleine Menschenmenge versammelt, was ihn erstaunte, wenn er bedachte, wie besorgt sie gewesen war, dass die Diebstähle ihrem Geschäft schaden könnten.

Er wollte so gern mit ihr sprechen, wegen der Morgenzeitung und seiner neuen Berühmtheit musste er sich aber von *Charlottes Speicher* fern halten. In der Heimstatt der geraubten Höschen sollte Roman Chandler zu allerletzt gesehen werden.

Am Stadtrand hielt er bei einer Verkehrsampel an. Eine graue Limousine quetschte sich neben ihn. Er blickte hinüber, als die Fahrerin ihr Beifahrerfenster herunterkurbelte. Alice Magregor, stellte er fest. Ihr Haar explodierte nicht mehr in die Höhe, sondern es war jetzt aufgeplustert wie eine Löwenmähne. Immerhin brachte er ein freundliches Lächeln für sie zustande.

Sie beugte sich hinüber zum Nebensitz, hob dann ihre Hand und wedelte mit etwas durch die Luft, bevor sie zweimal hupte und davonfuhr.

Er blinzelte. Als es wieder grün wurde, dämmerte es ihm

– Alice hatte ihm gerade mit einem Höschen zugewinkt. Das war die absolute weibliche Herausforderung. *Komm und krieg mich, großer Junge.*

Jetzt, wo er nur die eine Frau haben wollte, entschieden sich die alleinstehenden Frauen von Yorkshire Falls, die Jagdzeit zu eröffnen. Roman seufzte schwer. Ihm wurde bewusst, was ihm von den Frauen der Stadt bevorstand. In jüngeren Jahren hätte er eine solche Aufmerksamkeit genossen. Heutzutage wollte er nur in Ruhe gelassen werden.

Ein verdammt schlechter Anfang, dachte Roman, seinen Kreuzzug um Charlotte in Angriff zu nehmen, und ihn ergriff erneut das Verlangen, auf seinen Bruder einzuprügeln. Zweifellos war Alices Verhalten auf den Artikel in der *Gazette* zurückzuführen. Wenn Roman auch wusste, dass Whitehall befangen war, so war doch jedermann in der Stadt nun beim Morgenkaffee an seinen Streich erinnert worden.

Fünf Minuten später parkte er vor der *Gazette* und ging die lange Auffahrt hoch. Er blieb bei den Briefkästen stehen, die mit den Namen der verschiedenen Redaktionsabteilungen gekennzeichnet waren. Sie waren noch nicht überfüllt, nur die Lokalabteilung hatte besonders viel, da der Redakteur mit Frau und neuem Kind anstrengende Tage absolvierte. Roman griff sich die betreffende Post, damit Ty mehr Zeit für seine Familie hatte, wenn er, Roman, für ein paar Stunden seine Arbeit übernahm.

Dabei sagte er sich, dass er sich nur deshalb in die Geschäfte der *Gazette* verwickeln ließ, weil er einem alten Freund einen Gefallen tun wollte. Ganz gewiss motivierte ihn nicht der Wunsch, seinem älteren Bruder zu helfen.

Er ging hinein. »Hallo, Lucy.« Er nickte der Vorzimmerdame zu, die genauso zum Inventar des Hauses gehörte wie sein Fundament. Sie hatte für seinen Vater gearbeitet und danach für Chase, weil sie eine Begabung dafür hatte, mit Menschen umzugehen; außerdem verfügte sie über organisatorische Fähigkeiten, ohne die ein Zeitungsmann nicht leben konnte.

»Hallo, Roman.« Sie winkte ihn mit gekrümmtem Zeigefinger zu sich.

Roman kam näher. »Was gibt's?«

Sie krümmte erneut ihren Finger und er beugte sich zu ihr hinüber.

»Was machst du mit den Höschen, die du klaust?«, fragte sie im Flüsterton. »Mir kannst du es doch sagen. Bist du zu den Transvestiten übergelaufen?« Dann zwinkerte sie und lachte lauthals.

Er verdrehte die Augen und erinnerte sich zu spät daran, dass sie einen beißenden Humor besaß. »Das ist nicht komisch«, murmelte er.

»Wenn es dich tröstet ... Chase wollte das nicht drucken – er hatte einfach keine Wahl. Whitehall stellte seine journalistische Integrität in Frage, wenn er das zurückhalten würde, weil ihr zwei verwandt seid.«

Roman schüttelte den Kopf. »Wo ist er überhaupt?«

Lucy deutete mit dem Daumen nach oben. Roman stürmte die Treppen hinauf und in Chase Büro hinein, ohne anzuklopfen.

»Macht es dir etwas aus, mir zu erklären, was zum Teufel du dir dabei gedacht hast?« Roman knallte die Morgenzeitung auf den Schreibtisch.

»Wobei?«

Roman beugte sich in bedrohlicher Haltung vornüber, was aber auf seinen großen Bruder keinerlei Eindruck machte. Chase wirkte total entspannt. Er wippte nach hinten, und die Rückenlehne des Lederstuhls, der einst ihrem

Vater gehört hatte, berührte das Fensterbrett und versperrte so die Aussicht. Roman kannte sie auswendig. Der Teich und die alten Weiden, die dort unten Wache standen, waren genauso ein Teil von ihm wie dieses alte Victorianische Haus, das schon immer die Büros der *Gazette* beherbergt hatte.

»Du bist zu schlau, um dich dumm zu stellen, und mir ist nicht nach Spielchen zumute. Gab es überhaupt irgendeinen Grund, meinen Namen zu nennen?«, fragte er Chase.

»Ich drucke die Neuigkeiten. Wenn ich Whitehalls Zitat verschwiegen hätte, wäre das eine grobe Unterlassung gewesen.«

»Wem gegenüber?«

»Jedem in der Stadt, mit dem der alte Whitehall spricht. Ich möchte nicht, dass die Leute hier denken, wir bevorzugten jemanden oder schützten Familienmitglieder.«

»Ein veralteter Streich ist keine Neuigkeit.«

Chase schüttelte den Kopf. »Das weißt du als Reporter doch besser.« Er wippte mit seinem Stuhl nach vorn. »Sonst ist es dir völlig schnuppe, was die Leute von dir denken. Ich verstehe gar nicht, warum dich dieser Artikel derartig aus den Pantinen haut. Was macht dich eigentlich wirklich so sauer?« Er stand auf und ging zu Roman hinüber, ohne den Blick von seinem Gesicht zu lassen.

»Würdest du wieder mit unserer Mutter zusammenleben, müsstest du diese Frage nicht stellen.«

»Das würde dich vielleicht zum Säufer machen, aber nicht in dir den Wunsch wecken, mich niederzuschlagen. Das hier hat nichts mit Mutter zu tun. Ich finde, du siehst grässlich aus. Was hast du gemacht? Hast du letzte Nacht Gräben ausgehoben, anstatt flachgelegt zu werden?«

»Das wäre nicht einfach ein ›Flachgelegtwerden‹ gewesen«, antwortete Roman, ohne nachzudenken.

»Was heißt das?« Chase stieß Roman in den nächsten Sessel, dann warf er seine Bürotür ins Schloss. »Man weiß nie, wann Lucy sich langweilt und hier hochkommt«, erklärte er und öffnete dabei das Schränkchen in der Ecke.

Ihr Vater hatte darin immer Likör aufbewahrt, und Chase hatte nicht viel verändert. Er goss zwei Gläser Scotch ein und reichte eines Roman. »Jetzt sprich.«

Obwohl es noch früh am Morgen war, lehnte sich Roman in seinem Sessel zurück und leerte sein Glas in einem brennenden Zug. »Das habe ich jetzt gebraucht. Aber ich weiß wirklich nicht, was du meinst.«

Chase blickte an die Decke. »Du bist verdammt sauer, dass du bei der Münzwette verloren hast. Du bist sauer, dass dein Leben sich verändern wird. Und du willst nur nicht zugeben, dass du so sauer bist, weil du meinst, du seiest mir noch etwas schuldig.«

»Verdammt richtig.« Es war sinnlos, etwas zu leugnen, was so offensichtlich war. Selbst wenn Charlotte die Aussicht auf Heirat und Kinder reizvoller machte, so hatten sich seine Zukunftspläne seit seiner Heimkehr verändert, und das nicht aus freier Entscheidung.

»Tu es nicht, wenn du nicht damit leben kannst.« Chase stützte seine Arme auf den Schreibtisch. »Ich habe dir an dem Abend erklärt, dass es dir niemand verübeln wird, wenn du einen Rückzieher machst.«

»Ich würde es mir selbst verübeln. Habe ich dir je gesagt, wie sehr ich dich für deine Entscheidungen, die du früher getroffen hast, respektiere?«

»Das musst du mir nicht sagen. Ich weiß andererseits, wie viele Menschen du mit deinen Nachrichten und deinem Talent erreichst. Jedes Mal, wenn ich einen Artikel von dir lese, jedes Mal, wenn du Ausschnitte schickst, zeigst du mir, was du für ein Mensch bist. Und wie du an all dem hängst, was dein Leben ausmacht.«

Roman sah Chase an und schüttelte den Kopf. »Ich rede nicht davon, wie sehr ich dieses Leben schätze. Das wissen wir doch beide. Ich rede davon, wie hoch ich dich achte.« Er stand auf und steckte seine Hände in die Gesäßtaschen. »Erst seit der Münzwette habe ich wirklich verstanden, was du damals für ein Opfer gebracht hast. Du warst noch sehr jung. Ich habe große Achtung vor dir.«

»Opfer ist ein zu starker Ausdruck«, entgegnete Chase und neigte den Kopf.

Roman hatte seinen Bruder in Verlegenheit gebracht, und er wusste, das dies ein verstecktes Zeichen der Dankbarkeit war.

»Jetzt erzähl mir doch, was Charlotte Bronson mit all dem zu tun hat«, verlangte Chase.

Roman goss sich noch einen Scotch ein. Weil Chase in seinem Leben schwere Entscheidungen hatte treffen müssen, konnte niemand besser als er verstehen, was Roman gerade durchmachte. »Ich liebe meine Art zu leben. Das Reisen, die Stories, die Aufgabe, Menschen über wichtige Dinge in der Welt zu informieren.«

Chase lächelte ein wenig bitter. »Selbst als wir noch Kinder waren, hatte ich zu dir eine besondere Beziehung. Ich sah mich selbst in dir.« Er atmete tief ein. »Als unser Vater starb, wusste ich, dass meine Träume mit ihm dahin waren. Aber wenn ich schon selbst nicht die Welt bereisen konnte, dann wollte ich verdammt noch mal sicher gehen, dass du all die Möglichkeiten hättest, die mir verwehrt waren.«

Roman überflutete eine Welle der Rührung. »Dafür stehe ich tief in deiner Schuld.«

Chase winkte ab. »Das habe ich nicht getan, damit du es mir eines Tages zurückzahlst. Das wäre das Letzte, woran mir liegt. Wenn ich immer noch reisen wollte, könnte ich jetzt ein verdammtes Flugzeug besteigen. Mein Leben ist in Ordnung. Wenn du also diese Sache nicht durchziehen und dabei halbwegs glücklich sein kannst«, sagte er und meinte dabei die Münzwette, »dann lass es sein.«

»Hey, ich habe absolut die Absicht, meine Pflicht zu erfüllen. Leider kann ich mir nur absolut nicht vorstellen, mich an eine x-beliebige Frau dieser Stadt zu binden. Nicht, wenn ...«

»Nicht, wenn es nur die eine gibt, die du willst.«

Roman griff erneut nach der Flasche, schob sie dann aber von sich weg. »Genau«, bestätigte er die Vermutung seines Bruders.

Er stand ruckartig auf, ging zum Fenster hinüber und blickte hinaus auf die Szenerie, die seinem Vater immer so große Freude bereitet hatte – das wusste er, denn alle drei Kinder hatten abwechselnd auf ihres Vaters Schoß gesessen, während er einen Artikel tippte, Anzeigen am Telefon entgegennahm oder auch nur mit seinen Kindern herumspielte, das alles mit diesem Ausblick hinter sich. Inzwischen ersetzten Computer die alten Smith Corona Schreibmaschinen, die Bäume waren höher, die Wurzeln tiefer eingegraben, aber ansonsten hatte sich kaum etwas verändert. Da Roman damals noch so jung gewesen war, hatte er nur vage Erinnerungen. Aber sie existierten am Rande seines Gedächtnisses, und sie gaben ihm Trost, selbst in diesem Augenblick.

»Es ist nicht zu übersehen, dass auch sie sich für dich interessiert, wo liegt also das Problem?«

Roman holte tief Luft. »Ich möchte sie nicht verletzen. Und leider riecht alles, was die Münzwette und meinen Plan betrifft, nach ihrem Vater, Russell Bronson.«

»Verdammt.« Chase kniff sich in den Nasenrücken.

»Das nehme ich als Zustimmung.«

»Wer ist denn dann im Rennen?«, fragte Chase.

Roman beobachtete, wie eine Brise durch die Zweige der Bäume fuhr, die kurz vorm Knospen waren. Die gelben Forsythien und das frische grüne Gras verliehen dem Platz dort unten etwas Farbe. Ihm kam eine entfernte Erinnerung ins Bewusstsein, an ein Picknick, das seine Mutter damals geplant hatte, um den arbeitswütigen Vater an die frische Luft und zum Spielen mit seinen Kindern zu bringen. Fast konnte er die Hühnchensandwiches riechen, die seine Mutter gemacht hatte, und die Stimme seines Vaters hören, als er Rick Anweisungen gab, wie er das Schlagholz halten sollte, während Raina den Ball warf.

Im Hinblick auf ein eigenes Kind konnte sich Roman keine andere Frau als Ehefrau und Mutter vorstellen als Charlotte – aber er konnte sich kaum ausmalen, seine Karriere, die er aufgebaut hatte und die er liebte, zu opfern, um in der Rolle des Familienvaters aufzugehen. Wie auch immer: Ein Kind gehörte zu seiner Zukunft. Und er wollte dieses Kind von keiner anderen Frau als von Charlotte.

»Sonst ist keine im Rennen.«

Chase trat hinter ihn und schlug ihm auf den Rücken. »Dann schlage ich vor, dass du dir einen Weg überlegst, wie du die Dame davon überzeugst, dass sie eine Fernehe akzeptieren kann, kleiner Bruder.«

Na, das war mal eine Herausforderung, dachte Roman. Charlotte war noch nicht so weit, um die Worte *Heirat* oder *Babys* aus seinem Mund zu hören. Mist, er war sich nicht einmal sicher, ob er selber bereit war, sie auszusprechen. Doch irgendwo musste er ja anfangen. »Was hast du mir damals gesagt, als ich mein erstes Interview machen wollte und mir den Bürgermeister ausgesucht hatte?« Er war sechzehn Jahre alt und überzeugt gewesen, als Reporter die ganze Welt aus den Angeln heben zu können.

»Fang langsam an und lerne daraus. Es sind dieselben Worte, die unser Vater mir gesagt hat. Du beeindruckst mich. Ich kann nicht glauben, dass diese Worte durch deinen dicken Schädel gedrungen sind.« Chase grinste.

»Du meinst, weil ich draußen vor dem Büro des Bürgermeisters geparkt habe, bis er meine Fragen beantwortet hatte, anstatt den Vorsitzenden des Elternrats zu interviewen, wie du es vorgeschlagen hattest?« Roman musste bei der Erinnerung daran lachen.

»Nun, wenn es um Charlotte geht, werde ich deinen alten Ratschlag befolgen«, versprach er Chase. »Aber bilde dir nichts darauf ein.«

Roman würde langsam anfangen. Zusammen Zeit zu verbringen und sie wieder kennen zu lernen, würde eine Freude sein. Um die Verführung musste er sich keine Sorgen machen. Wann immer er und Charlotte sich trafen, war die Anziehungskraft sofort aktiviert. Klappte alles, konnte er die Karriere behalten, die er liebte, und die Frau, die er immer haben wollte, und nicht nur in seinem Bett, wäre Bestandteil seines Lebens.

Er ging zur Tür.

»Wo gehst du hin?«

Er drehte sich zu Chase um. »Ich will mich vergewissern, dass ich Charlotte unter die Haut gehe und in ihr Leben eindringe – bis zu dem Punkt, wo sie mich nie mehr los werden will.«

Charlotte schloss um fünf Uhr den Laden. Der Samstagabend lag vor ihr. Sie rieb sich die Augen und sah zu Beth hinüber, die einen Bleistift zwischen ihren Händen zwirbelte. »Was denkst du gerade?«, fragte Charlotte.

»Nichts.«

»Quatsch. Seit zwei Wochen meidest du jedes ernsthafte Gespräch mit mir. Du brauchst eine Freundin, und das bin ich. Also lass mich dir bitte helfen.«

Beth schüttelte den Kopf. »Das täte ich gerne, Charlotte, aber du würdest es nicht verstehen.«

Charlotte fragte sich, ob sie gekränkt sein sollte. »Komme ich dir so gefühllos vor?«

»Nein, nur so bestimmt in deinen Ansichten. Jede Beziehung, die der deiner Eltern ähnlich sieht, bekommt von dir sofort den Stempel der Missbilligung. Ich kann mir das jetzt einfach nicht anhören.«

Charlotte klopfte das Herz bis zum Hals, als sie auf ihre beste Freundin zuging. »Ich wollte niemals ein Urteil abgeben. Ich leide nur um deinetwillen. Wenn irgendetwas, das ich gesagt oder getan habe, dir schroff erschienen ist, so tut es mir Leid. Aber, Beth, du bist eine schöne Frau, verlobt mit einem Mann, den du liebst, und trotzdem bist du unglücklich. Warum?« Charlotte schluckte schwer, weil sie nicht missbilligend klingen wollte. »Weil du hier bist und er in New York ist?«

Beth schüttelte den Kopf. »Nicht nur das.«

»Bitte erklär mir die Sache. Ich verspreche zuzuhören und nicht zu urteilen.« Charlotte zog Beth an der Hand und führte sie zu den Sesseln im Wartebereich. »Ich hole uns etwas zu trinken, und dann redest du mit mir, ja?«

Einen Moment später setzte sich Charlotte mit einer geöffneten Dose Selters für jeden zu Beth. Sie zog ihre Beine unter sich. »Ihr beide seid euch also letzte Weihnachten begegnet?« Sie lenkte Beth Erinnerung zurück an den Anfang.

»Ja. Norman gab seine alljährliche Party, und David war in der Stadt, um die Ramseys zu besuchen – Joanne ist die Schwester seiner Mutter. Jedenfalls wurden wir einander vorgestellt, und kamen dann ins Gespräch … An diesem Abend habe ich mich in ihn verliebt. Ich wusste einfach, dass er der Richtige war.«

»Worüber habt ihr euch unterhalten? Wie wusstest du, dass er der Richtige war?« Charlotte beugte sich eifrig vor, weil sie darauf brannte zu hören, dass ihr Misstrauen gegen David falsch war, dass er und Beth in Wahrheit mehr Ziele und Interessen gemeinsam hatten, als sie bisher hatte entdecken können.

»Hauptsächlich über seinen Beruf. Er hat berühmte Patientinnen, aber auch ganz alltägliche Frauen, die eine Veränderung brauchen, um das Beste aus ihrem Potenzial zu machen.«

»Klingt interessant«, log Charlotte. »Und als er dich nach Hause gebracht hat, hat er dich da unter dem Sternenhimmel geküsst?« Charlotte wünschte sich für Beth die ›Glücklich bis ans Ende ihrer Tage Story‹, die ihr selbst erst noch widerfahren musste.

»Nein. Er war ein wirklicher Gentleman. Er hat mich auf die Wange geküsst und …«

Charlotte legte ihre Hand auf die von Beth. »Und was?«

»Und mir seine Karte gegeben. Er sagte, wenn ich jemals in New York sei, solle ich ihn aufsuchen. Und dass er sicher wäre, mein gutes Aussehen noch maximieren zu können.«

Charlottes Magen stürzte ab, ihre Befürchtungen wurden neu belebt. »Beth – ich bringe mich jetzt in eine schwierige Lage, deshalb schlag mich, wenn du es für nötig hältst – warum glaubtest du, etwas maximieren zu müssen, was bereits tadellos war? Keiner ist perfekt, Süße.«

»Na ja, so wie ich war, konnte ich nie den richtigen Mann für mich interessieren«, sagte sie defensiv.

»Weil Yorkshire Falls nicht so viele richtige Männer hat.«

Bis auf Roman.

Charlotte schüttelte diesen verräterischen Zusatz schnell ab. Er war der falsche Mann, richtig nur für ein paar Wochen, erinnerte sie sich selbst ganz brutal. Dann richtete sie ihre Aufmerksamkeit wieder auf Beth. »Was geschah als nächstes?«

»Ich machte einen Ausflug nach New York. Ich hatte schon immer mal eine Broadwayshow sehen wollen, und also überredete ich meine Mutter zu einem Wochenendtrip. Wir übernachteten im Hotel, haben eine Show gesehen und ein schönes Wochenende verbracht.« Sie kaute an ihrer Unterlippe. »Am Sonntag schickte ich meine Mutter nach Hause, und am Montag besuchte ich David in seiner Praxis. Damit fing alles an. Einen Monat später waren wir verlobt.«

»Nachdem du deine Implantate bekommen hattest?«

Beth blickte in die Ferne. »Er war unglaublich. So um mich und meine Bedürfnisse bemüht.«

Und um das, was er kreieren wollte, dachte Charlotte. Der Mann war gar nicht an der tollen Frau interessiert, die Beth bereits war. Sie nahm einen Schluck Selters. »Bist du oft hingefahren?«

Beth nickte. »Und danach kam er an den meisten Wochenenden hierher. Wir hatten so unglaubliche Pläne«, sagte sie und ihre Augen leuchteten bei der Erinnerung daran, wenn auch eine Spur von Traurigkeit blieb. »Ihm gehört dieses wunderbare Penthouse. Man kann von da den East River sehen, und die Geschäfte rundherum sind herrlich. Auch Babyläden gibt's da im Überfluss. Wir waren uns einig,

180

sofort Kinder zu bekommen, und er wünschte sich, dass ich zuhause bliebe und sie großzöge.«

»Darf ich dir eine ganz persönliche Frage stellen?« Charlotte wusste, dass sie vorschnell klingen würde und voreingenommen war von den Erfahrungen ihrer Mutter, aber Charlotte hatte das Gefühl, damit in Beths Fall absolut richtig zu liegen.

»Na mach schon«, erwiderte Beth misstrauisch.

»Mit seinem Geld und bei euren gemeinsamen Plänen – warum hat er nicht den Vorschlag gemacht, dass du nach New York ziehst, damit du schon jetzt bei ihm sein kannst? Das kann er sich doch mit Sicherheit leisten, warum müsst ihr also getrennt sein?«

»Weil er an eine traditionelle Verlobungszeit glaubt! Was ist so verkehrt daran? Nicht jeder Mann, der nicht in Yorkshire Falls bleibt, ist so ein Mistkerl wie dein Vater!« Beth Augen weiteten sich und füllten sich dann mit Tränen. »Oh mein Gott, es tut mir Leid. Es ist schrecklich von mir, so etwas zu sagen.«

»Nein, es ist nur ehrlich«, entgegnete Charlotte sanft. »Ich stelle dir berechtigte Fragen, und du bist in der Defensive. Wovor hast du Angst, Beth?«

»Dass er eine andere gefunden hat, die ihn mehr interessiert.« Charlotte trocknete ihr die Augen. »Er war vorher schon einmal mit einer Patientin verlobt«, gestand Beth ein.

»Mit einer Patientin?« Charlotte hatte das Gefühl, als wäre Mr. Implantat ein Mann, der sich in seine Schöpfungen verliebte, nicht in die Frauen, die sich in den von ihm verschönerten Körpern befanden. Und der das Interesse verlor, sobald er ein neues Projekt entdeckt hatte.

In Beth hatte er die ideale Versuchsperson gefunden, weil

sie sich trotz ihres natürlichen guten Aussehens nie ganz perfekt gefühlt hatte. Charlotte kannte so etwas noch aus ihrer Teenagerzeit. Doch ihr war nie klar geworden, warum das so war.

»Er ist also nicht wirklich interessiert gewesen, bis du seinen Operationsvorschlägen zugestimmt hattest, oder?« Charlotte hoffte, Beth langsam genug zu dieser schmerzhaften Erkenntnis hinleiten zu können, um ihr die Schlussfolgerung nicht aufzwingen zu müssen.

»So ist es«, sagte sie sanft. »Und ich habe schon eine Zeit lang die Wahrheit geahnt. Selbst wenn er hier war, gab er sich abwesend. Wenn wir über etwas diskutiert haben, dann darüber, wie man mich verändern könnte.« Beth Augen füllten sich mit Tränen. »Wie konnte ich nur so dämlich sein? So verzweifelt?«

Charlotte ergriff die Hand ihrer Freundin. »Du bist weder dämlich noch verzweifelt. Manchmal sehen wir, was wir sehen wollen, weil wir uns etwas so sehr wünschen. Du wolltest einen Mann, der dich liebt.« Sie blickte auf die Getränkedose in ihren Händen. »Das wollen wir doch alle.«

»Sogar du?«

Charlotte lachte. »Ich am allermeisten. Nur bin ich mir mehr als andere der Fußangeln bewusst, weil ich gesehen habe, was meine Mutter durchgemacht hat. Sie wollte einen Mann halten, den man nicht festbinden konnte.« Sie drehte die Dose zwischen ihren Handflächen. »Wie konntest du glauben, ich verspräche mir nicht mehr vom Leben? Dass ich nicht jemanden suchen würde, der mich liebt?« Charlotte hob den Blick, als sie merkte, wie Beth sie anstarrte.

»Weil du so unabhängig bist. Du bist fortgegangen, bist deinen Träumen nachgejagt, kamst zurück und hast sie dir erfüllt. Ich blieb hier bei einem Job ohne Aufstiegschancen, bis du mich in die Modebranche geholt hast, etwas, das ich schon immer geliebt habe. Aber erst durch deinen Mut habe ich den Schritt in die richtige Richtung geschafft.«

»Du hattest deine Gründe, hier zu bleiben, und die waren auch richtig für dich.« Charlotte blickte sich um und sah sich den Laden an, der mit weißen Rüschen und Spitzen dekoriert war. »Das alles hätte ich niemals allein geschafft. Unser Erfolg ist auch dein Verdienst. Sieh dir das hier an und sei stolz. Ich bin es.« Sie blickte Beth wieder fest in die Augen, bis diese die Wahrheit mit einem kurzen Nicken akzeptierte. »Ich weiß nicht, woher deine Unsicherheit rührt, aber jetzt, da es dir bewusst ist, kannst du daran arbeiten, dein Selbstbewusstsein zu stärken.«

»Diese Unsicherheit war schon immer da. Ich bezweifle, dass du dir vorstellen kannst, wie das ist …«

Charlotte schüttelte den Kopf. Wie konnte Beth das durchaus nicht perfekte Leben Charlottes durch derartige Scheuklappen sehen! »Du liegst ganz falsch. Natürlich verstehe ich Unsicherheit. Ich glaube einfach nur daran, von innen nach außen daran zu arbeiten, nicht umgekehrt. Das erklärt die Philosophie hinter diesem Geschäftsgedanken!«

»Ich glaube, ich sollte Unterricht bei dir nehmen.« Beth zwang sich zu einem Lächeln. »Ist Roman ein Teil von diesem *Daran-arbeiten*? Du willst nicht in Schwierigkeiten verwickelt werden. Liegt es daran, dass du weißt, was für dich das Beste ist?«

Charlotte seufzte. Wie sollte sie jetzt Beth ihren Wandel Roman gegenüber erklären? »Roman ist anders. Unsere Beziehung ist anders.«

»Aha! Es gibt also eine Beziehung.«

»Kurzfristig«, schränkte Charlotte ein. »Wir kennen beide die Spielregeln.«

»Ich wusste es doch schon immer, dass zwischen euch beiden etwas lief. Ist dir klar, dass er sich mit mir nur verabredet hatte, weil es zwischen euch schief gegangen war?«

Charlotte schüttelte den Kopf. Es war jetzt nicht an der Zeit, ihre Freundin noch weiter zu verunsichern. Außerdem hatte sie nie geglaubt, dass Roman Beth als Notnagel gebraucht hatte. Sie hatte sich nicht einreden wollen, dass sie, Charlotte, ihm so viel bedeutete. Doch wenn sie jetzt darüber nachdachte, wurde ihr bei der Möglichkeit ganz schwach im Magen.

Aber gerade jetzt musste das Selbstbewusstsein von Beth aufgebaut werden, nicht das von Charlotte. »Hör auf! Du warst der kesse Ober-Cheerleader. Er konnte dir gar nicht widerstehen«, sagte sie und offenbarte damit, was sie die ganze Zeit über in ihrem Herzen geglaubt hatte.

Beth verdrehte die Augen, sie hatte ihren Humor wiedererlangt. »Wir hatten Spaß miteinander, aber das war alles. Nichts Ernstes oder Unwiderstehliches. Ich kam dadurch über Johnny Davis hinweg, und Roman über dich.«

»Beth …«

»Charlotte …«, plapperte ihre Freundin ihr nach, die Hände in die Hüften gestemmt: »Jetzt bin ich dran, um dir die harte Wahrheit vor Augen zu führen. Es gibt unterschiedliche Typen und Beziehungen. Da wäre einmal der Typ für immer und dann der Notnagel. Auch bekannt als der Typ für zwischendurch. Derjenige, mit dem man Spaß hat und dann weiterzieht. Das war Roman für mich und ich für ihn.« Sie machte eine Gedankenpause. »Ich finde, es ist an der Zeit, dass du herausfindest, was Roman dir bedeutet.«

»Wie hast du es geschafft, das Gespräch wieder auf mich zu lenken?«, fragte Charlotte.

»Weil wir Freundinnen sind, wie du schon sagtest. Du brauchst mich genauso wie ich dich.«

»Also gut, ich verspreche, dir die Sache mit Roman eines Tages zu erklären.« Wenn sie diese sich selbst würde erklären können.

Beth blickte auf ihre Uhr. »Ich muss gehen. Rick wird gleich hier sein.«

»Dieser Playboy ist der letzte Mann, mit dem du dich einlassen solltest! Besonders, da du noch verlobt bist.«

Beth lachte. »Rick und ich sind Freunde. FREUNDE.«

Charlotte atmete erleichtert auf.

»Rick hört zu, und er bringt mich zum Lachen. Das kann ich gerade beides gut gebrauchen. Mit einem Mann zu reden, gibt mir tatsächlich das Selbstvertrauen, David gegenüberzutreten – und meinen Ängsten.« Ihr Lächeln verblasste. »Dann muss ich mich alleine dem Leben stellen – und herausfinden, wer ich bin und was ich brauche.«

»Und wenn wir nun David falsch einschätzen?« Charlotte fühlte sich genötigt, das zu fragen. »Wenn er dich doch liebt und …«

Beth schüttelte den Kopf. »Ich würde niemals wissen, ob er sich in mich verliebt hatte oder in die Frau, zu der er mich, wie er glaubt, gemacht hat. Habe ich dir erzählt, dass er meine Nase korrigieren will?«

Charlotte schoss aus ihrem Sessel hoch. »Wag es nicht …«

»Dazu bin ich zu clever – dank deiner und Ricks Ratschläge.« Sie drückte Charlotte an sich. »Du bist eine tolle Freundin.«

»Gleichfalls.« Sie erwiderte die Geste.

Es klopfte an der Tür, und Charlotte lief hin, um sie zu öffnen.

Samson stand davor, sein graues Haar feucht, einen Stapel Briefe in den Händen. »Holst du deine Post gar nicht rein?«, murmelte er. »Wenn man Sachen draußen lässt, werden sie weggeweht oder nassgeregnet. Hier.« Er streckte seine Hand aus und wedelte mit dem Stoß von Briefen vor ihrer Nase herum.

»Danke, Sam.« Sie nahm ihm die Briefe aus der Hand und griff in ihre Tasche nach dem Geld, das sie am Morgen dort hineingesteckt hatte. »Du weißt, ich hätte niemals daran gedacht, sie selber reinzuholen.« Sie streckte ihre Hand aus, zerknüllte Scheine in der Faust. »Kannst eine Flasche Selters hier vorbeibringen, wenn es dir nichts ausmacht, und das Wechselgeld behalten, okay?«

Er murrte, nahm aber das Geld, und so etwas wie Dankbarkeit blitzte in seinen dunklen Augen auf. »Sonst noch was, was du nicht alleine hinkriegst?«, fragte er.

Sie verkniff sich ein Lachen. »Komm doch Montag früh vorbei. Ich habe dann das eine oder andere Päckchen, das du für mich zur Post bringen könntest.« Bis dahin würde sie einige Höschen und anderes für ihre Kunden verpackt haben.

Als besonderen Teil ihrer Kundenbetreuung überraschte Charlotte ihre Kunden gern mit deren Sonderbestellungen, falls sie sie frühzeitig fertig hatte – anstatt anzurufen, damit die Sachen aus dem Laden abgeholt wurden. »Wie klingt das?«, fragte sie Sam.

»Als ob du faul wärst. Bis dann also.«

Charlotte grinste und schloss die Tür hinter ihm ab. Der arme, unverstandene Mann. Sie schüttelte den Kopf und fing gerade an, die Post durchzusehen, als das Telefon klingelte. »Ich geh schon ran!«, rief sie Beth zu und nahm den Hörer ab. »Charlottes Speicher, Charlotte am Apparat.«

»Hier ist Roman.«

Seine tiefe Stimme umhüllte sie mit Wärme, und sofort überkam sie Sehnsucht nach ihm. »Hallo.«

»Hallo. Wie läuft es so?«

»Ich hatte den ganzen Tag unglaublich viel zu tun. Du hättest die Kundenschlange vor dem Laden sehen sollen.«

»Ich habe sie gesehen. War wirklich beeindruckend. Aber du hast mir gefehlt.« Seine raue Stimme war um eine Oktave tiefer gerutscht.

Ein Schauer durchfuhr ihren Körper. »Ich bin leicht zu finden.«

»Kannst du dir die Schlagzeilen vorstellen, wenn ich tatsächlich durch deine Ladentür stolziert wäre?«

Sie biss sich auf die Unterlippe. Wenn ihr Geschäft Nutznießer der heutigen Schlagzeilen gewesen war, so hatte Roman auf der anderen Seite zu leiden gehabt. »War es so schlimm?«

»Lass es mich so beschreiben: Von Chases Sekretärin bin ich als Transvestit bezeichnet worden, von meiner eigenen Mutter als verurteilter Schwerverbrecher, und mehr als eine Frau hat mir mit solchen Höschen, wie du sie gern hast, zugewedelt.«

»Oh nein.« Charlotte musste sich hinsetzen, ihr krampfte sich der Magen zusammen bei dem Gedanken, dass andere Frauen Roman eindeutige Angebote machten.

»Was ist los?« Beth stand plötzlich hinter ihr.

Charlotte winkte ab, um sie zum Schweigen zu bringen. »Es ist Roman«, flüsterte sie zur Seite und legte den Zeigefinger auf den Mund.

Beth grinste und wartete ab.

»War es so schlimm?«, fragte Charlotte ihn.

»Schlimm genug, dass ich mir überlegt habe, für den Rest des Wochenendes die Stadt zu verlassen.«

Enttäuschung überkam sie, und ihr wurde bewusst, wie sehr sie sich darauf gefreut hatte, ihn zu treffen. Mit ihm zusammen zu sein, das zu beginnen, was sie ihre Affäre nannte. Sie zitterte bei der Vorstellung. Ihr Körper reagierte schon bei dem bloßen Gedanken daran.

»Das Wochenende ist morgen Abend vorbei«, erinnerte sie ihn.

»Abgesehen davon kannst du dir nicht vorstellen, wie viel wir in vierundzwanzig Stunden miteinander erleben könnten?«

»Wir?« Sie umschloss den Hörer in ihrer Hand fester.

»Nun ja, wir leben nicht in einer pulsierenden Metropole, aber ich wollte dich zu etwas Schönem einladen.«

Ihr wurde warm, eine Hitze durchfuhr sie, die nichts mit sexueller Begierde zu tun hatte. Die war natürlich auch dabei, aber das Fürsorgliche in seiner Stimme überraschte sie sehr – drang ihr direkt ins Herz. »Woran hast du gedacht?«

»Wie wäre es mit *The Falls*?« Das einzige Restaurant der Stadt mit einer Kleiderordnung, dachte Charlotte.

»Natürlich könnte es sein, dass mir Frauen während des Essens Höschen in meine Jackentasche stecken!«

Sie lachte. »Sag nicht, dass sie das auch versucht haben?«

»Noch nicht.«

»Dein Selbstbewusstsein verblüfft mich.« Sie fing Beths begierigen Blick auf und drehte ihren Stuhl um, damit sie ihr nicht ins Gesicht sehen musste. »Du bittest mich also gerade …«

»Mit mir wegzufahren. Eine Nacht, einen Tag. Du und ich. Was sagst du?«, wollte er wissen.

»Ein Date?«

»Mehr als das, und das weißt du auch.«

Charlotte holte tief Luft. Das hatte nun schon eine ganze Weile über ihnen geschwebt. Sie hatte bereits begründet, warum sie sich auf eine Affäre einlassen wollte. Mit ihm zusammenzusein schien die einzige Möglichkeit zu bieten, über ihn hinwegzukommen. Wenn sie Glück hatte, würde sie an ihm viel zu viele schlechte Angewohnheiten feststellen. Wenn nicht, konnte sie wenigstens für die Zukunft Erinnerungen speichern. Auf jeden Fall würde sie nie wieder zurückblicken und bereuen müssen, den Weg nicht gegangen zu sein.

»Er will mit dir ausgehen. Worauf wartest du? Sag ja«, flüsterte Beth von hinten.

Charlotte blickte sich um. »Halt den Mund.«

»Nicht die Antwort, die ich erwartet hatte.«

»Entschuldige, ich habe nicht dich gemeint.« Mit einer Handbewegung scheuchte sie Beth fort. »Ja. Ich sage ja«, erwiderte sie, ehe sie es sich anders überlegen konnte.

Beth stieß einen Freudenschrei aus.

»Ich werde alles tun, damit du diese Zeit nie vergessen wirst«, versprach er mit dieser aufregenden, unwiderstehlichen Stimme.

Und Charlotte glaubte ihm. Sie wusste mit Sicherheit, dass sie sich nach diesem Wochenende nie mehr fragen würde, was ihr entgangen war, seit sie ihn zu Teenagerzeiten zurückgewiesen hatte.

Allerdings wollte sie immer daran denken, dass es sich um eine kurzfristige Affäre handelte. Und dass Roman ihr Typ für zwischendurch war.

190

Kapitel acht

Roman holte Charlotte pünktlich ab. Er fuhr sie bis an den Stadtrand, ehe er auf dem Seitenstreifen anhielt und ein Seidentuch aus dem Handschuhfach fischte. Er ließ es vor ihrem Gesicht flattern.

»Wofür ist das?« Charlotte beäugte das Tuch neugierig.

»Ich möchte, dass du meine Überraschung erst siehst, wenn ich soweit bin.«

Vorfreude breitete sich aus. »Ich liebe Überraschungen.«

Romans tiefes Lachen umhüllte sie in der Umgrenzung seines kleinen Mietwagens. »Höre ich da einen Ton von Anerkennung in deiner Stimme?«

Er beugte sich vor und band ihr das Seidentuch um den Kopf. Ihre Nerven waren aufs Äußerste angespannt.

Sie hob die Hände, um die Augenbinde anzufassen, und ihr Magen machte einen Satz. Genauso schnell, wie ihr die Sicht verwehrt wurde, hatten sich ihre anderen Sinne geschärft und die Kontrolle übernommen. Romans tiefe Atemzüge und sein aufregendes Herrenparfüm lösten ein Zittern in ihr aus. »Wo fahren wir also hin?«

»Du solltest nicht so direkt fragen. Wenn ich es dir sagen wollte, bräuchtest du keine Augenbinde, oder?« Er ließ den Wagen wieder an, und sie fiel gegen die Rückenlehne als er Richtung Autobahn fuhr.

Sie merkte gar nicht, wie viel Zeit verging, weil sie bald ein angenehmes, leichtes Gespräch miteinander führten. Sie kamen gut zurecht, was keine Überraschung war. Ebenso wenig überraschten sie die Dinge, die sie gemeinsam hatten – die Liebe zur Geschichte und ein starkes Interesse an fernen Schauplätzen, von denen er ihr viele im Detail beschrieb, wie es nur ein Augenzeuge konnte. Sie beneidete ihn um seine Reisen viel mehr, als sie offen zugeben mochte.

»Als ich in deinem Apartment war, mussten mir einfach die Bildbände auf dem Tisch auffallen.« Das war keine so ungewöhnliche Wende des Gesprächs nach seinen Geschichten und Reisebeschreibungen.

»Viele Leute haben solche Bücher«, erwiderte sie, weil sie noch nicht bereit war, tieferen Einblick in ihre Seele zu gewähren.

»Das dachte ich zunächst auch. Dann habe ich näher hingesehen. Deine waren zerlesen und zerfleddert.«

Dieser verdammte Kerl. Er beobachtete und analysierte bis ins Kleinste, bis er zu der richtigen Schlussfolgerung gelangte. »Dann nenn mich ruhig oberflächlich. Ich mag Bildbände.«

»Ich könnte dich alles mögliche nennen.« Seine Hand lag jetzt auf ihrem Knie, seine Handfläche versengte ihr Fleisch durch die dünne Baumwollhose. »Aber oberflächlich gehört nicht dazu. Ich glaube, du hütest den geheimen Wunsch zu reisen.«

»Von den paar Büchern kommst du zu einer so gewichtigen Schlussfolgerung?«

Er schüttelte den Kopf. »Das hatte ich schon vorher vermutet, aber deine zwanzig Fragen zu meinen Reisen und die Sehnsucht in deiner Stimme haben mir verraten, dass du diese Stätten gern selber eines Tages aufsuchen würdest.«

Sie überlegte, ob sie lügen sollte, entschied sich aber dagegen. Sie hatte sich das Versprechen gegeben, alle Hemmungen abzulegen und aus dem Vollen zu genießen, um später nichts zu bereuen. Also keine Lügen oder Verheimlichungen. »Ich nehme an, ein Teil von mir möchte reisen«, gab sie zu.

»Der abenteuerliche Teil, den du verbirgst?« Aus seiner Stimme klang Humor.

»Der oberflächliche Teil«, sagte sie ohne jede Spur von freudiger Zustimmung. Charlotte blickte von Roman weg, dorthin, wo sie das Wagenfenster vermutete, aber überall erwartete sie die gleiche Dunkelheit.

»Oberflächlich! Schon wieder dieses Wort.«

Sie spürte, wie der Wagen langsamer wurde, das leichte Schütteln beim Einparken und das Reiben von Jeansstoff auf dem Vinylsitz, als Roman sich ihr zuwandte.

»Ich reise viel. Hältst du mich also für oberflächlich?«, fragte er endlich.

Sie konnte ihn in ihrer Vorstellung genau sehen, einen Arm über die Kopfstütze gelegt, wie er sie anblickte. Aber tatsächlich konnte sie nur vermuten, was er gerade tat, was sein Gesichtsausdruck enthüllte. In seiner Stimme war ein winziger Anflug von Verletztsein über die Möglichkeit, sie könnte einen Fehler an ihm gefunden haben. Er klang so, als wäre es ihm wichtig, was sie von ihm dachte, und diese Vorstellung ließ ihr Herz heftiger schlagen.

Roman war intelligent und einfühlsam. Beide Eigenschaften waren bei ihm stark genug ausgeprägt, sodass die Leser von der Art, wie er seine Berichte gestaltete, fasziniert waren. Sie hatte seine Artikel gelesen. Für oberflächlich hielt sie Roman in gar keinem Fall.

»Ich befürchte, dass ich selbst es bin.« Keine Reue, erinnerte sie sich, und unter dem Schutz der Dunkelheit gestand sie ihm ihre größte Angst. Gerade er sollte es wissen.

»Neugier auf Unbekanntes macht einen intelligent, nicht oberflächlich.«

Darüber hatte sie oft nachgedacht. »Und wenn nun das Bedürfnis, diese Orte zu sehen und Neues zu erleben einen weit von Zuhause wegführt und dort hält?«, fragte sie. »Weit weg von den Menschen, die einen lieben.«

Roman hörte auf jedes ihrer Worte und suchte nach einer tieferen Bedeutung. Es konnte sein, dass sie über ihn sprach, aber er hatte eine Ahnung, dass sie persönliche Ängste eingestand. »Du sprichst von deinem Vater, oder?«

»Das ist eine rhetorische Frage.« Sie blickte noch immer zum Fenster und weg von ihm.

Er streckte seine Hand aus und berührte ihr Kinn, um sie zu sich zu wenden. »Nicht sein Verlangen, in Los Angeles zu leben, selbst nicht der Wunsch, Schauspieler zu sein, waren das Problem. Es lag an seiner fehlenden Bereitschaft, Verantwortung zu tragen – und an der Tatsache, dass seine Bindung an die Familie nicht stark genug war. Es war seine Wahl. Deine würde anders ausfallen, weil du anders bist.«

Sie zuckte die Schultern. »Mein Vater, meine Gene. Wer weiß das schon.«

»Du hast auch noch die Gene deiner Mutter, und die ist ein häuslicher Mensch.« Fast ein Einsiedler, aber das behielt er für sich. »Höchstwahrscheinlich bist du eine Kombination aus beiden.« Das Beste von beiden, dachte er. »Welchen weiteren Grund gibt es also noch, dass du solche Angst vor deinen verborgenen Wünschen hast?«

Sie gab keine Antwort.

Er hatte eine Ahnung, dass nicht wirklich die Gene Charlotte beunruhigten. Sie waren nur eine bequeme Schutzbehauptung. Er kannte sie besser, als dass er hätte glauben können, sie würde plötzlich selbstsüchtig oder zu einer

Kopie ihres Vaters werden. Sie selbst sollte es auch besser wissen. Es gab diese Angst als ganz normale spontane Vor-stellung für jemanden, der ein Elternteil ablehnte, dachte Roman. Aber Charlotte war intelligent genug, um in sich hineinzuschauen und die Wahrheit zu erkennen. »Du bist genauso wenig oberflächlich wie die Bücher auf deinem Tisch.

»Und du bist voreingenommen.« Um ihren Mund spielte ein kleines Lächeln.

»Das ist keine Antwort. Komm schon, Charlotte. Du hast in New York gelebt, du genießt Bücher über fremde Länder. Du sehnst dich danach zu reisen, aber weigerst dich anzuer-kennen, dass es dich glücklich machen könnte. Warum?«

»Wenn nun die Realität eine Enttäuschung ist?«

Davon hatte es zu viele in ihrem Leben gegeben, dachte er. Aber das würde er sehr bald ändern. »Wenn du jetzt an irgendeinem anderen Ort sein könntest, wo würde das sein?«

»Woanders als hier mit dir?«

Er grinste. »Gute Antwort.« Spontan beugte er sich vor und streifte ihre warmen Lippen mit seinem Mund. Ein un-missverständliches Zittern überkam sie, und sein Körper reagierte mit Anspannung. »Ich glaube, es ist an der Zeit, dass ich dir zeige, wo wir sind. Ich komme zu dir rum.«

Er stieg aus dem Wagen, ging zu ihrer Seite und half ihr hinaus.

Es nieselte leicht, Nebel und Wolken hingen schwer in der Dunkelheit, sodass das Wetter noch zu der fast launenhaften Atmosphäre dieses Ortes beitrug, den er gewählt hatte. Erst als sie mit Blick auf ihr endgültiges Ziel dastand, entfernte er die Augenbinde.

»Jetzt darfst du schauen.«

Während Charlotte sich auf ihre Umgebung konzentrierte, konnte Roman sie betrachten. Ihr pechschwarzes Haar, dass durch das Tuch und das Wetter ganz durcheinander war, umspielte ihre Schultern und den Hals. Mit einer Hand streifte sie die langen Strähnen zurück, sodass ihr Hals ganz frei lag. Der Drang, die weiße Haut mit seinen Lippen zu berühren, war stark und überwältigend, aber er schaffte es, sie nur zu betrachten und abzuwarten.

Sie blinzelte und krauste die Nase, als sie ihren neuen Standort betrachtete. »Es sieht wie ein Bauernhaus aus.«

»Eigentlich ist es eine renovierte Molkereischeune. Sie liegt ziemlich abgeschieden, mit einem unglaublichen Blick auf die Adirondack Mountains. Den Sonnenuntergang haben wir verpasst, aber es gibt keinen Grund, warum wir den Sonnenaufgang nicht miterleben sollten.«

Sie trat einen Schritt vor, offenbar begierig, mehr zu sehen.

»Warte kurz.« Er holte ihre Sachen aus dem Kofferraum. Sie hatte nur leichtes Gepäck dabei, was ihn nicht nur überraschte, sondern ihm auf eine lächerliche Weise auch das Gefühl gab, einen besseren Zugang zu ihr finden zu können. Oder dass sie zu ihm und seinem Lebensstil einen Zugang finden könnte, den er nicht erwartet hätte.

Unsicher, was er mit diesen Gefühlen anfangen sollte, gesellte er sich zu ihr. »Es ist kein schottisches Schloss, aber man fühlt sich hier, als hätte man die wirkliche Welt hinter sich gelassen. Und ich kann dir versprechen, dass du nicht enttäuscht sein wirst.«

Sie drehte sich um und sah ihn an. »Du bist einfühlsam und intuitiv. Bei einem Reporter kommt das sicher von selbst. Mir ist allerdings nicht ganz klar, ob das zu deinem oder meinem Vorteil ist.«

Er wusste, dass er nicht beleidigt zu sein brauchte. Da sie gerade über ihren Vater nachgrübelte, fühlte sie sich veranlasst, nach Romans versteckten Motiven zu suchen. Er verstand das und konnte leicht darauf antworten: »Zu unser beider Vorteil ist es, aus der Stadt rauszukommen, zu meinem, dich mitzunehmen, und zu deinem Vorteil war die Wahl dieses bestimmten Ortes gedacht, Süße.«

»Du bildest dir ein, dass du mich durchschaut hast.« Sie biss sich auf die Unterlippe.

»Habe ich das nicht?« Er zeigte mit ausgestrecktem Arm auf die Berge. »Diese plötzliche Flucht gefällt dir nicht? Erinnert dich dieser Gasthof nicht an Orte, die du gern aufsuchen würdest, wozu du bisher aber noch keine Chance hattest?«

»Du weißt, dass das so ist. Das ist naheliegend, da du mein Apartment analysiert und mich mit dem Instinkt eines Reporters seziert hast. Aber das heißt noch lange nicht, dass du alles von mir weißt. Es liegt noch vieles im Verborgenen.«

»Und ich kann es kaum erwarten, deine letzten Geheimnisse aufzudecken.«

Ein kleines Lächeln spielte um ihren Mund. Dann wurde es zu einem verschmitzten Grinsen. »Worauf wartest du dann noch?«

Damit hatte sie das letzte Wort. Sie drehte sich um und ging auf den Gasthof zu, wobei der Effekt ihres majestätischen Abgangs durch ihre schwankenden Schritte mit hohen Absätzen auf dem ungepflasterten Parkplatz gemindert wurde.

Charlotte sah die Zeit mit Roman nach Absprache und Notwendigkeit nur als eine kurzfristige Affäre. Mit Betonung auf

Affäre. So sehr sie es schätzte, sich ihm anzuvertrauen und seiner tröstenden Stimme und seinen verständigen Worten zu lauschen, so sehr wollte sie das bisschen Zeit, das sie hatten – Zeit von unbestimmter Dauer – nicht an Gerede verschwenden.

Nicht, wenn sie viel aufregendere, erotische Sachen miteinander machen konnten. Dinge, die ihr Erinnerungen verschafften, die sie später genießen konnte. Sie sollten ihr beweisen, dass sie in der Lage war, ihren eigenen Weg zu gehen – ganz anders als ihre Mutter. Sie konnte sich nehmen, was sie begehrte, und davongehen, anstatt auf ihn zu warten, um ihr Leben zu vervollständigen. Sie würde sich auch allein vollständig fühlen. Egal, wie sehr sie ihn dann vermisste.

Sobald sie das umgebaute Bauernhaus, das sich ganz bescheiden *The Inn* nannte, betreten hatte, war Aufregung ihr einziger Begleiter.

Sie wurden von einem älteren Paar begrüßt. »Willkommen, Mr. Chandler.«

»Nennen Sie mich bitte Roman.«

Die Frau mit grauen Strähnen im Haar und hellen Augen nickte. »Dann Roman. Wissen Sie, dass sie genauso wie Ihr Vater aussehen?«

Er grinste. »Das hat mir schon so mancher gesagt.«

»Sie kennt deine Eltern?«, fragte Charlotte überrascht.

»Sie sind auf ihrer Hochzeitsreise hier gewesen.«

Er sagte das ganz nüchtern, aber Charlotte war diese Information nicht so selbstverständlich. Er hatte sie an den Ort gebracht, an dem seine Eltern ihre Hochzeitsnacht verbracht hatten. Wahnsinn.

»Das ist unbestritten. Ich bin Marian Innsbrook, und das ist mein Mann Harry.«

Charlotte grinste. »Das erklärt natürlich den Namen dieses Gasthofs.«

»Man kann sich leichter daran erinnern, falls Leute wiederkommen wollen«, sagte Harry.

Roman trat neben sie und legte seine Hand um ihre Taille. Seine Berührung brannte sich ein, und die Aufregung, die sie beim Betreten der Gaststätte empfunden hatte, verwandelte sich in reine, unverfälschte Erregung. Wärme überflutete sie, ihre Brüste wurden schwer, und sie spürte ein unverwechselbares Pulsieren zwischen ihren Schenkeln. Hier an Ort und Stelle war das völlig unpassend, aber bald würden sie allein sein, und sie hatte vor, nicht nur ihre Kleidung, sondern auch ihre Hemmungen abzulegen.

Roman lächelte die Innsbrooks an, als hätte er keine Ahnung, was er gerade für ein Durcheinander in Charlottes Körper anrichtete. »Das ist Charlotte Bronson.«

Sie brachte ein entspanntes Lächeln zustande, während sie dem älteren Paar die Hände schüttelten. Sie schaffte es sogar, sich umzublicken und den Charme und die Atmosphäre der alten Welt, die dieser Gasthof bot, in sich aufzunehmen. Balken an den Decken und holzgetäfelte Wände. Behaglich und heimelig waren dafür die Worte, die ihr einfielen.

Leer war ein anderes Wort, das ihr durch den Kopf ging. Es war sonst niemand zu sehen. »Betreiben sie den Gasthof ganz allein?«

Marian schüttelte den Kopf. »Aber es ist ruhig zu dieser Jahreszeit. Obwohl wir nur eine Stunde von Saratoga entfernt liegen, erleben wir gerade die Flaute zwischen den Wintertrips und der Rennsaison. Ich bin froh, dass wir Sie so kurzfristig unterbringen konnten.«

»Und das wissen wir zu schätzen«, sagte Roman.

»Keine Ursache. So, jetzt will ich Ihnen Ihr Zimmer zeigen.«

Ein paar Treppenstufen und einen engen Flur später führte Marian Innsbrook sie in einen schwach erleuchteten Raum. »Das hier ist der Wohnbereich. Die Treppe hoch im Loft ist das Schlafzimmer. Sie haben Kabelfernsehen, und die Wärmeregulierung ist hier.« Sie ging hinüber zur hinteren Wand und erklärte die Fernbedienung. »Frühstück gibt es um acht. Sie können sich jederzeit telefonisch wecken lassen, wenn sie möchten.« Sie machte Anstalten, den Raum zu verlassen.

»Danke, Mrs. Innsbrook«, sagte Charlotte noch schnell.

»Für Sie Marian, und gern geschehen.«

Roman geleitete sie hinaus, und Sekunden später fiel die Tür laut ins Schloss. Sie waren allein.

Er drehte sich um, den Rücken gegen die geschlossene Tür gelehnt. »Ich dachte schon, sie würde überhaupt nicht mehr gehen.«

»Oder zu reden aufhören.« Charlotte lächelte. »Obwohl ich die beiden nett finde.«

»Sie sind all die Jahre mit meiner Mutter in Verbindung geblieben. Sie kamen sogar zur Beerdigung meines Vaters.«

»Das ist unglaublich lieb.«

»Es sind gute Leute.« Er zuckte die Schultern. »Und meine Eltern sind jedes Jahr zu ihrem Hochzeitstag wieder hergekommen.«

Sein Blick begegnete ihrem, dunkel und unwiderstehlich, und er starrte sie an, bis sie noch aufgewühlter war. »Ich bin nicht sicher, was ich als nächstes sagen soll«, gestand sie.

Er ging auf sie zu. »Ich kann mir etwas Besseres vorstellen als zu reden.« Er blieb vor ihr stehen.

Sein moschusartiger Duft erfüllte sie derartig mit Verlangen, das ihr die Knie weich wurden. Sie schluckte schwer. »Warum zeigst du es mir dann nicht?«

Ein grollender Ton stieg aus seiner Kehle, einem tiefen Knurren ähnlich, ein instinktives Bekunden von Begierde. Sie erinnerte sich nur noch daran, wie er sie in seine Arme riss, die Treppe hinauftrug und auf das Kingsize-Bett legte.

Dann presste er seine Lippen hart auf ihre.

Genau darauf hatte sie unbewusst gewartet – auf diesen harten, fordernden Kuss, der kein Ende nahm und ihren Körper mit rasanten Wellen animalischer Begierde durchströmte. Seine Lippen waren erbarmungslos, zerquetschten die ihren, und der heiße, feuchte Angriff auf ihre Sinne erweckte alles in ihrem Innern zum Leben.

Sie nahm sein Gesicht in beide Hände, fuhr ihm mit den Fingern durch sein herrlich seidenweiches Haar, das in so auffälligem Gegensatz stand zu dem harten männlichen Körper, der sich über ihr bewegte. Er fuhr mit seinen Lippen an ihrem Gesicht hinunter, über ihre Wange, zu ihrem Hals und hielt an, um an ihrem zarten Fleisch zu knabbern.

»Schon als ich dich abgeholt habe und dich in diesem tief ausgeschnittenen Pullover sah, konnte ich nichts anderes denken, als dass ich dich so schmecken wollte«, flüsterte er ihr mit rauer Stimme ins Ohr.

Sein Verlangen gab ihr ein übermütiges, kühnes Gefühl. Sie bäumte sich auf, drückte ihren Körper dann wieder gegen die Matratze und presste ihre schmerzenden Brüste mit den harten Brustwarzen an seine Brust und erlaubte ihm völligen Zugang zu ihrem Hals. »Was ist nun? Schmecke ich so gut, wie du es dir vorgestellt hast?«

Er stöhnte wieder so auf, wie sie es reizte, und drückte seine Lippen fester auf ihre Haut.

Das Gefühl seiner Zähne auf ihrem Fleisch fand seine

Entsprechung zwischen ihren Beinen, der Stelle, die unausgefüllt war und bleiben würde, bis Roman sich ihrer annahm.

Er legte sich vollständig auf sie, bettete sich heiß und schwer zwischen ihren Schenkeln ein. Jeans waren eine hemmende Barriere, aber sie fühlte sein Gewicht und seine Härte, die gegen sie drückte und wie er Einlass suchte. Ihr Körper bäumte sich gegen ihn auf, weil er mehr als das neckende Aneinanderreiben bekleideter Leiber verlangte. Sie würde es nie offen zugeben, aber ihr Körper rief in ihr wach, was sie zu verdrängen gesucht hatte – sie hatte ihr Leben lang auf diesen Mann gewartet. Der ihr wenigstens für diesen Augenblick gehörte.

Und sie gehörte ihm. Seine großen Hände nahmen Besitz von ihr, während sie ihre Formen nachzeichneten. Sie hielten nur inne, um sich um ihre Brüste zu legen und sie festzuhalten, um deren Gewicht zu fühlen und die Brustwarzen mit den Daumen zu liebkosen. Sie stöhnte so laut auf, dass es ihn überraschte.

Er setzte sich auf, nahm sein Gewicht von ihr. »Du hast keine Ahnung, was du mir antust.«

Sie lachte etwas zitterig. »Glaub mir, ich kann es mir vorstellen.«

Als er nach dem Bund ihrer Hose griff, holte sie tief Luft und wartete darauf, dass er sie herunterzog. Ihren Körper entblößte.

Stattdessen hielt er inne. »Von wegen Verhütung …«

Das hätte ein Stimmungstöter sein können. Aber jetzt mit Roman war es nur eine Verzögerung, die sie nicht wollte. »Ich nehme die Pille«, gab sie zu.

Sie sah die Überraschung in seinen Augen, die aber schnell einem eindeutigen Auflodern von Begierde wich. Sie fragte sich, ob seine Gedanken den ihren glichen – alles, was sie sich vorstellen konnte, war: er in ihr drin, Fleisch auf Fleisch, keine Barrieren, nichts zwischen ihnen. »Aber …«

Sie war zu klug, als dass die Realität nicht Oberhand behalten hätte.

In seinem Kiefer zuckte ein Muskel, ein Zeichen dafür, dass es ihn Beherrschung kostete. »Was?«, fragte er mit einer weicheren Stimme, als sie es im Moment für möglich gehalten hätte.

»Bei mir ist es lange her, und die wenigen Male, die ich …, da haben wir … Kondome benutzt.« Sie wandte ihren Blick auf die cremefarbene Wand zur Linken, da sie über die Intimität des Gespräches schockiert war. Aber gab es Intimeres als den Schritt, den sie gerade zusammen tun wollten?

Er hielt den Atem an, und sie fragte sich, ob ihre Worte ihn wohl schockierten. Ob sie ihn abgeschreckt hatte. Männer mochten den Gedanken nicht, dass eine Frau zuviel in jede Nacht investierte. Aber sie und Roman hatten das schon ausdiskutiert und kannten beide die Bedingungen.

»Ich bin nicht unbedacht.«

Beim Klang seiner Stimme konzentrierte sie sich auf ihn. Sie wollte nicht das Ende von etwas beklagen, was noch nicht begonnen hatte.

»Ich bin vorsichtig«, fuhr er fort, »und vor jeder Reise ins Ausland lasse ich jeden erdenklichen Bluttest machen.« Ein lastendes Schweigen senkte sich über sie. »Es war mir noch nie zuvor so wichtig, was eine Frau gerade denkt, deshalb spanne mich nicht länger auf die Folter.«

Ihr wurde ganz schwer ums Herz, und sie spürte einen Kloß im Hals, während sie seine Handgelenke ergriff. Aber sie weigerte sich, dem nachzugeben, da ihr Verlangen so stark und umfassend war. »Hör auf zu reden und liebe mich, Roman. Sonst muss ich …«

Er brachte sie zum Schweigen, indem er ihre Hose mit einer eleganten Bewegung herunterzog, sodass kühlere Luft ihre Schenkel umstrich.

»Ich mag einen Mann, der zuhören kann.« Tatsächlich mochte sie ihn sogar sehr. Mehr als es vernünftig war, dachte sie und streifte ihre Hosen von den Fußgelenken.

Er stand auf, um sich auszuziehen, und sie riss ihren Pullover herunter. Als er zum Bett zurückkam, war er nackt, und er war großartig. Seine gebräunte Haut passte wundervoll zu seinem dunklen Haar, und seine blauen Augen waren dunkler geworden vor Verlangen – nach ihr.

»Ich mag eine Frau, die keine Angst davor hat auszusprechen, was sie sich wünscht.« Er legte seine Hände auf ihre Schenkel und spreizte ihre Beine. »Eine Frau, die keine Angst vor ihrer Sinnlichkeit hat.« Seine Augen funkelten, als er ihre hellblaue Unterwäsche sah. »Weißt du, was meine Lieblingsfarbe ist?«, fragte er.

Sie öffnete den Mund, aber bei seiner brennenden Berührung, die ihr die Haut versengte, und dem heißen Verlangen, das durch ihre Adern pulsierte, konnte sie kein Wort herausbringen.

»Ab sofort ist es blau.« Damit neigte er seinen Kopf, um sie zu küssen.

Charlotte kam es vor, als ob sie vor Vergnügen sterben müsse. Sie fragte sich, ob das möglich wäre. Und dann konnte sie überhaupt nicht mehr denken. Seine Zunge vollbrachte Wunder, sie schaffte es, sich durch die offenen Löcher des gehäkelten Höschens zu bohren. Abwechselnd leckte und saugte er, wobei weißglühende Feuerpfeile durch ihren Körper zuckten und jeder Nerv um Entspannung flehte.

Mehr als einmal brachte er sie an den Rand des Höhepunktes, um dann die liebevollen Streicheleinheiten seiner Zunge zu verlangsamen und sie zu dämpfen. Sie wand sich und flehte, bis er zusätzlich zu seiner Zunge die Zähne benutzte, um die empfindlichsten Stellen ihres Fleisches zu streifen und sie so wieder zu erregen. Aber sie weigerte sich, ihren ersten Orgasmus zu erleben, ohne dass er in ihr war. Was sie verlangte, war die völlige Vereinigung mit ihm, und als er nach ihrer Hand griff, um sie in seiner zu halten, wusste sie, dass er verstanden hatte.

Sofort rutschte er neben sie. Sein warmer Körper durchströmte ihren mit seiner Hitze, und schnell hatte er ihren BH und ihr Höschen beseitigt. Sofort schmiegte er sich wieder an sie.

»Du schmeckst gut.« Er strich ihr das Haar aus dem Gesicht, und ehe sie reagieren konnte, schloss er seinen Mund über ihrem. Zugleich presste er seine Hand über ihren schmerzend, sehnsüchtigen weiblichen Hügel. Welle um Welle baute sich ihre Begierde auf. Sie stieß ihre Hüften nach oben und wimmerte, ein Ton, den er in seiner Kehle aufzufangen schien.

Er löste den Kuss, aber seine Lippen schwebten über ihren. »Was hast du, Liebling? Hilft das?«, fragte er und fuhr mit seinem Finger tief in sie hinein.

Ihr Körper zitterte als Reaktion darauf. »Ich weiß, was besser helfen würde.«

Roman ging es ebenso. Es war nicht leicht, sich derartig zu beherrschen. Er genoss jede Minute, aber wenn er nicht gleich in sie eindringen konnte, würde er explodieren. »Sag mir, was du möchtest.« Er musste es von diesen heißgeküssten Lippen hören.

»Warum zeige ich es dir nicht lieber?« Ihre Wangen glühten vor Begierde, ihre Augen glänzten vor Verlangen. Sie streckte ihre Hand aus und ergriff sein hartes Glied.

Er brauchte nicht zu antworten, er folgte ihrer Führung und hielt sich über ihr, während sie ihre Beine ausbreitete und seine Eichel in das feuchte V ihrer Schenkel bettete. In dem Moment war das Vorspiel vorbei.

Er stieß in sie hinein, hart und schnell. Sie hatte gesagt, dass es bei ihr eine Weile her war. Als sich ihre glatten Muskeln um sein Glied zusammenzogen, wurde ihm klar, wie lange sie tatsächlich gemeint hatte. Sie war eng und nass, und sie hielt ihn in einer seidig weichen Hitze gefangen. Ihm brach der Schweiß aus. Er war erregt und so kurz vor dem Höhepunkt, dass er glaubte, platzen zu müssen. Und hatte dabei das Gefühl, genau dort zu sein, wo er hingehörte.

Ihm war, als wäre er nach Hause gekommen.

Roman öffnete die Augen und begegnete ihrem erschrockenen Blick. Aber es war kein Schmerz, kein Unbehagen, was er darin entdeckte, sondern bewusstes Empfinden. Offenbar fühlte sie wie er.

Er stieß schnell in sie hinein, um sich abzulenken, sich von der überwältigenden Realität seiner Empfindungen zu trennen. Sex war in der Vergangenheit immer eine distanzierte Form von schneller und leichter Entspannung gewesen. Aber die würde sich jetzt nicht einstellen.

Nicht mit Charlotte. Nicht, wenn ihr Rhythmus den seinen ergänzte, ihre Atmung auf seine abgestimmt war, ihr Körper sich auf perfekte Weise an seinen schmiegte. Als er mit ihr zusammen den Höhepunkt erreichte, ahnte er, dass nichts mehr so sein würde wie zuvor.

Roman kam aus dem Bad und auf Charlotte zu, völlig nackt und kein bisschen verlegen. Sie vermutete, dass es zwischen ihnen nicht mehr viel zu verbergen gab, und es machte ihr nichts aus, ihn zu betrachten. Ganz und gar nicht.

Sie selbst war noch nicht soweit, sich genauso frei zu verhalten. Sie schlug ihre Beine übereinander und zog die Bettdecke um sich. »Ich sterbe vor Hunger.«

Romans Augen funkelten vor bewusster Boshaftigkeit. »Ich kann deinen Hunger stillen.«

Sie grinste. »Das hast du bereits getan. Zweimal. Jetzt muss mein Magen befriedigt werden.« Sie klopfte oberhalb ihres Bauches auf die Bettdecke. Sie hatten sich einen gesunden Appetit geholt, und sie schämte sich nicht, das zuzugeben.

Worüber sie sich schämte war, zu tief in ihr eigenes Herz zu schauen, weil sie nicht mehr dieselbe Frau war, die diesen Gasthof betreten hatte. Ihr kam es zu einfach vor, mit diesem charmanten Mann zusammenzusein, der ebenso leicht Ehrlichkeit versprach, wie er garantierte, aus der Tür zu spazieren.

Er griff sich die grüne, ledergebundene Mappe vom Nachttisch und überprüfte das Angebot an Mitternachtsnacks.

»Was habe ich für eine Wahl?«, fragte sie.

»Nicht so überwältigend, du wirst es nicht glauben. Es gibt einen Keksteller, dazu verschiedene Teesorten, eine Gemüseplatte mit Honigsenf oder Schimmelkäse-Dip und eine Auswahl an Cola. Es gibt auch noch frische Früchte der Saison. Ich kann mir nicht vorstellen, was das zu dieser Jahreszeit sein soll, aber eins ist klar: Wir kriegen nichts Warmes oder Hausgemachtes.« Er lachte. »Soll ich dir also das Gemüse bestellen?«

Sie zog eine Augenbraue hoch, überrascht, dass er das Falsche genannt hatte. »Ich schätze, du kennst mich doch nicht so gut, wie du glaubst.«

»Na, das ist eine Herausforderung. Du willst also das Obst?«

Sie rümpfte die Nase. »Roman Chandler, mit was für Frauen hängst du herum?« Sie schüttelte den Kopf. »Vergiss sofort, dass ich das gefragt habe.«

Er ließ sich neben ihr nieder. »Tut mir Leid, das kann ich nicht.« Er nahm ihre Hand und begann, langsam und stetig ihren Handteller zu massieren. Seine Berührung war genauso verführerisch, wie seine Augen faszinierend und blau waren. »Der Ruf der Chandlers wird ganz gewaltig überschätzt.«

»Ach, wirklich? Es ist also nicht so, dass ihr Brüder Frauen sammelt?«

»Ich sage ja nicht, dass sie nicht Schlange stehen.« Sein freches Grinsen zeigte ihr, dass er scherzte. »Aber ich weise sie auf jeden Fall ab. Ich werde zu alt für die Drehtür.«

Trotz seines neckenden Gesichtsausdrucks warf sie ein Kissen nach ihm. »Ich wüsste gern etwas über deinen Vater – ich erinnere mich nicht mehr so richtig an ihn. Hatte er denselben Ruf eines Frauentyps? Eifert ihr drei ihm nach?«

Er schüttelte den Kopf. »Die einzige Frau, an der mein Vater Interesse hatte, war mein Mutter, und umgekehrt.«

»Wenn mein Vater nur die Gefühle meiner Mutter genauso erwidert hätte wie deiner.«

Nachdenklich lehnte er seinen Kopf zurück. »Weißt du was, unsere Mütter sind eigentlich gar nicht so verschieden.«

Charlotte musste einfach lachen. »Das ist ja wohl nicht dein Ernst.«

»Doch. Vergiss für einen Moment deinen unbeirrbaren Groll auf deinen Vater und betrachte einmal Folgendes. Er verschwand, und deine Mutter sitzt seitdem da und wartet, stimmt's?«

»Ja«, gab sie zurück, wusste aber überhaupt nicht, worauf er hinaus wollte.

»Und mein Vater starb, und meine Mutter hat nie mehr etwas mit einem anderen Mann zu tun gehabt. Bis zu dieser Woche, aber das ist eine andere Geschichte.« Dieser verdammt einfühlsame Blick hielt ihren fest. »Da ist nichts so besonders unterschiedlich. Sie haben beide ihr Leben auf Eis gelegt.«

»Ich glaube, da hast du nicht ganz Unrecht.« Sie blinzelte, völlig erstaunt, dass ihnen beiden etwas so Grundlegendes gemeinsam war.

Trotzdem hatte sich nichts für sie beide geändert – selbst wenn sie ihm jetzt gefühlsmäßig stärker verbunden war. Verdammt. Ihre langfristigen Ziele waren immer noch grundverschieden und unvereinbar. Sie durfte das während ihrer gemeinsamen Zeit nicht vergessen, warnte sie sich.

In Romans Kopf hallten seine eigenen Worte nach. Seine Mutter hatte ihr Leben, wie es schien, für immer auf Eis gelegt. Weil sie so sehr einen Teil des Lebens seines Vaters dargestellt hatte, war sie ohne ihn verloren gewesen. Bis eben, als er diese Schlussfolgerung laut ausgesprochen hatte, war ihm nie bewusst geworden, dass seine Mutter sich nicht mehr weiterentwickelt hatte.

»Wenigstens hat Raina eine Version von ›glücklich und zufrieden bis an ihr Lebensende‹ erlebt«, unterbrach Charlottes Stimme seine Überlegungen.

Ihre Worte gaben ihm zu denken. War dieses Märchenende, das so viele Frauen sich wünschten, noch etwas wert, wenn sie den Rest ihres Lebens dann in einem unglücklichen Schwebezustand verbrachten? Bei seiner Mutter also kurzfristiges Glück auf Kosten langfristiger Erfüllung? In der Situation von Charlottes Mutter die Jagd nach einem Traum, der nie wahr werden würde? Er schüttelte den Kopf. Beide Möglichkeiten sprachen ihn nicht an.

Er hatte miterlebt, wie es seiner Mutter nach dem Tode ihres Mannes ergangen war, die Trauer, den Rückzug in sich selbst, und dann die kleinen Schritte zurück ins wirkliche Leben. Aber sie war nie wieder dieselbe geworden wie zu Zeiten seines Vaters, und sie hatte auch nie versucht, sich neu zu definieren.

Nun, das war ihre eigene Entscheidung, wurde ihm jetzt klar. Genauso, wie es seine Entscheidung gewesen war, davonzugehen und sich nicht nur von seiner Heimatstadt, sondern von seiner Familie zu distanzieren – und von dem Schmerz, den er jedes Mal in den Augen seiner Mutter sah, wenn er zuhause war. Besonders am Anfang.

In diesem Moment wurde Roman bewusst, dass er vor emotionalen Bindungen davongelaufen war – genauso wie Charlotte vor ihm.

Sie hatte vor demselben Schmerz Angst, den sie, während sie heranwuchs, Tag für Tag bei ihrer Mutter gesehen hatte.

Doch nach ihrer Liebesnacht wusste er, dass es manchmal im Leben keine Alternative gab. Sie beide gehörten einfach zusammen. Nicht nur, weil er sie begehrte, sondern weil er ihr etwas geben wollte, das sie in ihrem bisherigen Leben vermisst hatte: Familie und Liebe. Er wusste allerdings noch nicht, wie er das erreichen und gleichzeitig die Freiheit sich erhalten konnte, die er für seinen Job und sein Leben brauchte.

Er hatte einen weiten Weg vor sich – bis er in der Lage wäre, sich selbst und ihr zu beweisen, dass sein Lebensstil ihnen beiden gefallen konnte. Dass ihr beider Leben nicht eine Wiederholung der Fehler ihrer Eltern sein musste, sondern eines, das sie sich ganz allein gestalten würden.

Und das bedeutete Verpflichtung, erkannte er jetzt. Nicht nur die Verpflichtung, die er seiner Familie gegenüber eingegangen war, sondern eine Bindung, die er mit dieser Frau eingehen wollte.

Er blickte in ihre sanften Augen, und etwas in ihm schmolz dahin. »Ist es das, was du dir wünscht, ›glücklich und zufrieden bis ans Lebensende?‹«, fragte er.

»Touché.«

Er streichelte mit einem Finger über ihre Wange. Arme Charlotte. Sie hatte keine Ahnung, dass er für sie beide bereits einen Entschluss gefasst hatte. Er wusste, was er wollte – sie. Und jetzt war er im Begriff, ihre Abwehrkräfte im Sturm lahm zu legen, und sie hatte keine Ahnung davon. »Mir ist aufgefallen, dass du vorhin das Thema gewechselt hast. Ich wollte über ›meine‹ Frauen sprechen.«

Sie errötete. »Ich aber nicht.«

»Also noch einmal, du musst nicht reden. Aber du wirst mir zuhören.« Mit einer lässigen Bewegung hatte er sie auf den Rücken gelegt und sich rittlings auf ihre Hüften gesetzt.

Sie blickte unwillig zu ihm hoch. »Das ist unfair, und außerdem hast du vergessen, mir etwas zu essen zu bestellen«, sagte sie.

»Bring du dieses Gespräch mit mir zu einem Ende, dann besorge ich dir alle Kekse, die du aufessen kannst und noch mehr.« Er bewegte seine Hüften gegen ihre, absichtlich erregend und leidenschaftlich.

»Das ist Bestechung.« Aber ihre Augen wurden unstet und bewiesen ihm, dass seine erotischen Neckereien sie verführten. Da entschloss sich ihr Magen, laut zu knurren und somit die Stimmung zu zerstören. Sie grinste dümmlich. »Ich schätze, ich habe keine andere Wahl, als zuzuhören, wenn ich etwas zu essen bekommen will.«

»Da hast du Recht.« Aber er hatte nichts gegen erotische Nötigung, um seinen Willen zu bekommen. Er verlagerte sein Gewicht, sodass er sie nicht erdrückte, aber ihre weichen Formen und ihre zarte Haut spüren konnte. Verdammt, sie fühlte sich so gut an. »Lass mich einfach ausreden«, sagte er. Er wollte nicht abgelenkt werden. Nicht, wenn so viel auf dem Spiel stand. »Erstens bin ich so vielbeschäftigt gewesen, dass für Frauen kaum Platz war – ob du es glaubst oder nicht. Ich habe dir versprochen, dich niemals anzulügen. Zweitens kann es sein, dass ich bisher nie richtig interessiert war. Aber ich bin es verdammt noch mal jetzt.«

Offenbar hatte er mit diesem Eingeständnis nicht nur sich selbst, sondern auch sie schockiert, denn plötzlich trat Stille ein.

Etwas wie Angst schimmerte in ihren Augen. »Du sagtest, du würdest niemals lügen.«

»Diesmal sollte ich wohl wirklich beleidigt sein.«

Sie schüttelte den Kopf. »Ich sage nicht, dass du ein Lügner bist.«

»Was dann?«

»Mach aus dem hier« – sie zeigte dabei auf ihre nackten Körper – »nicht mehr, als da wirklich ist.«

»Oh, und was ist es genau?«, fragte er, weil er ganz sicher erfahren musste, womit er es zu tun hatte, wenn er ihre Ansichten umkrempeln wollte.

»Sex«, antwortete sie und bagatellisierte mit Absicht, was sie gemeinsam erfahren hatten.

Wenn Roman auch den Schutzmechanismus erkannte, musste er doch zugeben, dass sie ihn verletzt hatte. Er zwang sich zu einem unbeschwerten Lächeln. »Wie gut, dass du niemals versprochen hast, nicht zu lügen, Schätzchen.«

Damit ließ er sie wissen, dass er ihr kein Wort glaubte,

und diesmal schnappte sie nach Luft, weil sie sich ertappt fühlte.

Er atmete tief durch. Der Geruch von Sex hing in der Luft und erregte ihn. Er begehrte sie, obwohl sie ihre gemeinsame Erfahrung so stur herunterspielte. Er hatte sich klar ausgedrückt. Sie hatten gemeinsam etwas erlebt, das viel tiefer ging als nur Sex.

Mit seinen Knien schob er ihre Beine auseinander.

»Was machst du da?«, fragte sie.

»Du hast gesagt, dass du Hunger hast, oder?« Er wartete die Antwort nicht ab. »Du hast außerdem gesagt, dass es nur Sex sei zwischen uns.« Er schob seinen erigierten Penis zwischen ihre Beine und drang langsam, methodisch in sie ein mit gekonnten, starken Stößen, die sie einfach fühlen musste. Er jedenfalls tat es mit Sicherheit.

Ihre Lippen öffneten sich und ihre Augen weiteten sich, als sie ihn in sich aufnahm. »Was machst du da?«

»Ich werde dich dazu bringen, dass du deine Worte zurücknimmst.« Er wollte sie jeden Geschmack, jede Berührung und jedes Gefühl durchleben lassen, damit er für immer ein Teil von ihr würde. Er wollte ihr beweisen, dass alles zwischen ihnen tief und bedeutungsvoll war.

Seine kraftvollen Stöße entlockten ihr eine Erwiderung, die er nicht falsch deuten konnte. Genauso wenig wie sie selber, wenn man die erregenden Laute aus ihrer Kehle richtig einschätzte.

Jedes Stöhnen von ihr senkte sich in ihn hinein, führte zu einem stechenden Gefühl in seinen Augen und verschloss ihm die Kehle.

Als sie später schlafend in seinen Armen lag, wusste er, dass sie ein Teil von ihm geworden war – vielleicht schon immer gewesen war.

Als Roman sie am nächsten Tag zurück in die Stadt fuhr, war die Sonne schon längst am Horizont untergetaucht, ein orangefarbener Feuerball am geröteten Himmel. Charlottes Stimmung sank. Sie war noch nicht bereit, ihre gemeinsame Zeit so schnell zu beenden.

Nach dem einen ernsthaften Gespräch, das sie nicht weitergebracht hatte, war die Stimmung heiterer geworden. Sie hatten sich geliebt, sich gegenseitig mit hausgemachten Keksen gefüttert, waren eng umschlungen eingeschlafen und bei Sonnenaufgang aufgewacht. Zum Lunch hatten sie auf dem herrlichen Grundstück ein Picknick gemacht, und später das Dinner mit den Innsbrooks eingenommen. Schließlich waren sie in ihr Zimmer zurückgekehrt, hatten noch einmal miteinander geschlafen und dann den Gasthof verlassen.

Vielleicht war Roman genauso melancholisch wie sie, denn sie fuhren schweigend heim. Als er sie zu ihrer Wohnung begleitete, spürte sie eine nervöse Spannung in der Magengrube.

Sie war noch nicht soweit, sich zu verabschieden. »Ob es wohl gestern Nacht irgendwelche Einbrüche gegeben hat?«, überlegte sie laut, um noch etwas Zeit zu gewinnen.

»Nicht dass ich es jemandem wünschte, aber damit wäre ich eindeutig aus dem Schneider, was die Frauen dieser Stadt anbelangt.« Seine blauen Augen glänzten belustigt. »Ich habe ein Alibi.«

Sie lächelte. »Klar. Ich weiß, was du meinst. Da niemand weiß, dass du nicht in der Stadt warst, hätte dem Dieb einfallen können, dich als Schutzschild zu benutzen – falls das nach Erscheinen des Artikels seine Absicht war.« Sie zuckte die Schultern.

»Nur meine Mutter und meine Brüder wissen, dass ich weg war, wir werden ja sehen, was passiert.«

Ihre Mutter wusste auch Bescheid, aber da sie kaum unter Leute ging, war es unwahrscheinlich, dass sie die Neuigkeit verbreitet hatte. »In Häuser einzubrechen und Slips zu stehlen – wer tut denn so etwas«, bemerkte Charlotte mit einem Kopfschütteln.

Er wurde rot, und sie hob eine Hand, um ihn noch einmal zu berühren. Als ihre Fingerspitzen zart seine raue Wange streichelten, begegnete er ihrem Blick und hielt ihm stand. Erkenntnis glitzerte in diesen intelligenten blauen Augen, und sie zog ihre Hand zurück, verlegen, weil sie mit diesem einfachen Zuneigungsbeweis zu viel von ihren Gefühlen offenbart hatte.

»Das hier ist viel ernster als ein Jugendstreich«, bemerkte sie und bemühte sich um einen leichten Ton. »Nur ein Verrückter würde dich dafür verantwortlich machen. Schon die Idee von einem Höschendiebstahl ist lächerlich.«

Er zuckte die Schultern und zog damit ihren Blick auf sein schwarzes T-Shirt und die festen Muskeln darunter. »Man weiß nie, was einen Mann so anmacht. Jedenfalls nicht bei einem fremden Mann.«

Sie nickte und schluckte schwer. Schweigen entstand. Weder aus den anderen Apartments noch von der Straße her drangen irgendwelche Geräusche. Es blieb nichts anderes übrig, als Auf Wiedersehen zu sagen. »Also …«

»Also.«

»Werde ich dich wiedersehen?« Sie hätte sich selber treten mögen, sobald diese Worte heraus waren. Das wäre sein Text gewesen.

»Warum? Bist du auf der Suche nach mehr Sex?«, fragte er mit einem ironischen Lächeln.

Sie sah ihn mürrisch an, sein Worte hatten sie wie ein Schlag in die Magengrube getroffen. Sie hatte ihre Worte bereut, sobald sie ihr herausgerutscht waren. Jetzt verstand sie, wie er sich dabei gefühlt haben musste. »Ich nehme an, das habe ich verdient.«

Sie hatte ihn offenbar verletzt, indem sie ihre Beziehung derartig einstufte. Das war nicht ihre Absicht gewesen. Sie hatte sich nur selber schützen wollen. Als Mittel der Verteidigung waren Worte nie stark genug und kamen sowieso zu spät.

Er streckte seine Hand aus und umfasste ihr Kinn. »Ich möchte nur nicht, dass du mich mit derartigen Bemerkungen abspeist. Sei offen und warte ab, wie sich die Dinge entwickeln.«

Charlotte kannte das Ergebnis schon jetzt. Sie würde in Yorkshire Falls enden, während er in der Welt herumreiste. Ende der Diskussion, Ende der Beziehung.

Doch er schien es nicht besonders eilig zu haben, diesen unvermeidlichen Abschluss zu erreichen, schien die Stadt nicht in absehbarer Zeit verlassen zu wollen. Weshalb sollte sie dann Ärger suchen, indem sie sich mit ihm stritt? Mühsam brachte sie ein Lächeln zustande. »Ich nehme an, dass ich das schaffen werde.«

»Das sagst du etwas zu lässig.«

»Also bitte, lass uns dieses sensationelle Wochenende nicht ruinieren, indem wir uns jetzt streiten, okay?«

Er kam näher. »Ich war sensationell, was?«

Sein männlicher Geruch umgab sie, wurde ein Teil von ihr, und ihr Herz schlug schneller. »Ich meinte damit das Wochenende.«

Sein Arm lehnte über ihrem Kopf an der Wand, und seine Lippen waren zum Küssen nah. »Und was ist mit mir?«

»Du warst sogar noch besser«, murmelte sie, als sein Mund ihren berührte. Der Kuss war zu beiläufig, zu schnell und zu schnell vorbei. Er ließ sie zurück mit dem Wunsch nach mehr, was er, wie sie annahm, auch beabsichtigt hatte.

»Du wirst mich wiedersehen.« Er nahm ihr den Schlüssel aus der Hand, öffnete ihre Wohnungstür und ließ sie hinein.

Als sie sich wieder umdrehte, war er schon weg.

218

Kapitel neun

Als Roman in das Haus trat, war es unverschlossen. Er warf seine Schlüssel auf die Kommode. Die dunklen Zimmer und die absolute Stille sagten ihm, dass seine Mutter nicht zuhause war. Er fluchte vor sich hin. Die Frau sollte etwas vernünftiger sein, wo doch ein Einbrecher frei herumlief. Andererseits dachte sie wahrscheinlich, dass die ganze Höschendieb-Geschichte nur ein Scherz sei – wie die Hälfte aller Frauen in der Stadt.

»Lächerlich.« Morgen früh würde er sich bei Rick melden, um herauszufinden, ob es letzte Nacht irgendwelche Einbrüche gegeben habe.

Jetzt jedenfalls brauchte er nichts als Schlaf. Letzte Nacht hatte er weiß Gott keinen bekommen, aber schon der Gedanke, warum das so war, brachte ihn wieder in Fahrt. Er ging in sein altes Kinderzimmer, ließ seine Tasche auf den Boden fallen und steuerte aufs Badezimmer zu.

Er duschte kalt, aber das half nicht, den Schmerz zu lindern, den der Gedanke an Charlotte verursachte. Noch heute früh hatte er mit ihr zusammen geduscht, und er erinnerte sich lebhaft daran, wie er in sie eingedrungen war, während von allen Seiten das Wasser auf sie beide niederprasselte. Jetzt aber konnte nicht einmal die eiskalte Dusche auf seiner Haut ihn abkühlen.

Er war müde und erregt zugleich und zu erschöpft, um Licht anzumachen, als er in sein Zimmer trat. Immer derselbe Gedanke ging ihm im Kopf herum. Nach diesen Stunden mit Charlotte hatten sein Leben und seine Zukunft sich geändert, und das nicht nur wegen eines Familienversprechens.

Er musste Entscheidungen treffen. Zunächst aber brauchte er Schlaf. Er kroch ins Bett. Sein Kopf berührte die kühlen Laken, sein Rücken schmiegte sich an die Matratze – und sein Körper kam in Kontakt mit warmem, weichem Fleisch.

»Verdammter Mist.« Roman zuckte zurück und saß aufrecht im Bett. »Wer zum Teufel ist das?«

Er sprang auf und stürmte zur Tür, um auf den Lichtschalter zu hauen und den Eindringling zu identifizieren.

»Eine solche Reaktion habe ich nicht erwartet, aber schließlich muss ein Mädel irgendwann den Anfang machen. Jetzt komm schon ins Bett, und ich zeige dir, was ich dir mitgebracht habe.« Die Stimme klang mehr nach einer Katze als nach einer Frau.

Wenn man bedachte, dass Roman sich wie ein Beutetier in der Falle fühlte, war der Vergleich perfekt.

Er musste mitanhören, wie sie auf die Matratze klopfte, knipste das Licht an und sah sich der grotesken Erscheinung von Alice Magregor gegenüber. Ihr gekräuseltes Haar war starr vor Festiger und Spray, ihr Körper in Charlottes berüchtigte Höschen gestopft. Es war ein Körper, den Roman nicht einmal volltrunken angerührt hätte, und jetzt war er stocknüchtern. Leider.

»Oh, du schläfst gar nicht nackt.«

Sie machte einen derartigen Schmollmund, dass sich ihm der Magen umdrehte.

»Na, macht nichts. Ich kümmere mich schon darum. Jetzt schalte das Licht aus und komm wieder ins Bett.« Sie streckte ihre Brust heraus und ihm die Hand entgegen.

Verdammt, er würde die Bettwäsche wechseln müssen, ehe er sich zum Schlafen hinlegte. Er biss die Zähne zusammen, so unerwünscht und unwillkommen war ihm ihr Eindringen in seine Privatsphäre.

»Ich werde mich jetzt umdrehen, bis du wieder anständig aussiehst. Dann werde ich so tun, als wäre das hier nie passiert, und du solltest das ebenfalls so halten.«

Sie zuckte nicht mit der Wimper, und bevor er sich umdrehen konnte, erklärte sie: »Sag mir nicht, dass du nicht interessiert bist. Neulich habe ich dir ein Zeichen gegeben, und du hast mich angelächelt.«

»Du bringst da Fakten durcheinander. Ich habe dich angelächelt, bevor du mit deinem Slip gewedelt hast.«

»Ihr Journalisten mit euren Fakten. Das bedeutet doch nichts anderes. Du hast gelächelt. Du hast Interesse bekundet. Jetzt komm ins Bett.«

Er konnte nicht sagen, ob sie sich nur absichtlich dumm stellte oder wirklich bedauernswert dämlich war. »Wir leben in einer Kleinstadt, Alice. Ich habe mich nur nachbarlich verhalten. Jetzt zieh dich an.« Er verschränkte die Arme, drehte sich weg und lehnte im Türrahmen. Einfach nicht zu glauben, dass Alice Magregor nackt in seinem Bett lag.

Es war nicht sein Art, grausam zu sein, aber er hatte verdammt noch mal nicht vor, ihr ihren Willen zu lassen oder ihr anzudeuten, er wolle, dass sich etwas Derartiges wiederhole. Wenn das Haus abgeschlossen gewesen wäre, hätte es gar nicht erst passieren können. Seine Mutter konnte sich auf eine schöne Predigt über Sicherheit gefasst machen. Sie durfte nicht länger so verdammt vertrauensselig sein. Aus einem falschen Sicherheitsgefühl heraus hatte sie die Haustür nicht abgeschlossen, sich in Gefahr gebracht, dass ihre Unterwäsche gestohlen wurde, und seinen Körper einer

Vergewaltigung ausgesetzt – wenn es nach Alice gegangen wäre.

Er konnte sich nicht vorstellen, woher sie gewusst hatte, dass seine Mutter nicht zuhause war, sodass sie es sich hier hatte gemütlich machen können. Aber das war ihm eigentlich auch egal, wenn sie sich nur endlich davonmachte. Er blickte über seine Schulter. Sie hatte sich noch immer nicht gerührt.

»Ich liebe es, wenn ein Mann sich ziert.«

Deutlich war vom vorderen Flur her Gelächter zu hören. Das Lachen seiner Mutter und das tiefere eines Mannes.

Als Alice hörte, dass andere Menschen im Haus waren, weiteten sich ihre Augen.

Das fehlte ihm jetzt gerade, ein Publikum, dachte Roman. Er gab Alice ein Zeichen, endlich aufzustehen, aber sie saß da wie unter Schock.

»… oben Licht gesehen. Roman, bist du das?« Rainas Stimme wurde lauter und schaffte, was Roman nicht gelungen war.

Alice floh aus dem Bett. »Oh mein Gott.« Sie tauchte nach ihren Sachen. Beim Versuch, in ihre Hose zu steigen, tanzte sie auf einem Fuß herum und bemühte sich, ein Bein in die Jeans zu bekommen, die verkehrt herum gekrempelt war.

»Roman, antworte, wenn du es bist!«

»Wage es ja nicht«, zischte Alice.

»Ich glaubte immer, man bekäme die Grundkenntnisse im Kindergarten beigebracht«, kommentierte Roman. »Wenn du dich hinsetzt und nur ein Bein und nicht gleichzeitig zwei hineinsteckst, könnte es besser klappen.«

Rainas Fußtritte klangen lauter als sein klopfendes Herz und angenehmer jetzt als alles, was er in letzter Zeit gehört hatte. Nichts ließ eine Frau so schnell das Interesse verlieren, als erwischt zu werden. Nach Alices knallrotem Gesicht zu urteilen würde sie hier nicht sobald wieder auftauchen oder ihm anderswo begegnen wollen.

Er wartete ab, bis Alice sich genug beruhigt hatte, um ihre Beine halb in ihre Jeans zu bekommen, ehe er seiner Mutter zurief: »Ich höre dich, Mutter! Ich bin vor kurzem zurückgekommen.«

Eine männliche Stimme sprach mit Raina – wahrscheinlich Eric. Das erklärte, warum sie nicht die Treppe heraufgekommen war. Sie benutzte diese Treppe nur einmal am Morgen und dann wieder abends. Roman hatte schon mit Chase darüber sprechen wollen, ob man nicht eines der unteren Zimmer zum Schlafzimmer umfunktionieren sollte, damit Rainas Gesundheit nicht gefährdet war.

»Ich möchte alles über dein Wochenende hören!«, rief Raina, und er hörte so schnelle Schritte die Treppe hochkommen, dass es ihn verwunderte.

»Oh nein!« Dieses Mal kreischte Alice in Panik.

Roman, der immer noch in der Tür stand, drehte sich gerade in dem Moment wieder zu ihr hin, dass er sah, wie sie ihre Hose wegschleuderte. Stattdessen zerrte sie das Bettzeug hoch und wickelte die beige Steppdecke um sich wie ein Leichentuch.

Seltsam und immer seltsamer, dachte Roman und schüttelte den Kopf. »Übrigens«, sagte er zu Alice, »Dr. Fallon ist auch hier. Aber mach dir keine Sorgen. Auf Grund seiner jahrelangen ärztlichen Schweigepflicht wird er sich bestimmt diskret verhalten.«

Es hätte alles noch schlimmer kommen können, dachte Roman. Es hätte auch Chase, Mr. Ich-berichte-nur-die-Tatsachen, sein können, der da hinter seiner Mutter die Treppen hoch stapfte.

Raina war auf der obersten Stufe angelangt und kam auf ihn zu. Roman verstellte die Sicht in sein Zimmer, so gut er konnte. »Hallo, Mutter. Geht es dir gut?« Er blickte über ihre Schulter zu Eric hinüber, der hinter ihr stand.

»Ich bin wegen der Treppe etwas außer Atem. Setzen wir uns auf dein Bett, und dann lass uns reden.« Sie wollte an ihm vorbei, doch er hielt sie sanft am Arm fest. »Du kannst da nicht hinein.«

»Wer ist da? Ist es Charlotte?«, wollte sie wissen und klang ganz aufgeregt bei der Vorstellung.

»Nein, es ist nicht Charlotte. Aber bitte – das hier ist alles schon chaotisch genug. Du solltest nicht auch noch darin verwickelt werden und dich aufregen.« Raina schüttelte den Kopf und versuchte, über seine Schulter zu schauen.

Hinter ihr verdrehte Dr. Fallon die Augen, als wollte er sagen: *Wenn sie erst einmal in Fahrt ist, kann keiner sie aufhalten.* Roman verstand ihn nur zu gut.

»Okay, dann sieh es dir an«, flüsterte Roman und legte seinen Zeigefinger auf die Lippen, zum Zeichen, dass sie schweigen solle. Es war nicht seine Aufgabe, Alice vor ihrer eigenen Dämlichkeit zu beschützen, aber es war ihm lieber, dass Raina nur einen kurzen Blick hineinwarf und dann verschwand, als dass sie hineinplatzte und so die Frau vollends erniedrigte.

Er trat ins Zimmer, seine Mutter hinter ihm, als Alice gerade mit zitternden Händen das Fenster zu öffnen versuchte.

Aber Roman war sofort klar, dass der Riegel sicher war und dass Alice es nicht riskieren würde, sich bei der Höhe in Gefahr zu bringen.

»Ich glaube, Eric sollte sich um sie kümmern, Roman. Sie ist offenbar verwirrt und aufgeregt«, flüsterte Raina und zog ihn an der Hand aus dem Zimmer.

Als ihm bewusst wurde, dass er seiner Mutter in Unterhosen gegenüberstand, schnappte er sich seine Jeans, die er auf dem Boden liegen gelassen hatte. Er würde die Peinlichkeit besser überstehen als Alice. »Du hast Recht. Lass uns nach unten gehen, ja?«

Er verschwand noch schnell im Badezimmer, um seine Hose anzuziehen. Als er in die Küche trat, sah er gerade noch, wie seine Mutter ein Mittel gegen Sodbrennen einnahm.

»Könntest du mir einen Tee machen?«, bat Raina. »All diese Aufregung hat mich mitgenommen.«

Er blickte sie besorgt an. »Bist du sicher, dass es nur Sodbrennen ist? Hat es nichts mit deinem Herzen zu tun? Ich kann Eric holen …«

»Nein, alles in Ordnung. Nur eine ganz normale Magenverstimmung.« Sie klopfte sich auf den Bauch. »Dieses Mädchen braucht Eric jetzt dringender als ich.«

»Versprich mir nur, dass du acht gibst, wenn etwas wirklich nicht in Ordnung ist.« Er füllte Wasser in den Teekessel und schaltete den Herd ein.

»Ich nehme an, Alice braucht ein Beruhigungsmittel und eine schöne Strafpredigt. Was hat sie sich nur gedacht?« Raina schüttelte den Kopf und setzte sich hin.

»Das erinnert mich an etwas. Was hast du dir dabei gedacht, das Haus weit offen stehen zu lassen?«

»Darf ich dich daran erinnern, dass es mein Leben lang hier in Yorkshire Falls keinen Grund gegeben hat, etwas abzuschließen?«

»Fünf Einbrüche in einer Woche sind dir nicht Grund genug?«

»Doch, da stimme ich dir zu. Wir sprechen später darüber.« Eric trat ins Zimmer. »Alice wartet im Flur – völlig bekleidet«, sagte er mit gedämpfter Stimme. »Ich fahre sie nach Hause. Ich habe ihr versprochen, dass das hier unter uns bleibt.« Sein Blick ruhte nicht auf Roman, der jeden Grund hatte, den Vorfall zu verschweigen, sondern auf Raina, von der Roman wusste, dass sie nur zu gern die Telefonleitung hätte heiß laufen lassen, um ihren Freunden von ihrem ereignisreichen Abend zu berichten.

»Ich bin sensibel genug, um zu wissen, wann ich den Mund halten muss«, sagte sie mit gekränktem Blick.

Roman legte seine Hand auf ihre. »Ich bin sicher, das er dich nicht beleidigen wollte, Mutter. Er will nur vorsichtig sein.«

»Genau. Danke, Roman. Raina, ich rufe dich an.« Eric dämpfte seine Stimme. »Tut mir Leid, dass unser Abend so abgekürzt wurde.«

»Ich bin dir dankbar, wenn du mit mir etwas unternimmst. Die Jungen sind bei meinem Gesundheitszustand beruhigter, wenn ich mit dir zusammen bin.« Sie warf ihm einen wachsamen Blick zu. »Ich werde es genießen, jetzt gemeinsam mit meinem Sohn Tee zu trinken. Wir beide haben ja immer noch Zeit füreinander.«

»Morgen Abend würde mir gut passen.«

»Lass uns morgen zuhause bleiben, ja?« Raina stieß einen tiefen Seufzer aus.

Eric trat auf sie zu, aber sie winkte ab. »Eine Tasse Tee ist alles, was ich brauche. Normans Fett liegt mir einfach schwer im Magen. Jemand sollte bei ihm einbrechen und all das Schweineschmalz aus seiner Vorratskammer stehlen.«

Eric lachte und wandte sich Roman zu. »Ich bin nicht sicher, ob ich dir raten soll, auf deine Mutter oder eher auf dich selbst aufzupassen.« Er lachte in sich hinein und war gegangen, ehe Raina das letzte Wort haben konnte.

Der Teekessel begann zu pfeifen und Roman stand auf, um ihn zu holen. »Weißt du, ich glaube, Dr. Fallon tut dir gut.«

»Du bist nicht verärgert?« Ihre Stimme klang sanft und besorgt.

Er blickte erstaunt über die Schulter zu ihr hinüber, dann machte er weiter, indem er den Teebeutel ins Wasser tauchte und einen Teelöffel Zucker hinzufügte, ehe er sich wieder zu ihr an den Tisch setzte. »Worüber denn verärgert? Der Mann macht dich offensichtlich glücklich. Du gehst mit ihm aus, lächelst mehr als in all den letzten Jahren, und trotz des Schreckens, den dir deine angegriffene Gesundheit eingejagt hat …«

»Vielleicht liegt es ja daran, weil du zuhause bist.«

»Oder weil ein Mann etwas Besonderes an dir findet und du die Aufmerksamkeit genießt.« Er stellte einen Becher vor sie hin.

»Pass auf, dass deine Fantasie nicht mit dir durchgeht. Er ist ein einsamer Witwer, dem ich Gesellschaft leiste. Das ist alles.«

»Du bist die letzten zwanzig Jahre eine einsame Witwe gewesen. Es wird Zeit, dass du wieder anfängst, dein Leben zu leben.«

Sie senkte den Blick und starrte in ihre Tasse. »Ich habe niemals aufgehört zu leben, Roman.«

»Doch, das hast du.« Ihm stand nicht der Sinn nach so einem tiefgründigen Gespräch, aber es ließ sich nicht leugnen, dass der Zeitpunkt dafür gekommen war. »Du hattest in so mancher Weise aufgehört zu leben – und hast damit auch unser Leben verändert. Roman, Rick und Chase, die Junggesellen-Brüder«, meinte er trocken.

»Du willst damit sagen, es sei meine Schuld, dass ihr Jungens noch ledig seid?« Seine Mutter klang empört und verletzt.

In Gedanken zerrte er an seinen Fingern. Er wollte ihr sagen, dass es dabei nicht um Schuld, nicht um Schwäche ging, aber er konnte nicht lügen. »Du und unser Vater, ihr habt uns ein wunderbares Familienleben geboten.«

»Und ist das etwas Schlechtes? Etwas so Schlechtes, dass ihr drei Ehe und Familie meidet?«

Er schüttelte den Kopf. »Nein. Aber du warst am Boden zerstört, als er starb. Es war fast so, als wäre das Leben zu Ende. Du …du hast nur noch mit Schmerzen gelebt …«

»Die wurden mit der Zeit schwächer«, erinnerte sie ihn. »Ich hätte keine Minute mit deinem Vater missen wollen. Auch dann nicht, wenn mir so Leid und Trauer erspart geblieben wären. Wenn man niemals Schmerz gefühlt hat, dann hat man nicht wirklich gelebt«, sagte sie sanft.

Ihm war bereits an diesem Wochenende bewusst geworden, dass er bisher nicht gelebt hatte. Seitdem er sich so innig mit Charlotte verbunden gefühlt hatte. Während seine Mutter sprach, wurde ihm auch der Grund dafür klar. In dem Bestreben, diesen schmerzhaften Trauerprozess, den seine Mutter durchgemacht hatte, niemals zu wiederholen, war sein Entschluss gereift, wegzulaufen, zu reisen, Abstand zu halten – von seiner Stadt, seiner Familie, von Charlotte. Charlotte, die, wie er immer gewusst oder wenigstens geahnt hatte, die Frau war, die ihn an Yorkshire Falls binden und dort festhalten konnte.

Sie war die Frau, die die Macht hatte, ihn zu verletzen, ihm genau den Schmerz zuzufügen, den er fürchtete, wenn sie starb oder ihn auf irgendeine andere Weise verließ. Aber diese eine Nacht mit ihr hatte bewiesen, dass er ohne sie überhaupt nicht existieren konnte.

Sie war jedes Risiko wert.

»Ich habe gelebt, und ich habe geliebt. Das kann nicht jeder von sich behaupten. Ich hatte Glück«, fasste sein Mutter zusammen.

Ein bitteres Lächeln spielte um Romans Mund. »Du hättest mehr Glück haben können.«

Eine Kombination aus Traurigkeit, aus Glück und Erinnerungen war in ihren Augen zu lesen. »Ich will nicht lügen. Natürlich wäre es mir lieber gewesen, wir hätten euch Jungens zusammen großgezogen und wären gemeinsam alt geworden. Immerhin habe ich jetzt aber noch diese Chance mit Eric bekommen.« Ihr betroffener Blick suchte seinen. »Und du bist sicher, dass dich das nicht aufregt?«

»Ich finde, er tut dir gut. Nichts regt mich daran auf.«

Sie lächelte. »Dir ist wohl klar geworden, dass du nicht ewig vor dem Leben davonlaufen kannst.«

Es überraschte ihn nicht, dass sie seine Gedanken lesen konnte. Seine Mutter war schon immer sehr einfühlsam gewesen. Diese Eigenschaft hatte er geerbt, und sie hatte seine Karriere mitgeprägt, aber sie ging ihm auf den Geist, wenn sie gegen ihn verwandt wurde. Abgesehen davon war es diese Einfühlsamkeit, die ihn immer offen gemacht hatte für den Kummer seiner Mutter.

»Na ja, ich nehme an, du kannst schon so weitermachen wie bisher, aber bedenke, was du dabei alles verpasst.« Sie tätschelte sein Hand in der mütterlichen Geste, die ihm so vertraut war. »Und du bist zu klug, um mit etwas weiterzumachen, das eine Flucht und keine Lösung ist. So, nachdem ich dir das alles gepredigt habe – wie passt Charlotte jetzt in dein Leben? Und sag mir keinesfalls, überhaupt nicht.«

Sie war zu ihrer Mission zurückgekehrt. »Du kennst mich

doch gut genug, um zu wissen, dass ich dir so etwas nicht sagen würde«, antwortete Roman.

Sie warf einen Blick Richtung Himmel. »Mädchen! Warum konnte der liebe Gott mir zu meinen Jungs nicht ein Mädchen geben? Dann hätte ich wenigstens verstanden, was eins meiner Kinder denkt.«

»Nun lass mal gut sein, Mutter. Du weißt, dass du gern im Unklaren gelassen wirst. Das hält dich jung.«

»Ich würde lieber aus dem Jungbrunnen trinken«, murmelte sie. »Wo wir gerade von Mädchen sprechen – du hast mir erzählt, du wolltest gestern Abend einen alten Freund besuchen, der nach Albany gezogen ist, Samson aber sagte mir, er habe Charlotte in deinem Auto wegfahren sehen.«

»Für einen Mann, der als Einsiedler der Stadt gilt, ist er mir zu mitteilungsbedürftig.« Roman fragte sich, wer sie wohl sonst noch hatte wegfahren sehen. Nicht, dass es von Bedeutung gewesen wäre. Er hatte vor, sie zu einer ehrbaren Frau zu machen mit tadellosem Ruf. Es sei denn, man hielt es für rufschädigend, einen Chandler zu heiraten, der Höschenfetischist war.

So erstaunlich es ihm selbst auch vorkam, er war jetzt bereit, eine Bindung einzugehen – eine, die mehr zu bieten hatte, als es sich ihm nach dem Verlieren der Münzwette vorzustellen möglich gewesen war. Aber ehe er Charlotte diese Idee unterbreitete, musste er sie davon überzeugen, dass er einen guten Ehemann und Vater abgeben konnte, dass er mehr wollte als eine bequeme Fernehe. Wie viel mehr, das musste er noch durchdenken. Die Frage war, wie viel er von seiner Karriere, seinen Reisen zu opfern bereit war. Er hatte Verpflichtungen, Menschen, die sich auf ihn verließen, und wirklichen Spaß an seinem Beruf. Er wollte ihn nicht verlieren, wenn seine Beurlaubung vorbei war.

Sein augenblickliches Ziel war persönlicher Natur. Enkelkinder für seine Mutter würden das Nebenprodukt dieses Zieles sein, aber nicht das Motiv für seine Eheschließung. Er fühlte sich aufgekratzt und schwindelig, ganz wie an dem Tag seines ersten Associated Press Auftrags.

»Du hättest mir ruhig sagen können, dass du mit Charlotte wegfährst«, unterbrach seine Mutter ihn in seinen Gedanken.

»Und du hättest dann die arme Frau ausgefragt? Das wollte ich ihr ersparen.«

Ein amüsiertes Glitzern trat in ihre Augen. »Na ja, das kann ich immer noch machen, trotz deiner Verschleierungstaktik. Aber ich werde es lassen. Sie hat momentan genug am Hals.«

Seine inneren Alarmglocken begannen zu läuten. Wenn Alice verrückt genug war, um in sein Bett zu kriechen, wer weiß, was sonst noch alles in dieser Stadt geschehen konnte! »Wieso denn das? Noch ein Höschendiebstahl?«

Seine Mutter schüttelte den Kopf. »Nein, und Rick ist ziemlich verärgert, dass dich gestern Nacht niemand herausgepaukt hat, soviel kann ich dir sagen. Nicht, dass die Polizei dich für verdächtig hält, aber da Alice und die Damen der Stadt noch immer in Aufruhr sind ...«

»Mutter, was ist los mit Charlotte?«, unterbrach er ihr Gefasel.

»Entschuldige, es hat mich mitgerissen.« Sie wurde rot.

Ihr Ton und ihr Stirnrunzeln gefielen ihm gar nicht. »Was ist los?«

Sie seufzte. »Russel Bronson ist zurück.«

Roman stieß einen Fluch aus.

»Benimm dich«, sagte seine Mutter, aber ihr mitfühlender Gesichtsausdruck zeigte ihm, dass sie verstand, warum er so aufgebracht war.

Das Timing von Bronsons Rückkehr konnte kaum schlechter sein. Dass Roman mit sich selbst, seiner Vergangenheit und Zukunft ins Reine gekommen war, hieß nicht, dass es bei Charlotte genauso war. Er hatte mit sich gekämpft, seit er in die Stadt zurückgekehrt war und die Münzwette verloren hatte. Trotz seiner Versuche, sich von Charlotte fern zu halten, war sie die einzige Frau, der er Einlass in sein Leben gewähren wollte. Die einzige Frau, mit der er schlafen und von der er Kinder haben wollte.

Ursprünglich hatte er diese Wahl auf Grund der Münzwette getroffen. Es war eine egoistische, emotionslose Entscheidung gewesen, weil er immer noch auf der Flucht gewesen war. Weil er immer noch mehr an sich als an Charlotte gedacht hatte, egal, wie sehr er sich auch etwas anderes einzureden versuchte. Er hatte ein Bedürfnis. Um das zu stillen, hatte er sie ausgewählt. So einfach. So dumm. Sie verdiente so viel mehr – einen Mann, der sie liebte, der für sie da war und ihr das Familienleben geben würde, das ihr als Kind versagt geblieben war. Roman wollte der Mann sein, der ihr all das ermöglichte. Aber sie würde ihm niemals glauben, ganz besonders nicht jetzt.

Raina stützte ihr Kinn auf die Hand. »Hast du einen Plan?«

Selbst wenn er einen gehabt hätte, würde er ihn nicht seiner Mutter verkünden wollen. Aber wie die Dinge lagen, war sein Kopf so leer wie sein Laptop-Bildschirm an einem schlechten Tag.

»Also ich finde, du solltest dir mal langsam etwas einfallen lassen«, bemerkte sie in sein Schweigen hinein.

Er warf seiner Mutter einen genervten Blick zu. »Soweit war ich auch schon. Aber ich stecke in Schwierigkeiten, es sei denn, Russell ist nicht der Abschaum der Menschheit, für den die Stadt ihn hält.«

»Ich weiß nicht, was Russell ist.« Seine Mutter zuckte die Schultern. »Er ist zu lange weggewesen. Du bist der Reporter, du musst das herausfinden. Bedenke nur, es gibt drei Seiten von jeder Geschichte: ihre, seine und die Wahrheit.«

Roman nickte. Er hoffte nur, dass die Wahrheit ausreichte, um ihre gemeinsame Zukunft zu sichern.

Am Montagmorgen schwebte Charlotte zur Arbeit, leichtfüßig und glücklicher, als sie es seit Ewigkeiten gewesen war. Sie hatte sich vorgenommen, die Euphorie zu genießen, solange sie andauerte, und nicht die Gründe zu analysieren, die sie davon abhalten sollten, sich zu sehr an Roman und seine Zuwendung zu gewöhnen. Er hatte sie gebeten, offen zu sein, und er bereitete ihr ein solches Wohlbefinden, dass sie nicht streiten wollte. Er vermittelte ihr den Eindruck, es sei trotz allem alles möglich. Selbst mit ihnen beiden. Sie war selber schockiert über ihre neue, erleuchtete Sichtweise, aber er hatte ihr andererseits keinen Anlass gegeben, an ihm zu zweifeln.

»Ich rieche Kaffee«, sagte Beth, als sie aus dem hinteren Raum trat.

»Du riechst Chai-Tee. Norman hat es noch nicht zu geeistem Milchkaffee gebracht, aber er hat jetzt diesen Tee neu, und der ist köstlich. Ob heiß oder kalt, ganz egal. Heute war mir nach heißem zumute. Hier, probier mal.« Charlotte reichte Beth ihre Tasse rüber. »Er ist sehr süß«, warnte sie Beth, falls diese etwas Bitteres erwartete.

Beth nahm einen vorsichtigen Schluck und machte große Augen. »Wie eine Mischung aus Honig und Vanille. Lecker.«

»Er kommt ursprünglich aus Indien. Zum ersten Mal habe ich ihn letztes Jahr in New York getrunken.«

»Ich will gar nicht wissen, wie viele Kalorien er hat.«

Charlotte schüttelte den Kopf. »Ich auch nicht. Er ist ein reiner Genuss, und ich weigere mich, etwas anderes zu tun als zu genießen.« Das klang wie ein Motto, das seit ihrer Wiederbegegnung mit Roman über ihr zu schweben schien. »Zum Lunch esse ich dann nur einen leichten Salat.« Charlotte schloss die Augen und atmete den Duft des gewürzten Tees ein, ehe sie weitertrank. »Mmm …« Sie zog diesen Ton in die Länge.

»Aha.« Beth Stimme störte ihre Zufriedenheit.

Charlotte öffnete die Augen und begegnete dem wissenden Grinsen ihrer Freundin. »Was heißt hier aha?«

»Ich erkenne den Ausdruck, den Ton. Er verkündet reine Verzückung. Ekstase.«

»Na und?« Charlotte schüttelte den Kopf. »Ich habe dir doch gesagt, dass ich dieses Zeug liebe.«

»Deine Wangen sind gerötet, und du klingst geradezu orgiastisch. Du willst mir doch nicht erzählen, dass das alles vom Tee kommt.«

»Woher sollte es denn sonst kommen?«

Beth ließ sich in einem Sessel vor Charlottes überfülltem Schreibtisch nieder. »Woher es sonst kommen soll, fragt sie. Als ob ich nicht herausfinden könnte, dass ihr beide, du und Roman, Samstagnacht nicht in der Stadt wart. Zufall? Ich glaube kaum.« Beth tippte mit den Fingern auf einen Stapel Rechnungen. »Weißt du, Samstagabend habe ich mit Rick rumgegangen. Wir haben Darts gespielt, die Zielscheibe war mein letztes Foto von dem guten Doktor …«

»Hat er angerufen?«

Beth Augen füllten sich mit Tränen. »Ich habe ihn angerufen, und als er mich schnell abfertigen wollte, habe ich wieder angerufen und die Sache beendet – und du unterbrichst mich übrigens gerade.« Abrupt wechselte sie das Thema.

Charlotte bemerkte die Ausweichtaktik, konnte aber nicht den Mund halten. »Du hast Schluss gemacht?« Sie stürmte um den Schreibtisch herum, um ihre Freundin in die Arme zu nehmen. »Ich weiß, das kann nicht leicht für dich gewesen sein.«

»Hatte keine Wahl.« Beth schüttelte den Kopf und konnte offenbar vor Rührung kein Wort herausbringen.

Charlotte trat zurück und saß dann mit baumelnden Beinen auf einer Schreibtischecke. Jetzt, wo sie darauf achtete, wurde ihr bewusst, dass Beth nicht mehr den funkelnden Diamanten an ihrer linken Hand trug. »Und er hat es so einfach über sich ergehen lassen?«

»Ich glaube, er war erleichtert.«

»Der Schwachkopf.«

Beth lachte, aber dabei traten Tränen in ihre Augen. »Na ja, da stimme ich dir zu, aber ich bin die mit dem größeren Problem. Ich habe mich darauf eingelassen. Ich habe nie tiefer geschaut oder zugegeben, dass er einen Hang zum Pygmalion hatte.« Sie fröstelte. »Lass uns das Thema wechseln, ja?«

Charlotte nickte. Sie wollte den Schmerz ihrer Freundin nicht noch vergrößern.

Beth beugte sich vor und stützte ihre Ellbogen auf die Armlehnen ihres Stuhls. »Lass uns lieber auf mein eigentliches Thema zurückkommen.«

»Und das war?«

»Du warst es, und dass diese geröteten Wangen und Freudenlaute nichts mit dem Chai-Tee zu tun haben.«

Typisch Beth, den Spieß umzudrehen und Charlotte auf den heißen Stuhl zu setzen. Sie wehrte mit beiden Händen ab. »Ich verweigere die Aussage.« Alles, was sie und Roman betraf, war zu persönlich, um es zu diskutieren. Selbst nicht mit Beth.

»Aha!« Ihre Freundin setzte sich kerzengerade auf.

Charlotte kniff die Augen zusammen. »Was ist?«

»Die Aussage zu verweigern bedeutet, dass du etwas zu schützen hast. Etwas Privates.« Anteilnahme glänzte in der Tiefe ihrer Augen, als sie sich vorbeugte. »Komm schon, sag's mir. Das war mehr als ein Date, stimmt's? Bitte, lass mich freudig an deinen guten Neuigkeiten teilhaben. Ich habe so wenig eigene.«

Obwohl Charlotte das gegenwärtige Problem Beths sehr weh tat, erkannte sie doch, wenn sie manipuliert wurde, und Beth beherrschte das gut. »Wie wäre es denn damit?« Charlotte bot ihr einen Kompromiss an. »Ich verspreche, dich einzuweihen, wenn ich wirklich Neuigkeiten habe. Alles, was ich im Augenblick beinhalte, ist …Hoffnung.« Hoffnung, die sie ganz für sich behalten wollte aus Angst, dass ihre Träume sich bei Tageslicht als eben solche entpuppen könnten und sie wie ihre Mutter allein gelassen würde.

Sie bemerkte den besorgten Blick ihrer Freundin. »Wenn ich etwas zu erzählen hätte, wärst du der einzige Mensch, dem ich mich mitteilen würde.« Sie beugte sich vor und drückte Beths Hand. »Das ist ein Versprechen.«

Beth atmete hörbar aus. »Ich weiß. Ich hasse es nur, die einzige zu sein, die all ihre Probleme und Schwächen offenbart.«

»Du bist nicht schwach. Du bist menschlich.«

Beth zuckte die Schultern. »Lass uns austrinken.« Sie hob ihren Plastikbecher. »Prost.«

»Prost«. Charlotte trank ihren Tee, der inzwischen lauwarm war, in wenigen Zügen aus. »Alsdann. Macht es dir etwas aus, heute den Laden zu übernehmen? Ich will mich in mein Apartment verkriechen und häkeln.«

»Oh, wie aufregend.«

»Nicht wirklich.« Sie lachte. »Aber das Geld, das hereinkommen wird, wenn wir die fertige Ware ausgeliefert haben, ist sicherlich die Stunden wert, die ich vor dem Fernseher aushalten muss.«

Beth stand auf. »Lieber du als ich.«

»Wir treffen uns später beim Little League Spiel, ja?« Charlottes Speicher hatte ein Team gesponsert, und Charlotte versuchte so oft wie möglich hinzugehen und die Jungens anzufeuern. Obwohl die Saison kaum angefangen hatte, waren sie schon zweimal aktiv gewesen und gingen in das heutige Spiel mit einem Rekordsieg. Sie betrachtete sie als ihr Team und war stolz auf jeden Treffer, den sie landeten.

Beth zuckte die Schultern. »Warum nicht? Es ist ja nicht so, als hätte ich etwas Aufregenderes zu tun.«

»Mannomann, danke«, entgegnete Charlotte trocken.

»Ich meine es tatsächlich Ernst. Zu dem Spiel zu gehen ist besser, als einen Abend lang Patiencen zu legen.«

Charlotte warf ihren leeren Becher in den Mülleimer. »So traurig es ist, auch für mich ist das Spiel der Höhepunkt des Tages.« Es sei denn, Roman käme vorbei. *Wir sehen uns*, hatte er gesagt, und ihr Magen verkrampfte sich aus Vorfreude. Sie konnte es kaum erwarten.

»Mir bricht es das Herz.« Beth musterte sie ohne jede Spur von Mitleid.

Charlotte lachte. »Na klar. Bring wenigstens was zu essen mit, weil ich nach einem Tag harter Arbeit am Verhungern sein werde.« Sie hatten beide abgemacht, abwechselnd für Essen zu sorgen. Letzte Woche hatten sie bei gebratenem Hähnchen gefroren, und da die Temperaturen sanken, würde es heute nicht anders sein. »Vergiss nicht, deine Jacke mitzunehmen.«

»Ja, Mama.«

Bei Beths Worten fühlte sie ein seltsames Flattern in der Brust. Vielleicht war es ihre biologische Uhr, die dazu noch den Kloß in ihrem Hals verursachte, denn es konnte bestimmt nicht der plötzliche Wunsch nach Kindern sein. Nach Romans Kindern.

Sei großzügig. Aber der Mann war nach wie vor ein Reisender, freiwillig und beruflich. Ausgeschlossen, dass sie derartig großzügig sein könnte.

Oder doch?

Später am Tag waren Charlottes Hände müde, ihre Schultern steif, aber sie hatte das Gefühl, etwas geleistet zu haben. Sie hatte gehäkelt, genäht, eben einen ganzen Tag lang gearbeitet. Dann hatte sie ein hellblaues Höschen sorgfältig verpackt und bei der ersten Person auf der Bestellliste abgeliefert, ehe sie in den Supermarkt ging, um ihren Kühlschrank auffüllen zu können.

Als sie nach Hause kam, fand sie auf dem Anrufbeantworter eine seltsame Nachricht von ihrer Mutter vor, in der sie versprach, am Abend Charlotte beim Baseballspiel zu treffen. Die Little League Spiele waren ein Ereignis, aber ihre Mutter nahm nie daran teil. Charlotte fragte sich, ob der Tierarzt der Stadt etwas damit zu tun hatte, dass ihre Mutter plötzlich bereit war auszugehen. Wenn das so war, würde Charlotte in Harrington, der Nachbarstadt, einen Hund aus dem Tierheim holen, um Annie weiter anzuspornen, sich mit dem Mann zu treffen.

Ihre Mutter hatte angerufen, aber Roman nicht. Natürlich hatte er keine Versprechungen gemacht, also auch keine gebrochen. Trotzdem war sie enttäuscht, dass er nach ihrem gemeinsamen Wochenende sich nicht nach mehr von dem verzehrte, was auch immer sie zu bieten hatte. Das war's dann wohl mit ihrem Charme, ihren Fähigkeiten, ihrer erotischen Anziehungskraft, dachte sie nüchtern.

Vollständig konnte sie die Bestürzung darüber nicht abschütteln, aber sie wusste, dass es ihr trotzdem nicht schlecht gehen würde. Wenigstens in der Hinsicht war sie nicht die Tochter ihrer Mutter.

Sie richtete sich gerade auf, nahm die Schultern zurück und ging auf die Schule zu. Ein kühler Wind war aufgekommen. Wie vorhergesagt, waren die Temperaturen während des Tages unglaublich gesunken, und sie verschränkte die Arme vor der Brust, um sich zu wärmen. Aber für die Jungs und die Tribünenfans, wie sie einer war, hatten sie zum Glück perfektes Softball-Wetter, um das Spiel zu genießen. Charlottes Speicher sponserte die Rockets, und sie wünschte sich, dass diese ordentlich zuschlugen.

Als sie über den vollen Parkplatz ging, konnte sie in der Ferne das Spielfeld sehen, jenseits vom Fußballfeld und der Tribüne. Ihr Magen knurrte, und sie legte eine Hand auf ihren leeren Bauch. Sie hoffte, dass Beth mit etwas Leckerem auf sie wartete. Sie war am Verhungern.

Als sie die behelfsmäßigen Sitzreihen erreicht hatte, einen Ort, an dem sie als Teenager viel Zeit verbracht hatte, beschleunigte sie ihre Schritte. Da griff ohne Vorwarnung jemand von hinten nach ihr. Starke Hände umfassten ihre Taille und hielten ihre Arme dabei umklammert.

Angst stieg in ihr auf – aber nur zwei Sekunden lang, bis ein vertrautes Rasierwasser ihre Sinne alarmierte und eine erregende Stimme ihr ins Ohr flüsterte: »Ich wollte schon immer unter der Tribüne mit dir rummachen.«

Angst verwandelte sich in Aufregung, Aufregung in Erregung. Sie hatte Roman heute vermisst. Und wenn sie sich

eingestand, wie sehr, konnte die Angst sehr wohl wieder-
kehren. Stattdessen beschloss sie, in seinen Armen zu entspannen und zu genießen.

Roman fühlte, wie ihre Muskeln schlaff wurden. Er wusste nicht, wie er es geschafft hatte, sich den ganzen Tag von ihr
fernzuhalten. Verdammt, er wusste nicht, wie er sich die letzten zehn Jahre von ihr ferngehalten hatte. Welch ein ernied-
rigendes Eingeständnis für einen Mann, der Reisen zu seinem Lebensinhalt gemacht hatte. Er vergrub sein Gesicht
zwischen ihrem Hals und den Schultern und atmete ihren
Duft ein. »Du musst wissen, dass ich damals zu Highschool-
Zeiten einen Mord begangen hätte, um dich hinter die
Tribüne zu bekommen.«

»Und was hättest du da mit mir gemacht?«

Ihrem spielerischen Ton entnahm Roman, dass sie gut
aufgelegt war. Offenbar hatte sie noch nichts von der Rückkehr ihres Vaters gehört, was ihm die winzige Chance gab,
ihr gemeinsam Erlebtes zu festigen. Er griff nach ihrer Hand
und zog sie hinter die Bänke, bis sie gut versteckt waren. Oh
ja, er wusste Bescheid. Schließlich hatte er sich zu Schul-
zeiten darauf spezialisiert, hier herumzuhängen. Mit den
falschen Mädchen.

Jetzt hatte er die Richtige. Sie trug Jeans und ein Little
League Pullover unter einer offenen Jeansjacke mit flauschi-
gem Futter. Am meisten aber zog ihr Mund seine Blicke an –
ihre Lippen waren ebenso rot wie ihre Schlangenlederstiefel.

Er zog sie an ihrem weißen Fellkragen nahe genug, um sie
küssen zu können. »In der Highschool hast du niemals mit
einem derartig scharfen Make-up angegeben.«

Sie grinste. »Ich war damals auch nicht darauf aus, Aufmerksamkeit auf mich zu lenken.«

Unerwartete Erleichterung überkam ihn. »Du hast mich heute vermisst, oder?« Genau dafür hatte er ihr Zeit lassen wollen, ehe er sie wiedersah. Aber es war ihm nicht leicht gefallen.

Sie verdrehte die Augen. »Ich habe nicht gesagt, dass ich *deine* Aufmerksamkeit erregen wollte.«

Darauf fiel er nicht herein. Sie hatte ihn genauso vermisst wie er sie. »Na schön, aber die hast du sowieso. Jetzt sei still und küss mich.«

Und das tat sie. Ihre Lippen waren kalt, und er wärmte sie auf, indem er seine Zunge in ihren Mund steckte. Sie schlang die Arme um seine Taille und zog ihn dicht heran, wobei sie den Kuss vertiefte und befriedigt aufseufzte. Sie steckte ihre Hände in die Gesäßtaschen seiner Jeans und drückte die Handflächen gegen seinen Hintern. Ihre Zunge traf seine Stoß für Stoß, genauso wie ihre Körper sich übereinstimmend bemühten, die erotische Bewegung nachzuahmen. Unglücklicherweise gab es zu viele Stoffschichten zwischen ihnen.

Beifallsrufe wurden laut, und sie brach den Kuss ab. »Ich kann das jetzt nicht«, sagte sie mit feuchten Lippen.

Er registrierte ihren benommenen Gesichtsausdruck. »Natürlich kannst du. Und du willst es auch.« Er wollte auch, nachdem er die himmlische Erfahrung, in ihr zu sein, schon einmal gemacht hatte.

Sie legte den Kopf auf die Seite. »Okay, dann sage ich es anders. Ich möchte, aber ich kann nicht.«

Er hielt immer noch mit beiden Händen ihre Vorderarme gepackt, und das Verlangen, sie zu lieben – hart und heftig – war überwältigend. »Nenn mir einen Grund, warum nicht, und sieh zu, dass der stichhaltig ist.«

»Weil meine Mutter eine Nachricht auf meinem Anrufbeantworter hinterlassen hat. Sie hat gesagt, sie wolle mich auf dem Baseball-Feld treffen. Sie geht so gut wie nie zu solch öffentlichen Veranstaltungen, und jetzt gleich zweimal in der Woche. Ich muss dort sein.«

Das Bedauern in ihren Augen genügte ihm. Im Moment jedenfalls. »Ich hätte nicht gedacht, dass du etwas wirklich Zwingendes vorbringen würdest. Es ist dir gelungen.« Er lockerte seinen Griff. Sein Körper war nicht davon begeistert, aber sein Herz hatte gesiegt. Er wollte ihr geben, was sie sich wünschte, in diesem Fall, ihre Mutter zu treffen.

Er hoffte nur, dass es ihr keinen Schmerz bereiten würde. »Du hast mit ihr noch nicht gesprochen, seit du zurück bist?«

Charlotte schüttelte den Kopf.

Dann wusste sie mit Sicherheit noch nichts über ihren Vater. »Charlotte …«

»Komm.« Sie ergriff seine Hand. »Lass uns meine Mutter suchen gehen, noch etwas vom Spiel mitkriegen, und, wenn du Glück hast, kannst du danach mich kriegen.« Sie lachte, und ehe er nur ein Wort sagen konnte, lief sie los.

Er stöhnte auf und lief hinterher, weil er einfach nur bei ihr sein wollte, um den Schaden zu begrenzen, wenn der Schock sie traf.

Charlotte blickte über die Schulter zurück und lachte. Wegen ihres schnellen Starts war ihr ganz schwindelig. Natürlich hatte Romans Kuss auch zu ihrer Benommenheit beigetragen. Ihre Flucht war reiner Selbstschutz. Egal, wie weit sie vom Baseballfeld entfernt waren, jeder würde nach einem Blick auf sie sich ausrechnen können, was sie getan hatten. Je weniger sie unter der Tribüne taten, desto besser war es, jedenfalls was sie betraf. Bis später. Dann konnten sie weitermachen, wo sie aufgehört hatten, und tun, was sie wollten.

242

Dieser Gedanke jagte ihr wohlige Schauer über den Rücken, erregte jeden Nerv und trieb ihr die Röte in die Wangen. Als sie noch einmal über die Schulter zurückblickte, sah sie Roman gemütlich hinter ihr hergehen. Er grinste und winkte, wurde dann aber von Rick aufgehalten, der ihn bei der Schulter packte.

Charlotte verlangsamte ihre Schritte und stieß, als sie sich umdrehte, direkt auf ihre Mutter. Eine glänzende Ausgabe ihrer Mutter, mit geschminktem Gesicht, strahlendem Lächeln und funkelnden Augen.

»Mama!«

»Wo kommst du so eilig hergerannt?« Annie umarmte sie innig und ließ sie dann wieder los.

»Ich bin … ich war …«

»Du hast mit Roman unter der Tribüne rumgemacht.« Ihre Mutter hob die Hand und fuhr ihr mit den Knöcheln über die Wange. »Ich erkenne die Anzeichen. Dein Vater und ich haben das auch immer getan.«

Charlotte lag der Protest auf den Lippen. Sie wollte nicht akzeptieren, dass irgendetwas von ihren Gefühlen für Roman mit denen von Annie und Russell vergleichbar war. Noch nicht einmal das, was so leicht und spaßig war wie das Verhalten von Teenagern.

»Was hat dich also heute Abend hierher geführt?«, fragte Charlotte.

Auf der Suche nach Dennis Sterling blickte sie sich um und musterte dann neugierig ihre Mutter. »Oder vielleicht sollte ich eher fragen: Wer hat dich heute Abend hierher geführt?«

Aus dem Augenwinkel sah sie Beth weiter hinten wild winken. Wenn Beth derartig hungrig war, sollte sie ruhig schon ohne sie anfangen zu essen. Charlotte bedeutete ihr mit dem Zeigefinger, dass sie noch eine Minute brauchte.

Annie seufzte. »Ich hätte es wissen müssen, dass ich in dieser Stadt kein Geheimnis für mich behalten kann.«

Charlotte wandte sich wieder ihrer Mutter zu. »Ich habe keine Ahnung, wovon du redest.« Charlotte sah nur, dass ihre Mutter so glücklich lächelte und so unbeschwert lachte, wie seit Jahren nicht mehr. Wenn Charlotte Dennis begegnen sollte, würde sie ihm einen dicken Kuss geben.

Sie drückte ihre Mutter fest an sich. Als sie einatmete, wurde sie von einem ihr unbekannten herrlichen Duft betört. »Parfüm und Make-up«, murmelte sie.

»Ich hoffe, du begrüßt mich mit derselben Begeisterung, Charlie.«

Diese Stimme, die sie mit diesem Namen anredete! Charlotte wurde stocksteif, ließ die Arme sinken und wich langsam von ihrer Mutter zurück. Wie Blei senkte sich Enttäuschung in ihre Magengrube. Sie hätte es eigentlich besser wissen müssen. Wie konnte sie nur glauben, ihre Mutter hätte sich erlaubt, Interesse an jemand anderem zu haben als an ihrem abwesenden Ehemann, Russell Bronson?

Sie drehte sich um und sah sich dem Mann gegenüber, der nach Belieben und eigenem Zeitplan in ihr Leben trat und wieder ging. Er sah so gut aus wie immer in Khakihosen und einem marineblauen Pullover. Sein Haar war ordentlich gekämmt. Es war mehr Grau darin, als sie in Erinnerung hatte. Sein Gesicht wies zwar mehr Falten auf, aber er alterte vorteilhaft. Und er sah glücklich aus.

Im Gegensatz zu ihrer Mutter war Charlotte fest davon überzeugt, dass sein Wohlbefinden nicht davon abhing, ob er mit Annie zusammen war oder nicht. Aber die Stimmung ihrer Mutter, das, was sie tat, und selbst wie sie aussah, waren davon abhängig, ob Russell in der Stadt war. Und wann er wieder verschwand.

Charlottes Zorn wuchs, nicht nur auf den Mann, der Yorkshire Falls und seine Familie zu einer Drehtür gemacht hatte – sondern auch auf ihre Mutter, die sich so leicht manipulieren ließ. Und das schon so lange Zeit.

»Charlie?«

Charlotte schlang die Arme eng um ihre Taille. »Der verlorene Vater ist also wieder einmal heimgekehrt.«

Er machte einen Schritt nach vorn und sie einen zurück.

Enttäuschung flackerte in seinen Augen auf – oder vielleicht wollte sie das nur so sehen. Das verdammte Quäntchen Hoffnung, das sie immer in ihrem Herzen bewahrt hatte, ließ sich nicht auslöschen, aber sie wollte sich nicht dementsprechend verhalten.

Das Baseballspiel ging weiter, doch Charlotte hatte jedes Interesse daran verloren. Anscheinend ging es der übrigen Menge ebenso. Sie fühlte Dutzende von Augenpaaren auf die zerrüttete Bronson-Familie gerichtet, fast als litte sie unter Verfolgungswahn. Sie wappnete sich gegen die Blicke und das Geschwätz und stand stumm da, während sie darauf wartete, dass ihre Eltern etwas sagten.

Russell seufzte. »Das war nicht der Empfang, den ich mir erhofft hatte«, sagte er schließlich.

»Aber doch sicherlich der, den du erwarten musstest.«

Roman trat an ihre Seite und legte seinen Arm um ihre Schulter. Mehr Futter für den Klatsch bei Norman, dachte sie nüchtern. »Unterbreche ich gerade ein Familientreffen?«

Sie schüttelte den Kopf. »Roman, du erinnerst dich doch an meinen …« Sie räusperte sich. »Du erinnerst dich an Russell, oder?«

245

»Natürlich«. Er streckte die Hand aus. »Schön, Sie wiederzusehen.«

Die liebe Raina hatte ihren drei Söhnen perfekte Manieren beigebracht. Zu schade, dass sie ihnen nicht auch ihren Sinn für Stabilität und Zuverlässigkeit mitgegeben hatte.

Russell schüttelte Roman die Hand. »Es ist schon ziemlich lange her.«

»Ganz sicher«, bestätigte Roman.

Charlotte biss die Zähne zusammen, zwang sich zu einem Lächeln und richtete ihre nächsten Kommentare an Roman. »Wie wahr. Und da du schon ein paar Tage in der Stadt bist, bist du eher auf dem Laufenden, was es hier Neues gibt. Warum hilfst du Russell nicht dabei nachzuholen, was er während seiner Abwesenheit versäumt hat?«

Es schnitt ihr ins Herz, als Roman daraufhin scharf einatmete, aber sie weigerte sich, deshalb ihre Absichten zu ändern. Vor ihrem geistigen Auge sah sie, wie sie sich gefühlt hatte, als sie unter der Tribüne hervorgelaufen war, lachend, glücklich und aufgeregt durch ihr Zusammentreffen mit Roman. Mit erregter Vorfreude hatte sie auf die folgende Nacht hingelebt, wenn sie ihn für sich allein haben würde. Und jetzt sah sie ihre Mutter vor sich stehen, mit ähnlich erröteten Wangen und einem sorglosen Ausdruck – all das nur, weil Russell Bronson sich herabgelassen hatte, heimzukehren. Die Parallelen zwischen ihr und ihrer Mutter waren gewaltig. So auffallend, dass sie zu begreifen begann, wie Annies Leben mit Russell anfing und endete. Ein Leben lang im Schwebezustand. Ausgeschlossen, Charlotte wollte nicht wie sie enden. Sie blickte zwischen den beiden Männern hin und her, die, wenn sie es zuließe, die Macht hatten, ihr das Herz zu zerreißen. Sie konnte es sich nicht leisten, jetzt gegenüber einem von ihnen weich zu werden.

So sehr sie auch Roman nicht verletzen wollte, so sehr stand er für alles, was sie fürchtete. Wie hatte sie das vergessen können? »Wisst ihr, mir fällt gerade auf, dass ihr beide so viel gemeinsam habt, dass es direkt unheimlich ist.«

Russell blickte Roman an, oder eigentlich Romans Hand auf ihrer Schulter. »Ich bin mir da nicht so sicher.«

»Oh, aber ich. Wie lange bleibst du dieses Mal hier? Einen Tag? Ein Wochenende? Oder vielleicht doch länger, weil es noch ein paar Monate hin ist, bis die Pilotfilm-Saison beginnt?«

»Charlotte!« Ihre Mutter schaltete sich ein und griff warnend nach dem Arm ihrer Tochter.

Charlotte legte ihre eigene über die kalte Hand der Mutter. Annie wollte sie nun ganz gewiss nicht verletzen. »Siehst du? Er hat keine Antwort parat, Mama. Er wird gehen, wenn es ihm langweilig wird.«

Charlotte blickte zu Roman auf, dann wandte sie sich mit einem Kloß im Hals ab. »Wie steht es mit dir?«, fragte sie, ohne ihn anzusehen. »Raina sieht jeden Tag gesünder aus, Gott sei Dank.« Sie zeigte hinüber auf seine Mutter, die mit Eric Fallon auf einer Decke saß und sie beobachtete. Genau das taten auch Fred Aames, Marianne Diamond, Pearl Robinson, Eldin Wingate und der Rest der Stadt. Charlotte hasste es, als traurige Berühmtheit im Mittelpunkt zu stehen. »Du kannst schließlich auch jederzeit wieder verschwinden. Wie ich schon sagte, ihr beide habt eine Menge gemeinsam.«

Ehe sie die Selbstbeherrschung – oder das, was von ihrer Fassung übrig geblieben war – verlieren würde, drehte sie sich um und machte sich davon. Fort von ihrer Mutter, fort von ihrem Vater – und ganz besonders fort von Roman.

248

Kapitel zehn

Roman sah Charlotte nach, wie sie vom Feld ging, weg von ihrem Vater und weg von ihm. Ihr Schmerz war auch seiner, und er stopfte die Hände in seine Jeanstaschen und stöhnte frustriert auf. Er konnte sie nicht alleine davonlaufen lassen. Nicht, wenn sie so durcheinander war. Er hatte gerade aus erster Hand mitbekommen, welche Zerstörung die Rückkehr ihres Vaters angerichtet hatte.

»Jemand sollte ihr nachgehen«, sagte Annie. Ganz bestimmt meinte sie nicht sich selbst, denn sie klammerte sich noch fester an Russells Arm.

»Das ist richtig«, fügte Russell hinzu. »Aber sie wird auf mich nicht hören.«

»Ist das so verwunderlich?« Roman runzelte die Stirn, als er Charlottes Eltern ansah. »Es steht mir hier nicht zu, ein Urteil zu fällen« – er selbst führte weiß Gott kein untadeliges Leben – »aber warum habt ihr nicht daran gedacht, vorher allein mit ihr zu sprechen, anstatt aus diesem Familientreffen ein öffentliches Spektakel zu machen?« Wertvolle Minuten rannen dahin, und Roman blickte über das Spielfeld. Erleichtert stellte er fest, dass Charlotte den längeren Fußweg nach Hause nahm.

Russell hob hilflos die Schultern, Bedauern in den grünen Augen, die denen von Charlotte so ähnlich waren. »Annie war sich sicher, dass Charlotte nicht vorbeikommen würde, wenn wir es ihr am Telefon sagten. Sie glaubte, dass eine Begegnung in der Menge einfacher wäre.«

»Und du kennst sie nicht gut genug, um sie anders einzuschätzen.«

Russell schüttelte den Kopf. »Aber ich würde sie gerne besser kennen lernen. Das wollte ich schon immer.«

Genau in diesem Moment gesellten sich Romans Mutter und Eric zu ihnen. Roman war schon überrascht gewesen, seine Mutter bei dem Baseballspiel zu sehen, aber da sie wieder mit Eric zusammen war und die ganze Zeit mit ihm auf einer Decke saß, nahm er an, dass sie sich der Sache gewachsen fühlte. Vielleicht ging es ihr sogar ein wenig besser.

»Ich hoffe, wir stören nicht«, sagte Eric.

»Offenbar gilt in dieser Gruppe, je mehr, desto lustiger«, murmelte Roman. Er hatte nicht mehr viel Zeit, weil er sonst Charlottes Tür eintreten müsste, um sie allein zu sprechen.

»Russell, kann ich kurz mit dir reden?«, fragte er und warf seiner Mutter einen scharfen, viel sagenden Blick zu.

»Annie, komm, probier mal diese Limonade. Ich habe sie selbst gemacht, wirklich köstlich.«

»Aber …« Panik flackerte in Annies Augen auf, als befürchtete sie, dass Russell in den fünf Minuten, die sie weg war, wieder verschwinden würde.

Während Roman Annie beobachtete, bekam er einen wirklichen Einblick in Charlottes Ängste. Sie war ganz und gar nicht wie ihre unsichere Mutter, und doch konnte er sehen, dass ihre Mutter Charlotte viel Angst eingeflößt hatte – die Angst, genauso bedürftig, so Mitleid erregend und isoliert zu werden wie ihre eigene Mutter.

Er wollte sie vor Schmerz beschützen und für immer auf sie aufpassen. Aber Charlotte würde ihn gar nicht erst nahe genug heranlassen, aus Angst, er könnte ihr weh tun. Dieser Gedanke erschütterte ihn bis ins Mark.

Weil er sie liebte.

Er liebte sie. Diese Wahrheit senkte sich in sein Herz und erwärmte etwas, das immer kalt gewesen war.

Er bewunderte ihr heftiges Verlangen, sich selbst und die eigene Individualität zu bewahren, um nicht wie die Mutter zu enden. Er bewunderte sie dafür, dass sie allein ein Geschäft aufgebaut hatte, dazu noch in einer Stadt, die darauf nicht vorbereitet war. Sie hatte die Leute leicht überzeugen können. Er liebte es auch, wie sie in ihm nur das Beste sah, selbst wenn er es nicht verdient hatte. Er liebte einfach alles an ihr.

Das alles gestand er sich ein, nachdem er von so nah ihren tiefsten Schmerz miterlebt hatte. Nur durfte er sie jetzt nicht mit dieser Liebe bedrängen. Wenn er ihre Not nicht berücksichtigte, riskierte er, sie für immer zu verlieren. Er würde ihr sagen, wie sehr er sie liebte, aber dafür musste der richtige Zeitpunkt kommen.

Es war ihm schleierhaft, wie er erkennen sollte, wann es soweit war. Seine eigene Familie gab nicht gerade ein gutes Beispiel ab für funktionierende Beziehungen. Chase hing mit den Single-Typen von der Zeitung herum, trank mit ihnen Bier, unterhielt sich über Sport und schlief gelegentlich mit irgendeiner Partymaus, ohne sich je weiter zu engagieren. Rick rettete die Frauen, so wie er gerade jetzt bei Beth Hansen den charmanten Prinzen spielte, bis sie ihre zerbrochene Verlobung überwunden hatte und bereit war, weiterzugehen. Dann würde auch er zur nächsten Frau in seinem Leben wechseln.

Roman schüttelte den Kopf. Er wusste, dass er keine Vorbilder hatte, die ihm eine Antwort geben konnten. Er war auf sich allein gestellt.

»Kein Aber«, mischte Eric sich ein, indem er sich mit beruhigender, aber gleichzeitig gebieterischer Stimme an

Annie wandte. »Ich muss darauf bestehen, dass du Rainas Limonade probierst. Außerdem soll sie nicht so lange auf den Beinen sein, und ich wäre dir dankbar, wenn du sie zu ihrer Decke begleiten könntest, bis ich dazukommen kann.«

»Na los, Annie.« Russell tätschelte ihren Arm und löste sich aus ihrer Umklammerung.

Sobald das Trio verschwunden war, blickte Roman Charlottes Vater ins Gesicht. »Ich habe nicht viel Zeit.«

»Das ist mir klar. Aber du solltest wissen, dass das Leben komplizierter ist als irgendeiner von euch« – Russell machte eine große Armbewegung und wies auf das Spielfeld und die Bewohner der Stadt – »verstehen kann.«

Roman sah in seinem schmerzlichen Ausdruck nicht den ichbezogenen Schauspieler, der seine Familie für Ruhm und Reichtum verlassen hatte. Stattdessen sah er den alternden Mann, dem viel verloren gegangen war. Roman stöhnte auf. »Es geht nicht darum, dass irgendeiner, sondern dass deine Tochter das versteht.« Er fixierte Russell mit ruhigem Blick. »Wenn es dir wirklich wichtig ist, dann hoffe ich, dass du dir diesmal dafür Zeit nimmst.«

»Sie muss bereit sein, zuzuhören.«

Roman zuckte die Schultern. »Bring sie dazu.« Nach einem letzten wütenden Blick lief er in Richtung Parkplatz davon, in der Absicht, seinem eigenen Rat zu folgen.

»Es wird Zeit, Annie.« Russell Bronson saß auf der Picknickdecke, die Raina ihnen überlassen hatte. Sie hatten zu viert miteinander geredet, dann hatte Eric Raina nach Hause gebracht und Russell und Annie alleingelassen. Russell hatte Raina als freundliche Nachbarin, gute Mutter ihrer drei Söhne und Freundin seiner Frau in Erinnerung. Daran hatte sich offenbar nichts geändert.

Und das war das Problem, dachte Russ. Nichts hatte sich geändert. In Annies Welt war alles gleich geblieben, von dem Tag an, da er sich in sie, das Mädchen aus der fünften Klasse, verliebt hatte.

Sie zog ihre Beine unter sich und starrte auf das Spielfeld. »Ich bin nicht sicher, dass es einen Unterschied machen wird«, sagte sie endlich.

Es ging ihm genauso, aber es gab keine andere Möglichkeit, als es zu versuchen. Russell fühlte in seiner Tasche nach dem Zettel, den er von Dr. Eric Fallon erhalten hatte. Eric hatte mit ihm und Annie als ihr Arzt gesprochen. Annie sei depressiv, hatte er gesagt. Höchstwahrscheinlich krankhaft.

Warum hatte Russell das nicht früher erkannt? Er hätte es gern darauf geschoben, das er ja kein Arzt war, aber er war Manns genug, seine eigenen Fehler zuzugeben. Er war egoistisch und egozentrisch. Seine Wünsche hatten immer an erster Stelle gestanden. Niemals hatte er sich lange genug Zeit genommen, um darüber nachzudenken, warum Annie so sprach und sich so verhielt, wie sie es nun einmal tat. Er hatte sie einfach akzeptiert und sie ihn ebenso.

Depressionen, überlegte er weiter. Charlotte hatte es bemerkt und deshalb Dr. Fallon angerufen. Jetzt war es Russells Aufgabe, Annie dazu zu bringen, sich helfen zu lassen. Er schüttelte den Kopf und dankte im Stillen seiner schönen, eigenwilligen Tochter, dass sie erkannt hatte, was ihm entgangen war.

Seine Tochter. Eine Frau mit einer Mischung aus Verachtung, Angst und Verletzlichkeit in den Augen. Für all diese Regungen war er die Ursache. Er hasste sich selbst dafür. Aber er hatte eine Chance, viele Fehler zu korrigieren. Er wollte mit Annie beginnen und mit seiner Tochter fortfahren.

Annie hatte auf seine Erklärung nicht reagiert. Es war Zeit. Und er würde ihr zu einer Behandlung verhelfen, egal, wie, dachte Russell. »Wie steht Charlotte zu Roman Chandler?«

Annie neigte den Kopf zur Seite. Das weiche Haar fiel ihr auf die Schultern, und er hatte das starke Bedürfnis, seine Finger durch dieses pechschwarze Haar gleiten zu lassen. Das war schon immer so gewesen.

»Genauso, wie ich zu dir. Charlotte ist dafür bestimmt, das Muster zu wiederholen. Er wird kommen und gehen. Und sie wird hier auf ihn warten. Es liegt in unseren Genen.« Sie sprach ganz sachlich, als ob ihr diese Diagnose nichts ausmachen würde. Sie war so selbstgenügsam, nahm alles hin – und das hatte er ausgenutzt, wurde ihm jetzt bewusst.

Ob er nun geahnt hatte, dass sie krankhaft depressiv war oder nicht, er hatte ihre Selbstgenügsamkeit als Entschuldigung benutzt, um zu kommen und zu gehen, wie es ihm beliebte. Angewidert von sich selbst schüttelte er den Kopf.

Die Vergangenheit konnte er nicht mehr ändern, aber für seine Tochter wollte er nicht die gleiche Zukunft. »Da bin ich anderer Meinung«, sagte er, um Annies Beschreibung von Charlotte und Roman anzufechten. »Sie ist nur dann dafür bestimmt, ihr Leben allein zu verbringen, wenn sie jeden Mann abweist, der nicht vorhat, sich in Yorkshire Falls niederzulassen.«

Annie schüttelte den Kopf. »Wenn du Recht hast, wird ihr Leben wenigstens nicht so aussehen, dass sie ständig auf seine Rückkehr wartet und sich nur während seiner Besuche lebendig fühlt.«

Russell betrachtete seine Frau und sich selbst; ihrer beider Vergangenheit und ihre Zukunft ergaben ein Bild besonderer Art. Er hatte geglaubt, dass Annie glücklich sein würde, wenn sie in ihrer Heimatstadt bliebe, aber stattdessen fühlte sie sich elend. Aus freiem Willen, musste er dazusagen. »Ob sie nun auf Romans gelegentliche Besuche wartet oder sich von ihm abwendet und allein bleibt, es wird in beiden Fällen kalt und einsam sein. Und du weißt das verdammt gut.«

Sie lehnte ihren Kopf an seine Schulter. »Jetzt bin ich nicht kalt und einsam.« Sie seufzte, und er spürte ihren warmen Atem an seiner Wange.

So ist es, dachte Russell, sie akzeptiert alles, und er begann das Wort zu hassen. Annie akzeptierte. Was er auch tat, was ihr das Leben auch bescherte. Früher einmal hatte er geglaubt, sie beide glücklich machen zu können, aber diese Vorstellung hatte sich schnell zerschlagen. Nichts würde Annie wirklich glücklich machen, es sei denn, er gäbe sich selbst auf und bliebe für immer in Yorkshire Falls. Russell hatte allerdings schon früher den Verdacht gehabt, dass das nicht die Antwort war. Doch das war jetzt egal.

Er hatte es nicht fertig gebracht, sein Leben für sie aufzugeben, ebenso wenig wie er Annie dazu hatte bringen können, dieser Stadt den Rücken zu kehren. Er hatte sich auf diese Beziehung eingelassen. Sie hatten jeder für sich einen Lebensweg gewählt. Er konnte nicht behaupten, dass sie ein ausgefülltes oder glückliches Leben führten; aber es ging weiter. Er liebte sie heute noch genauso wie damals. Doch er hatte niemandem einen Gefallen getan, als er ihr ihren Willen ließ.

Am wenigsten seiner Tochter.

Charlotte hatte es verdient, ihr Schicksal in die eigenen Hände zu nehmen, und sie verdiente es, eine wohlbegründete Entscheidung treffen zu können. »Sie muss Bescheid wissen, Annie. Sie muss unsere damalige Wahl verstehen können.«

»Und wenn sie mich dann hasst?«

Er drückte sie an sich. »Du hast sie gut aufgezogen, und sie liebt dich. Sie wird es verstehen.« Und wenn nicht, dann hätten er und Annie sie wenigstens davor bewahrt, die Vergangenheit zu wiederholen. Das hoffte er wenigstens.

Roman holte Charlotte ein, als sie gerade auf der Hauptstraße war. Er hupte einmal und fuhr dann langsam neben ihr her. Sie blickte hinüber und ging weiter.

»Na komm schon, Charlotte, steig ein.«

»Bei meiner momentanen Laune solltest du mich lieber meiden, Roman.«

»Eine Frau, die zugibt, in schlechter Stimmung zu sein, finde ich in Ordnung.« Er fuhr weiter im Schritttempo. »Wo gehst du hin?«

Sie wandte ihren Kopf in seine Richtung. »Nach Hause.«

»Ist dein Kühlschrank genauso leer wie meiner?«

»Fahr weiter.«

Er akzeptierte kein Nein. Er hatte nämlich drei Sachen auf Lager, die sie umstimmen mussten. »Ich lade dich zum Chinesen ein, ich bring dich aus der Stadt, und ich werde nicht über deinen Vater sprechen.«

Sie blieb stehen.

»Und falls dich diese Versprechungen nicht umstimmen, werde ich laut und andauernd auf die Hupe drücken, eine Szene machen und erst wieder aufhören, wenn du angeschnallt neben mir sitzt. Du hast die Wahl.«

Sie drehte sich heftig um, riss die Wagentür auf und warf sich auf den Beifahrersitz. »Mit dem chinesischen Essen hast du mich rumgekriegt.«

Er grinste. »Was sollte es auch sonst gewesen sein.«

»Gut. Ich möchte nämlich nicht, dass du auch nur für

eine Sekunde denkst, es habe etwas mit deinem Charme zu tun.«

Er trat aufs Gas und fuhr aus der Stadt. »Du findest mich charmant?«

Mit verschränkten Armen musterte sie ihn misstrauisch.

In ihr Schweigen hinein sagte er: »Das nehme ich als Zustimmung.«

Sie zuckte die Schultern. »Denk, was du willst.«

Offenbar hatte sie jetzt nichts übrig für kleine Wortspielchen. Das war nicht schlimm. Solange sie nicht weiter als einen halben Meter von ihm entfernt war und er sie im Auge behalten konnte, war er glücklich.

Zwanzig Minuten später saßen sie in einem typischen chinesischen Restaurant – rote Brokatsamttapeten und Wandleuchter, die nur schwaches Licht spendeten, bestimmten die Atmosphäre.

Der Kellner führte sie zu einem Ecktisch, auf der einen Seite Stühle, auf der anderen Seite die Polsterbank einer Essecke. Eine vierköpfige Familie, die Eltern und zwei kleine Jungen, speisten geräuschvoll an einem Tisch rechts daneben. In einer Ecke gab es ein Aquarium, und ein Innenteich rechts von ihnen war voller tropischer Fische.

»Wie findest du den Tisch?«, fragte Roman. Ihn störten die Kinder nicht, aber er konnte Charlottes Stimmung nicht einschätzen.

Sie lächelte. »Solange ich keinen Fisch bestelle, ist es wunderbar hier.« Sie schlüpfte in die Sitzecke.

Er hätte sich ihr gegenübersetzen und Abstand halten können, stattdessen rutschte er neben sie und klemmte sie so zwischen sich und der Wand ein.

Sie akzeptierte das mit deutlich gespieltem Schmollmund. »Du bist unfair.«

»Habe ich etwas anderes behauptet?« Er erkannte im Wortgefecht ein Mittel, mit dem sich Ernsteres umgehen ließe, fragte sich aber, wie lange sie das durchhalten würden.

Charlotte schüttelte den Kopf. Sie konnte sich jetzt nicht auf Roman konzentrieren. Stattdessen blickte sie an ihm vorbei auf die Familie. Den zwei blonden Jungen sah man an, dass sie ein wenig Blödsinn machen wollten; einer der beiden nahm eine knusprige Nudel und hielt sie zwischen Daumen und Zeigefinger. Er kniff die Augen zusammen, im Begriff, sie wegzuschnipsen. Sein Bruder flüsterte ihm etwas ins Ohr, und als er daraufhin seine Position veränderte, schätzte Charlotte, dass er ihn zu etwas angestachelt hatte. Ihre Eltern waren in ein ernstes Gespräch vertieft und schienen nichts zu merken.

»Das wagt er nicht«, flüsterte Roman und lehnte sich zurück.

»Darauf würde ich nicht den Kopf verwetten«. Sie gebrauchte das alte Klischee. »Oder in deinem Fall besser, darauf würde ich nicht deine Reiseutensilien verwetten.«

»Autsch.«

Sie ignorierte ihn und beobachtete weiter die Kinder. »Anlegen, zielen, feuern«, flüsterte sie gerade rechtzeitig. Wie auf Kommando schickte der Junge die harte Nudel durch die Luft, ehe sie mit einem uneleganten Plumps im Goldfischbecken niederging.

»Kann ein Fisch daran sterben, wenn er von einer gebratenen Nudel getroffen wird?«, fragte sie.

»Oder wenn er eine gebratene Nudel verschluckt? Wenn das mein Kind wäre, würde ich es beim Kragen packen und mit dem Kopf zuerst eintauchen. Im Stillen hätte ich es aber zu seiner Zielsicherheit beglückwünscht.«

»Du sprichst wie ein Mann, der als Kind auch so allerhand Unsinn getrieben hat.«

Er lächelte sie auf diese unglaubliche Weise an, die sie dahinschmelzen ließ und in ihr den Wunsch erweckte, auf seinen Schoß zu kriechen und für immer dort sitzen zu bleiben. Ein gefährlicher Gedanke. Sie biss sich auf die Innenseite ihrer Wange.

»Ich war diesem Knaben schon recht ähnlich. Meine Brüder und ich haben eine Menge angestellt, als wir jung waren.«

Sie wandte sich ihm zu, beugte sich vor und stützte ihr Kinn in beide Hände. »Was zum Beispiel?« Sie wollte sich jetzt gern in glücklichen Zeiten verlieren. In den glücklichen Zeiten von anderen.

»Mal sehen.« Er dachte einen Augenblick nach. »Mir ist etwas eingefallen. Einmal war unsere Mutter auf dem Elternabend, und Chase sollte auf Rick und mich aufpassen.«

»Chase herrschte wie ein Diktator?«

»Wenn er wach war, ja. Aber an dem Abend war er eingeschlafen.« Lachfältchen bildeten sich in seinen Augenwinkeln, als er diese Erinnerung heraufbeschwor.

»Sag bitte nicht, dass ihr ihn gefesselt habt.«

»Um Himmels willen, nein.« Er klang gekränkt. »Trau uns ein bisschen Phantasie zu. Sagen wir mal, Mutters Schminkkoffer bot einen Reichtum an Möglichkeiten.«

Sie bekam ganz große Augen. »Er ist nicht aufgewacht?«

»Chase schlief immer wie ein Toter, das war der einzige Vorteil dabei, ihn als Pseudo-Vater zu haben. Wir brachten es fertig, ihn ganz hübsch aussehen zu lassen«, sagte Roman mit absichtlich gedehnter Sprechweise. »Das fand das Mädchen, mit dem er sich dann traf, auch.«

Charlotte schrie vor Lachen. »Ist das dein Ernst?«

Roman nickte. »Er war achtzehn und hatte ein Date mit einer College-Anfängerin. Sie hatte angeboten, ihn bei uns abzuholen, damit sie weggehen konnten, sobald unsere Mutter nach Hause kam. Es klingelte an der Tür, wir weckten ihn, damit er öffnete …«

Den Schluss hörte sie nicht mehr, so sehr musste sie lachen. Die Tränen liefen ihr übers Gesicht. »Oh ich wünschte, ich hätte es sehen können.«

Er beugte sich zu ihr. »Ich habe Fotos.«

Sie wischte sich mit ihrer Stoffserviette die Augen trocken. »Die muss ich sehen.«

»Heirate mich, und ich zeige sie dir.«

Charlotte blinzelte und setzte sich aufrecht hin. Die Jungs nebenan alberten herum, der Geruch von Frühlingsrollen umgab sie, und Roman machte ihr einen Heiratsantrag? Sie musste sich verhört haben. Es konnte nicht anders sein. »Was?«

Er griff nach ihrer Hand und umfasste sie ganz fest mit seinen kräftigen Fingern. »Ich sagte, heirate mich.« Seine Augen weiteten sich, und er schien fassungslos, dass er diese Worte ausgesprochen hatte, aber er war offenbar nicht zu fassungslos, um sie zu wiederholen.

Sie war völlig durcheinander. »Du kannst das nicht … ich kann nicht …du kannst das nicht ernst meinen«, brachte sie nur stammelnd hervor. Ihr schlug das Herz wie wild in der Brust, und sie hatte Mühe zu atmen. Zwei Überraschungen an einem Tag.

Zuerst ihr Vater und dann das hier. Sie griff nach ihrem Wasserglas, aber ihre Hände zitterten so sehr, dass sie es wieder hinstellen musste, ehe es ihr entglitt.

Er nahm das Glas und hielt es ihr an die Lippen. Sie nahm

einen tiefen, kalten Schluck und leckte sich dann die Tropfen von den Lippen ab. »Danke.«

Er nickte. »Ich hatte nicht vorgehabt, derartig damit herauszuplatzen, aber ich habe jedes Wort ernst gemeint.«

Sie fragte sich, wann sich der Raum endlich nicht mehr um sie drehen würde. »Roman, du kannst unmöglich heiraten wollen.«

»Warum nicht?«

Sie wünschte, er würde wegsehen, damit die Verbindung unterbrochen würde, doch diese faszinierenden blauen Augen flehten sie an, ja zu sagen und all das Wie und Warum zum Teufel zu jagen. Die rechtzeitige Rückkehr ihres Vaters hatte ihr jedoch genau gezeigt, warum sie nicht ihrem Herzen folgen sollte. »Weil …« Sie schloss die Augen und versuchte, die beste Antwort zu formulieren. Eine, die am meisten Sinn machte. Eine, die die Unterschiede zwischen ihnen klarstellte.

»Ich liebe dich.«

Sie riss die Augen auf. »Du kannst doch nicht …«

Er beugte sich vor, einen Arm hinter ihr an die Wand gestützt, und brachte sie mit einem Kuss zum Schweigen. Einem warmen, herzergreifenden Kuss. »Du musst aufhören, *ich kann nicht* zu sagen«, murmelte er, wobei seine Lippen noch über ihre schwebten. Dann verschloss er ihren Mund wieder mit seinem und ließ seine Zunge tief hineingleiten, vereinnahmte sie, bis ein tiefes Knurren aus ihrer Kehle drang.

»Hey, Mama, guck mal, ein Zungenkuss.«

»Oh Mann, mit Zunge und allem. Dürfen die das in der Öffentlichkeit?«

Charlotte und Roman rissen sich von einander los. Peinliche Röte stieg ihr in die Wangen. Sie schüttelte den Kopf und lachte. »Das von einem Kind, das Fische als Zielscheibe benutzt.

»Ich habe dir eine Frage gestellt«, sagte Roman allzu ernst.

»Und du musst meine Antwort kennen.« Ihr Herz schlug schmerzhaft in ihrer Brust. »Ich …« Sie leckte ihre feuchten Lippen. »Du hast meine Eltern gesehen, du kennst das Leben meiner Mutter. Wie kannst du von mir verlangen, das zu wiederholen?« Sie ließ den Kopf hängen und wünschte inbrünstig, den Ärger, den sie auf dem Baseballfeld empfunden hatte und der doch berechtigt gewesen war, aufrechterhalten zu können.

»Ich verlange nicht, ihr Leben noch einmal zu leben.« Er hielt ihr Gesicht in seinen Händen, zart, fast ehrfürchtig.

Sie hatte schon wieder einen Kloß in der Kehle. »Hast du vor, dich in Yorkshire Falls niederzulassen?« Sie kannte bereits die Antwort und wappnete sich dementsprechend.

Er schüttelte den Kopf. »Aber« – seine Finger schlossen sich jetzt fester um ihr Gesicht – »ich suche nach Möglichkeiten. Ich will dich nicht verlieren und bin bereit, mir einen Kompromiss zu überlegen. Von dir erbitte ich nichts weiter, als dass du offen bleibst. Gib mir Zeit, eine Lösung zu finden, bei der wir uns beide wohlfühlen.«

Sie schluckte schwer, unfähig zu glauben, was sie da hörte, unsicher, ob sie diesem unbestimmten Angebot trauen konnte und nicht dabei verletzt würde. Andererseits würde sie auch tief verletzt sein, wenn sie ihn aufgeben wollte, egal wie alles ausging. Vor allem wollte sie noch mehr Zeit mit ihm verbringen, ehe das Unausweichliche eintrat.

Wenn das Unausweichliche eintrat. Sie schob alle Gedanken an ihre Eltern beiseite. Sie musste sich bald genug mit ihnen befassen. Roman hatte das Wort Kompromiss benutzt, was bedeutete, dass er ihre Bedürfnisse berücksichtigen wollte. Ein unerwarteter Adrenalinschub floss durch ihre Adern. »Du hast gesagt, dass du mich liebst?«

Er nickte, schluckte. Sie konnte sehen, wie sein Kehlkopf sich krampfartig auf und ab bewegte.

»Das habe ich noch nie zuvor zu jemandem gesagt.«

Sie versuchte, aufsteigende Tränen wegzublinzeln. »Ich auch nicht.«

Seine Hände sanken von ihrem Gesicht auf ihre Schultern. »Was sagst du da gerade?«

»Ich liebe dich auch.«

»Er macht es gleich noch mal!«, schrie eins von den Kindern am Nebentisch.

Roman lachte, und sie spürte sein Freude genauso stark und intensiv wie ihre eigene.

»Kannst du dir vorstellen, ein Haus voller Jungs zu haben?«, fragte er.

»Mach keine Witze über etwas so Ernstes.«

Er ignorierte sie und grinste nur. »Jungen sind in meiner Familie vorherrschend, und wir wissen beide, dass meine Gene das Geschlecht bestimmen. Und denk mal daran, wie viel Spaß wir beim Produzieren der Babys haben könnten.« Seine Fingerspitzen begannen rhythmisch ihre Schultern zu massieren, was sich bald zu einem erotischen Vorspiel entwickelte.

Romans Kinder. Sie zitterte am ganzen Körper, weil sie sich jetzt mehr Glück ersehnte, als sie je für möglich gehalten hatte, und weil sie wusste, dass das wahrscheinlich unerreichbar war. Sie mussten noch viel bereden, bevor sie sich erlauben konnte, an eine derartige Zukunft zu denken.

Aber er hatte ihr Herz berührt – eigentlich gehörte es ihm. Das war schon immer so gewesen, von dem Abend an, als er ihr seine innigsten Träume anvertraut und sie keine andere Wahl gehabt hatte, als ihn daraufhin wegzuschicken.

Sie hatte noch keine konkrete Entscheidung getroffen, aber sie wusste, dass sie ihn jetzt nicht wegstoßen würde.

»Möchten Sie jetzt bestellen?«, fragte ein großer, dunkelhaariger Kellner.

»Nein«, antworteten sie beide wie aus einem Munde.

Charlotte wusste gar nicht, wie es geschah, aber Minuten später befanden sie sich mit leerem Magen wieder auf der Straße, nachdem sie zwanzig Dollar auf dem Tisch zurückgelassen hatten, und machten sich auf den Heimweg. Eine weitere halbe Stunde später schloss sie ihre Apartmenttür auf.

Sie knipste den Schalter für die Deckenlampe an, und gedämpftes Licht umfing sie. Er stieß die Tür hinter sich zu und zog sie in seine Arme. Sie lehnte sich gegen die Wand, als seine Lippen hart die ihren berührten. Sein Begehren war überdeutlich und so stark wie ihres. Sie riss sich die Jacke vom Leib und warf sie auf den Boden, und Roman schaffte es noch schneller, ihren Pulli auszuziehen, bis sie nur noch ihre roten Stiefel, Jeans und einen weißen Spitzen-BH trug.

Er atmete flach, als er mit rauen Fingern dessen Blumenmuster nachzeichnete. Ihre Brustwarzen verhärteten sich unter seiner Berührung, und ihr Körper, in dem rasend schnell die Lust aufstieg, wand sich hin und her.

»Dir muss doch heiß sein in all diesen Sachen.« Sie griff nach dem Kragen seiner Jacke, zog sie ihm aus und warf sie zu ihrer eigenen auf den Boden.

Seine blauen Augen funkelten vor Vorfreude und Verlangen.

»Heiß ist gar kein Ausdruck für das, was ich fühle.« Er zog sein marineblaues Hemd über den Kopf und warf es bei-

seite. Es traf die Wand und fiel dann zu Boden. »Du bist
dran.«

Ein rhythmisches Pochen setzte zwischen ihren Schenkeln ein, und Feuchtigkeit begleitete seine verführerischen
Worte. Aufgeregt bückte sie sich, um ihre Stiefel auszuziehen, aber ihre Hände zitterten, und das Leder schien sich
noch enger an ihren Fuß zu schmiegen.

»Lass mich mal.« Er kniete sich hin und zog erst den
einen, dann den anderen roten Schlangenlederstiefel aus,
ehe er sich den Knöpfen ihrer Jeans zuwandte. Das machte
er wie ein Profi; seine starken Hände zogen den Reißverschluss herunter und dann den Bund über ihre Hüften.

Ihre Beine zitterten, und als er den schweren Stoff bis zu
ihren Knöcheln geschafft hatte, fand sie gerade noch Halt an
der Wand. Sie versuchte einen Fuß frei zu bekommen, aber
die verdammten Jeans waren unten zu eng.

»Ganz ruhig. Ich habe dich genau da, wo ich dich hin-
haben wollte.« Er kniete zu ihren Füßen am Boden und sah
zu ihr hoch. Ein freches Grinsen spielte um seinen Mund,
und ein zufriedener Ausdruck zeigte sich auf seinem attraktiven Gesicht.

Sie war nicht nur eine Gefangene ihrer behindernden
Kleidung. Sie war eingesperrt in ihrem Verlangen und durch
Liebe gefesselt. Liebe, die er erwiderte. Und als er sich vorbeugte, sein dunkles Haar gegen ihre weiße Haut, schossen
glühende Pfeile der Begierde durch ihren Körper, eine eindeutige Mischung aus erotischem Bedürfnis und emotionaler Begierde.

Sie wollte nichts anderes, als dass er ihre unterschiedlichen Wünsche befriedigte, und sie wusste, dass das nur
möglich war, wenn er ganz in ihr wäre. Er begegnete ihrem
Blick und konnte offenbar ihre Gedanken lesen, denn er

streifte endlich ihre Jeans herunter und stand auf, anstatt ihr mit seinem Mund Lust zu verschaffen, wie er es beabsichtigt hatte. In Sekundenschnelle war er ebenfalls ausgezogen, herrlich nackt und genauso erregt wie sie.

Er machte einen Schritt auf sie zu und breitete die Arme aus. »Komm.«

Sie tat, was er verlangte, und sogleich hatte er sie hochgehoben. Sie legte ihre Beine um seine Taille, schlang die Hände um seinen Hals und lehnte wieder mit dem Rücken an der Wand. Seine Kraft und Körperhitze gingen auf sie über, betteten sie in Wärme und erregten sie noch mehr.

»Ich muss dich in mir spüren«, flüsterte sie.

Roman stöhnte. »Nur zu gern.«

Endlich spürte sie seine Erektion, spürte wie er bereit war, in sie einzudringen. Und als er in sie stieß, öffnete sich ihr Herz für alle Möglichkeiten. Wie sollte es auch anders sein, da er kurz davor war, in ihr zu explodieren?

Während er sich bewegte, verursachte jede Reibung in ihr einen weiteren Grad der Erregung, die mit jedem tieferen Stoß auch immer stärker wurde. Sie konnte kaum verschnaufen, was auch nicht nötig war, da eine sensationelle Empfindung nach der anderen über sie kam, sie hochtrug und über die Grenzen bis zum explosivsten Höhepunkt führte, den sie je erfahren hatte – weil er durch Liebe gekennzeichnet war.

Sein bebendes Stöhnen sagte ihr, das auch er es fühlte. Sie liebte ihn. Und später, kurz bevor sie in seinen Armen einschlief, fragte sie sich, warum sie sich dieses Eingeständnis so lange verweigert hatte.

Charlotte wachte auf, streckte sich und spürte die kühlen Laken auf ihrer nackten Haut. Das Gefühl, allein aufzuwachen, war normal und fremd zugleich. Es war nicht anders als an den meisten Morgen ihres Lebens, und doch war das Kältegefühl unwillkommen und verwirrend, nachdem sie in der Nacht an Romans Körper geschmiegt geschlafen hatte. Das waren die Gefühlserregungen, die in ihrem schlaftrunkenen Kopf hin und her gingen.

Sie verstand seine Gründe, sich nach einem Kuss im Morgengrauen davonzustehlen, und sie wusste es zu schätzen, das er ihr im Hinblick auf eine klatschsüchtige Stadt diesen Respekt zollte. Aber sie vermisste ihn und wollte wieder mit ihm schlafen. Sie liebte ihn. Jeder dieser Gedanken beängstigte sie über die Maßen.

Nachdem sie aufgestanden war, verrichtete sie ihre Morgenroutine, um sich vorzumachen, es wäre alles beim alten. Heiße Dusche, der Kaffee noch heißer, und dann schnell die Treppe hinuntergesprungen zur Arbeit. Jawohl, dachte Charlotte, dieselbe Routine. Aber es ließ sich nicht verhehlen, dass sie anders war.

Sie hatte sich Roman mit den drei kleinen Worten *Ich liebe dich* verpflichtet. Jetzt, da diese Worte ausgesprochen waren, fürchtete sie, dass ihr Leben sich für immer ändern würde. Wenn man sich die Lebensgeschichte anderer Menschen ansah – die ihrer Mutter, ihres Vaters und Romans –, konnte es sich nicht zum Besseren wandeln.

Mit diesem verwirrenden Gedanken betrat sie den unverschlossenen Laden, in der Hoffnung, dass die Vertrautheit der Spitzen und Rüschen und der Duft des täglich erneuerten Vanillepotpourris ihre Nerven beruhigen würden. Sie ging hinein, und der starke Geruch von Lavendel, der sie völlig unerwartet traf, verwirrte ihre Sinne und ließ keine Spur von beruhigender Gleichförmigkeit zu, die sie hier zu finden hoffte.

»Beth?«, rief sie.

»Hier hinten.« Ihre Freundin kam aus dem Hinterzimmer, eine Flasche Sprühduft in der Hand, und sprühte beim Gehen. »Gestern Abend waren die Putzfrauen hier und müssen im Büro eine Flasche Salmiakgeist ausgekippt haben.« Sie wedelte mit der Hand vor ihrem Gesicht herum. »Da hinten kann man ersticken. Ich habe von vorn bis hinten gesprüht, um das zu überdecken.«

Charlotte kräuselte angewidert die Nase. »Igitt. Ist es wirklich so schlimm?« Sie musste schon von dem Lavendelgeruch würgen, ging weiter in den Laden hinein und legte ihre Handtasche auf den Tresen. Als sie die Umkleidekabinen erreichte, schreckte sie vor einem noch grässlicheren Geruch zurück. »Puh.« Der Plan, sich in ihrem Büro einzuschließen und ihre Gedanken auf den Papierkram zu lenken, war zerstört.

Beth nickte. »Ich habe die Bürotür zugemacht, damit der schlimmste Gestank nicht in die Umkleidekabinen dringt, und ich habe überall die Fenster geöffnet, um ordentlich durchzulüften.«

»Danke. Wenigstens ist es vorne nicht allzu schlimm.«

»Hoffentlich bleibt es so.«

»Na gut. Wir müssen den Umkleidebereich absperren und die Quittungen kennzeichnen – du kannst alles umtauschen, was heute gekauft wurde.« Normalerweise waren Ausverkaufsware, Badeanzüge und Unterwäsche vom Umtausch ausgeschlossen, aber es war keine faire Geschäftspraktik, wenn der Käufer die Ware nicht zunächst anprobieren konnte. »Wenn der Gestank schlimmer wird, schließen wir einfach für heute. Warum sollen wir uns vergiften.«

Beth versprühte noch etwas Lavendel.

»Hättest du nicht einen anderen Duft auswählen können?«

»Alles andere war ausverkauft.«

»Auch schon egal. Aber hör jetzt bitte auf zu sprühen und lass uns abwarten, was passiert.«

Beth stellte die Flasche auf ein Bord und folgte Charlotte ans vordere Ende des Ladens, wo diese gerade die Eingangstür weit geöffnet hatte.

»Also …« Beth ließ sich auf dem Tresen neben der Kasse nieder. »Ich bin froh, dich hier zu sehen, und du lächelst sogar. Wie geht es dir nach … du weißt schon?« Sie senkte ihre Stimme bei den letzten drei Worten zu einem Flüstern. Offenbar bezog sie sich auf das Schauspiel, das Charlotte gestern mit ihrer Familie beim Baseballspiel geliefert hatte.

Mit dem Moment, da Charlotte in Romans Auto gestiegen war, hatte sie Beth, ihr Essen und alles andere vergessen. »Mir geht es gut«, sagte sie im selben Flüsterton, ehe sie sich dabei ertappte. Sie blickte sich in dem leeren Laden um und verdrehte die Augen. »Warum flüstern wir?«, fragte sie laut.

Beth zuckte die Schultern. »Ist mir ein Rätsel.«

»Also, es geht mir gut. Obwohl ich es nicht so sehr schätze, in der Öffentlichkeit provoziert zu werden. Wenn mein Vater – ich meine Russell – mich sprechen wollte, hätte er anrufen können. Oder in meine Wohnung kommen, oder mich irgendwo allein abpassen müssen. Es war erniedrigend.«

Beth betrachtete ihre Fingernägel, um Charlotte nicht anzusehen, als sie fragte: »Hättest du ihm dann überhaupt guten Tag gesagt?«

Charlotte lockerte ihre Schultern, die sich bei diesem Gespräch verkrampften. »Ich weiß es nicht. Würdest du

Dr. Implant begrüßen?« Sofort zog sie scharf den Atem ein, so entsetzt war sie über ihre Reaktion. »Lieber Gott, es tut mir Leid, Beth. Ich weiß nicht, warum ich dich die Dinge ausbaden lasse.« Charlotte lief zum Tresen und entschuldigte sich mit einer heftigen Umarmung. »Vergibst du mir?«

»Natürlich. Du hast keine Schwester, die du quälen kannst, und deine Mutter ist zu zerbrechlich. Wer bleibt da außer mir Armen?« Trotz der herben Worte hatte Beth ein Lächeln im Gesicht, als sie sich von Charlotte löste.

»Übrigens hast du eine interessante Frage gestellt. Ich würde Dr. Implant begrüßen – lange genug, um ihm dafür zu danken, dass er mir die Augen über meine Unsicherheiten geöffnet hat. Dann würde ich ihm Eiswasser auf den Schoß kippen.«

»Fühlst du dich wirklich besser?«, fragte Charlotte.

»Wie soll ich es erklären?« Beth schaute auf der Suche nach einer Antwort an die Decke. »Ich bin mir meiner selbst mehr bewusst geworden. In letzter Zeit denke ich dauernd nach, und ich kann jetzt ein Muster in meinen vergangenen Beziehungen erkennen. Alle Männer, mit denen ich ein Verhältnis hatte, wollten mich verändern, und ich habe es zugelassen. Ich habe mich einfach so angepasst, wie sie mich haben wollten. David war der extremste Fall. Aber jetzt ist das anders. Ich muss dir und Rick dafür danken, das ihr mich auf den Weg der Genesung gebracht habt.«

»Mir?«, fragte Charlotte überrascht. »Was habe ich denn getan?«

»Ich habe es dir schon neulich gesagt. Du hast mir diesen Job angeboten, weil du besser als ich wusstest, wo meine Talente und Interessen liegen. Jetzt weiß ich es auch. Und das ist noch nicht alles.«

»Na gut, ich bin froh, dir von Nutzen zu sein. Und was ist mit Rick?«

»Er hat geredet und zugehört. Die meisten Männer reden nicht. Sie sehen fern, grunzen, rülpsen vielleicht einige Male, bevor sie mit dem Kopf nicken und so tun, als hörten sie zu. Rick hat sich die Geschichten aus meiner Vergangenheit angehört und mir geholfen, die richtigen Schlussfolgerungen daraus zu ziehen.«

»Der Mann ist dafür geschaffen, hilflose junge Damen zu retten. Vielleicht hätte er lieber Seelenklempner werden sollen und nicht Bulle.«

»Nein, die Sache mit Recht und Ordnung macht ihn sexy«, sagte Beth lachend.

»Bitte sag jetzt nicht, dass du auf ihn hereinfällst.«

Beth schüttelte den Kopf. »Auf keinen Fall, ausgeschlossen. Ich bleib erst mal eine ganze Weile für mich allein.«

Charlotte nickte. Sie glaubte ihr. Beth Augen blickten nicht verklärt, wenn sie über Rick sprach. Sie schien nicht für den attraktiven Polizeibeamten zu schwärmen. Nicht so, wie Charlotte ins Schwärmen geriet, wenn sie an Roman dachte. Ihr kribbelte es schon vor Vorfreude und Aufregung im Magen, wenn sie nur daran dachte, ihn wiederzusehen.

»Ich muss mich selber besser kennen lernen«, erklärte Beth weiter und unterbrach damit rechtzeitig Charlottes Gedanken. »Ich will mir darüber klar werden, was ich mag und was nicht. Nicht, was man von mir erwartet. Deshalb brauche ich zur Zeit niemanden außer meinen Freunden.«

»Und wir sind da, Schätzchen.« Charlotte drückte Beths Hand, und diese erwiderte die Geste. Wobei Charlotte hoffte, dass sie nicht selbst diejenige seine würde, die bald die Schulter der Freundin brauchte.

»Was willst du jetzt machen, da du dich nicht mit Papierkram in deinem Büro verkriechen kannst? Wieder oben häkeln?«

Bei dem Gedanken schauderte ihr. »Nein. Mir tun die Hände weh. Ich muss diese Art von Arbeit zeitlich etwas verteilen. Ich werde zunächst im *Gazette*-Büro vorbeischauen und mit Chase über eine Anzeige für den Osterausverkauf reden. Ich kann es kaum glauben, dass schon in zweieinhalb Wochen die Ferien beginnen.«

»Weißt du, was das Beste an den Ferien ist?«

Charlotte legte den Zeigefinger an ihre Stirn. »Hmm, lass mich nachdenken. Könnte es die Werbung mit den Cadburyhasen sein?«, fragte sie und bezog sich damit auf die Schwäche ihrer Freundin.

»Woher weißt du das?«

»Hast du vergessen, dass ich dir jede Ferien Schokolade geschickt habe? Ich kenne dich wie meine eigene Hosentasche.« Charlotte griff nach ihrer Umhängetasche.

»Dieses Jahr müssen wir uns richtig voll stopfen.« Beth leckte in Vorfreude auf den Schokoladenhimmel die Lippen.

Charlotte lachte. »Ich komm wieder her, nachdem ich bei der Zeitung war. Wenn es hier ruhig ist, nehme ich vielleicht den Papierkram mit nach oben.«

»Das habe ich vorausgesehen.« Beth schüttelte traurig den Kopf. »Nach dem einen Häkeltag zuhause bist du abhängig von den Seifenopern.«

»Unwahr.«

»Willst du leugnen, dass du bei der Arbeit *General Hospital* sehen wirst?«

Charlotte machte eine Geste, als würde sie an ihren Lippen einen Reißverschluss zuziehen. Sie wollte nichts leugnen und nichts zugestehen. Natürlich würde sie sich *General*

Hospital anschauen. Schon weil ein bestimmter attraktiver Schauspieler sie an Roman erinnerte.

Mann o Mann, sie steckte tiefer im Schlamassel, als sie gedacht hatte. »Bis später.« Sie winkte, trat aus der Eingangstür an die frische Luft und atmete tief ein. »Schon viel besser«, sagte sie laut, hängte sich ihre Tasche über die Schulter und marschierte los.

Als sie an den Rand des Stadtparks kam und an dem Mittelstreifen mit Narzissen, Gras und gemischten Blumen vorbeischlenderte, sah sie Samson dort Unkraut rupfen. Sie rief seinen Namen, aber er hörte sie nicht oder tat vielleicht nur so.

»Na schön.« Sie zuckte die Schultern und ging weiter, dankbar für die frische Frühjahrsluft. Beim Gehen schweiften ihre Gedanken zu Roman ab. Kribbelnde Vorfreude mischte sich mit Beklommenheit wegen der Worte, die sie ausgetauscht hatten, und wegen des Ausmaßes an Verpflichtung, die man mit diesen Worten einging.

Sie fragte sich nicht nur, was Roman damit meinte, er wolle einen Kompromiss ausarbeiten, sondern auch, ob sie auf seine Liebe vertrauen konnte – und auf die Heirat, die er sich anscheinend ersehnte.

Roman schloss sich selbst die Tür zum Büro der Zeitung auf. Es war niemand da. Für Lucy war es noch zu früh, und es sah so aus, als hätte Chase es auch noch nicht die Treppe herunter geschafft. Roman brauchte jetzt frisch gebrühten Kaffee und frischere Luft, als das stickige Büro zu bieten hatte, deshalb ließ er die Tür zur Straße auf und steuerte dann auf die Küche zu, um sich etwas Starkes, Koffeinhaltiges zu trinken zu machen.

Der Tagesanbruch hatte ihn dazu gezwungen, Charlottes

Bett zu verlassen. Sie war schlafend zurückgeblieben, nur ein Kuss auf die Wange, und weg war er. In der Stadt wurde schon genug über Charlotte und ihre Familie geredet. Er musste dem Klatsch nicht neue Nahrung geben, indem er bei hellem Tageslicht ihr Apartment verließ. Am frühen Morgen wegzugehen war schon riskant genug gewesen, aber er hatte der Versuchung nicht widerstehen können, die Nacht in ihrem Bett zu verbringen, ihren warmen, nackten Körper dicht an den seinen geschmiegt. So sollte es für den Rest seines Lebens sein.

Ein Zittern überkam ihn. Er mochte zwar schwierige Zugeständnisse gemacht haben – dass er aufhören wolle wegzulaufen, dass er sich niederlassen wolle und dass er Charlotte tatsächlich liebe – aber er wäre ein Lügner, wenn er nicht auch zugegeben hätte, dass er dadurch zu Tode erschrocken war. Nicht so sehr, dass er es sich nun anders überlegen wollte, aber so, um höchst menschlichen Empfindungen nachzugeben, dachte Roman. Er befand sich kurz vor einer größeren Veränderung in seinem Leben, und das machte ihn nervös.

Er konnte immer noch nicht glauben, dass ihm bestimmte Worte über die Lippen gekommen waren. Nicht, dass es schwierig gewesen wäre, sie auszusprechen. Ein Artikelschreiber konnte mit Worten umgehen. Aber Roman durchdachte zunächst immer erst alles und äußerte sich dann mit Sorgfalt. Nie zuvor hatte er seinen Gefühlen die Oberhand über den Verstand gegeben. Diese Gefühle für Charlotte jedoch hatten über zehn lange Jahre in ihm gearbeitet. Er wollte sie heiraten, und er liebte sie wirklich. Keine von beiden Erklärungen hatte er geplant. Die Spontaneität war gut. Sie hielt eine Beziehung frisch, dachte Roman nüchtern.

Dennoch zitterte seine Hand, als er den Kaffee zubereitete, die Messlöffel abzählte und Wasser in die Maschine füllte. Sein Timing allerdings hätte besser sein können. Er hatte seinen Antrag in der Öffentlichkeit gemacht, als sie sich gerade von der aufregenden Konfrontation mit ihrem Vater erholen wollte, und ehe er die Gelegenheit gehabt hatte, für ihre Zukunft richtungsweisende Entscheidungen zu treffen. Und wenn er das würdigte, musste er zugeben, dass sie seine Worte besser hingenommen hatte, als das zu erwarten gewesen wäre.

Jetzt, da er allein in dem Büro war, in dem er als Kind so viel Zeit verbracht hatte, wurde ihm bewusst, dass seine Flucht aus Charlottes Bett auch deshalb eine gute Sache gewesen war, weil er Zeit brauchte für sich selbst. Er musste sich überlegen, wie er sein Leben in die Balance bringen konnte. Er hatte keine Ahnung, was als Nächstes kam. Immerhin schien es ihm ein guter Anfang zu sein, die *Washington Post* wegen des Jobangebots zu kontaktieren. Die Vorstellung, zum Hörer zu greifen, erfüllte ihn nicht mit Fluchtgedanken. Das war schon mal ein gutes Zeichen, fand er.

»Hey, kleiner Bruder. Du bist ja früh auf.« Chase kam in den Hauptraum des Büros. »Was machst du hier? Sind bei Muttern die Schokoflakes alle?«

Roman zuckte die Schultern. »Wie soll ich das wissen?« Er war gar nicht lange genug zuhause gewesen, um zu frühstücken. Nachdenklich blickte er seinen ältesten Bruder an. »Weißt du was, mir ist gerade aufgefallen, dass wir, seit ich zurück bin, immer nur über mich sprechen. Wie sieht es denn bei dir zur Zeit aus?«

Chase winkte ab. »Immer dasselbe.«

»Irgendwelche neuen Frauen?« Roman hatte seinen Bruder mit niemand Speziellem zusammen gesehen.

Chase schüttelte den Kopf.

»Mit wem triffst du dich denn so? Was tust du gegen die Einsamkeit?«, fragte Roman. Er meinte damit nicht nur Sex. Derartige Informationen gaben die Brüder niemals preis. Chase wusste, was Roman meinte. Beide hatten sie diese verdammte Einsamkeit erfahren, die sie sich selbst gewählt hatten. Charlotte hatte ihr für Roman ein Ende gesetzt.

Mit einem Achselzucken sagte Chase: »Wenn ich Gesellschaft brauche, habe ich ein paar Freunde in Harrington. Yorkshire Falls ist so klein, dass gleich alle wissen, wenn man ein Verhältnis hat. Mir fehlt es nicht an Gesellschaft. Jetzt aber wieder zu dir.«

Roman lachte. Chase konnte ein Gespräch über sich selber niemals länger ertragen. »Was würdest du dazu sagen, wenn ich dir erzählte, dass die *Washington Post* mir einen Redaktionsposten angeboten hat?«, fragte er seinen ältesten Bruder.

Chase kam auf Socken durch den Raum – keine Schuhe, einer der Vorteile, im Bürogebäude zu wohnen – und gesellte sich in der kleinen Küche zu Roman, goss sich Kaffee ein und hob den Becher hoch. »Danke, übrigens.«

Roman lehnte am Kühlschrank. »Kein Problem.«

»Ich würde sagen, nimm nicht wegen der Münzwette einen Schreibtischjob an.«

Roman fuhr sich mit einer Hand durchs Haar. »Ich kann nicht so tun, als hätte es sie nicht gegeben.« Die Ironie war, dass Roman jetzt dankbar war, dass er die Wette verloren hatte, sogar glücklich, dass er gezwungen war, in der Nähe von Yorkshire Falls zu bleiben und eine Heirat ins Auge zu fassen. Die Ironie des Schicksals hatte zu einer zweiten Chance mit Charlotte geführt, mit der Frau, die er liebte.

Mit der Frau, die er immer geliebt hatte.

»Diese Münzwette ist der Grund dafür, dass sich mein ganzes Leben ändern wird.« Er schüttelte den Kopf. Das hatte er nicht richtig ausgedrückt. Tatsächlich hatte die Münzwette nur den Anstoß dazu gegeben, ein neues Leben zu beginnen. Der wahre Grund, warum er Charlotte heiraten wollte, war Liebe, nicht familiäre Verpflichtung.

»Heirat ist ein gewaltiger Schritt. Ein Baby genauso. Ich weiß, wie sehr sich unsere Mutter Enkelkinder wünscht, aber du musst zugeben, dass sie sich etwas beruhigt hat, seit Eric da ist.«

»Das liegt daran, dass er sie so sehr mit Beschlag belegt, dass sie sich gar nicht mehr um uns kümmern kann. Aber vertraue mir, der sie jeden Morgen zu Gesicht bekommt: Sie hat nicht vergessen, dass sie Enkelkinder haben will, und sie schluckt immer noch Tabletten«, erwiderte Roman. Obwohl er manchmal beobachtete, dass sie aktiver wirkte, wenn sie ihn nicht in der Nähe glaubte, hielt er das doch nur für eine Einbildung seinerseits. »Wenn du mich fragst, so hat sich in der Angelegenheit nichts geändert.« Aber seine Gefühle den Bedürfnissen seiner Mutter gegenüber hatten sich geändert.

»Trotzdem sage ich immer noch, vergewissere dich, ob du mit deinen Entscheidungen leben kannst.« Chase hielt kurz inne für einen Schluck Kaffee. »Rick und ich werden es verstehen, wenn du nicht das Opferlamm sein willst bei Mutters Streben nach Enkelkindern, nur, weil du die Münzwette verloren hast. Du kannst immer noch aus dem Geschäft aussteigen.«

Diese Worte klangen so, wie Roman sie vor kurzem noch selbst formuliert hatte. Aber die Dinge hatten sich geändert, seit er erschöpft aus London heimgekehrt war.

Bis vor kurzem hatte er sich nicht die Zeit genommen, seine Handlungen während seines kurzen Aufenthalts zuhause auf ihre Hintergründe zu überprüfen. Mit dem Jetlag in den Knochen war ihm nur klar geworden, dass seine Familie ein Bedürfnis hatte und dass es an ihm war, es zu erfüllen. Die Sache hatte sich gewandelt, als sich herausstellte, dass Charlotte in der Stadt war. Und er fragte sich, wie er Chase seinen Sinneswandel erklären sollte, dem Bruder, der sein Alleinsein und seinen Junggesellenstatus am meisten schätzte.

Charlotte ging den Weg zur *Gazette* entlang und fand die Eingangstür weit geöffnet. Sie klopfte leise, aber niemand antwortete. Da es hier immer unkompliziert zuging, trat sie einfach ein. Es war ein Ort, wo man vorbeikommen und sich entspannen konnte, wo man mit Lucy oder Ty Turner plauderte oder sogar mit Chase, wenn er in der Stimmung war und seine Zeit es erlaubte. Charlotte war überrascht, dass der große Raum leer war, denn sie hatte Lucy telefonierend am Schreibtisch erwartet.

Sie sah auf ihre Uhr und bemerkte, dass es früher war, als sie gedacht hatte. Aber Stimmen kamen aus der Küche, und sie folgte dem Gemurmel. Je näher sie kam, desto stärker roch es nach Kaffee. Ihr Magen begann zu knurren und erinnerte sie daran, dass sie heute noch nichts gegessen hatte.

Eine männliche Stimme klang wie die von Roman, und es durchzuckte sie. Würde es immer so sein? Reine Freude bei dem Gedanken, ihn zu sehen? Ein überwältigendes Verlangen, in diese tiefblauen Augen zu schauen und ihn mit gleicher Sehnsucht zurückstarren zu sehen? Wenn das so war, dann hoffte sie verzweifelt, dass er genauso empfand, weil sie ihr Leiden für langwierig hielt.

Sie war bei der Küchentür angelangt. Roman stand da mit dem Blick zur Decke, als ob er nach Worten suchte, während

Chase Kaffee in sich hineinkippte. Beide bemerkten ihre Anwesenheit nicht.

Gerade wollte sie sich räuspern, um etwas zu sagen, als Chase ihr zuvorkam.

»Trotzdem sage ich immer noch, vergewissere dich, ob du mit deinen Entscheidungen leben kannst.« Er hielt kurz inne für einen Schluck Kaffee. »Rick und ich werden es verstehen, wenn du nicht das Opferlamm sein willst bei Mutters Streben nach Enkelkindern, nur, weil du die Münzwette verloren hast. Du kannst immer noch aus dem Geschäft aussteigen.«

Charlotte hörte diese Worte, und Sterne tanzten ihr vor den Augen. Ihr Verstand interpretierte schnell, was sie gehört hatte. Raina wünschte sich Enkelkinder, und Roman hatte versprochen, sie ihr zu verschaffen? War das der Grund, warum der selbsterklärte Wandervogel und Junggeselle plötzlich angefangen hatte, von Heirat zu reden? Von Liebe und Heirat? Oh Gott.

Ihr Magen zog sich schmerzhaft zusammen, aber ihr wurde schnell bewusst, dass Lauscher an der Wand niemals etwas richtig verstanden. Sie hatte nur einen Teil der Unterhaltung mitbekommen. Der allerdings hörte sich nicht gut an. Jedenfalls nicht für sie.

Der Anstand verlangte es, dass sie sich jetzt bemerkbar machte, ehe sie noch etwas mitbekam, das nicht für ihre Ohren bestimmt war. Doch sie wollte nicht ignorieren, was sie gehört hatte. »Was für eine Münzwette?«, fragte sie.

Offenbar erschreckte der Klang ihrer Stimme beide Männer, denn Chase wirbelte herum und Roman zuckte zusammen, als ob sie auf ihn geschossen hätte. Er wandte sich der Tür zu, in der sie stand.

»Wie bist du reingekommen?«, fragte Chase in seiner üblichen direkten und taktlosen Art.

»Ich habe geklopft, aber es hat keiner geantwortet. Die Tür stand sperrangelweit auf, also bin ich reingegangen.« Sie warf ihre Tasche auf den Küchentresen und ging an Chase vorbei direkt auf Roman zu. »Was für eine Münzwette?«, fragte sie erneut und nachdrücklich. Mit Entschiedenheit, einem Brennen und … Beklommenheit in der Kehle.

»Das ist der Zeitpunkt, wo ich mich entschuldige«, sagte Chase.

»Feigling«, murmelte Roman.

Ihr Herz klopfte wie wild, als Chase seinen Kaffee in den Ausguss kippte, hinausging und sie allein mit Roman zurückließ.

Mit einem Mann voller Geheimnisse, die sie gar nicht hören wollte.

Kapitel elf

Roman ging auf Charlotte zu, packte sie am Ellbogen und führte sie zu einem kleinen Tisch in der Ecke der Redaktionsküche.

Weißes Resopal. Weiße Stühle, Möbel, von denen sie wusste, dass sie aus Rainas Haushalt stammten. Sie schüttelte den Kopf darüber, auf was für bizarre Gedanken man kommt, um schmerzhaften Wahrheiten auszuweichen.

»Setz dich«, sagte er.

»Ich glaube, ich sollte mir das jetzt lieber im Stehen anhören.«

»Und ich möchte lieber sicher sein, dass es für dich nicht so leicht ist, dich umzudrehen und rauszugehen. Deshalb setz dich bitte.«

Die Arme vor der Brust verschränkend ließ sie sich auf den Stuhl nieder. Sie war nicht in der Stimmung für Spielchen und wollte auch nicht lange um den heißen Brei herumreden. »Bitte sag mir, dass du mich nicht gebeten hast, dich zu heiraten, weil deine Mutter sich Enkelkinder wünscht.«

Seine stahlblauen Augen sahen sie an. »Aus dem Grund habe ich dich nicht gebeten.«

Ihr Herz schlug wie wild. »Was hast du dann für eine Abmachung mit deinen Brüdern getroffen?«

»Also wirklich, habe ich dir nicht erst gestern Abend erzählt, wie lächerlich Brüder sich verhalten können?« Er griff nach ihrer Hand. »Es ist ohne jede Bedeutung, was wir drei da auch abgemacht haben.«

Damit hatte er sie in ihrem Gefühl bestärkt, dass die Enthüllung schwerwiegender Natur sein würde. »Es hat etwas zu bedeuten, denn sonst würdest du nicht versuchen, es zu umgehen.« Ein Blick auf sein ernstes Gesicht, und sie wusste, dass sie Recht hatte.

»Ich war wegen Mutters Herzbeschwerden nach Hause gekommen, erinnerst du dich?«

Sie nickte.

»Sie sagte uns, dass die Ärzte ihr geraten hätten, Stress zu vermeiden. Und sie hatte einen Wunsch, von dem wir alle wussten, dass wir ihn ihr erfüllen mussten.«

Charlotte schluckte schwer. »Ein Enkelkind.«

»Genau. Aber da keiner von uns eine ernsthafte Beziehung vorzuweisen hatte, …«

»Oder vorhatte, jemals zu heiraten«, ergänzte sie.

Er grinste sie dümmlich an. »Da keiner in der Lage war, es zu verwirklichen, mussten wir entscheiden, wer den nächsten Schritt machen sollte.«

»Deshalb habt ihr also eine Münze geworfen, um zu sehen, wer Raina ein Enkelchen bescheren musste, und du hast verloren.« Ihr kam die Galle hoch.

»Ich weiß, dass es sich schlimm anhört …«

»Du willst gar nicht wissen, wie schlimm es sich anhört«, erwiderte sie bitter. »Und was geschah dann? Ich habe mich dir an den Hals geworfen und wurde die glückliche Gewinnerin?«

»Erinnere dich bitte mal daran, dass ich mich zurückzog. Ich habe mich wie verrückt bemüht, mich von dir fernzuhalten. Weil du die eine Frau warst, der ich so etwas nicht antun konnte.«

Er fuhr sich frustriert mit einer Hand durchs Haar.

»Was konntest du mir nicht antun?«

»Es wird noch schlimmer, bevor es besser wird«, warnte er sie.

»Ich kann mir nicht vorstellen, wie.«

»Ich habe mal gesagt, dass ich dich niemals anlügen werde, und ich will auch jetzt nicht damit anfangen. Aber du musst zunächst die ganze Wahrheit hören, ehe du ein Urteil fällst.« Er blickte zu Boden und sprach dann weiter, ohne sie anzusehen. »Ich glaubte, ich könnte eine Frau finden, die sich Kinder wünscht. Ich könnte sie heiraten, ihr ein Kind machen und wieder ins Ausland verschwinden. Ich stellte mir vor, ich würde meine Verpflichtungen auf finanziellem Wege erfüllen und heimkommen, wann immer es möglich wäre – meinen Lebensstil wollte ich deswegen aber nicht besonders verändern müssen.«

»Genau wie mein Vater.« Er war Russell ähnlicher, als Charlotte sich Roman Chandler je vorgestellt hatte. Eine regelrechte Welle von Übelkeit überkam sie, aber ehe sie verschnaufen oder sprechen konnte, redete er schon weiter.

»Ja, und genau deshalb habe ich dich sofort ausgeschlossen, egal, wie stark die Anziehungskraft war. Ich konnte dir das nicht antun. Selbst damals lag mir zu viel an dir, als dass ich dir hätte weh tun können. Aber ich nahm an, dass niemand verletzt würde, wenn ich mit irgendeiner anderen Frau eine Vereinbarung treffen würde.«

»Einer anderen Frau?« Charlotte bekam die Worte kaum über ihre Lippen. »Einfach so. Obwohl du behauptest, dass ich dir etwas bedeutete, konntest du die Vorstellung akzeptieren, mit einer anderen Frau zu schlafen. So einfach.« Sie versuchte die Tränen zurückzuhalten.

»Nein.« Er hielt weiter ihre Hand und drückte sie fest. »Nein. Ich war völlig durcheinander, als ich nach Hause kam. Erst jetzt habe ich es geschafft, dies alles zu durchdenken. Ich litt unter dem Jetlag, war besorgt um meine Mutter und habe dieser Veränderung meines Lebens zugestimmt – alles an einem Abend. Ich habe über nichts richtig nachgedacht, nur eins war mir bewusst – nämlich dass ich dich nicht verletzen wollte. Deshalb habe ich mich zurückgezogen.«

»Wie edel.«

Er machte eine Pause. Die Stille wurde nur von der laut tickenden Wanduhr unterbrochen. Das machte es nicht leichter.

Er räusperte sich. »Doch ich konnte nicht Abstand halten. Jedes Mal, wenn wir uns begegnet sind, ist alles explodiert. Nicht nur sexuell, sondern auch emotional. Hier drin.« Er zeigte auf sein Brust. »Und ich wusste, ich konnte mit keiner anderen mehr zusammen sein.« Er hob den Kopf, und sein Blick suchte den ihren. »Niemals mehr.«

»Lass das.« Sie schüttelte den Kopf, kaum fähig, zu sprechen. Ein unermesslicher Schmerz beengte ihr Brust und Kehle. »Hör auf, genau die richtigen Sachen zu sagen, nur weil du etwas in Ordnung bringen willst, was nicht in Ordnung ist. Es geht nicht. Du hast mich also ausgesucht«, versuchte sie den Gesprächsfaden wieder aufzunehmen, ohne dass ihre Aufgeregtheit ihr dabei in die Quere kamen. »Weil die Anziehung so stark war. Und was wurde aus der Zuneigung, von der du sprachst?«

»Aus der wurde Liebe.«

Ihr stockte der Atem. Aber so sehr sie es auch glauben wollte, wollte sie auch der Wahrheit ins Auge sehen. »Die perfekten Worte, um mich zu überreden, dich zu heiraten und deiner Mutter das Enkelkind zu liefern, das sie sich wünscht.«

»Die Worte, die ich zuvor noch niemandem gesagt habe.

Worte, die ich nicht aussprechen würde, wenn ich sie nicht meinte.« Und das tat er. Aber er wusste, dass sie ihm nicht glaubte. Sie hatte ihn ausreden lassen; trotzdem würde ihr Entschluss nicht seine emotionalen Erklärungen berücksichtigen, sondern auf nackten Fakten beruhen.

Was für eine Ironie, dachte er. Als Journalist lebte und starb er mit den Fakten. Jetzt aber wünschte er sich, dass Charlotte alle Tatsachen außer Acht ließ und ihr zukünftiges Glück dem Ungewissen anvertraute. Er wollte, dass sie an ihn glaubte. An sein Wort. Egal, ob die Fakten in die entgegengesetzte Richtung wiesen.

Sie zog ihre Hand zurück und stützte ihren Kopf in beide Hände. Er wartete, um ihr Zeit zu geben nachzudenken und die Fassung wiederzugewinnen. Als sie wieder aufblickte, gefiel ihm weder der kalte Blick in ihren Augen noch der angespannte Gesichtsausdruck.

»Sag mir eins. Hattest du vor, mich in Yorkshire Falls zurückzulassen, während du zu deinem geliebten Job zurückkehrtest?«

Er schüttelte den Kopf. »Ich weiß nicht, was ich geplant habe, nur so viel, dass ich unbedingt möchte, dass es funktioniert. Ich habe ein Angebot für einen Job bei der *Washington Post*, der mich hier in D.C. halten würde. Ich dachte, ich könnte das mal überprüfen – wir könnten es überprüfen«, sagte er, ganz erfüllt von dieser plötzlichen Idee. »Und zusammen würden wir zu einem erträglichen, funktionierenden Arrangement gelangen.« Ihm klopfte das Herz bis zum Halse, als ihm klar wurde, wie sehr er sich das wünschte.

Seine frühere Angst davor, seinen Lebensstil ändern zu müssen, war verschwunden und wurde ersetzt durch eine neue, viel berechtigtere Angst, nämlich Charlotte für immer zu verlieren. Bei dem bloßen Gedanken daran brach ihm der Schweiß aus.

Traurige grüne Augen blickten in an. »Ein erträgliches, funktionierendes Arrangement«, wiederholte sie. »Um der Liebe oder der Münzwette willen?«

Er kniff die Augen zusammen, trotz allem verletzt. »Das solltest du allein beantworten können.«

»Tja, es tut mir Leid, aber das kann ich nicht.« Sie lehnte sich zurück und faltete die Hände im Schoß.

Er lehnte sich weiter vor, kam ihr näher, atmete ihren Duft. Gegen jede Vernunft war er auf Charlotte wütend, weil sie ihm nicht vertraute, obwohl er nichts getan hatte, um ihr Vertrauen zu verdienen. Er war auch wahnsinnig wütend auf sich selbst und gleichzeitig lächerlich erregt.

»Ich werde das jetzt nur ein einziges Mal sagen.« Im Gespräch mit Chase hatte er es schon einmal durchdacht. »Die Münzwette hat mich zu dir geführt. Sie war der Auslöser für alles, was seitdem geschehen ist. Aber der einzige Grund, warum ich jetzt hier mit dir zusammen bin – ist Liebe.«

Sie blinzelte. Eine einsame Träne lief ihr über die Wange. Aus einem Impuls heraus fing er sie mit der Fingerspitze auf und schmeckte das salzige Wasser auf seiner Zunge. Er hatte ihren Schmerz geschmeckt. Jetzt wollte er ihn beseitigen. Sie schien gerade etwas sanfter gestimmt. Er konnte es spüren, und er hielt den Atem an, während er auf ihre Antwort wartete.

»Wie soll ich das jemals wissen?«, fragte sie und traf ihn damit unvorbereitet. »Wie soll ich jemals wissen, ob du mit mir zusammen bist, weil du es möchtest, oder weil du deinen Brüdern versprochen hast, dass du derjenige sein wirst, der eurer Mutter zu einem Enkelkind verhilft?« Sie schüttelte den Kopf. »Die ganze Stadt weiß, wie stark sich die

Chandlers ihrer Familie verpflichtet fühlen. Chase ist dafür das beste Beispiel, und du folgst seinem Vorbild.«

»Ich bin stolz auf meinen großen Bruder. Es ist nicht schlecht, einem solchen Vorbild zu folgen. Besonders, wenn es mich in die richtige Richtung führt.« Es gab nichts mehr, was er noch hätte sagen können. Er hatte ihr bereits erklärt, dass er seine Sache nur einmal vortragen würde. Nichts, was er jetzt noch vorbrachte, würde sie umstimmen, es sei denn, sie wollte ihm glauben.

»Geh ein Risiko mit mir ein, Charlotte. Geh mit mir zusammen ein Risiko ein.« Er streckte seine Hand aus. Seine Zukunft stand ihm vor Augen – würde sie erfüllt sein oder so leer wie jetzt sein Handteller?

Seine Eingeweide krampften sich vor echter Angst zusammen, als er sah, wie sie die Fäuste ballte. Sie war nicht einmal bereit, ihm auf halbem Wege entgegenzukommen.

»Ich … ich kann nicht. Du verlangst von mir Vertrauen, während ich verdammt gut weiß, dass ihr Chandlers eingefleischte Junggesellen seid. Keiner von euch wollte Verpflichtungen. Ihr musstet eine Münze werfen, um zu entscheiden, wer dieses Mal sein Leben für die Familie verändern muss.« Sie stand auf. »Und ich kann noch nicht einmal behaupten, ich sei der Preis, den du gewonnen hast, sondern bin eher die Strafe dafür, dass du alles verloren hast, was dir lieb war.«

Er bezweifelte, dass er die Mauern, die sie jetzt aufgebaut hatte, durchbrechen konnte. Jedenfalls nicht jetzt. Ein letztes Mal griff er nach ihrer Hand. »Ich bin nicht dein Vater.«

»Von meinem Standpunkt aus sehe ich keinen großen Unterschied.«

Das war das Problem, dachte er. Sie konnte ihre eigene schmerzliche Familiengeschichte nicht vergessen. Offensichtlich hatte sie Angst davor, das Leben und die Fehler ihrer Mutter zu wiederholen. Er hätte Annie und Russell am liebsten verflucht. Nur konnte man sie nicht länger verantwortlich machen. Charlotte war eine erwachsene Frau, die imstande sein musste, die Wahrheit zu erkennen und ihre eigenen Entscheidungen zu treffen.

Der Drang, sie in seine Arme zu nehmen, war stark, aber er bezweifelte, dass das etwas nützen würde. »Ich hätte dich nie für so feige gehalten.«

Sie kniff die Augen zusammen und starrte ihn an. »Du bist ebenfalls eine Enttäuschung.« Sie drehte sich um, rannte aus der Küche und ließ ihn stehen.

»Mist.« Roman ging in den Außenraum und kickte den ersten Mülleimer, den er entdeckte, mit einem Fußtritt durch die Gegend. Das schwere Metall scheppte auf dem Fußboden und donnerte gegen die nächste Wand.

»Es scheint wohl nicht so gut gelaufen zu sein.« Chase wartete unten an der Treppe, die zu seinem oberen Büro führte.

»Das ist eine Untertreibung.« Er stöhnte auf. »So hatte ich mir das nicht vorgestellt.«

Chase warf die Tür ins Schloss. »Damit nicht noch mehr einfach so hereinkommen. Wer hat dir eigentlich gesagt, dass das Leben einfach sei? Du hast einfach eine Zeit lang Glück gehabt. Aber jetzt ist das süße Leben vorbei, kleiner Bruder. Das hier musst du dir jetzt erarbeiten.« Er drehte sich um und lehnte sich gegen den Türrahmen. »Wenn es das ist, was du dir wünscht.«

Roman hätte sich wünschen mögen, so schnell wie möglich diese Stadt zu verlassen und allem Schmerz und Ärger zu entfliehen. Vor der Herzgeschichte seiner Mutter und Charlottes gebrochenem Herzen zu flüchten. Unglücklicherweise gab es keinen Zufluchtsort mehr. Seinen Empfindungen konnte er nirgendwohin mehr entkommen. Diese Reise zurück hatte ihn gelehrt, dass Yorkshire Falls kein Ort war, den er einfach nur besuchen konnte, nein, es war sein Zuhause mit all dem Ballast, den das Wort beinhaltete. Mit all der Last, vor der er sein Leben lang weggelaufen war.

»Verdammt richtig, es ist, was ich mir wünsche. Sie wünsche ich mir.« Aber die Frau, die er sich ersehnte, wollte nichts mehr mit ihm zu tun haben, gerade jetzt, wo er nach Jahren, in denen er Belastungen und Verantwortung ausgewichen war, bereit war, die Hochs und Tiefs einer festen Beziehung auf sich zu nehmen.

»Was willst du jetzt machen?«

Er hatte keine Ahnung. »Ich muss mir unbedingt die Sache in Washington D.C. ansehen«, sagte er zu Chase. Genau in dem Augenblick schloss Rick die Tür zum vorderen Büro auf.

»Was ist mit D.C.?«, fragte Rick.

»Roman will sich um einen Schreibtischjob kümmern«, antwortete Chase mit Überraschung in der Stimme. Er rieb sich mit den Fingern seinen Nasenrücken, während er offenbar die Nachricht zu verdauen versuchte.

»Jetzt übertreib mal nicht«, murmelte Roman. »Mir ist der Posten des Chefredakteurs bei der *Washington Post* angeboten worden.«

»Du verlässt die Stadt?« Rick steckte seine Hände in die Hosentaschen.

»Warum auch nicht. Hier wird ihn keiner vermissen«, sagte Chase grinsend und klopfte Roman auf den Rücken.

»Halt verdammt noch mal den Mund.«

Rick lachte. »Probleme wegen Charlotte? Dann kann sie ja wohl dafür bürgen, wo du die letzte Nacht verbracht hast?«

In Romans Kopf setzte ein dumpf hämmernder Schmerz ein. »Sag's bitte nicht.«

Sein mittlerer Bruder nickte. »Höschendiebstahl Nummer sechs. Ich muss also nochmals fragen: Wo warst du gestern Nacht?«

Chase und Rick, die es immer genossen, sich auf Romans Kosten zu amüsieren, lachten laut. Er antwortete nicht; schließlich wusste er, dass das nicht nötig war. Aber er ließ sich trotz des Hänselns und Lachens nicht täuschen. Ebenso wie er waren die beiden nicht begeistert, dass sie immer noch eine ungeklärte Verbrechensserie in ihrer Stadt aufzuklären hatten.

Charlotte hatte die Redaktion im Laufschritt verlassen, musste aber, als sie außer Atem geriet, langsamer werden, und setzte dann mit Mühe ihren Heimweg fort. Als ein Kleintransporter die Straße entlang rumpelte, sah sie das mit Erleichterung, da ein stechender Schmerz in ihrem Magen eingesetzt hatte.

Sie hielt den Daumen raus und versuchte zum ersten Mal überhaupt, per Anhalter zu fahren. Fred Aames, der einzige Klempner der Stadt, bot ihr an, sie bis vor ihre Tür zu bringen. Auf halbem Weg zu ihrem Laden und weg von Roman fiel ihr ein, dass sie keine Anzeige in der Zeitung aufgegeben hatte. Sie würde Chase später anrufen. Um keinen Preis wollte sie zurückgehen und den Chandler-Brüdern mit ihrer miesen Münzwette begegnen. Sie fragte sich, ob die sich gerade darüber amüsierten, verwarf den Gedanken aber sogleich.

Roman hatte nichts zu lachen. Er hatte seine Kandidatin verloren und musste erneut auf die Suche gehen. Er musste eine andere Frau finden, die er vernaschen und schwanger zurücklassen konnte.

Ihr drehte sich der Magen um, und es kostete sie große Willenskraft, Fred nicht zu bitten anzuhalten, damit sie sich in irgendeinem Busch übergeben konnte.

»Hast du schon gehört?«, fragte Fred, redete weiter, ehe sie antworten konnte. Wahrscheinlich war er es gewohnt, sich während der Arbeit unter Spültischen hervor zu unterhalten, ohne auf die Außenwelt zu achten. »Marge Sinclair sind ihre Höschen gestohlen worden.«

Nicht schon wieder. Sie begann, sich die Schläfen zu massieren. »Marge? Ich habe sie ihr erst gestern selbst vorbeigebracht.«

Er zuckte die Schultern. »Wie sagt man so schön? Wie gewonnen, so zerronnen.« Sein Gelächter wurde unterbrochen, als sein alter Transporter in ein Schlagloch geriet und Charlotte mit der Schulter gegen die Tür geschleudert wurde. »Aber ich gebe nichts auf die Kommentare vom alten Whitehall, die er über Roman Chandler abgibt.«

Als er Romans Namen erwähnte, krampfte sich Charlottes Magen zusammen. Kleinstadtleben, dachte sie. Sie mochte es gern, aber manchmal bedeutete es, dass man nicht entfliehen konnte, so sehr man es sich auch wünschte. »Nein, ich glaube auch nicht, dass Roman Chandler Slips stehlen würde«, sagte sie, nur um mal was zu sagen.

»Na ja, wenn es ein Streich sein sollte, würde er es tun, aber er würde sie nicht so klauen, wie es die Zeitung schildert.«

»Mhm.« Vielleicht würde Fred ja das Thema wechseln, wenn sie nicht direkt antwortete.

»Er hat zu viel Charakter.«

»Er hat Charakter, das stimmt«, murmelte sie. Sie wollte sich im Augenblick lieber nicht weiter über Romans Charakter verbreiten, weil ihr da einiges auf der Zunge lag, was schnell in der Gerüchteküche der Stadt landen könnte. Das wollte sie genauso wenig wie Roman.

»Er hat sich damals in der High-School für mich eingesetzt. Das werde ich nie vergessen und das soll auch niemand sonst. Ich sage jedem, der mir über den Weg läuft, dass Roman kein Dieb ist.« Er machte eine Vollbremsung vor ihrem Laden.

Sie rieb sich die gequetschte Stelle auf ihrer Schulter und griff nach ihrer Tasche. Wer stahl nur diese Unterwäsche? Sie zählte in Gedanken alle bisherigen Opfer auf. Whitehall, Sinclair … Alle über fünfzig, fiel ihr auf, und sie fragte sich, ob Rick oder sonst jemand von der Polizei zu demselben Schluss gekommen war und ob das überhaupt etwas zu bedeuten hatte. Seltsam schon, dachte sie, noch milde ausgedrückt.

»Hast du was gesagt?«, fragte Fred und kam ein wenig aus seinem Sitz hoch.

»Ich wollte wissen, ob dir klar ist, dass ich dir mein Leben verdanke. Vielen Dank, dass du mich nach Hause gefahren hast.«

»Es war mir ein Vergnügen.« Er beugte sich zu ihr hinüber und legte eine Hand auf ihre Rücklehne. »Es gibt etwas, womit du dich revanchieren kannst.«

»Und das wäre?«, fragte sie vorsichtig.

»Setz meine Marianne auf deiner Höschenliste etwas nach oben.« Seine vollen Wangen nahmen ein gewaltiges Rot an. »Wenigstens zeitig genug für unsere Hochzeitsnacht.«

Sie grinste und nickte. »Ich denke, das ließe sich machen.« Charlotte sprang aus dem Transporter, bevor sie laut loslachen und den armen Mann noch mehr in Verlegenheit bringe würde. »Nochmals vielen Dank, Fred.«

»Gern geschehen. Und wenn deine Kundinnen zu dir kommen und über den Diebstahl reden, denk daran, ihnen zu sagen, dass Roman Chandler niemals etwas stehlen würde.«

Mit Ausnahme meines Herzens, dachte sie traurig.

Fred fuhr davon und ließ sie auf dem Bürgersteig zurück. Sie starrte zunächst auf ihren Laden, dann auf ihr Wohnungsfenster im ersten Stock. Beides konnte sie nicht locken. Seit Roman in ihrem kleinen Apartment die Nacht verbracht hatte, war es nicht länger der sichere Hafen, in den sie sich retten konnte. Ihr Büro roch abscheulich, im Laden würde Beths gesprächige Anwesenheit sie sehr schnell dazu bringen, schmerzhafte Geheimnisse zu enthüllen, und *Zutritt Verboten* galt für das Haus ihrer Mutter, weil Russell sich dort aufhielt.

Sie fühlte sich wie eine Vertriebene ohne Obdach – bis ihr einfiel, dass es doch einen Platz gab, an dem sie sich zusammenrollen und ihren Frieden haben konnte. Sie schaute kurz im Laden vorbei, um Beth mitzuteilen, dass sie sich den Tag frei nehme, holte sich bei Norman ein Sandwich und Selters und betrat dann ihr Apartment. Dort zog sie sich schnell um, griff sich ihr geliebtes Buch *Zauberhafte Zufluchtsorte* und bückte sich, um auf die Feuerleiter bzw. Terrasse zu steigen.

Manche Leute trösteten sich mit Essen. Charlotte hatte Trostbücher. Eines ganz besonders. Eine Brise fuhr durch die Seiten, und sie wandte sich ihrer liebsten Abbildung zu, der mit den riesigen HOLLYWOOD-Buchstaben. Sie saß da mit dem Rücken an der Mauer, die Beine vor sich ausgestreckt, das Buch auf den Knien. Seufzend folgte sie mit den Fingern den wohlvertrauten Zeichen. Dann stützte sie ihr Kinn auf beide Hände und starrte auf die Hochglanzseiten.

Welche Ironie, dass dasselbe Buch, das ihr Frieden gab, gleichzeitig ihren größten Schmerz symbolisierte. Sie verstand, warum das so war. *Zauberhafte Zufluchtsorte* brachte sie in eine unkompliziertere Zeit zurück, eine Zeit, in der sie noch an Märchenprinzen und ein glückliches Ende jeder Geschichte geglaubt hatte. Eine Zeit, als Charlotte noch daran glaubte, dass ihr Vater nach Hause kommen würde, um sie und ihre Mutter mitzunehmen und in ein Flugzeug nach Los Angeles zu setzen. Das hätte ihr die Sicherheit zurückgeben, die ihr genommen war. Doch das hatte er nie getan.

Deshalb müsste dieses Buch sie eher verunsichern, stattdessen beruhigte es sie in einer Weise, wie es nur unschuldiger Kinderglaube schaffte. Charlotte forschte da nicht weiter nach. Das Leben war schon kompliziert genug. Und die Münzwette der Chandler-Brüder hatte mit Sicherheit ihr Leben und ihre Gefühle derartig durcheinandergebracht, wie sie es nie für möglich gehalten hätte.

Charlotte erging sich nicht in Selbstmitleid, noch glaubte sie, diese Wendung des Schicksals aus irgendeinem Grunde verdient zu haben. Wenn sie alles bedachte, konnte sie nicht sagen, dass sie überrascht war. Für die Psychiater war es ein großer Tag, als sie zu der Überzeugung gelangten, dass Mädchen sich in die Männer verliebten, die sie an ihre Väter erinnerten. Eine Feststellung, die sie einst mit voller Überzeugung bestritten hätte, für die sie jetzt aber der lebende Beweis war.

Die Chandler-Brüder hatten viele Eigenschaften: Sie waren eingefleischte Junggesellen, ergebene Söhne und äußerst loyale Männer. Sie wusste, dass Roman niemals vorgehabt hatte, sie zu verletzen. Sie glaubte ihm, dass er sie von der Liste verfügbarer Frauen gestrichen hatte, weil er ihre Familiengeschichte kannte. Aber sie hätte sein Leben mit Sicherheit vereinfacht, wenn sie in seine Arme gesunken wäre, die er doch eigentlich nur für ein Baby öffnen wollte.

Nachdem Roman mit seinen Brüdern fertig war, schloss er sich in Chases Büro ein und vergrub sich in das, was er am besten konnte, ins Schreiben. Er schaltete alles andere aus und verbrachte den späteren Vormittag und einen Teil des Nachmittags damit, einen Artikel über das Kleinstadtleben zu verfassen. Eigentlich war Milieuschilderung nicht so sehr seine Sache, aber irgendwie flossen ihm die Worte aus dem tiefsten Inneren zu.

Große Städte, größere Geschichten. Riesige Kontinente, noch größere ergreifendere Geschichten. Im Herzen all dieser breiteren Artikel konnte man, wie Roman feststellte, das Wesentliche der Menschen finden – ihre Bindung aneinander, ihre Gemeinschaft, ihr Land. Doch das fand man ebenso bei den Menschen in Yorkshire Falls.

Wenn Roman einen aktuellen Bericht schrieb, wählte er meist Menschen zum zentralen Thema, was sie brauchten und taten, um zu überleben – ob er nun seinen Standpunkt klarmachte über die Ungerechtigkeit von Hunger und Armut, die brutale Wahrheit ethnischer Säuberungen in fremden Ländern oder den Bedarf an Sondergenehmigungen oder neuen Baugesetzen, damit jemand mit degenerativer Arthritis sich ein Haustier halten und mit ihm ohne Schmerzen spazieren gehen konnte.

Für Roman als Journalist und Mann war die objektive Betrachtungsweise einfacher, und deshalb hatte er sich dafür entschieden, sich mit der Fremde zu befassen. Seine Gefühle für die Menschen und Geschichten zuhause blockte er ab. Zuhause, das symbolisierte für Roman Furcht, Schmerz, Ablehnung, Verlust, all das, was er seine Mutter hatte durchmachen sehen.

Er selber durchlebte das jetzt alles, weil er Charlotte Leid zugefügt hatte. Diese Geschichte war eine Läuterung. Er würde sie nicht verkaufen, sie aber als Beweis für das behalten, was seine Mutter ihm gesagt hatte: Wer nicht geliebt hat, hat auch nicht gelebt. Bei all seinen ausgedehnten Reisen und Erlebnissen hatte er nicht wirklich gelebt, das wurde ihm jetzt klar. Also los, wie konnte er Charlotte überzeugen?

Nachdem er sie vergeblich im Laden gesucht hatte, erfuhr er bei Norman, dass sie mit einem Sandwich dort weggegangen war. Er brauchte es an ihrer Wohnungstür gar nicht zu versuchen. Sein Instinkt sagte ihm genau, wo er sie finden konnte, und seinem Instinkt traute er immer.

Mit gleicher instinktiver Sicherheit hatte er vorausgesehen, dass er tief im Schlamassel stecken würde, falls Charlotte von der Münzwette erführe. Und so war es auch gekommen. Mit derselben Sicherheit wusste er jetzt, dass er sich nie ganz von ihr befreien könnte. Er wusste, dass auch das stimmte. Schnell bog er um die Ecke, die zur Rückseite ihres Hauses führte.

Die Sonne stand tief am Himmel. Er riskierte, gesehen zu werden, wie er im hellen Tageslicht um ihr Apartment herumschlich. Es war ihm egal. Er wollte nichts als sich vergewissern, dass es ihr gut ging, obwohl er sich hüten würde, so bald schon vernünftig mit ihr reden zu wollen.

Er stand im Schatten der Bäume und sah zu ihr hoch, wie sie da auf der Feuerleiter saß. Freiwillig allein, nicht bereit, ans Telefon oder an die Tür zu gehen. Er schüttelte den Kopf. Wie schlimm, das er ihr diesen Schmerz zugefügt hatte. Einzelne Strähnen hatten sich aus ihrem Pferdeschwanz gelöst und wehten um ihr blasses Gesicht. Andächtig berührte sie die Seiten eines Buches. Er nahm an, dass es einer ihrer verdammten Reiseberichte war. Sie war eine Träumerin und sehnte sich nach Dingen, die sie für unerreichbar hielt. Reisen. Aufregung. Ihr Vater. Roman.

Sie hatte den Nerv gehabt, in einer verschlafenen ländlichen Stadt ein weltstädtisches Geschäft zu eröffnen, aber ihr fehlte der Mut, ein Wagnis mit dem Leben einzugehen. Mit ihm.

Wenn die Realität nun eine Enttäuschung ist?, hatte sie wissen wollen, als er sie über ihre Bücher, ihre Träume befragt hatte. Er hatte ihr darauf nicht geantwortet, so sicher war er gewesen, dass er ihre Fantasien würde erfüllen können. Aber ein Wochenendausflug war weit davon entfernt, einen lebenslangen Traum Wirklichkeit werden zu lassen.

Und jetzt hätte er sich selbst in den Hintern treten können, weil er so verdammt arrogant, so von sich überzeugt gewesen war, als Charlottes Gefühle auf dem Spiel standen. Wegen ihres Vaters erwartete Charlotte, dass das Leben sie enttäuschen würde. Anstatt sie vom Gegenteil zu überzeugen, hatte Roman jede negative Meinung bestätigt, die sie von Männern hatte.

Er stieß einen Fluch aus. Nach einem letzten Blick zu ihr nach oben machte er sich auf den Heimweg.

Raina griff nach ihrer Handtasche und wartete, bis Dr. Leslie Gaines ihre Eintragungen ins Krankenblatt gemacht hatte. Weil sie Eric jetzt mehr privat traf, bevorzugte sie Dr. Gaines als Allgemeinärztin. Dafür hatte sie zwei Gründe. Sie wollte es Eric nicht zumuten, ihren Söhnen gegenüber lügen zu müssen, und sie wollte für sie beide als Paar etwas Geheimnisvolles bewahren, so albern es auch klingen mochte. Wenn er ihre Brust mit dem Stethoskop abhörte und sie als Patientin mit den Augen des Arztes betrachtete, wie konnte er sie dann von Mann zu Frau ansehen?

»Also ihr Kardiogramm ist bestens, keine Veränderung.« Dr. Gaines klappte den Ordner zu. »Sie sind gesund, Raina. Machen Sie nur ihre Übungen weiter und meiden Sie fettes Essen.«

»Ja, Doktor.« Aber Raina wusste, dass sich das nur so leicht dahinsagte. Es war nämlich gar nicht so einfach, das Theater mit ihrer Krankheit vor ihren Jungen aufrecht zu erhalten. Obwohl ihr kleiner Schwindel, wie sie es im Stillen bezeichnete, hin und wieder Schuldgefühle verursachte, glaubte sie an den guten Zweck. Sie wollte ihre Söhne sesshaft und glücklich mit einer eigenen Familie erleben.

Dr. Gaines lächelte. »Ich wünschte, alle meine Patienten wären so kooperativ.«

Raina nickte nur. »Danke für alles.« Sie verließ die Praxis, ohne Eric zu begrüßen. Diese Freude wollte sie sich lieber für später aufheben, damit das Thema ihrer Krankheit nicht zu einem Streit führte.

Da Roman den Tag mit Chase in der Redaktion verbrachte und Rick im Dienst war, machte sie sich direkt auf den Heimweg. Sie zog ihre Trainingshose an, um schnell eine Runde auf dem Laufband zu absolvieren. Nur ein Zwanzigjähriger oder Superman konnte diese Routine aufrecht erhalten, ohne erwischt zu werden. Während sie zügig marschierte, sah sie immer mit einem Auge aus dem Kellerfenster zur Auffahrt hinüber, um zu sehen, ob ihre Söhne früher nach Hause kämen. Dann würde sie sich mit einem Satz auf die Couch werfen.

Zwanzig Minuten später trat sie von ihrem Heimtrainer und duschte schnell, sehr erleichtert, dass keiner sei erwischt hatte. Nachdem sie fertig angezogen war und einen Happen gegessen hatte, war sie bereit, ihr Hauptanliegen in Angriff zu nehmen.

Romans Liebesleben.

Seine Liebesaffäre schien gefährliche Umwege genommen zu haben, das entnahm sie Romans schlechter Laune und seiner plötzlichen Weigerung, über irgendetwas zu reden, was mit Charlotte zu tun hatte. Er würde seine eigenen Probleme schon selber lösen, hatte er gesagt. Aber Raina als seine Mutter, die seine Windeln gewechselt und seine Tränen getrocknet hatte, konnte jede Gefühlsregung an seinem Gesicht ablesen. Er konnte sich noch so sehr anstrengen, seine Gefühle zu verbergen, ihr entging nichts. Sie sah, wie ihr Jüngster litt.

Dieses Problem mit Charlotte, was es auch war, würde schon nicht so schlimm sein. Immerhin verlief keine Romanze ganz glatt. Bisher hatte sie für Roman allerhand Gutes in die Wege geleitet. Ihre ›Krankheit‹ hatte ihn nach Hause gebracht und in Yorkshire Falls festgehalten, wo er seine erste Liebe mehr als aufgefrischt hatte. Ein kleiner Anstoß, und die beiden würden im Nu wieder zusammen sein.

Später am Nachmittag trat Raina in Charlottes Speicher. Sie hoffte nur, dass niemand aufgefallen war, dass sie heute schon das zweite Mal in die Stadt kam und dass ihre Söhne das erfuhren. Zum Glück schien der Laden leer zu sein. »Hallo?«

»Komme sofort«, erklang Charlottes beschwingte Stimme von hinten.

»Lass dir Zeit.« Raina ging hinüber zur Unterwäscheabteilung und befühlte ein wunderschönes seidenes Nachthemd mit passendem Morgenrock.

»Das wird dir stehen«, sagte Charlotte und trat hinter sie. »Das helle Elfenbein betont das Grün deiner Augen.«

Raina wandte sich um und sah die schwarzhaarige Schönheit an, in deren Seele, wie bei ihrem Sohn, ein tiefer Schmerz wohnte. »Ich bin nicht sicher, ob ich in so etwas Weißes hineingehöre.«

Charlotte lächelte. »Hell, nicht weiß. Es ist eher eine antike Farbe, und nichts wäre falsch daran, sich das zu gönnen. Die einzelnen Farben haben doch keine inhaltliche Bedeutung. Das ist eine altmodische Vorstellung, glaub mir.« Sie verschränkte die Arme über dem metallenen Kleiderständer. »Ich sehe doch, wie gern du es haben möchtest. Du befühlst immer noch den Spitzenrand.«

»Auf frischer Tat ertappt.« Raina lachte. »Okay, du kannst es mir einpacken.« Sie fragte sich, ob es in der Kommode rumliegen würde oder ob …

»Ich sehe mit Freude, dass es dir gut genug geht, um unterwegs zu sein.«

Charlotte schnitt noch gerade rechtzeitig Rainas Gedanken ab. Raina hatte Angst, an solche Intimitäten auch nur zu denken. Es war zu lange her, seit jemand sie so gesehen hatte.

»Ich weiß, ich soll mich schonen, aber ich musste hierher kommen.« Die Gründe gab sie noch nicht preis. »Soll Einkaufen nicht gut gegen Stress sein?«

Charlotte lachte. »Wenn du es sagst.« Sie durchsuchte den Kleiderständer mit den langen seidenen Gewändern. Die junge Frau musste nicht nach der Größe fragen, da sie von allen Kundinnen die Größen im Kopf hatte, was Raina von Anfang an sehr beeindruckt hatte. Jede Kundin, die den Laden betrat, wurde von Charlotte oder Beth ganz persönlich betreut, und jede Kundin ging mit dem Gefühl, dass sie für Charlotte die wichtigste war. Ihr Geschäft florierte, und sie hatte den beruflichen Erfolg verdient.

Privaten Erfolg verdiente sie genauso. Raina konnte es nicht ertragen, dass zwei Menschen, die so offensichtlich verliebt waren, sich auseinander lebten. Als Charlotte den Kleiderbügel aushakte und zur Kasse ging, hatte Raina sich noch nicht entschlossen, ob oder wie sie das Thema anschneiden sollte.

»Kann ich sonst noch etwas für dich tun?«, fragte Charlotte mit einem angestrengten Lächeln.

Wenn das keine Eröffnung war! Raina schüttelte den Kopf. Das musste ein Zeichen gewesen sein, dass sie Charlotte befragen durfte. Roman würde es ihr nicht übel nehmen. Nicht, sobald er glücklich mit Charlotte eine Familie gegründet hätte. Raina beugte sich über den Tresen. »Du kannst mir sagen, warum du so unglücklich aussiehst.«

»Ich weiß nicht, was du meinst.« Sofort fing Charlotte an, mit der Wäsche herumzuhantieren, riss den unteren Teil des Preisschildes ab und wickelte die luxuriöse Seide in hellrosa Seidenpapier.

Raina legte die Hand beruhigend über ihre. »Ich denke doch. Roman fühlt sich genauso elend wie du.«

»Das ist nicht möglich.« Charlotte begann die Rechnung einzutippen. »Einhundertundfünfzehn Dollar und dreiundneunzig Cent.«

Raina zog ihre Kreditkarte aus der Handtasche und legte sie auf den Tresen. »Ich versichere dir, es ist sehr wohl möglich. Ich kenne meinen Sohn. Er leidet.«

Charlotte zog die Karte durch und machte die Rechnung fertig. »Ich glaube nicht, dass du irgendetwas tun kannst, um uns zu helfen. Lass es gut sein.«

Raina schluckte schwer. Etwas in Charlottes Stimme riet

ihr, aufzuhören, aber sie brachte es nicht fertig. »Ich kann nicht.«

Zum ersten Mal, seit Raina das Thema angeschnitten hatte, blickte Charlotte sie direkt an. »Weil du dich verantwortlich fühlst?«, fragte sie sanft, ohne Boshaftigkeit, aber mit der Sicherheit derjenigen, die alles wusste.

Rainas Herz begann schneller zu schlagen – aus Besorgnis und Angst. »Warum sollte ich mich verantwortlich fühlen?«, fragte sie vorsichtig.

»Du weißt es wirklich nicht, wie?« Charlotte schüttelte den Kopf, gab ihre steife Haltung auf und ging auf Raina zu. »Komm, setz dich.«

Raina folgte ihr ins Büro und fragte sich, wieso sich das Gespräch plötzlich um sie und nicht um Romans und Charlottes Liebesaffäre drehte.

»Als du krank wurdest, waren deine Söhne sehr besorgt.«

Raina senkte die Augen, unfähig, Charlottes ernstem, besorgtem Blick zu begegnen, da sich das verfluchte Schuldgefühl wieder bemerkbar machte.

»Und zusammen beschlossen sie, dir deinen innigsten Wunsch zu erfüllen.«

»Und der wäre?«, wollte Raina wissen, unsicher, was Charlotte meinen könnte.

»Enkelkinder natürlich.«

»Oh!« Sie stieß einen Seufzer der Erleichterung aus, da Charlotte offenbar so daneben lag, und winkte mit der Hand ab. »Ausgeschlossen, dass meine Jungen mir Enkelkinder bescheren würden, egal, wie sehr ich mir das auch wünschen mag.«

»Da hast du Recht. Sie wollten es auch nicht. Aber sie hatten das Gefühl, sie müssten es tun.« Charlotte hob die Augen und blickte Raina an. »Sie haben eine Münze geworfen. Der

Verlierer war dran – zu heiraten und mit irgendeiner Frau ein Baby zu bekommen. Roman hat verloren.« Sie zuckte die Schultern, aber ihr Schmerz war greifbar, umgab sie beide. »Ich war die nächstbeste Kandidatin.«

Empörung stieg in Raina hoch, aber ihr Herz verkrampfte sich mit mehr als dem Schuldgefühl. Sie hatte beabsichtigt, ihre Jungen zu ihrem Glück zu zwingen, aber dabei sollten andere natürlich niemals verletzt werden. »Charlotte … Du glaubst doch nicht, dass sich Roman dir zugewandt hat, weil er der Verlierer der Wette war. Bei euch Zwei gab es immerhin eine Vorgeschichte.«

Charlotte blickte weg. »Roman hat zugegeben, dass er die Wette verloren hat. Der Rest ist schmerzhaft offensichtlich.«

»Aber er hat dich nicht gewählt, weil du die nächste Kandidatin warst!« Raina sprach als erstes Charlottes Kränkung an. Mit der Münzwette und ihrer Rolle dabei würde sie sich später befassen. Oh ja, sie würde sich ihre Jungen vornehmen.

Sie hatte die Illusion gehabt, dass sie und John ein Beispiel gegeben hätten für eine glückliche Familie und eine gute, liebevolle Ehe. Offenbar war es nicht so gewesen; aber was in aller Welt war geschehen, dass die Jungen so vom Gegenteil überzeugt waren? Es stimmte zwar, dass Rick ein schmerzhaftes Fiasko erlebt hatte, weil er aus Gutmütigkeit hatte helfen wollen, aber die richtige Frau würde die Mauern schon durchbrechen, die er seitdem aufgerichtet hatte. Und Roman – Raina erinnerte sich daran, dass ihr Jüngster gesagt hatte, er habe den Eindruck, sie hätte ihr Leben aufgegeben. War das genug gewesen, um ihm den Gedanken an die Ehe zu verleiden?

»Ich kann doch jetzt wirklich nicht wissen, warum sich

Roman mir zugewandt hat, oder?« Charlottes Stimme zitterte vor Ungewissheit. Ein gutes Omen, hoffte Raina.

»Ich denke, du weißt mehr, als du zugeben willst.« Raina beugte sich vor und drückte Charlottes Hand. »Mir ist zwar klar, dass du wahrscheinlich zuallerletzt von mir einen Rat haben möchtest, aber lass mich bitte eines sagen.«

Charlotte neigte den Kopf. »Ich mache dir keine Vorwürfe, Raina.« Vielleicht sollte sie es tun. Vielleicht würden sie und Roman dann nicht so unglücklich sein.

»Wenn du die wahre Liebe gefunden hast, dann sieh zu, dass dir nichts im Weg steht. Ein Tag, nur diese vierundzwanzig Stunden, könnte ein verlorener Tag in einem Leben sein, das viel zu kurz ist.«

Raina glaubte, von Charlotte einen erstickten Ton zu hören und stand schnell auf, da sie sich nicht länger einmischen wollte. Außerdem musste sie allein sein, um mit sich ins Reine zu kommen und sich zu entscheiden, was sie mit all dem Schmerz und dem Chaos um sich herum anstellen sollte. Das hatte sie nicht beabsichtigt.

»Mach's gut.« Sie ließ Charlotte stumm dasitzen, verließ den Laden und trat in den Sonnenschein hinaus, ohne sich im geringsten warm und glücklich zu fühlen. Sie war im Gegenteil völlig ratlos und wusste nicht, wie sie die Dinge wieder in Ordnung bringen sollte.

Angesichts der Tatsache, dass ihr großer Plan bisher eine solche Katastrophe gewesen war, würde es wohl ratsam sein, sich aus dem Leben anderer herauszuhalten und sich auf ihr eigenes zu konzentrieren. Eric hatte die ganze Zeit über Recht gehabt, aber es würde ihn nicht erfreuen, wenn er erführe, dass Raina auf Kosten aller anderen zur Einsicht gekommen war.

So gern sie sich auch zurückgezogen und die Hände-weg-

Route eingeschlagen hätte, so musste sie doch mit ihren Söhnen ernste Probleme besprechen. Sie seufzte. Was danach aus Roman und Charlotte werden würde, stand in den Sternen.

Roman schlug Nägel in die Garagenregale. Wenn er schon dablieb, dann konnte er sich auch etwas nützlich machen. Größtenteils sorgten Chase und Rick für den Erhalt des Hauses, aber Roman wollte seinen Teil dazu beitragen, wenn er denn hier war. Außerdem war es momentan eine verdammt gute Möglichkeit, Frust abzubauen, indem er den Hammer schwang.

Charlotte hatte nicht angerufen. Sie hatte nicht zurückgerufen, um genau zu sein. Aber er war nicht sicher, ob diese Unterscheidung von Bedeutung war.

Er hob den Hammer und holte in dem Moment aus, als die schrille Stimme seiner Mutter zu ihm drang. »Richtig zielen, Roman!«

Der Hammer knallte direkt auf seine Finger. »Mist.« Er schlich aus der Garage und schüttelte seine Hand, um den pochenden Schmerz zu lindern. Draußen stieß er auf seine Mutter, die auf und ab ging. »Was ist los?«, fragte er.

»Alles. Und so sehr ich mir auch selbst die Schuld gebe, so brauche ich doch ein paar Antworten.«

Er wischte sich mit dem Arm über seine verschwitzte Stirn. »Ich weiß nicht, wovon du redest. Aber du siehst aufgeregt aus, und das kann für dein Herz nicht gut sein.«

»Vergiss mein Herz. Um deins mache ich mir Sorgen. Eine Münzwette? Der Verlierer heiratet und bekommt Kinder? Was in Gottes Namen haben dein Vater und ich falsch gemacht, dass ihr Jungs euch so gegen die Ehe gewandt habt?« Die braunen Augen seiner Mutter wurden feucht.

»Verflucht, Mutter, wein doch nicht.« Er wurde schwach, wenn sie weinte. Das war schon immer so gewesen – was ihre Frage schon zum Teil beantwortete, fiel ihm dabei auf. »Wer hat dir das erzählt?« Er legte den Arm um sie und führte sie zu den Gartenstühlen auf der Terrasse.

Sie kniff die Augen zusammen. »Darum geht es jetzt nicht. Antworte mir.«

»Es geht darum, dass du nicht im Krankenhaus enden sollst.«

»Das werde ich auch nicht. Jetzt rede.«

Er stöhnte auf, bemerkte aber zugleich, dass sie kräftiger erschien, als sie es seit seiner Heimkehr gewesen war.

»Die Münzwette, Roman. Ich warte«, sagte sie, als er nicht schnell genug antwortete. Sie klopfte mit einem Fuß auf den Terrassenboden.

Er zuckte die Schultern. »Was soll ich dazu sagen? Zu dem Zeitpunkt schien es die beste Lösung zu sein.«

»Idioten! Ich habe Idioten großgezogen.« Sie verdrehte die Augen gen Himmel. »Oder nein – ich habe ganz typische Männer großgezogen.«

Sie hatte Recht. Er war ein typischer Mann, und als stolzes eingetragenes Mitglied dieser Art war ihm nicht wohl dabei, seine Gefühle und Empfindungen zu diskutieren. Aber er schuldete der Frau, die ihn, so gut sie konnte, allein aufgezogen hatte, eine Erklärung. Er ahnte, dass er sich Charlotte gegenüber genauso verhalten musste – wenn er eine zweite Chance haben wollte.

Und das wollte er.

»Wir beide haben neulich schon mal ansatzweise darüber geredet.« Roman beugte sich in seinem Stuhl nach vorn. »Ich war elf, als unser Vater starb. Ich habe dich in all deinem Schmerz erlebt. Gerade jetzt auf meiner Heimreise ist mir deutlich geworden, dass mich diese Erfahrung dazu gebracht hat, mich von allem, was mir nahe steht, zurückziehen zu wollen. Mein Job als Journalist hat es mir erleichtert, unbeteiligt zu bleiben. Hier zuhause hätte ich mich niemals so distanzieren können. Nicht von dir und nicht von Charlotte.«

Raina vertrieb einiges von ihrem Ärger, ihren Ängsten und ihrer Frustration mit einem tiefen Atemzug. »Es tut mir Leid. Das alles.«

»Du kannst dir nicht am Schicksal die Schuld geben, oder an der Reaktion von jemand anderem auf die Umstände deines Lebens.«

Sie blickte ihn an. »Du verstehst es nicht wirklich.«

»Doch. Und ich liebe dich für dein Mitgefühl, aber reg dich deshalb nicht auf.« Er erhob sich. »Sonst berichte ich sofort deinem Arzt davon.« Eric oder seine Praxis-Partnerin würden seiner Mutter schon was erzählen, wenn sie ihre Gesundheit aufs Spiel setzte.

Roman kniff die Augen zusammen und sah seine Mutter prüfend an. Sie hatte dunkle Ringe unter den Augen und wenig Make-up auf den Wangen. Offensichtlich verwandte sie weniger Zeit auf ihr Aussehen. Weil sie schneller ermüdete?, fragte er sich. Sorge um ihn und Charlotte konnte alles nur schlimmer machen, und er versuchte sie zu beruhigen. »Du hast deine Sache unglaublich gut gemacht. Chase, Rick und ich, wir können selbst auf uns aufpassen. Das verspreche ich dir.« Er küsste sie flüchtig auf die Wange.

Sie stand auf und ging mit ihm zurück zur Garage. »Ich liebe dich, mein Sohn.«

»Ich dich auch, Mutter. Du hast ein gutes Herz und …«

»Roman, wo wir gerade von meinem Herzen sprechen …«

Er schüttelte den Kopf. »Jetzt wird nicht mehr geredet«, sagte er im sachlichen Ton eines Ausbilders. »Ich möchte, dass du dich hinlegst und dich ausruhst. Zieh das Rollo herunter und mache ein Nickerchen. Oder sieh fern. Irgendetwas. Hauptsache, du läufst nicht rum und grübelst über deine Söhne nach.«

»War ich es, oder hast du dieses Gespräch über eure dämliche Münzwette abgewürgt?«

Er lachte. »Dich kann man wirklich nicht reinlegen, aber nein, ich will dich nicht ablenken, sondern nur gesund erhalten. Ich habe deine Frage, wie wir zu der Münzwette kamen, beantwortet. Jetzt werde ich dir noch etwas verraten, damit du besser schläfst. Ich bin dafür dankbar. Ich betrachte die Ehe nicht länger als eine Strafe. Jedenfalls nicht, wenn sie mit der richtigen Frau geschlossen wurde.« Mit einer Frau, die nichts mit ihm zu tun haben wollte. Aber es war Zeit, eine Entscheidung zu erzwingen, beschloss er in diesem Augenblick.

Das Gesicht seiner Mutter leuchtete auf, ihre grünen Augen glänzten. »Ich wusste es, etwas hat sich geändert, seit du zurück bist. Aber was ist mit deinem kürzlichen … Wie drücke ich es vorsichtig aus? Mit deiner schlechten Laune?«

»Ich werde meine Probleme lösen, und du machst ein Nickerchen.«

Sie blickte ihn mürrisch an. »Sieh du nur zu, dass du die Sache mit Charlotte in Ordnung bringst.«

»Ich habe nie gesagt …«

Sie tätschelte seine Wange, wie sie es früher, als er noch ein Kind war, oft getan hatte. »Das musstest du auch nicht. Eine Mutter spürt so etwas.«

Er verdrehte die Augen und zeigte aufs Haus. »Ins Bett.«

Sie salutierte und ging hinein. Er starrte ihr nach, während er an all die Ratschläge dachte, die sie ihm im Laufe der Jahre gegeben hatte, und an ihre glückliche Ehe mit seinem Vater. Er machte ihr keine Vorwürfe, dass sie sich dasselbe für ihre Söhne wünschte. Im Nachhinein konnte er genauso wenig wie seine Mutter glauben, dass er, Rick und Chase sich dazu bereitgefunden hatten, eine Münze zu werfen, die über ihr Schicksal entscheiden sollte.

Roman überlegte hin und her, ob es richtig wäre, noch einmal zu versuchen, Charlotte alles zu erklären, entschied sich aber dann dagegen. Sie war nicht bereit zu einer weiteren Diskussion, und zwar aus gutem Grund. Er konnte in einem Gespräch nur das Vergangene wiederholen – und die Tatsache, dass er für die Zukunft keinen wirklichen Plan hatte.

Wenn er ihr das nächste Mal gegenübertrat, musste er seine Gefühle und Absichten beweisen können. Nur dann konnte er sein Herz in ihre Hände legen und sie davor warnen wegzugehen.

Er griff nach dem Mobiltelefon, das er in der Garage gelassen hatte, und rief seine Brüder an. Zehn Minuten später versammelten sie sich in der Garage, wo dieser ganze Albtraum begonnen hatte. Roman begann damit, die momentane Situation zu erklären und beschrieb auch, wie weit ihre Mutter über ihr Abkommen Bescheid wusste.

»Ihr seid jetzt also auf dem Laufenden und müsst auf unsere Mutter aufpassen. Gebt Acht, dass sie sich schont und sich nicht mit dem Versuch übernimmt, mein Leben zu ordnen. Das kann ich allein.«

»Wie?« Chase verschränkte die Arme vor der Brust.

»Indem ich nach Washington D.C. gehe.« Er musste Charlotte beweisen, dass er imstande war, sich irgendwo niederzulassen. Er würde mit einem festen Job und genauer

Lebensplanung zurückkommen, einer, die sie beide glücklich machen sollte.

Keinesfalls würde er den Journalismus aufgeben und auch nicht seine Leidenschaft, der erstaunten Weltöffentlichkeit Wahrheiten zu vermitteln. Nur die Beschaffenheit der Nachrichten und der Ort, von dem aus er berichtete, würden sich ändern. Nach der Zeit, die er gerade mit seiner Familie und allen weiteren Mitmenschen in Yorkshire Falls verbracht hatte, war ihm klar geworden, dass er es nicht nur schaffen konnte, an einem Ort festen Fuß zu fassen, sondern es sich sogar wünschte.

»Was jetzt?«, fragte er in ein fassungsloses Schweigen hinein. »Wollt ihr gar keine Witzchen machen?«

Rick zuckte die Schultern. »Wir wünschen dir alles Gute.«

»Das war ja etwas dürftig.«

»Ich mache über alles Mögliche meine Witze, aber nicht, wenn so viel auf dem Spiel steht. Ich wünsche dir das Allerbeste.«

Rick streckte die Hand aus, und Roman ergriff sie und zog seinen Bruder kurz an sich. »Du kannst mir einen Gefallen tun. Hab ein Auge auf Charlotte, während ich weg bin.«

»Na, das dürfte nicht schwer fallen.« Er schlug ihm auf den Rücken und grinste, bereits wieder zum Scherzen aufgelegt.

Roman kniff die Augen zusammen. »Lass bloß deine verdammten Finger von ihr«, sagte er um der brüderlichen Kabbelei willen, nicht, weil er befürchtete, Rick werde sich an sein Mädchen heranmachen. Nachdem er sich etwas beruhigt hatte, wusste er, dass er seinen Brüdern sein Leben anvertrauen konnte – und das schloss Charlotte mit ein.

»Er ist etwas eigen«, bemerkte Rick mit vor seiner Brust gefalteten Händen.

Chase kicherte.

Roman stöhnte auf. »Vermassele das bloß nicht. Pass auf sie auf, bis ich wieder da bin. Jetzt muss ich Wäsche waschen und dann packen.« Er ging zu der kurzen Treppe, die ins Haus führte.

»Was ist an diesem Mädchen so besonders?«, rief Rick ihm nach.

»Außer der Tatsache, dass sie sein Alibi ist?« Das Gelächter von Chase folgte ihm bis zur Tür.

Roman schüttelte den Kopf. Er griff nach der Türklinke, dann drehte er sich um. »Ich kann kaum den Tag erwarten, an dem der Spaß auf eure Kosten geht.«

Charlotte lief in ihre Wohnung und stürzte sich aufs Telefon. Schon im Hausflur hatte sie es klingeln hören, aber sie hatte die Arme voll mit Sachen aus der Reinigung. Bis sie ihre Schlüssel gefunden und die Tür geöffnet hatte, wurde aufgelegt, ohne dass jemand eine Nachricht hinterließ.

Sie warf die Sachen auf die Couch. »Mal sehen, ob davor jemand angerufen hat.« Ihr Magen krampfte sich zusammen, als sie betete, weder ihr Vater noch Roman möchten das gewesen sein. Sie konnte diesen beiden Männern nicht ewig ausweichen. Doch solange ihr nicht klar war, was sie selbst für sich vom Leben erwartete, gab sie sich alle Mühe, ihnen aus dem Wege zu gehen.

Sie drückte auf den Startknopf des Anrufbeantworters und hörte sich die erste und einzige Nachricht an. »Hallo, Charlotte. Ich bin's.« Romans Stimme traf sie wie ein Schlag in den Magen und nahm ihr alle Luft zum Atmen. Sie sank auf den nächsten Stuhl.

»Ich rufe nur an, um …«

Stille folgte darauf, und sie hielt den Atem an und wartete, dass er weitersprechen würde. Sie wusste nicht, was sie eigentlich hören wollte.

»Ich rufe an, um auf Wiedersehen zu sagen.«

Ein unglaublicher Schmerz überkam sie und ergriff jeden Teil ihres Körpers. Sie wartete, dass er noch mehr sagte, aber es folgte nur noch das Klicken beim Abschalten. Sie saß da in fassungslosem Schweigen, die Kehle wie zugeschnürt, ein Gefühl in der Brust, als würde sie ihr zusammengedrückt.

Das war es dann also. Er war ins Unbekannte aufgebrochen, wie sie es immer erwartet hatte.

Ihr drehte sich der Magen um und sie glaubte, sich übergeben zu müssen. Aber warum? Warum sollte es sie so aufregen, wenn Roman sich so verhielt, wie es ihm entsprach? Wie sie es erwartet hatte? Da sie unfähig war, das stickige Apartment und die quälenden Fragen länger zu ertragen, griff sie nach ihren Schlüsseln und rannte aus der Tür, ohne sich umzusehen.

Kapitel zwölf

Charlotte betrat den Gemischtwarenladen um sieben Uhr morgens, genau zu der Zeit, wo Herb Cooper sein Geschäft öffnete.

»Schon das dritte Mal diese Woche, dass Sie so früh hier sind. Haben sie einen neuen Zeitplan?«

Sie lächelte. »Das könnte man so sagen.« Eine Woche nach Romans Abreise war sie überrascht, wie vielem eine kreative Person aus dem Weg gehen konnte. Niemand ging so früh zum Einkaufen, und sie hatte festgestellt, dass sie dann rein- und rausgehen konnte, ohne Smalltalk machen zu müssen – außer natürlich mit Herb oder seiner Frau Roxanne.

»Na ja, das frische Brot ist noch nicht einmal ausgepackt, aber ich hole Ihnen einen Laib und hab' ihn an der Kasse liegen, bis Sie zum Bezahlen kommen.«

»Danke, Herb.«

»Ich mach' nur meine Arbeit. Sie halten die Frauen in unserer Stadt bei Laune, und wir Männer haben beschlossen, uns bei Ihnen dafür zu revanchieren.«

Charlotte lachte. »Ich möchte kein frisches Brot ablehnen, aber ich glaube, Sie überschätzen hier meine Bedeutung.«

Der ältere Mann nahm die Farbe seiner Tomaten an. »Nein, Madam. Sie halten ganz sicher unsere Frauen bei guter Laune. Der Höschendieb ist derjenige, der sie verrückt macht. Die Frauen, denen ihre gestohlen wurden, können sie nicht schnell genug ersetzen, und die jüngeren hoffen, dass der Chandlerknabe sie nachts überrascht.«

Charlotte hob die Augen zur Decke. Das war's dann wohl mit dem Vermeiden dieses Themas.

»Alles Wunschträume, das sage ich Ihnen. Ein Mann wie Roman Chandler hat Wichtigeres zu tun als Höschen zu stehlen. Aber erklären Sie das mal den Frauen.« Er schüttelte den Kopf, als gerade das Telefon klingelte und ihn unterbrach. »Wenigstens haben wir jetzt unsere Ruhe, wo er weg ist. Wer auch immer die Höschen stiehlt, weiß, dass er momentan kein Alibi hat, also hat er aufgehört.« Er griff nach dem Hörer. »Hier der Gemischtwarenladen. Was kann ich für Sie tun?«

Charlotte floh, solange sie eine Chance hatte und atmete erleichtert auf. In den sieben Tagen, die Roman weg war, hatte sie eine seltsame Art von Respekt entwickelt vor der Fähigkeit ihrer Mutter, sich vom Kleinstadtleben zu distanzieren. Das war gar nicht leicht.

Jeder in Charlottes Umgebung wollte etwas von ihr, ganz abgesehen von dem allgemeinen Geplauder mit Nachbarn. Beth wollte wissen, was los sei, warum Roman so plötzlich verschwunden wäre. Ihre Mutter wollte wissen, wann sie zu einem Familienessen komme. Rick wollte eine aktuelle Kundenliste und erfahren, ob sie irgendeinen Verdacht habe, und selbige Kundinnen wollten die bestellten Slips von ihr.

Da Beth den Laden betreute, konnte Charlotte die Tage über häkeln. Ein anderes Wort für ausweichen, musste sie zugeben. Wenigstens würden ihre Kundinnen zufrieden sein, selbst wenn all die anderen, die an ihr zerrten, es nicht waren.

Die einzige Person, die nichts von ihr wollte, war die, sie abgewiesen hatte. Die Kehle zog sich ihr zusammen und schmerzte wegen des ewigen Kloßes, der dort festzusitzen schien. Sie warf sich zwar vor, dass sie in Romans Falle getappt war, genauso aber gab sie ihm die Schuld, dass er sie unabsichtlich hineingezogen hatte. Obwohl sie wusste, dass er sie nie hatte verletzen wollen, blieb die Tatsache, dass er es getan hatte.

Seine Nachricht war immer noch auf ihrem Anrufbeantworter. Sie hatte nicht vor, sich zu quälen und sie immer wieder abzuspielen, aber warum sie seine verführerische Stimme nicht vom nächsten Anruf hatte überspielen lassen, wollte oder konnte sie auch nicht analysieren.

Eine halbe Stunde später war sie zurück in ihrem Apartment, um ihre Nahrungsmittel auszupacken und etwas aufzuräumen, ehe sie an die Arbeit ging. Die ganze letzte Woche hatte sie sich vor der Welt versteckt. Sie war der Ansicht, jedem mit einem gebrochenen Herzen stünde eine Genesungszeit zu. Aber anders als ihre Mutter hatte sie nicht vor, dafür ein Leben lang zu brauchen.

Sie sah aus dem Fenster in den hellen Sonnenschein. Es war Zeit, das gewohnte Leben wieder aufzunehmen. Das heutige Baseballspiel sollte der Anfang dazu sein.

Als das Spiel zu Ende war, hatten die Rockets ihre Gewinnsträhne fortgesetzt, und Charlotte hatte sich den Leuten gezeigt, wenn sie auch weiterhin ihrem Vater ausgewichen war. Sie war zu vielem bereit. Sich mit ihrem Vater auseinander zu setzen, gehörte nicht dazu. Er erinnerte sie zu sehr an all ihren Schmerz, den vergangenen und gegenwärtigen. Außerdem war sie sich sicher, dass er bald abreisen würde, sie musste nur lange genug ausharren. Jetzt wollte sie aufbrechen, bevor Russell wieder versuchte, sie in die Enge zu treiben. Im Gemischtwarenladen und vor ihrer Wohnung hatte er es schon versucht. Sie war ihm beide Male ausgewichen.

»Hier, wirf das bitte für mich weg, ja?« Charlotte gab Beth ihre Seltersdose. »Und vergiss nicht zu recyceln.« Sie hüpfte von der unteren Tribüne. »Ich sehe dich morgen bei der Arbeit.«

»Feigling!«, rief Beth ihr nach.

Charlotte ging weiter, obwohl sie nicht leugnen konnte, dass sie sich getroffen fühlte, einmal, weil Roman sie auch feige genannt hatte, besonders aber, weil sie genau wusste, dass Beth im Recht war. Eines Tages würde sie sich allem stellen müssen, dem sie jetzt auswich, ihre Eltern eingeschlossen. Sie war nur noch nicht soweit.

Auf der Hälfte ihres Heimweges entschloss sie sich, die Abkürzung durch die Sullivan-Wohnsiedlung zu nehmen, durch den Garten von George und Rose Carlton. Wie die meisten Städter waren auch die Carltons noch beim Baseballspiel, deshalb drehte sich Charlotte überrascht um, als sie es bei der Vorderhecke rascheln hörte.

»Hallo?«, rief sie laut.

Ein hoch aufgeschossener Mann in dunkelgrüner Hose, konservativem Hemd und Baseball-Kappe schlich um die Büsche. Er duckte sich, als er ihre Stimme hörte, aber sie hatte noch einen Blick auf sein Gesicht erhaschen können.

»Samson?« Völlig erstaunt und geschockt lief sie den Plattenweg entlang. »Komm jetzt aus dem Gebüsch.« Sie zog an seinem grünen Hemd, dessen Farbe mit dem Laub verschmolz. »Was machst du denn da?«

Er richtete sich zu voller Größe auf. »Du gehörst hier nicht her.«

»Du auch nicht. Was ist los?« Ihr Blick fiel auf seine rechte Hand, die in einem Handschuh steckte und etwas festhielt,

was wie … Slips aussah. Die gehäkelten Slips, die sie verkaufte!, ergänzte Charlotte im Geiste. So etwas Absonder-
liches … »Gib sie mir.« Sie streckte die Hand aus.

Er brummelte vor sich hin: »Das geht dich nichts an.«

»Wenn du ein Transvestit und kein Dieb wärest, würde es
mich vielleicht nichts angehen. Aber da du gerade etwas
stiehlst, mache ich es zu meiner Sache. Und ich will wissen,
warum du das tust. Zuerst gehst du aber hinein und legst die
Sachen zurück.«

»Nein.« Er verschränkte die Arme wie ein trotziges Kind.

»Die Carltons werden jede Minute vom Spiel zurück sein,
deshalb wirst du das jetzt zurückbringen, und dann unterhalten wir uns.« Sie blickte auf die Haustür, die, wie sie annahm, nicht abgeschlossen war.

Diese verfluchte Stadt lebte noch in einem Zeitalter, in
dem jeder jedem traute. Selbst bei dieser Höschendiebge-
schichte nahm keiner die Bedrohung ernst genug, um die
Türen abzuschließen. George und Rose hatten sich wahrscheinlich vorgestellt, sie hätten Mick als Wächter, obwohl es
ihr schleierhaft war, was dieser alternde, leicht arthritische
Beagle einem Eindringling antun sollte.

»Apropos Hund … Wo ist Mick?«, fragte sie misstrauisch.

»Frisst gerade ein Steak.«

Sie atmete scharf aus.

Samsons Blick umwölkte sich. »Was soll das bedeuten?
Du glaubst doch wohl nicht, dass ich ihm was angetan habe,
oder?«

Charlotte schüttelte den Kopf. Nein, das tat sie wirklich nicht, und nicht nur, weil bisher niemand bei diesen
Diebstählen verletzt worden war. Sie vertraute eigentlich
diesem schroffen älteren Mann, und sie glaubte, dass es für
diese seltsame Wendung der Geschehnisse eine Erklärung

geben würde, die sie verstehen konnte. So hoffte sie jedenfalls.

Ehe sie weiter über seine Motive nachdenken konnte, kam der fragliche Beagle aus seiner neuen Hundetür herausgestürmt, bellte und umkreiste Samson. Charlotte seufzte. »Du hast nicht noch ein Steak in deiner Hosentasche, oder?«

Er schüttelte den Kopf. »Wäre auch nicht nötig gewesen. Wenn du mich nicht aufgehalten hättest, wäre ich schon über alle Berge.«

Sie verdrehte die Augen und bückte sich, um den schweren Hund auf den Arm zu nehmen. Sie wollte vermeiden, dass er doch noch auf Samson losging, wenn er ihn im Haus erwischte. Allerdings galt er nicht als ruppig, diese Beschreibung passte besser zu Samson.

Mick war nicht nur schwer, er war auch lästig, als er auf ihrem Arm schlabberte und sabberte.

»Ich halte ihn fest. Jetzt geh rein und lege die Slips zurück, bevor ich mir einen Bruch hebe«, zischte sie. »Ich stehe Wache.«

Samson starrte sie an, aber glücklicherweise drehte er sich dann um, stapfte die Treppe hinauf und öffnete die Haustür. Handschuhe, keine Fingerabdrücke wurde ihr jetzt bewusst, und sie schüttelte den Kopf. Ächzend änderte sie ihre Haltung. Micks Vorderpfoten lagen jetzt auf ihrer Schulter, sein warmer, pummeliger Körper war an ihren gedrückt. »Möchten Sie tanzen?«, fragte sie ihn.

Als Antwort leckte er ihr die Wange.

»Mein lieber Freund … Aber wenigstens weißt du, wie man eine Dame küsst.« Sie schwenkte ihn um die vorderen Hecken, bis ihr klar wurde, wie verrückt sie wirken musste. Schnell duckte sie sich hinter einen Baum. Wenn sie je hierüber befragt werden sollte, müsste sie sich zu einer plötzlichen Leidenschaft für Hunde bekennen und sich selbst ein Haustier zulegen. Alles nur, um die Sache zu vertuschen.

Zum Glück war Samson zurück, bevor die Carltons heimkamen und sie hätte erklären müssen, warum sie ihren zwei Tonnen schweren Hund auf dem Arm hielt. Sie setzte Mick ab, der schleunigst im Haus verschwand. Sie war sofort vergessen. »Typisch Mann«, murmelte sie.

Ohne ein weiteres Wort packte sie Samson am Arm, zog ihn quer über den Rasen und dann die Straße hinunter, bis sie aus der Siedlung heraus waren. Dann ging sie auf ihn los: »Jetzt rede und sag nicht noch einmal, es ginge mich nichts an. Warum stiehlst du Damenhöschen? Höschen, die ich gemacht habe?«

»Kann ein Mann kein Privatleben haben?«

»Wenn du nicht möchtest, dass ich direkt hinüber zu Rick Chandler laufe, fängst du lieber an zu erklären.« Sie gingen weiter in Richtung Stadt, aber er schwieg hartnäckig. Endlich blieb Charlotte frustriert stehen und zerrte an seinem Ärmel. »Samson, es wird nichts Gutes dabei herauskommen, wenn du mich zum Handeln zwingst. Rick wird Anzeige erstatten müssen, und sie werden dich wahrscheinlich für eine Weile ins Gefängnis stecken oder dich einem Psychiater übergeben, und dann …«

»Ich hab' es für dich getan.«

Das war das Letzte, was sie erwartet hatte. »Ich verstehe nicht.«

»Ich hab' dich immer gemocht.« Er blickte zu Boden und stocherte mit seinem abgetragenen Turnschuh im Sand. »Du warst so ein freundliches Kind. Alle anderen liefen vor mir weg, aber du hast mir zugewinkt. Genau wie deine Mutter. Als du dann wiederkamst, nachdem du eine Zeit lang weg gewesen warst, hattest du dich kein bisschen verändert. Immer noch hattest du Zeit für einen seltsamen Kerl wie mich …«

»Du hast also die Höschen gestohlen, weil …?«

»Ich wollte, dass dein Geschäft gut geht, damit du in der Stadt bleibst.«

Charlotte war von seinen Worten seltsam berührt. Er hatte sie gern, wenn er es auch auf eine merkwürdige Art zum Ausdruck brachte. »Wie kommst du darauf, dass Höschendiebstahl meinem Geschäft helfen könnte?«

»Zuerst dachte ich, es würde die Aufmerksamkeit auf dich lenken.«

»Ich denke, das haben schon meine Anzeigen erreicht.«

»Nicht in einem solchen Maße. Ich hatte auch nur einen Diebstahl geplant. Am nächsten Morgen fand ich jedoch heraus, dass in derselben Nacht der jüngste Chandler nach Hause gekommen war. Ich erinnerte mich an seine Höschenklauerei.« Samson tippte sich an die Stirn. »Perfektes Bildergedächtnis.«

»Du meinst ein fotografisches Gedächtnis?«, fragte Charlotte.

»Ich meine, dass ich nicht die kleinste Kleinigkeit vergesse. Als mir klar wurde, dass sich auch alle anderen noch daran erinnerten, und als ich die Schlangen vor deinem Laden sah, wusste ich, dass es gut war, was ich getan hatte. Außerdem diente mir als Tarnung, dass der Chandler in der Stadt war.«

Es überstieg ihre Vorstellungskraft, wie das Hirn dieses Mannes arbeitete. »Hast du dir keine Gedanken darüber gemacht, dass Roman für dein … äh, Verbrechen beschuldigt würde?«

Er wischte ihre Sorgen mit einer Handbewegung weg.

»Ich konnte mir nicht vorstellen, das Wachtmeister Rick seinen Bruder ohne Beweise verhaften würde, und da Roman nicht schuldig war, gab es auch keine Beweise.« Er wedelte mit den Händen, die noch in Handschuhen steckten, durch die Luft, offenbar ganz zufrieden mit sich.

Sie war es nicht. »Schäm dich und spiel dich nicht so auf! Es ist mir egal, wie harmlos die Diebstähle oder wie gut deine Motive waren, du hättest so etwas Illegales überhaupt nicht tun dürfen. Schon gar nicht für mich.«

»Das ist nun der Dank«, murmelte er, wieder ganz der mürrische Alte.

Sie beäugte ihn aufmerksam. »Roman ist seit einer Woche fort. Bist du so nett und erklärst mir, was es mit dem heutigen Diebstahl auf sich hat?«

Er schüttelte den Kopf von einer Seite zur anderen und stieß einen übertriebenen Seufzer aus, als wollte er sagen, er wisse, dass sie dämlich sei. »Ich habe den Jungen in Schwierigkeiten gebracht. Musste ihn doch wieder rausholen, oder?«

»Dieses letzte Risiko bist du für Roman eingegangen?« Nahmen denn die Überraschungen, die Samson in sich barg, gar kein Ende?

»Hast du nicht zugehört?«, fragte er genervt. »Ich habe das für dich getan. Weil du mich anlächelst, wenn niemand anders es tut, außer deiner Mutter, wenn sie mal in die Stadt kommt. Und weil du mich für Geld Aufträge erledigen lässt, anstelle mir Almosen zu geben. Wie sonst hätte ich wohl gewusst, wer diese verdammten Höschen gekauft hat? Ich habe sie doch für dich zur Post gebracht. Übrigens, Mrs. Chandler ist auch noch gut zu mir.«

»Raina?«

Samson nickte und sah wieder zu Boden. »Hübsche

Dame. Erinnert mich an jemanden, den ich mal … egal. Aber euch beiden scheint etwas an Roman zu liegen. Was ist das überhaupt für ein Name?«

»Deiner ist nicht weniger ungewöhnlich. Jetzt halte mich nicht länger hin.«

»Frauen sind so verdammt ungeduldig.« Er seufzte. »Ist das nicht eindeutig? Da Roman nicht in der Stadt ist, würde ein weiterer Diebstahl seinen Namen reinwaschen.«

Sie blinzelte. »Ich denke, das ist sehr lobenswert von dir.«

Charlotte wusste nicht, wie sie mit dieser Geschichte umgehen sollte, obwohl nun einiges Licht in die Sache gekommen war. Ihr war jetzt klar, weshalb der Dieb wusste, in welchen Häusern er seine Beute fand – Samson besorgte oft ihre Post und hing außerdem in der Stadt rum und hörte den Leuten zu, ohne beachtet zu werden. »Sag mir nur, dass jetzt Schluss damit ist. Keine Diebstähle mehr.«

»Natürlich nicht. Es wird zu schwierig, wenn solche Wichtigtuer wie du überall rumschnüffeln. Hast du jetzt das Verhör beendet? Ich habe zuhause was zu erledigen.«

Sie fragte nicht, was das denn wäre. Wie er schon gesagt hatte, ging sein Leben sie nichts an. »Ich bin fertig. Aber ich möchte, dass du weißt …« Wie sollte sie einem Mann dafür danken, dass er ungebeten ihretwegen Höschendiebstahl begangen hatte? »Ich weiß die gute Absicht hinter deiner Tat zu schätzen.« Sie nickte. Das hörte sich richtig an.

»Dann kannst du mir auch einen Gefallen tun.«

Seine Worte waren denen von Fred Aames sehr ähnlich. »Ich werde dir kein eigenes Paar Höschen häkeln«, entgegnete sie. Sie meinte damit, dass sie keines für die Freundin, die er wahrscheinlich nicht hatte, anfertigen würde, aber sie ließ es dann dabei.

»Natürlich nicht. Ich bin doch kein Weichling. Übrigens, ich habe noch sechs weitere. Was soll ich mit denen machen?«

Sie holte tief Atem. »Ich schlage vor, dass du sie verbrennst«, sagte sie mit zusammengebissenen Zähnen.

»Was ist mit dem Gefallen, den du mir tun sollst?«

Wollte er sie jetzt erpressen? Sie nahm an, er wollte ihr das Versprechen abnehmen, verschwiegen zu sein hinsichtlich der heutigen Eskapade und all der anderen Nächte, in denen er in Häuser eingebrochen war, um Höschen zu stehlen. »Ich werde dich nicht bei der Polizei verpfeifen«, sagte sie und startete damit einen weiteren Versuch, herauszufinden, was in seinem Kopf vorging. Sie hatte allerdings keine Ahnung, was sie Rick erzählen sollte, den sie nicht mit einer ungelösten Straftat sitzen lassen durfte.

Samson winkte ab, als wenn ihm das völlig egal wäre. »Dir ist doch klar, dass die Leute mich kaum beachten, es sei denn, sie laufen weg oder ignorieren mich. Ich kann direkt neben ihnen sitzen und alles über ihr Sexualleben mitanhören, weil sie denken, ich sei zu blöd, um zu wissen, wovon sie reden.«

Sie streckte ihre Hand aus, um ihn zu trösten, aber er sah sie so mürrisch an, dass sie sich zurückzog.

»Aber ich höre auch andere Sachen. Ich hörte neulich deine Mutter und deinen Vater reden. Sie leiden.«

Sie versteifte sich. »Dieses Mal geht es dich nichts an«, reagierte sie mit seinen Worten.

»Das stimmt schon. Aber wenn ich bedenke, wie du einem alten Mann, den du kaum kennst, immer eine Chance gibst … Ich finde, du solltest mit deinen eigenen Leuten dasselbe tun.« Er machte sich auf, über die Straße zu gehen, weg aus der Stadt zu seiner klapperigen Hütte hin. Ohne

Vorwarnung drehte er sich dann wieder zu ihr um. »Weißt du, manche von uns haben gar keine Eltern oder Verwandte.« Damit setzte er seinen einsamen Heimweg fort.

»Sam?«, rief Charlotte hinter ihm her.

Er drehte sich nicht noch einmal um.

»Du hast Freunde«, sagte sie laut.

Er ging weiter, ohne zu reagieren, aber sie wusste, dass er sie gehört hatte.

Sie blieb allein zurück, von seinen Taten zugleich gerührt und verwirrt. Sie wusste, dass sie sich mit Russell würde auseinandersetzen müssen, wenn ihr auch davor graute. Aber im Augenblick war es Samson, der sie beunruhigte. Was in aller Welt sollte sie Rick sagen?

Eine Liste von Begriffen schwirrte ihr im Kopf herum: *Behinderung der Justiz* und *Mittäterschaft* waren nur zwei davon. Aber sie brachte es nicht über sich, Samson zu verpfeifen. Dabei hatte ihre Rolle als Wachposten heute Abend nichts damit zu tun. Seine Straftaten waren harmlos, die Diebstähle vorbei. Sie glaubte ihm, wenn er sagte, es sei jetzt Schluss damit. Trotzdem schuldete sie der Polizei irgendeine Erklärung, nach der sie den Fall abschließen konnte. Keinesfalls durfte sie aber Samson damit in Gefahr bringen.

Charlotte biss sich auf die Unterlippe. Die Sonne war untergegangen und die Nacht hereingebrochen. Sie begann zu frieren und eilte mit stürmischem Schritt ihrer Wohnung entgegen, immer noch am Überlegen, was zu tun wäre.

Sie wünschte sich Roman herbei, damit er ihr einen Rat gäbe. Dieser Gedanke tauchte ungebeten und ohne Vorwarnung auf. Roman, der Journalist, der Advokat der Wahrheit. Wenn er hier wäre, könnte sie ihm ihr Geheimnis anvertrauen, weil sie wusste, dass er Samson beschützen würde. Ihr Herz begann heftig zu schlagen.

Wie konnte sie ihm ein derartiges Geheimnis anvertrauen wollen, ihm aber seine Worte nicht glauben: *Ich liebe dich. Das habe ich noch nie zu jemandem gesagt. Ich will dich nicht verlieren.* Und dann war da dieser schmerzliche Ausdruck in seinen Augen, als er ihr die Wahrheit offenbart hatte – zu einer Zeit, da er hätte verschleiern oder lügen können, um sie im Dunkeln zu lassen. Um Heirat und Kinder und das Familienversprechen zu sichern.

Er hatte nicht gelogen. Er hatte alles über die Münzwette aufgedeckt. Er musste jedoch gewusst haben, dass er dabei riskierte, sie zu verlieren.

Was war sie im Gegenzug bereit zu riskieren?

Die Morgensonne schien durchs Schaufenster, als Charlotte ihre Liste durchging. »Denk daran, nächste Woche eine Schüssel mit diesen Schokoladeneiern hinzustellen«, sagte sie zu Beth und hakte Punkt sechs auf ihrer Liste ab. »Aber lass sie bei der Kasse stehen. Wir wollen ja nicht, dass Schokolade die Ware ruiniert.« Sie kaute an ihrem Kuli. »Was hältst du davon, wenn wir für die Osterwoche in dem Laden in Harrington ein Hasenkostüm ausleihen? Vielleicht können wir die anderen Ladenbesitzer der First Street dazu kriegen, die Kosten zu teilen.«

Charlotte blickte zu Beth hinüber, die völlig geistesabwesend aus dem Schaufenster starrte und von Charlottes brillanten Ideen gar nichts mitbekam. »Ich weiß etwas Besseres. Wir ziehen dich aus und schicken dich nackt die Straße hinunter mit einem Schild auf dem Rücken: Kaufen Sie ein in Charlottes Speicher. Wie klingt das?«

»Mhm.«

Charlotte grinste und knallte ihr Notizbuch laut genug auf den Schreibtisch, um ihre Freundin zu einer Reaktion zu zwingen. Beth hüpfte von ihrem Stuhl hoch. »Was sollte das denn?«

»Gar nichts. Du kannst übrigens um zwölf herum starten und die Straße hinunterflitzen. Das ist die Hauptverkehrszeit.«

Beth wurde knallrot. »Ich war wohl etwas abgelenkt.«

Charlotte lachte. »Das glaube ich auch. Willst du mir sagen, warum?«

Mit einer aufgeregten Handbewegung deutete Beth auf das Fenster, vor dem ein unbekannter Mann stand. Er hatte kastanienbraunes Haar und war mit Norman in ein Gespräch vertieft.

»Wer ist das?«

»Ein Tischler. Eine Art Alleskönner. Er ist aus Albany hergezogen. Ist auch der Feuerwehr beigetreten.« Beth seufzte und nahm sich in Gedanken ein Schokoladenei. »Ist er nicht hinreißend?«, fragte sie.

In Charlottes Augen war er nicht mit einem gewissen dunkelhaarigen Journalisten zu vergleichen, aber für Beth sah sie Möglichkeiten. »Er ist sexy«, stimmte sie zu. Immerhin erholte Beth sich gerade von enormem emotionalem Schmerz. »Aber ist es nicht zu schnell nach ... du weißt schon?«

»Ich stürze mich in nichts Neues, aber ich kann doch mal hinschauen, oder?«

Charlotte lachte. »Klar, das ist ein positives Zeichen.«

Ihre Freundin nickte. »Außerdem geschieht alles, was ich tue oder nicht tue, mit weit offenen Augen.«

Ihre Augen glänzten, wie Charlotte es noch nie gesehen hatte. Wieder etwas dazugelernt: Eine Frau konnte tatsächlich über einen Mann hinwegkommen. Doch trotz Beths Fähigkeit, sich Neuem zuzuwenden, hatte Charlotte ihre Zweifel, dass es so leicht war, wie Beth vorgab. Sie lächelte und war froh, dass ihre Freundin wieder klar denken konnte, selbst wenn sie jetzt von dem Mann des Tages träumte. »Hat er auch einen Namen?«

»Thomas Scalia. Hört sich exotisch an, was?« Während Beth sprach, drehte sich der besagte Mann um, schaute ins Fenster und schien ihrem festen Blick zu begegnen. »Er ist nach dem letzten Baseballspiel auf mich zugekommen. Nachdem du mich stehen gelassen hast und weggelaufen bist.«

Auf diesen Seitenhieb reagierte Charlotte gar nicht. Sie hatte bereits eine Nachricht auf dem Anrufbeantworter ihrer Mutter hinterlassen, dass sie sich mit beiden Elternteilen treffen wollte. Schon den ganzen Tag über verursachte es ihr nervöse Magenschmerzen, dass sie diese noch nicht zurückgerufen hatten.

So erstaunlich es auch war, Samsons Worte hatten Wirkung auf sie gehabt, ebenso Romans Abwesenheit. Sie war sich noch nicht sicher, wie sie die Münzwette mit ihren wirklichen Sehnsüchten in Einklang bringen sollte, aber sie wusste im Innersten, dass sie die keinesfalls aufgeben wollte.

Die Zeit war gekommen, sich mit ihren Eltern und ihrer Vergangenheit auseinander zu setzen. Sonst gab es keine Zukunft für sie.

»Oh mein Gott!« Beths Aufschrei riss Charlotte aus ihren selbstversunkenen Gedanken. »Er kommt rein!«

Und wirklich, die Tür ging auf, und Thomas Scalia trat ein. Er hatte den großspurigen, selbstbewussten Gang, den Charlotte mit einem Mann verband, der das Sagen hatte, und sie drückte die Daumen. Sie wollte nicht, dass Beth wieder in dieselbe Falle tappte – mit noch einem dominanten Mann, der die Kontrolle übernahm und die schöne Frau, die Beth innerlich und äußerlich war, verändern wollte.

Die Glöckchen über der Eingangstür läuteten noch, als er an den Tresen trat. »Tag, die Damen.« Er neigte den Kopf zum Gruß. »Beth kenne ich bereits.« Er lächelte, wobei seine Grübchen zum Vorschein kamen. Auf Charlotte machten sie keinen Eindruck, Beth aber verwirrten sie völlig. »Aber ich glaube, wir hatten noch nicht das Vergnügen.« Er blickte Charlotte nur kurz an.

»Charlotte Bronson«, sagte sie und streckte die Hand aus.

Er schüttelte sie. »Thomas Scalia. Aber sagen Sie ruhig Tom zu mir.« Er sprach zu Charlotte, aber sein bewundernder Blick blieb auf Beths errötetes Gesicht geheftet.

Charlotte beobachtete ihren wortlosen Austausch mit einer Mischung aus Belustigung und Sehnsucht nach Roman. Sie vermisste ihn so verzweifelt, wie sie es sich nie hatte vorstellen können, und ihre letzte Begegnung und all die verletzenden Worte zwischen ihnen erschienen ihr jetzt völlig banal. Und doch war nichts Banales an der Münzwette und an seinen Bindungsängsten. Auch wenn Charlotte mit ihren eigenen Geistern Frieden geschlossen hätte: Es gab immer noch keine Garantie, dass er sesshaft werden würde. Besonders jetzt nicht, da er wieder unterwegs war.

»Was kann ich denn für Sie tun?« Beths Stimme klang ganz rau und brachte Charlotte in die Gegenwart zurück.

»Das ist aber eine Fangfrage.« Thomas rückte näher. Beth hantierte mit der Schüssel voll Schokolade. Ihre Hand zitterte, als sie ein eingewickeltes Schokoladenei herausnahm. Charlotte sah ungläubig zu, als Beth, dieser souveräne, versierte Flirttyp, sich das Schokoladenosterei mit dem Silberpapier in den Mund steckte, wobei ihre Hände zitterten.

»Ich bewundere Frauen, die alles essen, ohne auf Kalorien und Gewicht zu achten«, sagte Thomas mit einem Grinsen.

Beth spuckte die Süßigkeit aus und vergrub das Gesicht in ihren Händen.

Charlotte unterdrückte ein Kichern. Offenbar wurde selbst die versierteste Verführerin nervös, wenn es sich um den richtigen Mann handelte. »Ich versinke im Boden vor Scham«, jammerte Beth kaum verständlich in ihre Hände hinein.

Dieses Mal konnte Charlotte ihr Kichern nicht verhindern. Thomas flüsterte Beth etwas offenbar Persönliches ins Ohr. Was die beiden betraf, so existierte niemand sonst auf der Welt. Zeit, sich zurückzuziehen, dachte Charlotte.

Sie blickte auf ihre Uhr. 16 Uhr 30. »Wisst ihr was? Heute ist nicht viel los. Warum schließen wir nicht einfach ab und gehen früher?«

»Perfekt«, sagte Thomas zu Beth. »Ich hatte gehofft, Sie zum Essen entführen zu können. Sie sind auch herzlich dazu eingeladen, Charlotte«, fügte er höflich hinzu, aber sie spürte das Widerstreben in seinem Ton und grinste.

Beth warf ihr einen flehenden Blick zu. Oh nein. Ausgeschlossen, dass Charlotte am Beginn einer neuen Romanze das dritte Rad am Wagen sein wollte. Sie würde diese beiden sich durch die peinlichen Anfänge allein durchwursteln lassen. Aufmunternd drückte sie Beth die Hand. Sie würde dieses Essen lässig meistern. Solange sie die Butterportionen vorher von der Folie befreite.

Charlotte zwang sich zu einem bedauernden Kopfschütteln und begann, ihre Sachen zusammenzusuchen. »Trotzdem vielen Dank, aber ich habe schon etwas vor«, log sie. »Aber Beth noch nicht. Das hat sie mir heute Nachmittag gesagt.« Sie fühlte, wie die Freundin sie mit Blicken durchbohrte, aber es machte ihr nichts aus. Sie hatte dringendere Probleme. »Ich schließe dann ab.«

»Kommt gar nicht in Frage. Du gehst nach oben, und ich schließe hinter mir ab«, entgegnete Beth.

Sie wollte die Sache etwas hinauszögern, Charlotte erkannte die Taktik sehr wohl. Beth bildete sich offenbar ein, dass sie und Romeo im Laden sicherer waren als allein irgendwo anders. Sie hatte demnach keine Ahnung, was für erotische Dinge in diesem Laden passieren konnten. Charlotte und Roman wussten das. Aus erster Hand.

Sie versuchte den Kloß im Hals hinunterzuschlucken, den diese Erinnerung verursacht hatte. »Nett, Sie kennen gelernt zu haben, Thomas.«

»Gleichfalls.«

Kaum eine Minute später lief Charlotte die Treppen zu ihrem Apartment hinauf. Das Klappern von Pfannen und Gesprächsfetzen begrüßten sie, als sie die Tür aufschloss und eintrat. Dazu wehte ihr der köstliche Duft von Brathähnchen und Kartoffelbrei entgegen und brachte erstaunlicherweise schöne Kindheitserinnerungen mit sich.

Ihr Magen knurrte, eine Mischung aus Hunger und Angst, weil ihre Eltern sie zweifellos erwarteten.

»Schatz, sie ist da.« Die nächsten Worte ihrer Mutter gaben Charlotte Recht.

In ihrem Apartment, das für gewöhnlich einsam war, fand Charlotte ihre Familie und einen für drei Personen gedeckten Tisch vor, in dessen Mitte Blumen und ein Krug mit Eistee standen. Ihre Eltern kamen ihr in dem kleinen Wohnzimmer entgegen. Nach einer steifen Begrüßung entschuldigte Charlotte sich schnell, um sich frisch zu machen. Sie brauchte unbedingt kaltes Wasser ins Gesicht, um sich zu stärken und Mut zu schöpfen.

Auf dem Weg in ihr Zimmer hörte sie das Gewisper von zwei Menschen, die einander gut kannten. Ein Schauer überlief sie. So hatte sie sich ihre Eltern überhaupt nicht vorgestellt. Sie hatten sich wegen dieser Zusammenkunft große Mühe gegeben. Offenbar hatten sie ihren Anruf als Eröffnung verstanden – was er auch sein sollte. Jetzt musste sie nur noch einen Weg finden, um mit ihren persönlichen Gespenstern Frieden zu schließen.

Das Essen wurde eine schweigsame Angelegenheit. Nicht, weil Charlotte ihren Eltern die Mahlzeit unbehaglich machen wollte, sondern weil sie nichts zu sagen wusste. Es war Jahre zu spät, als dass sie hätte fragen können, wie der Arbeitstag ihres Vaters gewesen war, oder für eine Erkundigung von ihm, ob Charlotte Spaß an ihrem Job habe. Sie fragte sich, ob es nicht überhaupt zu spät war – für alles. Allerdings, wenn das stimmte, dann war es auch zu spät für sie und Roman, und das war eine Vorstellung, die sie sich zu akzeptieren weigerte.

Nach dem Essen beim Kaffee starrte Charlotte in ihre Tasse und rührte immer wieder mit dem Löffel darin herum, bis sie Mut gefasst hatte. »Also.« Sie räusperte sich.

»Also.« Annie sah ihre Tochter mit so viel Hoffnung und Erwartung in den Augen an, dass diese glaubte, daran ersticken zu müssen.

Ihre Mutter wollte so etwas wie eine Aussöhnung, und für Charlotte gab es da nur einen Weg. »Warum habt ihr zwei euch nicht scheiden lassen?«, fragte sie über den frischgebackenen Apfelkuchen hinweg. Die Kuchengabeln ihrer Eltern fielen gleichzeitig klirrend auf den Tisch. Seit Jahren brannte ihr diese Frage auf der Seele, und sie dachte nicht daran, sich dafür zu entschuldigen.

Sie musste unbedingt verstehen, warum es mit den beiden soweit gekommen war. Es war höchste Zeit.

332

Kapitel dreizehn

Russell starrte seine Tochter an und mied absichtlich den Blick seiner Frau. Ließ er sich von Annie umstimmen, würde er weiterhin die Schuld an ihrer zeitweisen Trennung tragen, aber damit war jetzt Schluss. Er wollte ein gutes Verhältnis zu Charlotte haben und hatte auch die Ahnung, dass ihre Zukunft von seinen Antworten abhing.

Von seinen ehrlichen Antworten. »Deine Mutter und ich haben uns nie scheiden lassen, weil wir uns lieben.«

Charlotte ließ ihre Gabel sinken und warf ihre Serviette auf den Tisch. »Entschuldige, aber du hast eine seltsame Art, das zu zeigen.«

Das war das Problem, dachte Russell. »Die Menschen drücken ihre Gefühle auf sehr unterschiedliche Weise aus. Manchmal verbergen sie sogar etwas, um die zu schützen, die sie lieben.«

»Soll das eine Entschuldigung dafür sein, dass du all die Jahre nicht da warst?« Sie schüttelte den Kopf. »Es tut mir Leid, ich dachte, ich würde das hier irgendwie durchstehen. Ich kann es aber nicht.«

Sie stand auf, und Russell ebenfalls, um sie am Arm zu packen. »Doch, du kannst. Deshalb hast du mich angerufen. Wenn du schreien, kreischen, einen Wutanfall bekommen willst, dann los. Ich bin sicher, dass ich es verdient habe. Aber ich glaube, du hast mehr davon, wenn du zuhörst und danach mit deinem Leben weitermachst.«

Stille folgte, und er ließ Charlotte Zeit, sich zu überlegen, wie sie weitergehen wollte. Es war ihm nicht entgangen, dass Annie sitzen geblieben war und schweigend zusah. Dr. Fallon hatte gesagt, dass alle Antidepressiva eine Weile brauchten, um zu wirken, deshalb erwartete Russell auch keine Wunder über Nacht. Wenn sie auch nicht soweit war, um an dem Gespräch teilzunehmen, so war sie wenigstens dabei, und er wusste, was für ein riesiger Schritt das für sie war.

Charlotte verschränkte die Arme vor der Brust und seufzte zustimmend. »Okay, ich höre.«

»Deine Mutter hatte immer gewusst, dass ich schauspielern wollte und dass ich in Yorkshire Falls damit kein Geld verdienen konnte.«

Charlotte sah Annie fragend an, und diese nickte.

»Damit eins hundertprozentig klar ist, wir haben geheiratet, ehe sie mit dir schwanger war, und wir haben geheiratet, weil wir es wollten«, fuhr ihr Vater fort.

»Warum bist du dann …?« Charlotte hielt inne und schluckte schwer.

Es zerriss ihm fast das Herz, seine Tochter so leiden zu sehen, aber es gab keine Heilung ohne vorherigen Schmerz. Das wusste er jetzt. »Warum bin ich was?«

»Weggegangen?«

Er zeigte auf die Couch im Nebenzimmer, und sie setzten sich auf den geblümten Stoff. Annie kam nach und ließ sich auf Charlottes anderer Seite nieder, nahm ihre Hand und hielt sie fest.

»Warum bist du ohne uns nach Kalifornien gegangen? Wenn du Mama so sehr geliebt hast, wie du sagst, warum bist du dann nicht hier geblieben oder hast uns mitgenommen? Wäre es so eine Riesenlast gewesen, Frau und Kind um dich zu haben? Hätte es deinen Lebensstil so sehr behindert?«

334

»Nein«, antwortete er, deutlich gekränkt, wie sie so etwas denken konnte. »Das darfst du niemals glauben. Ich konnte nicht bleiben, weil ich zum Schauspieler bestimmt bin. Ich konnte mich nicht aufopfern. Das ist sicher egoistisch, aber wahr. Ich musste schauspielern, und ich musste an dem geeigneten Ort sein, um meine Träume zu verwirklichen.«

»Und das habe ich immer gewusst.« Annie sagte zum ersten Mal etwas und wischte danach Charlotte eine Träne von der Wange.

Charlotte stand auf und ging zum Fenster. Sie hielt sich am Fensterbrett fest, während sie hinausschaute. »Wusstest du, dass ich immer geträumt habe, du würdest uns mit nach Kalifornien nehmen? Ich hatte für den Fall immer einen gepackten Koffer unter meinem Bett. Ich weiß nicht, wie viele Jahre ich an dieser Illusion festgehalten habe. Nach und nach wurde mir aber klar, dass wir dir weniger wichtig waren als deine Karriere.« Sie zuckte die Schultern. »Allerdings kann ich nicht behaupten, dass ich das jemals akzeptiert habe.«

»Da bin ich froh. Vielleicht hast du irgendwo hier drinnen …«, er zeigte auf sein Herz, »vielleicht hast du erkannt, dass es nicht stimmte, dass mir mehr an meinem Beruf lag als an euch.«

»Warum erzählst du mir dann nicht, wie alles wirklich gewesen ist?«

Russell wünschte, die Erklärung wäre so kurz und bündig, wie sie es wohl annahm. Aber es ging um Gefühle. Seine, die von Annie … es war nicht einfach. Die ganze Zeit über hatte Russell geglaubt, er würde beiden helfen, wenn er Annies Bedürfnis nach Vertrautheit und das eines Kindes nach seiner Mutter erfüllte. Aber als ihn jetzt seine Tochter mit riesigen, vorwurfsvollen Augen anstarrte, wusste er, was für einen gewaltigen Fehler er begangen hatte.

Er holte tief Luft, weil ihm klar war, dass seine nächsten Worte sie genauso verletzen würden wie seine lange Abwesenheit – oder sogar noch mehr. »Jedes Mal, wenn ich zurückkam, dieses Mal eingeschlossen, habe ich deine Mutter gebeten, mit mir nach Kalifornien zu kommen.«

Charlotte trat einen Schritt zurück, völlig benommen von dieser Information. Ihr gesamtes bisheriges Leben war auf der Voraussetzung aufgebaut gewesen, dass ihrem Vater nicht genug an ihnen beiden lag, um sie mitzunehmen. Annie hatte diesen Glauben genährt. Sie hatte nicht ein einziges Mal erwähnt, dass Russell sich gewünscht habe, seine Familie bei sich zu haben.

Charlotte zitterte, erschüttert und voller Ablehnung. »Nein. Nein. Mama wäre nach Kalifornien gegangen. Sie hätte sich niemals dafür entschieden, allein hier zu bleiben und sich nach dir zu sehnen. Zu ertragen, dass die Leute über uns redeten, dass die Kinder sich über mich lustig machten, weil ich keinen Daddy hatte, der mich liebte.« Sie sah ihre Mutter an und wartete auf Bestätigung.

Wenn es sich anders verhielt, zwang sie das zu der Erkenntnis, dass sie unnötigerweise Jahre, in denen sie einen Vater besaß, eingebüßt hatte. Selbst wenn er nicht in der Stadt gewesen wäre, sie aber gewusst hätte, dass er sie liebte und gern bei sich haben würde, wäre ihr emotionaler Halt stabiler geworden.

Mit Sicherheit musste ihre Mutter das gewusst haben. »Mama?« Charlotte hasste den Klein-Mädchen-Ton in ihrer Stimme und straffte ihre Schultern. Was immer als Nächstes kommen sollte, sie würde damit fertig werden.

So unglaublich es auch war, Annie nickte. »Es ist … es ist wahr. Ich konnte die Stadt und alles, was mir vertraut war, nicht verlassen. Und ich konnte nicht ertragen, von dir getrennt zu sein, also blieben wir hier.«

»Aber warum hast du mir nicht wenigstens gesagt, dass Daddy uns bei sich haben wollte? Du wusstest, dass er dich liebte. Der Gedanke daran konnte dich nachts wärmen und trösten. Warum hast du mir nicht dasselbe gewünscht?«

»Ich wollte das Beste für dich, aber ich muss voller Scham eingestehen, dass ich nur das tat, was für mich das Beste war. Da du so stark reagiertest, wenn dein Vater uns verließ, und weil du außerdem all diese Hollywood-Bücher verschlungen hast, hatte ich Angst, dich zu verlieren, wenn du Bescheid wüsstest. Du warst deinem Vater schon immer ähnlicher als mir.« Sie schniefte und fuhr sich mit dem Handrücken über die Augen. »Ich dachte, du würdest zu ihm gehen und mich zurücklassen. Allein.«

Charlotte blinzelte. Sie war wie betäubt und ließ sich wieder auf die Couch sinken. »All diese Jahre habe ich dir die Schuld gegeben.« Sie sah ihrem Vater in die Augen.

»Ich habe es zugelassen, meine Süße.«

Das stimmte. Während ihre Mutter mit ansah, wie ihr Kind litt, hatte ihr Vater die Lüge aufrecht erhalten, dass er sie beide verlassen hatte. »Warum?«

Er stöhnte laut auf. »Zuerst geschah es aus Liebe und aus Rücksicht auf die Wünsche deiner Mutter. Sie hatte solche Angst, dich zu verlieren, dass ich einfach annehmen musste, dass sie dich mehr brauchte als mich. Wie aber sollte ich das alles einem kleinen Mädchen erklären?«

»Und später dann?«

»Da warst du zu einem zornigen Teenager geworden.« Er legte die Hand um seinen Nacken, schüttelte den Kopf und fing an, sich zu massieren. »Wenn ich nach Hause kam, hast du dich noch nicht einmal mit mir zivilisiert über das Wetter unterhalten. Dann bist du aufs College gegangen, später nach New York gezogen. Zu der Zeit warst du alt genug, um deine Heimreisen so zu planen, dass sie nicht mit meinen zusammentrafen.«

Da hatte er absolut Recht. Das musste sie schuldbewusst und voll plötzlicher Traurigkeit zugeben. Vielleicht gab es ja genug Schuld, sodass es für alle drei reichte, überlegte sie.

»Ich nehme an, ich habe mich nicht genug angestrengt.«

Charlotte atmete hörbar aus. »Und ich habe mir überhaupt keine Mühe gegeben.« Dieses Eingeständnis kam ihr nicht leicht über die Lippen.

»Es ist meine Schuld, aber es gibt eine Erklärung dafür. Ich versuche nicht, die Verantwortung abzuschieben, aber sieh mal ...« Mit zitternden Händen griff Annie nach ihrer Handtasche und zog eine kleine Phiole mit Medizin heraus. »Dr. Fallon sagt, es höre sich so an, als hätte ich eine schwere Depression gehabt.«

War Charlotte nicht deshalb an den Arzt herangetreten, weil sie genau so etwas geahnt hatte?

Annie versuchte, Tränen wegzublinzeln. »Wahrscheinlich hätte ich diese Tropfen schon früher nehmen sollen, aber mir war nicht bewusst, dass ich Hilfe brauchte. Dein Vater hat gesagt ... er hat gesagt, Dr. Fallon hätte mit dir gesprochen und du wärest der Ansicht, es gäbe eventuell ein Problem. Ich wusste das nicht. Ich dachte, ich müsste so fühlen, wie ich das tat. Ich dachte, es wäre normal. Ich meine, ich habe immer so gefühlt.« Ihr brach die Stimme, aber sie fuhr fort: »Und ich konnte nicht ertragen, dich zu verlieren. Ich weiß, dass ich dir Schmerz zugefügt habe wegen meiner ... Krankheit, und es tut mir Leid.« Annie drückte Charlotte fest an sich. »Es tut mir unendlich Leid.«

Ihre Mutter fühlte sich an wie ihre Mutter – warm und

weich und tröstlich. Dabei hatte Annie schon immer etwas Verletzliches an sich gehabt. Charlotte fiel jetzt auf, dass sie ihr oft genug so zerbrechlich erschienen war. Der Job als Bibliothekarin war auch deshalb so perfekt für sie, weil dort Stille herrschte oder nur geflüstert wurde.

»Ich bin nicht böse auf dich, Mama.« Sie war nur aus dem Gleichgewicht geraten und verwirrt. Der Kloß in ihrem Hals war so groß, dass er schmerzte, und sie war sich nicht sicher, wie sie die Wahrheit verarbeiten sollte.

Im Rückblick ergab so vieles einen Sinn, aber erst kürzlich war ihr bewusst geworden, dass es ein viel ernsteres Problem gab. Sie hatte eine Ahnung, dass Annie nicht nur an einer leichten Depression litt, sondern an einer schweren Psychose. Warum sonst sollte jemand die Rollläden und die Fenster geschlossen halten und Einsamkeit jeder Gesellschaft vorziehen, sogar der des geliebten Mannes?

Warum hatte keiner diese Anzeichen erkannt? Vielleicht waren einfach alle zu sehr mit sich selbst beschäftigt gewesen, dachte Charlotte traurig.

»Ich denke, wir sollten dich jetzt allein lassen, damit du über alles nachdenken kannst«, sagte ihr Vater in ihr Schweigen hinein. Er nahm die Hand ihrer Mutter. »Annie?«

Sie nickte. »Ich komme«, sagte sie und blickte dann ihre Tochter an. »Und nochmals, verzeih mir.«

Sie gingen gemeinsam zur Tür, und Charlotte ließ sie ziehen.

Sie hoffte und betete, dass sich mit der Wahrheit auch Verstehen und Friede einstellen würden. Doch das brauchte Zeit. Sie musste erst begreifen, was sie gerade gehört hatte, und erkennen, was sie jetzt fühlte. Wie sie sich fühlen würde, wenn die Benommenheit sich gab.

Stunden später legte sie sich in ihr Bett, ließ aber die

Rollläden auf, damit sie in den tintenblauen Nachthimmel starren konnte. Sie war zu aufgeregt, um zu schlafen, und hoffte, dass sie sich beim Zählen der Sterne entspannen würde. Allerdings rasten ihr die Gedanken wie wild durch den Kopf. Von wegen sich einer Illusion hingeben, dachte sie. Dem Vater, der sich ihrer Meinung nach nichts aus ihr machte, hatte sie immer etwas bedeutet.

Ein Leben lang hatte Charlotte ihr Verhalten zu Männern und ihren Umgang mit ihnen – solchen wie Russell und ruhelos Herumziehenden wie Roman Chandler – der Verlassenslüge angepasst, die ihre Eltern aufrechterhalten hatten. Doch Russell Bronson war nicht der, für den Charlotte ihn gehalten hatte. Er war gewiss egoistisch und hatte auch sonst seine Fehler, aber er liebte ihre Mutter. Das wenigstens musste sie anerkennen. Selbst, wenn er mehr hätte tun können, um Annie und seiner Tochter zu helfen, so konnte er sich doch nicht sein ganzes Leben lang im Namen der Liebe aufopfern.

Charlotte würde das nicht einmal von Roman verlangen. Jetzt nicht mehr. Ihn zu bitten, in Yorkshire Falls zu bleiben, war genauso egoistisch, wie Russell es auf seine Weise gewesen war. Roman hatte etwas Besseres von ihr verdient.

Eigentlich war es die reine Ironie. Roman war nicht der Mann, wie er in ihrer Vorstellung existent gewesen war. Sie hatte Roman als den Wandervogel ohne Gefühle sehen wollen, als den leichtsinnigen Junggesellen, der nur an sich selber dachte. Sie hatte ihn so haben wollen, weil sie damit eine Begründung hatte, ihn innerlich auf Abstand zu halten, um zu verhindern, dass sie selbst so verletzt wurde, wie es nach ihrer Vorstellung ihrer Mutter ergangen war.

Jetzt brauchte sie ihn, wie er wirklich war.

Sie kuschelte sich tiefer in ihr Bett, zog die Decke hoch

und gähnte. Die Liebe ermutigt einen, alle Sicherheitsnetze wegzulassen, fiel ihr ein. Nach ihrem heutigen Sinneswandel würde sie morgen den Sprung wagen, ohne die Garantie, auch weich zu landen.

Irgendwann musste Charlotte dann doch eingenickt sein. Bei Tagesanbruch wurde sie von der Sonne geweckt, die ihr ins Gesicht schien. Sie hatte zum ersten Mal seit einer Ewigkeit gut geschlafen, und als sie die Augen öffnete, spürte sie einen unerwarteten Adrenalinstoß. Sie duschte, aß einen Becher Pfirsichjoghurt und entschied danach, dass es spät genug sei, um Rick anzurufen.

Er nahm sofort den Hörer ab. »Rick Chandler zu Ihren Diensten.«

»Na, da ist ja einer gut gelaunt«, bemerkte Charlotte.

»Jawohl, das kommt von einem guten Trainingslauf. Was ist los, Charlotte? Ist alles in Ordnung?«

»Ja«, antwortete sie und dachte dabei an ihren Entschluss, Roman aufzuspüren. »Und nein«, murmelte sie, als ihr einfiel, dass sie Rick von Samson berichten, ihm aber auch das Versprechen abnehmen musste, den harmlosen Mann zu schützen und nicht anzuzeigen. »Ich muss mit dir reden.«

»Du weißt, dass ich immer Zeit für dich habe, aber momentan bin ich schon halb aus der Tür. Ich muss zu Besprechungen nach Albany und werde erst später zurück sein.«

Sie war ziemlich enttäuscht. Jetzt, da sie sich entschlossen hatte, wollte sie auch aktiv werden.

»Wie wäre es, wenn ich auf dem Heimweg bei dir vorbeischaue? Das wäre so gegen sieben Uhr.«

Sie klemmte sich das Telefon hinters Ohr und wusch ihren Löffel ab, während sie ihr Tagesprogramm überdachte. »Heute ist Sponsorenabend. Ich soll beim Spiel der Rockets den feierlichen ersten Wurf machen.« So gern sie auch den ganzen Tagesplan aufgegeben hätte und so schnell wie möglich zu Roman gefahren wäre, konnte sie die Kinder nicht enttäuschen. Sie wollte es auch nicht.

Was sie Rick sagen wollte, konnte nicht in der Öffentlichkeit geschehen und musste deshalb bis abends warten. »Warum kommst du nicht nach dem Spiel bei mir vorbei?«, schlug sie vor.

»Das klingt nach einem Plan. Bist du sicher, dass es dir gut geht?«

Sie verdrehte die Augen. »Kannst du wohl aufhören, mich das dauernd zu fragen? Du klingst langsam wie der große Bruder, den ich nie hatte.«

»Na ja, ich hab's versprochen.«

»Du hast was versprochen?« Schmetterlinge begannen in ihrem Bauch herumzuflattern. Und wem?

Schweigen in der Leitung. »Komm schon, Rick … Was hast du damit gemeint?«

Er räusperte sich. »Gar nichts. Nur dass es mein Job ist, darauf zu achten, dass du okay bist.«

Sein Job als Bulle oder sein Job als Bruder? Diese Frage stellte sie sich. Hatte Roman Rick ein Versprechen abgenommen, ehe er abfuhr?

»Also, mir geht es gut.« Sie akzeptierte Ricks unklare Antwort, so neugierig sie auch war. Sie würde niemals annehmen, dass ein Chandler-Bruder den anderen verriet.

»Bis heute Abend.«

»Gut. Fahr vorsichtig.« Charlotte legte auf und atmete durch. Einen langen Arbeitstag und sieben Durchgänge beim Baseball musste sie hinter sich bringen, und dann würde sie herausfinden, wo Roman sich aufhielt. Sie hatte zwölf Stunden Zeit, allen Mut zusammen zu nehmen, um diese Fahrt ins Ungewisse zu machen, um Yorkshire Falls zu verlassen und ungebeten auf Romans Türschwelle zu landen, nicht sicher, wie er sie empfangen würde.

Der Tag zog sich länger hin, als sie es sich ausgemalt hatte, jede Stunde kam ihr endlos vor. Während sie zuhören musste, wie Beth pausenlos von Thomas Scalia sprach, waren ihre Gefühle gemischt. Sie nahm teil am Glück ihrer Freundin und war neidisch, weil sie selbst allein und ihre Zukunft ungewiss war.

Doch der Tag ging vorbei, und Charlotte warf den zeremoniellen ersten Ball, wobei ihre Eltern von der Tribüne aus zuschauten. Gemeinsam. Sie schüttelte verwundert den Kopf. Nicht, dass sie sich irgendwelchen Illusionen hingab. Russell würde nächste Woche wieder in Kalifornien sein. Wieder weggehen, aber vielleicht nicht für lange.

Annie hatte zugestimmt, sich einem Therapeuten anzuvertrauen. In Harrington gab es eine wunderbare Nervenklinik, und ihre Mutter hatte sich mit der Unterstützung ihres Mannes entschlossen, dort einen Psychiater aufzusuchen, den Dr. Fallon empfohlen hatte. Inzwischen hatte ihr Vater beschlossen, in L.A. einiges zu erledigen und danach für eine Weile nach Hause zu kommen. Er wollte wenigstens so lange bleiben, bis Annie mit der Therapie begonnen hatte und sich mit der Idee befassen konnte, ob sie mit in den Westen ziehen wollte.

Nahmen denn die Wunder gar kein Ende? Charlotte grübelte viel, war aber so glücklich und hoffnungsfroh wie lange nicht mehr. Als ob sie das ahnten, schlugen die Rockets schon wieder ihre Gegenspieler. Dabei war ihr Starwerfer wegen eines gebrochenen Handgelenks ausgeschieden, und weitere Spieler waren ebenfalls verletzt. Obwohl die Saison erst angefangen hatte, ernannte die Mannschaft Charlotte zu ihrem Glücksbringer. Man ging sogar so weit, ihr ehrenhalber ein Raumschiff-Medaillon zu überreichen, das ihr an einer Kette um den Hals gehängt wurde – in Anerkennung ihrer Unterstützung und ständigen Anwesenheit. Die Geste rührte sie, und sie war froh, dass sie die Kinder nicht wegen ihres Privatlebens hatte fallen lassen.

»Was für ein Privatleben?«, fragte sie laut, als sie nach dem überstandenen Abend endlich ihre Wohnungstür aufschloss.

Momentan schien sie die Dumme zu sein. Selbst ihre Mutter hatte ein Privatleben, Charlotte dagegen nicht. Sobald sie von Rick Auskunft über Roman erhielt, würde sie sich aufmachen – wohin, das wusste sie nicht, aber wenigstens würden es positive Schritte nach vorn sein.

Charlotte warf ihre Schlüssel auf den Küchentisch, ging hinüber zu dem blinkenden Anrufbeantworter und drückte auf den Startknopf. »Hallo, Charlotte, hier ist Rick. Ich wurde in Albany aufgehalten und dann zu einem Fall gerufen, als ich kaum wieder hier war. Wir müssen uns aber noch sprechen, also rühr dich nicht von der Stelle.«

Wo sollte sie auch sonst hingehen? Noch nicht müde und vom Spiel leicht aufgedreht, ging sie direkt in die Küche und durchwühlte ihre Kühltruhe nach einer Packung Eiscreme mit Vanille-Karamell-Geschmack, die sie immer vorrätig hatte. Mit gezücktem Löffel beschloss sie, sich in ihrem Schlafzimmer niederzulassen. Seit sie sich für die Abende im Bett einen kleinen Farbfernseher gegönnt hatte, fand sie es dort viel gemütlicher, als allein im Wohnbereich des kleinen Apartment rumzuhängen. Wenn sie Glück hatte, fand sie etwas Interessantes im Fernsehen, um die Zeit totzuschlagen, bis Rick endlich kam.

Auf dem Weg ins Schlafzimmer schleckte sie bereits von

dem Eis. Sie wunderte sich über den schwachen Lichtschein, der aus dem Raum drang. Hatte sie die Nachttischlampe angelassen, als sie morgens zur Arbeit gegangen war? Achselzuckend betrat sie ihren privaten Zufluchtsort, während sie sich klebriges Karamell von den Lippen leckte.

»Dabei könnte auch ich dir helfen. Wenn du bereit bist, mit mir zu sprechen.«

Charlotte blieb abrupt stehen. Ihr Herz hörte für eine Sekunde auf zu schlagen und klopfte dann unregelmäßiger und schneller als zuvor. »Roman?« Blöde Frage. Natürlich war dies die tiefe, raue Stimme Romans.

Und es war Roman, der in grauer Trainingshose, marineblauem T-Shirt und mit nackten Füßen auf ihrer weißen Rüschendecke und Ansammlung von Kissen lag. Nur ein Mann von seiner Statur konnte vor diesem Hintergrund femininer Rüschen und Spitzen noch männlicher aussehen. Nur eine verliebte Frau konnte jede Vorsicht über Bord werfen und nichts anderes tun wollen, als in seine Arme zu laufen.

Frustriert atmete sie hörbar aus. Sie hatte ihn vermisst und war unglaublich froh, ihn zu sehen, aber sie hatten Probleme, die noch ungelöst waren. Bis sie diese besprochen hatten und zu einem Einverständnis gelangt waren, blieb noch vieles ungewiss zwischen ihnen. Charlotte hatte im Augenblick zwar das Gefühl, sie könnte nur von Luft und Liebe leben, war aber doch zu klug dazu.

Wenigstens hoffte sie es. Aber ihr Entschluss abzuwarten schwand schnell dahin.

Roman zwang sich dazu, ruhig und entspannt zu bleiben. Das war hart, gebettet auf Charlottes weichem Lager, umgeben von ihrem femininen Duft, den er so sehr vermisst hatte. Noch schwerer wurde es, als sie ihn anstarrte mit einer

345

Mischung aus Verlangen und Vorsicht in ihren hinreißenden grünen Augen.

Als er angekommen war, schienen alle beim Essen oder dem Spiel der Little League gewesen zu sein, sodass er unentdeckt blieb. Ein glücklicher Umstand, Überraschung passte gut in seine Pläne.

Da er mit ihr allein sein wollte, und das so schnell wie möglich, hatte er geplant, sie zu packen und mit ihr davonzulaufen – in sein Haus, in ihre Wohnung, es war ihm egal. Er hatte ihr viel über seine Reise nach Washington, D.C. mitzuteilen und über eine Zukunft, die sie mit einbezog, wie er hoffte.

Aber so ungeduldig er auch darauf wartete, den körperlichen Abstand zwischen ihnen zu überbrücken, wollte er andererseits auch nichts überstürzen. Zunächst musste sie ihm Vertrauen schenken.

»Hast du mich vermisst?«, fragte er.

»Hast du *mich* vermisst?«, gab sie zurück.

Er grinste. Wenigstens hatte sie ihre Courage nicht verloren, und außerdem hatte er nicht erwartet, dass sie ihm in die Arme fliegen würde. »Natürlich habe ich dich vermisst.«

Anstatt sie zuhause oder in ihrem Laden anzutreffen, hatte er sie auf dem Spielfeld entdeckt, als sie den ersten Ball warf. Dann wurde sie von ihrem Vater umarmt. Von ihrem Vater!

Als er daraus auf ihre versöhnliche Stimmung schloss, hatte er sich fast noch mehr in sie verliebt.

Er hatte beobachtet, wie sie Russell anlächelte, und wusste sofort, dass sie mit diesem Teil ihres Lebens Frieden geschlossen hatte. Hoffentlich konnte sie sich jetzt auch mit ihm versöhnen.

Er klopfte auf den Platz neben sich. »Komm her.«

»Wie bist du reingekommen?«, fragte sie stattdessen.

»Über die Feuerleiter. Ich wusste, dass du dein Fenster wieder unverschlossen lassen würdest, wenn ich nicht da bin, um auf dich aufzupassen.« Und so war es auch gewesen. Er war also über die Feuerleiter hineingeklettert und hatte sich auf ihrem Bett niedergelassen, während er wartete. »Du brauchst einen Hüter, Charlotte.« Er erinnerte sich daran, dass sie das an dem Tag ihrer Wiederbegegnung in Normans Korridor zu ihm gesagt hatte. Nie hätte er sich damals vorgestellt, dass sie an diesem Punkt enden würden, wo sein Herz und seine Zukunft von der Entscheidung dieser schönen Frau abhängig waren.

»Bewirbst du dich um diesen Job?«, fragte sie.

Er zuckte die Schultern, bemüht, seine Gefühle nicht zu zeigen. Noch nicht. »Ich dachte, das hätte ich schon getan.«

»Weil du Kopf gerufen hast, als Chase sich für Zahl entschied?«, fragte sie etwas zu lässig.

Ihre leicht hingeworfenen spitzigen Worte trafen ihn, weil es bedeutete, dass sie immer noch litt und dass er die Ursache war. »Eigentlich hatte Chase nie etwas damit zu tun.«

Sie hob eine Augenbraue. »Lass mich raten. Weil er bereits seine Schuldigkeit getan hatte?«

»Rick hat ja gesagt, du seiest clever.«

Sie verdrehte die Augen.

»Und das bist du auch. Clever genug, um mir nachzureisen?«, fragte er sie mit einem Blick auf den offenen Koffer an der Wand. Der hatte ihn genau wegen dieser Vermutung schon quälend beschäftigt, seit er gekommen war, und die Tatsache, dass sie mutig genug war, eine solche Fahrt zu unternehmen, bestätigte ihm, was er bereits wusste. Sie war mehr die Tochter ihres Vaters, als sie je erkannt hatte, und ihm wurde jetzt klar, dass das gar nicht schlecht war. Er hatte das Gefühl, dass sie das auch wusste.

Sie war Romans perfekte Seelenverwandte. Für einen Mann, der nie zuvor in solchen Begriffen gedacht hatte, war dieses Eingeständnis gewaltig – und eines, das er mit ihr teilen wollte.

»Nun komm schon, Charlotte. Kann es sein, dass ich dir eine Reise erspart habe?« Er hörte, wie Hoffnung in seiner Stimme mitschwang, aber es war ihm egal. Er würde sein Herz vor ihr auf den Boden legen, damit sie darauf herumtrampeln konnte, wenn er sie dadurch nur zurückbekam.

»Hol dich der Teufel, Roman.« Sie griff nach einem gehäkelten Kissen auf ihrer Kommode und schlug ihm damit kräftig auf den Kopf. »Du bist arroganter, als es dir gut tut.«

»Aber dir tut es hoffentlich gut, oder? Verzeih mir, Charlotte.«

Sie schluckte und tippte rhythmisch mit dem Fuß auf den Boden. »Du bist arrogant«, murmelte sie, konnte aber nicht verbergen, dass sie grinsen musste, egal, wie sehr sie es versuchte, egal, wie ärgerlich sie war.

»Das ist eine meiner charmanteren Eigenschaften. Nun hör auf, mich hinzuhalten, und befrei mich aus meinem Elend.«

Das traf sie, und sie hob erstaunt eine Augenbraue. Offensichtlich war sie überrascht, dass er unglücklich gewesen war. Das wiederum verwunderte ihn. Wie konnte sie nicht wissen, dass er sich ohne sie an seiner Seite nur als halber Mann fühlte? »Sag mir, wohin du fahren wolltest.«

Sie schüttelte den Kopf. »Oh nein, du zuerst. Wohin warst du verschwunden, und noch besser, warum bist du zurück?«

»Komm, setz dich zu mir, und ich erzähle es dir.«

»Du lädst mich ein, auf meinem eigenen Bett Platz zu nehmen, neben dir, dem ungeladenen Gast. Was ist falsch an diesem Bild?«

Er blickte sich um, und sein Blick blieb an dem großen, ovalen Spiegel an der gegenüberliegenden Wand hängen. Das reflektierende Glas gewährte ihm einen perfekten Blick auf sich selbst, wie er auf dem Bett lag. Er zuckte die Schultern. »Gar nichts, soweit ich sehen kann.«

Sie stöhnte auf, ging quer durch den Raum und ließ sich neben ihm nieder. Ein Schälchen mit schmelzender Eiscreme war ihre einzige körperliche Barriere. »Jetzt rede.«

»Nur, wenn du versprichst, mich später zu füttern.«

»Roman …«

»Ich will dich nicht hinhalten. Es ist mir Ernst, ich habe seit Stunden nichts gegessen. Nach der Landung bin ich gleich hierher zu dir gelaufen.« Mit einem kleinen Umweg über das Baseballfeld, aber dazu würden sie kommen, wenn sie bereit war, sich über ihr neues Verhältnis zu ihrem Vater zu öffnen. »Wenn dir gefällt, was du gleich zu hören bekommst, dann musst du versprechen, mich zu füttern.«

»Als Nächstes wirst du mich bitten, das eigenhändig zu tun.«

»Mit dem Mund würde es genauso gut funktionieren«, neckte er sie.

Ihre Lippen verzogen sich zu einem zögernden Lächeln.

Wenigstens übte er noch eine gewisse Wirkung auf sie aus, dachte Roman. »Ich war in Washington, D.C.«

»Dann ist es nur recht und billig, dass ich verspreche, dich zu füttern«, murmelte sie und stellte die Schüssel auf den Nachttisch.

»Gut. Erinnerst du dich, dass ich dir von einem Jobangebot in D.C. erzählt habe?« Sein nächster Gedanke wurde durch lautes Klopfen an der Tür unterbrochen, gefolgt von anhaltendem Klingeln.

Sie sprang vom Bett auf. »Das ist Rick. Ich habe ihn gebeten herzukommen, um herauszufinden …« Sie unterbrach sich, ehe sie den Satz beenden konnte.

»Um was herauszufinden, Charlotte?« Aber er wusste es schon. Es war genauso, wie er vermutet hatte. Sie hatte ihn gesucht.

»Nichts, was dich betrifft.« Sie wurde rot, aber bevor er antworten konnte, klopfte Rick erneut an die Tür. »Ich muss mit Rick noch eine andere Sache besprechen. Die auch dich interessieren wird.«

Interessanter als sie beide? Roman bezweifelte es. »Okay, lass die Nervensäge rein.«

Er erhob sich von dem gemütlichen Bett und folgte Charlotte in den Wohnbereich, wo er seinen Bruder mit wütendem Blick begrüßte.

»Ich wusste nicht, dass er zurück ist.« Rick deutete auf Roman. »Willkommen zuhause … oh, Mist.«

»Das ist nicht die Begrüßung, die ich erwartet hatte.«

»Das werdet ihr beide nicht glauben.« Rick schüttelte den Kopf. »Zum Teufel, ich selbst kann es nicht glauben.«

»Also gut, bevor du mit irgendeiner Geschichte loslegst, muss ich dir etwas sagen«, unterbrach ihn Charlotte.

Jetzt schüttelte Roman den Kopf. »Ihr macht mich beide neugierig.« Rick atmete hörbar aus.

»Okay, also dann ›Ladies first‹.«

»Richtig.« Sie rang die Hände vor dem Körper, eine Geste, die ihr so gar nicht ähnlich sah und Roman daher beunruhigte.

»Nein«, änderte sie ihre Meinung. »Falsch. Du fängst an.«

Rick zuckte die Schultern. »Ich kam in die Stadt zurück

und wollte dann gleich hierher, aber auf dem Revier waren einige Anrufe eingegangen. Eigentlich mehrere. Es sieht so aus, als habe der Höschendieb wieder zugeschlagen.«

»Was?«, sagten Roman und Charlotte gleichzeitig.

»Eher umgekehrt. Die Höschen wurden zurückgebracht.«

Roman fing an zu lachen. »Du machst Witze.«

»Nein. Jedes einzelne von ihnen wurde entweder im Haus oder auf der Veranda der Betreffenden zurückgelassen. Obwohl wir niemals Roman offiziell als Verdächtigen betrachtet hatten, wollte ich Charlotte mitteilen, dass die Damen der Stadt ihre Vorstellung von Roman als einem Höschendieb würden aufgeben müssen.« Er strich sich mit einer Hand durchs Haar.

»Wieso? Habt ihr den Typen geschnappt?«, fragte Charlotte vorsichtig.

»Nein, verdammt.«

Bildete Roman es sich ein, oder stieß sie tatsächlich gerade einen langen Seufzer der Erleichterung aus?

»Aber da Roman gar nicht in der Stadt war, werden sie ihre Fantasien, meinen kleinen Bruder betreffend, vergessen müssen«, fuhr Rick fort.

»Was ist denn los? Eifersüchtig, dass sie nicht dir mit ihrer Unterwäsche zugewinkt haben?« Roman grinste.

»Sehr komisch.« Rick schüttelte den Kopf. »Aber mir fällt eben auf: Da du gerade heute wieder zurück bist, wirst du wohl mit diesem Makel leben müssen.« Er lachte in sich hinein.

Zu Romans totaler Überraschung stellte sich Charlotte neben ihn und schob ihre warme, weiche Hand in seine. Sie stand an seiner Seite, sah Rick an und sagte: »Nein, das wird er nicht.«

»Du weißt etwas über die Sache, oder?«, fragte Roman.

»Schon möglich.« Sie drückte fest seine Hand. Obwohl er es nicht nötig hatte, dass sie sich für ihn einsetzte, gefiel ihm diese fürsorgliche Seite an ihr. Besonders freute es ihn, dass sie ihn verteidigte, obwohl sie noch gar nicht zu einer Klärung ihrer Probleme gekommen waren.

»Na los, Charlotte, du kannst mir doch keine Informationen vorenthalten«, forderte Rick.

»Ach, ich weiß nicht, Rick. Ich habe nie behauptet, ich wüsste etwas.« Sie blickte zu Roman mit großen, beschwörenden Augen auf. »Hat dich heute Abend irgendjemand gesehen? Weiß jemand außer uns, dass du zurück bist?«

Er schüttelte den Kopf. »Obwohl mein Kleinstadttrauma alles möglich erscheinen lässt, glaube ich, dass mich wirklich niemand gesehen hat.« Er hatte mit Absicht andere gemieden, war aber der Meinung, dass Rick diese Aussage nicht besonders schätzen würde.

»Rick, vielleicht weiß ich etwas. Aber ich werde es dir nur sagen, wenn du mir zwei Dinge versprichst. Einmal darfst du meine Information nie verwenden, zum anderen keiner Menschenseele erzählen, dass Roman heute Abend in der Stadt war.«

Ricks Gesicht wurde zornesrot. »Du kannst doch nicht im Ernst einen Polizeibeamten bestechen wollen.«

Sie verdrehte die Augen. »Dann weiß ich gar nichts. War nett, dich zu sehen, Rick. Gute Nacht.«

Roman hatte keine Ahnung, worum es ging, aber er machte dem jetzt ein Ende. »Das ist lächerlich, Charlotte, was auch immer du weißt, du musst es sagen. Und, Rick, du versprichst ihr alles, was sie verlangt.«

Rick lachte laut auf. »Jawohl, wird gemacht.«

»Samson ist der Höschendieb, und wenn du das wiederholst, ihn festnimmst, ihn befragst oder ihm gegenüber auch nur die Stirn runzelst, dann leugne ich, dass ich jemals etwas gesagt habe. Ich bezahle seinen Anwalt und wir verklagen dich wegen Polizeischikane. Übrigens nichts für ungut, ich habe dich wirklich gern, Rick.« Sie gönnte Romans fassungslosem Bruder ihr süßestes Lächeln.

Bei diesem Zuckergrinsen hätte Roman ihr zu Füßen gelegen. Leider war Rick nicht Roman, sondern er war zornig, und die Röte in seinem Gesicht verstärkte sich noch mehr. Du hast das gewusst und die Information zurückgehalten? Für wie lange?«

»Was hätte es denn genützt, wenn ich es gemeldet hätte? Er ist ein harmloser alter Mann, der sich für mich eingesetzt hat. Ich bin nett zu ihm, deshalb hat er sich vorgenommen, mein Geschäft anzukurbeln. Es war völlig unbeabsichtigt, dass Roman beschuldigt wurde.«

»Aber nützlich.« Roman sah das Komische an der Sache, wenn es Rick auch nicht so ging. Romans High-School-Streich hatte Samsons Sache genützt.

»Es war illegal, was er getan hat«, betonte Rick. »Oder hast du das aus den Augen verloren?«

Sie zog ihre Hand aus der von Roman und stemmte beide Hände in die Hüften. »Sag mir, wem es geschadet hat. Und dann sag mir, wem es nützte, wenn der arme Mann geschnappt würde. Es ist jetzt vorbei. Ich verspreche es. Er wird es nicht wieder tun.«

Roman beugte sich nahe heran und flüsterte ihr ins Ohr: »Liebling, du solltest lieber nichts versprechen, was du nicht halten kannst. Du hast doch keine Kontrolle über den Mann.« Nicht mehr Kontrolle, als Roman über seinen eigenen Körper hatte, jetzt, da er ihren köstlichen Duft einatmete, da ihre langen Haarsträhnen seine Nase und Wange kitzelten und ihn erregten.

Es wurde Zeit, dass sein Bruder schnell verschwand, dachte Roman. »Sie hat Recht, und du weißt es, Rick. Du übst niemandem gegenüber Gerechtigkeit, wenn du den Typen anzeigst.«

»Er wird es nicht wieder tun, bitte!« Charlotte bat in einem weichen, flehenden Ton um Nachsicht.

»Oh Mann! Also gut. Da ich keinen Zeugen habe, werde ich Samson in Ruhe lassen, aber wenn es noch einmal passiert ...«

»Das wird es nicht«, sagten Charlotte und Roman wie aus einem Mund. Roman nahm an, dass sie gemeinsam den ›Entenmann‹ besuchen würden, um sicherzugehen, dass er verstand, welche Chance man ihm gegeben hatte.

»Und da Samson sich die Mühe gemacht hat, die Unterwäsche zurückzugeben, damit Roman während seiner Abwesenheit entlastet würde, hast du ihn heute Abend nirgendwo gesehen, klar?«, fuhr sie sehr bestimmt fort. »Das erste Mal, dass du ihn gesehen hast, seit er vor über einer Woche verreist ist, wird ...«

»Wird in vierundzwanzig Stunden sein, wenn ich an deine Tür klopfe«, entschied Roman. »Bis dahin sind wir nicht erreichbar.« Er legte seine Hand auf Ricks Rücken und schob ihn zur Tür. »Falls irgendjemand nachfragt, Charlotte hat die Grippe.«

»Ich glaub' das nicht«, murmelte Rick, als er in den Hausflur trat.

»Du bist ein netter Kerl, Rick Chandler!«, rief Charlotte ihm nach.

Rick drehte sich um. »Alles Dinge, die ich im Namen der Liebe tue«, sagte er und verschwand die Treppe hinunter, wobei er unentwegt vor sich hin murmelte.

Die nächsten vierundzwanzig Stunden. Diese Worte hallten in Charlottes Kopf nach, als sie hinter Rick die Tür schloss und sich umdrehte, um Roman ins Gesicht zu sehen. »Darf ich fragen, wo du dich den morgigen Tag über verstecken willst?«

Vierundzwanzig Stunden, dachte sie immer noch. Eine lange, lange Zeit für zwei Menschen, um für andere nicht erreichbar zu sein. Allein, zusammen mit ihm. War das alle Zeit, die ihnen noch blieb? Oder hatte Roman etwas anderes im Sinn?

»Dein Bett war ziemlich gemütlich. Natürlich wäre es noch gemütlicher, wenn du mit mir zusammen darin liegen würdest.«

Schon wieder begann ihr Herz wie wild zu schlagen. »Erzähl mir von Washington.«

Er streckte ihr die Hand entgegen. Als Nächstes wusste sie nur noch, dass er sie zurück ins Schlafzimmer führte und dass sie sich behaglich auf ihrem gerüschten Doppelbett niederließen. So behaglich, wie es möglich war, da sexuelle Erwartung in der Luft lag und eine weiche Matratze winkte.

»Washington ist bereits sehr schwül. Es ist toll, da zu leben, lustig und beschwingt.«

»Hast du vor, deinen Wohnsitz zu wechseln? Willst du aus New York nach Washington, D.C. ziehen?«

»Das Jobangebot betraf die Stellung eines Redakteurs, aber dann hätte ich nicht die Freiheit …«

»Zu reisen?«, fiel sie ein, da sie seinem Ton entnahm, dass er die Stelle bei der berühmten Zeitung abgelehnt hatte.

»Jawohl. Ich möchte die Möglichkeit haben, vom Laptop aus zu arbeiten. Redakteursarbeit bedeutet, dass man hauptsächlich am Schreibtisch sitzt und für seine Mitarbeiter ständig verfügbar ist.«

Sie kaute an der Innenseite ihrer Wange. »Ich sehe ein, dass es dir nicht gefallen kann, in D.C. festzusitzen. Du bist ans Reisen durch die Welt und an riesige Storys gewöhnt.«

»Ich habe mich an dich gewöhnt.« Völlig überraschend fuhr er mit einem Finger über ihre Wange. »Ich kann nicht gut hinter einem Schreibtisch in D.C. feststecken, wenn du hier deinen Laden zu führen hast.«

Sie war gleichzeitig verwirrt, frustriert und hoffnungsvoll. Vor allem aber hatte sie es satt, dass er sich im Kreise drehte, anstatt endlich eine klar verständliche Aussage zu machen. Mit einer Bewegung, die sie selbst schockierte, schaffte sie es, Roman umzuwerfen, seine Schultern aufs Bett zu drücken und sich rittlings auf ihn zu setzen. »Lass uns das noch mal versuchen, und dieses Mal im Klartext. Hast du den Job angenommen oder nicht?«

Er starrte sie mit großen Augen an, offenbar belustigt und, nach der Erektion zu urteilen, die sie zwischen ihren Schenkeln spürte, sehr erregt. »Den Job des Redakteurs habe ich nicht angenommen.«

Sie ging auf seine feine Nuance ein: »Welchen Job denn dann?«

»Den des Sonderberichterstatters. Sie waren sehr beeindruckt von einem Bericht, den ich kürzlich hier von zu Hause aus geschrieben habe, einer Milieuschilderung, die ihnen bewies, dass ich über alle Bereiche berichten kann. Ich habe bei Associated Press gekündigt, kann jetzt hauptsächlich von zu Hause aus arbeiten und muss nur gelegentlich nach D.C. Und wir können in allen exotischen Teilen der Welt Urlaub machen, wenn wir Lust dazu haben.«

»Wir.« Sie hätte geschluckt, wenn ihr Mund nicht völlig trocken gewesen wäre. Sie konnte kaum sprechen, schaffte es aber doch, weil es ihr zu wichtig war. »Wo ist dein Zuhause, Roman?«

»Immer dort, wo du bist, Charlotte.« Diese unglaublichen blauen Augen hielten ihre fest.

Sie blinzelte und konnte es nicht fassen, dass dieser Weltenbummler aufgegeben hatte, der Welt wichtige Nachrichten zu vermitteln, um sich in D.C. und Yorkshire Falls niederzulassen. Mit ihr. Sie schüttelte den Kopf. »Du kannst nicht alles, was du liebst, aufgeben.«

»Ich kann dich nicht aufgeben. Es war schon die Hölle, in D.C. ein paar Stunden weit von dir entfernt zu sein. Ich kann mir nichts vorstellen, was noch weiter weg ist. Ich würde vor Einsamkeit sterben.« Er grinste.

»Jetzt übertreib mal nicht.« Sie liebkoste seine Wange und nahm dann sein Gesicht in beide Hände. »Aber ich möchte, dass du glücklich bist. Ich möchte, dass du mich oder die Entscheidungen, die du getroffen hast, niemals bedauern wirst.«

»Du sagst es ganz richtig, Liebling. Es sind Entscheidungen, die ich getroffen habe.«

Und zwar schon bevor er Charlottes Zusage hatte, erkannte sie. Er hatte konkrete Schritte unternommen, um sein Leben zu ändern. Er hatte bereits seinen Job bei Associated Press gekündigt und einen anderen angenommen. Das alles, ohne von ihr eine bindende Zustimmung zu ihrer gemeinsamen Zukunft erreicht zu haben. Er hatte also Entscheidungen getroffen, die er treffen wollte. Und obwohl er weder Kinder noch die Münzwette erwähnt hatte, kannte sie ihn gut genug, um zu wissen, dass er diesen Entschluss nicht wegen einer Wette oder wegen familiärer Verpflichtungen gefasst hatte. Stattdessen war er seinem Herzen gefolgt.

Genauso, wie sie bereit gewesen war, ihrem Herzen zu folgen, dachte sie, als ihr Blick auf den offenen Koffer fiel.

Die alberne Wette war für sie schon zu einer rein theoretischen Sache geworden, bevor er zurück gekommen war.

»Washington ist der beste Kompromiss, den ich zu bieten habe«, sagte er. »Es wird dir wirklich gefallen, dich dort aufzuhalten, während Beth hier den Laden führt. Ich habe schon ein Apartment gefunden, aber wenn du es nicht magst, können wir uns etwas anderes suchen und hier ein Haus kaufen oder bauen. Und das beste ist, dass es eine bequeme Flugverbindung nach Albany gibt, die uns beiden zusagen wird. Vorausgesetzt, du bist zu dem allen bereit.«

»Und wenn nicht?« Sie musste das fragen. Sie musste wissen, dass er das alles sowieso getan hätte. Denn wenn er vorhatte, zu seinem AP-Job zurückzukehren, falls sie ihn abwies, dann hatten sie keine Chance. Charlotte hielt den Atem an und wartete.

»Dann werden wir für den Rest unseres Lebens viele unangenehme Zusammenstöße haben. Ich habe meine Entscheidungen getroffen, Charlotte. Ich möchte, dass sie dich miteinbeziehen, und sie sind endgültig, entweder …«

Sie unterbrach ihn mit einem sengenden Kuss, der schon zu lange fällig war. Seine Zunge traf auf ihre, und er drang tief in ihren Mund ein, nahm Besitz von ihr, ließ sie wissen, dass sie ihm gehörte – für immer und ewig. Sie spürte diese Worte und Gedanken in jeder seiner Bewegungen. Und obwohl sie als Angreifer begonnen hatte, fand sie sich bald in der hingebungsvollen Stellung, flach auf dem Rücken, ihre Kleider auf dem Fußboden, während Romans Blicke sie mit einem verführerischen Glanz verschlangen. »Mir ist schon klar, dass wir noch Einzelheiten besprechen müssen.«

»Die können warten.« Plötzlich ging ihr Atem keuchend.

Er kämpfte damit, sein Hemd auszuziehen, während sie den Reißverschluss seiner Jeans öffnete und eine Hand um seinen harten Penis legte.

»Mein Gott.« Die Worte kamen mit einem scharfen Atemstoß. »Warte eine Sekunde, oder ich explodiere.«

Charlotte lachte und ließ los, denn sie wollte nicht den Spaß verderben, bevor er begonnen hatte. War dies das Leben, auf das sie sich freuen konnte? Das überlegte sie, als sie zusah, wie der Mann, den sie liebte, sich auszog. Plötzlich erschien ihr die Beziehung zu einem Pendler halb so schlimm, vor allem, wenn es sich dabei um Roman handelte.

Genauso plötzlich konnte sie ihre Mutter besser verstehen, wusste, warum sie an dem Mann, den sie liebte, festgehalten hatte trotz der Entfernung und ihrer eigenen Unfähigkeit, mit ihm zu gehen. Vielleicht waren sie und Annie gar nicht einmal so verschieden, dachte Charlotte, und vielleicht war das gar nicht so schlecht.

Roman setzte sich wieder auf sie und griff dann nach der Schale mit Eiscreme. »Erinnerst du dich daran, dass ich Hunger habe?«

Charlotte legte den Kopf auf die Seite, ungehemmtes Verlangen in ihren grünen Augen. »Ich erinnere mich an mein Versprechen, dich zu füttern«, sagte sie in einem fast frechen Ton.

Er träufelte das geschmolzene Eis auf ihre Haut. Die kühle Flüssigkeit ließ sie erschaudern, und sie fühlte die Begierde zwischen ihren Beinen pulsieren. »Ah, ja.« Sie stöhnte auf. »Rick hatte Recht, weißt du«, sagte sie zu Roman.

»Womit?«

Sie blickte ihn an, und er schmolz dahin. »Dass ich dich liebe.«

»Ich liebe dich auch.« Er fuhr fort, ihr zu beweisen, wie sehr, indem er damit begann, die Eiscreme, die sich auf ihrem Bauch gestaut hatte, mit seiner warmen Zunge aufzulecken. Der Kontrast von warm und kalt sandte Schauer über ihren Körper, und ihre Beine zuckten, als sich ihr Verlangen noch steigerte.

Während er seinen Kopf senkte, um dieses Verlangen zu stillen, dachte Charlotte, dass sie tatsächlich mit Romans Art zu leben zurechtkommen könnte. Für den Rest ihres Lebens und darüber hinaus.

Epilog

Charlotte lag nackt auf weißen Laken. Sonnenlicht schien durch die hauchdünnen Gardinen, aber die Privatsphäre war gesichert. Ihr Hotelzimmer lag im 14. Stockwerk, und andere hohe Gebäude befanden sich nicht in ihrer Nähe. Roman betrachtete sie und war wieder einmal hingerissen von ihrer inneren und äußeren Schönheit sowie von seinem vollkommenen Glück.

Wie konnte es sein, dass er dieses Geschenk beinahe weggeworfen hätte, weil er zu keiner Langzeit-Beziehung bereit gewesen war? Wie konnte er jemals geglaubt haben, dass es möglich wäre, sein Leben getrennt von ihr zu verbringen?

Er beugte sich über sie und ließ eine ganze Weintraube verführerisch vor ihrem Mund baumeln. Sie pflückte eine Beere mit den Zähnen ab und grinste dann. »Du verwöhnst mich.«

»Darum geht es ja.«

»Wie kann ein Mädchen etwas dagegen sagen? Was steht heute auf dem Programm?«, fragte sie.

Sie hatten schottische Schlösser und das Zuhause des Monsters vom Loch Ness besucht. »Ich hatte überlegt, ob wir nicht das Reisebüro anrufen und nächste Woche auf dem Heimweg einen kurzen Trip nach Kalifornien anhängen.« Roman wartete mit angehaltenem Atem auf ihre Antwort, da er den Umweg bereits gebucht hatte. Er hatte gezögert, sie damit zu überfallen, weil er zunächst ihre Reaktion abwarten wollte.

Stornieren konnte er es immer noch. Dann würden sie direkt nach Yorkshire Falls fliegen, nach ihrer und seiner Mutter sehen und den Laden in Augenschein nehmen, ehe sie ihr Leben in D.C. beginnen würden. Er hoffte, dass sie alles interessant fände, was Hollywood zu bieten hatte, aber er war sich nicht sicher, ob die Erinnerungen ihr immer noch zu schaffen machten, auch wenn sie sich mit ihrem Vater ausgesöhnt hatte.

»Ich dachte, du wolltest jetzt so schnell wie möglich nach Hause zu Raina«, sagte Charlotte.

»Du weißt genauso gut wie ich, dass noch niemand an Sodbrennen gestorben ist.«

»Dann möchte ich mir liebend gern mit dir Hollywood anschauen. Vielleicht kann Russell ja den Reiseführer spielen.« Ihre grünen Augen glänzten vor Freude.

Das sollte die Überraschung sein, aber Roman verriet nicht gleich alles. »Vielleicht.«

Sie ließ sich in die Kissen zurückfallen und lachte. »Ich kann es immer noch nicht fassen, welche Mühe sich eure Mutter gegeben hat, um euch Jungens zu verheiraten.« Offenbar dachte sie wieder an Rainas Eskapaden.

»Gott sei Dank bin ich dahintergekommen. Der viele Tee und das Magenmittel waren der erste Hinweis, dass es sich um eine Magenverstimmung handelte und nicht um ein Herzleiden, genauso dann die freiverkäuflichen Medikamente gegen Übersäuerung. Aber sie zeigte auch die klassischen Merkmale einer schlechten Lügnerin.« Bei der Erinnerung daran schüttelte er den Kopf. »Sie hat mir nie in die Augen gesehen, wenn ich sie nach ihrer Gesundheit befragte, und wenn sie glaubte, ich sei nicht da, hat sie die Treppen wie eine Sprinterin genommen.« Er verdrehte die Augen bei dieser Vorstellung.

»Nicht zu vergessen, dass sie versäumt hat, ihre Trainingskleidung zu verstecken.«

Er kicherte. Ehe er nach D.C. gefahren war, hatte er die Trainingshose und ein feuchtes T-Shirt seiner Mutter in der Waschmaschine entdeckt, als er seine Wäsche hineintun wollte. Ausgeschlossen, dass es sich dabei um etwas anderes als um frisch getragene Sportsachen handelte. Er hätte sie am liebsten gepackt, als er sich alles zusammengereimt hatte, aber er musste sich erst Gewissheit verschaffen.

Es war leicht gewesen, Dr. Leslie Gaines in die Enge zu treiben und vorzutäuschen, seine Mutter habe ihm ihren wahren Zustand gestanden. Er ließ die Ärztin glauben, er wisse, dass die Gesundheitsprobleme nicht ernst seien, wäre aber besorgt, dass flüssiges Antazidum auch nicht allzu gesund sei. Dr. Gaines hatte zugestimmt, dass eine Magenverstimmung kein so ernstes Problem wäre wie der Herzanfall, den sie bei ihr in der Nacht vermutet hatten, als sie in die Notaufnahme eingeliefert worden war. Die Ärztin versicherte ihm, dass sie Rainas Herz sowieso ständig kontrolliere und sagte, sie werde in Zukunft nur verschreibungspflichtige Medikamente für Rainas Magen verordnen.

»Wieso konnte deine Mutter nicht bedenken, dass sie es bei ihren Söhnen mit Männern zu tun hat, die einen Reporterinstinkt geerbt haben?«, fragte Charlotte.

»Weil sie es mit Söhnen zu tun hat, die Liebe und Sorge an erste Stelle setzen und niemals daran denken, das Ganze zu hinterfragen.« Verdammt, wenn Roman nicht bei ihr gewohnt hätte, wäre er nie dahintergekommen.

»Und du bist sicher, dass es richtig ist, ihr nicht zu sagen, dass du Bescheid weißt?«

Roman grinste. »Sie glaubt, sie sei am Anfang eines Rekordsieges. Warum soll ich ihr die gute Stimmung verderben? Außerdem habe ich es ihr ja heimgezahlt, sobald ich den Schock und meine Wut überwunden hatte.«

Charlotte streckte sich auf dem Bett aus, und ihr schlanker Körper führte ihn genauso in Versuchung wie beim ersten Mal.

»Ich weiß schon. Du hast ihr erzählt, sie würde so bald noch nicht mit Enkelkindern rechnen können, da wir erst einmal Zeit für uns allein haben wollten. Ich fühle mich immer noch wegen dieser Lüge schuldig.«

»Sie hat eine kleine Rache verdient«, murmelte er. »Und ich weiß nicht, ob ich dich verdient habe, aber genießen werde ich dich in jedem Fall.« Er senkte den Kopf, um träge Küsse um ihre Brüste herum zu verteilen und sie damit zu necken, dass seine Zunge vorschnellte, aber niemals ihre Brustwarzen traf, die um seine Berührung, seine Zunge, seine Zähne bettelten.

Charlotte bäumte sich auf und stöhnte, ein flehentliche Bitte an ihn, sie aus ihrem Elend zu erlösen und sich an ihrer erigierten Brustspitze festzusaugen. Während der letzten Wochen hatte er ihre Körpersignale kennen gelernt, und er würde niemals müde werden, noch dazuzulernen. »Noch nicht, Liebling.«

»Wir müssen …«

»Ich weiß genau, was wir müssen«, sagte er. Sein Penis pulsierte, und er war bereit, in sie einzudringen. Doch zunächst quälte er sie noch ein wenig mit seinen Fingern, ließ sie zwischen ihre Schenkel gleiten und schob einen tief dazwischen.

Sie presste ihre Beine eng zusammen, fing somit seine Hand zwischen ihren Schenkeln und verhinderte jede weitere Bewegung. »Wir sollten Chase und Rick in den wahren Gesundheitszustand deiner Mutter einweihen.«

Roman stöhnte. »Wie kannst du in diesem Augenblick an irgendetwas anderes denken, meine Brüder eingeschlossen, oder besser gesagt – schon gar nicht an meine Brüder?«

»Das nennt man Prioritäten setzen, und es ist nicht leicht, glaube mir. Aber meinst du nicht auch, ich würde dich mit mehr Genuss lieben, wenn wir nicht gezwungen wären, das hier nochmals durchzusprechen?«

Denselben Streit hatten sie schon einmal gehabt, als Charlotte ihm sagte, es sei unfair, Chase und Rick über Rainas wirklichen Gesundheitszustand im Unklaren zu lassen. »Schätzchen, wir wollen darüber reden, wenn wir wieder zuhause sind. Je länger wir sie vorerst im Dunkeln lassen, desto länger sind sie unserer Mutter auf Gnade oder Ungnade ausgeliefert, und desto größer ist die Chance, dass sie auch ein solches Glück finden, wie wir es zusammen erleben.«

Sie seufzte. »Vielleicht hast du ja Recht.«

»Da bin ich mir sicher.«

»Warum fühle ich mich dann so schuldig?«

Er grinste. »Weil du zuviel Zeit zum Nachdenken hast. Das bedeutet, dass ich dich ganz und gar ablenken muss.«

Roman richtete sich auf und ließ sich auf seine Frau fallen. Auf seine Frau! Dieses Wort, das ihn einstmals dazu bewogen hätte, das Land zu verlassen, erfüllte ihn jetzt mit völliger Zufriedenheit. Und das alles dank Charlotte.

Nicht nur, dass sie ihn liebte, nein, sie bewunderte auch seine Familie und sorgte sich um sie wie um ihre eigene. Diese schöne, warmherzige Frau war die seine und würde es für immer bleiben. Und er hatte vor, jeden einzelnen Moment des Ehelebens zu genießen und Charlotte dabei alle Träume und Fantasien zu erfüllen.

Sein Penis pulsierte gegen ihren weichen Venushügel.

»Öffne dich für mich, Charlotte.«

Ihre Lippen verzogen sich zu einem erregten Lächeln, und gleichzeitig öffneten sich ihre Schenkel weit. Sie war bereits nass, ganz für ihn bereit, und er stieß leicht und schnell in sie hinein. Aber er wollte sie ganz gewiss nicht schnell lieben.

Ihr befriedigter Seufzer wurde durch die Reaktion ihres Körpers ergänzt, als sie seine harte Erektion rhythmisch umklammerte. »Oh ja«, murmelte er, und die feuchte Hitze erfüllte ihn nicht nur mit heißem Verlangen, sondern auch mit tiefer, emotionaler Wärme. Seine Junggesellentage lagen zum Glück weit hinter ihm.

»Ich liebe dich, Roman«, wisperten ihre Lippen an seinem Hals.

»Ich liebe dich auch, Charlotte«, flüsterte er. Und dann fuhr er damit fort, ihr zu beweisen, wie sehr.

Der Tag der Träume

Für Janelle Denison, die Tag für Tag, Seite für Seite, Zeile für Zeile, Wort für Wort für mich da war. Und immer wieder von vorne angefangen hat. Dieses Buch hätte ohne dich nicht geschrieben werden können!

Erstes Kapitel

Officer Rick Chandler stellte seinen Streifenwagen vor einem friedlichen Haus in der Fulton Street ab und stieg vorsichtig aus. Yorkshire Falls war eine kleine Provinzstadt des Staates New York, die ungefähr 1725 Einwohner zählte. Die Kriminalitätsrate war im Vergleich zu den Großstädten relativ niedrig, aber die Leute hier verfügten über eine lebhafte Fantasie. Bei dem letzten größeren Verbrechen hatte es sich um den Diebstahl von Unterwäsche gehandelt, und Ricks jüngerer Bruder Roman war, so lächerlich es auch klang, als Hauptverdächtiger im Gespräch gewesen.

Lisa Burton, die Frau, auf deren Notruf hin er jetzt hier war, war eine Hauptschullehrerin, die weder zu Übertreibungen noch zu Überängstlichkeit neigte, und obgleich Rick nicht mit Schwierigkeiten rechnete, nahm er das nicht als gegeben hin. Eine flüchtige Überprüfung der Umgebung bestätigte ihm, dass alles ruhig war, also ging er auf den Vordereingang des Hauses zu und stieg die Sandsteinstufen hoch. Die Tür war verschlossen, also klopfte er energisch dagegen. Das Rollo am Seitenfenster bewegte sich, und ein wachsames Augenpaar spähte hinaus.

»Polizei!«, rief er laut, woraufhin sich ein Schlüssel im Schloss drehte und die Tür einen Spalt breit geöffnet wurde.

»Ich bin's, Officer Chandler«, sagte er etwas leiser, vorsichtshalber die Hand auf den Griff seiner Waffe gelegt.

»Gott sei Dank, dass Sie da sind.« Er erkannte die Stimme der Hausbesitzerin. »Ich warte schon seit einer Ewigkeit auf Sie.«

Lisas Stimme klang atemlos und heiser, was ihn nicht überraschte. Er wusste, dass sie trotz ihrer konservativen Lehrermentalität hinter ihm her war wie der Teufel hinter der armen Seele. Sie hatte ihm schon mehrfach eindeutige Anträge gemacht, und obwohl Rick ihr nicht unterstellen mochte, die Polizei grundlos gerufen zu haben, stellten sich seine Nackenhaare hoch, als er das verführerische Schnurren hörte. »Sie haben eine Ruhestörung gemeldet?«, fragte er sachlich.

Die Tür wurde weit aufgerissen. Er trat ein und zögerte zunächst, weil sie sich immer noch nicht hinter dem Schutz des massiven Eichenholzes hervorgewagt hatte.

»Ich habe die Polizei gerufen.« Mit einem Fußtritt schloss sie die Tür hinter ihm. »Einen bestimmten Polizisten, um genau zu sein. Sie.«

Sein Instinkt sagte ihm, dass er hier auf die üblichen Sicherheitsmaßnahmen verzichten konnte, und er nahm die Hand von der Waffe im Holster weg. Doch er blieb auf der Hut, und als ihm der Geruch schweren Parfüms in die Nase stieg, bestätigten sich seine Befürchtungen. Schlagartig setzten all seine männlichen Abwehrmechanismen ein. Das, was sie vermutlich für ein starkes Aphrodisiakum hielt, brannte in seiner Kehle, und er musste husten. Stark mag es ja sein, dachte er grimmig, aber der Frau, die den Notruf getätigt hatte, stand nichtsdestotrotz eine Enttäuschung bevor. Alles, was hier angemacht werden würde, war das Licht.

Er knipste den Lichtschalter im selben Moment an, als Lisa in Sicht kam. Eigentlich hätte ihn ihr Anblick schockieren müssen, aber vermutlich wunderte er sich nach den jüngsten Ereignissen über gar nichts mehr. Die hausbackene Lehrerin hatte sich in einen männermordenden Vamp verwandelt. Ihre ganze Aufmachung, von den schenkelhohen schwarzen Lederstiefeln über das knappe Lederbustier bis hin zu dem wild zerzausten dunklen Haar schien ihm entgegenzuschreien: Nimm mich, hier und jetzt, auf dem Boden, an der Wand, egal wo und wie.

Rick schüttelte den Kopf. Obwohl er die Antwort kannte, fragte er dennoch: »Was zum Teufel ist hier los?«

Sie lehnte sich mit der Schulter gegen die Wand und verzog schmollend die Lippen. »Das sollte Ihnen doch inzwischen klar sein. Sie haben so ziemlich jeder Frau in der Stadt einen Korb gegeben, meine Wenigkeit mit eingeschlossen. Ich habe vor, das zu ändern. Ich mag zwar nicht so wirken, aber ich kann äußerst unkonventionell sein, wenn Sie verstehen, was ich meine.« Sie richtete einen rot lackierten Fingernagel auf ihn. »Kommen Sie, ich zeige Ihnen meine Spielzeugsammlung.«

Als Antwort brachte Rick nur ein müdes Heben der Augenbrauen zu Stande. Dann seufzte er tief, denn eines wusste er mit Sicherheit – dass seine sich ständig einmischende Mutter Raina hinter Lisas ständigen, immer schamloseren Attacken steckte.

Raina hatte jeder Frau in der Stadt den Floh ins Ohr gesetzt, dass ihr mittlerer Sohn eine Familie gründen würde, wenn ihm nur endlich die richtige Frau über den Weg laufen würde; eine, die ihn in ihren Bann schlug und an der er jeden Tag neue Seiten entdeckte. Diese Worte waren scheinbar bei Lisa und bei zahlreichen ihrer Geschlechtsgenossinnen auf fruchtbaren Boden gefallen. Nun lag Raina mit der Annahme, dass für Rick nicht jede x-beliebige Partnerin in Frage kam, zwar durchaus richtig, aber sie irrte sich, wenn sie meinte, er würde je wieder heiraten und vielleicht auch noch Kinder haben. Seine Mutter kannte die schlechten Erfahrungen, die er in seiner ersten Ehe gesammelt hatte; sie sollte es wirklich besser wissen.

Warum sollte er noch einmal sein Herz aufs Spiel setzen, wo es doch Frauen genug gab, mit denen er Spaß haben konnte, ohne zu riskieren, tief verletzt zu werden? Obwohl er fand, dass sein Ruf als Casanova stark überbewertet wurde, traf es zu, dass er ein Frauenliebhaber war. Oder es gewesen war, ehe die weibliche Bevölkerung von Yorkshire Falls einen Großangriff auf ihn gestartet hatte.

»Hast du Lust, mich zu fesseln?« Lisa ließ ein Paar mit Fell ausgefütterte Handschellen vor seinen Augen baumeln.

Zu einer anderen Zeit, an einem anderen Ort und Himmel, bei einer anderen Frau wäre er vielleicht durchaus in Versuchung geraten. Aber zwischen Lisa und ihm stimmte die Chemie nicht, und ihre Tricks verfingen bei ihm nicht. Also verschränkte er die Arme vor der Brust und wiederholte, was er auch auf ihre letzten beiden Verführungsversuche mehr oder weniger deutlich erwidert hatte. »Tut mir Leid, aber ich bin nicht interessiert.«

Sie zwinkerte; ein Hauch von Verwundbarkeit blitzte in ihren Augen auf. »Das macht nichts. Ich werde dein Interesse schon noch wecken.« Sie lächelte, wobei sie weiße Zähne entblößte. Ihre Worte straften den Eindruck von Sanftheit Lügen, den er einen Moment lang von ihr gewonnen hatte.

»Nicht jetzt, Lisa.« Er rieb sich über die schmerzenden Schläfen. »Nie, um ehrlich zu sein.« Die Worte kamen ihm nicht leicht über die Lippen. Trotz ihres aggressiven Verhaltens wollte er ihre Gefühle nicht verletzen. Immerhin hatte ihn seine Mutter zu einem Gentleman erzogen. Aber er hätte wetten können, dass Raina trotz all ihrer Bemühungen nicht ahnte, wie weit die Frauen von Yorkshire Falls gehen würden, um auf sich aufmerksam zu machen.

Wenn Lisa Leder Spitze vorzog, war sie vermutlich hart im Nehmen. Außerdem hatte sie wissen müssen, dass sie mit einem derartigen Auftritt eine Zurückweisung herausforderte, so wie er wusste, dass er nicht weich werden durfte, wenn er keine Wiederholung dieses Vorfalls riskieren wollte. So etwas war ihm schon öfter passiert, nicht nur mit Lisa. Andere Frauen, andere gewagte Maschen. Dies war bereits der dritte Verführungsversuch in dieser Woche.

Lisa zuckte die Achseln und wandte den Blick ab. Scheinbar hatte die Abfuhr sie stärker getroffen, als sie zugeben mochte. Doch sie fasste sich sofort wieder und fuhr mit der Zunge über die glänzenden Lippen. »Eines Tages kriege ich Sie doch noch rum.«

Rick bezweifelte das. Er ging zur Tür, drehte sich dann aber noch einmal um. »Sie sollten nicht vergessen, dass Sie sich strafbar machen, wenn Sie ohne triftigen Grund die 911 wählen.« Eigentlich sollte er eine Anzeige in die Zeitung setzen, aber wozu Papier und Druckerschwärze verschwenden, wenn die Frauen nicht zur Vernunft zu bringen waren? Woran wieder seine Mutter die Schuld trug, die unbedingt Enkelkinder wollte und die es dabei wenig kümmerte, welcher Sohn zuerst eines produzierte.

»Ich sehe Sie dann beim Lehrerkurs für das DARE-Programm«, flötete Lisa, ehe sie die Tür hinter ihm schloss.

»Ich kann's kaum erwarten«, murmelte er.

Eine Stunde später, als seine Schicht fast vorüber war, nutzte Rick die Zeit, um einen Bericht zu schreiben, in dem er allerdings entscheidende Punkte seines letzten Einsatzes verschwieg. Er sah keinen Grund, Lisa in Schwierigkeiten zu bringen, indem er den Vorfall als etwas anderes als falschen Alarm hinstellte. Aber er hoffte, dass die Lehrerin es sich nach dieser Abfuhr künftig zweimal überlegen würde, die Polizei grundlos zu rufen.

Er griff nach einem Gummiband und zielte damit quer durch den Bereitschaftsraum. Früher hatte er sich über seine Mutter und das Frauengeschwader, das sie auf ihn hetzte, amüsiert, aber inzwischen war ihm das Lachen vergangen. Er musste einen Weg finden, die heiratswilligen Damen in die Flucht zu schlagen, aber der Teufel sollte ihn holen, wenn er wusste, wie er das anstellen sollte. Er kniff die Augen zusammen und schoss die Gummifletsche ab. Sie traf ihr Ziel, ein zerfetztes Zeitschriftenfoto eines dümmlich grinsenden Brautpaares, das an der schmuddeligen beigefarbenen Wand hing. »Voll ins Schwarze!«

»Lass das bloß nicht Mom sehen.«

Rick drehte sich um, als sein älterer Bruder Chase auf ihn zukam und sich auf der Kante seines Schreibtisches niederließ.

Chase lachte, aber Rick konnte die Bemerkung nicht witzig finden. Rainas Zielstrebigkeit brach alle Rekorde. Noch nicht einmal ihr schwaches Herz konnte sie dazu bewegen, einen Gang zurückzuschalten. Es reichte ihr nicht, dass sie ihren jüngsten Sohn Roman bereits verheiratet hatte, nein, in ihrer Besessenheit, endlich Enkel zu haben, hatte sie nun Rick ins Visier genommen.

Chase war der ewige Junggeselle. Er hatte Raina geholfen, nach dem Tod ihres Vaters vor zwanzig Jahren seine jüngeren

Geschwister großzuziehen. Nachdem er seine familiären Pflichten erfüllt hatte, war er von den Verkupplungsversuchen seiner Mutter weitgehend verschont geblieben – bislang jedenfalls.

»Man sollte doch meinen, Mom wäre mit ihrem wieder erwachten Liebesleben so ausgelastet, dass ihr keine Zeit mehr bleibt, sich auch noch um meines zu kümmern«, meinte Rick.

Nach jahrelanger Witwenschaft hatte seine Mutter wieder begonnen, mit Männern auszugehen. Ein komischer Ausdruck für eine Frau ihres Alters, dachte Rick. Doch genau das tat sie, sie ging regelmäßig mit Dr. Eric Fallon aus. Dass sie lange Zeit so zurückgezogen gelebt hatte, hatte ihren drei Söhnen große Sorgen gemacht, und Rick war überglücklich darüber, dass es wieder einen Mann in ihrem Leben gab.

Chase zuckte die Achseln. »Mom ist nie zu beschäftigt, um ihre Nase in anderer Leute Angelegenheiten zu stecken. Schau dir doch an, was sie im Moment alles unter einen Hut bringt – den guten Doktor, die verzweifelten Bemühungen, Roman und Charlotte dazu zu bringen, ein Kind zu bekommen ...«, – er sprach von ihrem jüngsten Bruder und seiner Frau – »... und dann versucht sie noch, dein Liebesleben für dich zu organisieren.« Er griff nach einem Bleistift und drehte ihn zwischen den Handflächen.

Rick rollte mit den Schultern, um die Verspannung zu lösen, die ihm das stundenlange Sitzen im Streifenwagen beschert hatte. In ihrer kleinen Stadt legte man wenig Wert auf Hierarchie, und niemand blieb vom Schichtdienst verschont. »Wenigstens hält Eric sie auf Trab«, meinte Chase.

»Aber nicht genug. Vielleicht solltest du ihr einen Job anbieten.«

»Als was denn?« Chase' Stimme verriet seinen Schrecken.

»Als Klatschkolumnistin wäre sie unschlagbar«, grinste Rick und entlockte seinem Bruder endlich auch ein Lächeln.

Aber Chase wurde rasch wieder ernst. »Ich werde mich hüten, sie bei meiner Zeitung unterzubringen, dann hat sie nämlich nichts Eiligeres zu tun, als sich auch noch in mein Privatleben einzumischen.«

»Was für ein Privatleben?«, erkundigte sich Rick grinsend. Chase war, was seine persönlichen Angelegenheiten betraf, immer so gottverdammt verschwiegen, dass Rick es sich diesbezügliche Fragen nie verkneifen konnte.

Chase schüttelte nur den Kopf. »Es gibt vieles, was du nicht weißt.« Ein schiefes Lächeln spielte um seine Lippen, als er die Arme vor der Brust verschränkte. »Für einen Cop bist du manchmal ziemlich schwer von Begriff.«

»Weil du so verschlossen bist wie eine Auster.«

»Korrekt.« Chase nickte. Seine blauen Augen glitzerten zufrieden. »Ich lege Wert auf meine Privatsphäre, deswegen ist es mir auch ganz recht, wenn Mom ihre gesamte Energie auf dich richtet.«

»Herzlichen Dank.« Bei der Erwähnung von Raina musste Rick an seinen letzten Einsatz denken. »Hast du Lisa Burton in der letzten Zeit mal gesehen?«, fragte er seinen Bruder.

»Heute Morgen bei Norman's, sie hat da gefrühstückt. Wieso?«

Rick zuckte die Achseln. »Fiel mir nur gerade so ein. Heute Nachmittag bin ich zu ihrem Haus gerufen worden. War aber nur falscher Alarm.«

Chase spitzte die Ohren. Scheinbar war sein Journalisteninstinkt geweckt. »Was für ein falscher Alarm?«

»Das Übliche.« Er brauchte Chase nicht zu verraten, dass die Lehrerin neuerdings auf S&M zu stehen schien. Vermutlich war ihr das Ganze peinlich genug, und Rick war nicht der Typ, der solche Sachen weitertratschte. Chase hatte ihm beigebracht, Frauen zu respektieren, ob sie es nun verdienten oder nicht. »Verdächtige Geräusche draußen vor dem Haus.« Er zuckte die Achseln. »Aber es war alles in Ordnung.«

»Wahrscheinlich hat sie irgendein Tier gehört.«

Rick nickte. »Kam sie dir irgendwie überdreht vor, als du sie bei Norman's gesehen hast?«

Chase schüttelte den Kopf. »Überhaupt nicht.«

»Gut.«

»Wo wir gerade vom Essen sprechen ...« Chase erhob sich.

»Hab ich doch gar nicht.«

»Dann tu ich's jetzt. Bist du fertig? Können wir zu Mom rübergehen?«

Ricks knurrender Magen bekundete sein Einverständnis.

»Gute Idee. Dann komm.«

»Rick, warte einen Moment.« Felicia, die in der Einsatzzentrale Dienst tat, kam in den Raum. »Auf der Route 10 Richtung Stadt ist eine Frau mit dem Auto liegen geblieben. Phillips ist ein bisschen zu spät gekommen. Kannst du das übernehmen, während er in seine Schicht eingewiesen wird?«

Rick nickte. »Warum nicht?« Dann brauchte er sich wenigstens nicht sofort den bohrenden Fragen seiner Mutter zu stellen. Er wandte sich an seinen Bruder. »Sag Mom, es tut mir Leid, ich komme nach, so schnell es geht.«

»Ich werde ihr nicht verraten, wie erleichtert du anscheinend über eine kleine Galgenfrist bist«, erwiderte Chase trocken. »Aber wenn sie eine Frau für dich eingeladen hat und ich das ausbaden muss, kannst du was erleben.«

Felicia ging zu ihm hinüber. Selbst in ihrer blauen Uniform wirkte sie noch ungemein anziehend. »Ich hab in fünf Minuten Dienstschluss. Wenn du mich zu deiner Mutter mitnimmst, bewahre ich dich davor, von fremden Frauen mit Haut und Haaren gefressen zu werden.« Die Wimpern über den haselnussbraunen Augen flatterten einladend.

Rick verfolgte die Szene belustigt. Felicia hatte ein gutes Herz und eine noch bessere Figur; unter der engen Uniform zeichneten sich knackige Kurven ab.

»Was hältst du davon?«, fragte sie Chase.

Der grinste und legte Felicia einen Arm um die Schulter. Seine Finger schwebten bedenklich nah über den Kurven, die Rick gerade bewundert hatte.

»Du weißt doch, dass ich dich nicht mit nach Hause nehmen kann, Süße. Es würde sofort Gerede geben, und morgen wären wir auf der Titelseite der *Gazette*.« Chase meinte die Zeitung, für die er arbeitete.

Felicia stieß einen übertriebenen Seufzer aus. »Du hast Recht. Ein Abend mit dem ältesten Chandler, und mein Ruf wäre ruiniert.« Sie schlug sich mit der Hand gegen die Stirn. »Wo hatte ich bloß meinen Verstand gelassen?« Lachend strich sie ihre Bluse glatt. »Außerdem bin ich schon verabredet. Dann überlassen wir Rick jetzt am besten der Dame mit der Autopanne. Man sieht sich, Chase.«

»Mach's gut«, erwiderte Chase, dann wandte er sich an Rick. »Und du siehst zu, dass du so schnell wie möglich bei Mom auf der Matte stehst.«

Rick schüttelte den Kopf. »Keine Sorge, ich bin sicher, Mom betrachtet ihr Haus als neutrales Gebiet. Sie würde nie versuchen, dich in eine Falle zu locken, wenn sie direkt daneben sitzt und die Folgen zu spüren bekommt.«

»Bei Mom muss man auf alles gefasst sein, fürchte ich«, meinte Chase düster.

Rick gab seinem Bruder nachträglich Recht, als ihm zehn Minuten später klar wurde, dass er erneut auf dem Weg war, eine Frau aus einer misslichen Situation zu befreien. Aufgrund früherer Erfahrungen bezweifelte er, dass es sich um einen echten Notfall handelte. Wahrscheinlich hatte seine Mutter wieder die Hände im Spiel.

Trotz seines aufkeimenden Ärgers musste er zugeben, dass ihn der offenkundige Mangel an Kreativität enttäuschte. Bislang waren die Versuche, Officer Rick Chandlers Aufmerksamkeit zu erregen, wenigstens ausgesprochen erfinderisch gewesen. Aber ein leerer Tank, wenn dem denn wirklich so war, stand ganz unten auf seiner Originalitätsskala.

Er fuhr zum Stadtrand, stieg aus und ging auf das feuerwehrrote Auto zu, dessen Fahrerin auf Hilfe wartete. Als er näher kam, sah er ein Stück gekräuselter weißer Spitze über der Tür hängen, bei dem es sich nur um einen Brautschleier handeln konnte. Erst ein Vamp, nun eine Braut. Das Kleid untermauerte seinen Verdacht, dass es sich hier um ein abgekartetes Spiel handelte. Bräute fielen in Yorkshire Falls nicht einfach so vom Himmel, und heute fand in der Stadt keine Hochzeit statt. Der nächste Kostümverleih befand sich in der Nachbarstadt Harrington, und Rick hegte den Verdacht, dass die Frau dort kurz Halt gemacht hatte.

Scheinbar verfügte sie über eine größere Erfindungsgabe, als er ihr zugetraut hatte, aber sie hatte ihre Hausaufgaben nicht gemacht. Rick Chandler war stets bereit, Damen in Bedrängnis zu Hilfe zu eilen, aber bei Bräuten machte er eine Ausnahme. Als er das letzte Mal auf ein ähnliches SOS reagiert hatte, war er seit fast zwei Jahren bei der Polizei gewesen. Jillian Frank, eine seiner besten Freundinnen, war vom College geflogen, weil sie schwanger war, und ihre Eltern hatten sie daraufhin aus dem Haus geworfen. Rick war ohne zu überlegen in die Bresche gesprungen. Gegen diese verdammten Chandler-Gene war er machtlos. Hilfsbereitschaft lag ihm im Blut, und der Drang, andere zu beschützen, war sogar noch stärker.

Erst wollte er Jillian, die praktisch auf der Straße stand, nur Unterschlupf gewähren, doch das Ende vom Lied war, dass er sie heiratete. Er wollte dem Baby einen Namen und Jillian ein Heim geben, träumte davon, dass sie eine richtige Familie werden würden. Da er sich schon zu ihr hingezogen gefühlt hatte, bevor sie zum College gegangen war, war es ihm nicht hart angekommen, einer alten Freundin aus der Patsche zu helfen.

Sich zu verlieben war die logische Folge gewesen – für ihn. Während der Zeit, in der sie zusammenlebten, bekam sein Schutzpanzer allmächlich Risse, und er verlor sein Herz an sie – das sie brach, als der Vater ihres Kindes ein paar Wochen vor dem errechneten Geburtstermin zurückkehrte und seine einst so dankbare Frau ihn mit den Scheidungspapieren und um eine Erfahrung reicher sitzen ließ.

Danach hatte er beschlossen, nie wieder echte Gefühle ins Spiel zu bringen, sondern einfach nur sein Leben zu genießen und Spaß zu haben. Schließlich mochte er Frauen, und seine kurze Ehe hatte daran nichts geändert. Da er seine feste Absicht, nie wieder zu heiraten, nicht in die Zeitung setzen wollte, schenkte er den Frauen, mit denen er sich einließ, immer von Anfang an reinen Wein ein. Und eher würde es in der Hölle schneien als dass diese angebliche Braut Rick Chandler von seinem Vorsatz abbrachte.

Eine Hand auf seiner Pistole, die andere auf das offene Fenster gelegt beugte er sich zu ihr hinunter. »Kann ich Ihnen helfen, Miss?«

Die Frau drehte sich um und sah ihn an. Ihr Haar schimmerte in einem merkwürdigen Rotton, und sie hatte die größten grünen Augen, die er je gesehen hatte. Ihr Make-up mochte einst bräutlich-perfekt gewesen sein, ehe Tränen die Wimperntusche und das Rouge verschmiert hatten.

Irgendwie kam sie ihm bekannt vor, doch Rick wusste nicht, warum. Er kannte die meisten Bewohner der kleinen Stadt, und es kam nur selten vor, dass er jemanden nicht einordnen konnte. »Sie haben eine Panne?«

Sie nickte und holte tief Atem. »Sie können mich wohl nicht abschleppen, oder?« Ihre heisere Stimme klang, als hätte sie eben einen Schluck warmen Brandy getrunken.

Der Wunsch, sie zu küssen und sich selbst davon zu überzeugen, überkam ihn völlig unerwartet. Er war nicht nur sicher gewesen, sich gegen die Reize dieser Frau gewappnet zu haben, sondern er war auch keinem Verführungsversuch mehr erlegen, seitdem seine Mutter ihren Heiratsfeldzug gestartet hatte. Doch als er jetzt die leicht errötende angebliche Braut ansah, brach ihm der Schweiß aus, und diese Hitze kam von innen, nicht von der sengenden Sommersonne.

Er musterte sie argwöhnisch. »Nein, aber ich kann Ralph anrufen, damit er Ihnen seinen Abschleppwagen schickt.« Besser, er konzentrierte sich auf ihr Autoproblem und nicht auf ihren einladend geschwungenen Mund.

»Könnten Sie mir vielleicht erst einmal hier raushelfen?« Sie streckte ihm eine ringlose Hand hin. »Ich würde ja allein aussteigen, aber ich fürchte, ich stecke fest.«

Da er immer noch daran zweifelte, es mit einem echten Notfall zu tun zu haben, zögerte er. Das Fehlen des Ehemanns und Eherings sprach eher für eine vorsätzlich aufgebaute Falle.

Was soll's, dachte er. Irgendwie musste sie ja aus dem verdammten Auto herauskommen. Also öffnete er die Tür und hielt ihr die Hand hin. Als sie ihre schmalen Finger hineinlegte, schien ihn ein elektrischer Schlag zu treffen. Er konnte das Gefühl nicht beschreiben, aber als sich die lebhaften grünen Augen erschrocken auf ihn richteten, sah er, dass es ihr ebenso erging.

Er versuchte, das beunruhigende Kribbeln in seiner Magengegend zu ignorieren, und zog sie mit einem Ruck zu sich hin. Obwohl sie seine Hand umklammert hielt, als sie sich aus dem Wagen zwängte, stolperte sie und fiel direkt in seine Arme. Ihre vollen Brüste pressten sich gegen seinen Brustkorb, der betörende Duft ihres Parfüms stieg ihm in die Nase, und sein Herz begann wie wild zu hämmern.

»Diese verflixten hohen Absätze«, murmelte sie in sein Ohr.

Er konnte nicht anders, er musste grinsen. »Ich möchte auf den Dingern auch nicht rumlaufen müssen.«

Sie hielt sich an seiner Schulter fest und richtete sich auf. Obwohl der Abstand zwischen ihnen jetzt groß genug war, dass er wieder klar denken konnte, hatte sich ihr Duft bereits unauslöschlich in sein Gedächtnis eingeprägt. Das duftige weiße Kleid und der verrutschte Kopfschmuck trugen das ihre dazu bei, dass sie einen so nachhaltigen Eindruck auf ihn machte.

»Danke für Ihre Hilfe, Officer.« Sie lächelte, wobei sich Grübchen zu beiden Seiten ihres Mundes zeigten.

»Gern geschehen«, erwiderte er, wohl wissend, dass das eine glatte Lüge war. Er wünschte, er wäre nie zu diesem Einsatz gerufen worden.

Rick hatte in seinem Leben schon mit vielen Frauen zu tun gehabt, aber auf keine hatte er bislang so stark reagiert. Er verstand nicht, was sie so Besonderes an sich hatte.

Langsam ließ er den Blick über ihren Körper wandern, um

herauszufinden, was genau ihn an ihr so anzog. Gut, ihre Brüste zeichneten sich verlockend unter dem engen Oberteil ihres Kleides ab. Na und? Er hatte in seinem Leben nun wirklich schon einige Brüste gesehen. Himmel, alle Frauen, die ihn in letzter Zeit zu verführen versucht hatten, hatten ihren Busen so aufreizend wie möglich zur Schau gestellt, aber keine hatte in ihm den Wunsch ausgelöst, sie in das nächstgelegene Waldstück zu schleifen und zu lieben, bis die Sonne unterging.

Bei der Vorstellung überlief ihn ein wohliger Schauer, und er zwang sich, mit der Bestandsaufnahme ihrer weiteren Vorzüge fortzufahren. Als Nächstes konzentrierte er sich auf ihren Mund. Die vollen, sinnlichen Lippen waren mit klarem Lipgloss überzogen und luden geradezu dazu ein, sie zu küssen. Schon die Tatsache, dass er den Wunsch dazu verspürte, bewies ihm, wie gefährlich ihm diese Frau werden konnte.

Seine Hormone machten scheinbar Überstunden, aber er musste zugeben, dass seine Mutter da einen verdammt attraktiven Köder für ihn ausgelegt hatte. *Wenn* seine Mutter hinter dieser Sache steckte. Waren Raina in der Stadt alle verfügbaren Frauen ausgegangen, sodass sie sich entschieden hatte, eine zu importieren? Vielleicht lag hier die Erklärung, die er suchte. Vielleicht fühlte er sich deshalb so stark zu ihr hingezogen, weil sie neu in der Stadt und somit neu für ihn war.

»Stimmt was nicht?« Sie zog die Nase kraus. »Sie starren mich an, als hätten Sie noch nie eine Frau in einem Brautkleid gesehen.«

»Das ist etwas, was ich bisher nach Möglichkeit vermieden habe.«

Sie grinste. »Eingefleischter Junggeselle, was?«

Er hatte keine Lust, näher auf das Thema einzugehen.

Stattdessen beschloss er, dass es an der Zeit war, der Wahrheit auf den Grund zu gehen. »Soll ich Sie zur Kirche bringen, damit Sie sich nicht allzu sehr verspäten?«, bot er an. Jetzt benahm er sich wieder wie der Cop, der er war, und nicht wie ein Mann, den sie in ein solches Gefühlschaos gestürzt hatte.

Sie schluckte. »Nicht nötig. Keine Kirche, keine Hochzeit.«

Wenn sie wirklich eine Braut gewesen war, dann hatte sie demnach ziemlich plötzlich beschlossen, diesen Zustand zu ändern. Wahrscheinlich saß irgendein armer Hund jetzt in der Kirche und wartete darauf, dass sie endlich aufkreuzte. »Keine Hochzeit, wie? Das ist ja eine Überraschung. Steht der Bräutigam noch vor dem Altar?«

Kendall Sutton hielt dem Blick des attraktiven Officers stand, der sie aus zusammengekniffenen braunen Augen musterte. Noch nie hatte sie einen Mann mit so dichten Wimpern und so schönen Augen gesehen. Und so misstrauischen.

Er glaubte offenbar, dass sie ein paar Minuten vor dem Jawort kalte Füße bekommen und gekniffen hatte, und schien sie dafür zu verurteilen. Eigentlich hätte sie sich gekränkt fühlen müssen. Stattdessen wunderte sie sich über diesen zynischen Zug an ihm. Warum hatte ein so gut aussehender Mann eine so schlechte Meinung von Frauen? Sie wusste nicht, wieso, aber aus irgendeinem unerfindlichen Grund lag ihr etwas daran, dass er sie nicht so negativ beurteilte.

Sie blinzelte in die grelle Nachmittagssonne und erinnerte sich daran, wie sie hier gelandet war, obwohl sie noch vor wenigen Stunden mit Heiratsabsichten in der Kirche gestanden hatte. Sie hatte sich eingeredet, dass ihr Kleid zu eng saß und ihr die Luft abschnürte. Als das nicht funktionierte, versuchte sie sich davon zu überzeugen, dass sie wieder frei atmen können würde, wenn sie die Zeremonie endlich hinter sich hatte. Aber sie wusste, dass sie sich selbst etwas vormachte.

Es war die bevorstehende Hochzeit gewesen, die sie fast erstickt hätte. Sowie Brian und sie im beiderseitigen Einvernehmen ihre Verlobung gelöst hatten, kam ihr die Luft wieder klar und frisch vor, und sie konnte tief durchatmen. Sie schüttelte den Gedanken ab und sah den Polizisten an, der noch immer auf eine Antwort wartete.

Sie brauchte ihrem widerwilligen Retter ja keine langwierigen Erklärungen zu liefern, aber er sollte wenigstens erfahren, wie sie in ihre momentane Lage gekommen war. »Mein Verlobter und ich haben uns in aller Freundschaft getrennt.« Bewusst beschränkte sie sich auf die positiven Aspekte dieses Morgens und hoffte, er würde verstehen, dass sie nicht der Typ Frau war, der einen Mann einfach sitzen ließ oder ein Versprechen brach.

»Natürlich.« Er fuhr mit der Hand durch sein dunkelbraunes Haar.

Die langen Strähnen, die ihm dabei ins Gesicht fielen, ließen ihn anziehender erscheinen, als für Kendalls Seelenfrieden gut war.

»Und warum dann die Tränen?«, bohrte er weiter.

Sie wischte die Feuchtigkeit weg, die ihren Blick verschleierte. »Die Sonne hat mich geblendet.«

»So?« Er betrachtete sie aus schmalen Augen. »Und wo kommen dann die angetrockneten Make-up-Flecken her?«

Scharfe Beobachtungsgabe, intelligent und attraktiv. Eine seltene Kombination, dachte Kendall. Ein Mann, der hinter die Fassade blicken konnte. Sie fröstelte plötzlich trotz der Hitze.

Dann seufzte sie ergeben. »Okay, Sie haben mich erwischt. Ich passe perfekt in das stereotype Frauenschema, ich hatte nämlich vor einiger Zeit einen regelrechten Heulkrampf.« Sie wusste immer noch nicht, ob der Tränenstrom eine verspätete Reaktion auf den Tod ihrer Tante gewesen war oder einfach die Folge purer Erleichterung darüber, dass sie dem Ehegefängnis entkommen war. Vielleicht beides. Wie auch immer, sie war jedenfalls kurzerhand in ihr Auto gesprungen und losgefahren. »Ich fürchte, ich bin ziemlich impulsiv.« Sie lachte.

Er nicht.

Kendall wusste, dass sie sich besser etwas Zeit gelassen hätte, um zur Ruhe zu kommen und dann wie geplant in Richtung Westen aufzubrechen. Ihr Traumziel hieß Sedona, Arizona, wo sie hoffte, ihr Geschick im Entwerfen und Anfertigen von Schmuck zu verfeinern. Aber der Kummer über den Tod ihrer Tante hatte sie zunächst nach Yorkshire Falls getrieben, zum alten Haus der Tante und den damit verbundenen Erinnerungen. Sicher, sie konnte das Grundstück verkaufen, das war in ihrer Lage ein Pluspunkt, änderte aber nichts daran, dass sie trotzdem besser nach Hause gefahren wäre und sich wenigstens umgezogen hätte, ehe sie sich auf den Weg gemacht hatte.

Als der Officer neben ihr beharrlich schwieg, schaltete Kendalls Mundwerk noch einen Gang höher. Sie war so nervös, dass sie blindlings drauflos plapperte, während er sie stumm musterte. »Meine Tante sagte immer, impulsive Handlungen würden einen nicht weiter bringen als bis zur nächsten Bushaltestelle. Prophetische Worte, finden Sie nicht?« Sie überdachte kurz ihre Situation – ihr Auto verweigerte den Dienst, sie trug ein Brautkleid, hatte keine anderen Sachen dabei als die, die für ihre Flitterwochen gedacht waren, hatte kaum Geld in der Tasche und war auf dem Weg zum Haus ihrer verstorbenen Tante.

»Ihre Tante scheint eine kluge Frau zu sein«, bemerkte er endlich.

»Das ist sie. Ich meine, das war sie.« Kendall schluckte, weil sie einen Kloß in ihrer Kehle spürte. Tante Crystal war vor einigen Wochen in dem Pflegeheim gestorben, in dem Kendall sie untergebracht hatte. Um es bezahlen zu können hatte sie fast ihre Freiheit aufgeben müssen. Aber sie hatte es gerne getan, obwohl die Tante sie nie darum gebeten hätte. Es gab nur zwei Menschen auf der Welt, für die Kendall zu jedem Opfer bereit war – ihre Tante und ihre vierzehnjährige Schwester. Im Laufe der Jahre hatte sich die Abneigung, die Kendall diesem Nachkömmling entgegengebracht hatte, allmählich in Liebe verwandelt. Sowie sie Crystals Angelegenheiten geregelt und das Haus verkauft hatte, würde sie Hannah in ihrem Internat besuchen, ehe sie nach Westen weiterzog.

Der Cop betrachtete sie immer noch mit offenkundigem Misstrauen. Feine Linien umrahmten seine haselnussbraunen Augen, denen das Sonnenlicht einen goldenen Schimmer verlieh.

»So.« Er trat einen Schritt näher. »Und jetzt verraten Sie mir, was Sie wirklich hier wollen. Dann können wir weitermachen.«

Womit weitermachen? »Ich habe keine Ahnung, wovon Sie reden.« Trotzdem stieg ihr Adrenalinspiegel schlagartig an.

»Stellen Sie sich nicht dümmer, als Sie sind, Süße. Ich habe Sie gerettet. Was glauben Sie denn, was als Nächstes passiert?«

»Woher soll ich das wissen? Eine heiße Nummer auf der Rückbank Ihres Streifenwagens vielleicht?«

Als sich seine Augen verdunkelten, erkannte sie die erotische Anziehungskraft, die sie auf ihn ausübte, und wäre am liebsten im Boden versunken, weil ihr eine so sarkastische Bemerkung entschlüpft war. Aber wenn sie ganz ehrlich war, musste sie zugeben, dass dieses Gefühl auf Gegenseitigkeit beruhte. Kendall spielte tatsächlich mit dem Gedanken, ihn in den Wald zu zerren und über ihn herzufallen. Sie konnte es selbst kaum glauben, aber der Polizist erregte sie stärker als je ein Mann zuvor, Brian mit eingeschlossen.

»Endlich kommen wir weiter. Sie geben also zu, dass Sie mir eine Falle gestellt haben?«

»Ich gebe überhaupt nichts zu! Was soll dieser Unsinn?« Sie stemmte die Hände in die Hüften. »Sagen Sie mir eins, Officer – werden alle Neuankömmlinge in Yorkshire Falls so freundlich begrüßt? Mit Unverschämtheiten, Sarkasmus und versteckten Anschuldigungen?« Ohne ihm Gelegenheit zu geben, etwas zu erwidern, giftete sie weiter: »Falls dem so ist, wundert es mich nicht, dass die Einwohnerzahl so gering ist!«

»Wir nehmen eben nicht jeden mit offenen Armen auf.«

»Wie schön für uns beide, dass ich nicht vorhabe, länger als unbedingt nötig hier zu bleiben.«

»Habe ich gesagt, ich hätte etwas dagegen, wenn dass Sie sich hier häuslich niederlassen?« Gegen seinen Willen spielte ein Lächeln um seine Lippen.

Seine Stimme ging ihr durch Mark und Bein. Sie klang nach Schlafzimmer. Nach Bett. Sex. Kendall begann zu zittern. Dann leckte sie sich über ihre trockenen Lippen. Sie musste sehen, dass sie hier wegkam. »Ich bitte Sie äußerst ungern darum, aber könnten Sie mich wohl zur 105 Edgemont Street bringen?« Ihr blieb nichts anderes übrig, als auf seine Dienstmarke, seine Integrität und ihren Instinkt zu bauen, der ihr sagte, dass sie diesem Mann trotz seines unmöglichen Verhaltens bedenkenlos trauen konnte.

»105 Edgemont.« Er wirkte sichtlich überrascht.

»Genau das habe ich gesagt. Wenn Sie mich da absetzen, sind Sie mich los.«

»Das meinst du«, brummte er.

»Wie bitte?«

Er schüttelte den Kopf und murmelte etwas, was sie nicht verstand. »Sie sind Crystal Suttons Nichte.«

»Ja, ich bin Kendall Sutton, aber woher ...«

»Ich bin Rick Chandler.« Er machte Anstalten, ihr die Hand zu reichen, beschloss dann aber offenbar, jeglichen Körperkontakt zu vermeiden, und schob stattdessen die geballte Faust in die Hosentasche.

Es dauerte einen Augenblick, bis die Worte in Kendalls Bewusstsein einsickerten, doch dann riss sie die Augen auf. »Rick Chandler?« Ihre Tante Crystal hatte nur noch Kontakt zu einer Freundin gehalten, nachdem sie aus ihrem Haus in Yorkshire Falls in ein Pflegeheim bei New York City hatte umsiedeln müssen. Kendall starrte ihr Gegenüber an. »Raina Chandlers Sohn?«

»Der bin ich.« Noch immer wirkte er nicht übermäßig erfreut.

»Es ist lange her. Fast eine halbe Ewigkeit.« Sie war zehn Jahre alt gewesen, als sie bei Tante Crystal einen glücklichen Sommer verbracht hatte. Dann war bei der älteren Frau Arthritis diagnostiziert worden, und sie hatte sich nicht länger um Kendall kümmern können. Kendall erinnerte sich verschwommen daran, Rick Chandler damals begegnet zu sein. Oder war es einer seiner Brüder gewesen? Sie zuckte die Achseln. Sie war nur einen Sommer in der Stadt geblieben und hatte daher weder enge Freundschaften geschlossen noch war sie hinterher mit irgendjemandem in Verbindung geblieben.

Kendalls Leben war von frühester Jugend an von ständigen Ortswechseln geprägt. Ihre Eltern, ein Archäologenehepaar, unternahmen Expeditionen zu den abgelegensten Winkeln der Erde. Sie hatte es schon als Kind aufgegeben, sich über deren jeweiligen Aufenthaltsort auf dem Laufenden zu halten, und unterhielt heute nur noch einen sehr lockeren Kontakt zu ihnen.

Kendall hatte bis zu ihrem fünften Lebensjahr mit ihren Eltern im Ausland gelebt und war dann in die Staaten zurückgeschickt worden, wo man sie von einem Familienmitglied zum anderen weiterreichte. Sie hatte sich oft gefragt, warum ihre Eltern überhaupt ein Kind bekommen hatten, wo sie doch nie beabsichtigt hatten, es selbst großzuziehen, aber sie war nie lange genug bei ihnen gewesen, um ihnen diese Frage stellen zu können – bis Hannah geboren wurde und ihre Eltern für fünf Jahre in die Staaten zurückkehrten. Die damals zwölf-, fast dreizehnjährige Kendall war wieder zu ihnen gezogen, baute aber nie wieder ein Vertrauensverhältnis zu den Menschen auf, die sie zwar bedenkenlos im Stich gelassen hatten, aber ihrer neugeborenen Schwester zuliebe sofort nach Hause zurückgekommen waren. So wurde die Kluft zwischen Kendall und ihren Eltern immer größer, obwohl sie nicht mehr durch Ozeane und Kontinente voneinander getrennt waren, und ließ sich bis zu deren erneuter Abreise nicht mehr überbrücken. Kendall war damals achtzehn und wieder auf sich allein gestellt gewesen.

»Du bist erwachsen geworden.« Ricks Stimme riss sie aus ihren Gedanken. Ein breites Grinsen lag auf seinem Gesicht.

Der Mann hatte also auch Charme, wenn er wollte. »Du auch«, stellte sie überflüssigerweise fest. Zu einem Prachtexemplar von einem Mann herangereift. Einer, dessen Wurzeln tiefer in dieser Stadt verankert waren als die jedes Baumes.

Solche Wurzeln hatte sie selbst nie gekannt, und ein Mann, der sie hatte, bedeutete Probleme für eine Frau, die es nie lange an einem Ort hielt.

»Weiß meine Mutter, dass du heute kommst?«, fragte Rick.

Kendall schüttelte den Kopf. »Nein, das war auch so ein impulsiver Entschluss.« Wie der, ihr Haar färben zu lassen, dachte sie und drehte sich eine pinkfarbene Strähne um den Finger.

Er stieß vernehmlich den Atem aus und schien sich ein wenig zu entspannen. »Ausgelöst durch die geplatzte Hochzeit?«

Sie nickte. »Flucht vor der Ehe in beiderseitigem Einvernehmen.« Dann biss sie sich auf die Unterlippe. »Heute ist absolut nichts nach Plan gelaufen.«

»Schließt das deine Rettung mit ein?«

Sie grinste. »Das war schon ein Erlebnis, Officer Chandler.«

»Allerdings.« Er musste lachen.

Der tiefe, raue Ton löste in ihrem Inneren eine prickelnde Wärme aus.

»Hör zu, ich weiß, es klingt mehr als merkwürdig, aber glaubst du, du könntest die Umstände unserer ersten Begegnung für dich behalten?« Eine zarte Röte breitete sich auf seinen Wangen aus; etwas, was Rick Chandler vermutlich nur sehr selten passierte.

»Bring mich in ein klimatisiertes Haus, ehe ich in der Hitze zerfließe, dann verspreche ich dir, kein Sterbenswörtchen darüber zu verlieren.«

Er hob eine Braue. »Du warst schon eine ganze Weile nicht mehr in Crystals Haus.« Das war keine Frage, eher eine Feststellung, von der sie beide wussten, dass sie zutraf.

Nur dass Kendall die Gründe dafür kannte. Sie schüttelte den Kopf. »Seit Jahren nicht mehr. Wieso?«

Er zuckte die Achseln. »Das wirst du dann schon sehen. Hast du Gepäck im Kofferraum?«

»Ein Bordcase und einen Koffer.« Voll gepackt mit Badezeug und Freizeitklamotten. Sie seufzte. Daran ließ sich im Moment nichts ändern. Sie würde sich später ein paar geeignetere Sachen kaufen müssen.

Er nahm ihr die Taschen ab und verstaute sie in seinem Auto, bevor er ihr höflich seinen Arm bot – eine Geste, die sich nicht mit dem zynischen Gebaren vereinbaren ließ, das er zuvor an den Tag gelegt hatte.

Ein paar Minuten später waren sie unterwegs. Schweiß rann Kendall den Rücken hinunter, und das vermaledeite Kleid klebte an ihrer Haut. Der Wagen verfügte zwar über eine Klimaanlage, aber der kühle Luftstrom trug kaum dazu bei, die unerträgliche Hitze zu mindern. Die unmittelbare Nähe zu Rick Chandler ließ ihre Körpertemperatur drastisch ansteigen, während er für ihre Reize offenbar völlig unempfänglich war.

Während der Fahrt spielte er den Reiseführer, wies sie auf die Sehenswürdigkeiten seiner kleinen Heimatstadt hin, obgleich sie diese Bezeichnung kaum verdienten. Dabei wahrte er stets eine angemessene Distanz. Zu angemessen, dachte sie verärgert.

»Wir sind da«, verkündete Rick schließlich, als er in der Edgemont Street anhielt.

Kendall blickte auf. Aus der Entfernung sah das alte Haus noch genauso aus, wie sie es in Erinnerung hatte, ein großes Gebäude im viktorianischen Stil mit einer rundherum verlaufenden Veranda und einer weitläufigen Rasenfläche vor dem Vordereingang. Hier hatte sie einst an Teegesellschaften teilgenommen und erste Erfahrungen im Anfertigen kunstvoller Schmuckstücke gesammelt, ehe die Arthritis ihrer Tante all dem ein Ende gesetzt hatte. Hier hatte sie auch den kindlichen Traum genährt, für immer bei der Tante wohnen zu können, die sie über alles liebte.

Aber wie an allen anderen Orten, wo sie zuvor untergekommen war, war auch ihr Aufenthalt in Crystals Haus nur von begrenzter Dauer. Und nachdem sich ihre Tante aufgrund ihrer angeschlagenen Gesundheit gezwungen gesehen hatte, Kendall fortzugeben, hatte diese gelernt, sich weder auf Hoffnungen und Träume noch auf andere Menschen zu verlassen. Doch wenn sie diese Lektion gründlich gelernt hatte, warum fühlte sich ihre Kehle dann wie zugeschnürt an, als sie das verfallene Gemäuer nun aus der Nähe und mit den Augen einer Erwachsenen betrachtete? Sie konnte einen enttäuschten Seufzer nicht unterdrücken.

Rick legte den Parkgang ein und drehte sich zu ihr um. Ein muskulöser Arm ruhte auf der Rückenlehne des Beifahrersitzes. »Der Zahn der Zeit hat ein bisschen daran genagt.«

»Das ist die Untertreibung des Jahrhunderts.« Kendall rang sich ein Lächeln ab. Wozu sollte sie den Mann mit ihre Problemen belasten? Er hatte schon genug für sie getan. »Tante Crystal erzählte mir, sie hätte das Haus vermietet. Und da sie mich während der ganzen Zeit, wo sie im Pflegeheim war, nie gebeten hat, mich um irgendetwas zu kümmern, auch nicht, wenn ich sie direkt gefragt habe, dachte ich immer, alles wäre in bester Ordnung. Sieht so aus, als hätte ich mich geirrt.«

»Der erste Eindruck kann täuschen. Alles *ist* in Ordnung. Kommt nur auf den Standpunkt des Betrachters an.«

Der trockene Humor, den er schon zuvor unter Beweis gestellt hatte, brach wieder durch. Sie musste lachen und stellte bei sich fest, dass sie ihn schon entschieden zu gern mochte.

»Erwarten Pearl und Eldin dich?«, erkundigte er sich.

»Die Mieter?« Sie nickte. »Ich habe sie von unterwegs aus angerufen und gesagt, ich würde in die Stadt kommen, mir aber ein Hotelzimmer nehmen. Aber sie bestanden darauf, dass ich hinten ins Gästehaus ziehe.« Sie fragte sich, ob das wohl in einem besseren Zustand war als das vor ihr liegende Haupthaus. »Eigentlich hatte ich gehofft, *sie* würden das Haus kaufen.« Da noch ein Haufen Rechnungen für die Pflege ihrer Tante ausstand, war Kendall darauf angewiesen, das Anwesen zum Marktwert oder einem Preis darüber zu verkaufen, aber keinesfalls darunter.

Sie biss sich auf die Lippe. »Wenn wir uns schnell einig werden, könnte ich Ende der Woche wieder von hier verschwinden«, sagte sie mit einem Optimismus, den sie nicht empfand.

Rick erwiderte nichts darauf.

»Was ist los?«

Er schüttelte den Kopf. »Nichts. Bist du bereit, jetzt hineinzugehen?«

Sie nickte, weil sie erkannte, dass sie versucht hatte, Zeit zu schinden. Bevor sie ihre Gedanken ordnen konnte, stand Rick schon neben ihrer Tür, um ihr aus dem Auto zu helfen. Sie biss die Zähne zusammen, ehe sie ihn berührte, dann legte sie ihre Hand in die seine. Augenblicklich schien die Luft zwischen ihnen stärker vor Spannung zu knistern als je zuvor. Sie konnte sich aus dem Bann nicht lösen und wollte es auch gar nicht. Er offenbar schon, denn er ließ sie so abrupt los, als habe er sich verbrannt, sodass sie ihr Kleid raffen und ohne Hilfe auf das Haus zugehen musste.

Kendall stakste vorsichtig die Auffahrt hoch. Ihre hohen,

spitzen Absätze verfingen sich immer wieder in den Ritzen des Asphalts, doch es gelang ihr, sich auf den Beinen zu halten – bis ihr Schuh beim letzten Schritt im von der Hitze aufgeweichten Teer versank, stecken blieb und sie der Länge nach zu Boden zu schlagen drohte.

Sie schrie leise auf und schloss dann die Augen, um nicht mit ansehen zu müssen, was als Nächstes geschah.

Zweites Kapitel

Was sagte man doch gleich über Frauen und hohe Absätze? Rick wusste es nicht genau, aber diese hier sah jedenfalls zum Anbeißen aus. Sogar in ihrem Brautkleid. Er beobachtete, wie sie die Auffahrt entlanghumpelte. Er hätte sie ja gerne gestützt, aber er hatte ihren Koffer in der Hand und überdies das untrügliche Gefühl, dass es für sie beide besser wäre, einen Sicherheitsabstand zu wahren – bis sie das Gleichgewicht verlor.

Er konnte den Sturz nicht verhindern, aber er konnte den Aufprall abfangen. Also ließ er den Koffer fallen und hechtete vor, sodass sie statt auf dem harten Boden auf ihm landete, und gab einen gequälten Laut von sich, als sein Rücken schmerzhafte Bekanntschaft mit der Treppenstufe machte. Dann sog er zischend den Atem ein. Ihr zarter, erregender Duft benebelte ihm die Sinne.

Teufel, sie war schon eine Sünde wert. Selbst in diesem Moment, wo er keuchend nach Luft rang, war er sich ihrer nur allzusehr bewusst, und das nicht nur, weil ihr weiches Haar sein Gesicht kitzelte. Sie fühlte sich so weich und wohlgerundet an wie jede andere Frau auch, und doch war dieses Rätsel mit dem pinkfarbenen Haar einzigartig.

»Alles okay?«

Er war nicht sicher, wer diese Frage als Erster gestellt hatte.

»Außer meinem Stolz wurde nichts verletzt«, gestand sie. »Wie sieht's bei dir aus?«

»Ich hab' schon schlimmere Stürze überlebt.«

»Beim Baseball?«

»Softball gegen die Mannschaft der Nachbardezernate.«

Die banale Unterhaltung war wenig geeignet, seine Gedanken davon abzulenken, dass er sie erneut in den Armen hielt. Das Verlangen, das sie in ihm entfachte, wurde immer stärker, was sie dank der Stofflagen, die sie trennten, wohl gar nicht spürte. Doch seine Gefühle drohten ihn allmählich zu überwältigen, daher war es an der Zeit, etwas räumlichen Abstand zwischen ihnen zu schaffen, bevor er sich vollends zum Narren machte und sie bis zur Besinnungslosigkeit küsste. »Glaubst du, du kannst aufstehen, ehe du mich erdrückst?«

»Ist das eine versteckte Anspielung auf mein Gewicht?«, lachte sie.

Nur eine Frau mit einem ausgeprägten Selbstbewusstsein konnte so eine Frage stellen, was ihn in der Ansicht bestärkte, dass sie anders war als andere. Sie rollte sich von ihm herunter, und augenblicklich vermisste er den leichten Druck ihres Körpers.

Dann blickte er sie an und musste sich ein Lachen verbeißen. Jetzt hatte sie sich noch mehr in ihrem Kleid verheddert. »Du weißt doch, wie man so schön sagt. Wenn du willst, dass etwas vernünftig getan wird, musst du die Sache selber in die Hand nehmen.« Mit einem gespielt gequältem Stöhnen rappelte er sich hoch, bückte sich und nahm das ganze duftige weiße Bündel in die Arme.

»Was machst du denn da?« Sie schlang die Arme um seinen Hals und klammerte sich an ihm fest.

Sein Rücken protestierte gegen die plötzliche Belastung,

aber er wollte keinesfalls einen zweiten Sturz riskieren. »Ich schütze nur meine empfindlichsten Körperteile davor, noch mehr Schaden zu nehmen.«

»Komisch, du fühlst dich aber ausgesprochen unversehrt an.«

Er sog scharf den Atem ein. So viel zum trügerischen Schutzwall der Stoffschichten zwischen ihnen. Er wollte sie, und sie wusste es.

Eine Frau, die gerade eine gescheiterte Beziehung hinter sich hatte und ihn trotzdem so stark anzog, stellte eine Gefahr dar. Aber es machte auch Spaß, mit ihr zusammen zu sein, und Spaß hatte er, wie ihm erst jetzt klar wurde, schon lange nicht mehr gehabt. Sein Leben verlief in geregelten Bahnen. Traurig genug, dass er den Kampf gegen seine Mutter und ihre kleine Armee potenzieller Heiratskandidatinnen als öden Alltagstrott bezeichnen musste. Doch Kendall war ihm nicht von Raina auf den Hals gehetzt worden; ein weiterer Grund, weshalb er sie so mochte.

Langsam ging er über die Auffahrt auf das Haus zu und schaffte es sogar, mitsamt seiner Last die Stufen emporzusteigen. Kurz bevor er die Tür erreichte wurde diese plötzlich aufgerissen, und Pearl Robinson, die Mieterin des Hauses von Kendalls Tante und die eine Hälfte eines in Sünde lebenden älteren Paares, wie Pearl fröhlich in der ganzen Stadt herumerzählte, stand vor ihnen.

»Eldin, wir haben Besuch!«, rief sie über ihre Schulter hinweg und strich über ihr graues, im Nacken zu einem Knoten geschlungenes Haar. Sie lebte schon seit einer Ewigkeit mit Eldin Wingate zusammen. »Das ist ja eine Überraschung. Ich hatte eigentlich nur Crystals Nichte erwartet.« Ihr Blick wanderte über Rick und die Frau in seinen Armen hinweg. »Sie haben uns ganz schön hinters Licht geführt, Rick Chandler, und Ihre Mutter auch. Noch heute Morgen hat sie gejammert, es wäre wohl ihr Schicksal, ohne Enkel sterben zu müssen.«

Rick verdrehte die Augen. »Das kann ich mir lebhaft vorstellen.«

Pearl blickte sich um. »Eldin, beweg gefälligst deinen müden Hintern hierher!«, kreischte sie, als Eldin nicht schnell genug zur Stelle war. »Und zwar ein bisschen dalli, ehe er sie fallen lässt!«

»Keine Sorge, das wird nicht passieren«, flüsterte Rick Kendall ins Ohr – weniger um sie zu beruhigen, sondern weil er noch einmal den Duft ihres Haares einatmen wollte.

»Aber du hast wohl nichts dagegen, wenn ich mich absichere. Nur für den Fall eines Falles.« Ihre schmalen, weichen Hände verstärkten den Griff um seinen Nacken.

Er mochte den sanften Druck auf seiner Haut.

»Ich komme ja schon, Weib!« Pearls bessere Hälfte tauchte neben ihr auf, ein hoch gewachsener Mann mit schlohweißem Haar, der noch keinen falschen Zahn im Mund hatte. Oder es zumindest behauptete. »Was ist denn so wichtig, dass du unseren Gast nicht ins Haus bitten kannst, ohne dass ...« Nach einem Blick auf Rick blieben ihm die Worte im Halse stecken.

»Hallo, Eldin.« Rick wappnete sich für die unvermeidlichen Fragen.

»Da hol mich doch der Teufel, Officer!«

»Hab ich's dir nicht gesagt?« Pearl warf ihm einen viel sagenden Blick zu. »Genau das ist der Grund, warum ich dich nicht heiraten werde.« Sie wandte sich an Rick und Kendall. »Wir leben nämlich in Sünde«, teilte sie ihnen mit, wobei sie verschwörerisch die Stimme senkte, obwohl sonst niemand in Hörweite war.

»Das verflixte Frauenzimmer schützt die fadenscheinigste Ausrede vor, die mir je untergekommen ist, nur um mich nicht heiraten zu müssen«, grollte Eldin.

»Eldin hat ständig Rückenschmerzen, und ich weigere mich, einen Mann zu heiraten, der mich nicht über die Schwelle tragen kann. Habe ich Ihnen schon erzählt, dass wir in Sünde leben?« Wieder dämpfte sie die Stimme.

Als Kendall zu lachen begann, streiften ihre Brüste Ricks Oberkörper, und seine Körpertemperatur stieg erneut bedrohlich an. »Dürfen wir hereinkommen, ehe ich sie fallen lasse?«, fragte er.

»Wo habe ich nur meine Manieren gelassen?« Pearl schob Eldin zur Seite und gab ihnen den Weg frei. »Na los, Rick, tragen Sie Ihre Braut über die Schwelle.«

Wie kam er aus dieser Sache je wieder heraus? Rick tigerte in dem stickigen, heißen Gästehaus hinter Crystal Suttons Villa nervös auf und ab. Eldin hatte sie hereingelassen, damit sie sich »ein bisschen frisch machen konnten«, während Pearl behauptete, in der Stadt noch rasch ein paar Einkäufe erledigen zu müssen.

»Einkäufe, dass ich nicht lache!«, knurrte Rick. Sie wollte Gott und der Welt erzählen, dass sie gerade Rick Chandler seine neue Braut über die Schwelle ihres Hauses habe tragen sehen. Jeder Versuch, ihr zu erklären, dass gar keine Trauung stattgefunden und die Braut und ihr angeblicher Bräutigam sich gerade erst kennen gelernt hatten, war vergeblich gewesen. Pearl hatte ihre Ohren einfach auf Durchzug geschaltet.

Ricks Schultermuskulatur verkrampfte sich stärker. Er konnte nur hoffen, dass seine Mutter dem ganzen Unsinn ein

Ende setzte, wenn sie von dieser Geschichte erfuhr. Raina musste am besten wissen, dass ihr Sohn bestimmt nicht wieder sang- und klanglos geheiratet hatte. Sie würde daher dem Klatsch keinen Glauben schenken. Aber es war als sicher anzunehmen, dass sich die Neuigkeiten wie ein Lauffeuer in der Stadt verbreiten und jeder seine eigenen Vermutungen über Rick Chandler und die Frau im Brautkleid anstellen würde, die er in Crystal Suttons Haus gebracht hatte.

Er stöhnte leise und erwog zum ersten Mal, in eine Großstadt zu ziehen, wo er in der Anonymität der Menge untergehen konnte. Doch dann schüttelte er den Kopf. Zu einem solchen Schritt würde er sich nie durchringen. Trotz all der traurigen Erinnerungen, die er mit Yorkshire Falls verband, liebte er seine Familie, seine Freunde und die friedliche Kleinstadtatmosphäre, die hier herrschte, viel zu sehr, um sich davon lösen zu können. Aber man durfte ja wohl noch träumen ...

Er blickte zu der geschlossenen Badezimmertür hinüber, hinter der Kendall verschwunden war, um sich umzuziehen. Seine *Braut*. Die Vorstellung war so absurd, dass er die Augen verdrehte und mit der Hand über seine feuchte Stirn wischte. Himmel, dieses Haus war die reinste Sauna. Er würde Kendall dringend raten, sich im General Store eine Klimaanlage zu besorgen.

Was trieb sie bloß so lange da drinnen? Sie hatte gesagt, sie müsse unbedingt dieses Kleid auszuziehen, aber das war vor zehn Minuten gewesen. Er ging zur Badezimmertür und hämmerte dagegen. »Alles in Ordnung bei dir?«

»So lala«, ertönte die erstickte Antwort.

Rick drückte die Klinke herunter und stellte fest, dass die Tür abgeschlossen war. Er klopfte noch einmal an. »Lass mich rein, oder ich muss die Tür eintreten.« Hoffentlich kam es nicht so weit. Sein Rücken und seine Schultern schmerzten noch von dem Aufprall auf dem harten Boden.

Die Tür wurde einen Spalt breit geöffnet. Er zwängte sich hindurch und sah, wie sie auf den heruntergeklappten Toilettensitz zurücksank und den Kopf auf die Knie legte. »Mir ist ja sooo schwindelig.«

Er musterte sie besorgt. »Kein Wunder, das verdammte Kleid schnürt dir ja die Luft ab. Ich dachte, du wolltest es ausziehen.«

»Hab ich ja versucht, aber es ist so heiß hier drin, und ich bekam die Knöpfe nicht allein auf, also hab ich mich erstmal einen Moment hingesetzt. Dann musste ich an meine Tante denken und an all die Jahre, die sie hier verbracht hat, und als ich aufstand, fing sich alles um mich herum an zu drehen, und ...« Sie brach ab und zuckte hilflos die Achseln.

Sie neigte zu Gedankensprüngen, das hatte er im Verlauf ihres Gesprächs am Straßenrand schon festgestellt; hüpfte von einem Thema zum nächsten, nur eines schimmerte immer durch. Ihr tiefer, aufrichtiger Kummer. Rick hatte schon mit fünfzehn Jahren seinen Vater verloren, konnte sich aber noch genau an ihn erinnern. Sein Vater war ein Kumpeltyp gewesen, der kein Baseballspiel und keine Schulfeier seiner Söhne versäumt hatte.

»Mein Vater ist zwar schon lange tot, aber ich kann gut nachempfinden, was du jetzt durchmachst«, sagte er leise. Irgendetwas trieb ihn dazu, sich dieser Frau vorbehaltlos zu öffnen; Gründe, die all seine Alarmglocken schrillen ließen. Dennoch sprach er weiter. »Er starb vor zwanzig Jahren. Ich war damals fünfzehn.« Erinnerungen stiegen in ihm auf. »Aber manchmal ist der Schmerz noch so frisch, als wäre es erst gestern gewesen.«

Als er Kendalls tränenverschleiertem Blick begegnete, zog

sich sein Herz vor Mitgefühl zusammen. Er hatte nicht erwartet, mit ihr in irgendeinem Punkt übereinzustimmen, schon gar nicht auf der emotionalen Ebene, die er normalerweise erfolgreich verdrängte. Daher überraschte es ihn um so mehr, dass er diese ihm eigentlich fremde Frau so gut verstehen konnte. »Das mit deiner Tante tut mir Leid«, murmelte er. Er hätte ihr schon früher sein Beileid aussprechen sollen, aber jetzt meinte er es wirklich ernst.

»Danke.« Ihre Stimme klang heiser. »Mir das mit deinem Dad auch.«

Rick nickte. Sie und Crystal hatten sich scheinbar sehr nahe gestanden. Enge Familienbande waren also noch etwas, was sie beide gemein hatten. Die Chandlers standen sich näher als die meisten anderen Familien; wurden durch gute und böse Erinnerungen aneinander geschweißt. Angesichts von Kendalls Schmerz empfand er plötzlich das Bedürfnis, sie zu trösten – und das beileibe nicht nur, weil es zu seinem Job gehörte, andere Menschen zu schützen und ihnen Trost zu spenden.

Rick unterdrückte ein leises Stöhnen. Diesen Weg war er schon einmal gegangen, und wo hatte er ihn hingeführt? »Ist dir nie der Gedanke gekommen, mich zu Hilfe zu rufen, als dir schwindelig wurde?«, lenkte er das Gespräch wieder auf das eigentliche Problem zurück.

Kendall legte den Kopf schief. »Die einfachste Lösung ist doch immer die beste. Wieso hab ich nicht gleich daran gedacht?«

Er kicherte. »Weil du zu benommen warst, um dich an meinen Namen erinnern zu können.«

»So was in der Art. Kannst du mir bitte helfen?«

Sie richtete die weit aufgerissenen Augen beschwörend auf ihn; eine Bitte, der er nicht widerstehen konnte. »Wo soll ich anfangen?«

»Mit den Knöpfen am Rücken.« Sie beugte sich vor, sodass ein paar rosarote Strähnen das blütenweiße Oberteil ihres Kleides streiften. Er durfte nicht vergessen, sie nach dem Grund für diese ungewöhnliche Haarfarbe zu fragen, wenn es ihr wieder besser ging. Obwohl das eigentlich überflüssig war, sie gefiel ihm so, wie sie war. Und er hatte immer angenommen, er würde Blondinen bevorzugen – allerdings musste er zugeben, dass er nicht die leiseste Ahnung hatte, welche Farbe sich nun tatsächlich unter der pinkfarbenen Tönung verbarg.

Als er die Hand nach dem ersten Perlmuttknöpfchen ausstreckte, wurde er sich plötzlich der Intimität dieser Situation bewusst. Er stand in einem engen Badezimmer und knöpfte einer Braut ihr Hochzeitskleid auf. Bei seiner Hochzeit mit Jillian hatte er Uniform und sie ein Umstandskleid getragen. Doch inzwischen war er über Jillian hinweg; hatte den Schmerz, den sie ihm zugefügt hatte, überwunden, und daher stiegen jetzt auch keine quälenden Erinnerungen in ihm auf. Soweit Rick wusste, lebte Jillian nun mit ihrem Mann und ihren drei Kindern glücklich und zufrieden in Kalifornien. Aus, vorbei, vergessen, dachte er. Außer Spesen in Form einer bitteren Erfahrung nichts gewesen.

Gerade deswegen erschreckten ihn diese Braut und die Gefühle, die sie in ihm auslöste, auch so. Obwohl Kendall nicht *seine* Braut war, änderte das nichts an den Besitzansprüchen, die er ihr gegenüber bereits zu entwickeln begann. Was ihm ernstes Kopfzerbrechen bereitet hätte, wenn sie beabsichtigen würde, auf Dauer in der Stadt zu bleiben.

Er schüttelte diesen Gedanken energisch ab, konzentrierte sich wieder auf seine Aufgabe und löste behutsam den ersten Knopf, dann den zweiten und entblößte ein Stück porzellanweißer Haut. Sie hatte einen langen, anmutig geschwungenen Hals und einen unglaublich glatten Rücken, den er gern geküsst hätte, ehe seine Zunge langsam und genüsslich an ihrer Wirbelsäule hinuntergewandert wäre ...

»Ohh, schon viel besser«, seufzte sie wonnevoll.

Wenn in dem kleinen Raum nicht ohnehin schon eine unerträgliche Hitze geherrscht hätte, wäre ihm jetzt der Schweiß ausgebrochen. Er beugte sich zu ihr, kurz davor, seine Fantasien in die Tat umzusetzen, als sie eine Hand hob und sich ein paar Haarsträhnen aus dem Nacken strich. Rick konnte der Versuchung nicht länger widerstehen. Sacht glitten seine Lippen über ihre seidige, warme, von einem feuchten Film überzogene Haut.

Sie erschauerte und seufzte leise, wich aber weder zurück, noch stieß sie ihn weg, was Rick als gutes Zeichen wertete, besonders als sie ihm den Kopf zuwandte und zuließ, dass seine Lippen die ihren berührten.

Er schloss die Augen, als sie auf seine stumme Forderung einging und seinen Kuss erwiderte. Ihr Mund war warm, weich und willig und entfachte ein Verlangen in ihm, das ihn zu überwältigen drohte. Sein Herz begann wie wild zu hämmern, und seine Handflächen wurden feucht – lächerlich für einen Mann von fast fünfunddreißig Jahren, der beileibe nicht zum ersten Mal eine Frau küsste. Nur hatte er nie zuvor von Anfang an so stark auf eine reagiert. Als er mit der Zunge sanft über ihre Lippen fuhr, schien sein ganzer Körper in Flammen zu stehen, doch ehe er ihren Mund weiter erforschen konnte löste sie sich von ihm, ließ den Kopf sinken und wich seinem Blick aus.

»Tut mir Leid, aber das ist einfach nur peinlich.«

Und er hatte gedacht, sie hätte es genauso gewollt wie er. »Du hast nicht direkt Nein gesagt«, meinte er unbeholfen, wobei er sich vorkam, als habe sie ihm einen Schlag in die Magengrube versetzt.

Sie richtete sich auf, sah ihn an und blinzelte erstaunt. »Habe ich auch nicht.« Dann begriff sie, und ihre Augen öffneten sich weit. »Dachtest du, ich meine den Kuss? Nein, der war wundervoll.« Ein unsicheres Lächeln spielte um ihre Lippen. »Aber meine Position dabei war äußerst unbequem. Ein bisschen albern. Ähnlich wie dieses Gespräch.« Sie schüttelte den Kopf. Eine leichte Röte breitete sich auf ihren Wangen aus, sie presste beide Hände auf ihren Nacken und begann die Muskeln durchzukneten, die sich während des Kusses anscheinend verkrampft hatten.

Rick empfand plötzlich eine geradezu absurde Erleichterung, die ihn wie befreit auflachen ließ. »Ich würde dir ja eine fachkundige Massage anbieten, aber ich fürchte, das würde uns nur in noch größere Schwierigkeiten bringen.«

»Und als Hüter von Recht und Ordnung musst du dich aus *derartigen* Schwierigkeiten heraushalten?« Bei dieser zweideutigen Bemerkung funkelten ihre Augen.

»Nicht, wenn ich dienstfrei habe.« Die Worte waren ihm entschlüpft, ehe er es verhindern konnte.

Sie lachte. »Ich mag dich, Rick Chandler.«

»Das beruht auf Gegenseitigkeit, Ms. Sutton.« Er grinste. Himmel, die Frau ging ihm wirklich unter die Haut. Vielleicht konnte sie ja sein momentanes Problem lösen …

Wenn er Kendall als seine Freundin ausgab, würden sich seine Mutter und ihr Batallion heiratswütiger Frauen gezwungen sehen, zum Rückzug zu blasen. Kendalls Aufsehen erregende Ankunft in der Stadt würde Klatsch und Tratsch nur so blühen lassen. Die vorsichtigeren, zurückhaltenderen Frauen würden ihm vermutlich aus dem Weg gehen, bis sie genau wussten, ob Rick nun wirklich ein Verhältnis mit dem Neuankömmling hatte oder nicht. Aber die kühneren, die von Lisas Schlag, konnte nur ein unmissverständliches Signal zum Aufgeben bewegen; ein nicht zu übersehendes Signal wie Kendall mit ihrem pinkfarbenen Haar und ihrem Brautkleid.

Allerdings gab er sich nicht eine Minute lang der törichten Hoffnung hin, Kendall werde sein Spiel mitspielen und so tun, als hätten sie etwas miteinander, nur um Rick andere Frauen vom Hals zu halten. Er beabsichtigte auch nicht, ihr einen derartigen Vorschlag zu unterbreiten, musste aber zugeben, dass der Plan durchaus etwas für sich hatte. »Wir haben dich immer noch nicht aus diesem Kleid befreit«, meinte er endlich lahm.

»Was glaubst du wohl, worauf ich die ganze Zeit warte?«

Rick biss die Zähne zusammen und knöpfte das Kleid wortlos weiter auf, wobei er sich bemühte, sich einzig und allein auf seine Aufgabe zu konzentrieren und den Umstand zu ignorieren, dass er eine immer größere Fläche ihrer samtweichen Haut frei legte.

Als seine Finger ihre Taille erreichten, hielt er inne. »Ich denke, jetzt kommst du alleine klar. Ich warte dann draußen.« Denn der nächste Schritt hieße, das Oberteil des Kleides herunterzuziehen und ihre Brüste zu entblößen. Danach würde er sich weiter nach unten arbeiten, an ihren Beinen herunter, und dann ...

»Das ist vermutlich das Beste.« Ihre Stimme riss ihn gerade noch rechtzeitig aus seinem Tagtraum.

»Ich lasse die Tür angelehnt.« Er trat einen Schritt zurück. »Ruf mich, wenn du etwas brauchst.«

»Wird gemacht.« Sie bedachte ihn mit einem dankbaren Lächeln.

»Gut.« Rick verließ fluchtartig den Raum, ehe er über weitere etwaige Wünsche seiner- oder ihrerseits nachzudenken begann.

Kendall hatte sich aus dem Oberteil ihres Brautkleides gewunden und starrte nun ihr erhitztes Spiegelbild an. Sie hätte gern die stickige Wärme im Raum für ihre geröteten Wangen verantwortlich gemacht, wusste aber, dass die Berührung von Ricks Lippen und seiner kräftigen Hände auf ihrer bloßen Haut die wahre Ursache dafür waren.

Mit dem Kuss hatte sie nicht gerechnet, obwohl sie nicht leugnen konnte, dass es zwischen ihnen gewaltig knisterte. Außerdem hatten sie beide Ähnliches durchgemacht; das Verständnis für den Kummer des Anderen bildete ein weiteres starkes Band zwischen ihnen. Dazu kam, dass er ihr gerade aus dem Kleid geholfen hatte; eine Situation, die an Intimität kaum zu überbieten war. Als seine Lippen ihre Haut gestreift hatten ... allein bei der Erinnerung überlief sie ein wohliger Schauer.

Kendall zählte sich nicht zu dem Typ Frau, der sofort zur Sache ging. Sie hatte ihm nur ins Gesicht sehen wollen und deshalb den Kopf zu ihm gedreht – und dann hatten sich ihre Lippen wie von selbst getroffen. Der Kuss hatte sie bis ins Innerste berührt. Er verlieh ihr das Gefühl, begehrt zu werden, und befriedigte so ein Bedürfnis tief in ihr, von dem sie gar nicht gewusst hatte, dass es existierte.

Ihr Leben lang war sie das abgeschobene Kind gewesen, das niemand haben wollte. Auch Brian hatte sie zwar körperlich begehrt, ihr jedoch nie tiefere Gefühle entgegengebracht. Ihre Beziehung war eher geschäftlicher Natur gewesen. Er hatte ihr die Modeljobs verschafft, die es ihr ermöglichten, für die Pflege ihrer Tante aufzukommen, sie hatte seine Freundin gespielt, um ihm über die erste Zeit nach einer schmerzhaften Trennung hinwegzuhelfen. Und obwohl aus der vorgetäuschten Beziehung im Laufe der Zeit eine echte geworden war, hatte sie nie sonderlich viel für Brian empfunden.

Ihre Gefühle für ihn ließen sich jedenfalls nicht annähernd mit denen vergleichen, die Rick in ihr ausgelöst hatte. Schon nach dem ersten Kuss war ihr klar, dass sie sich von ihm nicht nur auf erotischer Ebene angezogen fühlte. Zwischen ihnen herrschte eine merkwürdige Vertrautheit, die sie gern näher erforscht hätte. *Warum eigentlich nicht?* Dieser Gedanke schoss ihr völlig überraschend durch den Kopf.

Die Antwort folgte auf dem Fuße. Sie hatte erst vor wenigen Stunden ihre Verlobung mit Brian gelöst und eine bedeutsame Phase ihres Lebens beendet. Obwohl sie Brian nicht geliebt hatte, war die ganze Angelegenheit für sie zur Tortur geworden. Mittlerweile war ihre Benommenheit verflogen, trotzdem spritzte sie sich etwas kaltes Wasser ins Gesicht, dann schüttelte sie unwillig den Kopf und presste die nassen, kalten Hände gegen ihren Nacken, um wieder zur Besinnung zu kommen.

Scheinbar konnte sie im Moment nicht klar denken; nicht, wenn sie ernsthaft in Erwägung zog, sich mit einem Mann einzulassen, der für sie praktisch ein Fremder war. Nur dass er ihr eben nicht wie ein solcher vorkam. Sie hatte das Verlangen in seinen Augen gesehen und das Zittern seiner Finger auf ihrer Haut gespürt. Kendall fing für gewöhnlich nichts mit Männern an, die sie kaum kannte, aber Rick Chandler stellte ihre Widerstandskraft auf eine harte Probe.

Sie schälte sich aus dem Kleid, griff nach ein paar alltagstauglicheren Sachen und ließ ihren Brautstaat in einem unordentlichen Haufen auf dem Boden liegen. Die geplatzte Hochzeit gehörte der Vergangenheit an, die Zukunft lag vor ihr, alle Möglichkeiten standen ihr offen. Zwar fand sie den Gedanken an eine kleine, unverbindliche Affäre durchaus verlockend, und Rick Chandler schien genau der richtige Mann dafür zu sein, aber das wäre ihm gegenüber nicht fair.

Sie konnte ihn nicht bedenkenlos für ihre Zwecke benutzen, und wenn er ihrem verwundeten Ego auch noch so gut tat. Ein Mann, der sein Leben in einer Kleinstadt verbrachte, Beständigkeit schätzte und seine Familie über alles stellte, war denkbar ungeeignet für ein flüchtiges Abenteuer, immer vorausgesetzt, dass sie selbst überhaupt auf eines aus war. Und das war sie keinesfalls, beruhigte sie sich.

Dummerweise strafte ihr Körper diese Behauptung Lügen. Seufzend richtete sich Kendall auf, um ins andere Zimmer hinüberzugehen, dabei wappnete sie sich innerlich gegen ein neuerliches Aufflammen der erotischen Spannung zwischen ihr und Rick, die sie weder unterdrücken noch leugnen konnte.

Rick ging vor dem Bad auf und ab, um den Aufprall hören zu können, falls die Hitze Kendall erneut überwältigte und sie ohnmächtig auf dem Boden zusammenbrach. Ihm fiel ein Stein vom Herzen, als sich wenige Minuten später die Tür öffnete und sie heraustrat, doch seine Dankbarkeit verflüchtigte sich rasch, als er ihre neue Aufmachung genauer betrachtete. Die Sachen mussten aus dem kleinen Koffer stammen, den er vom Auto herübergetragen hatte.

Jetzt trug sie ein knappes, pinkfarbenes Blumentop, das ihren straffen, flachen Bauch frei gab. Die weißen Fransenshorts betonten den Schwung ihrer Hüften und die langen Beine. Ihr Körper war perfekt proportioniert, und ihr Anblick steigerte sein Verlangen noch. Was er nicht für möglich gehalten hätte.

Doch es waren nicht ihre Kurven, von denen er den Blick nicht losreißen konnte, sondern das Strumpfband aus Spitze, das sich noch immer um ihren Oberschenkel schmiegte.

»Stimmt was nicht?« Sie blickte an sich herunter. »O je.«

Ihre Wangen färbten sich so rosa wie ihr Haar. »Das hab ich ganz vergessen.«

Sie bückte sich und streifte das elastische Band ab, wobei Rick sich unwillkürlich vorstellte, wie sich diese langen Beine um seine Hüften schlangen, wenn er sie …

»Hab ich dich!« Sie hob den Kopf und begegnete seinem Blick. »Das Ding scheint dich ja brennend zu interessieren. Möchtest du's mal aus der Nähe sehen?« Schon ließ sie die blauweiße Spitze vor seinem Gesicht baumeln.

Damit er der Nächste war, der vor den Altar trat? »Alles, nur das nicht!« Aber es war schon zu spät, sie hatte das Strumpfband bereits hoch in die Luft geworfen, sodass ihm gar nichts anderes übrig blieb, als es aufzufangen, wenn er nicht wollte, dass es auf dem staubigen Holzboden landete. Resigniert schnappte er sich das vermaledeite Band.

»Klasse Reaktion!« Kendall klatschte beifällig in die Hände. »Ich bin beeindruckt.«

»Bitte sag mir, dass der Volksglaube nur wirkt, wenn die Braut ihr Jawort gegeben hat.«

Ein trockenes Lächeln spielte um ihre Lippen. »Du hast ja Angst, Rick Chandler.« Dann lachte sie laut auf.

»Ich bin ein Cop, ich habe vor gar nichts Angst.« Aber wenn dem so war, warum hämmerte dann sein Herz wie wild, und warum ging sein Atem so schnell und stoßweise?

»Okay, schon kapiert. Aber du siehst aus, als würde dir jeden Moment schlecht werden.« Sie trat neben ihn und legte ihm eine Hand auf die Schulter.

Die Berührung traf ihn wie ein Blitzschlag, den er weit mehr genoss, als ihm lieb war.

»Kann ich irgendwas für dich tun?«, fragte sie.

Rick musterte das tückische Accessoire aus schmalen Augen. »Du kannst meine Frage beantworten.«

»Da ich nie geheiratet habe und rein technisch gesehen auch keine Braut bin, dürfte das Fangen dieses Strumpfbandes keine bösen Folgen für dich haben. Geht es dir jetzt besser?«

Nur unwesentlich, dachte er. Ihre Finger lagen immer noch auf seiner Schulter und schienen seine Haut durch sein dunkelblaues T-Shirt hindurch zu versengen. Wieder ließ er den Blick über sie hinweggleiten. »Du scheinst dich auch wieder wohl in deiner Haut zu fühlen.«

Sie grinste. »Ich bin heilfroh, nicht mehr in diesen Alptraum von einem Kleid eingezwängt zu sein und habe nicht vor, mich jemals wieder einer solchen Folter auszusetzen.«

Er hob eine Braue. »Eine Frau, die meine Ansichten über die Ehe teilt? Das ist ja noch unwahrscheinlicher als ein Sechser im Lotto.« Er konnte sich keine Frau vorstellen, die beim Anblick eines Brautkleides nicht unweigerlich feuchte Augen bekam. Aber diese hier war Kendall, und sie war offenbar in mehr als einer Hinsicht einzigartig. Kein Wunder, dass sie einen so starken Reiz auf ihn ausübte.

»Willst du mir weismachen, dass dir noch nie eine Frau begegnet ist, die es vorzieht, auf eigenen Füßen zu stehen, statt sich von einem Ehemann abhängig zu machen?«

»Nicht in dieser Stadt. Hier scheinen alle nach Kräften auf einen Ehering hinzuarbeiten.«

Ihre Augen wurden groß, die Neugier darin war nicht zu übersehen. »Es muss doch auch hier ein paar Frauen geben, die sich ihre Unabhängigkeit bewahren möchten, um tun und lassen zu können, was sie wollen.«

»Ist das dein Lebensmotto?«, fragte er prompt.

Kendall nickte. Rick hatte den Nagel auf den Kopf getroffen. »Ich bin eben eine richtige Vagabundin«, gestand sie mit einem spöttischen Grinsen.

»Und warum?«

Die Antwort lag in ihrer Vergangenheit verborgen. Indem sie von einem Ort zum anderen zog, vermied sie es, zu irgendwem und irgendetwas eine engere Bindung aufzubauen. Aber sie hatte nicht vor, Rick all ihre persönlichen Probleme auf die Nase zu binden, also zuckte sie nur leicht die Achseln. »Ich kenne es nicht anders.«

»Du hattest eine unstete Kindheit, ich weiß.« Offenbar erinnerte er sich noch an einiges, was er über ihre Vergangenheit gehört hatte. »Aber allmählich könntest du doch aufhören, in der Welt herumzuzigeunern. Hast du nie daran gedacht, mal irgendwo sesshaft zu werden?«

»Nicht in diesem Leben.« Das hatte sie alles schon hinter sich, dachte Kendall. »Ich habe gerade zwei Jahre in New York gelebt, um in Tante Crystals Nähe zu sein und ihre Heimrechnungen zu bezahlen. Jetzt muss ich mal zuerst an mich denken.«

Er nickte verständnisvoll.

»Warum setzen wir uns nicht?«, schlug sie vor.

»Gute Idee.« Rick deutete auf das Sofa, das wie alle anderen Möbelstücke im Gästehaus mit großen Tüchern abgedeckt war. Hier hatte scheinbar so lange niemand mehr gewohnt, dass ein Haufen Arbeit auf sie wartete – selbst wenn sie nicht lange bleiben wollte.

Sie ließ sich neben ihm auf das Sofa sinken. »Tut mir Leid, dass ich dir noch nicht einmal eine saubere, bequeme Sitzgelegenheit anbieten kann.«

Er zuckte die Achseln. »Halb so wild.«

»Dann erzähl mir doch mal von den Frauen von Stepford«, lenkte sie das Gespräch wieder auf seine Person zurück.

Rick kicherte. »Ganz so schlimm ist es nun auch nicht.

Meine Mutter war krank, und seitdem lässt sie der Gedanke nicht los, dass es für ihre Söhne Zeit wird, endlich zu heiraten und ihr Enkelkinder zu schenken.« Er wurde merklich ernster, als er die Krankheit seiner Mutter erwähnte. »Und deshalb hat sie einen groß angelegten Feldzug gestartet, an dem alle Frauen der Stadt begeistert teilnehmen.«

Kendall musste an Pearl denken, die gesagt hatte, Ricks Mutter würde ihr enkelkinderloses Schicksal bejammern. Anscheinend tat sie einiges mehr als das. »Du armer Kerl. Muss ja schrecklich sein, wenn sich einem sämtliche Frauen der Stadt an den Hals werfen.« Sie schnalzte mitfühlend mit der Zunge, obwohl ein Teil von ihr doch tatsächlich eifersüchtig war, weil außer ihr noch andere Rick Chandler attraktiv fanden. Zwar hatte sie selbst nicht den geringsten Wunsch, zu heiraten und sesshaft zu werden, aber sie konnte verstehen, dass Frauen, für die die Erfüllung des Lebens darin bestand, sich einen Ehemann zu angeln, Rick als guten Fang betrachteten.

»Glaub mir, es ist wesentlich unangenehmer und lästiger, als es klingt – vor allem, weil ich nicht interessiert bin.«

»Umso erstaunlicher, dass du so offen mit mir darüber sprichst.«

»Du würdest ohnehin bald alles erfahren. Pearl dürfte die Geschichte von deiner spektakulären Ankunft inzwischen überall herumgetratscht haben.« Er fuhr sich mit der Hand durch das volle, dunkle Haar. »Du bist sozusagen gebrandmarkt.«

Kendall musste lachen, weil ihr einfiel, wie Rick sie über die Schwelle getragen hatte, während Pearl gleichzeitig *Here comes the Bride* summte, Eldin ausschalt und seine Rückenprobleme als Grund für ihre Weigerung vorschob, ihn zu heiraten. Kendall hätte zu gerne angemerkt, dass Eldin ganz versessen darauf schien, ihr einen Ring an den Finger zu stecken, aber sie spürte, dass Pearl in dieser Angelegenheit ihren eigenen Kopf hatte. Wie Ricks Mutter, so wie es aussah.

Doch da Rick das Ganze offenbar alles andere als lustig fand, faltete sie die Hände und bemühte sich, ernst zu bleiben. »Niemand hier würde glauben, dass du geheiratet hast, ohne irgendjemandem etwas davon zu sagen.«

»O doch, wenn man bedenkt, dass es nicht das erste Mal wäre.« Seine Augen umwölkten sich. Scheinbar hatte er plötzlich mit unangenehmen Erinnerungen zu kämpfen.

Er war also schon einmal verheiratet gewesen. Ganz offensichtlich mit seiner Liebsten durchgebrannt. Kein Wunder, dass ihm die Heiratskampagne seiner Mutter gegen den Strich ging. Überrascht und neugierig zugleich beugte sie sich vor. »Erzähl mir davon.«

»Nicht in diesem Leben«, erwiderte er, sich ihrer Worte bedienend. Dann erhob er sich. »Und wie sehen deine weiteren Pläne aus?«, wechselte er rasch das Thema.

Scheinbar hatten sie beide einen Schutzwall um sich herum errichtet, der keinesfalls Risse bekommen durfte. Obwohl sie darauf brannte, mehr über Rick in Erfahrung zu bringen, bohrte Kendall nicht weiter, denn sie wusste, dass sie auf Granit beißen würde. Und wenn sie es nicht zu einem Austausch von Vertraulichkeiten kommen lassen wollte, der sie beide einander näher bringen würde, musste sie auch seine Privatsphäre respektieren. Sie hatte ja ohnehin vor, bald wieder abzureisen.

Er hatte sie nach ihren Plänen gefragt. Vermutlich bezog er sich damit auf die nächsten paar Tage. Sie sah sich in dem staubigen Raum um, überlegte, was im Haupthaus alles reparaturbedürftig und verwahrlost gewirkt hatte und rieb sich dann müde die Augen. »Ich schätze, ich schaffe es heute

noch, mein Schlafzimmer und die Küche sauber zu machen.«
Beim Gedanken an die Staubwolken, die sie dabei aufwirbeln
würde, rümpfte sie die Nase. »Morgen fange ich dann an, das
Haus in Ordnung zu bringen. Oh, und dann sollte ich mich
wohl mit einem Makler in Verbindung setzen und mich erkundigen, was ich für den Kasten verlangen kann, obwohl
ich inzwischen eingesehen habe, dass es noch viel zu tun gibt,
ehe ich ihn verkaufen kann.«

Er nickte, schob die Hände in die Hosentaschen und inspizierte seine Umgebung kritisch. »Ich helfe dir beim Putzen.«

Sein Angebot rührte sie, aber sie konnte es nicht annehmen. »Das ist wirklich nicht nötig. Ich werde doch wohl
noch ein Zimmer in einen bewohnbaren Zustand versetzen
können.«

»Womit denn? Du brauchst Putzzeug, Lebensmittel und,
falls die Vorhersage der Wetterfrösche stimmt, vor allem erst
mal eine Klimaanlage. Ohne die erstickst du nämlich hier
drin.«

Kendall versuchte, tief Atem zu holen, und begann prompt
zu husten. Rick hatte Recht, die Luft war abgestanden und
stickig. »Ach herrjeh. Mit so vielen zusätzlichen Kosten habe
ich gar nicht gerechnet.« Im Geist überschlug sie rasch ihren
Kontostand. Das Geld, das sie auf der Bank hatte, würde
noch nicht einmal reichen, um eine Weile hier zu leben.

»Ich nehme an, du hast gedacht, du kommst her, bietest
das Haus zum Verkauf an, kassierst das Geld und verschwin-
dest wieder, stimmt's?«

Kendall nickte. »Da war ich wohl ein bisschen zu optimis-
tisch, was?«

»Ein bisschen.« Er grinste. »Aber deine Einstellung gefällt
mir. Man soll sich über Probleme erst dann den Kopf zerbrechen, wenn sie auftauchen.«

»Du willst nur nett zu mir sein und mich nicht als dumme Gans oder impulsive Idiotin bezeichnen.«

Sein Grinsen verflog, seine Mundwinkel zogen sich nach unten. »Hör doch auf, so hart gegen dich zu sein. Immerhin hast du einiges hinter dir. Wie sehen denn nun deine konkreten Pläne aus?«

Ihre Kreditkarten hatte sie bei sich, damit war die dringendste Geldfrage vorerst gelöst. Und Brian würde ihr sicher ihre Schmuckkollektion und ihr Werkzeug schicken. Wenn sie ein Geschäft fand, in dem sie die Sachen auf Kommissionsbasis verkaufen konnte, wäre es vielleicht möglich, sich eine Kleinigkeit dazu zuverdienen. Okay, also hatte sie Pläne. Ansatzweise jedenfalls. Sie sah Rick an. »Wenn du mir erklärst, wie ich in die Innenstadt komme, könnte ich ...«

»Auf deinem fliegenden Teppich davonfliegen?«

Kendall stieß vernehmlich den Atem aus und setzte die Reparaturkosten für ihr Auto auf die Liste anfallender Ausgaben. »Macht es dir viel aus, mich mitzunehmen?« Sie biss sich auf die Lippe, als ihr aufging, dass sie ausgerechnet einem Mann, der von Frauen, die etwas von ihm wollten, die Nase gestrichen voll hatte, einen Haufen Scherereien bereitete.

»Ich fahre sowieso in die Stadt. Und ehe du fragst – ja, ich kann dich auch hinterher wieder nach Hause bringen.«

Nach Hause. Hatte sie je ein Zuhause gehabt? Da sie diesen Gedanken lieber nicht weiter verfolgen mochte, schenkte sie Rick stattdessen ein strahlendes Lächeln. »Du bist ein wahrer Ritter in schimmernder Rüstung, Rick Chandler.«

Er grinste. »Tja, was soll ich sagen? Es war schon immer mein Bestreben, holde Jungfrauen aus ihrer Bedrängnis zu retten.« Eine Mischung aus Humor und unerwarteter Traurigkeit schwang in seiner Stimme mit, und Kendall fragte sich, ob diese Trauer wohl von Erinnerungen an seine erste Ehe herrührte.

Alles an diesem Mann war ihr ein Rätsel. Nur zu gerne hätte sie gewusst, was eigentlich in ihm vorging. Welches Ereignis in seinem Leben hatte ihn so einschneidend geprägt, dass er zwar den Gedanken an eine erneute Heirat weit von sich wies, andererseits aber anscheinend nichts lieber tat, als Frauen in Notsituationen zu Hilfe zu eilen. Doch da sie sich der Anziehungskraft, die er auf sie ausübte, nur allzu bewusst war, war sie froh, dass sie nicht lange genug in der Gegend bleiben würde, um eine Antwort auf diese Frage zu bekommen.

Drittes Kapitel

Eine Stunde später hatte Rick Kendall durch Herb Cooper's General Store geführt und ihr dabei geholfen, die notwendigsten Haushaltsgegenstände zusammenzusuchen. Während sie die Gänge abschritten, hatte Rick mehr als ein Mal das Gefühl gehabt, beobachtet zu werden. Aber immer, wenn er sich suchend umblickte, waren die Gänge leer.

Er hatte das Ganze gerade als Produkt seiner überreizten Nerven nach zu vielen Dienststunden abgetan, als ihn ein Geräusch zusammenfahren ließ. Er drehte sich um und sah Lisa Burton am Ende des Ganges beim Käseregal stehen, von wo aus sie ihn in dem Glauben, er sähe sie nicht, aufmerksam beobachtete. Stöhnend wandte er sich ab, ehe sie bemerkte, dass er sie entdeckt hatte. Das Letzte, was er jetzt gebrauchen konnte, war eine weitere Auseinandersetzung mit der mannstollen Lehrerin.

»Du bist ja plötzlich so still«, riss Kendalls Stimme ihn aus seinen Gedanken. »Ich bin fast fertig und dir sehr dankbar dafür, dass du deine freie Zeit geopfert hast, um mit mir einkaufen zu gehen.«

»War mir ein Vergnügen«, erwiderte er, was voll und ganz der Wahrheit entsprach. Er mochte Kendall, ihren scharfen Verstand und ihren Sinn für Humor, und er war lieber mit ihr zusammen als mit jeder anderen Frau, die er kannte, die immer noch auf der Lauer liegende Lisa miteingeschlossen.

Ein rascher Blick über seine Schulter bestätigte ihm, dass Lisa verschwunden war. Zweifellos war sie den nächsten Gang hinuntergegangen – in der Absicht, ihm am Ende ganz zufällig über den Weg zu laufen. In diesem Moment nahm ein Plan in Ricks Kopf Gestalt an. Wenn es ihm gelang, ihr zuvorzukommen, würden Lisa und ihre Heiratsabsichten in Kürze der Vergangenheit angehören. Dann hatte er statt einer ganzen Horde von Frauen nur noch eine einzige am Hals. Immerhin ein Anfang.

»Abendessen!« Kendall grinste und warf eine Packung Hotdogs in den Einkaufswagen.

Abendessen. »Verdammter Mist.« Seine Mutter und Chase warteten seit – er blickte auf die Uhr – seit über einer Stunde auf ihn. Er wunderte sich nicht, dass sie nicht versucht hatten, ihn zu erreichen. Seine Familie war daran gewöhnt, dass er sich häufig verspätete, wenn er zu einem Einsatz gerufen wurde.

»Als Gourmetmenü gehen sie nicht gerade durch, das gebe ich ja zu, aber man kann sie leicht heiß machen, und sie sind billig. Typisches Junggesellenfutter eben.« Kendall musterte ihn forschend.

»Ich habe glatt vergessen, dass meine Mutter mich zum Essen erwartet.«

»Und stattdessen verplemperst du deine Zeit mit mir.« Sie streckte eine Hand aus und berührte leicht seinen Arm.

Sofort sprang der Funke von neuem über und bestärkte ihn in der Hoffnung, sein Plan, Lisa und Konsorten zum Rückzug zu bewegen, könne funktionieren.

»Tut mir Leid, dass ich dich aufgehalten habe«, entschuldigte sich Kendall zerknirscht.

»Mir nicht.« Er hatte die Gesellschaft dieser Frau genossen, die ihn zum Lachen brachte, ihn erregte und trotzdem nichts von ihm wollte, was er nicht zu geben bereit war.

Er nahm sein Handy aus der Gürteltasche, tippte eine Nummer ein und wartete, bis Raina sich meldete. »Hi, Mom. Tut mir Leid, dass ich so spät dran bin. Mir ist was dazwischengekommen.«

»Deine neue Braut vielleicht?« Raina kicherte. Ihre Stimme klang kräftig und lebhaft, nicht so außer Atem wie sonst.

Seit bei seiner Mutter vor einigen Monaten eine Herzschwäche diagnostiziert worden war, machte sich Rick große Sorgen um ihre Gesundheit. Chase und er sahen abwechselnd nach ihr und überzeugten sich davon, dass sie regelmäßig aß und sich nicht überanstrengte. Seit dem Tod ihres Vaters betrachteten die drei Chandler-Brüder es als ihre Pflicht, sich um Raina zu kümmern. »Ich hoffe, du hast etwas gegessen.«

»Chase und ich haben uns unser Abendessen schmecken lassen«, versicherte sie ihm. »Er musste dann zu seiner Zeitung zurück, aber deine Portion habe ich dir warm gestellt. Und ich habe extra meinen Nachtisch aufgehoben, um dir beim Essen Gesellschaft zu leisten. Ich kann es kaum erwarten, alles über deine unerwartete Hochzeit zu hören.«

Rick verdrehte die Augen. Er wusste, dass seine Mutter kein Wort von dem Gerede glaubte, aber die Geschichte war offenbar schon in der ganzen Stadt herum. Ein flüchtiger Blick zum Ende des Ganges verriet ihm, dass Lisa ihm dort auflauerte und sich zweifellos den Kopf darüber zerbrach, wer seine Begleiterin wohl war. Zeit, ihr einen handfesten Beweis dafür zu liefern, dass sie bei ihm keinerlei Chancen hatte. Gleichzeitig musste er seiner Mutter weismachen, dass sich sein Interesse auf eine einzige Frau konzentrierte und nicht auf die Scharen, die ihm nachstellten und ihn zweifellos eines Tages in den Wahnsinn treiben würden.

»Nett von dir, mir mein Essen aufzuheben, Mom. Ich bin in ungefähr ...«, er blickte erneut auf die Uhr und überlegte, wie lange es dauern würde, bis sie hier fertig waren, »... einer halben Stunde da. Ach, und ich bringe einen Gast mit.«

Kendall, die direkt neben ihm stand, schüttelte den Kopf. »Das ist wirklich nicht nötig«, flüsterte sie. »Ich komme schon klar.«

Er wischte ihre Einwände mit einer Handbewegung beiseite und bekam gerade noch den letzten Teil der Frage seiner Mutter mit.

»Weibliche Gesellschaft, Mom, und du wirst angenehm überrascht sein.« Ehe seine Mutter ihn ins Kreuzverhör nehmen konnte drückte er die rote Taste, klappte das Handy zu und schob es wieder in die Tasche zurück.

»Da hast du ja wohl einen Riesenbock geschossen.« Kendall funkelte ihn böse an.

Er trat einen Schritt näher zu ihr, wohl wissend, dass Lisa um die Ecke spähte. »Ziemlich undankbar von dir, wenn man bedenkt, dass ich dich gerade vor einem aus Hotdogs und Staub bestehenden einsamen Abendessen bewahrt habe.«

»Du hast mir eben lang und breit erzählt, dass deine Mutter dich mit aller Gewalt unter die Haube bringen will. Jeder in der Stadt denkt wahrscheinlich, wir hätten die große Tat schon vollbracht, und da setzt du noch eins drauf und nimmst mich zum Essen bei deiner Mutter mit. Hast du den Verstand verloren?«

»Schon möglich.« Er hielt Kendalls Blick stand, bis sie unwillkürlich grinsen musste. »Mir ist da eine Idee gekommen, und du solltest gut zuhören, ehe du dich empört weigerst, mitzumachen.«

Ein Anflug von Misstrauen huschte über ihr Gesicht, was ihn fürchten ließ, sie könne seinen Vorschlag ablehnen, ehe er dazu kam, ihr alle Einzelheiten zu erklären.

Sie stemmte die Hände in die Hüften und sah ihn finster an. »Wie kommst du darauf, dass ich mich weigern würde?«, fragte sie dann zu seiner Verblüffung.

Scheinbar wollte sie ihm beweisen, dass sie sich jeder Herausforderung gewachsen fühlte, und nach dem Kuss im Bad hatte er nicht übel Lust, sie auf die Probe zu stellen.

»Was genau hast du denn vor?« Ihre Stimme klang nach wie vor argwöhnisch.

Wenn er sie dazu bringen wollte, sein Spiel mitzuspielen, musste er zuerst ihre Einstellung ihm gegenüber ändern. Er legte einen Arm gegen die Glastür hinter ihrem Kopf und klemmte sie zwischen seinem Körper und der Tiefkühltruhe ein. Eine sehr intime Position, die kein zufälliger Beobachter missverstehen konnte und die dazu gedacht war, ihren Widerstand sanft zu brechen. »Ich schlage dir ein Geschäft vor.« Er senkte die Stimme um eine Oktave. »Nach dem Motto: Eine Hand wäscht die andere.«

Sie schüttelte den Kopf und lachte hell auf. »Das meinst du doch hoffentlich nicht wörtlich?«

»In gewisser Weise schon.« Aus einem Impuls heraus griff er nach einer Strähne ihres Haares und zwirbelte sie zwischen Daumen und Zeigefinger. »Ich helfe dir, das Haus deiner Tante so weit in Ordnung zu bringen, dass du es verkaufen kannst, und du hilfst mir dafür, mein Leben in Ordnung zu bringen. Mein Privatleben, um genau zu sein.«

Wie sollte er nur auf den Punkt kommen? Einfach herausplatzen: *Werd meine Geliebte, Kendall?* Seine Haut prickelte, und sein Herz begann zu flattern. Wie konnte er ihr einen so hart und geschäftsmäßig klingenden Vorschlag unterbreiten?

»Hör endlich auf, um den heißen Brei herumzureden, und sag mir klipp und klar, was du von mir willst.«

Rick holte tief Atem und setzte alles auf eine Karte. »Ich möchte, dass du so tust, als wärst du meine feste Freundin. Als wären wir ein Paar. Das schürt den Klatsch und Tratsch in der Stadt und hält mir die heiratswütigen Weiber vom Hals.« Seine Augen bohrten sich in die ihren. »Was sagst du dazu?«

Ihre Lippen begannen nervös zu zucken. »Was ich schon einmal angedeutet habe. Du bist verrückt.« Sie hielt die großen Augen unverwandt auf sein Gesicht gerichtet.

Hatte er es sich nur eingebildet, oder war sekundenlang ein Hauch von Schmerz in den grünen Seen aufgeblitzt, ehe sie sich wieder in der Gewalt hatte? »Keineswegs«, widersprach er. »Ich bin nur ein Mann, der die ebenso geballte wie unerwünschte Aufmerksamkeit der Frauen hier nicht länger ertragen kann. Außerdem fühle ich mich in deiner Gesellschaft sehr wohl, und ich finde, dieses Arrangement wäre für uns beide vorteilhaft.« Verriet ihr Körper ihr nicht, was der seine bereits wusste? Dass sie zwei Teile eines Ganzen waren, die nur darauf warteten, endlich zusammengefügt zu werden?

Kopfschüttelnd mahnte er sich, dass er ja nur eine vorgetäuschte Beziehung vorgeschlagen hatte. Doch ein Körperteil von ihm war da ganz anderer Meinung, als sie sich auf die volle Unterlippe biss.

»Ich weiß nicht recht ...«

Rick nutzte seinen Vorteil sofort. »Du sagtest doch, du wärst knapp bei Kasse. Weißt du, welchen Stundenlohn ein Handwerker verlangt?« Er klammerte sich an die Fakten, die sie vielleicht davon überzeugen würden, dass er die Lösung all ihrer Probleme war. Dass sie ihn brauchte. »Oder ein Anstreicher?«, fuhr er fort. »Ganz zu schweigen von all den

Kleinigkeiten, die sonst noch im Haus gemacht werden müssen. Kannst du dir das finanziell erlauben?«

Kendall seufzte tief. »Wahrscheinlich nicht.« Mit Sicherheit nicht, dachte sie. Selbst wenn ihr neben allen anfallenden Arbeiten im Haus noch Zeit blieb, ein paar Schmuckstücke anzufertigen, würde ihr der Erlös vermutlich nicht genug einbringen, um alle Reparaturkosten bezahlen zu können. Rick bot ihr an, ihr aus der Klemme zu helfen – allerdings nicht ohne Gegenleistung. Den Preis, den er verlangte, hatte sie schon bei Brian bezahlt – und sich am Ende in einem Hochzeitskleid vor dem Traualtar wiedergefunden.

Ein eisiger Schauer, der nicht von der Kühltruhe hinter ihr herrührte, rann ihr über den Rücken. Sie wollte sich nicht noch ein Mal auf andere verlassen, um ihr Ziel zu erreichen. Vor allem wollte sie nicht, dass sich irgendjemand zwischen sie und dieses Ziel stellte. Und anders als bei Brian bestand bei Rick mit seinen goldenen Augen, dem anziehenden Lächeln und dem überwältigenden Charme große Gefahr, dass genau dies geschah.

Aber sein Angebot klang durchaus vernünftig, das konnte sie nicht leugnen. Seine Stirn berührte immer noch die ihre, und seine körperliche Nähe erschwerte es ihr, das Für und Wider seines Vorschlags sachlich und nüchtern abzuwägen, obwohl sie tief in ihrem Inneren spürte, dass die Entscheidung bereits gefallen war.

»Außerdem bin ich sehr geschickt mit den Händen«, fügte er lockend hinzu, als er seinen Fisch an der Angel zappeln sah.

Wie gut?, hätte sie am liebsten gefragt, hielt sich aber wohlweislich zurück. Seine zweideutige Bemerkung hatte ohnehin schon ein wolllüstiges Kribbeln in ihrer Magengegend erzeugt.

Sie leckte sich über die trockenen Lippen und bemühte sich ohne großen Erfolg, einen lockeren Ton anzuschlagen. »Dann verrat mir doch, wozu genau diese Hände fähig sind.« Leider klangen die Worte so lüstern, wie sie sich fühlte.

Rick grinste. »Ich habe an meinen freien Tagen das gesamte Haus meiner Mutter auf Vordermann gebracht«, erwiderte er. »Ich kann fast alle Arbeiten selbst ausführen, und wenn ich doch einmal mit meinem Latein am Ende bin, kann ich Leute anrufen, die mir einen Gefallen schulden. Und glücklicherweise habe ich wechselnde Schichten. Vier Zehner.«

»Kannst du mir das bitte übersetzen?«

Er verzog in gespielter Qual das Gesicht; eine Geste, die sie unglaublich liebenswert fand. »Dass man mit euch Laien immer reden muss wie mit einem Kleinkind. Ich habe pro Woche vier Zehnstundenschichten und drei Tage frei. Zeit genug, um dein Haus in Schuss zu bringen und gleichzeitig den Leuten eine kleine Komödie vorzuspielen.«

Kendall öffnete und schloss nervös ihre feuchten Hände. »Und wie soll diese Komödie aussehen?«

Er strich ihr sacht über die Wange. »So, dass jeder glaubt, ich würde jede freie Minute mit dir verbringen, weil ich endlich die richtige Frau gefunden habe und daher keine andere mehr anschaue.«

Er sprach so schlicht und aufrichtig, als kämen seine Worte von Herzen – aber das taten sie nicht, mahnte Kendall sich. Es handelte sich lediglich um ein Geschäft. Er war für eine feste Beziehung oder gar eine Ehe nicht geschaffen und versuchte ihr nur zu beweisen, dass er trotzdem im Stande war, die Rolle des zärtlichen Liebhabers zu spielen.

Was sie auch tun müsste, falls sie einwilligte. Da sie mit Brian ein ähnliches Abkommen getroffen hatte, war sie sich darüber im Klaren, wie nah Rick und sie sich kommen konnten.

Aber Rick war nicht auf eine gemeinsame Zukunft aus, sondern nur auf eine rasche und gründliche Lösung seines Problems. Genau wie sie. Quid pro quo. Sie hatte kaum Geld auf ihrem Konto, und dieser Mann bot ihr den Ausweg, nach dem sie so verzweifelt gesucht hatte.

»Kendall?«, unterbrach er das lange Schweigen und holte sie auf den Boden der Tatsachen zurück.

Sie konnte diese Geschichte durchstehen. Wenn sie ihr Herz verhärtete und sich ständig ins Gedächtnis rief, dass sie bald weiterziehen würde, lief sie keine Gefahr, echte Gefühle für Rick Chandler zu entwickeln oder in dieser Stadt heimisch zu werden.

Sie sah ihn an, hielt seinem durchdringenden Blick stand. »Ja«, antwortete sie mit fester Stimme.

»Heißt das ja, ich denke darüber nach oder ja, ich ...«

»Ja, ich werde deine Freundin«, sagte sie rasch, ehe sie ihre Meinung ändern konnte. »Ich meine, ich tue so, als ob wir ...«

Ehe sie den Satz zu Ende bringen konnte hauchte er einen Kuss auf ihre Lippen und nahm ihr so den Wind aus den Segeln. Sein Mund verweilte kurz auf dem ihren, aber lange genug, um in ihrem Inneren ein kleines Inferno auszulösen. Dann – viel zu bald – löste er sich von ihr, hob den Kopf und sah ihr in die Augen. »Danke.«

Ihre Lippen prickelten. Die Wärme, die sie plötzlich auszufüllen schien, erschreckte sie, und sie versuchte, sich mit einem Scherz darüber hinwegzuhelfen. »Ob ich darauf ›gern geschehen‹ sagen kann, wird sich erst noch herausstellen.«

Ohne Vorwarnung zerriss plötzlich ein markerschütternder Schrei die Luft. Kendall wirbelte herum und sah eine Frau am Ende des Ganges um die Ecke stürmen und davonrennen. Ihr Gesicht hatte sie nicht erkennen können, dazu war alles zu schnell gegangen. Sie wusste noch nicht einmal, ob es wirklich diese Frau gewesen war, die den Schrei ausgestoßen hatte. So wandte sie sich wieder an Rick. »Was war denn das?«

Er rollte die Schultern, dann zuckte er die Achseln. »Keine Ahnung.« Eine seltsame Gefühlsregung blitzte in seinen Augen auf, verflog aber sofort wieder. »Ich glaube, wir werden beide von dieser Abmachung profitieren.«

Nun zuckte sie unsicher die Achseln. »Ich meine ja immer noch, dass du nicht ganz bei Trost bist.«

»Nö. Ich steche nur ab und zu ganz gern mal in ein Wespennest.« Kleine Funken tanzten in seinen Augen. »Komm, sehen wir zu, dass wir hier fertig werden.«

»Na schön«, seufzte sie resigniert. »Aber mach mich hinterher nicht für die Lawine verantwortlich, die du vielleicht gerade losgetreten hast.«

»Schätzchen, du bist diejenige, die in einem Brautkleid hier aufgekreuzt ist. Ich wasche meine Hände in Unschuld.« Was Rick ein paar Minuten später an der Kasse prompt unter Beweis stellte.

»Frisch verheiratet, wie?« Der ältere, fast kahle Mann, vermutlich der Besitzer, tippte die Preise von Hand ein. Scannerkassen hatten den Weg ins General Store scheinbar noch nicht gefunden. »Ziehst du jetzt von deinem Apartment in Crystal Suttons Gästehaus um?«, fragte er Rick, wartete aber dessen Antwort nicht ab. »Mein Beileid zum Tod Ihrer Tante, Ms. Sutton. Mrs. Chandler, meine ich.«

Kendall hätte sich vor Schreck beinahe verschluckt. »Sutton, Kendall Sutton«, brachte sie endlich hervor. »Nennen Sie mich einfach Kendall.«

Herb blickte auf und musterte sie beide missbilligend. »Da hast du wohl eine dieser Feministinnen erwischt, mein Junge«, stellte er fest. »Lass nicht zu, dass sie ihren Namen behält, sonst fordert sie nur immer mehr Rechte. Am Ende wird sie noch über das Fernsehprogramm bestimmen wollen, und dann bleibt einem Mann nichts mehr, noch nicht mal sein Stolz.«

Rick holte tief Atem und unterdrückte, wie Kendall bemerkte, ein Lachen. Aber er korrigierte den Mann nicht.

»Willst du die Sache nicht langsam mal richtig stellen?«, flüsterte sie ihm schließlich wütend zu.

»Hätte eh keinen Sinn, und außerdem schadet es ja nichts, wenn wir den Leuten ein paar Rätsel aufgeben.«

»Über eine Beziehung, nicht über eine Ehe!«

»Du wirst bald selbst herausfinden, wie der Hase in dieser Stadt läuft, aber schön, ich tue dir den Gefallen.« Rick tätschelte ihre Hand. »Wir sind nicht verheiratet, Herb. Und ich wäre dir dankbar, wenn du dieses Missverständnis aus der Welt schaffen würdest, wenn du jemanden darüber reden hörst. Nicht, dass das etwas nutzen würde«, fügte er nur für Kendalls Ohren bestimmt hinzu.

Herb fuhr mit der Hand über seine beginnende Glatze. »Aber Pearl hat mir erzählt, sie hätte mit eigenen Augen gesehen, wie du diese hübsche junge Dame in einem Brautkleid über die Schwelle ihres Hauses getragen hast.«

»Ja, das stimmt schon, aber ...«

»Das ist eine lange Geschichte, Mr. ...« Ihr fiel ein, dass sie seinen Nachnamen nicht kannte. »Herb.«

»Und wir würden dir gern alles erklären, aber meine Mutter erwartet uns zum Essen, und wir sind eh schon spät dran.« Rick drückte Kendalls Hand fester.

Kendall verfolgte das kurze Gespräch interessiert und begriff plötzlich, dass Rick bereits begonnen hatte, seine Rolle zu spielen – er ließ durchblicken, dass er sie seiner Mutter vorstellen wollte, hielt in aller Öffentlichkeit ihre Hand. Seine Berührung ließ das Blut schneller durch ihre Adern fließen, und sie schluckte hart.

Herb lachte. »Raina wird sich freuen, eine Schwiegertochter zu bekommen, die auch in Yorkshire Falls lebt.«

Kendall schrak zusammen. »Ich habe nicht vor ...«

Rick stieß sie unauffällig mit dem Ellbogen an. Sie mochte ja nicht seine Braut sein, aber von nun an war sie eindeutig seine feste Freundin – in den Augen der Stadt jedenfalls –, und sie würde gut daran tun, das nicht dauernd zu vergessen.

Möge die Farce beginnen, dachte sie, als sie Herb ihre Kreditkarte reichte. Er registrierte ihren darin eingestanzten Namen, blickte zwischen Rick und ihr hin und her und brummte dann etwas über Frauen und ihren verdammten Unabhängigkeitsdrang. Dann machte er sich daran, ihre Einkäufe in Tüten zu verstauen.

»Hast du mitgekriegt, wie Lisa Burton hier rausgestürmt ist, als wär der Leibhaftige hinter ihr her, Rick?«, fragte er, als er damit fertig war.

»Ist das die Frau, die vorhin so laut geschrien hat?«, warf Kendall ein.

»Yep. Hat ihren Korb fallen lassen, und weg war sie. Und ich durfte die zerbrochenen Eier und die ganze Schweinerei aufwischen.«

»Frauen rasten aus den merkwürdigsten Gründen aus, Herb.« Rick nahm Kendall wie ein vollendeter Gentleman am Ellbogen. »War schön, dich zu sehen.« Er reichte dem alten Mann die Hand.

»Ganz meinerseits.«

»Nett, Sie kennen gelernt zu haben, Herb«, sagte Kendall, während sie nach ein paar Tüten griff.

»Schätze, wir sehen uns bald wieder. 's braucht viele Kleinigkeiten, um ein altes Haus in ein kuscheliges Liebesnest zu verwandeln, und ich denke ...«

»Allerdings. Und deshalb müssen wir schleunigst los«, schnitt Rick Herb das Wort ab und schob Kendall zur Tür hinaus, ehe sich ein neuer Wortschwall über sie ergießen konnte.

Kendall seufzte erleichtert. Sie würden mit Sicherheit noch eine Reihe von Fragen seitens Ricks Mutter, der Hobbyehevermittlerin, über sich ergehen lassen müssen.

Rick sah aus wie vom Blitz getroffen, stellte Raina zutiefst befriedigt fest. Diesen weltentrückten Blick hatte sie zuletzt in den Augen ihres jüngsten Sohnes gesehen, als er auf dem St. Patrick's Day-Tanz seine Charlotte kennen gelernt hatte. Das musste an den Mengen nackter Haut liegen, die die jungen Frauen heutzutage unbekümmert zur Schau stellten. Oder an ihrem bizarren Schmuck. Raina war nicht entgangen, dass Rick den Blick nicht von Kendalls entblößtem Bauch und dem Bauchnabelpiercing abwenden konnte.

Während sie die beiden jungen Leute an ihrem Tisch betrachtete, überkam sie ein Gefühl beseligenden Friedens. Fast meinte sie, seit der Ankunft von Crystals strahlender Nichte auch die Gegenwart ihrer alten Freundin zu spüren und fragte sich, ob Crystal wohl Kendall zu ihnen geschickt hatte, um ihrer aller Leben zu verändern. Falls dem so war, würde sie, Raina, ihr dabei helfen, so gut sie konnte.

»Was hast du denn nun mit Crystals Haus vor?«, wandte sie sich an Kendall. »Pearl und Eldin wären sicher froh, dort wohnen bleiben zu dürfen.«

Die junge Frau legte ihre Gabel beiseite. »Wirklich? Das wäre ja großartig.«

Raina nickte. »Schön, dass du einverstanden bist, die beiden leben nämlich praktisch von der Hand in den Mund. Ohne die Hilfe deiner Tante hätten sie es sich nie leisten können, dort zu wohnen.«

»Da wir gerade beim Thema sind ... ich muss mir die Klauseln ihres Mietvertrags unbedingt mal genau ansehen«, meinte Kendall nachdenklich.

»Oh, ein Mietvertrag existiert gar nicht.« Raina fuhr mit der Hand durch die Luft.

»Wie bitte?«

»In dieser Stadt kennen wir uns alle sozusagen von Geburt an und besiegeln solche Dinge einfach per Handschlag. Unvernünftig, ich weiß, aber so ist es nun mal. Als deine Tante krank wurde, haben Pearl und Eldin ihre Apartments aufgegeben und sind in ihr Haus gezogen, um sich während ihrer Abwesenheit um alles zu kümmern.«

Kendall verschluckte sich an dem Schluck Wasser, den sie gerade trank. »Entschuldigung. Ich hatte keine Ahnung, dass die zwei keine Miete zahlen.« Wieder hustete sie, dann tupfte sie sich den Mund mit einer Papierserviette ab.

Rick beobachtete sie mit unergründlicher Miene.

»Das, was die beiden da gemacht haben, kann man ja wohl kaum Instandhaltung nennen«, empörte sich Kendall, als sie sich wieder gefasst hatte.

»Eldin erledigt in seiner Freizeit Malerarbeiten, und Freizeit hat er reichlich, seit er schwerbehindert ist«, erklärte Rick. »Wenn du genau hingesehen hättest, wären dir die seltsamen Flecken an den Wänden des Haupthauses aufgefallen.«

»Retuschierversuche«, ergänzte Raina trocken.

»Ich kann noch immer nicht glauben, dass sie Tante Crystal keine Miete bezahlt haben.«

»Oh, Crystal sah gar keinen Grund dafür. Das Haus gehörte ihr, war seit Jahren schuldenfrei, und da sie wusste, dass Pearl und Eldin arm wie die Kirchenmäuse sind, bat sie sie eben, bei ihr einzuziehen, als sie ins Pflegeheim musste.« Raina strich Kendall über die Hand. »Deine Tante war sehr hilfsbereit.«

»Ja, das stimmt. Sie war die Beste.« Kendalls Stimme klang erstickt vor Kummer.

Doch gleich darauf lächelte sie wieder und stellte dadurch eine innere Kraft unter Beweis, die Raina nur bewundern konnte.

»Trotzdem muss ich das Haus renovieren«, sagte sie dann. »Und mir überlegen, was ich damit machen soll ...« Sie brach ab und sah Rick an. Ein stummer Wortwechsel schien zwischen ihnen stattzufinden.

O ja, Raina erinnerte sich nur allzu gut an solche Dinge. Kleine Gesten, Blicke, die nur ein frisch verliebtes Paar verstand.

»Ich meine, ich ...«

»Sie weiß nicht, was sie mit dem alten Schuppen anfangen soll«, kam Rick ihr zu Hilfe.

»Du wirst doch nicht ernsthaft in Erwägung ziehen, das Haus deiner Tante zu *verkaufen*? Es ist immerhin dein Erbe!« Raina war außer sich. Sie konnte nicht glauben, dass Crystals Nichte den alten Familienbesitz abstoßen wollte.

»Was Kendall mit ihrem Eigentum macht, geht dich nichts an, Mom«, mischte sich Rick ein.

Kendall seufzte. »Es fällt mir schwer, mich an den Gedanken zu gewöhnen, ein Haus zu besitzen, wo ich doch mein ganzes Leben lang nie lange an einem Ort geblieben bin.«

»Ah ja. Sind deine Eltern immer noch im Ausland? Crystal hat mir oft von ihren Reisen erzählt.« Raina trommelte mit den Fingerspitzen auf der Tischplatte herum, während sie scharf nachdachte. Die unselige Eigenschaft, es nirgendwo lange auszuhalten, war ihren Plänen nicht gerade dienlich, aber vielleicht schlug Kendall ja nicht in jeder Hinsicht ihren ruhelosen Eltern nach.

»Sie sind Archäologen. Treiben sich zur Zeit irgendwo in Afrika herum.«

»Und deine Schwester? Wie geht es der?«

»Hannah ist in einem Internat in Vermont untergebracht, das klappt soweit ganz gut. Wie ich hörte, schlägt sie des öfteren ein bisschen über die Stränge, aber sie war schon immer ziemlich eigenwillig. Sobald ich hier alles geregelt habe, werde ich hochfahren und ein ernstes Wort unter vier Augen mit ihr sprechen.«

Raina schüttelte den Kopf. »Traurig, wenn eine Familie so auseinandergerissen wird.«

»Mutter.« Sanfter Tadel schwang in Ricks Stimme mit. »Kendall hat gerade ihre Tante verloren. Es ist nicht der richtige Zeitpunkt, ihr auch noch Vorwürfe zu machen. Ihre Lebensweise ist allein ihre Angelegenheit.«

Sein Beschützerinstinkt bricht durch, dachte Raina. Obwohl es in Ricks Natur lag, andere in Schutz zu nehmen, schien er Kendall aus rein persönlichen Gründen zu verteidigen. Warme Zufriedenheit stieg in ihr auf, als sie ihren Sohn betrachtete.

»Lass nur, Rick, das macht mir nichts aus. Die wenigsten Leute verstehen meine Art zu leben. Um ehrlich zu sein – ich könnte es vielleicht auch nicht begreifen, wenn ich nicht selbst so leben würde.« Sie lächelte Raina an. »Jemandem, der eine so liebevolle, immer zusammenhaltende Familie hat wie Sie, muss mein Leben ziemlich chaotisch vorkommen.«

»Unsinn. Na ja, ein bisschen schon«, gab Raina zu, die beschlossen hatte, auf Ehrlichkeit zu setzen. Menschen konnten sich schließlich ändern, wenn sie wollten, sie mussten nur einen triftigen Grund dafür haben. »Es wäre schön, wenn du dich von nun an als Mitglied unserer Familie betrachten könntest. Crystal würde sich darüber freuen, und ich mich auch.« Mehr, als Kendall ahnen konnte.

Nach Rainas erstem Eindruck war Kendall Sutton nicht nur bildhübsch, sondern auch warmherzig, mitfühlend und intelligent. Und sie wusste, was sie wollte. Raina vermutete, dass ihre Unabhängigkeit den größten Reiz auf Rick ausübte, der in der letzten Zeit von Frauen, die in der Ehe die Erfüllung ihres Lebenstraumes sahen, auf Schritt und Tritt verfolgt worden war. Daran trug allein sie, Raina, die Schuld, aber zum Glück hatte sich die Situation jetzt grundlegend geändert.

Rick hatte sich offenbar Hals über Kopf in Kendall verliebt, auch wenn er es selbst noch nicht wusste. Vielleicht würde Kendall die Beständigkeit schätzen lernen, die sie als Kind hatte entbehren müssen, wenn man ihr Liebe und Verständnis entgegenbrachte. Und wer war besser dazu geeignet, ihr die Vorzüge eines intakten Familienlebens vor Augen zu führen, als die Chandlers? Allen voran natürlich Rick.

»Das ist lieb von Ihnen. Ich weiß gar nicht, was ich sagen soll.« Kendalls Augen leuchteten auf.

»Ich schon. Du bist soeben einer Meisterin ihres Fachs auf den Leim gegangen«, bemerkte Rick trocken.

Raina warf ihrem Sohn einen finsteren Blick zu.

»Welches Fachs?«, erkundigte sich Kendall verwirrt.

»Des Heiratsgeschäfts.«

»Ach ja.« Kendall beugte sich vor und grinste. »Ich habe schon von Ihren Versuchen gehört, sich als Ehestifterin zu betätigen, Mrs. Chandler.«

»Und ich bin über die ungewöhnlichen Umstände deiner Ankunft in unserer schönen Stadt genau im Bilde. Aber jetzt verrate mir doch einmal, warum du dich ausgerechnet in einem Brautkleid auf die Reise hierher gemacht hast?«

»Mutter ...«

»Das ist eine berechtigte Frage, Rick.« Kendalls Wangen färbten sich rosig, aber sie schlug sich tapfer. »Ich hätte eigentlich heute Morgen heiraten sollen«, erklärte sie, obgleich es ihr peinlich war, zugeben zu müssen, dass die Hochzeit eine Stunde vor dem Jawort geplatzt war. »Aber mein Verlobter und ich haben erkannt, dass wir kurz davor standen, einen großen Fehler zu machen, und so haben wir uns in aller Freundschaft getrennt.«

Raina war bis zu Johns Tod fast zwanzig Jahre glücklich mit ihm verheiratet gewesen. Sie hätte sich nie vorstellen können, jemanden zu heiraten, den sie nicht liebte oder eine Beziehung so abrupt zu beenden. »Eine Hochzeit so plötzlich abzublasen! Hat er dich etwa betrogen?«, fragte sie empört. Sie fühlte sich in Kendalls Namen verletzt und gekränkt.

Rick versetzte ihr unter dem Tisch einen leichten Tritt.

Kendall schüttelte den Kopf. »Nein, aber wir waren auch nie leidenschaftlich ineinander verliebt, eher gute Freunde. Er hat mir ein paar Mal aus der Klemme geholfen, mir Modeljobs verschafft, die mir genug einbrachten, um Tante Crystals Pflegeheim bezahlen zu können, und ich hatte das Gefühl, in seiner Schuld zu stehen. Irgendwie sind die Dinge dann aus dem Ruder gelaufen, aber zum Glück konnten wir gerade noch rechtzeitig die Notbremse ziehen. Ich war so erleichtert, dass ich völlig den Kopf verloren habe. Ich bin einfach aus der Kirche gelaufen, habe mich in mein Auto gesetzt und bin losgefahren.«

Eine so spontane Handlungsweise schockierte Raina, die ihr ganzes Leben in ein und demselben Haus verbracht und immer genau das getan hatte, was von ihr erwartet wurde, zutiefst. »Einfach so?«

»Einfach so.«

Raina blinzelte verwirrt. Aber da sie schon so viel aus Kendall herausbekommen hatte, konnte sie ihre Neugier ruhig auch noch in einem anderen Punkt befriedigen. »Hast du dir die Haare für einen Job so merkwürdig färben müssen?«

Kendall strich sich über die pinkfarbenen Strähnen. »Schön wär's. Das war eine ganz impulsive Entscheidung von mir.«

»Wieder mal?«, warf Rick ein, während er Kendall mit den Blicken verschlang.

Raina hätte am liebsten vor Freude in die Hände geklatscht.

»Letzte Nacht bin ich richtig in Panik geraten. Ich stand vor dem Spiegel im Bad und ...« Ein Schleier schien sich über ihre Augen zu legen. »Ich hab einfach kalte Füße gekriegt. Schon bei der Vorstellung, Brian wirklich heiraten zu müssen, brach mir der kalte Schweiß aus. Und als ich mich so im Spiegel betrachtete, bekam ich Angst, die Hochzeit nicht durchstehen zu können.« Ihre Stimme zitterte leicht. »Aber ich hatte Brian mein Wort gegeben, und er hatte so viel für mich getan. Und da dachte ich, wenn ich was an meinem Äußeren verändere, könnte sich mein neues Ich auch an ein neues Leben gewöhnen.«

»Also bist du losgegangen und hast dir eine pinkfarbene Tönung gekauft.«

Kendall lachte. »Eben nicht. Ich hatte noch rote Farbe im Schrank, Cherry Coke hieß das Zeug. Aber ich habe eigentlich hellblonde Haare, und die haben die Farbe nicht richtig

angenommen. Statt dunkelrot waren sie auf einmal pink.«
Sie zuckte die Achseln. »Es gibt Schlimmeres.«

»Ich hätte wissen müssen, dass du in Wirklichkeit blond
bist«, murmelte Rick.

»Weil ich mich heute wie ein kopfloses Huhn aufgeführt
habe?«, grinste Kendall.

»Weil er eine Schwäche für Blondinen hat«, sprang Raina
hilfreich in die Bresche. »Und wenn du deine ursprüngliche
Haarfarbe zurückhaben möchtest, kann ich mit dir in die
Stadt fahren, zu Luanne und ihrer Tochter Pam. Ihnen gehört
Luanne's Locks, der einzige Friseursalon hier.«

»Du sollst dich schonen«, mahnte Rick scharf.

Verdammt, dachte Raina. Diese erfundene Herzschwäche
würde sie irgendwann tatsächlich ins Grab bringen. Sie hasste es, ihren Söhnen Theater vorzuspielen; hasste die Ein-
schnitte in ihr gesellschaftliches Leben, die ihr dadurch ent-
standen, aber was sein musste, musste sein. Die Idee dazu
war ihr gekommen, als sie vor einigen Monaten in die Notaufnahme eingeliefert werden musste, wo man allerdings nur
eine Magenverstimmung festgestellt hatte. Doch das wussten
ihre Jungs nicht, und Raina nutzte die Situation, um ihnen
den Abschied vom Junggesellenleben schmackhaft zu machen.

Sie ließ sie bewusst in dem Glauben, sie wäre ernsthaft
krank, weil sie hoffte, dass sie dies zum Anlass nehmen würden, ihr ihren Herzenswunsch zu erfüllen. Roman hatte sie
dazu auserkoren, ihr als Erster ein Enkelkind zu schenken.
Raina wartete sehnsüchtig darauf, dass Charlotte schwanger wurde, aber Roman beharrte eisern darauf, erst einmal
das Leben genießen zu wollen, bevor er sich Kinder an-
schaffte.

Nun waren Enkel nicht alles, was Raina sich wünschte. Sie

wollte vor allem erreichen, dass ihre Söhne sesshaft und möglichst mit der Frau ihrer Träume glücklich wurden, statt ein Einsiedlerdasein zu führen. Einen Sohn hatte sie erfolgreich unter die Haube gebracht. Nun waren Chase und Rick an der Reihe.

»Sind Sie krank?«, erkundigte sich Kendall besorgt.

Raina holte tief Atem und presste eine Hand auf die Herzgegend. »Mir ging's vor einiger Zeit nicht so gut.«

»Sie hat ein schwaches Herz«, erklärte Rick. »Deswegen darf sie sich nicht überanstrengen, muss Diät halten und auf sich achten.«

»Und deshalb bringt mir Norman meist das Essen ins Haus, und die Jungs haben eine Haushaltshilfe eingestellt.« Weswegen Raina regelmäßig Geld zurücklegte, um ihren Söhnen die Kosten zu erstatten, wenn diese Farce vorüber war. Sie weigerten sich ja beharrlich, sie für ihre ›Pflege‹ selbst aufkommen zu lassen. Außerdem ging ihr ihre übertriebene Fürsorge mehr und mehr auf die Nerven.

Wie man sich bettet, so liegt man, dachte Raina. Sie hatte dieses Theaterstück inszeniert, nun musste sie ihre Rolle spielen, bis der Vorhang fiel. Aber jetzt war Kendall aufgetaucht, und sie erschien ihr für den Posten der Schwiegertochter Nummer Zwei wie geschaffen.

»Sie können sich glücklich schätzen, so liebevolle Söhne zu haben, Mrs. Chandler.«

»Bitte nenn mich Raina, und ja, meine Jungs sind wirklich die Besten. Sie werden einmal wunderbare Ehemänner abgeben, das kann dir meine Schwiegertochter bestätigen. Sie hat sich Roman geangelt, unseren Weltenbummler. Bei Rick hätte sie es leichter gehabt, den muss man nicht erst dazu zwingen, sich irgendwo auf Dauer niederzulassen. Aber das wirst du ja ...«

»Äh-hmm.« Rick räusperte sich vernehmlich. »Mom, ich bin durchaus in der Lage, eine Frau auch ohne deine Hilfe von meinen Qualitäten zu überzeugen.« Er drückte Kendalls Hand, woraufhin sie eine Spur dunkler anlief als ihr Haar leuchtete.

»Ihr seid also ein Paar?«, hakte Raina hoch erfreut nach.

»Lass das schmutzige Geschirr stehen, Mom«, erwiderte Rick, ohne auf ihre Frage einzugehen.

Doch Raina ließ sich nicht abschrecken. Rick hatte noch nie zuvor eine Frau zum Essen mit nach Hause gebracht, daher sprach Kendalls Anwesenheit deutlicher für sich als alle Worte.

»Cynthia wird morgen früh hier aufräumen. Kendall und ich müssen langsam los. Ich habe ihr versprochen, wenigstens ihr Schlafzimmer in einen bewohnbaren Zustand zu bringen, und es ist schon spät.«

»Ach was, sie bleibt natürlich hier«, widersprach Raina in einem Ton, bei dem ihren Söhnen als kleine Jungen immer das Herz in die Hose gerutscht war. »In dem verwahrlosten Schuppen würde ich noch nicht mal einen Hund schlafen lassen. Das soll keine Beleidigung sein, Kendall.«

Die junge Frau schüttelte den Kopf. »Das weiß ich. Aber ich möchte nicht stören.«

»Du störst nie.«

»Nett, dass Sie das sagen, aber ich bin ans Alleinsein gewöhnt.«

»Verstehe. Ihr jungen Leute wollt lieber unter euch sein«, vermutete Raina, insgeheim erleichtert darüber, dass Kendall ihr Angebot ausgeschlagen hatte. Sie konnte ohnehin nur dann auf ihrem Laufband trainieren, wenn ihre Söhne nicht in der Nähe waren, und ein Hausgast würde sie auch noch um diese seltenen Gelegenheiten bringen. Wieder verwünschte sie ihre eigene Dummheit. Sie hätte nie behaupten dürfen, ein schwaches Herz zu haben, sondern hätte sich eine Krankheit ausdenken sollen, die sportliche Aktivitäten in Maßen nicht ausschloss. Sie hatte einfach nicht weit genug vorausgedacht.

Rick erhob sich, und Kendall folgte seinem Beispiel. Er legte ihr einen Arm um die Taille. »Auf so private Fragen verweigere ich die Antwort, Mom.« Er beugte sich zu ihr und küsste sie leicht auf die Wange.

Nachdem Kendall sich für die Einladung bedankt und mit Rick das Haus verlassen hatte, saß Raina noch lange da und hing ihren Träumen nach. Seit Jahren hatte sie ihren mittleren Sohn nicht mehr so fröhlich und unbeschwert erlebt – eigentlich seit dem Tag nicht mehr, an dem Jillian ihn verlassen hatte. Aber Jillian gehörte nun endgültig der Vergangenheit an.

Kendall war seine Zukunft. Zwar war Rick im Moment noch fest entschlossen, nie wieder zu heiraten, aber Raina wusste es besser. Und wenn ihn jemand dazu bringen konnte, seine Meinung zu ändern, dann Kendall Sutton.

Rick hielt Kendall die Tür auf, ging um den Wagen herum, setzte sich hinter das Steuer und schnallte sich an, ehe er sich zu ihr umdrehte. Er hielt eine Hand in die Höhe, und sie schlug ein. »Auftrag ausgeführt.«

»Meinst du?«

»Ich kenne meine Mutter, und sie ist felsenfest davon überzeugt, dass es heute Abend zwischen uns nur so geknistert hat.« Weil das der Wahrheit entspricht, dachte er bei sich.

Aber jetzt war nicht der geeignete Zeitpunkt, das Thema

zu vertiefen. Die dunklen Schatten unter Kendalls Augen waren ihm nicht entgangen. Sie war offensichtlich todmüde und brauchte dringend Ruhe.

»Also besteht Hoffnung, dass sie die Jagd nach einer Schwiegertochter jetzt abbläst?«

Rick schüttelte den Kopf. »Das habe ich nicht gesagt.« Er drehte den Zündschlüssel und startete den Motor. »Ich denke eher, sie wird ihre Bemühungen noch verdoppeln.«

»Dann war der heutige Abend also ein Reinfall?«, meinte Kendall enttäuscht.

»Ganz und gar nicht. Ich schätze, sie hetzt mir jetzt nicht mehr ganze Heerscharen von Frauen auf den Hals, sondern konzentriert sich auf die, die sie für die aussichtsreichste Kandidatin hält.«

Er warf ihr einen Blick zu und sah gerade noch, wie sich die verführerischen Lippen vor Schreck leicht öffneten.

»Also auf mich«, stellte sie dann sachlich fest.

Er grinste. »Auf wen denn sonst?« Doch er wurde rasch wieder ernst, weil er noch einen wichtigen Punkt zu klären hatte. »Kendall, wie genau hat deine Beziehung zu Brian ausgesehen?«

Sie erstarrte in ihrem Sitz. »Ich glaube nicht, dass das irgendwie von Belang ist.«

»Ich schon. Du sagtest, er hätte dir öfter mal einen Gefallen getan und du wärst der Meinung gewesen, in seiner Schuld zu stehen.« Kendalls Beschreibung ihrer damaligen Situation hatte einen Schatten über Ricks eigene Pläne geworfen. »Wir haben eine ähnliche Abmachung getroffen. Ich möchte nicht, dass du dich in meiner Gesellschaft irgendwie ... unwohl fühlst.«

»Falls du dir Sorgen machst, meine Erfahrungen mit Brian könnten sich negativ auf meine Fähigkeiten auswirken, diese

Komödie durchzustehen, vergiss es. Auf diesem Gebiet bin ich mittlerweile Profi«, erwiderte sie trocken.

Genau das war der springende Punkt. Rick wollte in Kendalls Augen nicht wie ein weiterer Mann dastehen, der sie lediglich für seine Zwecke benutzte. »Ich weiß, dass er dir Jobs verschafft hat, damit du für die Pflege deiner Tante aufkommen konntest. Was hat er denn als Gegenleistung dafür bekommen?«

Kendall rieb sich stumm über die Augen.

Rick griff nach ihrer Hand und drückte sie aufmunternd.

»Brian hatte gerade eine gescheiterte Beziehung hinter sich. Er litt furchtbar darunter, dass ihm seine Freundin, auch ein Model, den Laufpass gegeben hatte. Und das Schlimmste war, dass er ihr nach wie vor ständig bei irgendwelchen Veranstaltungen über den Weg lief. Er wollte sich mit einer hübschen Frau an seiner Seite zeigen, um seiner Ex zu beweisen, dass er über die Trennung hinweg war. Und dazu brauchte er mich. Ich sollte seine ...«

»Geliebte spielen.« Und er, Rick, hatte sie in genau dieselbe Situation hineingetrieben, aus der sie sich beim letzten Mal nur hatte befreien können, indem sie in einem Hochzeitskleid aus New York geflohen war. Sie hatte auf seinen Vorschlag eingehen müssen, weil sie sich sonst nicht zu helfen wusste. Rick kam sich mit einem Mal wie ein Schuft vor.

Er stieß vernehmlich den Atem aus. »Es tut mir Leid.«

»Mir nicht. Ich weiß genau, worauf ich mich einlasse«, beruhigte sie ihn. »Außerdem ist unsere Abmachung auch für mich sehr vorteilhaft.«

»Weil du meine Gesellschaft genießen kannst?« Er bemühte sich, einen lockeren Ton in die Unterhaltung zu bringen.

»Unter anderem.«

»Warum denn sonst noch?«

»Wenn du das Haus meiner Tante so weit hergerichtet hast, dass ich es verkaufen kann, fängt für mich ein ganz neues Leben an.« Sie lehnte sich in ihrem Sitz zurück. Ein zufriedenes Lächeln spielte um ihre Lippen.

Er hatte gefragt, sie hatte geantwortet. Sein Pech, wenn ihm ihre Antwort nicht gefiel.

Viertes Kapitel

An Ricks freien Tagen konzentrierten er und Kendall sich darauf, erst einmal das Gästehaus gründlich zu putzen und bewohnbar zu machen. Die Luft flirrte vor Staub und den Funken, die zwischen ihnen hin- und hersprangen und die sie beide nach Kräften zu ignorieren versuchten. Kendall kam sich mehr und mehr vor, als schlichen sie auf Zehenspitzen durch ein Minenfeld, das unweigerlich eines Tages explodieren musste. Doch als Rick wieder zum Dienst musste, bekam sie eine kleine Atempause.

Sowie sie allein war, überlegte sie, wo sie sich ihre Werkstatt einrichten konnte. Das unnatürliche Licht in ihrem New Yorker Apartment hatte ihre Fähigkeit, Farben zusammenzustellen, erheblich beeinträchtigt, worunter die Qualität ihrer Arbeit gelitten hatte. Als ihre Utensilien und ein Koffer voll Kleidung eintrafen, den Brian für sie gepackt hatte, machte sie sich auf die Suche nach einem geeigneten Arbeitsplatz und fand ihn in dem staubigen Dachboden, durch dessen große Fenster strahlend helles Tageslicht fiel.

Von freudiger Erregung beflügelt verbrachte Kendall einen ganzen Tag damit, den Dachboden zu säubern und die Klapptische aufzustellen, die sie dort oben gefunden hatte. Ein paar Stunden später standen ihre Plastikbehälter mit den nach Farben und Größe geordneten Perlen und anderen Materialien in Reih und Glied darauf, und die Werkzeuge lagen griffbereit daneben. Kendall trat einen Schritt zurück und betrachtete ihr Werk. Der Dachboden hatte sich in das Traumatelier eines jeden Künstlers verwandelt.

Ironie des Schicksals, dachte sie. Denn genau hier hatte sie vor vielen Jahren aus bunten Nudeln ihre erste Halskette angefertigt. Hier hatte ihre Tante ihr beigebracht, kunstvolle Schmuckstücke zu entwerfen – und manches andere mehr. Wieder schlug der Kummer wie eine große Welle über Kendall zusammen, und sie kam sich plötzlich entsetzlich einsam und verlassen vor. Nicht nur, dass sie ihre Tante furchtbar vermisste, sie fragte sich auch, wie ihr Leben wohl verlaufen wäre, wenn Crystal sie hätte bei sich behalten können.

Kendall schüttelte unwillig den Kopf. Sinnlos, der Vergangenheit nachzutrauern. Lebe für den Augenblick, das war einer von Tante Crystals Lieblingssprüchen gewesen, den Kendall stets befolgt hatte. Wenn die Erinnerungen sie hier oben auf dem Dachboden zu ersticken drohten, dann würde sie sie einfach dort zurücklassen und in die Stadt fahren, um auf andere Gedanken zu kommen. Entschlossen drehte sie sich um und ging nach unten, um ihre Autoschlüssel zu holen.

Die Sonne stand hoch am Himmel, als Kendall ihr geliebtes rotes Auto Richtung Innenstadt lenkte. Der VW Jetta hatte ein elektronisches Problem gehabt, das schnell behoben werden konnte, wobei die Reparaturkosten beträchtlich höher hätten ausfallen können. Daher beschloss Kendall, ihre momentane Glückssträhne zu nutzen und sich als Erstes die Haare neu färben zu lassen.

Sie betrat Luanne's Locks, den Friseursalon, den Raina ihr empfohlen hatte. Der beißende Ammoniakgeruch verschlug ihr den Atem und trieb ihr die Tränen in die Augen. Als sie wieder klar sehen konnte, blickte sie sich suchend um. Pinkfarbene Tapete, burgunderrote Stühle, blitzende Chromteile, blank polierte Spiegel. Ein riesiger gläserner Schaukasten mit Haarpflegeprodukten nahm fast eine ganze Wand ein. Kendall sah sofort die Möglichkeiten, die sich ihr boten. Ihre Schmuckkollektion ließ sich hier optimal zur Geltung bringen – falls die Eigentümerin einwilligte, ein paar Stücke in Kommission zu nehmen.

Kendall hatte schon viele Ladenbesitzer in verschiedenen Städten überredet, ihre Arbeiten auszustellen und hoffte, auch hier Erfolg zu haben. Der Empfang war nicht besetzt, also ging sie weiter in den Raum hinein und blieb vor der Stufe stehen, die den Eingangsbereich vom Arbeitsbereich trennte. Der kleine Salon war voll besetzt, die laute Unterhaltung der Kundinnen klang freundlich, und sie schöpfte neuen Mut.

Nach einem tiefen Atemzug ging sie auf den ersten Stuhl in der Reihe zu. »Entschuldigung, könnten Sie mir wohl sagen, wo ich die Chefin finde?«

»Das haben Sie schon.« Die Friseurin, deren Haar im Stil der 50er Jahre hochtoupiert war, drehte sich mit einem Kamm in der Hand zu ihr um. »Kann ich Ihnen helfen?«

Kendall lächelte. »Ich bin Kendall Sutton, und ich hätte gern einen Termin.«

Ehe die Friseurin antworten konnte, beugte sich eine der Kundinnen in ihrem Stuhl vor und zischte der neben ihr sitzenden, mit Lockenwicklern geschmückten Frau laut und vernehmlich zu: »Das ist Rick Chandlers neue Freundin!«

Die Neuigkeit verbreitete sich blitzschnell im ganzen Salon. Mit einem Mal trat Totenstille ein, alle Augenpaare richteten sich auf Kendall, und keines blickte auch nur annä-

85

hernd freundlich. Kendalls Hoffnung, mit der Inhaberin ins
Geschäft zu kommen, verflüchtigte sich mit samt ihrer Hoch-
stimmung.

Ihr Leben lang war sie immer wieder die Neue gewesen. Sie
hatte unzählige Klassenzimmer betreten müssen, ohne einen
einzigen ihrer Mitschüler zu kennen, und war meist aus dem
Kreis der anderen ausgeschlossen worden. Auf diese Weise
hatte sie schon früh im Leben gelernt, nichts auf die Meinung
anderer Menschen zu geben. Da sie nie lange an einem Ort
blieb, kam es ihr darauf nicht an. Mit sich und der Welt zufrieden zu sein, ein anständiges Leben zu führen und sich
selbst morgens im Spiegel anschauen zu können, das war es,
was zählte – auch eine von Tante Crystals Weisheiten, die sich
Kendall zu Herzen genommen hatte und die sie in Situatio-
nen wie dieser immer wieder aufmunterte.

Nur heute klappte es nicht. Kendall begann sich ausgesprochen unwohl in ihrer Haut zu fühlen. Merkwürdig, sie
war es doch wirklich gewohnt, von Fremden voll Neugier
und Argwohn gemustert zu werden.

»Ihr Haar ist rosa.« Die Feststellung zerriss die Stille im
Raum wie ein Peitschenschlag.

Ein halbes Dutzend Augenpaare starrten sie unverändert
abschätzend an, und Kendall ballte die Fäuste, weil sie den
unwiderstehlichen Drang verspürte, an den pinkfarbenen
Strähnen herumzuzupfen. Ihr Magen zog sich zusammen,
und ihre Befangenheit wuchs – noch eine neue Erfahrung für
eine Frau, die sich noch nie darum geschert hatte, was andere
von ihr dachten.

Sie rang sich ein gequältes Lächeln ab und fuhr sich so unbekümmert wie möglich mit der Hand durch das Haar. »Um
das zu ändern bin ich ja hier.« Die feindseligen Blicke der
Frauen verunsicherten sie, aber der Teufel sollte sie holen,

wenn sie ihnen den Triumph gönnte, sich das anmerken zu lassen.

»Ich schlage vor, ihr kümmert euch jetzt alle wieder um eure eigenen Angelegenheiten und hört auf, das Mädchen mit den Augen aufzufressen!« Ein attraktiver Rotschopf kam aus dem hinteren Teil des Salons und ging auf Kendall zu. »Achten Sie einfach nicht auf diese unzivilisierte Bande.« Sie schüttelte missbilligend den Kopf. »Ich bin Pam, die Mitinhaberin dieses Ladens, und die Dame mit dem offenen Mund neben Ihnen ist meine Mutter Luanne.« Sie versetzte ihrer Mutter einen leichten Rippenstoß. »Die andere Eigentümerin, die ihre Kundinnen normalerweise sehr viel höflicher behandelt.«

»Entschuldigen Sie mein unmögliches Benehmen.« Luanne streckte Kendall die Hand hin. »Die Überraschung, wissen Sie? Alle Welt spricht von nichts anderem als Rick Chandlers neuer Flamme, und plötzlich steht sie neben mir.« Luanne schlug eine Hand vor den Mund. »Ich glaube, ich sage lieber gar nichts mehr.«

Pam nickte beifällig. »Gute Idee, Mom.«

»Lassen Sie nur. Mit so einer Haarfarbe muss man ja Aufmerksamkeit erregen.«

Pam stemmte die Hände in die Hüften und betrachtete sie forschend. »Sie Unschuldslamm.« Sie zuckte die Achseln, beugte sich vor und dämpfte ihre Stimme zu einem Flüstern. »Mom hat Recht. Nicht Ihre Haarfarbe, sondern Ihre Beziehung zu Rick Chandler ist der Grund für all das Gerede. Wissen Sie eigentlich, wie viele Frauen versucht haben, bei ihm zu landen, und sich dabei einen Korb geholt haben?«

»Mir sind ein paar Gerüchte zu Ohren gekommen ...«

»Von wegen Gerüchte! Das sind nackte Tatsachen. Ich bin vermutlich die einzige Singlefrau hier im Laden, die nie Jagd auf den Lieblingscop der Stadt gemacht hat. Ich stehe nur auf blonde Männer, aber die meisten Frauen sind da nicht so heikel. Denen geht's allen nur darum, den bewussten Ring zu ergattern.« Pam zwinkerte Kendall zu. »Jetzt glauben Sie bitte nicht, dass ich denke, Sie sind genauso. Ich hab Sie gerade erst kennen gelernt und weiß nichts über Sie. Aber Sie verstehen schon, was ich meine.«

Kendall, der bei Pams Geschnatter leicht schwindelig geworden war, nickte benommen. Sie war an die Anonymität der Großstadt gewöhnt, wo man so intime Dinge nicht mit Fremden erörterte. »Wann kann ich denn zum Umfärben vorbeikommen?«, wechselte sie rasch das Thema.

Pam grinste. »Sie haben Glück, ich hatte mir den Vormittag frei genommen, um ein paar Besorgungen zu machen, und bin früher zurück, als ich gedacht hatte. Wir können das sofort erledigen.« Wieder beugte sie sich vor. »Es sei denn, Sie möchten, dass Mom aus Pink Blau macht. Mom ist Spezialistin für Blautönungen.«

Sie kicherte. Kendall fand ihr Lachen ansteckend. »Dann überlasse ich die Sache lieber Ihnen.«

»Okay, kommen Sie mit.«

Kendall folgte Pam in den hinteren Teil des Ladens, dabei versuchte sie, die Blicke der anderen zu ignorieren, obwohl sie das Gefühl nicht loswurde, dass ein paar Frauen sie hinter ihrem Rücken giftig anfunkelten.

Pam bot ihr einen Stuhl an und hüllte sie von Kopf bis Fuß in einen schwarzen Nylonumhang ein. »Achten Sie einfach nicht auf diese dummen Gänse, Schätzchen. Nicht alle hier sind so, das können Sie mir glauben.« Sie klopfte Kendall leicht auf die Schulter. »Möchten Sie wieder erblonden?«

Kendall nickte. »Soweit das möglich ist.«

»Okay, dann müssen wir zuerst mal ordentlich Farbe herausziehen.« Pam ging zu einem Schrank und kramte darin herum, dabei hielt ihr Redefluss unvermindert an. »Kann sein, dass Ihr Haar immer noch einen Rotstich aufweist, wenn wir mit dem Umfärben fertig sind. Rote Farbe nehmen die Haare am schlechtesten an, und man kriegt sie am schwersten wieder raus. Manchmal bleibt auch ein kleidsamer Grünschimmer zurück.«

Kendalls Augen weiteten sich entsetzt, und Pam kicherte wieder. »War nur ein Scherz. Ich wollte lediglich klarstellen, dass ein ganz schönes Stück Arbeit vor uns liegt. Möglicherweise müssen wir in den nächsten Wochen noch ein paar Mal nachbessern.«

Kendall bezweifelte, dass sie so lange bleiben würde, mochte sich aber auf keine Diskussion mit Pam einlassen. »Mit einem Rest Rot kann ich leben. Hauptsache, es sieht nicht mehr so unnatürlich aus wie jetzt«, versicherte sie Pam.

»Möchten Sie auch mal einen neuen Schnitt ausprobieren?« Pam trat hinter sie. »Ich bin ganz wild darauf, diese Zottelfrisur... la Meg Ryan an jemandem auszuprobieren, aber keine meiner Kundinnen hat den Mut dazu.«

Kendall betrachtete ihr schulterlanges Haar im Spiegel. »Ich soll also das Versuchskaninchen spielen?«

Pam grinste. »Wenn Sie's tun, bin ich Ihre allerbeste Freundin«, erwiderte sie mit Singsangstimme.

Kendall musste an das Kinderlied denken, das ihre Schulkameradinnen oft gesungen hatten, doch nie war sie damit gemeint gewesen. Ein Kloß bildete sich in ihrer Kehle, und sie empfand plötzlich eine undefinierbare Sehnsucht nach etwas, was sie nie besessen hatte. Sie holte tief Atem. »Schön, warum nicht? Ich wollte schon immer mal wie Meg aussehen.« Sie lachte, um den bedrückenden Gedanken abzuschütteln, dass sie als Kind nie eine beste Freundin gehabt hatte.

Pam quiekte vor Freude laut auf. »Sie haben gerade eine Freundin fürs Leben gewonnen!«

Die nächste Viertelstunde machte sie sich eifrig an Kendalls Haar zu schaffen, dabei stand ihr Mundwerk keinen Moment still. Als sie fertig war, hatte Kendall eine klebrige Paste auf dem Kopf und eine neue Freundin in der Stadt. Doch außer Pam wechselte niemand im Salon ein Wort mit ihr oder nickte ihr auch nur freundlich zu. Kendall redete sich ein, ihr würde überhaupt nichts daran liegen, wusste aber, dass sie sich selbst etwas vormachte.

In den vier Tagen, die sie nun schon in Yorkshire Falls war, war sie mit vielem konfrontiert worden, was sie in ihrem Leben nie gekannt hatte – einer intakten Familie, guten Freunden, einem Gefühl der Zusammengehörigkeit. Und zum ersten Mal litt sie unter der Leere in ihrem Leben.

»In zwanzig Minuten spüle ich das Zeug aus.« Pam stellte die Zeituhr ein. »Entspannen Sie sich einfach eine Weile, okay?«

Kendall folgte ihrem Vorschlag, schloss die Augen, blendete das Geschnatter um sie herum aus und dachte darüber nach, wie sie Pam dazu überreden könnte, ihren Schmuck im Salon auszustellen. Bald drangen alle Geräusche nur noch wie aus weiter Ferne an ihr Ohr, und sie döste ein.

»Hi, Honey.«

Ohne Vorwarnung wurde sie von einer vertrauten Männerstimme aufgeschreckt. Rasierwasserduft stieg ihr in die Nase. Sie schlug die Augen auf und sah Rick vor sich stehen. Er stützte die Hände auf die Lehnen ihres Stuhls und beugte sich über sie.

»Die Frisur gefällt mir.« Sein spöttisches Grinsen war nicht zu übersehen.

Kendall war sicher, dass ihr gleich das Blut ins Gesicht steigen würde, doch sie zuckte nur gleichmütig die Achseln. »Wer schön sein will, muss leiden.«

»Du siehst sogar mit dieser Matsche auf dem Kopf noch hinreißend aus. Das können nicht viele Frauen von sich behaupten.«

»Ich bitte dich!«, wehrte sie seine schamlose Übertreibung ab. »Wenn mich die Leute von den Modeagenturen so gesehen hätten, hätte ich Tante Crystals Pflegeheimrechnungen nie und nimmer bezahlen können.«

»Manche Frauen neigen tatsächlich zur Selbstunterschätzung«, sagte er lächelnd.

Er blickte sie so eindringlich an, als wolle er sie zwingen, seinen Worten Glauben zu schenken. Bei dem Kompliment war ihr warm ums Herz geworden, obwohl in ihrem Kopf sämtliche Alarmglocken losgingen. »Süßholz raspeln kannst du wirklich gut, das muss man dir lassen«, sagte sie in dem Versuch, sich von ihren widersprüchlichen, immer stärker werdenden Gefühlen für Rick Chandler zu distanzieren.

»Ich bin gut. Punkt.« Er grinste, um ihr zu beweisen, dass er nur Spaß machte. »Wovon sprichst du eigentlich?«

Sie verdrehte die Augen. »Von deinem Talent, Frauen zu bezirzen, Officer Chandler.«

»Du scheinst ein ziemlich schlechtes Kurzzeitgedächtnis zu haben. Seit ein paar Tagen gibt es nämlich keine anderen Frauen mehr für mich.« Seine haselnussbraunen Augen glitzerten. Er versprühte einen Charme, dem sich noch nicht einmal eine überzeugte Männerfeindin hätte entziehen können.

»Richtig, wie konnte ich das nur vergessen.« Kendall fuhr sich mit der Zunge über ihre trockenen Lippen. »Gehört es neuerdings zu deinen Gewohnheiten, einen kleinen Zwischenstopp im Friseursalon einzulegen?«

»Nur wenn ein ganz bestimmtes rotes Auto davor parkt.«

»Du bist meinetwegen gekommen?«

Er blinzelte ihr zu, dann hauchte er ihr einen Kuss auf die Lippen. »Weswegen sonst? Du sitzt sozusagen mitten in der Klatschzentrale. Der Geburtsstätte aller Gerüchte. Etwas Besseres könnte uns gar nicht passieren.«

Seltsamerweise empfand sie einen Anflug von Enttäuschung. »Wo du Recht hast, hast du Recht.« Spiel mit, mahnte sich Kendall. Wie hatte sie nur so dumm sein können, auch nur eine Sekunde zu vergessen, dass sie die Hauptdarstellerin in einer Schmierenkomödie war?

Jetzt, wo sie ihre fünf Sinne wieder beisammen hatte, fiel ihr auch auf, dass in Luannes Salon erneut Stille eingetreten war, weil die Klatschbasen alle die Ohren spitzten und vergeblich versuchten, etwas von ihrer im Flüsterton geführten Unterhaltung mitzubekommen.

»Lächeln.« Rick berührte mit einem Finger ihren Mundwinkel und zog ihn in die Höhe. »Wir werden beobachtet.«

Kendall zwang sich zu einem schiefen Grinsen, dann sagte sie sich, dass sie keinen Grund hatte, aufgeregt oder gar enttäuscht zu sein. Sie hatten einen Handel abgeschlossen, und keiner von beiden beabsichtigte, sich tatsächlich auf eine Beziehung mit dem anderen einzulassen. Nur konnte sie die erotische Spannung, die zwischen ihnen herrschte, nicht ableugnen, und eine leise Stimme in ihrem Hinterkopf flüsterte ihr zu, dass ihnen da noch einiges bevorstand.

»Hast du schon Bekanntschaften geschlossen?« Rick deutete mit großer Geste auf den Laden.

Kendall schüttelte den Kopf. »Dank der heftig brodelnden Gerüchteküche und deiner ... Beliebtheit bei den Damen hier hat man zu meiner Begrüßung nicht gerade einen roten Teppich ausgerollt. Nur Pam bildete die rühmliche Ausnahme. Sie war wirklich nett zu mir.«

»Pam ist ein Schatz. Und die anderen haben dir die kalte Schulter gezeigt?« Rick runzelte die Stirn. »Ich möchte auf keinen Fall, dass du wegen unserer dummen Abmachung Schwierigkeiten bekommst.«

Zu Kendalls großem Ärger tat seine ernste Miene seinem Sexappeal keinen Abbruch.

Rick drehte sich abrupt um, ließ den Blick über die anderen Frauen wandern und donnerte dann: »Alle mal herhören!«

»Rick ...« Kendall griff nach seinem Arm, bekam ihn aber nicht zu fassen.

»Ich möchte Ihnen allen Kendall Sutton vorstellen. Da ich weiß, wie beliebt Crystal hier in der Stadt war, bin ich sicher, dass Sie auch ihre Nichte mit offenen Armen aufnehmen werden.«

Kendall entging nicht, dass Rick niemanden direkt um einen Gefallen bat, aber seine Absicht war nicht misszuverstehen. Nur legte Kendall keinen Wert darauf, mit falscher Freundlichkeit behandelt zu werden, nur weil Rick es so wollte. Aber da sie ohnehin nicht vorhatte, längere Zeit hier zu bleiben, brauchte sie sich deswegen nicht den Kopf zu zerbrechen, tröstete sie sich.

Rick wandte sich wieder an Kendall. »So, das war's fürs Erste.« Er zwinkerte ihr verschwörerisch zu. »Wir sehen uns später.« Nach einem weiteren, diesmal wesentlich intensiveren Kuss war er verschwunden.

Doch sein Besuch hatte Kendall vollkommen aus der Fassung gebracht. Noch lange, nachdem er zur Tür hinaus war, ging in ihrem Kopf alles durcheinander, und ihr Herz raste. Sie atmete ein paar Mal tief durch, um ihr inneres Gleichgewicht wieder herzustellen.

»Mit dem Burschen haben Sie wirklich einen tollen Fang

gemacht.« Pams Stoßseufzer klang wie das Echo von dem von Kendall.

Diese biss sich auf die Lippe. »Das kann man wohl sagen.«

»Können wir jetzt Ihre Haare ausspülen?«

Kendall nickte. Nachdem sie sich zurückgelehnt und den Kopf über das Waschbecken gelegt hatte, damit Pam warmes Wasser über ihr Haar laufen lassen konnte, nutzte sie die Gelegenheit, um auf geschäftliche Dinge zu sprechen zu kommen, ohne dass jemand zuhörte. »Ich möchte Ihnen einen Vorschlag machen, Pam.«

»Das klingt ja interessant.«

»Haben Sie schon einmal daran gedacht, entweder im Eingangsbereich oder im hinteren Teil des Salons einen kleinen Bereich für Schmuckstücke und andere Accessoires einzurichten?«

»Nein, aber die Idee hört sich viel versprechend an. Woran genau haben Sie denn gedacht?«

»An meine Arbeiten. Schmuck aus Silberdraht, Perlen und Steinen. Ich würde Ihnen erst einmal ein paar Stücke hierlassen, um zu sehen, ob überhaupt Interesse daran besteht. Wenn sie sich gut verkaufen, erhalten Sie einen bestimmten Prozentsatz des Erlöses. Wir können beide dabei nur gewinnen.« Kendall brauchte gerade jetzt dringend Geld. Schon allein die Putzmittel für das Haus hatten ein großes Loch in ihr Portemonnaie gerissen, und wenn sie nicht schleunigst etwas unternahm, würde sie in Kürze völlig abgebrannt sein.

»Hmmm.« Pam massierte Conditioner in Kendalls Haar ein. »Ich liebe Schmuck, und ich schlage ein so verlockendes Angebot nicht gerne aus, aber Sie sollten vielleicht erst einmal Charlotte fragen, ob sie Ihre Arbeiten in ihrem Geschäft ausstellt.« Nachdem sie den Conditioner ausgespült hatte, schlang sie ein Handtuch um Kendalls Kopf und half ihr, sich aufzurichten.

Wieder wurde Kendall von einem leichten Schwindelgefühl erfasst, das aber sofort verflog. »Wer ist Charlotte?«

Pam ging um den Stuhl herum, sodass sie Kendall ins Gesicht sehen konnte, dann stemmte sie die Hände in die Hüften. »Wie gut kennen Sie Ihren Herzbuben eigentlich?«

»Gut genug. Warum?«

Pams Augen wurden schmal. »Weil Charlotte Ricks Schwägerin ist. Sie war die Erste, die es geschafft hat, sich einen der Chandler-Brüder zu schnappen. Ich bin erstaunt, dass Sie das nicht wissen.«

Kendall unterdrückte ein Stöhnen. Jetzt war sie in die Falle getappt. An Ricks dienstfreien Tagen hatte sein Auto fast immer vor ihrem Gästehaus gestanden. Er war um sechs Uhr morgens gekommen und meist bis zehn Uhr abends geblieben. Sie hatten das Haus von oben bis unten geschrubbt und gewienert, bloß wusste das außer ihnen niemand. Jeder musste denken, sie wären so verrückt nacheinander, dass sie so viel Zeit wie möglich in trauter Zweisamkeit verbringen wollten. Und dabei erfuhr man unweigerlich intime Details über das Leben und die Familie des anderen. Dummerweise hatten sowohl Rick als auch sie selbst diesen Umstand übersehen, sonst hätte Rick ihr ein paar dementsprechende Informationen gegeben, ehe sie sich allein unter die Wölfe wagte.

»Ihr habt euch tagelang in diesem Haus verbarrikadiert, wie man hört, aber scheinbar nicht viel Zeit mit Reden verschwendet«, kicherte Pam und lieferte Kendall so eine mehr als willkommene Erklärung für ihren Patzer.

Erleichtert nickte sie. »Oh, wir haben so einiges übereinander in Erfahrung gebracht«, erwiderte sie mit viel sagend hochgezogenen Brauen. »Aber ich muss eben einen totalen Aussetzer gehabt haben. Klar weiß ich, welche Charlotte Sie gemeint haben.«

Pams zweifelnde Miene verriet, dass sie ihr kein Wort glaubte. Zu Recht. »Okay, wenn Charlotte nicht interessiert ist, dann kommen Sie noch mal zu mir, und wir sehen, was sich da machen lässt.«

»Abgemacht.« Wenn sie Rick das nächste Mal sah, würde sie ihn über seine Schwägerin ausfragen, was für ein Mensch sie war und ob sie vielleicht bereit wäre, ein paar Schmuckstücke in Kommission zu nehmen. »Danke für das Angebot.«

»Keine Ursache.« Pam begann, Kendalls erblondetes Haar auszukämmen. »Gefallen Sie sich so?«

Kendall lächelte ihrem Spiegelbild zufrieden zu. »Endlich sehe ich wieder aus wie ein Mensch.«

»Gut. Dann wollen wir mal zur Tat schreiten.« Pam hob ihre Schere und begann zu schnippeln.

Rick schob seinen Stuhl zurück und feuerte noch ein Gummiband auf das Bild des Brautpaares ab. Doch diesmal war er nicht auf die Braut sauer, sondern auf sich selbst. Sein Plan, seiner Mutter und der ganzen Stadt vorzugaukeln, er und Kendall wären ein Paar, wies ein paar Schwachstellen auf. Er hatte Mist gebaut, um genau zu sein, und das gleich zwei Mal. Er trug die Schuld daran, dass auf eine schmerzliche Erfahrung in Kendalls Leben gleich die zweite folgte, und sie war in Yorkshire Falls zur Außenseiterin abgestempelt worden, ohne dass er es hatte verhindern können. Eine solche Möglichkeit war ihm nie in den Sinn gekommen.

Allerdings hatte er auch keinen Gedanken an die Reaktion

einiger Frauen hier auf eine Rivalin von außerhalb verschwendet. Erst als er Lisa im hinteren Teil des Salons entdeckt hatte, war ihm klar geworden, dass sie hinter dem frostigen Empfang stecken musste, den man Kendall bereitet hatte. Lisa hatte ihre Bekannten scheinbar dazu angestachelt, sie wie einen unerwünschten Eindringling zu behandeln, weil sie ihnen allen den beliebtesten Junggesellen der Stadt weggeschnappt hatte.

»Hier, ein paar Nachrichten für dich.« Felicia legte einen kleinen Stapel pinkfarbener Zettel vor ihn auf den Schreibtisch.

Rick blickte zu der zierlichen Brünetten auf. Sie hatte schon eine ganze Reihe Männer verschlissen, verfügte aber auch über einen großen weiblichen Freundeskreis. Vielleicht konnte sie ihm erklären, warum ein Teil der Frauen hier nichts unversucht ließ, um einer völlig Fremden das Leben schwer zu machen. »Felicia, kannst du mir verraten, wie Frauen eigentlich ticken?«

»Da bist du bei mir an der falschen Adresse.« Felicia ließ sich auf dem Metallstuhl neben seinem Schreibtisch nieder. »Ich dachte, du bist der Experte auf dem Gebiet des schönen Geschlechts?«

Rick lehnte sich zurück und verschränkte die Arme hinter dem Nacken. »Ich habe noch nie verstanden, was im Kopf einer Frau wirklich vor sich geht.«

»Der Spruch könnte von Lance stammen.« Sie meinte ihren momentanen Lebensgefährten. »Gibt dir deine neue Freundin schon ein paar harte Nüsse zu knacken?«, fragte sie dann mit einem wissenden Funkeln in den Augen.

Nicht Kendall war das Problem, sondern er selbst. Er war entschlossen, dafür zu sorgen, dass sie sich in Yorkshire Falls wohl fühlte, sich hier einlebte und glücklich wurde – ein Gedanke, der ihm bei keiner anderen Frau, die in seinem Leben eine vorübergehende Rolle gespielt hatte, je gekommen wäre. Nur Kendall mit ihrem ehemals pink- und jetzt gottweißwiefarbenem Haar und ihrem unbekümmerten Naturell hatte sich irgendwie in sein Herz geschlichen.

»Schon gut, du brauchst nicht zu antworten«, seufzte Felicia. »Aber wenn sie dich dazu bringt, ein Mal in deinem Leben um eine Frau zu kämpfen, statt zu erwarten, dass sie dir wie eine reife Frucht in den Schoß fällt, dann kann ich es kaum erwarten, sie kennen zu lernen.«

Sie kennen zu lernen. Vielleicht lag hier die Lösung. Die Leute hier mussten Kendall näher kennen lernen, dann würden sie sie auch nicht mehr ablehnen. Felicia hatte ihm gerade den rettenden Ausweg gezeigt. Er würde Kendall mit seiner Familie, seinen Freunden und Bekannten zusammenbringen; Menschen, die sie mögen und mit denen sie sich gut verstehen würde. Wenn sie erst einmal wusste, dass ein paar Leute aus Yorkshire Falls auf ihrer Seite standen, würde das ihr Selbstbewusstsein stärken, und sie musste sich nicht länger wie eine Ausgestoßene vorkommen. Niemand in der Stadt wagte es, sich mit dem Chandler-Clan anzulegen, wenn er in voller Truppenstärke auftrat.

Rick sprang auf und umarmte seine Kollegin. »Felicia, du bist ein Genie!«

»Ach ja? Ich weiß zwar nicht, was ich gesagt habe, aber ich sollte dich vielleicht öfter mal auf den Arm nehmen. Hab ich schon erwähnt, dass ich eine Gehaltserhöhung gut gebrauchen könnte?«

»Ich werde beim Chef ein gutes Wort für dich einlegen.« Er zwinkerte ihr zu und griff nach dem Telefon.

Als Kendall ihr Haus betrat, schlug ihr der frische Geruch von Desinfektionsmitteln entgegen; eine gewaltige Verbesserung gegenüber Staub, Schimmel und Muff, trotzdem gab es noch viel zu tun. Auf ihrer Liste dringend auszuführender Verschönerungsarbeiten standen unter anderem das Ausmisten der mit altem Gerümpel voll gestopften Schränke, ein kompletter Innen- und Außenanstrich sowie Rasen mähen und Unkraut jäten.

Geistesabwesend fuhr sie sich mit der Hand durch ihr frisch geschnittenes Haar. Arbeit war also reichlich vorhanden. Geld dagegen leider nicht. Sie öffnete ihre Handtasche, kramte die Karte mit Ricks Telefonnummer hervor, die er ihr dagelassen hatte, rief ihn an und hinterließ auf seiner Mailbox, dass sie ihn dringend sprechen müsse. Sie brauchte ein paar Hintergrundinformationen über Charlotte und vielleicht eine kleine Empfehlung. Kendall hoffte zuversichtlich, dass sich ihr Schmuck hier gut verkaufen lassen würde.

Mit etwas Glück erwies sich Charlotte vielleicht als etwas umgänglicher als die Frauen, die sie heute getroffen hatte. Als sie bei Luanne's an der Kasse gestanden hatte, hatte sie deren Abneigung noch einmal deutlich zu spüren bekommen. Terrie Whitehall, eine Bankangestellte und Lisa Burton, eine Lehrerin – laut Pam beides unerträglich eingebildete Ziegen – hatten auf Kendalls freundliches ›Hallo‹ mit eisigem Schweigen reagiert. Daraufhin hatte Pam die zwei dermaßen zusammengestaucht, dass Kendall ein zufriedenes Kichern nicht unterdrücken konnte und den Salon in dem Wissen, zumindest eine Freundin in dieser Stadt zu haben, wie auf Wolken schwebend verlassen hatte.

Ihr Handy klingelte, und sie meldete sich nach dem ersten Rufton. »Ja bitte?«

»Ich möchte gerne Ms. Kendall Sutton sprechen«, näselte eine tonlose Männerstimme.

»Am Apparat.«

»Hier ist Mr. Vancouver von der Vermont Acres Boarding School.«

Kendall umklammerte den Hörer fester. »Ist etwas mit Hannah?«

»Ihr fehlt nichts, aber sie hat uns in der letzten Zeit eine Menge Ärger gemacht.« Seine Stimme klang monoton wie die eines Roboters. Kendall empfand augenblicklich eine tiefe Abneigung gegen den Mann. Er schien seinen Zöglingen noch nicht einmal ein Mindestmaß an persönlichem Interesse entgegenzubringen.

»Hannah hat mir erzählt, es hätte Probleme gegeben, aber sie hat mir auch versprochen, sich zu bessern.«

»Das hat sie aber nicht getan. Ich wollte mich mit Ihren Eltern in Verbindung setzen, konnte sie aber nicht erreichen, und für Notfälle hatten Sie ja Ihre Nummer hinterlassen. Sie sind Hannahs einzige in den Staaten lebende Verwandte. Ms. Sutton, ich behalte Ihre Schwester sozusagen nur noch auf Bewährung hier.«

»Akademische Bewährung?«

Mr. Vancouvers schnaubendes Lachen klang völlig humorlos. »Ihr Schulabschluss scheint momentan ihre geringste Sorge zu sein. Ganz offen gesagt, Ms. Sutton, Ihre Schwester stellt eine regelrechte Bedrohung für diese Schule dar. Sie hat die Toilette im Lehrerzimmer verstopft und dem Chorleiter bei einem Konzert das Toupet vom Kopf gerissen, als er sich verbeugte. Und das ist noch längst nicht alles.«

Kendall presste eine Hand fest gegen die Schläfe, um die aufkeimenden Kopfschmerzen zu lindern, und unterdrückte einen unwiderstehlichen Lachreiz. Die Angelegenheit war alles andere als lustig. Hannahs Verhalten war genauso unerträglich wie Mr. Vancouvers überheblicher Tonfall. »Es tut mir Leid, Mr. Vancouver. Ich werde ihr noch heute gehörig den Kopf waschen.«

»Das will ich hoffen, sonst können Sie gleich herkommen und sie abholen. Ich kann ein solches Benehmen an meiner Schule nicht dulden.«

»Wo ist Hannah jetzt?«

»Sie hat Arrest. In einer Stunde darf sie wieder auf ihr Zimmer. Und jetzt entschuldigen Sie mich, ich habe ein wichtiges Gespräch auf der anderen Leitung. Guten Tag, Ms. Sutton.«

Ohne ein weiteres Wort legte er auf und überließ Kendall ihren Magenkrämpfen und dem dringenden Wunsch, ihrer Schwester den Hals umzudrehen. Hoffentlich hatte Hannah eine gute Erklärung dafür, warum sie scheinbar nichts unversucht ließ, um von der Schule zu fliegen.

Zehn frustrierende Minuten später hatte Kendall eine Nachricht auf Hannahs Mailbox hinterlassen und sie angewiesen, sofort zurückzurufen. Außerdem versuchte sie, über die Organisation, die ihrem Vater seine Expeditionen finanzierte, ihre Eltern zu erreichen. Ohne Erfolg. Seufzend blickte sie sich in der Küche um. Die abgeblätterte Farbe und die Flecken an den Wänden erschienen ihr plötzlich wie ein Symbol für all die Probleme, die sie zu bewältigen hatte. Probleme, die ihr allmählich über den Kopf zu wachsen drohten.

»Ich wünschte, ich wäre wenigstens nicht allein«, rief sie laut. Ihre Stimme hallte in dem leeren Haus wider, und sie schrak zusammen.

Der Wunsch, ihre Last mit jemandem zu teilen, traf sie völlig unvorbereitet, genau wie der Drang, Rick anzurufen, um einfach nur seine Stimme zu hören.

Nein. »Nein«, ermahnte sie sich laut. Zwar war ihm bekannt, dass sie das Haus verkaufen wollte und knapp bei Kasse war, aber er wusste nicht, wie schlimm die Dinge wirklich standen. Und das sollte er auch nie erfahren, aus demselben Grund, aus dem sie ihm auch nicht von den Schwierigkeiten zu erzählen gedachte, die Hannah ihr bereitete.

Sie vertraute ihm ihre persönlichen Probleme nicht an, weil sie sich nicht von ihm abhängig machen wollte. Es war allzu verlockend, all ihre Sorgen bei ihm abzuladen, aber sie hatte schon früh im Leben gelernt, sich einzig und allein auf sich selbst zu verlassen. Mit dieser Einstellung war sie immer ganz gut gefahren, warum also etwas daran ändern?

Wieder blickte sie sich im Raum um. Auch ohne einen Makler zu Rate gezogen zu haben wusste Kendall, dass sich der Preis für das Haus nur in die Höhe treiben ließ, wenn das gesamte Innere frisch gestrichen wurde. Rick hatte im Gästehaus schon einige Wände abgekratzt und abgeschmirgelt. Warum sollte sie nicht auf eigene Faust im Hauptgebäude anfangen? Sie war in ihrem Leben weiß Gott oft genug umgezogen, um einige Erfahrung im Tapezieren und Streichen zu haben.

Sie lief in ihr Schlafzimmer zurück, schlüpfte in ihr Arbeitszeug und inspizierte die Schäden im Flur. Ein paar Eimer weiße Farbe hatte sie bereits gekauft, und nun beschloss sie, sich zuerst den Bereich vorzunehmen, der einem potenziellen Käufer einen ersten positiven Eindruck vermitteln sollte. Von dort aus konnte sie sich dann in die einzelnen Zimmer vorarbeiten, sodass sie jedes Mal ein Erfolgserlebnis zu verzeichnen hatte, wenn sie zur Tür hereinkam. Außerdem würde die Arbeit ihr helfen, die Zeit totzuschlagen, und sie musste nicht ständig auf die Uhr sehen und darauf warten, dass Hannah oder ihre unzuverlässigen Eltern anriefen.

Nachdem sie das Radio angestellt und sich ein weiteres Mal streng verboten hatte, Rick anzurufen, machte sie sich ans Werk.

Rick kam es so vor, als würde seine Schicht nie zu Ende gehen. Als er sich auf den Weg zu Kendalls Haus in der Edgemont Street machte, brach bereits die Dämmerung herein. Sie erwartete ihn nicht, aber er hatte eine Überraschung für sie, eine Einladung, die sie hoffentlich nicht ausschlagen würde. Er wollte ihr helfen, sich in Yorkshire Falls einzuleben, aber hauptsächlich war er hier, weil er sie vermisst hatte und sie unbedingt wieder sehen wollte.

Er klopfte an, und als sie nicht öffnete, ging er einfach ins Haus. Zumindest in einem Punkt hatte sie sich bereits an das Leben in Yorkshire Falls angepasst. Hier machte sich fast niemand die Mühe, seine Tür abzuschließen – sehr zum Verdruss von Rick und seinen Kollegen.

Drinnen wurde er von Musik empfangen. Er blickte sich um und entdeckte Kendall, die aus vollem Hals singend einer Wand mit einer breiten Rolle einen frischen Anstrich verpasste. Leider waren ihre Bemühungen auf die Länge ihres Arms beschränkt, sodass eine unregelmäßige Zickzacklinie eine strahlend weiße Fläche von einer staubiggrauen trennte. Obwohl der untere Teil der Wand großartig aussah, war der erste Gesamteindruck bestenfalls als unprofessionell zu bezeichnen.

Rick schüttelte lachend den Kopf. »Warum hast du das nicht Eldin überlassen? Der muss sich ja auch irgendwie seine Brötchen verdienen.«

»Rick!« Sie machte aus ihrer Freude, ihn zu sehen, kein Hehl, legte die Rolle weg und drehte sich zu ihm um, um ihn zu begrüßen. »Ich hätte wohl besser eine Leiter besorgen sollen, ehe ich anfange.« Ein beschämtes Grinsen trat auf ihr Gesicht. »Aber ich wollte endlich etwas Sinnvolles tun, ich konnte einfach nicht warten.«

»Warum hast du mich nicht angerufen und gebeten, eine Leiter vorbeizubringen?«

»Weil ich nicht daran gedacht habe, darum.«

Er trat näher zu ihr, wie magnetisch angezogen von einer Kraft, der er nichts entgegenzusetzen hatte. »Vermutlich erwartest du jetzt, dass ich das wieder in Ordnung bringe.«

Sie biss sich auf die Lippe und schenkte ihm ein hinreißendes Lächeln. »Wir haben eine Abmachung.«

»Wie wahr.« Diese verdammte Abmachung, die sie nach außen hin zum Liebespaar erklärte, Rick aber keine privaten Rechte an ihrer Person einräumte. Höchste Zeit, das zu ändern.

Der Gedanke hatte ihn den ganzen Tag schon nicht losgelassen. Zu dieser Frau, die er kaum kannte und trotzdem aus irgendeinem unerfindlichen Grund beschützen – und besitzen – wollte, fühlte er sich so stark hingezogen wie zu keiner anderen seit langer Zeit. Er kam noch ein Stück näher. Nun saß sie in der Falle. Zurückweichen konnte sie nicht, weil die Farbe an der Wand noch nass war. Sie stand jetzt so dicht bei ihm, dass er ihren Duft einatmen konnte.

Sein Blick wanderte über ihren schlanken Körper. Sie trug Radlerhosen und ein knappes Oberteil, zweifellos wegen der drückenden Hitze im Raum. Die Klimaanlage, die sie sich zugelegt hatte, kühlte nur ihr Schlafzimmer, der Rest des alten Gemäuers glich einem Treibhaus. Kendall hatte keine Lust, auch nur einen Penny mehr als nötig in ein Haus zu investieren, in dem sie nur kurze Zeit zu wohnen gedachte.

Ihre Abreise war auch etwas, woran er nicht gern dachte.

Er wollte sie nicht gehen lassen, ehe sie einander nicht besser kennen gelernt hatten.

Und damit konnten sie gleich hier und jetzt anfangen.

Sie sah ihn aus großen Augen an, wartete auf seinen nächsten Schritt. Er stützte sich mit beiden Händen an der Wand oberhalb ihres Kopfes ab – und erkannte seinen Fehler sofort.

»Vorsicht, die Wand ist feucht«, warnte sie ihn etwas verspätet.

»Danke, dass du mich rechtzeitig daran erinnerst.« An seinen Handflächen klebte weiße Farbe.

»Das ist unter guten Nachbarn selbstverständlich.«

»Fällt dir keine bessere Bezeichnung als guter Nachbar ein – für deinen Liebhaber?«

»Nur nach außen hin.« Sie sprach eine Tatsache aus, aber ihre Augen stellten ihm eine Frage.

Die Antwort kannte er so gut wie sie. Sollten sie es wagen, einen Schritt weiter zu gehen?

Sie sog zischend den Atem ein, was zur Folge hatte, dass sich ihre Schultern strafften und sich ihre Brüste noch verlockender unter dem engen Oberteil abzeichneten.

»Das könnten wir ja ändern«, schlug er so lässig wie möglich vor.

Sie legte den Kopf zur Seite. Ihr frisch geschnittenes, blondiertes Haar streifte ihre Schultern und umgab ihr Gesicht wie eine wuschelige Mähne. Himmel, er flog auf Blondinen. Auf *diese* Blondine.

»Das könnten wir allerdings.« Die Worte klangen wie ein Seufzer.

Er neigte sich zu ihr und presste seinen Mund auf den ihren. In Luannes Salon hatte er ihrem Publikum Theater vorgespielt. Dieser Kuss gehörte ihnen allein. Obwohl das Blut wie flüssiges Feuer durch seine Adern rann ließ er sich Zeit, knabberte behutsam an ihrer Unterlippe und kostete die leisen Wonnelaute aus, die sie dabei ausstieß. Als er eine Hand um ihre Brust schloss, begannen seine Lenden schmerzhaft zu pochen.

Die Berührung konnte das heiße Verlangen, das in ihm aufloderte, nicht annähernd befriedigen, doch gerade als er kurz davor stand, sich einfach zu nehmen, was er begehrte, wurde er vom nervtötenden Klingeln eines Handys unterbrochen. Aus reiner Gewohnheit tastete er nach der Tasche an seinem Gürtel.

Mit offenkundigem Bedauern löste sich Kendall von ihm. »Das ist meins«, krächzte sie heiser.

Sie gehört zu mir, dachte Rick benommen. Sein weißer Handabdruck auf ihrem schwarzen Top bewies das so deutlich wie ein Brandzeichen. Und deshalb hatte er auch vor, dort weiterzumachen, wo sie aufgehört hatten, sobald dieser lästige Störenfried sie nicht mehr behelligte.

»Hallo?« Kendall meldete sich so atemlos, als erwarte sie einen dringenden Anruf.

Rick wollte nicht lauschen, aber ihre gereizt erhobene Stimme war nicht zu überhören, und als sie das Gespräch beendete, stellte er fest, dass das erotische Prickeln zwischen ihnen verflogen war. Jetzt schritt Kendall nervös und sichtlich besorgt im Raum auf und ab und murmelte irgendetwas vor sich hin.

»Stimmt was nicht?«

»Familiäre Probleme«, erwiderte sie knapp, kam zu ihm herüber und blieb mit zusammengezogenen Brauen und gefurchter Stirn neben ihm stehen.

Am liebsten hätte er sie in die Arme genommen und getröstet, aber eine innere Stimme warnte ihn davor, sich zu sehr in ihre Angelegenheiten zu mischen. »Kann ich dir irgendwie helfen?«, fragte er stattdessen.

Sie schüttelte den Kopf. »Danke, damit werde ich schon alleine fertig.« Sie sprach so sachlich, als wären sie nicht noch Sekunden zuvor in eine leidenschaftliche Umarmung verstrickt gewesen.

Rick seufzte resigniert. Sie schloss ihn aus. Obwohl sie ganz dicht bei ihm stand, war sie in Gedanken meilenweit weg. Der Handabdruck, eben noch ein Zeichen dafür, dass sie zu ihm gehörte, schrie ihm nun ein warnendes ›Bis hierher und nicht weiter‹ zu.

Jetzt ging sein Piepser los. Er blickte auf die Nummer im Display, die ihn daran erinnerte, warum er eigentlich hergekommen war. Chase saß bei Norman's, wo er mit seiner Familie und ein paar Freunden auf sie wartete, um Kendall zu überraschen.

Rick wusste nicht, was das für familiäre Probleme waren, die ihr solche Sorge bereiteten, aber es handelte sich offenbar um etwas Ernstes, und er bezweifelte, dass sie jetzt überhaupt noch irgendwo hingehen würde. Nicht ohne einen triftigen Grund.

Endlich sah sie ihn an. Widersprüchliche Emotionen spiegelten sich in ihren Augen wider. »Meine Schwester steht kurz davor, von der Schule zu fliegen«, erklärte sie stockend.

Rick trat zu ihr und legte ihr den Arm um die Taille, wohl wissend, dass dies die einzige Geste des Trostes war, die sie zulassen würde. Sein Gespür trog ihn nicht. Sie seufzte und barg den Kopf an seiner Schulter.

Da bislang ohnehin schon alles schief gelaufen war, setzte Rick alles auf eine Karte. Er hatte ja nichts mehr zu verlieren. »Ich fürchte, dies ist ein denkbar schlechter Zeitpunkt, um dir zu sagen, dass meine Familie und ein paar Freunde bei

Norman's auf uns warten. Sie wollen eine kleine Party veranstalten, um dich in Yorkshire Falls willkommen zu heißen.«

Kendall schloss kurz die Augen. Die Einladung kam für sie völlig überraschend, und trotz ihrer Wut auf ihre Schwester wurde ihr warm ums Herz. Sie hatte zwar nicht die geringste Lust, sich gerade jetzt unters Volk zu mischen, aber da Rick sich ihr zuliebe die Mühe gemacht hatte, seine Familie und seine Freunde zusammenzutrommeln, war sie es ihm schuldig, sich zusammenzureißen, ihre persönlichen Probleme hintenan zu stellen und ihn zu Norman's zu begleiten.

Also drehte sie sich um und lächelte ihn an. »Eine tolle Idee. Vielen Dank.«

»War mir ein Vergnügen.«

»Gib mir nur ein paar Minuten, um zu duschen und mich umzuziehen.«

»Genehmigt.«

Es gelang ihr in Rekordzeit, sich die Farbe abzuwaschen und sich für ein passendes Outfit zu entscheiden. Zum Glück hatte Brian ihr den größten Teil ihrer Garderobe geschickt. Auf ihre Bitte hin hatte er ihrer Vermieterin den Schlüssel zu ihrem Apartment gegeben, und die hatte dann Schubladen und Schränke leer gemacht und die Sachen für ihn zusammengepackt. Kendall gratulierte sich insgeheim dazu, wenigstens ein Mal vorausschauend gehandelt zu haben. Nach einem raschen Blick in den Spiegel straffte sie ihre Schultern. Es kostete sie beträchtliche Überwindung, Rick gegenüberzutreten, da sie noch immer am ganzen Leibe zitterte.

Trotzdem zwang sie sich, leichtfüßig die Treppe hinunterzuhüpfen und blieb vor ihm stehen. »Ich bin soweit.«

Rick pfiff anerkennend durch die Zähne. »Das kann man wohl sagen.« Er griff nach ihr und wirbelte sie ein Mal im Kreis herum.

Um sie von allen Seiten begutachten zu können, vermutete sie. Die Lederhose und das Spitzentop stammten noch aus ihren Modelzeiten. Beides war nicht übermäßig teuer gewesen, da sie nie Kataloge für Designermode gemacht hatte, aber sie wusste, dass sie sich in diesen Sachen von der Menge abheben würde. Obwohl die Party nur dazu gedacht war, den Eindruck, sie und Rick seien ein Paar, zu verstärken, wollte sie sich von ihrer besten Seite zeigen. Sie gestand es sich nur ungern ein, aber sie wünschte sich sehnlichst, Ricks Familie und seine Freunde würden sie mögen. *Er* würde sie mögen.

Er drückte ihre Hand fester. »Kendall, wegen eben ...«

»Vergiss es.« Sie wollte nicht zu hören bekommen, sie hätten es nie so weit kommen lassen dürfen. Nicht, wenn ihre Lippen noch vom Nachhall jenes Kusses brannten und sie sich so lebendig fühlte wie schon lange nicht mehr.

»Das kann ich nicht.« Sein sengender Blick jagte ihr einen Schauer über den Rücken. Sie holte tief Atem.

»Du hast Recht«, räumte sie dann ein. »Was wolltest du gerade sagen?« Es führte zu nichts, wenn sie den Kopf in den Sand steckte und jedem Versuch zu einem klärenden Gespräch auswich.

Doch schon wieder wurden sie von einem durchdringenden Klingelton unterbrochen. Diesmal kam er von Ricks Handy. Er warf Kendall einen bedauernden Blick zu, ehe er sich meldete. »Hallo?« Er hörte einen Moment zu, sagte dann: »Wir sind gleich da« und klappte das Handy zu. »Wir müssen uns beeilen, wir sind spät dran.«

Kendall nickte. In gewisser Hinsicht war sie sogar erleichtert. Sie tat gut daran, sich kein allzu intimes Geständnis entlocken zu lassen. Obwohl sie sich so stark zu Rick hingezogen fühlte, wäre es ein Fehler, ihn zu nah an sich heranzulassen. Immerhin war sie fest entschlossen, dieser Stadt – und somit auch ihm – so bald wie möglich den Rücken zu kehren. Nichts und niemand sollte sie daran hindern, noch nicht einmal ein unglaublich gut aussehender Cop mit einem warmen Lächeln und einem unwiderstehlichen Charme.

Fünftes Kapitel

Kendall blickte sich interessiert um. Die Atmosphäre bei Norman's gefiel ihr. Der Mann schien früher Hobbyornithologe gewesen zu sein, denn die Wände waren mit Fotos von Vögeln übersät, und von der Decke hingen zahlreiche kunstvoll geschnitzte Vogelhäuschen herab.

»Rick hat es schon immer verstanden, seine Vorzüge gewinn bringend zu nutzen«, stellte Raina Chandler fest und lenkte Kendalls Aufmerksamkeit so wieder auf ihr Gespräch zurück. »Schon als Kind hat er seinen Charme ganz gezielt eingesetzt, um Frauen um den kleinen Finger zu wickeln.«

Izzy, Normans Frau und Mitinhaberin des Restaurants, nickte bestätigend. »Als er so ungefähr zwölf war, ist er oft hier reingekommen und hat mich mit Komplimenten überschüttet, weil er hoffte, ein Päckchen Kaugummi abstauben zu können. Seht mich doch an.« Lachend deutete sie auf ihr graues Haar und ihre ausladende Figur. »Als ob ich mir einreden ließe, ich wäre eine zweite Cindy Crawford. Rick war schon immer ein Charmeur.«

Kendall kicherte. »Das glaube ich Ihnen gerne.« Daran hatte sich bis heute nichts geändert. In seinen ausgeblichenen Jeans und dem weiß gestreiften Polohemd bot er einen Anblick, der das Herz jeder Frau höher schlagen lassen musste.

Doch viel wichtiger war, dass er darüber hinaus auch noch ein warmherziger, mitfühlender Mensch war.

Er hatte sie seiner Familie und seinen Freunden vorgestellt, lauter Leuten, die sie im Gegensatz zu den Frauen im Friseursalon mit offenen Armen aufgenommen und ihr geholfen hatten, ihre eigenen Probleme eine Weile zu vergessen.

»Nun, Kendall, was meinst du denn, wie lange du in der Stadt bleiben wirst?«, fragte Raina – nicht zum ersten Mal.

Kendall wusste allmählich nicht mehr, wie sie unauffällig das Thema wechseln sollte. »Tja, also ...«

»Du hast sie jetzt lange genug mit Beschlag belegt«, kam ihr Ricks Bruder Chase zu Hilfe.

Mit seinem pechschwarzen Haar und den blauen Augen ähnelte er weder Rick noch Raina. Wie Kendall gehört hatte, waren Chase und der jüngste, durch Abwesenheit glänzende Bruder Roman Ebenbilder ihres verstorbenen Vaters. Doch Andeutungen zufolge übten alle drei Chandler-Brüder eine unwiderstehliche Anziehungskraft auf das andere Geschlecht aus. Chase war nur zurückhaltender als die beiden anderen.

»Ach, Chase, gönn mir doch ein paar Minuten mit Crystals Nichte. Ich unterhalte mich so gerne mit ihr.«

»Du quetschst sie aus wie eine Zitrone, wolltest du wohl sagen.« Chase stieß ein abfälliges Schnauben aus, dann nahm er Kendall am Ellbogen. »Und deswegen entführe ich sie dir jetzt erst mal für eine Weile.« Ohne die Antwort seiner Mutter abzuwarten zog er Kendall mit sich.

»Noch ein Chandler, der gern den Retter in der Not spielt?« Sowie sie allein waren, zwinkerte Kendall ihm schelmisch zu.

Chase verdrehte die Augen gen Himmel. »Um Gottes willen, nein, das ist Ricks Job. Ich habe nur gesehen, wie meine

Mutter dich nach allen Regeln der Kunst in die Zange genommen hat und beschlossen, dich zu erlösen.« Er lehnte sich mit der Schulter gegen die Wand und musterte sie aus seinen kühlen blauen Augen durchdringend.

Wenn sie nicht auf seinen Bruder fliegen würde, hätte sie durchaus Gefallen an ihm finden können, dachte Kendall. »Danke für die Atempause. Und jetzt erzähl mir doch ein bisschen was über dich. Du arbeitest für die hiesige Lokalzeitung, nicht wahr?«

»Für die *Gazette*.«

Er schob die Hände in die Hosentaschen; eine Geste, die sie so sehr an Rick erinnerte, dass sie lachen musste. »Ach ja. Ein Wochenblatt, stimmt's?«

Chase nickte.

Im Gegensatz zu Rick war dieser Bruder eher wortkarg. Trotzdem mochte Kendall ihn, schon allein, weil er seine Geschwister großgezogen hatte, was auf ein gutes Herz schließen ließ. Noch etwas, was er mit seinem Bruder gemein hatte. Kendall blickte zu Rick hinüber, der sein Handy ans Ohr presste und beim Sprechen mit einer Hand durch die Luft fuchtelte. Sie grinste. Er schien rund um die Uhr im Dienst zu sein. Sie bewunderte Menschen, die dermaßen in ihrem Job aufgingen. Nein, korrigierte sie sich, sie bewunderte einfach diesen Mann.

»Häng dein Herz lieber nicht zu sehr an ihn«, unterbrach Chase das Schweigen.

Kendall zwinkerte und wandte sich wieder zu ihm um; peinlich berührt, weil er sie dabei ertappt hatte, wie sie Rick anstarrte. »Das habe ich auch nicht vor«, versicherte sie ihm hastig. Dennoch wollte sie wissen, warum er sich verpflichtet fühlte, sie zu warnen. Verlegen biss sie sich auf die Lippe. »Möchtest du mir verraten, warum nicht?«

»Eigentlich nicht.« Er betrachtete sie mit unergründlicher Miene. »Aber ich tue es trotzdem. Sobald Rick befürchtet, er könnte ernsthafte Gefühle für dich entwickeln, wird er die Schotten dicht machen.«

»Wegen seiner ersten Ehe?« Die Worte waren heraus, ehe sie überlegen konnte. Sie bezweifelte, dass der älteste Chandler mit ihr über die Vergangenheit seines Bruders sprechen würde.

Tatsächlich wurden seine Augen schmal. »Hat dir Rick Näheres darüber erzählt?«

Kendall brachte keine Lüge über die Lippen, noch nicht einmal, um an Informationen zu kommen, die Rick ihr wohl freiwillig nie geben würde. »Nein, er hat nur Andeutungen gemacht.«

Chase nickte verständnisvoll, die Furchen auf seiner Stirn glätteten sich. »Lass es mich so ausdrücken – wenn einem Mann ein Mal von einer Frau so übel mitgespielt worden ist, wird er dazu neigen, in Zukunft auf Nummer Sicher zu gehen.«

Das also steckte dahinter. Kendall hatte so etwas schon geahnt. Bei der Vorstellung, irgendjemand – vor allem eine Frau – könne Rick so verletzt haben, blutete ihr das Herz.

Chase musterte sie mit einem so stahlharten Blick, als versuche er, ihren Charakter einzuschätzen. Er schien mit sich zu ringen, ob er noch mehr zu dem Thema sagen sollte.

»Und?«, drängte sie, weil sie nicht wollte, dass er aus Rücksicht auf sie schwieg oder die Dinge beschönigte. Aber ihr Instinkt sagte ihr, dieser Zeitungsmann würde nie etwas anderes als die kalte, nackte Wahrheit sagen, ob sie sie nun gern hörte oder nicht.

»Ich möchte nur vermeiden, dass du dir falsche Hoffnungen machst. Rick wird sein Herz an keine Frau mehr verlieren, schon gar nicht an eine, die bloß auf der Durchreise ist.«

Kendall hatte Chase auf Anhieb gemocht, aber jetzt empfand sie auch Respekt für ihn. Trotzdem trafen seine Worte sie bis ins Mark, obwohl sie sich eine Närrin schalt. Sie selbst war schließlich die Letzte, die sich fest an einen Mann binden oder gar in einer Kleinstadt sesshaft werden würde.

»Meinst du wirklich?«, hakte sie nach, ohne sich die widersprüchlichen Gefühle anmerken zu lassen, die in ihr miteinander rangen.

Chase legte den Kopf schief. »Allerdings. Ich pflege mich stets an die Tatsachen zu halten.«

»Ein echter Journalist«, gab sie trocken zurück.

»Ich kann meinen Beruf eben nicht verleugnen.« Ein leises Lächeln spielte um seine Lippen.

»Eines würde mich doch noch interessieren. In dieser Stadt gibt es mindestens ein Dutzend Frauen, die deinem Bruder fast die Tür einrennen. Hast du denen allen dasselbe erzählt wie mir?«

»Nein. Aber meine Mutter war mit deiner Tante befreundet, demzufolge gehörst du quasi zum Kreis der Familie.«

Da war das Wort schon wieder. Familie. Den Chandlers kam es ganz selbstverständlich über die Lippen, aber Kendall tat sich schwer damit, gerade weil es um etwas ging, was sie nie gehabt hatte. Ihre Kehle schien plötzlich wie zugeschnürt, trotzdem gelang es ihr, Chase' Blick standzuhalten und sich zu einem dankbaren Nicken zu zwingen.

Chase legte eine Hand unter ihr Kinn und hob es an. »Ich versuche nur, dir zu helfen. Betrachten wir diese Unterhaltung einfach als mein Begrüßungsgeschenk für dich, okay? Vielleicht wirst du mir eines Tages sogar dankbar dafür sein.«

Das hielt Kendall für durchaus möglich. Doch jetzt galt es

erst einmal, Chase die Idee auszureden, sie sei diejenige, die Gefahr lief, verletzt zu werden. »Ich dachte immer, Journalisten würden sich nie auf bloße Vermutungen stützen«, bemerkte sie obenhin.

»Das tun sie normalerweise auch nicht. Wie kommst du darauf?«

»Weil du automatisch voraussetzt, dass ich mich bis über beide Ohren in deinen Bruder verliebe.« Sie beugte sich zu Chase und flüsterte ihm zu: »Aber den Zahn muss ich dir ziehen, ich bleibe nämlich nicht lange genug hier, um mich auf etwas Ernstes einzulassen. Meistens läuft es genau andersrum, da lasse ich in jeder Stadt einen sitzen gelassenen Lover zurück.« Sie hoffte, ihre Worte würden sich als prophetisch erweisen. Keine tieferen Gefühle, kein Trennungsschmerz, zumindest nicht für sie. »Also solltest du vielleicht lieber deinen Bruder vor mir warnen.« Sie zwang sich zu einem Grinsen.

Chase lachte schallend auf und Kendall sah sich plötzlich einem Mann gegenüber, der dazu geboren schien, Frauenherzen reihenweise zu brechen. Nur ihres nicht, dachte Kendall. Das gehörte schon Rick.

»So langsam fange ich an zu verstehen, warum Rick so hin und weg von dir ist. Wenn du mich irgendwann mal brauchen solltest, wenn du in der Stadt bist, ruf mich einfach an, ja?«

»Danke.« Aus einem Impuls heraus legte sie ihm eine Hand auf den Arm.

»Äh-hmm.« Ricks Räuspern unterbrach sie; der Moment war dahin.

Bei seinem Anblick machte Kendalls Herz einen kleinen Satz. Ihr war gar nicht bewusst gewesen, dass er ihr gefehlt hatte, aber nun war sie froh, dass er sich von Polizeiangelegenheiten, dem Telefon und den Leuten, die seine Aufmerksamkeit beanspruchten, losgeeist hatte und wieder neben ihr stand.

Aber dann fiel ihr Chase' Warnung wieder ein, und sie mahnte sich, auf der Hut zu sein. Trotzdem beschleunigte sich ihr Pulsschlag, und ihr Mund wurde trocken. Die Gefühle, die er in ihr auslöste, waren stärker als jede Vernunft.

»Was geht denn hier vor?« Ricks Augen verfinsterten sich.

Kendall hatte vor lauter Freude darüber, ihn zu sehen, völlig vergessen, dass ihre Hand noch immer auf Chase' Arm lag. Sie riss sie weg, als habe sie sich verbrannt, und Chase brach zum zweiten Mal an diesem Abend in Gelächter aus.

»Eifersüchtig, Rick?«, spottete er.

»Wenn du mich nicht dazu erzogen hättest, mich in Gegenwart einer Lady wie ein Gentleman zu benehmen, würde ich dir jetzt sagen, was du mich kannst.«

Kendall unterdrückte ein Kichern, obgleich sie die Möglichkeit, die Chase da angedeutet hatte, wider besseres Wissen entzückte.

Chase drehte sich wieder zu ihr um. »Eines habe ich während unseres Gesprächs noch zu erwähnen vergessen – so lange Rick mit einer Frau zusammen ist, neigt er dazu, sie vollkommen zu vereinnahmen.« Er warf ihr einen viel sagenden Blick zu, schlug seinem Bruder auf die Schulter und ging dann kopfschüttelnd und in sich hineinkichernd zu den anderen hinüber.

»Was hat das alles zu bedeuten?« Rick funkelte sie grimmig an.

Kendall zuckte nur die Achseln. Sie war sich nicht sicher, wem Chase' warnende Worte gegolten hatten – ihr, Rick oder ihnen beiden. »Dein Bruder hat mir nur einen freundschaftlichen Rat erteilt.«

»Ein bisschen zu freundschaftlich, wenn du mich fragst.«
Ricks Kiefermuskeln spannten sich an, und Kendall verspürte den unwiderstehlichen Drang, über die stoppelige Haut zu streichen, bis er sich unter der Berührung ihrer Hand wieder entspannte.

Ihr Magen zog sich vor plötzlicher Erregung zusammen. Konnte Chase Recht haben? War Rick wirklich eifersüchtig? Bei der Vorstellung machte sie rasch eine geistige Bestandsaufnahme ihrer eigenen Gefühle. Jeder übereilte Schritt konnte ihr Untergang sein, daher zwang sie sich, klar und logisch nachzudenken. Eifersucht bedeutete aufrichtiges Interesse an ihrer Person, und wie stark dieses Interesse war, hatte ihr schon der Kuss vorhin in ihrem Haus gezeigt. Neu war für Kendall nur die Erkenntnis, dass Ricks Gefühle ihr gegenüber keine Gefahr für ihren Seelenfrieden darstellten. Wie auch, wenn sogar Chase, der Rick besser kannte als jeder andere, offen zugab, dass sein Bruder vor einer festen Beziehung zurückscheute? Genau wie sie, Kendall, stets die Flucht ergriff, ehe sie sich zu sehr an einen anderen Menschen band.

Angesichts dieser unbestreitbaren Tatsachen schien ihr Weg plötzlich klar und deutlich vor ihr zu liegen. Warum kämpfte sie gegen die Anziehungskraft an, die dieser Mann auf sie ausübte? Eine Affäre mit Rick versprach die leidenschaftlichste und sinnlichste Erfahrung ihres Lebens zu werden. Warum sollten sie nicht beide die Gelegenheit beim Schopf packen und das Abenteuer genießen, so lange es dauerte?

Sie trat einen Schritt auf ihn zu. »Gegen Freundschaft ist nichts einzuwenden, Rick.« Keinesfalls sollte er den Eindruck gewinnen, in einen Wettstreit mit seinem ältesten Bruder treten zu müssen. Jetzt stand sie so dicht bei ihm, dass sie den Duft seiner Haut wahrnehmen konnte, und in diesem Moment wurde ihr klar, was sie wirklich wollte. Sie wollte aus ihrem Spiel Ernst machen. Sie wollte Rick als Liebhaber, solange sie in der Stadt blieb, und das nicht nur deshalb, weil er gerade zur Verfügung stand.

Noch nie hatte sie sich vom ersten Moment an so stark zu einem Mann hingezogen gefühlt, und noch nie hatte ein Mann ein so heftiges Verlangen in ihr entfacht. Ihre früheren Beziehungen hatten ihrem unsteten Leben Rechnung getragen, waren unverbindlich und nur von kurzer Dauer gewesen. Einzig Brian war ihr näher gekommen als die meisten anderen, wenn auch anfangs nur, weil sie einander aus rein eigennützigen Gründen gebraucht hatten. Im Laufe der Zeit hatte sich eine Art kameradschaftliche Zuneigung zwischen ihnen entwickelt, doch Kendall hatte immer das Gefühl gehabt, irgendetwas zu vermissen. Bei Rick vermisste sie nichts. Zwischen ihnen herrschte nicht nur eine starke erotische Spannung, sondern auch eine seltene emotionale Übereinstimmung.

Er war schon einmal tief verletzt worden. Sie wusste nicht, von wem und wie lange das her war, aber sie konnte ihm helfen, endgültig darüber hinwegzukommen, so wie er ihr geholfen hatte. Vom Tag ihres Kennenlernens an war er für sie ein Fels in der Brandung gewesen, und darüber hinaus hatte er in ihr physische Bedürfnisse geweckt, die allzu lange geschlummert hatten. Und er machte sich offenbar wirklich Gedanken um sie und ihren Gemütszustand, sonst hätte er diese improvisierte Party nicht organisiert – eine Geste, die Kendalls Meinung nach von Herzen kam und nicht von der Absicht herrührte, ihren Status als Liebespaar nach außen zu festigen. Da gab es genug andere Möglichkeiten – sein Auftritt im Friseursalon zählte dazu. Aber echte Gefühle hatte er noch nie erkennen lassen.

Bis jetzt. Und nun, da sie wusste, woran sie war, brauchte sie auch keine Bedenken mehr zu haben, mit seiner Hilfe über eine schwierige Phase ihres Lebens hinwegzukommen. Er wollte ja ganz offensichtlich dasselbe wie sie – eine kurze, leidenschaftliche Beziehung, deren Ende abzusehen war, die ihnen beiden aber stets in angenehmer Erinnerung bleiben würde. Sie waren zwei artverwandte Seelen, die dasselbe Ziel verfolgten. Und er schien ihre Gedanken lesen zu können, denn er packte ihre Hand und zog sie in den hinteren Teil des Raumes.

Für Rick war Eifersucht immer ein Fremdwort gewesen, und Besitzansprüche in Bezug auf Frauen kannte er nicht. Aber als er Kendall in ein angeregtes Gespräch mit Chase vertieft sah und darüber hinaus feststellte, dass ihre Hand auf seinem Arm lag, begann eine Ader an seiner Schläfe zu pochen. Ohne zu überlegen griff er nach ihr und zog sie in den hinteren Teil von Normans Restaurant.

»Rick?«

Er antwortete nicht. Zwar hatte er ihr viel zu sagen, aber Publikum konnte er dabei nicht gebrauchen. Mit einem ärgerlichen Schnauben stieß er die nächstbeste Tür auf, die zu der – Gott sei Dank im Moment leeren – Damentoilette führte.

»Rick, was ist denn in dich ...«

Er schnitt ihr das Wort ab, indem er sie in seine Arme zog und die Lippen auf ihren Mund presste. Die Berührung ließ ihn die vielen frustrierenden Stunden vergessen, die er aufgewendet hatte, um dafür zu sorgen, dass sie in seiner kleinen Stadt freundlich aufgenommen wurde. Sie schürte eine Begierde in ihm, die er viel zu lange erstickt – oder bislang noch nie empfunden hatte.

Sie erwiderte seinen Kuss voll fordernden Verlangens, ließ die Flamme, die sie in ihm entfacht hatte, heller und heller auflodern, sodass er Gefahr lief, jegliche Kontrolle über sich zu verlieren. Ein Rest von Vernunft veranlasste ihn noch rasch die Tür hinter ihnen zu verriegeln.

Er musste sie unter vier Augen sprechen; klarstellen, wie sie zueinander standen und sich vergewissern, dass sie für die Dauer ihres Aufenthaltes in Yorkshire Falls allein ihm gehörte. Schon ein Mal hatte er eine Frau verloren, weil er die Augen vor der Realität verschlossen hatte. Bei Kendall würde ihm ein solcher Fehler nicht unterlaufen, die kurze Zeit, die ihm mit ihr blieb, sollte durch nichts getrübt werden.

Aber im Moment stand ihm nicht der Sinn nach Worten. Er legte den Arm um sie, umfasste mit beiden Händen ihr Gesäß und begann mit der Zunge ihren Mund zu erforschen. Sie stöhnte leise und schmiegte sich immer enger an ihn, bis er all seine Beherrschung aufbieten musste, um ihr nicht diese Lederhose von den langen Beinen zu streifen und sie hier und jetzt zu nehmen. Und er zweifelte nicht daran, dass sie es ebenso wollte wie er.

Doch plötzlich löste sie sich von ihm. Ihre Augen glänzten, ihre Lippen schimmerten feucht von seinem Kuss. »Rick, wir müssen reden.«

Obgleich er noch vor ein paar Minuten genau dasselbe gedacht hatte, wollte er jetzt nur noch eines – das brennende Verlangen löschen, das in ihm tobte. Aber er bezwang sich. Wenn er das erste Mal mit ihr schlief, sollte es keine Telefone, keine neugierigen Augen und auch sonst keine Störungen geben.

Doch jetzt zogen sich Kendalls Brauen zusammen, und trotz ihres vor Lust verschleierten Blicks wirkte sie auf einmal

121

besorgt und bekümmert. So hatte er sich das nicht vorgestellt. »Was ist denn?«

»Ich denke, wir sollten langsam ein paar Dinge klären.« Sie leckte sich über die ohnehin schon feuchten Lippen. »Du weißt schon. Grenzen abstecken.«

»Okay.« Genau aus diesem Grund hatte er sie ja hier hereingezerrt.

»Sobald das Haus zum Verkauf angeboten werden kann, verlasse ich die Stadt.«

»Ich weiß.« Genau das war auch der Grund für das Brennen in seiner Magengegend. Seit der Geschichte damals mit Jillian hatte er keine Frau mehr nah an sich herangelassen, weil er sich eingeredet hatte, auf diese Weise könne er nie wieder verletzt werden. Aber Kendall zeigte ihm, warum es ihn keine große Mühe gekostet hatte, stets eine gewisse Distanz zu wahren, denn auf keine Frau hatte er bislang so stark reagiert wie auf sie.

Und ausgerechnet bei ihr durfte er nicht auf eine langfristige Beziehung hoffen. Nun, zumindest war er dieses Mal vorgewarnt. Er sollte Kendall für ihre Aufrichtigkeit dankbar sein, so lief er wenigstens nicht Gefahr, sich in einen unerfüllbaren Traum zu verrennen. Aber ihm wurde allmählich klar, dass er den Schutzwall, den er um sich herum errichtet hatte, noch verstärken musste, wenn er verhindern wollte, am Ende wieder allein in einer Ecke seine Wunden lecken zu müssen.

Am besten fing er gleich damit an. Mit einem betont gleichgültigen Achselzucken. »Ich halte ohnehin nichts von langfristigen Beziehungskisten«, erklärte er ihr. Dabei krampfte sich sein Magen noch stärker zusammen. Kein gutes Zeichen.

Doch auch in ihren Augen flackerte eine Regung auf, die er

nicht zu deuten vermochte. Sehr gut, dachte er. Vielleicht bedeutete er ihr doch mehr, als sie ihn glauben lassen wollte. Dann gingen sie wenigstens beide von den gleichen Voraussetzungen aus.

»Dann sind wir uns also einig. Eine flüchtige Affäre, mehr nicht.« Dabei nagte sie nervös an ihrer Unterlippe.

Noch ein Zeichen von Verwundbarkeit, stellte er fest. Diese Unterredung fiel auch ihr nicht leicht, und er spürte, dass ihre Forschheit nur aufgesetzt war.

Um ihrer beider willen würde er den eingeschlagenen Kurs weiter verfolgen. »Was erwartest du denn anderes von mir? Immerhin bin ich der hiesige Stadtcasanova«, erwiderte er obenhin.

Bei dieser Übertreibung zuckte sie kaum merklich zusammen, was ihm ein heimliches Vergnügen bereitete. Die Vorstellung, nur eine unter vielen zu sein, schien ihr also ganz und gar nicht zu behagen.

Trotzdem wollte er die Zeit mit ihr weidlich ausnutzen und sie dies auch wissen lassen, denn er hegte keinerlei Zweifel daran, dass sie fest entschlossen war, Yorkshire Falls so schnell wie möglich wieder zu verlassen. Sacht strich er ihr mit der Hand über die Wange. »Aber so lange du hier bist, gehöre ich mit Haut und Haaren dir.«

Sie entspannte sich sichtlich und ließ sich wieder gegen ihn sinken. Ihre Lippen lockten, er senkte den Kopf, um sie erneut zu küssen, doch gerade als sein Mund den ihren streifte hämmerte irgendjemand draußen lautstark gegen die Tür.

Kendall sprang zurück und stieß sich dabei den Kopf an dem Händetrockner an der Wand. »Aua!«

Rick fuhr ihr mit der Hand durch das frisch geschnittene Haar. »Hast du dir weh getan?«

Sie schüttelte den Kopf. »Moment noch«, rief sie dem Störenfried draußen vor der Tür zu. Dann richtete sie die weit aufgerissenen Augen fragend auf Rick. »Was nun?«

»Möchtest du wissen, was ich jetzt will, oder ist das nur eine rhetorische Frage?« Obwohl Rick ein Meister ausweichender Antworten war, wusste er, dass er in diesem Fall mit der Wahrheit am besten fuhr. »Ich möchte dich nach Hause bringen. Jetzt, auf der Stelle.« Zu ihm, zu ihr, wohin, war ihm egal. Hauptsache, er fand dort ein Bett vor. Er hielt ihr die Hand hin.

Kendall legte die ihre hinein. »Darf ich das als Einladung auffassen?« Ein Lächeln spielte um ihre vollen Lippen.

»Als eine sehr private, persönliche Einladung«, bestätigte er gedehnt.

Ihre Wangen färbten sich zartrosa, und er griff nach dem Türriegel. Sowie sie die Toilette unauffällig verlassen hatten, wollte er sich rasch verabschieden und dann unbemerkt verschwinden. Aber dazu kam es nicht. Im selben Moment, wo er zur Tür hinaustrat, geriet er in einen Hinterhalt.

»Rick!« Seine Schwägerin Charlotte schlang die Arme um ihn.

»Das ist ja eine Überraschung«, brummte er in ihr Haar, da er sich aus ihrer ungestümen Umarmung nicht lösen konnte. »Ich dachte, ihr wärt in D. C.«

»Waren wir auch«, klang Romans Stimme hinter Charlottes Rücken hervor.

Ricks Bruder und seine Frau pendelten ständig zwischen Yorkshire Falls, wo Charlotte ihr Geschäft betrieb, und Washington, D. C., wo Roman als Reporter für die *Washington Post* arbeitete, hin und her.

Charlotte gab Rick gezwungenermaßen frei, weil Roman ihre Arme von ihrem Schwager löste, woraufhin sie ihren Mann böse anfunkelte. Früher hätte Rick über diese Demonstration von Besitzansprüchen nur laut gelacht, aber nachdem er beim Anblick von Chase und Kendall im vertrauten Gespräch genauso reagiert hatte, konnte er seinen kleinen Bruder besser verstehen.

»Wir haben gehört, hier wäre in letzter Zeit so einiges los, und da sind wir hergekommen, so schnell es ging«, grinste Charlotte.

»Raina hat euch herbeordert«, vermutete Rick.

»Nein, sie sagte nur, wir würden doch bestimmt gern deine neue Freundin kennen lernen. Orginalton Raina«, beteuerte Roman. »Ich nehme an, das ist sie.«

Rick warf Kendall einen verstohlenen Blick zu und bemerkte, dass sie angestrengt versuchte, der dreistimmig geführten Unterhaltung zu folgen.

Ehe er sie miteinander bekannt machen konnte, ergriff Kendall das Wort. »Das ist sie.« Sie schüttelte den Kopf. »Ich meine, das bin ich. Ich bin Kendall Sutton.«

Roman grinste. »Nett, dich kennen zu lernen.« Er hielt ihr die Hand hin, und Kendall schüttelte sie kräftig.

»Ganz meinerseits«, lachte sie.

Charlotte mischte sich ein. »Wusstet ihr, dass Roman mich hier zum ersten Mal geküsst hat?« Sie wandte sich an ihren Mann und sah ihn so anbetend an, dass sich Rick, Kendall und jeder sonst in Sichtweite ziemlich fehl am Platze vorkamen.

Es hatte einmal eine Zeit gegeben, da hätte Rick jetzt die Augen verdreht und spöttisch-nachsichtig gelächelt. Und es hatte ebenfalls eine Zeit gegeben – vor seiner Hochzeit und der anschließenden Scheidung – da hätte er sich gefragt, ob er selbst sich jemals einem anderen Menschen so verbunden fühlen würde. Ob er je dieses einzigartige Gefühl der Zusammengehörigkeit erfahren würde, das seine Mutter und sein

Vater geteilt hatten und das jetzt zwischen Roman und Charlotte bestand. Nach seiner Scheidung hatte er mehr Zeit damit verbracht, vor Beziehungen und einer etwaigen Bindung davonzulaufen statt ernsthaft darüber nachzudenken. Doch als er nun das frisch verheiratete Paar betrachtete, empfand er etwas nie Dagewesenes – Neid. Weil er sich sehnlichst wünschte, Kendall würde ihn auch einmal so voller Hingabe anschauen wie Charlotte ihren Roman.

Er erinnerte sich, dass er vor langer Zeit einmal seine schwangere Frau betrachtet und in ihr mehr als nur eine gute Freundin in Not gesehen hatte. Und da er geglaubt hatte, sie wäre sein, in guten wie in schlechten Zeiten, hatte er ihr nach und nach sein Herz geöffnet. Er hätte nicht im Traum damit gerechnet, dass Jillian ihn so sang- und klanglos sitzen lassen würde.

Was er sich jetzt jedoch von Kendall wünschte, überstieg alles, was er sich von Jillian je erhofft hatte. Und diesmal wusste er von vornherein, dass ihre gemeinsame Zeit begrenzt war. Scheiße.

Rick blickte von Roman, der ihn musterte, als hätte er den Verstand verloren, zu Charlotte, die ein Grinsen kaum unterdrücken konnte und dann zu Kendall, die vollkommen verwirrt aussah.

»Wir wollten gerade gehen«, verkündete er. Er wollte Kendall von hier fortschaffen und da weitermachen, wo sie eben aufgehört hatten, wollte sich in ihr verlieren und die ungebetenen Gefühle vergessen, die sie in ihm auslöste. Im Kreise seiner so eng zusammengeschweißten Familie befanden sich die Emotionen – und die Erinnerungen an die Vergangenheit – immer dicht unter der Oberfläche.

»Jetzt schon?«, wunderte sich Charlotte. »Wir sind doch gerade erst gekommen.«

»Und wir sind verdammt tief geflogen, um so schnell wie möglich hier zu sein«, fügte Roman hinzu. »Also schadet es dir nichts, wenn du noch ein bisschen bleibst.«

»Er ist nur ein Mal von einem Cop angehalten worden«, warf Charlotte stolz ein, dann schielte sie zu Rick hinüber. »Ich meine, er ist ein Mal von einem Polizeibeamten in Ausübung seiner Pflicht kontrolliert worden. Und der hatte einen guten Grund, uns rauszuwinken.«

»Hast du während der Fahrt auf Romans Schoß gesessen?«, erkundigte sich Rick grinsend.

Charlotte errötete. »So was Ähnliches.«

»Eine Weile können wir doch noch bleiben.« Kendall zupfte ihn am Hemd. »Oder, Rick? Du wolltest doch, dass ich deine Familie kennen lerne, und außerdem habe ich schon so viel Charlottes Geschäft gehört. Ich würde mich gern mit ihr darüber unterhalten.«

»Sie sich mit dir sicher auch.« Roman feixte. »Außerdem muss mir mein Bruderherz noch die neuesten Neuigkeiten berichten.«

Rick stöhnte. Die neuesten Neuigkeiten? Von wegen! Roman wusste so gut wie er selbst, dass sie noch gestern Abend miteinander telefoniert hatten. Er wollte Rick lediglich einen Knüppel zwischen die Beine werfen und seinen Plan vereiteln, die nächsten Stunden mit Kendall allein zu verbringen. Und er hatte offensichtlich einen Heidenspaß daran.

Doch Rick beabsichtigte nicht, ihn damit durchkommen zu lassen. Morgen war noch Zeit genug, in Familie zu machen. Wie viel Zeit ihm mit Kendall blieb, war dagegen mehr als ungewiss. Diese Nacht sollte allein ihnen beiden gehören.

»Ich bin sicher, Charlotte hat der Flug von Albany und die Fahrt hierher ziemlich angestrengt.« Er durchbohrte seine

Schwägerin mit einem Blick, der sie daran erinnern sollte, dass sie ihm einen Gefallen schuldete.

Nachdem aus ihrem Laden ständig Wäschestücke verschwunden waren und sich der Hauptverdacht schließlich auf Roman konzentriert hatte, hatte Charlotte herausgefunden, dass Samson, der Stadtexzentriker, hinter den Diebstählen steckte. Der aber hatte sich nicht bereichern, sondern Charlotte nur einen Gefallen tun wollen. Irgendwie war er auf die Idee verfallen, so die Aufmerksamkeit auf ihr Geschäft zu lenken und ihr zu mehr Umsatz zu verhelfen. Charlotte hatte Rick informiert, sich aber geweigert, Anzeige zu erstatten oder das Gespräch auch nur aufzeichnen zu lassen und geschworen, alles abzuleugnen, wenn Rick den Mann verhaftete. Rick hatte sich schließlich überreden lassen, den Fall zu den Akten zu legen. Daher stand Charlotte in seiner Schuld, und heute war der Tag gekommen, das Konto auszugleichen.

Er sah sie so lange unverwandt an, bis sie den Blick senkte, demonstrativ gähnte und sich reckte. »Du hast Recht, Rick, ich bin fix und fertig. Wir können ja morgen zusammen frühstücken.«

Roman stöhnte genervt. »Na schön, dann bringe ich meine Frau jetzt nach Hause ins Bett, und ihr zwei könnt mit dem weitermachen, wobei wir euch eben gestört haben.« Er warf einen viel sagenden Blick in Richtung Damentoilette.

Kendall seufzte. »Ich weiß, wie das ausgesehen haben muss, aber ich schwöre euch ...«

»Eine Erklärung erübrigt sich«, unterbrach Charlotte. »Da Raina nebenan ist, bin ich sicher, dass ihr nur mal einen Moment ungestört sein wolltet.«

Kendall lachte. Rick dagegen fand die Bemerkung weniger lustig, da es ihm nicht nur um einen Moment, sondern um eine ganze Nacht ging.

»Treffen wir uns morgen früh zum Frühstück?«, fragte Charlotte Kendall, als Rick sie mit sich ziehen wollte.

»Gern.«

»Neun Uhr«, rief Charlotte ihr nach, dann brach sie in haltloses Gekicher aus, in das Roman mit einstimmte.

Rick drehte sich weder um, noch blieb er stehen, bis sie draußen auf der Straße angelangt waren.

»Du warst ziemlich unhöflich zu Roman und Charlotte«, tadelte Kendall ihn, sowie sich die Tür hinter ihnen geschlossen hatte.

»Sie sind jung verheiratet, sie werden das verstehen.« Er drückte ihre Hand fester.

»Ich wohne da oben.« Er deutete zu einer schmalen Straße hinüber, die an Charlotte's Attic vorbeiführte.

Kendall spähte um die Ecke. »Ich wusste, dass du in der Stadt wohnst, bloß nicht, wo genau.«

Rick nickte. »Als Roman und Charlotte geheiratet haben, bin ich in Charlottes Apartment gezogen, und die beiden haben sich ein Haus im Neubaugebiet gekauft.«

Obwohl er Smalltalk betrieb, wusste Kendall genau, worauf er wirklich hinauswollte. Aber er sagte nichts mehr, sondern wartete darauf, dass sie den nächsten Schritt tat. Er hatte ihr gezeigt, wo er wohnte und wollte nun wissen, ob sie mit zu ihm kam. Mit ihm schlafen, die ganze Nacht mit ihm verbringen würde. Ein Schauer überlief sie, und eine wohlige Wärme breitete sich in ihrem Körper aus.

Als sich ihre Blicke trafen, schluckte sie hart. Noch nie war sie sich eines Mannes oder seines Interesses an ihr als Frau so bewusst gewesen, und noch nie hatte sie diese Aufmerksamkeit so genossen. Nie hatte sie einen Mann so begehrt wie Rick jetzt.

Trotz ihres Hanges zu impulsivem Handeln hatte Kendall

diesmal das Gefühl, sich gut überlegt zu haben, was sie tat, statt sich wieder einmal Hals über Kopf in ein Abenteuer zu stürzen, dessen Ausgang ungewiss war. Sie wandte sich zu Rick und lächelte ihm zu. »Geh du voraus.«

Rainas Blick wanderte über die vertrauten Vogelhäuschen, die die Wände zierten, dann über die Menschen, die sie als ihre Freunde betrachtete und die in Gruppen beisammen standen und sich fröhlich unterhielten. Während sie in diesem Lehnstuhl sitzen musste. Allein. »O verdammt«, murmelte sie grimmig.

Sie hasste es, still in einer Ecke hocken zu müssen, während das Leben um sie herum weiterging. Rick hatte Kendall direkt unter ihrer Nase aus dem Restaurant weggeschleppt, offenbar konnte er es gar nicht erwarten, endlich mit ihr allein zu sein. Wie es aussah, war Rainas Einsatz als Vermittlerin hier nicht vonnöten. Warum also spielte sie immer noch die Leidende, zumal sie dieser Unsinn auch noch daran hinderte, aktiv am Geschehen im Raum teilzunehmen?

»Stimmt was nicht?« Eric zog sich einen Stuhl heran und setzte sich zu ihr.

»Wird auch Zeit, dass du dich endlich hier blicken lässt«, grollte Raina. Eric war nicht nur ihr Freund, sondern auch der einzige Arzt der Stadt. Zu ihrem großen Verdruss war er bei jedem seiner Freunde und Patienten stehen geblieben, um einen kleinen Schwatz zu halten, während sie selbst sich gezwungen sah, sich in Geduld zu fassen und abzuwarten, bis die Reihe an ihr war. Am liebsten wäre sie aufgesprungen und auf ihn zugelaufen, doch dann wäre ihre Lügengeschichte sofort aufgeflogen.

Eric lachte. »Zerrt diese Posse langsam an deinen Nerven?

Ich habe dir ja gleich gesagt, es führt zu nichts, eine Krankheit vorzutäuschen.«

»Sprichst du jetzt als mein Arzt oder als ...« Sie brach ab, da sie nicht recht wusste, wie sie den Satz zu Ende führen sollte.

»Als jemand, dem viel an dir liegt.«

Seine Worte waren Balsam für ihre Seele, denn sie drückten genau das aus, was sie auch für ihn empfand. Sie legte eine Hand über die seine und betrachtete ihn nachdenklich. Wieder einmal konnte sie nicht umhin, sein distinguiertes Aussehen zu bewundern. Mit seinem grau melierten Haar und dem wettergegerbten Gesicht hob er sich vorteilhaft vom Rest der allein stehenden älteren Männer von Yorkshire Falls ab. Zum ersten Mal seit Jahren ließ der Anblick eines Mannes Rainas Herz wieder höher schlagen, und sie wünschte sich nur, ihren Gefühlen endlich freien Lauf lassen zu können.

»Wird es nicht langsam Zeit, diese Komödie zu beenden?«, fragte er.

»Genau das habe ich auch gerade gedacht.« Von all den widersprüchlichen Emotionen, mit denen Raina sich auseinander setzen musste, überwog das Schuldgefühl bei weitem. Sie hatte ihre Söhne getäuscht, hatte zugelassen, dass sie sich grundlos Sorgen um sie machten. Andererseits, rechtfertigte sie sich im Stillen, hatte ihre angebliche Krankheit aber Roman und Charlotte zusammengebracht.

Dann war da noch ihr mittlerer Sohn. Noch vor einer Woche hatte sie sich schon fast damit abgefunden, dass er ein hoffnungsloser Fall war, doch jetzt sah es so aus, als hätte er bei Kendall Feuer gefangen.

Allerdings hatten die beiden ganz ohne Rainas helfende Hand zueinander gefunden. »Vielleicht hast du Recht.« Sie seufzte leise. »Ich sollte wirklich langsam reinen Tisch machen.«

»Dann könnten wir uns endlich in aller Öffentlichkeit zusammen sehen lassen, statt uns nur heimlich zu treffen«, fügte Eric hinzu.

»Du glaubst ja gar nicht, wie satt ich dieses ewige Versteckspiel habe!«

»Das kannst du ja ändern.« Eine deutliche Herausforderung schwang in seinen Worten mit.

»Ich muss den richtigen Zeitpunkt abwarten.« Würde je der richtige Moment kommen, um ihren Söhnen zu gestehen, dass sie sie hintergangen hatte?

»Sie lieben dich, und deshalb werden sie dir auch verzeihen.« Eric hatte ihre Gedanken gelesen.

»Das hoffe ich sehr.« Raina selbst war sich da nicht so sicher.

»Hast du Lust, nachher zu mir zu kommen? Ich hab mir ein paar DVDs ausgeliehen.«

Sie fing seinen Blick auf und lächelte. »Nichts, was ich lieber täte. Holst du mich ab, damit niemand mein Auto vor deinem Haus sieht?« Nervös trommelte sie mit den Fingern auf der Tischplatte herum. Sie konnte selbst nicht fassen, dass sie sich benahm wie ein Teenager, dem die Eltern verboten hatten, mit ihrem Freund auszugehen. Aber als Frau mit nachgewiesenem Herzfehler legte sie wenig Wert darauf, dabei ertappt zu werden, wie sie den größten Teil der Nacht bei Eric verbrachte.

»Natürlich hole ich dich ab.« Er beugte sich vor und küsste sie sacht auf die Wange. »Aber warum fahren wir nicht einfach von hier aus zu mir, und ich bringe dich später nach Hause?«

»Gute Idee. Ich sage Chase nur schnell Bescheid, dass er sich heute nicht mehr um mich kümmern muss.«

»Diese Aufgabe fällt dann wohl automatisch mir zu?« Eric grinste. »Die Vorstellung gefällt mir.«

Raina lächelte glücklich. Wenn Rick und Kendall dasselbe füreinander empfanden wie sie für Eric, dann hatte dieser vollkommen Recht. Es war an der Zeit, mit der Wahrheit herauszurücken, denn die beiden brauchten ihre Hilfe beim besten Willen nicht.

Rick hielt Kendalls Hand fest in der seinen. Sie betrat sein Apartment und spürte augenblicklich, wie ihre Erregung wuchs.

Er schloss die Tür hinter ihnen ab und warf die Schlüssel auf den Dielenschrank. Das klirrende Geräusch hatte etwas Endgültiges, es verlieh Kendall einen Vorgeschmack davon, was diese Nacht für sie bereithielt.

Rick drehte sich zu ihr um und sah sie an. »Es geht doch nichts über die eigenen vier Wände.«

In der Diele brannte nur eine kleine Lampe. Kendall blickte sich um. Die Wohnungseinrichtung entsprach Ricks Charakter. Viel dunkles Holz, wenig überflüssiger Tinnef.

»Wie gefällt es dir hier?« Seine Lippen verzogen sich zu einem trockenen Lächeln.

»Genau so habe ich mir deine Wohnung vorgestellt.«

»Heute Nacht ist es *unsere* Wohnung.« Seine heisere Stimme entfachte tief in ihrem Inneren ein Feuer, das sie schon lange erloschen geglaubt hatte.

Er zog sie an sich, um sie zu küssen, erst langsam und zärtlich, dann voll verzehrender Leidenschaft. Die Stunden, die sie bei Norman's verbracht hatten, hatten ihrer beider Verlangen bis an den Rand des Erträglichen gesteigert, und Kendall spürte, dass er sich ebenso wie sie kaum noch zurückhalten konnte.

Als er sich endlich von ihr löste, um sie in sein Schlafzimmer zu führen, schien ihr Körper in Flammen zu stehen. Sie redete sich selbst ein, sich lediglich auf ein kleines Abenteuer einlassen zu wollen, ahnte aber jetzt schon, dass das, was sich zwischen ihnen entwickelte, sehr viel tiefer gehen würde. Doch sie zog es vor, nicht eingehender darüber nachzudenken.

Er trat hinter sie. Als sie sich umdrehte, stellte sie fest, dass er sein Hemd bereits abgestreift hatte und nur mit Jeans bekleidet vor ihr stand. Seine Brust war sonnengebräunt und muskulös, und Kendall spürte, wie sich ihre Brustwarzen verhärteten.

»Ich konnte während der ganzen Zeit bei Norman's an nichts anderes denken als daran, endlich mit dir allein zu sein.«

»Ich weiß, was du meinst.« Sie grinste. »Mir ging es genauso.«

Seine dunklen Augen bohrten sich in die ihren. »Du hast es uns beiden nicht gerade leichter gemacht, als du unbedingt bleiben wolltest, um dich mit Charlotte zu unterhalten.«

»Einerseits wollte ich nicht unhöflich sein, andererseits auch etwas Geschäftliches mit ihr besprechen.« Sie griff nach dem Saum ihres Spitzentops und zog es verführerisch langsam hoch. »Aber du hast mich davon überzeugt, dass andere Dinge manchmal wichtiger sind.« Sie trat einen Schritt vor, sodass ihre nur von einem Hauch von einem Hemdchen bedeckten Brüste seinen Oberkörper streiften.

»Dem kann ich nur zustimmen.« Er legte beide Hände auf ihre Schultern und drückte sie so fest an sich, dass sie seine Erregung spüren konnte. »Merkst du, was du mit mir machst?«

»Und ob.« Ihre empfindlichen Brustwarzen rieben gegen den weichen Seidenstoff. Mit einem Mal empfand sie sogar die dünne Stoffschicht als störend, so sehr sehnte sie sich danach, seine erhitzte Haut auf der ihren zu spüren.

»Und das ist noch nicht alles.« Er presste seine Hüften gegen ihren Unterleib, sodass sich seine Erektion hart in ihr Fleisch grub, dann begann er sich langsam, kreisend zu bewegen. Kendall keuchte erstickt auf. Die Berührung traf sie wie ein Schlag, und ein roter Schleier legte sich vor ihre Augen.

Mit einem leisen Stöhnen gab er sie frei. Worte waren überflüssig geworden, als sie sich rasch ihrer restlichen Kleidungsstücke entledigten. Rick hob Kendall hoch, legte sie sacht auf sein Bett und rollte sich über sie.

Doch plötzlich richtete er sich auf und musterte sie eindringlich. »Weißt du, dass ich noch nie eine Frau so begehrt habe wie dich?«

Seine Worte ließen ihr Herz schneller schlagen. »Mir geht es genauso.« Die Ehrlichkeit zwang sie zu diesem Geständnis, obwohl ihre innere Stimme sie erneut warnte, sich nicht zu sehr auf diesen Mann einzulassen.

»Das will ich nicht hoffen.« Er prustete vor Lachen.

Kendall ließ die letzten Sätze Revue passieren und begriff peinlich berührt, was sie da gesagt hatte. Sie lief flammend rot an, war aber gleichzeitig dankbar dafür, dass die Stimmung zwischen ihnen mit einem Mal lockerer geworden war. Eine allzu gefühlsbefrachtete Atmosphäre war kein geeigneter Ausgangspunkt für eine flüchtige Affäre. »Ich meine, ich habe bisher noch für keinen Mann etwas Vergleichbares empfunden.«

Er strich ihr liebevoll über die Wange. »Da bin ich aber froh.«

Sie lächelte schelmisch. »Dann beweis es.«

»Genau das habe ich vor.« Er langte über sie hinweg, zog die Nachttischschublade auf und nahm ein Kondom heraus, dann zögerte er. »Kendall ...«

»Ja?«

»Ich bewahre die Dinger aus alter Gewohnheit hier auf, weil Chase Roman und mir immer eingeschärft hat, wenn wir nicht vorbereitet wären, würden wir nicht nur uns selbst ein Armutszeugnis ausstellen, sondern auch einen bedauerlichen Mangel an Respekt vor Frauen erkennen lassen.«

Dieser Beweis für die starke familiäre Bindung zwischen den Chandlers versetzte Kendall einen kleinen Stich ins Herz. Außer während des Sommers bei ihrer Tante hatte sie nie die Geborgenheit einer Familie kennen gelernt, und sie empfand es oft als zu schmerzlich, angesichts der Leere in ihrem Leben an diese kurze, glückliche Zeit zurückzudenken.

»Dein Bruder ist zwar ein Mann weniger Worte, aber was er sagt, hat Hand und Fuß.« Energisch schüttelte sie die trüben Gedanken ab und richtete ihre Aufmerksamkeit wieder auf Rick.

Dieser nickte. »Da schlägt seine journalistische Ader durch. Aber das meinte ich gar nicht.«

»Was dann?«

Ein Muskel begann auf seiner Wange zu zucken. »Ich bewahre die Gummis zwar hier auf, aber ich habe sie noch nie benutzt.« Er ließ die ganze Schachtel auf die Matratze fallen. »Elf plus das hier macht zwölf.« Er hielt das kleine Plastikquadrat in die Höhe.

Mehr brauchte er nicht zu sagen, Kendall begriff auch so, was er ihr zu verstehen geben wollte. Er hatte noch nie eine Frau mit in seine Wohnung genommen und wollte, dass sie das wusste. Es musste eine ganze Reihe flüchtiger Beziehungen für ihn gegeben haben, da war sie sicher, aber die hatten sich eben nicht hier abgespielt. Sie schluckte hart, dann beschloss sie, sich mit einem Scherz über die Bedeutung dieses

Augenblicks hinwegzuhelfen. »Was meinst du, wie viele wir in einer Nacht vernichten können?«

Er musterte sie eindringlich, und einen Moment lang fürchtete sie, er würde ihr gleich Dinge enthüllen, die sie lieber nicht wissen wollte.

Doch zu ihrer Erleichterung grinste er nur. »Das werden wir bald herausfinden.« Sie sah zu, wie er rasch die nötigen Vorkehrungen traf, ehe er behutsam ihre Beine auseinanderschob und langsam in sie eindrang. Kendall sog zischend den Atem ein, überwältigt von der Intensität der Gefühle, die dieser älteste Akt der Welt in ihr auslöste. Sie ahnte dunkel, dass mit Rick Chandler nichts so war mit mit anderen Männern.

Doch ehe sie diesen Gedanken weiter verfolgen konnte stieß er tiefer in sie hinein, füllte sie ganz aus. Das Feuer, das er in ihr entzündet hatte, loderte hell auf und drohte sie zu verschlingen.

»Rick ...« Fast unbewusst flüsterte sie seinen Namen und sah, wie seine Augen dunkel wurden. Sie hielten sich so eng umschlungen, dass ihre Körper zu verschmelzen schienen, und begannen sich im Einklang miteinander zu bewegen, erst langsam, die sinnliche Erfahrung auskostend, dann schneller und immer schneller. Doch plötzlich hielt er inne. Seine Arme zitterten von der Anstrengung, sich zurückzuhalten.

»Warum hörst du auf?«, murmelte sie.

Er beugte sich zu ihr hinunter, bis seine Stirn die ihre berührte. »Wieso kommt es mir so vor, als hätte ich ein Leben lang auf dich gewartet, obwohl wir uns erst ein paar Tage kennen?«

Kendall wünschte, sie wüsste darauf eine Antwort. Sie öffnete den Mund, um etwas zu erwidern, und wurde mit einem heißen, fordernden Kuss belohnt, der ihr deutlicher als alle Worte verriet, worauf sie beide zutrieben. Die Spannung, die sich vom Moment ihrer ersten Begegnung zwischen ihnen aufgebaut hatte, drohte sich in einer gewaltigen Explosion zu entladen.

Er fuhr mit der Zunge über ihre Wange, bis sein Mund ihr Ohr erreichte. »Willst du mich genauso sehr wie ich dich?« Seine Stimme klang heiser vor mühsam unterdrückter Erregung.

»Ja.« Kendall brachte kaum noch einen Ton heraus.

Ricks Atem ging schneller, er zog sich langsam zurück, dann darang er erneut in sie ein, trieb sie mit jedem Stoß näher an den Rand der Ekstase. Sie passte sich dem Rhythmus seiner Bewegungen an, nahm ihn in sich auf, bis er ein Teil von ihr wurde und der Sturm, der sie beide erfasst hatte, sie in nie gekannte Höhen der Lust trug.

Nur allmählich kehrten ihre Sinne zurück, sie nahm ihre Umwelt wieder war und begriff plötzlich, dass diese Nacht sie verändert hatte. Zum ersten Mal in ihrem Leben hatte sie das Gefühl, einem anderen Menschen wirklich wichtig zu sein. Rick hatte ihr unmissverständlich bewiesen, dass er nicht nur ihren Körper wollte, sondern auch ihre Seele, und nun wusste sie nicht, wie sie damit umgehen sollte.

Lockere die Atmosphäre ein bisschen auf. Rick blickte Kendall an. Der Kampf, der in ihr tobte, war ihm nicht entgangen. Er verstand, was in diesem Moment in ihr vorging, weil es ihm genauso erging. Sex sollte nur Spaß machen, weiter nichts.

Aber das mit Kendall und ihm ging weit darüber hinaus.

Um ihrer beider Seelenfrieden willen erfüllte er die stumme

Bitte, die er in ihren Augen las. »Zwei Kondome haben wir schon verbraucht«, stellte er fest. »Aller guten Dinge sind drei, sagt man doch. Oder soll ich Gnade vor Recht ergehen lassen und dir ein paar Stunden Schlaf gönnen?«

Sie lachte, entspannte sich ein wenig und kuschelte sich an ihn. »Irgendwie werde ich das Gefühl nicht los, dass du selbst eine Pause brauchst und nun versuchst, mir die Schuld in die Schuhe zu schieben.«

Er ließ sich auf die Matratze zurücksinken. »Kalt erwischt.«

»Okay, ich geb's ja auch zu. Du hast mich geschafft.«

»Bist du zum Reden auch zu müde?«

Sie drehte den Kopf zu ihm. »Reden? Worüber denn?«

Er zuckte die Achseln. Worüber sie sprachen, war ihm egal. Er wollte einfach nur so viel wie möglich über sie in Erfahrung bringen, vielleicht fand er dann eine Erklärung für ihr seltsames, widersprüchliches Wesen; konnte ergründen, warum sie so ruhelos in der Welt umherstreifte, obwohl sie sich eigentlich nach Liebe und Geborgenheit sehnte, auch wenn ihr das nicht bewusst war oder sie es nicht zugeben mochte. Aber er wusste es. Seit heute Abend war er sich seiner Sache sicher.

Er hatte den dankbaren Ausdruck in ihren Augen gesehen, als er die Party erwähnte, und dann hatte er bei Norman's beobachtet, wie sie Wärme und Freundlichkeit aufsog wie ein Schwamm das Wasser. Und dieser verwundbare Teil von ihr zog ihn ebenso stark an wie die selbstbewusste, verführerische Frau in den engen Lederhosen.

»Ich möchte wissen, was den Menschen Kendall Sutton ausmacht. Was hast du für Ziele, was für Träume? Wie sehen deine Zukunftspläne aus? Was willst du machen, nachdem du das Haus an den Mann gebracht hast? Willst du wieder als Model arbeiten?« Die Worte kamen ihm so leicht über die

Lippen, als würden sie nichts bedeuten. Leider war ihm bereits klar, dass er sich in diesem Punkt etwas vormachte.

Sie schüttelte den Kopf. »Nein, der Modeljob war nur ein Mittel zum Zweck. Dazu bin ich nicht eitel genug, das wist du ja selbst gemerkt haben, nachdem du mich mit pinkfarbenen Haaren durch die Gegend hast laufen sehen.« Sie lachte leise. »Aber ich entwerfe Schmuck und ...«

»Was tust du?«

»Überrascht dich das?« Sie stützte sich auf die Ellbogen und betrachtete ihn nachdenklich. »Was dachtest du denn, womit ich meinen Lebensunterhalt verdiene?«

Die Decke rutschte herunter und entblößte ihre Brüste, sodass Rick einen Moment lang überhaupt keinen klaren Gedanken fassen konnte.

Sie war seinem Blick gefolgt und zog die Decke hoch. »Benimm dich und beantworte meine Frage.«

»Nun, ich wusste ja, dass du als Model gejobbt hast. Andere Möglichkeiten habe ich irgendwie überhaupt nicht in Betracht gezogen ...«

»Verstehe. Mein Äußeres ist also mein einziges Kapital.« Sie grinste, und auf ihren Wangen bildeten sich wieder die Grübchen, die er so unwiderstehlich fand.

Er wusste, dass sie ihn nur aufzog, war aber trotzdem dankbar, weil sie ihm einen kurzen Blick hinter die Fassade gewährte. »Du bist eine schöne Frau. Warum solltest du das nicht ausnutzen?«

»Da habe ich auch keine Probleme mit, solange du nicht denkst, ich hätte sonst nichts zu bieten.«

»Hältst du mich für so oberflächlich?« Er strich mit der Hand über ihren Bauch und schloss sie dann um ihre volle Brust. »Ich weiß zufällig, dass du noch eine ganze Reihe anderer Vorzüge aufzuweisen hast.«

Sie schnurrte unter seiner Berührung wie eine zufriedene Katze. »Als da wären?«

»Hmm?«

»Du sollst meine so genannten Vorzüge einmal aufzählen, als Beweis, dass du deinen berüchtigten Chandler-Charme nicht nur einsetzt, um mich ins Bett zu bekommen.«

»Korrigier mich, wenn ich mich irre, aber du liegst bereits in meinem Bett.«

Sie stieß einen gequälten Seufzer aus. »Okay, lass es mich anders ausdrücken. Beweis mir, dass du mich nicht nur einwickeln willst, um mich rumzukriegen.«

»Auf die Gefahr hin, dir schon wieder zu widersprechen – auch das habe ich bereits getan.« Die Erinnerung daran blieb nicht ohne Wirkung, er rollte sich über sie und drückte sie mit seinem Gewicht in die Matratze.

»Zugegeben. Aber wenn du auf eine Zugabe aus bist, solltest du dich lieber dazu durchringen, meine Frage zu beantworten.« Sie fing seinen Blick auf und grinste.

Rick hätte beinahe laut aufgelacht. Wann hatte er sich das letzte Mal mit einer Frau so gut verstanden – und zwar nicht nur im Bett? »Allmählich kommt mir der Verdacht, dass du mir ausweichst, sobald die Sprache auf deine Zukunftspläne kommt, aber diesmal lasse ich dir das noch durchgehen.«

»Dann schieß los.«

Genau das hatte er vor. »Erstens siehst du umwerfend aus, auch wenn du das nicht als Vorzug betrachtest. Zweitens hast du ein helles Köpfchen.«

»Und woraus schließt du das? Daraus, dass du mich in einem Hochzeitskleid am Straßenrand aufgelesen hast, du Charmebolzen?« Ihre Augen funkelten belustigt. Sie schien den Schlagabtausch genauso zu genießen wie er.

»Außerdem bist du warmherzig und mitfühlend, und um deiner Frage zuvorzukommen – das habe ich an der Art gesehen, wie du mit meiner mehr als anstrengenden Mutter, meiner Familie und meinen Freunden umgegangen bist.«

»Du willst mir wohl durch die Blume zu verstehen geben, dass du mich magst, wie?«

Das Ziehen in seinen Lenden verstärkte sich. »Allerdings«, gab er zu. »Aber jetzt hör auf, Fragen mit Gegenfragen zu beantworten, und erzähl mir, was ich wissen möchte.« Obwohl er es kaum erwarten konnte, sie noch ein Mal zu lieben, hielt er es für wichtiger, sie dazu zu bringen, ihm zu vertrauen. Er brauchte die Bestätigung dafür, dass seine immer stärker werdenden Gefühle nicht einseitiger Natur waren und dass das emotionale Band, das sich zwischen ihnen entwickelt, ein erster Ansatz für eine Beziehung sein konnte.

Jahrelang hatte er sich eingeredet, sich nie wieder gefühlsmäßig an eine Frau binden zu wollen, um nicht noch ein Mal so tief verletzt zu werden. Aber wenn er ganz ehrlich war, musste er zugeben, schon jetzt keine Kontrolle mehr über seine Handlungen und Empfindungen zu haben. Oder vielmehr nie gehabt zu haben. Seit er Kendall begegnet war, kam er sich vor, als wäre seine gesamte Welt aus den Fugen geraten, und er wünschte sich nichts sehnlicher, als dass es ihr ebenso erging. Obgleich er sich darüber im Klaren war, am Ende das Nachsehen zu haben, wenn er sie zu nah an sich heranließ und sie eines Tages in ihrem kleinen roten Auto aus seinem Leben verschwand, schaffte er es nicht, eine sichere Distanz zu ihr zu wahren.

Rick ahnte, warum ihr so viel daran lag, ihre Pläne für sich zu behalten. Wenn er sie dazu brachte, sie ihm zu enthüllen, war es so, als würde sie ihm zugleich einen Teil ihrer selbst offen legen. Etwas, was seine Exfrau nie getan hatte. Und etwas, was ihm Kendall noch näher bringen würde.

Er schob mit den Beinen ihre Schenkel auseinander, sodass die Spitze seines Gliedes die feuchte Stelle dazwischen berührte. »Und jetzt raus mit der Sprache.«

»Das ist kein Polizeiverhör mehr, das grenzt an Folter.« Ihre Stimme klang rau vor Verlangen. »Ich hatte vor, nach Westen zu gehen, nach Arizona. Sedona, um genau zu sein. Das ist ein kleiner Künstlerort, wo ich neue Techniken erlernen will und wo sich meine Arbeiten hoffentlich gut verkaufen lassen. Wenn ich mir dort erst einmal einen Namen gemacht habe, sehe ich weiter.« Sie seufzte. Es schien sie beträchtliche Überwindung zu kosten, über ihre Zukunftspläne zu sprechen; fast so, als fürchte sie, ihre Träume könnten vielleicht nicht in Erfüllung gehen, wenn sie sie einem anderen Menschen anvertraute.

Und obgleich er im Moment glaubte, es nicht ertragen zu können, sie zu verlieren, sprach er ihr Mut zu. »Wenn du irgendetwas unbedingt willst, dann erreichst du es auch. Was meinst du denn, wie lange wir noch brauchen, um dein Haus in Schuss zu bringen?«

»Zusammen schaffen wir das in null komma nichts.«

Vermutlich bilde ich mir den wehmütigen Unterton in ihrer Stimme nur ein, dachte Rick. Anscheinend war es sein Schicksal, immer an Frauen zu geraten, die es nie lange bei ihm aushielten. Kendall zumindest schien jeden Ort der USA einem Leben in Yorkshire Falls vorzuziehen. Aber was kümmerte ihn das eigentlich? Er wollte ohnehin keine dauerhafte Beziehung mehr, hatte er sich das nicht immer wieder geschworen? Und bis Kendall gekommen war, hatte er auch selbst daran geglaubt.

»Ich werde dir helfen, so gut ich kann, damit du nach Arizona kommst, Kendall.« Er blickte in ihre glänzenden Augen, ehe er tief in sie eindrang. Ihre feuchte Hitze schloss sich um ihn, und als sie vor Lust leise aufstöhnte, konnte er seine Erregung kaum noch zügeln. »Aber bis zu deiner Abreise gehörst du mir.«

Sechstes Kapitel

Als Kendall am nächsten Morgen Norman's Restaurant betrat, tat sie ihr Bestes, um sich nicht anmerken zu lassen, dass sie die ganze Nacht in Rick Chandlers Bett verbracht hatte. Aber ihr Körper prickelte noch vom Nachhall ihres Liebesspiels, und die Erinnerung daran ließ das Blut schneller durch ihre Adern fließen.

Charlotte saß in einer Nische im hinteren Teil des Raumes, einen Bleistift hinter das Ohr geklemmt, und blätterte Zeitschriften, Kataloge und Broschüren durch. Mit ihrem tiefschwarzen Haar und den grünen Augen war sie eine ausgesprochen exotische Erscheinung, und Kendall verstand augenblicklich, wieso Roman, der Weltenbummler, wie Rick ihn genannt hatte, sich in sie verliebt hatte und ihr zuliebe sesshaft geworden war.

»Hi.« Sie ließ ihre Tasche auf die Bank fallen und nahm Charlotte gegenüber Platz.

»Selber Hi.« Charlotte schob die Zeitschrift beiseite, in der sie gelesen hatte. »Hab mich nur geschäftlich ein bisschen auf dem Laufenden gehalten«, erklärte sie. »Also noch mal herzlich willkommen in Yorkshire Falls.«

Kendall lächelte. Die warmherzige Art der anderen Frau gefiel ihr. »Danke«, erwiderte sie und lehnte sich zurück.

Charlotte musterte sie aus schmalen Augen. Endlich

spielte ein Lächeln um ihre roten Lippen. »Du glühst ja regelrecht.«

»Und du nimmst wirklich kein Blatt vor den Mund.« Doch Kendalls Instinkt riet ihr, Ricks Schwägerin zu vertrauen, also lehnte sie sich über den Tisch. »Aber du hast Recht, und du weißt vermutlich, woran das liegt.«

Charlotte lachte. »Das ist der Chandler-Charme, gegen den kommst du nicht an.«

Wie wahr, dachte Kendall. Aber sie würde ja bald wieder weg sein, und sie fand, Charlotte sollte die Wahrheit erfahren. »Wir sind nur auf Zeit zusammen«, gestand sie. »Rick braucht eine Alibifreundin, um sich eine Meute liebeshungriger Frauen vom Hals zu halten.«

»Ach ja, Rainas Heiratskandidatinnenarmee.« Charlotte schüttelte den Kopf. »Rick hat mir schon richtig Leid getan.«

»Weil Heerscharen von Frauen hinter ihm her sind? Ich könnte mir Schlimmeres vorstellen«, meinte Kendall trocken. Aber sie wusste, dass nur die Eifersucht aus ihr sprach und Rick es verabscheute, dermaßen bedrängt zu werden.

»Heerscharen nun nicht gerade, aber er kann sich über einen Mangel an weiblicher Aufmerksamkeit nicht beklagen. Zum Glück scheint ihm das nicht zu Kopf zu steigen.«

»Im Gegenteil, es geht ihm fürchterlich auf die Nerven.«

»Du kennst ihn schon recht gut.« Charlotte wurde ernst. »Und du scheinst genau die Richtige zu sein, um ihm dabei zu helfen, seinen Plan in die Tat umzusetzen. Roman hat mir alles darüber erzählt.«

»Rick hat ihn eingeweiht?« Was hatte er Roman wohl sonst noch alles anvertraut, fragte sich Kendall voller Unbehagen.

Charlotte zuckte die Achseln. »Die Brüder haben kaum Geheimnisse voreinander.« Sie betrachtete Kendall mit ihren grünen Augen so forschend, als könne sie ihre Gedanken lesen. Dann schob sie ihr die Speisekarte über den Tisch. »Was möchtest du essen?«

Kendall griff den Themenwechsel dankbar auf. »Ich denke, ich nehme Pfannkuchen und Kaffee.«

»Klingt gut. Izzy?« Charlotte winkte die vierschrötige Frau heran, die Kendall am Abend zuvor kennen gelernt hatte.

»Was darf ich euch beiden bringen?« Isabelle blieb mit gezücktem Block und Stift neben ihrem Tisch stehen.

Charlotte gab die Bestellung auf, wählte für sich aber Orangensaft statt Kaffee.

Izzy grinste. »Ich liebe Frauen, die nicht ständig an ihre schlanke Linie denken.« Sie kritzelte etwas auf ihren Block, sammelte die Speisekarten ein und verschwand in der Küche.

Charlotte verschränkte die Hände vor sich auf dem Tisch. »Ich wollte etwas mit dir besprechen, Kendall. Pam sagte mir, du entwirfst Schmuck?«

Kendall nickte. Es rührte sie, dass Pam ihr zuliebe bereits ein paar Fäden gesponnen hatte. »Ja. Ich habe eine Ansichtsmappe mitge...«

»Kannst du mir ein paar Musterstücke zeigen?« Beide sprachen gleichzeitig.

Kendall lachte und holte einen Schnellhefter mit Hochglanzfotos aus der Tasche. »Muster habe ich zu Hause, aber da ich sowieso mit dir über meine Arbeit reden wollte, habe ich das hier mitgebracht.«

Während Charlotte die Fotos betrachtete, erklärte Kendall ihr, wie sie sich eine Zusammenarbeit vorstellte. »Ich wollte dir vorschlagen, meine Arbeiten in deinem Geschäft auszustellen. Um ganz ehrlich zu sein – ich brauche dringend Geld, ich bin fast pleite.« Verlegen biss sie sich auf die Lippe. Sie hasste es, ihre Probleme vor Charlotte auszubreiten, wusste aber, dass sie keine andere Wahl hatte. »Ich habe in New York als Model gejobbt, um das Pflegeheim bezahlen zu können, in dem meine Tante untergebracht war, aber während ihrer letzten Wochen musste sie rund um die Uhr betreut werden, und die Kosten sind in Schwindel erregende Höhen gestiegen. Nach ihrem Tod kam ich her, um ihr Haus zu verkaufen, das hätte mir erst einmal aus der Klemme geholfen. Ich musste jedoch leider feststellen, dass es total baufällig und verwahrlost ist, und die Reparaturen sind auch nicht billig. Aber ich möchte auf keinen Fall, dass du nur aus Mitleid auf meinen Vorschlag eingehst oder weil du meinst, es Rick zuliebe tun zu müssen. Ich möchte, dass du dich unabhängig von dem allen entscheidest, ob wir es auf einen Versuch ankommen lassen wollen.«

»Da sind wirklich ein paar schöne Stücke dabei.« Charlotte strich mit der Fingerspitze über das kunstvolle Drahtgeflecht auf einem der Fotos. »Ich sage dir ganz offen, dass ich nie Sachen akzeptieren würde, die die Qualität meiner Ware herabsetzen. Aber ich bin nicht nur davon überzeugt, dass sich dein Schmuck gut verkaufen wird, sondern wir werden sicher auch noch ganz hübsch daran verdienen. Ich möchte natürlich deine Arbeiten erst einmal in natura sehen, aber ich denke nicht, dass ich meine Meinung ändern werde. Ich könnte höchstens in Versuchung kommen, ein Stück für mich selbst zu kaufen.«

Dabei lächelte sie, und Kendall atmete auf. Sie kam sich vor, als sei ihr eine Zentnerlast von den Schultern genommen worden. »Ich kann dir gar nicht sagen, wie dankbar ich dir bin.«

»Dazu hast du keinen Grund. Du bist talentiert, und wenn wir uns zusammentun, profitieren wir beide davon. Ich habe in meinem Laden vorne neben der Kasse einen Glaskasten hängen. Da würde ich deinen Schmuck auslegen, und über meinen Anteil vom Verkaufspreis werden wir uns schon einigen.«

»Wunderbar.«

Izzy kam mit zwei Tellern in der Hand auf sie zu. Charlotte reichte Kendall ihre Mappe zurück, die diese sorgfältig in ihrer Tasche verstaute, ehe sie eine Visitenkarte auf den Tisch legte. »Da steht meine Handynummer drauf. Du kannst mich also jederzeit erreichen«, sagte sie zu Charlotte.

»In Ordnung.«

Izzy stellte vor jede der beiden Frauen einen Teller hin. Der köstliche Duft frisch gebackener Pfannkuchen erfüllte die Luft, und Kendall lief das Wasser im Mund zusammen. Sie hatte gar nicht gemerkt, wie hungrig sie war. Doch Charlotte blickte angewidert auf ihren Teller und wurde noch eine Spur blasser. »Weißt du was, Izzy? Ich hab's mir anders überlegt. Bring mir doch bitte einen Tee und ein paar Scheiben trockenen Toast. Tut mir Leid, wenn ich dir Umstände mache.«

»Bist du okay?«, erkundigte sich Kendall besorgt.

»Kommt drauf an, was du unter okay verstehst«, murmelte Charlotte. »Nein, mir geht's gut, wirklich. Ich kriege nur morgens kaum einen Bissen runter. Aber der Gedanke an Pfannkuchen war so verlockend, da habe ich gedacht, ich probier's einfach mal.«

»Kein Problem, Schätzchen«, versicherte ihr Izzy, dann beugte sie sich näher zu ihr. »Samson ist draußen. Ich pack ihm die Pfannkuchen ein. Was Norman nicht weiß, macht ihn nicht heiß. Die zwei sind sich ja nicht gerade grün.«

»Danke, Izzy. Setz sie mir auf die Rechnung, ja?« Charlotte lächelte ihr dankbar zu.

Izzy winkte nur ab.

»Wer ist Samson?«, fragte Kendall, sowie Izzy außer Hörweite war.

»Eine Art Stadtstreicher«, erklärte Charlotte. »Er hat weder Familie noch Freunde. Ob er über Geld verfügt, weiß niemand, aber er scheint auf Hilfe angewiesen zu sein. Ich lasse ihn gelegentlich Botengänge für mich machen, dann hat er nicht das Gefühl, Almosen annehmen zu müssen. Meiner Meinung nach wird er von allen missverstanden.«

Kendall nickte und musterte Charlotte unauffällig. Ihre Reaktion auf den Anblick des Essens hatte ihr einen Schrecken eingejagt. Aber nun, da der Teller nicht mehr vor ihr stand, war die Farbe wieder in ihre Wangen zurückgekehrt. »In New York findest du solche Typen an jeder Straßenecke, nur kümmert sich da niemand um sie. Irgendwie traurig, findest du nicht?«

»In D. C. sieht es nicht anders aus. Zum Glück bildet Yorkshire Falls eine Ausnahme. Hier haben die Menschen noch ein Herz. Die meisten zumindest.« Charlotte blickte auf Kendalls Teller und atmete tief durch. »Iss, ehe alles kalt wird. Ich würde gern noch ein bisschen übers Geschäft reden, bis mein Frühstück kommt, wenn du nichts dagegen hast.«

»Wenn du meinst ...«

»Iss«, drängte Charlotte. »Und hör zu.« Sie grinste breit. »Darüber nachdenken kannst du später. Ich habe in Washington, D. C., ein paar Kontakte geknüpft und denke daran, dort eine Boutique zu eröffnen. Wenn sich deine Arbeiten hier gut verkaufen, hättest du dann Lust, auch einen Versuch in der Stadt zu starten?«

Kendalls Herz begann schneller zu schlagen. »Machst du Witze? Das wäre *die* Gelegenheit für mich! Vielen Dank für das Angebot.« Eine Großstadt hatte sie für ihre Arbeiten nie in Erwägung gezogen, und nun bot ihr Charlotte die Chance ihres Lebens ...

Kendall war mit der festen Absicht, ihr Haus zu verkaufen und schnellstmöglich wieder abzureisen, nach Yorkshire Falls gekommen. Doch in noch nicht einmal einer Woche hatte sie sich einen Lover zugelegt, Freunde gefunden, war halbwegs in eine Familie integriert worden und stand am Beginn einer bescheidenen Karriere. Wenn sie es nicht besser wüsste, hätte sie gedacht, sie stünde im Begriff, sich hier häuslich niederzulassen.

Raina blickte auf die Zeituhr ihres Laufbandes und verlangsamte ihr Tempo. Ihr blieben nur noch etwas weniger als fünf Minuten für ihr tägliches Training, auf das sie sich mehr denn je freute, seit ihre vorgetäuschte Krankheit ihre sportlichen Aktivitäten so stark beschnitt. Doch als sie aus dem Fenster blickte, sah sie, wie ein Auto am Bordstein hielt und ihr jüngster Sohn ausstieg.

»Mist!« Roman hatte einen denkbar schlechten Zeitpunkt erwischt. Hastig schaltete sie das Laufband aus, rannte zur Couch, zog eine Decke über sich, griff nach einer Zeitschrift und vergewisserte sich, dass das Telefon in Reichweite stand. Es diente ihr als Sprechanlage, mittels derer sie Roman ins Haus bitten konnte, ohne sich zur Tür bemühen zu müssen. Alles nur, um diese Farce aufrechtzuerhalten, dachte sie grimmig.

Zu ihrem Erstaunen ging die Türklingel nicht, stattdessen hörte sie Roman rufen: »Mom?«

Anscheinend war er einfach ohne Aufforderung hereingekommen, was ihm gar nicht ähnlich sah. Alle ihre Söhne pflegten zu klingeln, auch wenn sie ihren Schlüssel dabei hatten. »Ich bin hier unten«, rief sie zurück.

Sie hörte seine schweren Schritte auf der langen Treppe, die zu dem ausgebauten Keller führte, der früher das Spielzimmer der Jungen gewesen war und später als Fernsehraum gedient hatte.

Roman durchquerte den Raum und blieb vor der Couch stehen. »Hi, Mom.«

Raina musterte ihren Sohn. Die Ehe bekam ihm, stellte sie zufrieden fest. »Hallo, Roman. Wo steckt denn deine entzückende Frau?«

Bei der Erwähnung von Charlotte trat ein Leuchten in seine blauen Augen. »Sie frühstückt mit Kendall.«

»Und du besuchst inzwischen deine Mutter.« Raina legte die Hände gegeneinander. »Ich kann mich wirklich glücklich schätzen, so einen fürsorglichen Sohn zu haben.«

»Warum bist du die Treppe hinuntergegangen, um dich im Keller hinzulegen? Im Erdgeschoss steht doch auch ein Fernseher, und der ist vollkommen in Ordnung«, tadelte er, ohne auf das Kompliment einzugehen. »Es schadet deinem Herzen, wenn du grundlos die Treppen rauf- und runterrennst.«

»Tja, also ...« Auf diese Frage war sie nicht vorbereitet und hatte daher auch keine Antwort parat. Ihre Söhne glaubten, sie hielte sich an die Anweisung des Arztes, sich zu schonen. Sie glaubten, sie würde die Treppe von ihrem Schlafzimmer zum Erdgeschoss, wo sich die Küche befand, nur ein Mal täglich benutzen. Und der Keller sollte für jemanden mit einer Herzschwäche ohnehin tabu sein.

Roman legte ihr eine Hand auf die Stirn. Seine Brauen zogen sich zusammen, was sie als Zeichen von Besorgnis wertete, aber seine nächsten Worte zerstörten diese Hoffnung.

»Du bist erhitzt und außer Atem. Ich frage mich, woher das kommt.« Er setzte sich zu ihr auf die Couch. »Außerdem schwitzt du, als hättest du gerade einen Marathonlauf hinter dir, Mom.«

Sein Journalisteninstinkt sagte ihm scheinbar, dass hier etwas nicht stimmte, und nun nahm er Witterung auf. Es war schon ein Kreuz mit ihrem Jüngsten, ihm entging einfach nichts.

»Ich transpiriere. Frauen schwitzen nicht«, schoss sie zurück und merkte erst zu spät, dass die Bemerkung einem Eingeständnis gleichkam. Und gerade jetzt konnte sie es sich nicht leisten, sich irgendeinem Verdacht auszusetzen. Sie musste einen Ausweg aus dieser Zwickmühle finden.

Sobald sie und ihre drei Jungs das nächste Mal miteinander allein waren, würde sie die Karten auf den Tisch legen. Sie konnte und wollte nicht länger Theater spielen. Es schadet meinem Herzen, dachte sie sarkastisch. »Unsinn, Roman, ich schwitze nicht. Mir ist unter der Decke nur zu warm, das ist alles.«

»Mir wäre auch warm, wenn ich auf meinem Laufband trainiert, den Lauf plötzlich abgebrochen und mich unter einer dicken Wolldecke versteckt hätte, um ja nicht beim Schwindeln erwischt zu werden.« Romans Lippen verzogen sich zu einem halbherzigen Grinsen.

Es interessierte sie nicht, ob er sich insgeheim über sie lustig machte. Seine Behauptung ärgerte sie, und sie spürte, wie ihr Herz zu rasen begann. »Wie meinst du das?«

»Jetzt bist du schon in die Enge getrieben worden und gibst trotzdem nicht auf.« Er tätschelte ihre Hand. »Okay, reden wir Klartext. Du hast deine Herzschwäche erfunden, um Chase, Rick und mich nach deiner Pfeife tanzen zu lassen. Du wolltest uns ein schlechtes Gewissen einimpfen, damit wir dir möglichst schnell zu ein paar Enkeln verhelfen. Nun gib endlich zu, dass ich Recht habe.«

Raina sog überrascht den Atem ein. Sie hatte sich nie für eine begnadete Schauspielerin gehalten, obgleich sie ihrer Meinung nach bislang eine geradezu bühnenreife Vorstellung abgeliefert hatte. Aber scheinbar neigte sie zur Selbstüberschätzung. Nicht ein einziges Mal war ihr der Gedanke gekommen, einer ihrer Söhne könne ihr auf die Schliche kommen.

Sie seufzte resigniert. »Ja«, gestand sie, unfähig, ihm in die Augen zu sehen. »Wie hast du das herausbekommen?«

Romans leisem Stöhnen entnahm sie, dass die Antwort auf der Hand lag. »Ich bin Journalist, Mom, mir fällt so manches auf, was andere übersehen, und ich kann Eins und Eins zusammenzählen. Außerdem habe ich noch bei dir im Haus gewohnt, als die Geschichte mit deiner Krankheit anfing. Tee, Maalox und Medikamente gegen Übersäuerung – ein sicheres Zeichen für eine Magenverstimmung. Dazu kam, dass du wie ein Sprintstar die Treppen hochgehechtet bist, wenn du gedacht hast, ich wäre nicht in der Nähe. Es war nicht schwer, daraus die richtigen Schlussfolgerungen zu ziehen, vor allem, nachdem ich mal deine Trainingsklamotten in der Waschmaschine gefunden habe.«

Es kostete sie beträchtliche Überwindung, ihm in die Augen zu sehen. »Du klingst gar nicht böse.« Nur seine Augen, die Augen seines Vaters, verurteilten ihr Verhalten.

»Sagen wir mal, ich hatte Zeit genug, mich an die Wahrheit zu gewöhnen.«

»Aber du hast deinen Brüdern nichts verraten.« Hätte er das getan, würden die beiden Anderen nicht immer noch versuchen, sie in Watte zu packen und ständig besorgt miteinander flüstern, wenn sie glaubten, sie höre es nicht.

»Noch nicht.«

Die nachdrückliche Betonung des Wortes ›noch‹ verriet ihr, dass die Tage angeblicher Krankheiten gezählt waren. »Und warum nicht?«

Er fuhr sich durch das Haar. »Das weiß ich selber nicht. Vielleicht war es dumm von mir.«

Raina legte ihm eine Hand auf den Arm. »Du musst versuchen, meine Gründe zu verstehen – und mir glauben, wie Leid es mir tut, dass ich zu so extremen Mitteln gegriffen habe.«

»Aber dein Gewissen hat dich anscheinend nicht stark genug gedrückt, um aus freien Stücken reinen Tisch zu machen. Himmel, Mom!« Er schüttelte den Kopf, als sich Zorn und Enttäuschung doch noch Bahn brachen. »Das Schlimmste daran ist, dass du genau dasselbe wieder tun würdest, wenn es sein müsste, nicht wahr? Aus irgendeinem Grund ist es dir einfach nicht möglich, uns unser eigenes Leben führen zu lassen.«

Ein dicker Kloß bildete sich in ihrer Kehle. Die Schuldgefühle, die sie schon so lange mit sich herumtrug, erstickten jeden Ansatz einer Rechtfertigung im Keim. »Wenn du so wütend auf mich bist, warum hast du dann nicht Chase und Rick eingeweiht? Sag ihnen, was Sache ist, dann haben wir es hinter uns.«

Roman schnaubte entnervt. »Und dann ist alles vergeben und vergessen, meinst du? Als ob das so einfach wäre. Am Anfang hat es mir einen regelrechten Schock versetzt, als ich entdeckt habe, dass du uns hinters Licht führst. Aber dann, nachdem Charlotte und ich geheiratet hatten, dachte ich mir, was soll's. Soll sie Rick doch als Nächsten unter die Haube bringen, vielleicht wird er dann genauso glücklich wie ich.«

Raina schnalzte mit der Zunge. Diese Ausrede kaufte sie

ihm nicht ab. »Das ist auch das Einzige, was ich mit dieser Komödie erreicht habe. Trotzdem musst du vor Wut geschäumt haben, als du herausgefunden hast, dass ich kerngesund bin. Warum hast du geschwiegen? Du hast deinen Brüdern die Wahrheit mit Sicherheit nicht nur deshalb vorenthalten, weil du hofftest, sie würden dann vielleicht auch heiraten und eine Familie gründen.«

Sie kannte ihren Jüngsten; wusste, wie stark das Band zwischen ihren drei Söhnen war. Roman wünschte seinen Brüdern alles Glück dieser Erde, aber er hätte ihr, Rainas, falsches Spiel nie mitgespielt, nur um ihnen dazu zu verhelfen.

»Ich glaube dir ja, dass du nur unser Bestes gewollt hast. Und vielleicht hast du ja auch wirklich dazu beigetragen, Charlotte und mich zusammenzubringen. Aber ich glaube auch an die Macht des Schicksals. Wir hätten auch zueinander gefunden, wenn du nicht beschlossen hättest, deine Söhne quasi dazu zu zwingen, ein Opferlamm zu bestimmen, das dir die heiß ersehnten Enkel liefert.«

Raina krümmte sich innerlich. »Es ging mir ja nicht nur um Enkel. Ich möchte, dass ihr alle drei so glücklich werdet, wie ich es mit eurem Vater war. Ich möchte euch davor bewahren, in einem einsamen Apartment ein einsames Leben zu fristen.«

Aber sie erinnerte sich nur zu gut daran, wie ihr zu Mute gewesen war, als sie erfahren hatte, dass ihre Söhne eine Münze geworfen hatten. Der Verlierer musste sein Junggesellendasein und seine Freiheit aufgeben und heiraten, um seiner kranken Mutter ein Enkelkind zu schenken. Roman hatte verloren – und war am Ende der Gewinner geblieben. Doch sie glaubte nicht, dass es ratsam war, ihn ausgerechnet jetzt darauf hinzuweisen. »Du willst also meine Motive nicht gelten lassen. Warum hast du dann Rick und Chase nicht die

Wahrheit gesagt?«, fragte sie noch einmal. Sie war sicher, dass ihr Jüngster eine bestimmte Absicht verfolgte, konnte sich aber nicht vorstellen, was er im Schilde führte.

»Ich habe meine Gründe.« Er wich ihrem Blick aus.

»Und wer spielt jetzt den Geheimniskrämer?«, stichelte sie, beschloss aber dann, es fürs Erste dabei bewenden zu lassen. Sie hatte weder sein Vertrauen noch die Gnadenfrist verdient, die er ihr gewährte, indem er die Wahrheit für sich behielt. »Wieso verrätst du mir gerade jetzt, dass du längst Bescheid weißt?«, fragte sie stattdessen.

»Wegen Rick. Als du mich angerufen und mir gesagt hast, er wolle so viele Familienmitglieder und Freunde wie möglich zusammentrommeln und dann auch noch gefragt hast, ob wir auch kommen könnten, da habe ich schon geahnt, dass er die Frau fürs Leben gefunden hat und sie uns vorstellen will. Und da wollte ich dich daran hindern, dich genauso schamlos in sein Leben einzumischen, wie du dich in meines gedrängt hast.« Jetzt sah er ihr fest in die Augen. »Lass Rick und Kendall ihren eigenen Weg gehen, sonst ...«

»Sonst lässt du mich auffliegen. Roman, mein Herz, du kannst ja nicht wissen, dass ich sowieso vorhatte, mit dem Theater aufzuhören. Rick hat Kendall ohne mein Zutun gefunden, und es fällt mir immer schwerer, die Kranke zu spielen. Sogar Eric ...«

»Nein«, unterbrach sie Roman in einem Ton, der keinen Widerspruch duldete. »Du wirst weder Rick noch Chase auch nur ein Sterbenswörtchen verraten.«

Damit hatte sie nun nicht im Entferntesten gerechnet. »Warum nicht? Ich dachte, das wäre es, worauf du hinauswolltest.«

»Ich hatte daran gedacht, glaub es mir.« Er stützte eine Hand auf die Couch und beugte sich zu ihr, um sie leicht auf die Wange zu küssen. »Ich liebe dich, Mom, und ich habe dich und Eric Fallon genau beobachtet. Dabei ist mir klar geworden, dass es für dich die Hölle gewesen sein muss, dein Privatleben und deine angebliche Krankheit unter einen Hut zu bringen.«

Raina seufzte. Ihrem Jüngsten konnte man einfach nichts vormachen.

»Eric ist ein guter Mann, und nichts würde mich glücklicher machen, als wenn du endlich wieder dein eigenes Leben leben würdest.«

Sie nickte, wohl wissend, dass hierin bislang auch der Grund für Romans Ruhelosigkeit, seine Weigerung, daheim in Yorkshire Falls zu bleiben oder eine feste Beziehung mit einer Frau einzugehen zu suchen gewesen war. »Aber?«

»Aber wenn du gerade jetzt, wo Rick eine Frau getroffen hat, die ihm offenbar wirklich etwas bedeutet, mit deinem Geständnis herausrückst, kann es passieren, dass er einen Rückzieher macht. Nach der Katastrophe mit Jillian grenzt es ohnehin schon an ein Wunder, wie verrückt er nach Kendall Sutton ist. Und wenn du ihm jetzt den Beweis dafür lieferst, wie geschickt manche Frauen im Betreiben eines Doppelspiels sind, beschließt er vielleicht, lieber erst gar kein Risiko einzugehen und gibt Kendall keine Chance.« Roman schüttelte den Kopf. »So gern ich auch mit ansehen würde, wie du versuchst, dich aus dieser Geschichte herauszuwinden – Rick verdient ein bisschen Glück. Da sind wir ja wohl einer Meinung«, fügte er brummig hinzu. Es war ihm deutlich anzumerken, wie sehr es ihm gegen den Strich ging, ihr in irgendeinem Punkt dieser Angelegenheit zustimmen zu müssen.

Raina gab es nur ungern zu, aber Roman hatte Recht. Ricks Gefühlsleben war zweifellos in Aufruhr geraten, und sie durfte ihm keinen Vorwand liefern, seinen Ängsten nachzugeben und mit Kendall zu brechen. »Also gut, ich werde schweigen wie ein Grab.«

Zwar würde sich dann ihre Beziehung zu Eric auch weiterhin äußerst schwierig gestalten, aber das war die Strafe, die sie auf sich nehmen musste. Roman belohnte sie mit einer Umarmung, und sie drückte ihren Jüngsten fest an sich, dann strich sie die schwere Decke über ihren Beinen glatt. Sie hatte sich diese Suppe eingebrockt, nun galt es, sie auszulöffeln.

Nach dem Frühstück mit Charlotte beschloss Kendall, die Schränke im Gästehaus auszuräumen. Vielleicht fanden sich darin ja ein paar Sachen, die sie verkaufen konnte.

Doch sie hatte gerade ihre Arbeitssachen angezogen, als es klingelte. Dann wurde die Vordertür weit aufgestoßen, und Pearl betrat unaufgefordert das Haus.

»Sie machen es schon wie die Einheimischen, Kindchen, lassen immer die Türen für die Nachbarn offen.« Die ältere Frau hielt einen mit Folie abgedeckten Teller in der Hand.

»Hallo, Pearl.« Eigentlich hätte sie sich über die Störung ärgern müssen, doch stattdessen stellte Kendall fest, dass sie sich freute, ein bisschen Gesellschaft zu haben. Auch eine neue Erfahrung für jemanden, der nie Kontakt zu anderen Menschen gesucht hatte.

Sie hatte inzwischen die Tücher von den Möbeln entfernt, weil Rick die Wände des Flurs und des Wohnzimmers fertig gestrichen hatte. Jetzt wirkte alles sauber und anheimelnd. Nur der Geruch nach frischer Farbe hing noch immer in der Luft.

Pearl folgte ihr ins Wohnzimmer. »Ich habe Ihnen was mitgebracht. Meine berühmten Brownies, sie werden Ihnen schmecken. Wissen Sie, Sie erinnern mich mit jedem Tag mehr an Ihre Tante.« Ein warmes Lächeln breitete sich auf ihrem zerfurchten Gesicht aus.

»Das ist das netteste Kompliment, das ich je gehört habe.« Kendall nahm ihr den Teller mit dem Gebäck ab. Köstlicher Schokoladenduft stieg ihr in die Nase und ließ ihr das Wasser im Mund zusammenlaufen.

»Holen Sie uns doch etwas zu trinken dazu, dann können wir einen gemütlichen kleinen Plausch von Frau zu Frau halten.« Pearl übernahm wie selbstverständlich das Kommando.

Kendall errötete leicht. »Ich habe leider nur Wasser da«, entschuldigte sie sich. Leitungswasser war ihr bevorzugtes Getränk, immer verfügbar und außerdem gesund, doch nun war es ihr unangenehm, dass sie Pearl nichts anderes anzubieten hatte.

Doch Pearl winkte nur ab. »Das hatte ich befürchtet.« Sie wühlte in ihrer Tasche herum und förderte eine Dose Eistee zu Tage. »Hier gehört guter altmodischer Eistee oder selbst gemachte Limonade zu einem kleinen Imbiss einfach dazu. Eldin kann Zitronen nicht ausstehen, deshalb kaufe ich eben Eistee für ihn. Man muss die Männer bei Laune halten, aber da können Sie ja sicher ein Liedchen von singen, seit Sie mit Rick zusammen sind.« Ohne weitere Umstände machte sie sich in der Küche zu schaffen, dabei schnatterte sie unaufhörlich weiter. »Wieso renoviert ihr beide eigentlich hier so fleißig?«, erkundigte sie sich dann.

»Nun ja ...«

»Sagen Sie nichts, ich weiß schon Bescheid. Sie und Rick haben vor, hier einzuziehen. Das habe ich auch schon zu Eldin gesagt, aber der meinte, nein, Sie hätten doch die letzte Nacht in Ricks Apartment verbracht, und außerdem wäre das Gästehaus viel zu unbequem für Sie, wo Sie doch an das Leben in der Großstadt gewöhnt sind und so.«

Kendall blinzelte sie benommen an. Sie konnte nicht sagen, was ihr mehr zusetzte – die Tatsache, dass scheinbar die ganze Stadt wusste, wo sie diese Nacht geschlafen hatte, oder die Geschwindigkeit, mit der Pearl auf sie einredete. Solange Pearls Mundwerk lief, brauchte sich Kendall über ihren Beitrag zur Unterhaltung keine Gedanken zu machen.

Trotzdem musste sie darauf achten, dass alles, was sie von sich gab, entweder der Wahrheit entsprach oder Ricks Absichten dienlich war. »Sie haben inzwischen bestimmt mitbekommen, dass Rick und ich nicht verheiratet sind.«

»Noch nicht.« Pearl schob sich ein Stück Kuchen in den Mund, spülte es mit Eistee hinunter und schob gleichzeitig Kendall ein gefülltes Glas hin.

Seufzend verzichtete Kendall auf eine Antwort, biss gleichfalls in ein Brownie und trank dann einen Schluck von dem köstlichen, süßen Getränk. Allmählich begriff sie, warum Rick ihr geraten hatte, die Leute nicht zu korrigieren, wenn sie falsche Vermutungen anstellten. In einer kleinen Stadt, wo jeder jeden kannte, glaubte jeder nur das, was er glauben wollte, auch wenn man ihm das Gegenteil versicherte oder alle Umstände dagegen sprachen. Zu ihrer eigenen Überraschung stellte sie fest, dass sie sich nicht daran störte. Pearl beharrte eben hartnäckig darauf, die Welt durch eine rosarote Brille zu sehen.

»Ich dachte, ich bringe erst einmal das Gästehaus in Ordnung und nehme mir danach das Hauptgebäude vor.« Als sie Pearl vor einigen Tagen einen kurzen Besuch abgestattet hatte, hatte sie festgestellt, dass die Außenwände verwittert und der Garten völlig verwahrlost war, innen aber nur alles frisch gestrichen werden musste. Sie wollte Eldin nicht kränken, indem sie an seinen Anstreicherkünsten herumkrittelte oder ihm vorschlug, sich die Wände gemeinsam noch einmal vorzunehmen. Es gab andere Möglichkeiten, das Haus für den Verkauf herzurichten.

»Wirklich? Was soll denn alles gemacht werden?«, hakte Pearl neugierig nach.

Die Frage konnte ihr Kendall guten Gewissens beantworten. Nur auf das Warum mochte sie noch nicht näher eingehen. Warum sollte sie Pearl unnötig beunruhigen? Sie wollte sich erst einmal nach einer Möglichkeit umsehen, das ältere Pärchen anderswo unterzubringen und ihnen dann schonend beibringen, dass sie ihr Heim aufgeben mussten. Das war das Mindeste, was sie für Tante Crystals Freunde tun konnte. »Ich dachte daran, ein paar Blumen zu kaufen und die Beete neu zu bepflanzen, und Rick wollte den Rasen mähen und die Außenwände mit einem Hochdruckreiniger bearbeiten«, begann sie.

»Sie sind ein Schatz!« Pearl sprang auf und schloss Kendall in die Arme. »Das klingt ja, als würden Eldin und ich bald in einem Palast leben. Wir konnten es uns leider nicht leisten, viel am Haus machen zu lassen, das wissen Sie ja. Natürlich werden Eldin und ich Ihnen zur Hand gehen, wo wir nur können.« Freudestrahlend lehnte sie sich in ihrem Stuhl zurück.

Kendall fand keine Worte. Sie brachte es nicht fertig, Pearls Illusionen zu zerstören und ihr knallhart ins Gesicht zu sagen, sie müsse in Kürze ausziehen, aber sie konnte die alte Frau und Eldin doch auch nicht in dem Glauben lassen, sie könnten im Haus ihrer Tante wohnen bleiben. Hinter ihrer rechten Schläfe begann es zu pochen, und sie massierte sich mit den Fingerspitzen behutsam die Stirn.

»Das muss ich sofort Eldin erzählen!« Pearl griff nach ihrer Tasche. »Lassen Sie sich die Brownies schmecken.« Ihre freudige Erregung war nur allzu deutlich.

Kendall stöhnte leise.

»Keine Angst, ich komme später noch mal auf ein Schwätzchen vorbei.«

Wieder hatte Pearl ihre Reaktion falsch gedeutet, und wieder berichtigte Kendall sie nicht. Erstens wusste sie, dass Widerspruch nichts fruchten würde, und zweitens gab Pearl ihr gar keine Gelegenheit dazu. Sie machte auf dem Absatz kehrt, stürmte aus dem Raum und ließ eine sprachlose Kendall zurück.

Sie blieb einen Moment still sitzen, dann zuckte sie die Achseln und machte sich daran, ihre Probleme in Schokolade zu ertränken.

Ein paar Stunden nach Pearls überstürztem Aufbruch blitzte die Küche vor Sauberkeit. Nachdem Kendall sämtliche Brownies vertilgt hatte, hatte sie beschlossen, die Kalorien wieder abzuarbeiten. Als sie fertig war, hätte sogar die penibelste Hausfrau in keiner Ecke mehr ein Stäubchen entdecken können. Danach nahm sie sich die Schränke vor, die bis auf den großen, begehbaren im Flur leer waren. Nachdem sie ihn gründlich ausgemistet hatte, stapelte sich in der Garage genug Gerümpel, um einen improvisierten Flohmarkt zu veranstalten.

Erschöpft, aber entschlossen, weiterzurackern, ging sie in ihr Schlafzimmer. Da Brian ihr neben ihrer Garderobe auch Bettzeug, ihren Nachttisch und andere Möbelstücke aus New York geschickt hatte, wirkte der kleine Raum nun ausgesprochen behaglich. Kendall trat einen Schritt zurück und betrachtete ihr Werk, dann schritt sie langsam durch sämtliche Zimmer, um die Verbesserungen zu bewundern.

Sie hatte den Frust des Tages durch harte Arbeit abgebaut,

fühlte sich aber nichtsdestotrotz schuldig, weil sie das Haus nur in Stand setzte, um es schnellstmöglich verkaufen zu können – wozu sie Pearl und Eldin auf die Straße setzen musste.

Eine schöne Bescherung, dachte Kendall erbittert. Das hatte sie nun davon, dass ihr andere Menschen ans Herz wuchsen. Was sollte sie nun tun? Die beiden waren alte Freunde ihrer Tante, und sie genoss es, sie bei sich im Haus zu haben, aber ewig konnte es so nicht weitergehen. Bald würde der Tag herannahen, an dem sie Yorkshire Falls verlassen musste.

Da sie nicht über ihre bevorstehende Abreise nachgrübeln mochte, zwang sich Kendall, produktiv zu denken. Sie blickte auf die Uhr, dann versuchte sie noch ein Mal, ihre Schwester zu erreichen. Wieder ohne Erfolg. Entweder war sie nicht in ihrem Zimmer, oder das kleine Biest meldete sich absichtlich nicht, was die nahe liegendste Erklärung war. Abgesehen von dem kurzen Anruf gestern Abend hatte Hannah auf keine von Kendalls Millionen von Nachrichten reagiert.

Kendall rollte die Schultern, um sich ein wenig zu entspannen. Zumindest wusste sie, dass ihre Schwester in dem Internat gut aufgehoben war. Im Moment konnte sie für Hannah absolut nichts tun, dafür aber Einiges für sich selbst.

Rick war ihr den ganzen Tag nicht aus dem Kopf gegangen. Manchmal ertappte sie sich dabei, wie sie in Gedanken noch ein Mal die Nacht mit ihm durchlebte, und wenn sie dann wieder zu sich kam, stand sie in irgendeiner Ecke, einen Putzlappen in der Hand, und meinte, noch immer Ricks Lippen auf ihrer Haut zu spüren. Sogar jetzt noch erschauerte sie bei der Erinnerung daran, wie seine Hände über ihren nackten Körper geglitten waren, und sie konnte es kaum erwarten, diese Erfahrung zu wiederholen.

Seine Schicht ging bald zu Ende, und sie hatte ziemlich konkrete Vorstellungen davon, wie sie ihm nach einem langen Tag den Feierabend versüßen wollte. Nachdem sie rasch geduscht hatte, griff sie zum Telefon und rief Chase an, um ihm ein paar Insiderinformationen über Rick zu entlocken. Was aß er am liebsten? Welche Musik hörte er gerne? Mit Antworten bewaffnet fuhr sie schließlich zu seinem Apartment.

Wie sie gleich zu Anfang ihres Kennenlernens festgestellt hatte, zählte er zu den Menschen, die ihre eigenen Bedürfnisse stets hintenan stellten, um sich um andere zu kümmern. Heute wollte sie den Spieß umdrehen; heute Abend sollte er sich einmal umsorgen lassen.

Rick schleppte sich die Stufen zu seinem Apartment hinauf. Er war todmüde, ausgehungert und wusste nicht, wie er die Energie aufbringen sollte, in seinem Kühlschrank nach etwas Essbarem zu suchen. Normalerweise hätte er kurz bei Norman's vorbeigeschaut, um einen Happen zu essen, aber dort war es immer voll und laut, und heute stand ihm der Sinn nicht nach belangloser Unterhaltung. Nicht nach dem Stress der letzten Tage. Er hatte eine Zehnstundenschicht hinter sich gebracht, die improvisierte Party bei Norman's organisiert, die Nacht mit Kendall verbracht, um danach die nächste Zehnstundenschicht in Angriff zu nehmen, und nun war er vollkommen erledigt.

Voller Vorfreude auf einen ruhigen, friedlichen Abend schloss er die Tür zu seinem Apartment auf und warf die Schlüssel auf das Dielenschränkchen.

»Ein echtes Gewohnheitstier!«

Rick erkannte die Stimme sofort, und es störte ihn wenig,

dass sich die Aussicht auf einen ruhigen Abend soeben in Luft aufgelöst hatte. »Kendall?«

»Höchstpersönlich«, klang es aus dem hinteren Teil der Wohnung.

Rick folgte der Stimme und sah sie auf einem der Barhocker an der Theke sitzen, die den offenen Küchen- vom Wohnbereich trennte. Sie trug enge weiße Leggings, ein schwarzes Tanktop, hielt ein Glas Wein in der Hand und lächelte ihn an.

Obwohl er noch ein paar Stunden zuvor gemeint hatte, ihm würden jeden Moment die Augen zufallen, fühlte er sich bei ihrem Anblick wieder hellwach. »Wie bist du denn hier hereingekommen?«

Sie lachte. »Der ewige Cop. Vergiss *schön, dich zu sehen, Kendall,* und nimm die Delinquentin gleich ins Verhör. Aber ich kann dich beruhigen. Ich habe mit Chase gesprochen und ihm erklärt, was ich vorhabe, und da hat er mir gestanden, dass er für Notfälle einen Schlüssel von dir hat. Er hat mich hereingelassen. Und da bin ich nun.« Sie breitete die Arme aus, als wolle sie das ganze Apartment umfassen.

Erst jetzt bemerkte Rick die Pizzaschachtel, die auf der Theke stand und einen köstlichen Duft nach italienischen Gewürzen verströmte. Sie hatte sich offensichtlich eine Menge Mühe gemacht, um ihn zu überraschen, und sein anfängliches Misstrauen verflog.

Er trat auf sie zu und stützte einen Ellbogen auf die Theke, sodass sich ihre Gesichter auf einer Höhe befanden. »Habe ich dir schon gesagt, wie sehr ich mich freue, dich zu sehen?«

Sie schüttelte den Kopf und lächelte nur stumm.

»Dann tue ich es jetzt.« Er beugte sich vor, streifte mit den Lippen die ihren, schmeckte fruchtigen Weingeschmack. Schmeckte *sie.* Doch unglücklicherweise suchte sich sein Magen just diesen Moment aus, um ein lautes Grollen von sich zu geben.

Kendall kicherte und wich zurück. »Darf ich daraus schließen, dass du Hunger hast?« Ein koboldhaftes Grinsen zauberte wieder Grübchen in ihre Wangen.

»Hunger ist gar kein Ausdruck.« Und dabei dachte er beileibe nicht nur an Pizza, wusste aber, dass er zuerst etwas essen musste, um Kräfte für andere Genüsse zu sammeln.

»Ich hab Pizza mit doppelt Pepperoni mitgebracht.«

Er zog erstaunt die Brauen hoch. »Mein Lieblingsbelag. Hast du Chase über meine Pizzavorlieben ausgehorcht?«

»Unter anderem.« Sie stellte ein käsetriefendes Stück Pizza vor ihn hin, dann ging sie in die Küche, kehrte mit einer Flasche seiner bevorzugten Biermarke zurück, öffnete sie und reichte sie ihm. »Auf ...« Sie zögerte kurz.

»Uns.«

»Heute Nacht«, sagte sie im selben Moment.

»Auf uns heute Nacht.« Rick grinste und stieß mit ihr an.

Kendall schob den Teller in seine Richtung und klopfte auf den Hocker neben sich. »Jetzt iss erst mal was, damit du nicht vom Fleisch fällst.«

Ihre Fürsorge ließ Träume neu erwachen, die er längst als unerfüllbar abgetan hatte; die Hoffnung, jemanden zu finden, zu dem er abends heimkehren konnte um vielleicht sogar eines Tages eine eigene Familie zu haben. Träume, die sich mit Kendall nicht verwirklichen ließen, das hatte sie ihm unmissverständlich klar gemacht.

Trotzdem war er bereit, sich an jeden Strohhalm zu klammern. Schon dass sie heute Abend aus eigenem Antrieb zu ihm gekommen war, wertete er als gutes Zeichen. »Und was hast du den ganzen Tag lang so getrieben?« Seine Devise im Umgang mit Kendall lautete nach wie vor, sie ja nicht zu verschrecken, indem er durchblicken ließ, was er wirklich für sie empfand.

»Ich habe mich mit Charlotte zum Frühstück getroffen, um mit ihr ein paar geschäftliche Dinge zu besprechen.« Sie nippte an ihrem Wein.

»Willst du nichts essen?«

Ein paar rote Flecken zeichneten sich auf ihren Wangen ab. »Ich bin pappsatt, hab vorhin einen ganzen Berg von Pearls Brownies gefuttert, aber das ist eine andere Geschichte«, gestand sie mit einem verlegenen Lächeln.

»Die du mir hoffentlich nachher erzählen wirst. Aber jetzt verrate mir erst einmal, was bei dem Treffen mit Charlotte herausgekommen ist.« Rick biss kräftig in seine Pizza.

»Sie hat sich bereit erklärt, meinen Schmuck in ihrem Geschäft zu verkaufen.« Stolz und freudige Erregung schwangen in ihrer Stimme mit. »Auf Kommissionsbasis.«

»Das ist ja prima. Also haben wir was zu feiern.« Ihre Arbeit war offenbar sehr wichtig für sie, und das nicht nur aus finanziellen Gründen, wie Rick spürte.

Kendall nickte. »Eigentlich schon, obwohl ich mir den Abend anders vorgestellt hatte. Heute sollte sich alles nur um dich drehen.«

Ein warmes Gefühl durchströmte ihn. »Dann befriedige meine Neugier, während ich meinen Bauch fülle. Erzähl mir, was du für Schmuck anfertigst.«

Kendall runzelte die Stirn. Er versuchte ganz offensichtlich, ihre Pläne zu durchkreuzen. »Ich würde lieber hören, was du heute gemacht hast.«

Er lachte. »Okay, du hast gewonnen. Ich zuerst.«

Sie warf ihm einen raschen Blick zu, sah, dass er sein Stück Pizza verspeist hatte, und legte ihm ein zweites auf den Teller.

Er wischte sich mit einer Serviette über den Mund. »Ich hatte einen ganz normalen Tag. Der übliche Papierkram, Streifendienst, ein paar Befragungen, und dann stand noch ein Kurs an der Highschool an.«

»Was für ein Kurs?«

»DARE-Training für Lehrer. Drug Abuse Resistance Education, ein Anti-Drogen-Programm«, erklärte er ihr. »Wir versuchen, den Drogenmissbrauch an Schulen zu bekämpfen.«

»Hmm. Da haben die Kids ja Glück. Eine innere Stimme sagt mir, dass ein gut aussehender Typ wie du zumindest auf das Interesse der weiblichen Schüler bauen kann«, scherzte sie.

»Kendall.« Seine Stimme klang mahnend. Zwar machte er über viele Dinge Witze, aber das DARE-Programm gehörte eindeutig nicht dazu.

»Ich meine es ernst. Es ist wichtig, den Kindern so früh wie möglich die Gefahren des Drogenkonsums vor Augen zu führen, und ich kann nur hoffen, dass sich die Lehrer am Internat meiner Schwester nur halb so engagiert dafür einsetzen wie du dich hier. Aber Teenager interessieren sich nun einmal für das andere Geschlecht und neigen zur Schwärmerei, und wenn du sie dazu bringst, dir zuzuhören, kann es dir doch ganz egal sein, ob dein Äußeres der Hauptgrund dafür ist. Wenn sie sich deine Warnungen zu Herzen nehmen, hast du ihnen, ihren Eltern und der Gesellschaft einen großen Dienst erwiesen.«

Die Überzeugung, mit der sie über dieses ihm so wichtige Thema sprach, ließ ihn zu dem Schluss kommen, dass er sie falsch eingeschätzt hatte. Er sollte sie wirklich allmählich besser kennen. Sie würde sich nie über ein so ernstes Problem lustig machen. Dass sie so viel Verständnis für ihn aufbrachte, bewies ihm etwas, was er tief in seinem Herzen schon wusste. Sie ergänzten einander in vieler Hinsicht fast perfekt.

»Was ist mit den Jungs, die an diesem Programm teilnehmen?«, fragte sie. »Wie hältst du die bei der Stange?«

»Das ist nicht so einfach. Aber nach dem zu urteilen, was du eben gesagt hast, dürfte es hilfreich sein, erst einmal das Interesse der Mädchen zu wecken. Die Jungs ziehen dann schon nach, die wollen ja nichts verpassen.« Er lachte. Sie hatte ihm eine so einfache Lösung dieses Problems geliefert, dass er sich fragte, warum er nicht selbst darauf gekommen war.

»Und wozu war das heutige Treffen gedacht?«

»Die Lehrer sollen sich mit dem Programm vertraut machen. Wir haben schon Sommer, im September soll es losgehen.«

»Wie ist es denn gelaufen?« Kendall beugte sich vor und stützte das Kinn auf die Hände.

»So gut, wie es mit Lisa Burton als Teilnehmerin eben laufen konnte«, knurrte er.

»Lisa.« Kendall wiederholte den Namen mit unverhohlener Abneigung.

»Du kennst sie?«, erkundigte sich Rick alarmiert. »Was mochte die von Eifersucht zerfressene Lehrerin zu Kendall, Ricks angeblicher Freundin, alles gesagt haben? Dann fiel ihm ein, dass Kendall ja nicht länger seine *angebliche* Freundin war.

Aus dem Spiel war Wirklichkeit geworden, eine überwältigend schöne Wirklichkeit.

Kendall seufzte. »Kennen ist zu viel gesagt. Sie war eine der Frauen, die mich bei Luanne's eiskalt geschnitten haben. Nicht, dass mir das irgendetwas ausgemacht hätte.«

Die Lüge stand deutlich in ihren Augen zu lesen. Die Ablehnung hatte ihr weh getan, und wieder empfand Rick den Drang, sie zu beschützen, jeglichen Kummer von ihr fern zu halten. »Lass dir wegen Lisa keine grauen Haare wachsen. Sie ist nur eine eifersüchtige Furie, die kein Nein akzeptieren kann.«

»Sie ist diejenige, die dir dauernd nachstellt?«

Beinahe hätte er gesagt, nahezu alle Frauen stellten ihm nach, aber das traf nicht mehr zu. Sein Plan war aufgegangen. Seit die ganze Stadt Kendall und ihn für ein Paar hielt, hatte es keine Verführungsversuche mehr gegeben. »Wenn Lisa dir Ärger macht, lass es mich wissen.«

Kendall hob eine Braue. »Und was machst du dann mit ihr? Sie wegen Unverschämtheit verhaften? Das wäre doch mal was.« Dann winkte sie ab. »Ich weiß, dass man nicht immer mit offenen Armen aufgenommen wird, wenn man neu in einer Stadt ist. Nicht jeder mag dich, und du magst nicht jeden. So ist das Leben nun mal. Mit Lisa werde ich schon fertig. Aber wenn sie dich nicht in Ruhe lässt, kann ich für nichts garantieren.« Sie grinste und trank den letzten Schluck Wein aus.

»Du bist ganz schön besitzergreifend, weißt du das?« Er tippte ihr mit dem Finger auf die Nasenspitze.

»Was mein ist, soll auch mein bleiben.« Kendall zuckte die Achseln.

Der Wein hatte ihr offenbar die Zunge gelockert, denn obwohl die Bemerkung scherzhaft klang, schwang ein Anflug von Ernst darin mit, der Rick freute. Es gelang Kendall immer wieder, ihn zu überraschen, und dieses Mal machte es ihm nicht das Geringste aus, so vereinnahmt zu werden.

»Fertig?«, fragte sie.

Er blickte auf seinen Teller und stellte fest, dass er nicht nur das zweite Stück Pizza, sondern auch noch ein drittes gegessen hatte, ohne es zu merken.

»Und ob. Ich kann nicht mehr.« Er wollte aufstehen, doch sie legte ihm eine Hand auf die Schulter, um ihn daran zu hindern.

»Du hast den ganzen Tag geschuftet. Ich räume schnell auf. Trink du dein Bier aus und ruh dich aus.« Sie nahm die Pappteller und ihr leeres Weinglas und ging in die Küche.

Da diese nur durch die Theke vom Wohnzimmer abgetrennt, konnten sie ihr Gespräch fortsetzen – und Rick Kendall bei der Arbeit zusehen. Die enge Kleidung betonte jede Linie ihres wohl geformten Körpers, und trotz seiner Erschöpfung begann sich Verlangen in ihm zu regen.

Doch obwohl er den Blick kaum von ihren schmalen Hüften und dem straffen Hinterteil losreißen konnte – männliche Instinkte ließen sich nun einmal nicht verleugnen – interessierte er sich im Moment mehr für das, was in ihrem Inneren vorging. »Erzählst du mir jetzt von deiner Arbeit?«

Kendall hatte die Teller in den Mülleimer geworfen und die restlichen Pizzastücke in Folie eingewickelt. »Einfrieren oder einfach in den Kühlschrank legen?«, fragte sie ihn.

»In den Kühlschrank. Die esse ich morgen.«

»Okay. Also ich stelle verschiedene Arten von Schmuck her«, erklärte sie, während sie sich wieder in der Küche zu schaffen machte. »In Arizona möchte ich nach neue Techniken lernen, speziell die Verarbeitung von Türkisen. Im Moment fertige ich hauptsächlich Stücke aus Silberdraht mit Perlen an. Ich habe da zwar noch eine andere Idee, bin aber noch nicht dazu gekommen, sie auszuprobieren. Bisher habe ich erst mal ein paar Zeichnungen gemacht. Die könnte ich dir zeigen, wenn du willst, aber ...« Kopfschüttelnd hielt sie mitten im Satz inne. »Ich rede dummes Zeug. Du interessierst dich doch mit Sicherheit nicht für Schmuck.«

Rick sprang auf und kam zu ihr in die Küche. »Woher willst du denn wissen, was mich interessiert und was nicht?«

Sie leckte sich über die Lippen. »Wie meinst du das?«

»Ich interessiere mich nicht sonderlich für Schmuck, das ist richtig. Aber wenn es um Stücke geht, die du entworfen und angefertigst hast, sieht die Sache gleich ganz anders aus.«

Ihm war das ungewöhnliche, an einen Spitzenkragen erinnernde enge Halsband, das sie trug, sofort aufgefallen. Behutsam hob er es an und strich mit den Fingerspitzen über das kunstvolle zarte Perlengeflecht. Kendall besaß wirklich Talent, und das hatte Charlotte auch erkannt, da war sich Rick sicher, sonst hätte sie sich nicht einverstanden erklärt, die Arbeiten in ihrem Geschäft auszustellen.

»Wunderschön« lobte er leise. »Genau wie du.« Er löste den Nackenverschluss des Halsbandes und legte es neben sich auf die Theke, dann beugte er sich vor und presste die Lippen auf ihren weichen Hals.

Der Duft ihrer Haut erregte ihn, und er spürte, wie seine Lenden zu pochen begannen, doch er war noch nicht bereit, seinem Verlangen nachzugeben. Sacht fuhr er mit der Zunge über die feine rötliche Linie, die das Halsband auf ihrer Haut hinterlassen hatte.

»Rick ...«

Der heisere, erstickte Laut verfehlte seine Wirkung auf ihn nicht. Mit einem Mal kam ihm der Weg bis ins Schlafzimmer endlos lang vor.

»Rick, warte.«

Er stöhnte unterdrückt und gab sie frei. »Was ist denn?«

»Heute Abend geht es nicht darum, dass ich im siebten Himmel schwebe, und genau darauf arbeitest du hin, das sehe ich dir an. Ich habe zwar generell nichts dagegen, aber ich möchte diese Nacht zu *deiner* Nacht machen.« Sie nahm sein Gesicht in beide Hände. »Du hast sie dir verdient.« Mit dem Daumen liebkoste sie sein Kinn. »Du hast so viel für mich getan, mir so viel gegeben. Jetzt bin ich an der Reihe.«

»Mmm. Wenn du meinst ...«

»Gut. Du hast einen harten Tag hinter dir. Geh ins Schlafzimmer und ruh dich ein bisschen aus, während ich hier Ordnung mache.« Beim Sprechen massierte sie seine Schultern, um ihm zu zeigen, was ihr für später vorschwebte.

Anscheinend hatte sie diesen Abend sorgfältig geplant, und er zweifelte nicht daran, dass noch ganz andere Freuden seiner harrten als nur eine Massage seiner Schultermuskulatur.

»Aber das ginge schneller, wenn ich dir helfen würde.«

»Es wäre mir lieber, du ließest das bleiben. Und jetzt ab mit dir«, befal sie sanft, aber nachdrücklich.

Keine Frau hatte je so mit ihm gesprochen. Keine Frau war so liebevoll auf ihn eingegangen. Und keine Frau hatte jemals seine Bedürfnisse über ihre eigenen gestellt. Kendall schon. Sie hatte offenbar beschlossen, dass sich heute Abend alles nur um ihn drehen sollte.

Er konnte nicht behaupten, dass ihm das unangenehm war.

»Ich komme gleich nach. Versprochen. Ich möchte bloß noch schnell hier aufräumen.« Sie deutete zum Schlafzimmer hinüber. »Und jetzt geh.«

»Du hast nie durchblicken lassen, wie herrschsüchtig du bist.« Er grinste, als er einen Schritt vor ihr zurückwich.

»Du hast ja auch nie gefragt.« Sie zwinkerte ihm zu, dann hantierte sie weiter in der Küche herum.

Er sah ihr einen Moment zu, ehe er im Schlafzimmer verschwand und sich auf dem Bett ausstreckte. Augenblicklich wurde er von bleierner Müdigkeit übermannt. Trotzdem war er Kendall dankbar für die Überraschung, die sie ihm bereitet hatte.

Nichts wünschte er sich mehr als sie neben sich im Bett zu finden, wenn er die Augen aufschlug. Und ein Kloß bildete sich in seiner Kehle, als er daran dachte, wie unwahrscheinlich es war, dass dies sehr oft geschehen würde.

Siebtes Kapitel

Kendall warf die Bierflasche in den Abfalleimer, spülte das Weinglas aus, trocknete es ab und stellte es in den Schrank zurück. Dies sollte seine Nacht sein, daher wollte sie kein heilloses Durcheinander hinterlassen, das er nachher beseitigen musste. Sowie die Küche makellos sauber und ordentlich war, knipste sie das Licht aus und ging zu ihm hinüber.

Ein schwaches, flackerndes Licht verriet ihr, dass er den Fernseher im Schlafzimmer eingeschaltet hatte, während er auf sie wartete. Ihr Herz pochte vor Vorfreude auf die vor ihnen liegenden Stunden. Doch als sie den Raum betrat, stellte sie fest, dass Rick eingeschlafen war, während sie die Küche aufgeräumt hatte. Er lag vollständig angekleidet auf dem Bett, die Turnschuhe noch immer an den Füßen, scheinbar war er zu erschöpft gewesen, um sie auszuziehen. Mit einem leisen Lächeln ließ sie sich neben ihm auf der Bettkante nieder.

Im Schlaf wirkten seine Züge völlig entspannt, und nun, wo Stress und Übermüdung von ihm abgefallen waren, fand sie ihn noch attraktiver als sonst. Als sie ihm sacht mit der Hand über die Wange strich, schmiegte er das Gesicht in ihre Handfläche. Die vertrauensvolle Geste bewirkte, dass sich ihr Innerstes vor Verlangen zusammenzog, aber da war auch ein gehöriger Schuss viel tiefer gehender Gefühle dabei, wie sie sich ehrlich eingestand.

Schon dass sie heute Abend beschlossen hatte, herzukommen und sich um Rick zu kümmern, bewies ihr, dass sie viel mehr für ihn empfand als nur körperliche Begierde. Dennoch geriet sie diesmal nicht in Panik. Nach allem, was hinter ihr lag, wollte sie nur das Hier und Jetzt genießen. Solche Glücksmomente hatte es in ihrem Leben viel zu selten gegeben.

Schließlich legte sie sich zu Rick auf das Bett, kuschelte sich an ihn und kostete die Wärme seines Körpers aus. Auch diese Geborgenheit war etwas, was sie zeit ihres Lebens schmerzlich hatte entbehren müssen, und bei Rick wusste sie, dass er ihr dieses Gefühl vermittelte, weil sie ihm voll und ganz vertrauen konnte.

Sie gähnte, als er einen Arm um sie schlang und sie an sich zog. Eine Erektion, der er sich vermutlich gar nicht bewusst war, drückte sich gegen ihr Gesäß. Kendall musste lächeln. Wenn er aufwachte, würde sie sich dieses Problems annehmen – wie auch aller anderen Dinge, die einer Lösung bedurften.

Das Blut begann heißer durch Kendalls Adern zu rauschen, als sich eine kräftige Hand unter ihre Kleider schob und den Weg zwischen ihre Schenkel fand. Sie war feucht vor Verlangen, fieberte danach, ihn in sich zu spüren, doch er hatte anscheinend andere Pläne, denn seine geschickten Finger massierten das empfindliche Fleisch, lockten, forderten, brachten sie immer wieder an den Rand der Ekstase.
Ihr Atem ging Stoßweise; sie bäumte sich in dem verzweifelten Versuch, ihn tiefer in sich aufzunehmen, wild auf, ehe die Wellen der Lust über ihr zusammenschlugen und sie in dem Moment, wo sich die angestaute Erregung in dem überwältigendsten Orgasmus entlud, den sie je erlebt hatte, laut aufschrie.

Kendall wachte mit wild hämmerndem Herzen auf. Ricks Arm lag um ihre Taille, seine Hand – die Quelle dieser unbeschreiblichen Wonnen – ruhte auf ihrem Bauch. Sie schmiegte sich an ihn, er zog sie enger an sich und drückte einen zarten Kuss auf ihren Nacken.

»Das war unfair«, brummte sie leise.

Sein Kichern jagte einen Schauer durch ihren Körper. »Du hast dich aber nicht beschwert.«

»Ich habe geschlafen.«

»Das muss dann aber ein toller Traum gewesen sein, denn du hast meinen Namen gerufen.«

Sie rollte sich auf die Seite, um ihm ins Gesicht sehen zu können. »Du Ratte!« Doch dann grinste sie. »Ich hab mal irgendwo gelesen, ein Orgasmus, den du im Traum hast, ist viel heftiger und intensiver als einer, den du im wachen Zustand erlebst.«

Er stützte sich auf einen Ellbogen und blickte auf sie hinunter. »Und? Stimmt das?« Ein selbstzufriedenes Lächeln spielte um seinen Mund.

Es war ein unglaubliches Erlebnis gewesen, was dieser arrogante Kerl auch ganz genau wusste. Zeit, ihn in seine Schranken zu weisen, fand Kendall. »Absolut.« Sie räkelte sich genüsslich, ohne ihn aus den Augen zu lassen.

Sein Lächeln erstarb und machte einem Stirnrunzeln Platz.

»Was hast du denn?«

»Heftiger und intensiver im Schlaf, wie? Da muss ich mich wohl oder übel einmal selbst übertreffen, wenn du wach bist. Ich kann's ja gleich mal versuchen.«

Als seine Hand erneut auf Wanderschaft ging, packte Kendall sein Handgelenk und hielt es fest. »Erstens hast du dich schon selbst übertroffen, und zweitens soll das heute *deine*

Nacht sein. Wieso fällt es dir so schwer, die Zügel aus der Hand zu geben?«

Noch während sie diese Frage stellte, wurde ihr klar, dass sie damit versuchte, Einblick in sein Innerstes zu erlangen. Die Ursachen für seinen ausgeprägten Beschützerinstinkt lagen offenbar in seiner Jugend verborgen, und sie brannte darauf, sie zu ergründen.

»Bist du sicher, dass du darauf eine Antwort willst? Das könnte eine Weile dauern.«

»Macht nichts.«

Er zuckte die Achseln und machte es sich in den Kissen bequem. Scheinbar stellte er sich darauf ein, eine ganze Zeit zu reden. »Du weißt ja schon, dass mein Vater starb, als ich fünfzehn war. Danach hat sich Chase um alles gekümmert. Er hat die Zeitung am Laufen gehalten und Mom so während dieser furchtbaren Zeit ihre größte Sorge abgenommen.«

»Das tut mir Leid.« Sie drückte seine Hand und kuschelte sich wieder an ihn, diesmal, weil sie hoffte, er werde ihre Nähe als tröstlich empfinden.

»So ist nun mal das Leben. Aber Chase braucht dir nicht Leid zu tun, er hat diesen Entschluss nie bereut. Und für mich war das alles auch nicht so schlimm, ich hatte eine ganz gute Zeit. Natürlich gab es ein paar Schwierigkeiten, aber nichts, womit ich nicht fertig geworden wäre.«

Kendall nahm ihm diese beschönigte Version seiner Vergangenheit nicht ab, wollte es aber nicht auf eine Diskussion ankommen lassen. Nicht jetzt, wo er gerade begann, sich ihr zu öffnen.

»Aber wir alle sorgten uns hauptsächlich um Mom«, fuhr er fort. »Und so machten wir es uns zur Aufgabe, uns um sie zu kümmern und so viele Probleme wie möglich von ihr fern zu halten.«

»Raina macht auf mich aber einen ziemlich selbstständigen Eindruck.«

»Das ist sie heute auch.« Rick blickte zur Decke empor. »Vielleicht war sie das schon immer, aber wir waren die drei Männer im Haus und betrachteten es als unsere Pflicht, für sie zu sorgen.«

Kendall nickte. Alle drei Chandler-Brüder waren außergewöhnliche Männer. Jede Frau konnte sich glücklich schätzen, einen von ihnen zu bekommen. Sie erschauerte und zwang sich, ganz sachlich zu bleiben. »Und dann? Hat dich die Sorge um deine Mutter zur Polizei getrieben?«

Er warf ihr aus den Augenwinkeln heraus einen schwer zu deutenden Blick zu. »Du bist ja heute Abend ganz schön neugierig.«

»Nicht, wenn ich alles weiß.« Sie wollte nicht zugeben, wie wichtig ihr die Vertrautheit war, die sich zwischen ihnen zu entwickeln begann. »Warum bist du zur Polizei gegangen?«

»Träumt nicht jeder kleine Junge davon, später mal Cop zu werden?«

»Schon möglich, aber nicht jeder verwirklicht diesen Traum, wenn er erwachsen ist.«

Rick lächelte. »Gut beobachtet. Chase hat uns zugeredet, unsere Träume in die Tat umzusetzen. Bei Roman war das einfach, er wollte immer in Dads Fußstapfen treten, aber dabei möglichst viel von der Welt sehen. Ich war anfangs unschlüssig, aber Chase hat darauf bestanden, dass wir beide erst einmal das College besuchten, ehe wir eine für unser späteres Leben so wichtige Entscheidung treffen.«

Sie seufzte leise. »Du hast wirklich Glück, eine Familie zu haben, die immer für dich da war und ist.«

Er schien zu spüren, wie schmerzlich das Thema sie berührte, denn er drückte sie enger an sich. »Du hast ja meine

Mutter kennen gelernt. Sie ist der lebende Beweis dafür, dass auch unsere Familie nicht perfekt ist«, bemerkte er trocken. »Wie dem auch sei, ich fühlte mich nicht zum Reporter berufen, aber trotzdem fingen wir alle drei nach dem College bei der Zeitung an. Ich hasste diesen Job, und nachdem ich wieder einmal einen Auftrag gründlich vermasselt hatte, teilte Chase mich Chief Ellis zu. Er meinte, wenn ich ständig über die Verhaftung jugendlicher Straftäter berichten müsste, würde ich schon wieder zur Vernunft kommen. Und wie üblich behielt mein allwissender großer Bruder Recht, wenn auch nicht so, wie er gedacht hatte. Ich kam zur Vernunft, und ich erkannte, was mein wahrer Traumberuf war.«

Kendall lachte. »Er scheint sich Roman und dir gegenüber eher wie ein Vater als wie ein großer Bruder verhalten zu haben.«

»Er hat es uns möglichst nicht merken lassen, und er hat es trotzdem geschafft, so etwas wie ein Privatleben zu führen. Beweisen kann ich es nicht, aber ich bin ziemlich sicher. Auf jeden Fall hat er dafür gesorgt, dass wir nicht auf die schiefe Bahn gerieten, was ihm abgesehen von Romans Versuch, sich als Wäschedieb zu betätigen, auch ganz gut gelungen ist.«

»Was!?!«

Rick grinste. »Roman hatte früher nur Unfug im Kopf. Als er sechzehn war, klaute er einem Mädchen die Unterwäsche. Ich glaube, du kennst das Opfer. Terrie Whitehall.«

»Diese Ziege?« Kendall sah die affektierte, hochnäsige Bankangestellte, die sie bei Luanne's getroffen hatte, wieder vor sich und musste lachen. »Ach, deswegen haben alle geglaubt, er wäre auch für die Diebstähle letztes Frühjahr verantwortlich.« Ihr waren während ihrer Ausflüge in den General Store, wo sie ständig Nachschub an Lebensmitteln und Putzzeug besorgt hatte, so einige Gerüchte über den jüngsten Chandler zu Ohren gekommen.

Rick nickte. »Nur hätte Roman so was nie getan. Mom hat ihm wegen der Sache damals eine gehörige Abreibung verpasst. Er musste all seine Boxershorts von Hand waschen und draußen im Vorgarten zum Trocknen aufhängen. Sämtliche Mädchen der Stadt kamen vorbei und haben sich kaputtgelacht. Danach war er für immer kuriert.«

Kendall verdrehte die Augen. »Ihr Chandlers wart ja ein ziemlich verrückter Haufen.«

»Mom pflegte zu sagen, wir hätten zu viel überschüssige Energie. Chase meinte, wir wären die reinsten Landplagen.« Rick kicherte; er wusste, dass er trotz allem verdammt froh sein konnte, ein Mitglied dieser Familie zu sein, wie Kendall es ausgedrückt hätte.

Sie hatte da offenbar weit weniger Glück gehabt. »Erzähl mir von deinen Eltern«, bat er.

»Erzähl mir von deiner Ehe«, konterte sie.

Er holte tief Atem. Auf keinen Fall würde er mit Kendall über seine Exfrau sprechen. Jillian gehörte einer Vergangenheit an, mit der er ein für alle Mal abgeschlossen hatte.

Aber wenn das stimmte, weshalb weigerte er sich dann, sich Kendall anzuvertrauen, fragte ihn eine innere Stimme herausfordernd. Fürchtete er, wenn er den alten Schmerz wieder aufleben ließ, könnte er sich gezwungen sehen, auf Distanz zu Kendall zu gehen, um zu verhindern, dass er noch tiefere Wunden davontrug als damals, als Jillian einen anderen Mann und ein anderes Leben vorgezogen hatte? Kendall hatte bereits beschlossen, die Stadt in absehbarer Zeit zu verlassen, und Rick beabsichtigte nicht, irgendetwas zu tun, was ihn vielleicht veranlassen würde, sie aus seinem Leben auszugrenzen. Solange sie bei ihm war, sollte nichts zwischen ihnen stehen.

Er drehte sie auf den Rücken, presste ihre Arme in die Matratze und beugte sich über sie. »Ich bin ein Meister in der Kunst des Verhörs«, warnte er. »Glaubst du wirklich, du könntest einen alten Hasen wie mich von einer Spur abbringen?« Ihm war bewusst, dass sie seine Erregung durch die Kleidung hindurch spüren musste.

Sie täuschte ein Seufzen vor, das eher wie ein lustvolles Stöhnen klang. »Wenn du Foltermethoden anwendest, bleibt mir wohl nichts anderes übrig, als zu reden.« Ihre Stimme klang heiser und atemlos.

Er freute sich, dass sie nicht unbeteiligt blieb, aber trotzdem hielt er es im Moment für das Wichtigste, ihr ein paar Informationen zu entlocken. All ihrer Unabhängigkeit zum Trotz hatte Kendall zugegeben, nie ein richtiges Familienleben gekannt und darunter sehr gelitten zu haben. Und jetzt, als Erwachsene, lief sie offenbar immer noch vor irgendetwas davon. Wenn er verstand, warum das so war, konnte er ihre Ansichten vielleicht nach und nach ändern. Viel Hoffnung hatte er nicht, aber er musste es versuchen.

Rick Chandler gab niemals einfach kampflos auf. »Ich möchte wissen, wie sehr du deine Eltern vermisst hast, wenn sie längere Zeit nicht da waren«, bohrte er weiter.

»Überhaupt nicht.«

Aber sie senkte bei diesen Worten den Blick, für ihn der klare Beweis dafür, dass sie aus Selbstschutz log. »Kendall?« Er gab eine ihrer Hände frei, umfasste ihr Kinn und drehte ihr Gesicht zu sich hin, sodass sie gezwungen war, ihn anzusehen. »Du musst eine sehr einsame Kindheit gehabt haben.«

»Ich hatte doch Familie«, verteidigte sie sich trotzig.

»Was war die längste Zeit, die du bei einem deiner Verwandten verbracht hast?«

»Zwei Jahre, vielleicht auch drei. Ich hatte viele Onkel und Tanten, da kam jeder mal dran«, erwiderte sie betont munter.

Rick zog es vor, nicht zu fragen, warum sich niemand erboten hatte, dem Kind auf Dauer ein Heim zu bieten. Er wollte den Schlüssel zu ihrem Wesen finden, ohne ihr unnötig weh zu tun.

Kendall stieß einen langen Seufzer aus. »Ich fürchte, unser Familienmotto lautet: Hals dir keine unnötigen Probleme auf. Meine Mutter hat zwei Schwestern und einen Bruder, mein Vater einen Bruder. Alle taten notgedrungen ihre Pflicht, aber niemand wollte sich längere Zeit um ein kleines Kind kümmern.«

Es überraschte ihn, dass sie von sich aus den Punkt anschnitt, den er taktvoll umgangen hatte. Da er wusste, wie schwer es ihr fallen musste, ihm diese Dinge zu erzählen, schwieg er und ließ sie weitersprechen.

»Die einzige Ausnahme war Tante Crystal.« Bei der Erinnerung an ihre Lieblingstante leuchteten Kendalls Augen auf. »Die Zeit bei ihr war die schönste meines Lebens. Ich war damals erst zehn und kann mich nicht mehr an alles erinnern, nur an die Liebe, die sie mir gegeben hat. Und an ihre Plätzchen.« Sie lächelte, ihre Wangen färbten sich rosig. »Noch lange nachdem ich ausgezogen war, weil die Arthritis zuerst ihre Hände befallen hatte und sie kein Kind mehr versorgen konnte, schrieb sie mir jede Woche ... das dachte ich zumindest. Später erfuhr ich, dass sie die Briefe einer Freundin diktiert hat.«

»Der springende Punkt ist, dass sie dich sehr lieb gehabt hat.«

Kendall nickte, dann schluckte sie hart. Eine einzelne Träne rann ihr über die Wange.

Rick hatte ihr keinen Kummer bereiten wollen, aber er hatte sein Ziel erreicht. Sie hatte sich ihm anvertraut. Mit dem Daumen wischte er ihr die Träne ab, dann verschloss er ihre Lippen mit einem Kuss, der in ihm augenblicklich den Wunsch erweckte, sie in Besitz zu nehmen. Aber vor allem wollte er ihr zeigen, wie viel sie ihm bedeutete. Sie sollte begreifen, dass sie für ihn nicht nur eine unter vielen war. Langsam, jede Sekunde auskostend, entkleidete er sie, dann streifte er rasch seine eigenen Sachen ab und griff in die Nachttischschublade.

»Wir kriegen die Schachtel schon noch leer.« Kendalls Stimme klang unüberhörbar zufrieden.

»Genau das ist ja der Sinn der Übung.«

Er hatte die Folie gerade aufgerissen, da nahm Kendall ihm das Kondom aus der Hand. »Das übernehme ich, wenn du gestattest.«

Während er wie gebannt zusah, streifte sie die dünne Gummihülle geschickt über sein erigiertes Glied, dann legte sie sich zurück und wartete darauf, dass er zu ihr kam. Das Wissen, dass sie ihn genauso begehrte wie er sie, steigerte sein Verlangen noch, er zog sie an sich, rollte sich über sie und drang mit einem harten Stoß in sie ein. Sie schlang die Beine um seine Hüften, hob sich ihm entgegen, nahm ihn tief in sich auf. Ihre Haut glänzte vor Schweiß, als sich ihre Körper im Einklang miteinander zu bewegen begannen, diesmal nicht rasch und heftig, sondern in dem langsamen, stetigen Rhythmus zweier Menschen, zwischen denen vollkommene Übereinstimmung herrscht.

Rick hatte gedacht, den Unterschied zwischen Sex und Liebe schon vor langer Zeit begriffen zu haben. Doch erst als er ein letztes Mal in sie hineinstieß und sie beide in einen Strudel der Leidenschaft riss, erkannte er das volle Ausmaß der Kluft, die zwischen diesen beiden Begriffen lag.

Einige Minuten später, nachdem er wieder zu Atem gekommen war und Kendall unter der Decke in den Armen hielt, überkam ihn ein nie gekannter tiefer innerer Frieden – zusammen mit dem vagen Gefühl einer ganz in der Nähe lauernden Bedrohung.

»Eigentlich wollte ich dich heute Nacht nach Strich und Faden verwöhnen«, flüsterte sie. Ihre Lider wurden bereits schwer.

Er lächelte leise. »Das hast du doch getan.«

»Freut mich.« Ihre schlaftrunkene Stimme rührte ihn.

Er hielt sie schweigend fest, bis ihre ruhigen, gleichmäßigen Atemzüge ihm verrieten, dass sie eingeschlafen war, dann schloss auch er die Augen. Nächte wie diese konnten, was ihn betraf, ruhig zur Gewohnheit werden, aber im Gegensatz zu seinem Kindheitstraum, zur Polizei zu gehen, würde sich der von einer Zukunft mit Kendall wohl kaum verwirklichen lassen.

Ein schrilles, durchdringendes Geräusch riss Kendall aus dem Schlaf. Sie versuchte, es zu ignorieren, aber da legte sich eine Hand auf ihren Arm, schüttelte sie unbarmherzig und zwang sie dazu, widerwillig die Augen aufzuschlagen.

»Kendall, wach auf! Das ist das Handy in deiner Tasche«, drängte Rick.

Kendall vergrub stöhnend den Kopf im Kissen, ehe sie sich auf die Seite rollte und aus dem Bett kletterte. Der Luftstrahl der Klimaanlage strich über ihre nackte Haut und ließ sie erschauern. Sie kramte das Handy aus ihrer Tasche und blickte

auf die Nummer auf dem Display, von der sie nur die Vorwahl von Vermont erkannte. Hannah, dachte sie, und ihr
wurde klar, dass der kalte Luftzug im Moment das geringste
Problem war.

Hastig drückte sie die grüne Taste. Hoffentlich hatte ihre
Schwester nicht schon wieder eingehängt. »Hannah? Hannah, bist du noch da?«

»Natürlich bin ich noch da. Vermont liegt am anderen Ende der Welt, ohne Geld oder ein Auto kommt man da nicht
weg«, drang die gereizte Stimme ihrer Schwester an ihr Ohr.

»Das meinte ich nicht.« Kendall fuhr sich mit der Hand
durch das schlafzerzauste Haar. »Wir müssen dringend miteinander reden.«

»Finde ich auch.«

Kendall kniff die Augen zusammen. Tagelang hatte Hannah nicht geruht, auf ihre Anrufe zu reagieren, und jetzt lenkte sie plötzlich ein? Da steckte doch etwas dahinter. »Was ist
passiert, Hannah?«

»Als ob dich das interessieren würde.«

Kendall überhörte die patzige Bemerkung. »Ich habe mit
Mr. Vancouver gesprochen ...«

»Er hasst mich.«

»Nicht ganz ohne Grund, möchte ich meinen.«

Ihre Schwester schnaubte nur abfällig.

»Er sagte, du wärst nur noch auf Bewährung an der Schule.«

»Äh ... jetzt nicht mehr.«

Kendall zwinkerte. »Nicht mehr? Wie hast du das denn geschafft? Hast du dich entschuldigt und versprochen, dich
zu ...«

»Ich bin abgehauen.«

»Was soll das heißen, du bist abgehauen?« Kendalls Stimme überschlug sich fast. Rick sprang aus dem Bett, trat hinter sie, zog sie mit sich und bedeutete ihr, sich wieder auf die Matratze zu setzen. »Wo bist du? Ist alles in Ordnung?« Sie musste all ihre Willenskraft aufbieten, um nicht in Panik zu geraten. Noch nicht.

»Was glaubst du wohl, was das heißen soll? Ich bin abgehauen, Punkt. Die wollten mich da eh nicht mehr haben. Ich hab ihnen nur die Mühe erspart, mich rauszuschmeißen.«

»Dich rauszuschmeißen?« Obwohl Mr. Vancouver diese Möglichkeit angedeutet hatte, war Kendall davon ausgegangen, dass er sich erst einmal mit Hannah und ihren Eltern oder mit Hannah und ihrer Schwester zusammensetzen und in Ruhe über alles reden würde. Und sie hätte nie gedacht, dass Hannah sich etwas zu Schulden kommen lassen würde, was so drastische Konsequenzen nach sich zog.

»Kannst du mal aufhören, alles zu wiederholen, was ich sage? Kein Grund, Theater zu machen. Diese Schule hat mich einfach angekotzt.«

»Achte auf deine Ausdrucksweise, junge Dame!«, tadelte Kendall sie scharf.

»Von dir brauche ich mir keine Vorschriften machen zu lassen! Du bist nicht meine Mutter.«

Hannahs giftiger Ton ließ Kendall zusammenzucken. Was war nur mit ihrer kleinen Schwester passiert, und was hatte sie dazu gebracht, einfach aus ihrem Internat fortzulaufen? »Hannah, ich bin die einzige erwachsene Verwandte, die auf der Telefonliste für Notfälle deiner Schule steht, und das gibt mir das Recht auf ein paar klare Antworten.« Vor allem auf die momentan wichtigste Frage, dachte sie. »Wo bist du jetzt?«

»Was geht's dich an?«

»Einiges. Also?«

»Ich bin am Busbahnhof in der Nähe der Schule. Ich brauche eine Fahrkarte, und ich muss wissen, wo du gerade steckst. Wenn man eine Familie wie Mom, Dad und dich hat, wäre man als Vollwaise besser dran.«

Hannahs Worte versetzten Kendall einen Stich ins Herz. Sie kannte das Leben, das Hannah eben beschrieben hatte, aus eigener Erfahrung; sie wusste, was es hieß, abgeschoben zu werden. Ihre Eltern hatten Hannah in einem Internat untergebracht, weil sie in stabileren Verhältnissen aufwachsen sollte als Kendall. Aber konnte ein Internat die Familie ersetzen, gab eine leise Stimme in Kendalls Kopf zu bedenken. »Hannah ...«

»Laber mich jetzt nicht voll, sondern hol mich einfach hier raus, okay?«

Kendall schloss kurz die Augen. Ihre Schwester musste zutiefst verstört und unglücklich sein, sonst würde sie sich nicht so feindselig verhalten. Und sie, Kendall, hatte nichts bemerkt! Sie war vollkommen mit Tante Crystals Pflege und ihren eigenen Problemen beschäftigt gewesen und hatte daher der Einfachheit halber vorausgesetzt, dass Hannah in ihrem Internat gut aufgehoben war und sich dort wohl fühlte. Ein Fehler, der sich jetzt offenbar rächte.

Aber zuerst musste sie Hannah nach Hause holen. Nach Hause ... als ob eine von ihnen ein Zuhause hätte. Kendall sah auf die Uhr. Schon acht. Sie rieb sich die Augen. »Gib mir durch, wo du genau bist, dann rufe ich an und besorge dir eine Fahrkarte. Hast du deinen Personalausweis dabei?« Sie bat Rick pantomimisch, ihr ein Stück Papier und einen Stift zu holen.

»Yeah.«

Rick reichte ihr das Gewünschte. Ihre Lippen formten ein stummes ›Danke‹. »Ich höre, Hannah«, sagte sie dann, kritzelte den Namen des Busbahnhofs von Vermont, die Vorwahl und die Telefonnummer auf den Zettel und seufzte leise. »Ich reserviere dir eine Fahrkarte und hole dich nachher in Harrington ab.«

»Von mir aus.«

Kendall meinte, aus dem prahlerischen Ton die Angst eines verschüchterten, allein auf sich gestellten Mädchens herauszuhören. Aber vielleicht wollte sie auch einfach nicht glauben, dass ihre Schwester wirklich so abgebrüht und gleichgültig war, wie sie sich gab. Schließlich hatte sie oft genug mit Hannah telefoniert, und sie hatte immer ganz normal geklungen. *Aber wann hast du dir das letzte Mal die Zeit genommen, ihr wirklich zuzuhören?*, fragte die leise, anklagende Stimme wieder. Da sie sich mit der Antwort und den daraus resultierenden Schuldgefühlen nicht auseinander setzen mochte, konzentrierte sich Kendall wieder auf die Gegenwart. »Pass auf dich auf, Hannah.«

»Ich geh nicht mehr zurück. Nie mehr.« Hannahs Stimme zitterte, und diesmal wusste Kendall, dass sie sich das nicht nur eingebildet hatte.

Sie räusperte sich, weil sich ein Kloß in ihrer Kehle bildete. »Darüber reden wir, wenn du hier bist, okay?«

»Versprich mir, dass du mich nicht zurückschickst.«

Sie würde sich irgendwie mit ihren Eltern in Verbindung setzen müssen, aber sie konnte ihre Schwester doch unmöglich an einer Schule lassen, wo sie so unglücklich war. »Versprochen.«

Am anderen Ende der Leitung ertönte ein langes, erleichtertes Seufzen.

»Ich rufe Mr. Vancouver an und sage ihm, dass du auf dem Weg zu mir bist. Ich möchte nicht, dass er die Polizei verständigt oder dich als vermisst meldet.«

»Glaub bloß nicht alles, was er sagt. Der Kugelkopf ...«

»Mr. Vancouver«, vermutete Kendall.

Hannah schnaubte. »Er hat absolut keinen Sinn für Humor.«

»Hätte ich auch nicht, wenn du mich als Kugelkopf bezeichnen würdest«, erwiderte Kendall trocken. Sie war sich nicht sicher, ob sie von Hannahs letzten Schandtaten hören wollte.

»Hab ich nur ein Mal in seinem Beisein gemacht.«

Kendall schüttelte den Kopf. Sie ahnte, dass Einiges auf sie zukommen würde, wenn Hannah erst einmal da war. »Ich besorge jetzt deine Fahrkarte. Rühr dich nicht vom Telefon weg. Ich rufe gleich zurück und sage dir, was du tun musst.«

Die nächsten fünf Minuten verbrachte sie damit, alles Notwendige in die Wege zu leiten und den Schalterbeamten zu bitten, ein Auge auf Hannah zu haben, bis sie sicher im Bus saß, dann rief sie ihre Schwester zurück.

Endlich beendete sie das Telefonbuch und wandte sich an Rick. »Ihr Bus geht um viertel vor elf. Ich muss sie heute Nachmittag um fünf vor drei in Harrington abholen.«

»Was ist eigentlich passiert?« Rick entwand ihr das Handy und legte es auf den Nachttisch.

Kendall fuhr sich mit zitternden Händen durch das Haar, dann begann sie im Zimmer auf- und abzugehen. »Ich glaube es einfach nicht!«

»Setz dich erst mal.« Er klopfte auf die Matratze, auf der sie sich geliebt hatten und hinterher in seliger Erschöpfung eingeschlafen waren – während ihre Schwester vor Verzweiflung nicht ein noch aus gewusst hatte.

Und Kendall hatte von alldem keine Ahnung gehabt. Hatte das Unheil nicht kommen sehen. Sie schüttelte den Kopf, während sich ihre Gedanken überschlugen. »Hannah muss den Verstand verloren haben. Ich meine, wie konnte sie einfach so weglaufen? Wie konnte sie so dumm sein, ohne Geld und ohne zu wissen, wohin sie eigentlich will, zum Busbahnhof zu gehen? Wer tut denn so etwas Unbedachtes?«

Rick zuckte zusammen. »Du zum Beispiel.«

Kendall machte Anstalten, empört zu widersprechen, sah dann aber ein, dass er Recht hatte. »Okay, der Hang zu impulsiven Taten scheint also in der Familie zu liegen. Aber weißt du, was einer Vierzehnjährigen ohne Begleitung alles zustoßen kann?« Der Gedanke jagte ihr einen Schauer über den Rücken. »Hoffentlich passt der Schalterbeamte gut auf sie auf.«

Rick griff nach dem Zettel, auf dem sie sich Notizen gemacht hatte, dann nahm er das Telefon und wählte eine Nummer. »Hallo?«

»Was machst du denn ...«

Er brachte sie mit einer Handbewegung zum Schweigen. »Hier spricht Officer Rick Chandler vom Yorkshire Falls Police Department. Yorkshire Falls, New York. Bei Ihnen befindet sich eine Minderjährige namens Hannah Sutton?« Er wartete die Antwort ab, dann nickte er Kendall zu. »Gut. Ich wäre Ihnen sehr verbunden, wenn Sie dafür sorgen würden, dass sie in den richtigen Bus steigt und von niemandem belästigt wird, während sie wartet. Ich kann Ihnen die Nummer meiner Dienstmarke durchgeben, wenn Sie ...« Er schwieg einen Moment. »Nicht nötig? Danke für Ihre Hilfe. Bye.« Er legte auf und grinste Kendall an.

»Kannst du das denn einfach so ...«

»Wie du siehst.« Er zuckte die Achseln. »Fühlst du dich jetzt besser?«

»Viel besser.« Sie kam zum Bett zurück und schlang die Arme um ihn. »Danke. Ich kann dir gar nicht sagen, wie viel mir das bedeutet.«

Und Rick konnte ihr nicht sagen, wie viel sie ihm inzwischen bedeutete. Nicht, wenn er sie nicht in die Flucht schlagen wollte. »Ich komme mit, wenn du sie abholst.«

»Musst du denn nicht arbeiten?«

»Es wird sich schon jemand finden, der die Schicht mit mir tauscht.«

Sie sah ihn dankbar an. »Das ist wirklich nett von dir. Weißt du, obwohl ich meine Schwester wirklich von Herzen liebe, haben wir nicht mehr zusammen unter einem Dach gelebt, seit ich achtzehn war. Ich habe keine Ahnung, wie man mit einem Teenager umgehen muss, noch dazu mit einem, der sich einbildet, die ganze Welt wäre gegen ihn.« Sie erschauerte plötzlich, als drohe die Last der Verantwortung sie zu erdrücken. »Sie wird mich gar nicht an sich heranlassen.«

»Sie hat dich angerufen und um Hilfe gebeten, nicht wahr? Ihr zwei werdet schon lernen, miteinander auszukommen.«

Kendall schüttelte den Kopf. »Sie hat sich wohl hauptsächlich deswegen an mich gewandt, weil sonst keiner da ist. Ich hatte so den Eindruck, sie denkt, mir würde nicht viel an ihr liegen. Das stimmt zwar nicht, aber irgendwie kann ich sie schon verstehen – ich habe bislang nicht allzu viel getan, um ihr das Gegenteil zu beweisen.« Bedrückt ließ sie den Kopf hängen. Sie schien alles andere als stolz auf sich zu sein.

Rick legte einen Finger unter ihr Kinn und hob es an. »Kendall, du bist ihre Schwester, nicht ihre Mutter. Du hattest mit deinen eigenen Problemen zu kämpfen. Aber jetzt, wo sie dich braucht, bist du für sie da, und nur das zählt.«

Tröstend strich er mit der Hand über ihren glatten Rücken.

Der Zauber dieser Nacht war verflogen, verdrängt worden von der Realität in Gestalt eines vierzehnjährigen Mädchens. Rick empfand sowohl für Kendall als auch für Hannah tiefes Mitgefühl. Zwar war er nicht gerade begeistert, nun nicht mehr so viel Zeit allein mit Kendall verbringen zu können, wie er geplant hatte, aber er war entschlossen, ihr zu helfen, die Probleme zu bewältigen, die da auf sie zukamen.

Sie schenkte ihm ein schwaches Lächeln. »Danke. Ich werde versuchen, meine Eltern ausfindig zumachen, sofern das überhaupt möglich ist. Sie sind irgendwo in Afrika auf einer Expedition.«

»Und haben vermutlich kein Handy dabei.«

»Leider. Also bleiben alle Entscheidungen in Bezug auf Hannah an mir hängen.« Sie seufzte. »Und ich habe ihr versprochen, sie nicht nach Vermont Acres zurückzuschicken. Jetzt muss ich sie im Herbst in einer Schule unterbringen, wo sie sich halbwegs wohl fühlt.«

»Zu schade, dass du dich standhaft weigerst, dich irgendwo auf Dauer niederzulassen.«

Sie straffte sich und warf ihm einen finsteren Blick zu. »Was soll das denn heißen?«

Rick winkte ab. »Nichts.« Im Stillen verwünschte er sein vorlautes Mundwerk. »Aber vielleicht wäre es das Beste für Hannah, wenn du in Yorkshire Falls bleiben würdest.«

»O nein!« Kendall schüttelte den Kopf. »Mir hat es schon gereicht, so lange in New York City festzusitzen.« Sie senkte den Blick, weil sie ihm nicht in die Augen sehen konnte.

Kämpfte sie gegen den Wunsch an, doch hier zu bleiben? Rick hoffte es, denn irgendwann im Lauf dieser Nacht war ihm klar geworden, dass er sich bis über beide Ohren in Kendall Sutton verliebt hatte, obwohl er entschlossen gewesen war, es nicht so weit kommen zu lassen. In dem Moment, als er sie in ihrem Hochzeitskleid am Straßenrand gesehen hatte, war es um ihn geschehen gewesen.

Die Ankunft ihrer Schwester gab ihm die Gelegenheit, Kendall davon zu überzeugen, dass Yorkshire Falls ihre neue Heimat war und dass sie ihrer Schwester einen großen Gefallen erweisen würde, wenn sie sie hier zur Schule schickte. *Träum weiter.*

Er selbst tat jedenfalls gut daran, den Schutzwall zu verstärken, den er um sich herum errichtet hatte, wenn er nicht am Ende wieder um eine schmerzhafte Erfahrung reicher sein wollte.

Kendall hatte immer gedacht, das Mundwerk eines Teenagers würde nicht still stehen, doch während der ganzen Fahrt herrschte im Wagen bedrückendes Schweigen. Schon als Hannah aus dem Bus ausgestiegen und Kendalls Versuch, sie zu umarmen, unwillig ausgewichen war, hatte diese Schwierigkeiten gewittert. Als Hannahs Blick dann auch noch an Ricks Uniform hängen blieb, erkannte sie, dass es ein großer Fehler gewesen war, ihn zu diesem ersten Wiedersehen mitzunehmen.

»Was will denn der Cop hier?«, fragte Hanna auch prompt mit unüberhörbarer Abneigung in der Stimme.

»Er ist kein Cop, sondern mein …« Kendall wusste nicht weiter. Natürlich war Rick ein Cop, aber er war nicht hier, weil Hannah etwas ausgefressen hatte. Und Kendall hatte keine Ahnung, wie sie ihre Beziehung zu ihm definieren sollte, schon gar nicht gegenüber ihrer vierzehnjährigen Schwester, also entschied sie sich für eine relativ unverfängliche Bezeichnung. »Mein Freund.«

»Das ist ja voll krass!«

»Wo wir gerade von krass sprechen ... was hast du denn mit deinem Haar angestellt?«

Hannah zupfte an einer wild vom Kopf abstehenden lilafarbenen Strähne. »Cool, was?«

Kendall schluckte die Bemerkung herunter, die ihr auf der Zunge lag. Sie wollte nicht riskieren, dass ihre Schwester noch mehr auf Distanz zu ihr ging. Also fuhren sie schweigend nach Yorkshire Falls zurück. Nur das unaufhörliche Schmatzen der Kaugummi kauenden Hannah zerriss die Stille im Wagen.

Endlich bequemte sie sich dazu, den Mund aufzumachen. »Ist hier in dem Kaff überhaupt irgendwas los?«

Kendall sah erst Hannah, dann Rick an. »Rick? Du weißt darüber besser Bescheid als ich.«

Rick drehte sich kurz zu Hannah um. »Die Kids treffen sich hier gerne bei Norman's, dann gibt es noch ein altes Kino und das städtische Hallenbad.«

Hannah verdrehte die Augen. »Das hat man davon, wenn man einen Cop fragt, was hier abgeht. Da kann ich mich ja gleich lebendig begraben lassen.«

»Ein einfaches ›Danke‹ wäre netter gewesen als dein Gemecker«, warf Kendall ein. »Und ich hatte eigentlich gedacht, ich könnte dir beibringen, wie man Perlenschmuck herstellt. Oder wir könnten zusammen zeichnen, wenn dir das lieber ist.«

Hannah warf ihr nur einen misstrauischen Blick zu, als könne sie nicht glauben, dass sich Kendall wirklich mit ihr abgeben wollte.

Doch diese ließ nicht locker. »Ich habe einige deiner Arbeiten gesehen, daher weiß ich, dass du Talent hast.«

»Wenn du meinst.«

Hannahs Stimme klang gleichgültig, doch ihr Blick hing an

Kendall, die zu hoffen begann, ihre Schwester brauche nur viel Zeit und Geduld, dann würde sich alles schon von selber regeln.

»Wenn du erst mal ein paar Freunde gefunden hast, wirst du dich hier bestimmt wohl fühlen«, versicherte Rick Hannah. »Ich mache dich gern mit ein paar Kids in deinem Alter bekannt.«

Kendall zwinkerte ihm dankbar zu.

»Von mir aus, solange das nicht lauter Dorfdeppen sind.« Hannah lehnte sich in ihrem Sitz zurück und verschränkte die Arme über ihrem mehr als knappen Top. Nachdem sich Kendall schon kritisch über das Haar ihrer Schwester geäußert hatte, verkniff sie sich eine Bemerkung über deren Kleidung. Hannah legte es ganz offensichtlich darauf an, wie ein Double von Britney Spears oder Christina Aguilera auszusehen.

Rick hielt vor dem Haus. »So, wir sind da.«

Hannah richtete sich auf und hielt sich an Kendalls Kopfstütze fest, um besser sehen zu können. »Hier hat Tante Crystal gewohnt?«

»Bis sie in ein Pflegeheim musste.«

»Das ist ja ein riesiger Schuppen!«

Ihre Schwester machte große Augen, und jetzt hatte sie keine Ähnlichkeit mehr mit dem verbitterten Teenager, den Kendall vom Bus abgeholt hatte, sondern glich wieder dem jungen Mädchen, an das sie sich von früher erinnerte. »Wir wohnen hinten im Gästehaus.« Hoffentlich setzte das Hannahs Begeisterung keinen Dämpfer auf.

»Ein Gästehaus? Cool!« Hannah stieß die hintere Tür auf, drehte sich aber noch ein Mal um, ehe sie aus dem Wagen kletterte. »Wer wohnt denn im Haupthaus?«

Ehe Kendall ihr eine Antwort geben konnte kamen Pearl

und Eldin die Auffahrt heruntergestapft, um sie zu begrüßen; Pearl in der ganzen Pracht ihres Morgenmantels, Eldin in seinem farbverschmierten Arbeitsoverall.

»Das ist doch wohl nicht dein Ernst.« Hannah stieg aus und starrte Pearl ungläubig an.

»Oh, sieh mal, Eldin.« Pearl deutete auf sie. »Das ist ja Crystals andere Nichte!«

Sie zog die verdutzte Hannah in eine herzliche Umarmung, dann hielt sie sie ein Stück von sich ab, um sie genauer betrachten zu können. Kendall zuckte zusammen und warf Rick einen verzweifelten Blick zu, doch der schüttelte nur mit einem leisen Stöhnen den Kopf.

»Ich hoffe nur, Hannah hält ein einziges Mal ihre vorlaute Klappe«, murmelte Kendall.

»Gib die Hoffnung nicht auf, Süße.« Rick zog den Zündschlüssel ab. »Ich bin mir nicht sicher, wer von den beiden dringender Hilfe braucht, aber wir sollten lieber zu ihnen gehen.«

Kendall nickte, hielt ihn aber am Ärmel fest. »Rick?«

Er drehte sich zu ihr um.

Allein sein Lächeln spendete ihr den Trost, von dem ihr gar nicht bewusst gewesen war, wie dringend sie ihn brauchte. »Ich habe das hier nicht vorhergesehen, deswegen wäre ich dir auch nicht böse, wenn du aus der ganzen Sache aussteigen willst.«

»Wir haben eine Abmachung, nicht wahr? Ich gehöre nicht zu den Leuten, die ihr Wort brechen, also musst du mich schon noch eine Weile ertragen.«

Bei seinen Worten zog sich ihr Magen zusammen. Seit wann betrachtete er sie als bloßen Teil einer Abmachung? Nach der letzten Nacht hätte sie nie gedacht, dass er sie als bloße Verpflichtung betrachtete.

Aber du hast ihn zurückgestoßen, nicht wahr?, meldete sich eine Stimme in ihrem Kopf zu Wort. Ihre Reaktion auf seinen Vorschlag, doch in Yorkshire Falls zu bleiben, fiel ihr wieder ein, und sie begriff, dass er allen Grund hatte, aus purem Selbstschutz auf Distanz zu ihr zu gehen. Und obwohl ihr sein plötzliches Umschwenken nicht gefiel, konnte sie es ihm nicht verübeln.

Aber wie auch immer es mit ihnen weitergehen mochte, jetzt war er hier und hatte versprochen, ihr auch weiterhin zur Seite zu stehen. Um mehr würde sie ihn nicht bitten, denn sie war nicht bereit, im Gegenzug auch mehr zu geben.

Also rang sie sich ein gequältes Grinsen ab. »Okay, du hattest deine Chance. Noch eine Möglichkeit zur Flucht biete ich dir nicht.« Sie griff nach seiner Hand und drückte sie, wohl wissend, dass sie ihn dringender brauchte, als sie sich eingestehen mochte.

»Kein Problem.« Einen Moment lang trafen sich ihre Blicke.

Kendall nutzte die Gelegenheit, um sich vorzubeugen und ihm einen Kuss auf die Lippen zu drücken. Als Bestätigung für wen?, dachte sie. Für sich selbst? Oder für ihn? Ehe sie weiter darüber nachdenken konnte, hörte sie Hannah laut aufkreischen.

Rick und Kendall lösten sich hastig voneinander, sprangen aus dem Auto und liefen zu Hannah und Pearl hinüber.

»Was ist los?«, fragte Kendall besorgt.

»Abgesehen davon, dass sie mich umarmt hat, obwohl sie nach Mottenkugeln stinkt?«

»Hannah!«, wies Kendall ihre Schwester tödlich verlegen zurecht.

»Das sind keine Mottenkugeln, sondern Veilchencachous«, stellte Pearl nicht im Geringsten beleidigt richtig.

»Und ich habe ihr nur gesagt, wie sehr ich mich freue, sie hier zu haben. Sie ist nur viel zu dünn, anscheinend haben sie an dieser Schule nicht darauf geachtet, dass sie vernünftig isst. Ich habe zufällig gerade frische Brownies gebacken, sie stehen zum Abkühlen in der Küche.«

Ein Funken von Interesse flackerte in Hannahs Augen auf. Kendall sah, wie sie gegen den Wunsch ankämpfte, die warmherzige Einladung anzunehmen.

Pearl beugte sich zu Kendall und flüsterte ihr weithin hörbar ins Ohr: »Sie sollten ihr wirklich besser einen BH kaufen, Kindchen. Sie ist jung, aber recht ordentlich entwickelt, da sollte sie nicht mehr ohne Büstenhalter herumlaufen.«

Hannah machte Anstalten, empört zu protestieren, aber Rick legte ihr warnend eine Hand auf den Arm. »Nicht jetzt!«

Pearl wandte sich in dem Moment an Hannah, in dem Rick sie frei gab. »Ich bringe euch die Brownies gleich rüber.« Ohne eine Antwort abzuwarten eilte sie ins Haus zurück.

»Ich bin Eldin.« Der ältere Mann hielt Hannah die Hand hin. »Und Pearl meint es gut.«

Hannah starrte ihn stumm an, bis Rick sie sacht mit dem Ellbogen anstieß. Hannah verstand den Wink mit dem Zaunpfahl, schüttelte Eldin kurz die Hand und zog sie dann zurück. Sie fürchtete wohl, er würde sie gleichfalls umarmen, aber Eldin tat nichts dergleichen, sondern nickte nur zufrieden und ging dann etwas langsamer als seine bessere Hälfte über die Auffahrt auf das Haus zu. Vermutlich bereitete ihm sein Rücken wieder Probleme.

Kendall registrierte voll warmer Dankbarkeit, wie gut Rick Hannah zu nehmen wusste. Sie selbst befand sich noch in einer Art Schockzustand – aus dem es so schnell wie möglich zu erwachen galt.

»Bye, Eldin!«, rief Hannah dem alten Mann zu Kendalls Überraschung nach.

Vielleicht lebt sie sich doch bald hier ein, dachte sie hoffnungsvoll.

Doch dann drehte sich Hannah zu ihrer Schwester um. »Kommt gar nicht in Frage, dass ich mit deinem Bullenfreund und zwei alten Krähen in diesem Nest versauere. Und die alte Lady hat mir auf den Busen geglotzt.« Sie verschränkte die Arme vor der Brust. »Das ist doch echt krank.« Sie funkelte Kendall aus schmalen Augen an, dann stürmte sie in Richtung Gästehaus davon.

Kendall blickte Rick an und seufzte. »Ein richtiges Sonnenscheinchen, findest du nicht?«

Er lachte. »Sie ist ein Teenager. Da gibt es viel schlimmere.«

»Gott bewahre mich vor denen.« Kendall verdrehte die Augen gen Himmel. »Ihr Haar ist neonlila.«

Rick grinste. »Deins war pink.«

»Würdest du aufhören, mich dauernd auf solche Ähnlichkeiten hinzuweisen?« Die Wahrheit, die in seinen Worten lag, reichte aus, um Kendall auf die Palme zu bringen.

Er sah auf die Uhr. »So ungern ich dich jetzt auch allein lasse, aber die Pflicht ruft.«

»Vermutlich hast du insgeheim schon erleichtert aufgeatmet.«

»Kendall, Kendall.« Ihre Blicke trafen sich, und sie sah ihm an, wie er einen Moment mit sich rang, ehe er der Versuchung erlag, eine Hand auf ihren Nacken legte und ihren Kopf zu sich heranzog. »Was soll ich nur mit dir machen?«

Sein Atem war warm, und der leise Pfefferminzduft erweckte in ihr plötzlich den Wunsch, er möge sie küssen. »Ich weiß nicht. Woran dachtest du denn?«

»Dich davon zu überzeugen, dass ich dich nie im Stich lassen würde, wäre doch schon mal ein Anfang – dich zu überreden, für immer hier zu bleiben, ein noch besseres Ende«, gab er mit offenkundigem Widerstreben zu.

Ehe sie antworten konnte verschloss er ihre Lippen mit den seinen, und seine Zunge erforschte ihren Mund.

»Mmm.« Der Laut entrang sich ihr fast unbewusst, sie begann zu zittern, und er drückte sie enger an sich.

»Gleich muss ich kotzen!«

Kendall machte sich hastig von Rick los. Hannah stand hinter ihr, schnitt eine angewiderte Grimasse und musterte sie und Rick finster.

»Tut mir Leid, wenn ich störe, aber das Haus ist abgeschlossen. Soll ich vielleicht durchs Fenster einsteigen?«, fauchte sie ungnädig.

Kendall zwinkerte Rick zu und hob viel sagend eine Augenbraue. Wie es aussah, waren die Flitterwochen vorüber, und der Alltag hatte sie in den Krallen – in Gestalt eines aufmüpfigen vierzehnjährigen Teenagers.

Kendall schlüpfte in ihren Lieblingsschlafanzug – Shorts und ein passendes Oberteil – und kroch ins Bett. Die paar Stunden, die sie mit ihrer Schwester unter einem Dach verbracht hatte, hatten sie ihre letzte Kraft gekostet. Hannah hatte das Zimmer, das sie für sich mit Beschlag belegt hatte, nicht mehr verlassen, auch nicht zum Abendessen, woran sich Kendall selbst die Schuld gab. Sie hatte nicht nur das Gästezimmer wohnlich hergerichtet, sondern sogar noch rasch eine zweite Klimaanlage für ihre Schwester besorgt, also konnte sie noch nicht einmal darauf hoffen, dass die Hitze Hannah dazu brachte, ihre selbst gewählte Einzelhaft aufzugeben. Aber selbst ein Teenager konnte sich nicht ewig in seinem Zimmer verbarrikadieren. Morgen würde Kendall sie dazu zwingen, sich mit ihr zusammenzusetzen, um über alles zu reden.

Sie spürte, wie ihr allmählich die Augen zufielen. Seit sie in Yorkshire Falls lebte, war sie in eine gewisse Routine verfallen. Sie stellte die Klimaanlage frühzeitig an und schloss dann ihre Schlafzimmertür, bis die Temperatur im Raum arktische Gradzahlen erreicht hatte. Zur Schlafenszeit wurde die Anlage dann wieder ausgeschaltet, die Kühle hielt eine Nacht lang vor, dann begann das Ritual von Neuem. Jetzt genoss sie die Stille, die sich so stark von der ewigen Betriebsamkeit des nächtlichen New Yorks unterschied. Sie hatte sich bereits an die nur von gelegentlichem Vogelgezwitscher unterbrochene friedliche Ruhe gewöhnt und rechnete schon gar nicht mehr damit, noch andere Geräusche zu hören. Deshalb fuhr sie ruckartig im Bett hoch, als plötzlich ein Automotor aufbrummte. Es klang, als käme das Geräusch direkt aus ihrem Hinterhof.

Ihr war sofort klar, dass etwas nicht stimmte, und sie konnte sich auch ziemlich genau vorstellen, was passiert war. Sie rannte zum Fenster, stieß die hölzernen Läden auf und sah gerade noch ihr rotes Auto von der Auffahrt auf die Straße abbiegen.

»Verdammt nochmal, Hannah!« Nackte Angst ergriff von Kendall Besitz. Ohne zu überlegen griff sie nach dem Telefon. Ihr Zahlengedächtnis ließ sehr zu wünschen übrig, und sie kannte Ricks verschiedene Nummern immer noch nicht auswendig, also wählte sie 911 und wurde mit dem Yorkshire Falls Police Department verbunden. »Officer Rick Chandler, bitte. Es handelt sich um einen Notfall.«

Während sie wartete, trommelte sie mit den Fingern nervös auf ihrem Nachttisch herum.

»Officer Chandler am Apparat.«

Ricks Stimme beruhigte sie augenblicklich. »Rick, ich bin's, Kendall. Hannah hat mein Auto genommen. Sie ist erst vierzehn. Ich weiß nicht, ob sie überhaupt fahren kann, und ich möchte nicht, dass sie einen Unfall baut oder verursacht, und ich habe keine Ahnung, wo sie hin will. Ich meine, sie kennt doch hier nichts und niemanden.« Entnervt fuhr sie sich mit der Hand durch das Haar. »Ich selbst kenne hier ja kaum Leute. Na ja, ein paar mehr als Hannah schon, aber ...«

»Kendall, beruhige dich erst einmal.« Ricks feste Stimme bremste ihren unzusammenhängenden Redefluss.

»Entschuldige.« Sie zwinkerte und stellte verblüfft fest, dass ihr eine Träne über die Wange rann. »Tut mir Leid, aber ich bin völlig fertig. Sie hat sich den ganzen Abend in ihrem Zimmer eingeschlossen, und ich dachte, sie würde auch da bleiben. Ich bin gar nicht auf die Idee gekommen, die Autoschlüssel zu verstecken. Himmel, sie ist doch erst vierzehn!«

»Schon gut. Ich kümmere mich darum, okay?«

Kendall nickte leise schniefend und bemerkte dann, dass er aufgelegt hatte, ohne ihre Antwort abzuwarten. Ihr sollte es recht sein. Besser, er suchte nach Hannah, statt wertvolle Zeit damit zu verschwenden, sie zu trösten. Und wenn er ihre Schwester heil und gesund nach Hause brachte, würde ein Donnerwetter auf den kleinen Satansbraten herabprasseln, das sich gewaschen hatte.

Morgen früh würde sie als Erstes eine Buchhandlung oder die Leihbibliothek aufsuchen, um sich einen Ratgeber für den Umgang mit nicht zu bändigenden Teenagern zu besorgen.

Achtes Kapitel

Ricks Dienst war gerade zu Ende gegangen, als ihn Kendalls Notruf erreichte. Obwohl er wieder einmal beschlossen hatte, sich gefühlsmäßig nicht zu sehr auf sie einzulassen, beabsichtigte er nicht, auch eine physische Distanz zu wahren. Dazu lag ihm zu viel an ihr, und dazu war er zu gern mit ihr zusammen.

Er ließ den Streifenwagen stehen und fuhr mit seinem eigenen Auto kreuz und quer durch die Stadt, um nach Kendalls vertrautem roten Jetta Ausschau zu halten. Obgleich er nicht viel von Hannah wusste, erkannte er in ihr einen zornigen Teenager, wie er in dem DARE-Kurs schon einige gesehen hatte. Er würde nicht zulassen, dass sich Kendall und Hannah immer weiter voneinander entfernten, bis die Kluft unüberbrückbar wurde.

Da er keine Ahnung hatte, wo er Hannah suchen sollte, begann er auf der First Avenue, und als er sie dort nirgendwo entdecken konnte, dehnte er seine Suche auf die Gegend um die Edgemont Road aus, von wo aus sie losgefahren war. Die Grundschule lag eineinhalb Blocks von Crystals – jetzt Kendalls – Haus entfernt, und als er auf den Parkplatz einbog, war er nicht überrascht, dort ein diagonal zwischen zwei Parkbuchten abgestelltes einsames rotes Auto vorzufinden.

Er hielt neben dem Jetta und stieg aus. Als einziges Zugeständnis an seinen Job nahm er die Taschenlampe aus dem Handschuhfach mit, schaltete sie ein und ließ den Lichtstrahl über das Schulgrundstück tanzen. Als er bei den Schaukeln am Fuß des Hügels eine Bewegung bemerkte, hielt er inne. Scheinbar steckte doch noch viel Kindliches in Hannah, und zu diesem Kind in ihr musste er durchdringen, wenn er sie dazu bringen wollte, ihrer großen Schwester eine Chance zu geben.

Während er über die Rasenfläche auf die Schaukeln zuging, atmete er ein paar Mal tief durch. Der Duft von frisch gemähtem, taufeuchtem Gras brachte ihm Erinnerungen an seine eigene Zeit an dieser Schule zurück, denen er einen Moment lang nachhing, ehe er sich wieder auf die vor ihm liegende Aufgabe konzentrierte.

»Hi, Hannah«, rief er laut, damit sie nicht dachte, ein Fremder hätte sie aufgespürt und in Panik geriet. Zwar betrachtete sie Rick wohl kaum als Freund oder Verbündeten, aber zumindest wusste sie, dass ihr von ihm keine Gefahr drohte.

»Was wollen Sie?«

Er richtete den Lichtstrahl auf die Lücke zwischen ihnen. »Das dürfte doch wohl auf der Hand liegen. Ich möchte dich nach Hause bringen.«

»Wieso gerade Sie?« Sie schaukelte unbeeindruckt weiter; stieß sich mit den Beinen so kraftvoll ab wie ein junges, unbekümmertes Mädchen.

Doch Rick ahnte, dass sie sich schon lange Zeit nicht mehr jung oder unbekümmert gefühlt hatte. »Weil ich ein Freund der Familie bin und deine Schwester sich Sorgen um dich macht. So große Sorgen, dass sie mich angerufen hat.«

Hannah schnaubte verächtlich und bremste ihren Schwung mit beiden Füßen, sodass ein paar Erdklümpchen aufspritzten. »Sie hatte wohl eher Angst, ich könnte ihr Auto zu Schrott fahren.«

»Über das Auto hat sie kein Wort verloren, Hannah. Sie hätte es auch als gestohlen melden können, dann wäre ich gezwungen gewesen, dich mit auf die Wache zu nehmen.« Und wenn er bedachte, dass sie minderjährig war und keine gültige Fahrerlaubnis besaß, war das vielleicht gar keine so schlechte Idee.

»Aber sie hat die Cops gerufen.«

Rick schüttelte den Kopf. »Sie hat *mich* gerufen.« Er betonte den Unterschied mit voller Absicht. »Weil sie mir vertraut. Und das solltest du auch tun.« Er klemmte sich auf die Schaukel neben ihr.

Hannah drehte sich zu ihm um und kniff die Augen zusammen. »Ich bin erst vierzehn. Wollen Sie mich nicht einbuchten, weil ich ohne Führerschein gefahren bin?«, fragte sie.

Ihre Stimme klang trotzig und herausfordernd, doch Rick hörte auch einen deutlichen Unterton von Angst heraus; eine Angst, die er nur zu gut verstand. Am liebsten hätte er sie in die Arme genommen und ihr versichert, alles würde wieder gut werden, aber das war nicht seine Sache, sondern die ihrer Schwester.

Stattdessen wollte er lieber versuchen, ihr Vertrauen zu gewinnen. »Ich könnte dich festnehmen, aber ich werde es nicht tun.«

»Warum nicht? Weil Sie es mit meiner Schwester treiben?«

Dabei rümpfte sie so angeekelt die Nase, dass er ein Lachen unterdrücken musste. »Nein, sondern weil ich denke, Kendall hat ein Recht darauf, erst einmal mit dir zu reden.«

»Dann ...«

»Treiben wir es gar nicht miteinander?«, beendete er ihre

unausgesprochene Frage. »Findest du nicht, dass das nur deine Schwester und mich etwas angeht?«

»Das heißt dann wohl ja.« Hannah schnüffelte und rieb sich die Augen. »Was soll's, mir kann's ja egal sein. Sie haben gesagt, Kendall hätte ein Recht darauf, mit mir zu reden? Was ist denn mit meinen Rechten? Sie wird mich bei der erstbesten Gelegenheit in ein anderes Internat abschieben!«

Bei dieser Bemerkung zog sich sein Herz zusammen – nicht nur, weil sie vermutlich Recht hatte und genau das in Kendalls Absicht lag, sondern auch, weil sich das Mädchen ganz offensichtlich verzweifelt nach Zuwendung und Aufmerksamkeit sehnte. Was sie brauchte, konnten weder er noch ein Internat voller fremder Menschen ihr geben.

Eine Ironie des Schicksals, denn Kendall hatte genau die gleichen Bedürfnisse, und nur sie, die Ältere, konnte das, was in ihrer beider Leben schief gelaufen war, wieder in Ordnung bringen. Wenn sie das doch nur begreifen und ihr Vagabundendasein endlich aufgeben würde! Um ihrer selbst und um Hannahs willen hoffte Rick, dass sie letztendlich doch noch zur Vernunft Besinnung kam. Und um seiner selbst willen, aber das mochte er sich nicht eingestehen.

Wie es aussah, hielt Kendall das Schicksal dreier Menschen in den Händen. »Hat sie denn gesagt, sie würde ein neues Internat für dich suchen?«, fragte er behutsam.

Hannah schüttelte den Kopf. »Nein, sie meinte nur, ich müsste nicht mehr nach Vermont zurück, sonst nichts.«

»Weil sie sich so schlecht durch eine geschlossene Tür mit dir unterhalten konnte?«, bemerkte Rick trocken.

»Vermutlich.« Hannah musste zum ersten Mal lächeln, und in diesem Moment sah Rick die Ansätze der Schönheit, zu der sie eines Tages erblühen würde – genau wie ihre Schwester.

»Aber sie will mich nicht bei sich haben«, stellte Hannah dann fest.

»Wie kommst du denn darauf?«

Hannah presste die Lippen zusammen. Ihr Lächeln war verflogen.

»Nun?«

Sie blinzelte ihn durch feuchte Wimpern und schwere Ponyfransen hindurch an. »Ich weiß es eben, und Sie auch.«

»Das ist nicht wahr, Hannah.« So viel zumindest konnte er mit Gewissheit sagen. Kendall liebte ihre Schwester und machte sich große Sorgen um sie, da war er ganz sicher. Nur weil Hannah nicht ständig bei ihr lebte hieß das noch lange nicht, dass Kendall sie nicht wollte.

Kendall hatte ursprünglich vorgehabt, nur kurze Zeit hier zu bleiben. Aber nun, da sie für Hannah verantwortlich war, würde ihr wohl nichts anderes übrig bleiben, als den ganzen Sommer in Yorkshire Falls zu verbringen. Was bedeutete, dass Rick zwei weitere Monate mit ihr blieben. Zwei Monate, in denen Kendall und ihre Schwester sich aneinander gewöhnen und ihre jeweilige Vergangenheit aufarbeiten konnten. Vor allem Kendall musste sich mit der ihren auseinandersetzen, sonst konnte Rick jede Hoffnung, sie zum Bleiben überreden zu können, endgültig begraben.

»Warum sind Sie eigentlich so nett zu mir?«, riss ihn Hannahs Stimme aus seinen Gedanken. »Ich meine, ich muss Ihnen doch einen ganz schönen Strich durch die Rechnung machen.«

»Wie bitte?« Er hob eine Braue.

»Sie wissen schon. Sie können nicht ...« Sie bohrte die Stiefelspitze in den Schmutz. »Sie können's nicht machen, wenn ich in der Nähe bin.«

»Niemand hat behauptet, wir würden irgendetwas *ma-*

chen.« Er grinste. »Und ich bin nett zu dir, weil ich dich trotz dieses kleinen Zwischenfalls für ein gutes Mädchen halte.«

Er bemerkte seinen Fehler im selben Moment, als Hannah fauchte: »Ich bin kein kleines Kind mehr!«

»Stimmt. Dann benimm dich auch wie ein erwachsener Mensch, komm mit mir nach Hause und steh zu dem Mist, den du gebaut hast.«

Hannah starrte ihn nur finster an.

»Außerdem klappern dir vor Kälte ja schon die Zähne.« Und Kendall war mittlerweile vermutlich außer sich vor Sorge. »Ich weiß zufällig, dass deine Schwester heißen Kakao zu Hause hat. Vielleicht spendiert sie dir ja einen Becher davon. Wenn du dich entschuldigst.«

»Ich denk drüber nach«, murmelte sie, stand aber auf und schlenderte in Richtung des Parkplatzes davon.

»Hannah?«

Sie blieb stehen und drehte sich um.

»Die Schlüssel bitte.« Rick streckte die Hand aus.

Mit einem genervten Stöhnen zog Hannah die Autoschlüssel aus der Tasche und warf sie ihm zu.

»Kendall kann den Wagen morgen holen. Jetzt möchte ich dir erst einmal einen guten Rat geben.«

»Kann ich Sie daran hindern?«

Rick schüttelte lachend den Kopf. »Kendall liebt dich, Hannah. Und deswegen bin ich der Meinung, du solltest ihr eine Chance geben, statt noch einmal so eine Show abzuziehen wie heute oder sie ständig mit Vorwürfen zu überschütten.«

»Haben Sie immer so gute Ratschläge parat?«, fragte Hannah sarkastisch.

»Meistens. Noch etwas. Ich habe morgen frei. Richte Kendall bitte aus, dass ich euch beide um neun Uhr abholen werde. Im Rahmen des DARE-Programms der Highschool findet bei Norman's eine große Autowaschaktion statt. Ich bringe dich hin, damit du ein paar Leute in deinem Alter kennen lernen kannst.«

»O Wonne.« Hannah runzelte missmutig die Stirn.

Doch all ihrer aufgesetzten Widerspenstigkeit zum Trotz sah Rick einen Anflug von Dankbarkeit in ihren Augen aufleuchten. Hoffentlich hielt das so lange an, dass auch Kendall heute noch davon profitierte, sie würde im Umgang mit ihrer jüngeren Schwester ohnehin Nerven wie Drahtseile brauchen.

Einen Moment lang fragte sich Rick wehmütig, ob für ihn in Zukunft überhaupt noch Platz in Kendalls Leben sein würde, dann mahnte er Hannah: »Vergiss nicht, dass wir morgen eine Verabredung haben.«

»Wie könnte ich das.«

Rick ahnte, dass Kendall vor Angst halb von Sinnen sein musste, als er endlich vor ihrem Haus hielt. Seine Befürchtung bestätigte sich prompt, denn als Hannah die Auffahrt hinauftrottete, kam Kendall zur Tür herausgestürzt und umarmte sie. Die Erleichterung war ihr deutlich anzumerken.

Zu Ricks Ärger erwiderte Hannah die Umarmung nicht, sondern ließ die Arme schlaff an den Seiten herabhängen.

»Ich habe mir furchtbare Sorgen gemacht.« Kendall trat einen Schritt zurück. »Du hättest dich oder irgendjemanden sonst umbringen können!« Ihre Stimme zitterte.

»Hab ich aber nicht.«

Rick baute sich hinter Hannah auf, verschränkte die Arme

vor der Brust und wartete ab. Als das junge Mädchen störrisch schwieg, beschloss er, etwas nachzuhelfen. »Hast du nicht eine Kleinigkeit vergessen, Hannah?«

»Tut mir Leid«, knurrte diese widerwillig.

Kendall seufzte. »Das möchte ich dir wirklich gerne glauben. Wir werden ein paar grundsätzliche Regeln aufstellen müssen, aber wenn du mir versprichst, so etwas nie wieder zu tun, verschieben wir das Gespräch auf später, damit du endlich ins Bett kommst.«

»Ich krieg keinen Hausarrest oder so was?«, erkundigte sich Hannah misstrauisch.

»Diesmal noch nicht.«

Rick sah Kendall an, welche Mühe es sie kostete, streng zu bleiben und ihrer Schwester trotzdem zu zeigen, wie viel sie ihr bedeutete.

»Du schickst mich nicht weg?« Hannah biss sich auf die Lippe. Jetzt wirkte sie wie ein verlorenes Kind, nicht mehr wie ein aufsässiger Teenager.

Und wieder gewann Rick den Eindruck, dass genau hier Hannahs tiefste Ängste wurzelten. Kendall schien das ebenfalls gespürt zu haben, denn ihre Brauen zogen sich zusammen, und ihre Kiefermuskeln spannten sich an. »Ich bleibe den Sommer über hier, und du auch«, versprach sie.

Rick krümmte sich innerlich. Zu einem größeren Zugeständnis war Kendall im Augenblick nicht bereit, aber ihr Vorschlag stellte Hannah ebenso wenig zufrieden wie ihn selbst, denn sie machte auf dem Absatz kehrt und rannte in ihr Zimmer. Kurz darauf wurde die Tür zugeknallt. Kendall zuckte zusammen, dann sah sie Rick hilflos an. »Danke, dass du sie nach Hause gebracht hast.«

Zum Teufel mit allen guten Vorsätzen. Er breitete die Arme aus, und sie schmiegte sich Trost suchend an ihn.

»Ich fürchte, als Elternersatz bin ich vollkommen ungeeignet«, gestand sie mit bebenden Schultern kläglich.

Es war auch nicht ihre Aufgabe, diese Rolle zu übernehmen, dafür waren ihr Vater und ihre Mutter zuständig. Aber wann ging es im Leben schon einmal gerecht zu? »Quäl dich doch nicht mit unbegründeten Vorwürfen rum. Ich glaube, Hannah hat im Moment zu niemandem wirklich Vertrauen.«

»Besonders zu mir nicht. Sie ist verstört und fühlt sich von allen im Stich gelassen, und das ist meine Schuld. Ich hätte mich mehr um sie kümmern müssen.«

Rick strich ihr mit der Hand über das Haar. »Dann musst du dir ihr Vertrauen eben verdienen.«

»Wie denn?«

Indem du sie zu dir nimmst und ihr ein Zuhause bietest, dachte Rick. Indem du dich endlich irgendwo niederlässt und ihr die Geborgenheit gibst, die ihr beide nie gekannt habt. Aber dies war nicht der geeignete Zeitpunkt, Kendall klar zu machen, was sie seiner Meinung nach zu tun hatte. Zu diesem Schluss musste sie ganz alleine kommen.

»Sei einfach für sie da.« Das war der beste Rat, den er ihr geben konnte.

Kendall legte den Kopf schief. »Und du bist dann für mich da?« Doch dann runzelte sie die Stirn. »Vergiss es. Ich habe kein Recht, so etwas zu fragen.«

Rick legte eine Hand unter ihr Kinn und hob es an. »Ach was. Wenigstens gibst du endlich zu, dass du mich brauchst.« Und er hatte nun einmal eine Schwäche für hilfsbedürftige Frauen. Rick hatte immer gedacht, er hätte aus seinen früheren Fehlern gelernt, aber scheinbar noch nicht genug, sonst hätte er jetzt schleunigst die Flucht ergriffen. Aber Kendall bedeutete ihm zu viel, als dass er sie jetzt im Stich lassen konnte. »Was würdest du wohl von mir denken, wenn ich deine Bitte abschlagen würde?«

»Dass du ein weiser Mann bist.« Sie grinste.

»Schmeichelei zieht bei mir nicht.« Rick musste lachen, sie fiel ein, und die Eisschicht, die er um sein Herz gelegt hatte, begann zu schmelzen. Etwas Selbstschutz war angesagt. »Mir ist da eine Idee gekommen. Es gibt einen Weg, Hannah zu helfen, ohne dass wir unsere Abmachung brechen müssen.« Wieder zog er sich auf eine emotionslose, geschäftliche Ebene zurück, obwohl er sich im Moment ganz und gar nicht wie ein unbeteiligter Außenstehender fühlte.

Ihre Brauen zogen sich zusammen, als sie ihn forschend musterte. »Was genau schwebt dir vor?«

»Dass wir unsere kleine Komödie fortsetzen und so tun, als wären wir eine große, glückliche Familie – du, ich und Hannah. Das verstärkt den allgemeinen Eindruck, dass ich endgültig in festen Händen bin.« Was ich auch gerne wäre, dachte Rick. Aber nur in denen von Kendall. »Und gleichzeitig geben wir Hannah das, was sie jetzt am dringendsten braucht – eine Art Familie; Menschen, auf die sie sich verlassen kann und die für sie da sind. Ich bin sicher, dann lösen sich eure Probleme von ganz alleine.«

Kendall nickte. Ein Hoffnungsschimmer leuchtete in ihren Augen auf. »Dein Vorschlag klingt gut.«

»Finde ich auch.« Er strich ihr mit der Fingerspitze über die Wange.

Wie konnte sie nur so blind sein? Rick hoffte inbrünstig, Kendall würde endlich einsehen, dass ein Leben in festen Bahnen keine unvorstellbaren Schrecken bot, und die Vorteile eines festen Familienverbandes schätzen lernen. Vielleicht hatten sie beide dann doch noch eine gemeinsame Zukunft.

»Danke«, flüsterte sie nahezu unhörbar.

»Du brauchst dich nicht bei mir zu bedanken.« Seine Stimme klang barscher, als er beabsichtigt hatte. Es gab nicht viel, was er nicht für sie getan hätte, aber sie war noch nicht bereit, das zuzulassen. Außerdem hatte auch sie ihm etwas gegeben, indem sie seinem Vorschlag zugestimmt hatte. Nun konnte er den Rest des Sommers mit ihr und ihrer Schwester verbringen.

Aber er ging damit ein großes Risiko ein, das wusste er. Ein kluger Mann würde einen Rückzieher machen, genau wie Kendall ihm geraten hatte, ein risikofreudiger Mensch jedoch am Ball bleiben.

Rick Chandler war noch keiner Herausforderung aus dem Weg gegangen, aber diesmal galt es, höllisch aufzupassen, dass dieser Schuss nicht nach hinten losging.

Nach einer schlaflosen, von Sorgen beherrschten Nacht wachte Kendall wie gerädert auf und ging in die Küche, wo sie ihre Schwester hellwach und bereits geduscht und angekleidet vorfand. Falls man Hannahs knappe Shorts und das noch knappere bauchfreie Oberteil als vollständige Kleidung bezeichnen konnte. Kendall wollte sie gerade fragen, ob sie wirklich vorhatte, in diesem Aufzug auf die Straße zu gehen, als ihr einfiel, in was für Sachen sie an ihrem ersten Tag in Yorkshire Falls durch die Stadt marschiert war, nachdem sie sich aus ihrem Brautkleid geschält hatte.

Anscheinend hatte Rick Hannah richtig eingeschätzt. Ihre Schwester war ihr ähnlicher, als sie anfangs angenommen hatte, von der auffallenden Haarfarbe über die aufreizende Kleidung bis hin zu der Verletzlichkeit, die sie nach Kräften zu verbergen trachtete. Hannahs schrilles Äußeres und ihr großspuriges Auftreten waren nur ein Mittel zum Selbstschutz. Sie rannte vor ihren Gefühlen davon, statt sich mit ihnen auseinanderzusetzen. Und Kendall kannte den Grund dafür nur allzu gut. Sie wusste, wie man sich als unerwünschtes Kind fühlte, und obgleich ihre Eltern versucht hatten, die Fehler, die sie bei Kendall gemacht hatten, nicht bei Hannah zu wiederholen, schien Hannah von denselben Zweifeln und Ängsten geplagt zu werden wie Kendall damals.

Kendall seufzte. Vor Hannah und ihr schien ein langer, steiniger Weg zu liegen. Am besten nahm sie ihn gleich in Angriff. »Morgen, Hannah.«

Ihre Schwester fuhr herum, eine Flasche Orangensaft in der Hand. Ein verräterischer gelblicher Bart zierte ihre Oberlippe.

»Gläser sind hier drin.« Kendall öffnete einen der hohen Schränke, die sie am Tag zuvor sauber gemacht hatte. »Sie passen zwar nicht zusammen, aber sie erfüllen ihren Zweck. Gespült habe ich sie auch, du brauchst also keine Angst zu haben, dir irgendwas zu holen.« Sie lachte leise.

Hannah zuckte nur die Achseln, dann griff sie nach einem Glas.

»Du bist früh auf. Ich hatte gedacht, nach gestern Nacht würdest du erst einmal ausschlafen.«

»Müssen wir unbedingt jetzt darüber reden?«, maulte Hannah.

»Ich sprach von deinem frühen Aufstehen, nicht von letzter Nacht. Aber wir müssen trotzdem eine Art Hausordnung aufstellen. Solche Vorfälle dürfen sich nicht wiederholen.«

Lautes Hupen ertönte. »Aha, da ist mein Privattaxi.« Hannah stellte das unbenutzte Glas wieder weg.

Kendall runzelte verwirrt die Stirn. »Wie bitte? Du kennst doch noch überhaupt niemanden in der Stadt.«

Hannah starrte sie nur aus zu stark geschminkten Augen

trotzig an. Kendall musterte sie nachdenklich. War der Eyeliner nun schwarz oder dunkelviolett? Schwer zu sagen, so dick, wie sie ihn aufgetragen hatte. Genau wie die Grundierung. Während ihrer Zeit als Model hatte Kendall den einen oder anderen Schminktrick aufgeschnappt. Wenn es ihr gelang, Hannahs emotionalen Schutzwall zu durchbrechen, konnte sie vielleicht auch versuchen, die zentimeterdicke Make-up-Schicht abzutragen.

»Wer holt dich denn ab?«, fragte sie dann.

»Rick. Wir haben ein Date.« Hannah drehte sich um, stolzierte aus dem Raum und knallte die Tür hinter sich zu.

»Sie will mich provozieren«, murmelte Kendall. »Sie will mich ganz eindeutig provozieren.« Ein rascher Blick aus dem Fenster bestätigte ihr, dass es tatsächlich Rick war, der draußen auf Hannah wartete. Eins zu Null für diesen Teufelsbraten, dachte Kendall, ohne sich weiter den Kopf darüber zu zerbrechen. Was auch immer Rick geplant haben mochte, er musste gestern Abend vergessen haben, ihr etwas davon zu sagen. Und da es niemanden gab, dem sie so vertraute wie Rick, würde sie Hannah auch nicht den Gefallen tun, hinter ihr herzulaufen.

Sie rieb sich erschöpft über die Augen, dann nahm sie eine Schüssel aus dem Schrank.

»Kendall?«, hörte sie Rick in der Diele rufen.

»In der Küche!« Sie drehte sich um, als er den kleinen Raum betrat. Und er war nicht allein.

Hannah trottete vor ihm her. Jedes Mal, wenn sie stehen bleiben wollte, trieb er sie unerbittlich weiter.

»Was ist denn los?«, wollte Kendall wissen.

»*Jemand* sollte dir sagen, dass ich euch beide heute Morgen abholen wollte. Und *jemand* hat scheinbar keinen Ton darüber verloren«, erklärte er.

217

»Könnte es sich bei diesem Jemand um dich handeln?«, fragte Kendall süß und fing dann an zu lachen.

»Kommt auf den Standpunkt des Betrachters an. Als ich gestern Nacht nach Hause kam, fiel mir ein, dass ich vergessen hatte, dir zu sagen, dass ich Hannah und dich heute Morgen abholen wollte. Aber da ich mich darauf verlassen habe, dass sie dir das ausrichtet, habe ich gedacht, ich rufe lieber nicht vorher an, um euch nicht aus dem Bett zu holen.«

Hannah richtete den Blick gen Himmel. »Na schön, ich hab's vergessen. Und?«

»Weshalb willst du uns denn abholen?«, erkundigte sich Kendall.

»Ich habe Hannah gesagt, ich würde sie zur Autowaschaktion des DARE-Programms mitnehmen, damit sie ein paar Kids in ihrem Alter kennen lernt, und ich dachte, wir könnten zwei Fliegen mit einer Klappe schlagen und bei der Gelegenheit gleich dein Auto holen.« Rick warf Hannah einen verärgerten Blick zu.

»Ich hab doch gesagt, ich hab's vergessen. Nun macht doch nicht gleich einen Staatsakt daraus!«

Kendall verschränkte die Arme vor der Brust. Sie war über Hannahs Spielchen ebenso erbost wie Rick. »Du hast es also vergessen. Aber du hast nicht vergessen, mir zu erzählen, Rick und du hättet heute Morgen ein *Date*, nicht wahr?«

Rick wollte sich einmischen, aber Kendall zwinkerte ihm hinter Hannahs Rücken zu, also schwieg er.

»Dein Gedächtnis funktioniert scheinbar nur sehr begrenzt«, stellte sie dann sarkastisch fest. »Du versuchst mich zu provozieren, Hannah, und ich wüsste gern, warum.«

»Weil du mich eigentlich gar nicht hier haben willst. Du

duldest mich bloß, weil ich sonst nirgendwo hin kann. Sonst würdest du dich einen Dreck um mich kümmern.«

Hannahs Worte bestärkten Kendalls Eindruck, ein einsames, verlassenes Kind vor sich zu haben. Wieder keimten Schuldgefühle in ihr auf. Sie hätte Hannah nie so vernachlässigen dürfen.

Aber das entschuldigte das unverschämte Benehmen ihrer Schwester in keiner Weise. Kendall holte tief Atem, ehe sie zu einer Antwort ansetzte. »Ich sage euch jetzt was. Ihr beide geht zum Autowaschen. Mach Hannah mit ein paar Jugendlichen bekannt, Rick, und ich dusche inzwischen, und dann hab ich auch noch was zu erledigen. Heute Abend reden wir dann in Ruhe über alles. Einverstanden?«, wandte sie sich an Hannah.

Ihre Schwester kehrte ihr den Rücken zu. »Du kannst mich mal«, murmelte sie.

»Wie lange dauert die ganze Aktion?«, fragte Kendall Rick mit zusammengebissenen Zähnen.

»Den ganzen Tag. Izzy und Norman sorgen für das leibliche Wohl.«

»Ausgezeichnet. Ein bisschen gute alte bodenständige Arbeit wird Hannah gut bekommen. Dann treffe ich euch beide um fünf bei Norman's.«

»Ich kann doch nicht den ganzen Tag lang Autos waschen!«, kreischte Hannah empört, fuhr herum und gab Kendall so Gelegenheit, von Angesicht zu Angesicht mit ihr zu reden. »Das ruiniert meine Nägel, und meine Hände werden aussehen wie die einer Putzfrau!«

»Besser, du wäschst Autos, als dass ich dir deinen ungezogenen, sarkastischen, *vergesslichen* Mund mit Seife auswasche!«, fauchte Kendall zurück. »Grundregel Nummer Eins – du behandelst mich so, wie du von mir behandelt werden

möchtest, nämlich mit Respekt. Wir sehen uns beim Dinner.«
Kendall folgte Hannahs Beispiel, drehte sich wortlos um und
verließ den Raum. Als einziges Zugeständnis an die Gebote
der Höflichkeit verzichtete sie darauf, die Tür hinter sich zu-
zuknallen.

Kendall ging zu Fuß zu der Schule, um ihr Auto abzuholen.
Danach wollte sie nach Hause fahren, ihren Musterkoffer
holen und sich mit Charlotte in deren Geschäft treffen. Aber
vorher beschloss sie, noch ein bisschen zu spionieren. Unbemerkt von Rick und Hannah verfolgte sie das Geschehen vor
Normans Restaurant; sah, wie Hannah mit Jugendlichen he-
rumalberte, mit denen sie sich scheinbar auf Anhieb verstand, während Rick in die Rolle des väterlichen Freundes geschlüpft war – vermutlich ohne zu wissen, dass er von den
Kids als ein solcher betrachtet wurde.

Für einen Mann, der darauf beharrte, weder heiraten noch
eine Familie gründen zu wollen, würde er einen fantastischen
Vater abgeben. Bei dem Gedanken musste Kendall schlucken. Seit sie miterlebt hatte, wie gut er gestern mit ihrer
mehr als schwierigen Schwester fertig geworden war, war ihr
Respekt vor ihm als Mensch noch gewachsen. Und als sie ihn
nun im Umgang mit dieser Horde Teenager beobachtete und
bemerkte, wie beliebt er bei ihnen war, kam es ihr auf einmal
ganz natürlich vor, dass sie sich ein bisschen in ihn verliebt
hatte.

Sie schlang die Arme um den Oberkörper, weil sie plötzlich
fröstelte. So viele unbeantwortete Fragen, so viele ungelöste
Probleme, dachte sie. Sie wusste nicht, was sie mit ihrer
Schwester anfangen sollte, wusste nicht, warum Hannah ihre
Wut gegen sie richtete statt auf ihre Eltern sauer zu sein. Sie

wusste noch nicht einmal, wie sie eine neue Schule ausfindig machen oder ihre Schwester dazu überreden sollte, in ihr altes Internat zurückzukehren. Und vor allem konnte sie sich ihre Gefühle für Rick nicht erklären; wusste nicht, welche Folgen dieser emotionale Zwist für sie und ihre Zukunft als unabhängiger, ungebundener Single haben konnte, die sie sich immer in leuchtenden Farben ausgemalt hatte.

Zeit ihres Lebens war sie ein impulsiver Mensch gewesen, daher auch die ständigen Umzüge. Ganz nach Lust und Laune von einem Ort zum nächsten ziehen zu können hatte für Kendall eine seltsame Art der Sicherheit bedeutet. Nichts und niemand konnte sie so wirklich berühren; wenn sie sich irgendwo zu eingeengt fühlte, zog sie einfach weiter. Und obgleich sie sich nirgendwo in ihrem Beruf je erfolgreich hatte etablieren können, weil sie nirgendwo lange genug geblieben war, war sie finanziell immer zurechtgekommen. Sie hatte gelegentlich als Verkäuferin in Kunsthandwerksläden gejobbt und dort durch Zuhören, Beobachten und Lesen einiges dazugelernt. Genauso hatte sie auch in Sedona vorgehen wollen, um sich auf dem Gebiet des Schmuckdesigns fortzubilden. Doch irgendwie hatte Arizona seinen Reiz verloren, sie dachte längst nicht mehr so sehnsüchtig an ihr Traumziel wie früher.

Weil sie inzwischen Verpflichtungen übernommen hatte. Für eine Frau ohne Wurzeln verband sie mittlerweile ziemlich viel mit der kleinen Stadt, in der sie momentan lebte. Sie besaß ein Haus und war für die Bewohner verantwortlich, die sie nicht aus ihrer gewohnten Umgebung herausreißen wollte, obwohl sie keine Miete zahlten. Sie hatte die Chance, in Charlotte's Attic ihren Schmuck zu vertreiben und darüber hinaus mit Ricks Schwägerin auch noch in D. C. zusammenzuarbeiten. Sie hatte eine labile, fürsorgebedürftige

Schwester, die nirgendwo sonst hinkonnte und sich außer auf Kendall auf keinen Menschen verlassen konnte. Und sie hatte eine Beziehung zu einem ganz besonderen Mann angefangen.

Einem Mann, der sich als überzeugter Junggeselle hinstellte, sie aber unbedingt dazu überreden wollte, über den Sommer hinaus hier zu bleiben und der sich in sein Schneckenhaus zurückgezogen hatte, weil sie nicht freudig auf seinen Vorschlag eingegangen war. Offenbar war er von einer Frau, die ihn verlassen hatte, tief verletzt worden, und da er wusste, dass Kendall gleichfalls nicht bei ihm bleiben würde, hatte er den abbröckelnden Schutzwall um sein Herz rasch wieder aufgebaut. So sehr Kendall diese Barriere zwischen ihnen auch hasste, sie verstand, warum er sie errichten musste.

Und sie hatte keine Ahnung, was sie tun und wie das alles weitergehen sollte. Hilflosigkeit und Angst drohten sie zu überwältigen, sie ballte die Fäuste und hielt nur mühsam die Tränen zurück. Dann holte sie tief Atem. Sie mochte zwar keine konkreten Zukunftspläne haben, aber sie war eine Kämpfernatur. Sie würde eine Lösung finden. So oder so.

Sie blinzelte ins Sonnenlicht, als einer der Jugendlichen Officer Rick, wie sie ihn nannten, kräftig nass spritzte. Er revanchierte sich, indem er einen Eimer Wasser über dem Übeltäter auskippte, was allgemeinen Jubel auslöste. Hannah war mitten im Getümmel, und Kendall musste lächeln.

Trotz aller Probleme, die sich vor ihr auftürmten, gefiel ihr das Leben in Yorkshire Falls. Es war besser als alles, was sie bisher je gekannt hatte.

Und dieser Gedanke erfüllte sie mit panischem Schrecken.

Ein paar Stunden später saß Kendall in Charlotte's Attic und kam sich so vor, als wäre sie schon seit einer Ewigkeit mit Charlotte und ihrer Geschäftsführerin Beth Hansen befreundet. Die beiden Frauen waren offen und umgänglich, sprachen über Gott und die Welt, wobei sie wie Teenager kicherten, und vermittelten Kendall das Gefühl, zu einer Clique guter Freundinnen zu gehören; etwas, was sie als junges Mädchen schmerzlich vermisst hatte.

Und sie wurde akzeptiert, was sich daran zeigte, dass sie innerhalb kürzester Zeit fast alle wichtigen intimen Details über Roman und Charlotte sowie über Beth und deren Freund Thomas erfuhr.

Da sie ahnte, dass sie Gefahr lief, gleichfalls nach allen Regeln der Kunst über ihr Privatleben ausgequetscht zu werden, widmete sie Beth ihre volle Aufmerksamkeit. »Wie lange bist du denn schon mit Thomas zusammen?«, erkundigte sie sich.

»Ungefähr vier Monate«, antwortete Charlotte an Beth' Stelle. »Möchte jemand noch etwas hiervon?« Sie deutete auf die Reste eines riesigen griechischen Salates, den sie und Beth bei Norman's geholt und den Kendall und Beth mit Appetit verspeist hatten, während Charlotte nur darin herumstocherte.

Da Kendall genau zur Lunchzeit aufgekreuzt war, hatten die beiden Frauen sie zum Mitessen aufgefordert und keine Weigerung gelten lassen. Und obwohl schon eine Stunde verstrichen war, ohne dass geschäftliche Dinge zur Sprache gekommen waren, hatte sich Kendall selten so gut unterhalten.

»Ich kann nicht mehr«, stöhnte Beth.

»Ich auch nicht.« Kendall stand auf und begann, die Pappteller zusammenzuräumen.

Charlotte griff nach den Sodadosen und einer Wasserflasche. »Lass mich das doch machen.«

»Kommt nicht in Frage.« Da Kendall noch nicht einmal ihren Anteil am Essen hatte zahlen dürfen, war es das Mindeste, dass sie die Restebeseitigung übernahm.

Charlotte zuckte die Achseln. »Wenn du mit Rick zusammenbleiben willst, ist es vermutlich besser, wenn du dich daran gewöhnst, hinter anderen Leuten herzuräumen.«

»Ich habe nicht die Ab...«

»Ihr hättet die Schlachtfelder sehen sollen, die Roman früher zu hinterlassen pflegte«, unterbrach Charlotte, die mit dem Abfall in der Hand ins hintere Zimmer ging.

Kendall folgte ihr und warf Teller und Plastikbesteck in den Mülleimer.

»Bis du ihn erzogen hast, was?«, lachte Beth. »Hält denn Rick wenigstens ansatzweise Ordnung, Kendall?«

Kendall dachte an sein tadellos aufgeräumtes Apartment und nickte. »Ein Cop hat eben Disziplin.«

»Entweder das, oder Wanda putzt für ihn«, lachte Charlotte. »Ich habe ihm meine Haushaltshilfe vererbt, als er meine Wohnung übernommen hat.«

»Ohne die wäre er verloren. Rick ist nicht gerade die personifizierte Ordnungsliebe«, warf Beth ein.

»Beth muss es ja wissen. Sie und Rick sind schon seit Jahren befreundet.« Charlotte ging mit Kendall an ihrer Seite in den Laden zurück, wo Beth gerade den kleinen Tisch abwischte, an dem sie gegessen hatten. »Stimmt's, Beth?«

»Stimmt. Und im Gegensatz zu den mannstollen Weibern, die sich ihm reihenweise an den Hals werfen, weiß ich einen guten Freund zu schätzen. Vor einiger Zeit war ich wegen einer in die Brüche gegangenen Beziehung total von der Rolle, und Rick hat mich wieder aufgebaut.« Beth hielt Kendalls prüfendem Blick unverwandt stand. Offenbar wollte sie sie vom Ernst ihrer Worte überzeugen.

Kendall verstand die stumme Botschaft. Beth gab ihr zu verstehen, dass sie absolut keinen Grund zur Eifersucht hatte. »Rick ist ganz groß darin, anderen eine Schulter zum Anlehnen zu bieten«, stimmte sie zu.

»Dummerweise hat ihn diese Eigenschaft mal ziemlich in Schwierigkeiten gebracht«, bemerkte Beth sachlich.

Charlotte zuckte die Achseln. »Jillian war eine Idiotin.«

»Korrekt«, bestätigte Beth. »Sie hätte Rick nie heiraten dürfen, das konnte ja gar nicht gut gehen. Aber sie wusste eben, dass Rick schon immer viel für sie übrig hatte, und da hat sie ihn eben eingewickelt ... uups, sorry, Kendall.« Beth errötete leicht. »Ich rede manchmal zu viel.«

Doch Kendall schüttelte nur den Kopf. »Schon gut. Ein paar Hintergrundinformationen können nie schaden.«

»Ich wollte nur nicht, dass du auf falsche Gedanken kommst. Das Thema Jillian ist für Rick längst abgehakt.«

Hoffentlich, dachte Kendall. Es versetzte hatte ihr schon einen Stich ins Herz, hören zu müssen, dass Rick überhaupt etwas für seine Exfrau empfunden hatte. Aber das gedachte sie den beiden anderen Frauen wohlweislich zu verschweigen. »Ihr braucht auf meine Gefühle keine Rücksicht zu nehmen. Rick und ich haben eine Abmachung ...« Die Worte hinterließen einen bitteren Nachgeschmack in ihrem Mund.

Sie war es Rick schuldig, das Spiel bis zum Ende durchzuhalten, und nun hatte sie doch tatsächlich trotz aller gegenteiligen Beteuerungen begonnen, ihm gegenüber Besitzansprüche zu entwickeln. *Oh-oh.*

Zu ihrer Überraschung brach Charlotte in schallendes Gelächter aus.

»Was ist denn so komisch?«, erkundigte sich Kendall.

»Dein Gesichtsausdruck und die Vehemenz, mit der du darauf bestehst, das mit dir und Rick wäre nichts Ernstes. Aber wie du meinst. Reden wir übers Geschäft.«

»In Ordnung.« Erleichtert, dass sich das Gespräch nicht länger um Rick drehte, griff Kendall nach ihrem Musterkoffer, stellte ihn auf den Tisch und klappte ihn auf. »Das ist meine Schmuckkollektion aus Silberdraht. Aus Erfahrung weiß ich, dass sie Frauen unterschiedlicher Altersgruppen anspricht. Wie alt sind denn deine jüngsten Kundinnen im Durchschnitt?«

»Anfang Zwanzig«, erwiderte Beth. »Manche Mütter bringen auch ihre halbwüchsigen Töchter mit zu uns, aber die meisten gehen mit ihnen in den K-mart oder ins Einkaufszentrum in Albany.«

»Willst du das ändern?«, fragte Kendall. »Während meiner Zeit in New York hatte ich nicht die notwendigen Beziehungen, um meine Arbeiten in den Trendboutiquen unterzubringen, aber ich habe die Colleges besucht und da ganz gut verkauft. Den Studenten gefielen besonders die Sets. Schaut mal.«

Sie deutete auf ein Tablett mit dünnen, engen Halsbändern aus Glasperlen aus Westafrika und dazu passenden langen Ohrringen. »Die hier waren ein echter Hit.«

»Mal was ganz anderes«, murmelte Beth anerkennend.

»Was ist das denn?« Charlotte wies auf einen schwarzen Seidenstrang, der unter dem Tablett hervorlugte.

Kendall zog das Band heraus. »Etwas Neues, was ich ausprobiert habe. Halsbänder aus geknotetem Seidengarn.«

»Das gefällt mir.« Charlotte inspizierte die Stücke bewundernd. »Die Kids werden sich darum reißen.« Sie schnippte mit den Fingern. »Und ich weiß auch schon, wo wir sie zum ersten Mal anbieten. Dieses Wochenende findet hier ein Straßenverkauf statt. Ich werde Chase fragen, ob wir die Anzeige, die wir in die *Gazette* gesetzt haben, noch abändern können. Eine kurze Beschreibung deines Schmucks mit reinnehmen. Hast du einen Namen für dein Geschäft?«

»Kendall's Krafts.«

Charlotte grinste. »Ich liebe Stabreime. Und ich wittere da gute Profite für uns.«

Ihre Begeisterung wirkte ansteckend. »Du weißt ja, ich bin im Moment etwas knapp bei Kasse, aber ich beteilige mich natürlich an den Kosten für die Anzeige.« Eigentlich konnte sich Kendall dieses Angebot gar nicht leisten, aber sie betrachtete es als Investition für ihre Zukunft.

Charlotte winkte lässig ab. »Unsinn. Chase lässt es sich zwar nicht anmerken, aber wenn es um die Familie geht, hat er das weichste Herz der Welt. Und ich weiß, dass du sowohl in seinen als auch in Rainas Augen zur Familie gehörst. Wegen Crystal«, fügte sie hastig hinzu, doch ihr Grinsen verriet Kendall, dass sie in erster Linie an Rick dachte. »Aber behalt das für dich. Es gehört zu den kleinen Vergünstigungen, die wir Chandlers so kriegen.«

Wir Chandlers. Kendall bekam eine Gänsehaut, als sie so selbstverständlich in die Familie mit einbezogen wurde.

»Okay, kommen wir zur Kommission«, fuhr Charlotte fort, der der Gefühlsaufruhr entgangen war, den ihre Worte in Kendall ausgelöst hatten.

Kendall dachte kurz nach. Wenn es darum ging, den Prozentsatz für die Kommission festzusetzen, berechnete sie immer erst ihre Materialkosten, den Zeitaufwand sowie die Preise der Konkurrenz. Hier in dieser Kleinstadt schien sie die Einzige zu sein, die diese Art von Schmuck herstellte – ein großer Vorteil für sie und Charlotte.

Sie griff nach einem Zettel, um einen Preis aufzuschreiben, den Charlotte mit ziemlicher Sicherheit herunterzuhandeln

versuchen würde, womit sie aber trotzdem noch leben konnte. Doch stattdessen kritzelte Charlotte als Erste eine Zahl
darauf und schob Kendall den Zettel hin.

Kendall warf einen Blick darauf. Die Summe, die Charlotte
ihr anbot, war höher als die, die sie selbst veranschlagt hatte.
Sie zog die Nase kraus und überlegte, ob sie widersprechen
sollte. Zweifellos rührte Charlottes Großzügigkeit hauptsächlich daher, weil Kendall mit Rick verbandelt war, und daran wollte sie sich nicht bereichern. Aber so ungern sie es
auch zugab, ihre Finanzlage erlaubte es ihr nicht, freiwillig
Einbußen hinzunehmen. Außerdem war Charlottes Angebot
ihnen beiden gegenüber fair.

Also blickte sie mit einem erleichterten Grinsen auf.
»Okay, abgemacht. Und jetzt was anderes. Wusstest du, dass
du im Schnitt nur sechs Sekunden Zeit hast, um den Blick eines potenziellen Kunden auf dein Warenangebot zu lenken?«, ging sie unvermittelt zu ihrem nächsten Vorschlag
über.

»Das ist eine Lektion des Einzelhandelsgewerbes, die ich
sehr schnell habe lernen müssen, besonders in dieser Stadt.«
Charlotte lachte. »Worauf willst du hinaus?«

Kendall atmete tief durch, um sich Mut zu machen. Normalerweise erteilte sie keinem Geschäftsinhaber ungebeten
Ratschläge, wenn sich dieser erst einmal einverstanden erklärt hatte, ihre Arbeiten in sein Angebot aufzunehmen. In
den meisten Fällen behielt der Künstler nämlich nur die
Eigentumsrechte an seinen Werken, durfte aber weder hinsichtlich der Auslagegestaltung noch der Vermarktung der
Stücke mitreden. Nach einigen unangenehmen Erlebnissen
hielt sich Kendall an diese Regel. Aber Charlottes offen zur
Schau getragene Begeisterung ließ sie diese Grundsätze aus-
nahmsweise über Bord werfen.

Wer nicht wagt, der nicht gewinnt, dachte sie. Wenn sie erreichen wollte, dass Charlotte sie wirklich mit einsteigen ließ, wenn sie ihre neue Boutique in D. C. eröffnete, musste sie erst einmal ihre Fähigkeiten unter Beweis stellen. »Ich denke, die Halsbänder kommen an den Schaufensterpuppen am besten zur Geltung. Dekorier dein Schaufenster so um, dass die Auslage die Leute magisch anzieht, und benutz ein paar Schmuckstücke als Blickfang.«

»Hmmm. Gute Idee«, flüsterte Beth Charlotte zu.

»Danke.« Kendall strahlte.

»Hast du sonst noch Verbesserungsvorschläge?« Charlottes Augen leuchteten vor freudiger Erregung.

Kendall zuckte die Achseln. »Rot und Gelb sind die Farben, die am stärksten ins Auge fallen. Kannst du daraus etwas machen?«, fragte sie in dem Bestreben, bei Charlotte weitere Punkte zu sammeln, um den Grundstein für ihre Karriere in Yorkshire Falls zu legen – etwas, womit sie nach ihrem überstürzten Aufbruch aus New York in ihren kühnsten Träumen nicht gerechnet hätte.

»Charlotte hat ein untrügerisches Auge für alles, was den Umsatz steigert. Sieh dir mal die handgehäkelten Höschen da hinten an. Sie entwirft sie selbst.« Beth machte kein Hehl daraus, wie stolz sie auf ihre Freundin und Chefin war.

»Stimmt«, nickte Charlotte. »Und deshalb werde ich Kendalls Ratschläge auch beherzigen. Aber so Leid es mir tut, diese anregende Unterhaltung so abrupt zu beenden – ich muss los, mich mit meinem Mann treffen.«

»Es ist doch erst ...« Beth sah auf die Uhr. »Drei Uhr.« Sie musste lachen. »Jung Verheiratete«, stöhnte sie dann.

Charlotte verzog keine Miene. »Ach, und du zählst natürlich nie die Minuten bis Geschäftsschluss, wenn dein Thomas draußen wartet?«

Beth kicherte. »Okay, erwischt.«

»Wisst ihr, irgendwie beneide ich euch beide.« Die Worte waren heraus, ehe Kendall bewusst wurde, dass sie sie laut ausgesprochen hatte.

Charlotte legte den Kopf schief. »Warum denn?« Sie klang aufrichtig interessiert.

Kendall mochte sie zu gerne, um sie mit einer Ausrede abzuspeisen. »Du und Beth, ihr seid schon so lange befreundet, ihr könnt sogar gegenseitig eure Gedanken lesen. Wie Schwestern.« Sie merkte selbst, wie wehmütig ihre Stimme klang. »Vielleicht habe ich auch deswegen das Gefühl, als würde ich euch schon ewig kennen.« Trotzdem stand sie immer noch außen vor, wie sie es ihr Leben lang getan hatte.

Doch dann umarmte Charlotte sie herzlich und sprengte so die letzten Barrieren. »Das ist ja das Schöne an dieser Stadt. Du kommst her oder kommst hierher zurück und gehörst automatisch zu uns.«

»Und es ist nahezu unmöglich, uns wieder loszuwerden«, lachte Beth hinter ihr.

Kendall spürte, wie Tränen in ihren Augen brannten. Stumm erwiderte sie Charlottes Umarmung, dann trat die andere Frau einen Schritt zurück.

»Und jetzt zieht's mich zu meinem Mann.« Sie schien von innen her zu glühen. »Ihr zwei könnt ja noch in Ruhe die Einzelheiten besprechen.« Sie winkte noch ein Mal und verschwand. Zwanzig Minuten später verabschiedeten sich auch Kendall und Beth.

Kendall trat aus Charlotte's Attic in die helle Nachmittagssonne hinaus und stellte fest, dass es noch ein bisschen Zeit totzuschlagen galt, ehe sie sich mit Rick und dem Teenager aus der Hölle, wie sie ihre Schwester insgeheim nannte, treffen sollte.

Mit etwas Glück hatte ein Nachmittag unter Gleichaltrigen Hannahs Laune verbessert, und man konnte vernünftig mit ihr reden. Obwohl Kendall immer noch keine Ahnung hatte, was sie tun sollte, um die Abwehr ihrer Schwester abzubauen, freute sie sich darauf, sie zu sehen und hoffte, auf der Heimfahrt würde sich vielleicht von selbst ein Gespräch entwickeln. Mit ihrem Köfferchen in der Hand ging sie auf ihr Auto zu, das sie ein Stück weiter unten am Straßenrand geparkt hatte.

»Hallo, meine Schöne, was hältst du denn von einem Nachmittag im Liebesnest?«, ertönte Ricks vertraute Stimme hinter ihr.

Sie drehte sich um und sah ihn mit der Schulter an der Hauswand lehnen. »Was machst du denn hier?«

»Mehr als fünf Stunden mit zwanzig Teenagern kann ich an einem Stück nicht verkraften. Ich bin offiziell vom Dienst befreit. Und wegen Hannah brauchst du dir keine Sorgen zu machen. Ich habe sie meinem Freund und Kollegen Jonesy anvertraut, der liefert sie so gegen fünf bei Norman's ab. Alles bestens geregelt.«

»Sie ist sicher begeistert, endlich einen persönlichen Leibwächter zu haben.«

Rick zuckte die Achseln. »Ich fürchte, sie war zu beschäftigt, um Notiz von ihrer uniformierten Eskorte zu nehmen.« Er kicherte leise. »Willst du jetzt hier stehen bleiben und reden oder herkommen und mich aus meiner Not erlösen?«

Sie zögerte nicht, sondern lief auf ihn zu. Er packte sie um die Taille und zog sie in die kleine Straße hinter der Geschäftszeile, in der sein Apartment lag. Und dann nahm sie nichts mehr um sich herum wahr, denn sie lag in seinen Armen, und sein Mund presste sich heiß und fordernd auf den ihren.

Erst jetzt, wo sie seine Stimme hörte, den herben Duft seines Eau de Cologne wahrnahm und den Druck seiner Lippen spürte, erkannte sie, wie sehr sie ihn vermisst hatte. Er stöhnte leise, während er sie mit seinem harten Körper gegen die Wand drückte, und sie protestierte nicht, weil er sich so gut anfühlte.

Endlich löste er sich von ihr und sah sie an. Heißes Verlangen loderte in seinen Augen. »Es ist verdammt lange her.«

»Ich weiß.« Ihr Atem kam in abgehackten Stößen; sie brachte die Worte nur mühsam über die Lippen.

»Dann lass uns nach oben gehen.«

Sein verführerisches, nur für sie allein bestimmtes Grinsen löste in ihrem Inneren eine Reihe von Emotionen aus, die sie nicht einordnen konnte; nicht nach dem überwältigenden Zusammengehörigkeitsgefühl, das sie gerade in Gegenwart seiner Schwägerin und deren Freundin empfunden hatte. Mit schlichter körperlicher Anziehungskraft hätte sie besser umzugehen gewusst.

Aber mit Rick war nichts einfach und unkompliziert. In ihm vereinten sich Zärtlichkeit, Einfühlungsvermögen und erotische Ausstrahlung zu einer unwiderstehlichen, nichtsdestotrotz gefährlichen Mischung. Gefährlich für ihren Seelenfrieden, ihre ungebundene Lebensweise und ihr Herz.

Aber all das zählte im Moment nicht. Er hatte ihr gefehlt, sie brauchte ihn, und ihnen blieb nur wenig Zeit, ehe die Realität in Gestalt eines rebellischen Teenagers wieder über sie hereinbrach.

»Worauf wartest du noch?«, neckte sie ihn. »Bring mich nach oben und liebe mich.«

Neuntes Kapitel

Nach einem Tag unter Jugendlichen hatte Rick das dringende Bedürfnis nach der Gesellschaft eines Erwachsenen verspürt. Nach Kendalls Gesellschaft, um genau zu sein. Nach den Stunden in der prallen Sonne fühlte er sich erhitzt und verschwitzt, und nach zwei Tagen Dienst, während derer er Kendall kaum zu Gesicht bekommen hatte, drohte ihn das Verlangen nach ihr zu überwältigen. So viel zum Thema Selbstschutz, dachte er sarkastisch.

Kendalls Hand fest in der seinen haltend betrat Rick sein Apartment und schloss die Tür hinter sich.

»Jetzt weiß ich die Zeiten erst zu schätzen, wo wir unbegrenzt Zeit füreinander hatten. So müssen sich Eltern ständig fühlen«, stellte Kendall fest, dann riss sie erschrocken die Augen auf, als sie erkannte, in welche Richtung ihre Worte zielten.

»Aber dafür ist dein Leben jetzt entschieden aufregender geworden.«

Kendall entspannte sich ein wenig. Er hielt sich an das ungeschriebene Gesetz zwischen ihnen, ihre Beziehung locker und oberflächlich zu halten. Nur eine kleine Sommeraffäre, so wie es abgemacht war.

»Ich liebe Aufregung.« Ihre Augen glitzerten voller Vorfreude, und sein Herz begann schneller zu schlagen, als sie ihn mit den Blicken verschlang. Er war an weibliche Bewunderung gewöhnt, aber die Art, wie Kendall ihn ansah, unterschied sich von der blinden Anbetung der anderen, und das gab ihm das Gefühl, in ihren Augen etwas ganz Besonderes zu sein.

»Du bist ja klatschnass!« Offenbar fiel ihr jetzt erst auf, dass ihm sein T-Shirt auf der Haut klebte.

»Das kommt davon, wenn man sich mit einer mit Eimern und einem Schlauch bewaffneten Horde von Teenagern anlegt.« Er zupfte an dem nassen Stoff herum.

»Du kannst großartig mit ihnen umgehen.« Sie biss sich auf die Lippe, dann gestand sie: »Ich habe dich beobachtet.«

Sein Herz machte einen kleinen Satz. »Ich habe dich ja gar nicht gesehen.«

»Natürlich nicht, du solltest ja auch nicht wissen, dass ich da bin.«

»Aha, du hast mir also nachspioniert.«

Kendall zuckte die Achseln. »Ich war neugierig, wie Hannah wohl mit den anderen Jugendlichen klarkommt. Und ich wollte wissen, wie dein Alltag so aussieht, was du machst und wie du dich gibst, wenn ich nicht dabei bin.« Sie schüttelte ihr kunstvoll zerzaustes Haar. »Aber lass dir das nicht zu Kopf steigen«, fügte sie mit einem verlegenen Lachen hinzu.

»Eitelkeit ist ein Fremdwort für mich.« Er tat die Bemerkung mit einem Grinsen ab, weil sie es offensichtlich von ihm erwartete, aber insgeheim freute er sich darüber. Ach, zum Teufel, er freute sich immer, wenn sie Interesse an seiner Person erkennen ließ, denn das bedeutete, dass sie auch dann an ihn dachte, wenn sie nicht zusammen waren. Er für seinen Teil dachte weiß Gott oft genug an sie.

Sie trat auf ihn zu und legte die Hände auf seine Unterarme. »Du solltest das nasse Zeug besser ausziehen.« Dabei fuhr sie sich auffordernd mit der Zunge über die Lippen, ehe ihre Hände von seinen Armen über seine Brust und dann weiter nach unten glitten.

»Wo du Recht hast, hast du Recht.«

Kendall spielte mit dem Saum seines Shirts, hob ihn langsam an und strich dann mit der Hand über seine bloße Haut. Ihre Berührung verwandelte das Blut in seinen Adern in flüssiges Feuer. Sein Verlangen nach ihr ging weit über körperliche Begierde hinaus. Noch nicht einmal ihre widerspenstige Schwester und ihr Nur-bis-zum-Ende-des-Sommers-Ultimatum konnten etwas daran ändern. Und obwohl ihm dieser Umstand eigentlich zu denken geben sollte, hielt ihn das nicht davon ab, die wenige Zeit zu nutzen, die er mit ihr alleine verbringen konnte.

»Irgendwie stört mich dieses T-Shirt ganz gewaltig«, murmelte sie.

»Dann zieh es mir doch aus.« Er hob die Arme über den Kopf, überließ ihr die Kontrolle, von der sie einmal behauptet hatte, er gäbe sie nie auf. Ich würde für sie noch ganz andere Dinge aufgeben, dachte Rick und verwünschte sich gleich darauf dafür.

Kendall zog ihm das Shirt über den Kopf und ließ es achtlos zu Boden fallen. Ihre Fingerspitzen tanzten über seine Brust, dann hielt sie inne und presste ihre Lippen auf seine fiebrig heiße Haut, was ihn fürchten ließ, er könne das Schlafzimmer nicht mehr rechtzeitig erreichen. Zischend sog er den Atem ein.

»Klingt, als hätte ich die richtige Stelle getroffen.«

»Im Augenblick wäre jede Stelle die richtige«, erwiderte er trocken. »Aber so ungern ich es auch zugebe – ich war den ganzen Tag draußen und könnte erst mal eine Dusche vertragen.«

Ein lockendes Lächeln spielte um ihre Mundwinkel. »Und ich hätte nichts gegen eine zweite einzuwenden.«

Rick schüttelte mit einem leisen Lachen den Kopf. »Baby, du weißt wirklich, wie man einen Mann in Versuchung führt.«

Sie hielt seinem Blick stand. »Nicht irgendeinen Mann. Nur dich.« Wie zum Beweis wanderten ihre Finger zum Knopf seiner Jeans.

Wer war er, ihr in diesem Punkt zu widersprechen? Wieder ließ er sie gewähren und biss die Zähne zusammen, als ihre Hand langsam an seinem Schenkel hochglitt und sich dann am Reißverschluss der Jeans zu schaffen machte. Ihre Berührung verhieß ungeahnte sinnliche Freuden, und einen Moment lang wünschte er, sie würde nie wieder damit aufhören.

Er schloss die Augen, lehnte sich mit dem Rücken gegen die Wand und überließ sich der Hitze, die von seinem ganzen Körper Besitz ergriff. Das Rauschen seines Blutes dröhnte in seinen Ohren, und als er das schrille Klingeln zum ersten Mal wahrnahm, meinte er, das Geräusch wäre seiner überreizten Fantasie entsprungen.

Doch als Kendall die Hand wegzog, identifizierte er es als das Schrillen eines Telefons. »Verdammt.« Widerwillig schlug er die Augen auf.

»Geh lieber ran, es könnte wichtig sein.« Kendall deutete seufzend auf das Telefon an der Wand.

Rick zog seine Hose hoch, ließ aber den Knopf offen stehen und griff nach dem Hörer. »Das sollte es auch besser.«

Kendall hob eine Braue, als er sich gereizt meldete, und er zwinkerte ihr zu.

»Rick? Lisa Burton hier.«

Er stieß ärgerlich den Atem aus. Lisa war ihm während der

Autowaschaktion gewaltig auf die Nerven gegangen. Sein Status als vergebener Mann hatte sie an diesem Nachmittag nicht davon abgehalten, ihm auf Schritt und Tritt zu folgen, und jetzt auch noch dieser Anruf! »Was gibt es? Ich bin beschäftigt.«

»Ich würde nicht anrufen, wenn es nicht wichtig wäre.«

»Einen Notruf sollte man eigentlich auch nur tätigen, wenn ein triftiger Grund vorliegt.« Allmählich hatte er genug von diesen Spielchen. Vielleicht sprach purer männlicher Frust aus ihm, oder vielleicht lag es daran, dass er jetzt wusste, welche Frau für ihn die Richtige war, aber er wünschte, die Lisas dieser Welt würden sich allesamt zum Teufel scheren.

»Ich rufe in meiner Eigenschaft als Lehrerin an. Bei mir befindet sich ein junges Mädchen namens Hannah, das behauptet, Sie wären für sie verantwortlich.«

Ihre Worte brachten Rick wieder zu sich. »Hannah ist bei Ihnen? Was ist passiert?«

Kendall legte ihm eine Hand auf die Schulter. »Ist Hannah okay?«, fragte sie leise.

»Ihr fehlt nichts«, versicherte Lisa Rick.

»Was macht sie dann bei Ihnen? Ich hatte sie doch Jonesy anvertraut.« Und nicht der einzigen Frau in Yorkshire Falls, mit der er so wenig wie möglich zu tun haben wollte.

»Er musste weg. Seine Frau hat ihn angerufen, kaum dass Sie gegangen waren. Ich dachte, es würde keine Mühe machen, noch einen weiteren Teenager zu beaufsichtigen, also sagte ich, ich würde ein Auge auf sie haben. Alles lief ja auch glatt ... bis Dr. Nowicki kam.«

Oh-oh. Rick fuhr sich mit der Hand durch das Haar. »Was hat Hannah denn mit dem Direktor angestellt?«, erkundigte er sich resigniert.

Kendall stöhnte vernehmlich und barg das Gesicht in den Händen. »O nein. Was hat sie denn nun schon wieder verbrochen?«

Rick legte einen Arm um sie. »Deiner Schwester geht es gut«, flüsterte er ihr ins Ohr.

»Ach, Ihre Freundin ist bei Ihnen? Das erklärt einiges.« Lisa schniefte beleidigt. »Scheinbar gibt es einen guten Grund für Hannahs unmögliches Benehmen. Ihre Schwester scheint wenig Lust zu verspüren, sich um sie zu kümmern. Und Sie haben sich auch bei der erstbesten Gelegenheit davongemacht, um sich mit Ihrer neuen Flamme zu vergnügen.« Lisa spie die Worte förmlich aus. Es fuchste sie, zugeben zu müssen, dass sie nicht nur eine Schlacht, sondern den gesamten Krieg um Ricks Herz verloren hatte. »Und haben das arme Ding in einer fremden Stadt einfach sich selbst überlassen. Kein Wunder, dass sie ein wenig überreagiert hat.«

Unter normalen Umständen hätte Rick Lisas voreingenommener, von Eifersucht geprägter Einschätzung von Hannahs Situation wenig Bedeutung beigemessen. Schließlich hatte Hannah, als er gegangen war, mit zwei anderen Mädchen zusammengesteckt und sich offensichtlich großartig amüsiert – weswegen er sie ja ursprünglich zu der Autowaschaktion mitgenommen hatte.

Aber da er sich tatsächlich abgesetzt hatte, um ein wenig Zeit mit Kendall allein zu verbringen, fühlte er sich dennoch schuldig, obwohl er geglaubt hatte, für Hannah sei gesorgt. Und er war sicher, dass es Kendall ebenso erging.

Doch jetzt mussten sie als Erstes Hannah abholen. »Wo sind Sie jetzt, Lisa?«

»Ich sitze mit Hannah bei Norman's. Sie sagte, sie wäre da mit Ihnen verabredet.«

»Vielen Dank, Lisa.« Rick schluckte seinen Stolz herunter.

»Ich wollte eben nicht unfreundlich sein. Wir sind gleich da.«
Er hängte ein und wandte sich an Kendall.

»Was hat sie angestellt?« Kendall sah nicht so aus, als wolle sie die Antwort hören.

»Das hat Lisa nicht gesagt. Aber sie wartet bei Norman's auf uns. Du kannst sie selbst fragen.«

»Bleib du doch hier und dusch erst mal. Ich nehme Hannah ins Gebet. Du kannst ja später nachkommen, wenn du willst.« Sie zögerte. »Aber du musst nicht. Wie ich schon sagte – Hannah ist mein Problem, nicht deines.«

Rick schüttelte den Kopf. Bestimmt wollte sie nur fair bleiben; ihm eine derartige Bemerkung vorwegnehmen. »Geh schon vor. Ich springe unter die Dusche und komme in zehn Minuten nach, okay?«

Sie nickte. »Wenn du meinst.«

Ihre Stimme verriet ihre Unsicherheit. Egal wie oft er ihr versicherte, er werde sie nicht im Stich lassen, sie wartete trotzdem darauf, dass er genau das tat. Die Ironie der Situation entging ihm nicht. Immerhin war sie diejenige, die fortgehen und ihn hier zurücklassen wollte. »Sieh mich an.« Er nahm ihr Gesicht in beide Hände. »Ich komme nach.« Dann gab er ihr einen raschen Kuss. »Und jetzt ab mit dir.«

Kendall lächelte ihm zu und stürmte zur Tür. Das Geräusch ihrer Schritte wurde leiser und leiser und verklang schließlich.

Unwillkürlich musste er an Jillian denken.

Rick begann, ruhelos in seinem Apartment auf- und abzutigern, während er versuchte, Kendalls Lage mit der von Jillian zu vergleichen. Kendall hatte nie Eltern gehabt, auf die sie sich verlassen konnte. War von Stadt zu Stadt, von Pflegefamilie zu Pflegefamilie weitergereicht worden, hatte nie Menschen gehabt, die ihr nah standen, auch keine engen

Freundschaften schließen können. Und dann landete sie in einer Kleinstadt, wo die meisten Menschen das waren, was sie zu sein schienen. Wo ihr Freundschaft ohne Hintergedanken angeboten wurde und ihr die Vorstellung, letztendlich doch sesshaft zu werden, immer verlockender vorkam – nur wagte sie nicht, nach etwas zu greifen, was sie nie besessen hatte.

Er selbst war in einer intakten Familie aufgewachsen, hatte geheiratet und sich wieder scheiden lassen, und doch plagte ihm die Angst davor, erneut verletzt zu werden. Wie konnte er es Kendall verübeln, dass sie genauso dachte?

Kendall betrat Norman's und sah Hannah mit Lisa Burton in einer Ecke sitzen. Als sie auf die beiden zuging, starrte Hannah sie aufmüpfig an, doch statt sie in Gegenwart der anderen Frau zurechtzuweisen beschloss Kendall, es diesmal mit Takt und Diplomatie zu versuchen.

Zuerst nickte sie Lisa zu. »Danke, dass Sie Hannah hierher gebracht haben.«

»Mir blieb ja nichts anderes übrig, Ms. Sutton. Sie war unbeaufsichtigt, und sie hatte dem Direktor schon einen Eimer Wasser über den Kopf gekippt.«

Kendall zuckte zusammen.

»Ich konnte nicht zulassen, dass sie noch mehr Ärger macht, und Sie waren ja nirgendwo zu finden.«

Kendalls Augen wurden schmal. Sie hatte ja nur Ricks Anteil an dem Telefongespräch mitgehört, nicht Lisas, und sie wusste nicht, warum sein Freund Jonesy so plötzlich verschwunden war, aber sie nahm an, dass er einen guten Grund gehabt und auch dafür gesorgt hatte, dass sich jemand um Hannah kümmerte. Wenn sie Rick Glauben schenken durfte, beruhte Lisas Verhalten auf purer Eifersucht, und Kendall wollte ihr nicht den Triumph gönnen, sich ihre Gefühle anmerken zu lassen.

»Hey, machen Sie meine Schwester nicht an, Miss«, giftete Hannah, bevor Kendall eine unverfängliche Antwort eingefallen war.

Diese runzelte verblüfft die Stirn. Hannah war tatsächlich für sie eingetreten! Trotz des unverschämten Tons, den ihre Schwester an den Tag legte, wurde Kendall von einer Welle von Stolz und Zuneigung erfasst. Und obwohl Hannah sowohl für ihre freche Bemerkung als auch für die Sache mit dem Wasser eine Abreibung verdiente, wollte sie die erste schüchterne Annäherung zwischen ihnen nicht wieder aufs Spiel setzen, indem sie ihr in Gegenwart einer Lehrerin – noch dazu einer wie Lisa Burton – eine Strafpredigt hielt.

»Hannah ...«, begann sie vorsichtig, doch ihre Schwester achtete gar nicht auf sie, sondern funkelte Lisa aus mit dunklem, nach einem Tag in der Sonne ziemlich zerlaufenem Eyeliner umrandeten Augen böse an.

»Ich habe selbst gehört, wie Sie zu Officer Rick gesagt haben, Sie würden ihm mit Freuden *jeden* Gefallen tun«, zischte sie dann.

Die Betonung, die Hannah auf das Wort *jeden* legte, entging Kendall ebenso wenig wie der angewiderte Ausdruck auf dem Gesicht ihrer Schwester.

»Lauschen ist ungezogen«, tadelte Lisa sie in einem oberlehrerhaften Ton.

»Und warum haben Sie dann den ganzen Tag lang nichts anderes gemacht? Sie sind Rick überallhin nachgestiegen, und wenn er mit jemandem gesprochen hat, haben Sie lange Ohren gemacht. Wie nennen Sie das denn?« Hannah verschränkte herausfordernd die Arme vor der Brust, während sie auf eine Antwort wartete.

Flammende Röte überzog Lisas Wangen. »Das Mädchen braucht wirklich dringend eine feste Hand«, stieß sie hervor, obwohl man ihr ansah, dass sie sich innerlich vor Verlegenheit wand.

Kendall konnte nicht sagen, wer sich schlimmer aufführte, Hannah oder Lisa, aber sie musste dazwischengehen, ehe die Dinge aus dem Ruder liefen. Und Lisa schimpfte sich Lehrerin? Als Zierde ihres Berufsstandes konnte man sie wahrlich nicht bezeichnen.

»Also nochmals vielen Dank, dass Sie auf Hannah aufgepasst haben.« Kendall bedachte Lisa mit einem aufgesetzten Lächeln, dann wandte sie sich an ihre Schwester. »Hannah, Izzy hat uns da hinten einen Tisch reserviert. Komm jetzt.«

Zu ihrer Überraschung folgte Hannah der Aufforderung ohne Widerspruch.

»Rick ist vergeben!«, fauchte sie, ehe sie im hinteren Teil des Restaurants verschwand.

Kendall schüttelte den Kopf. Scheinbar war sie nicht die einzige Vertreterin der Familie Sutton, die eine Schwäche für Rick Chandler hatte.

»Ihre Schwester hat keine Manieren«, fauchte Lisa erbost.

Kendall zuckte die Achseln. »Schon möglich. Aber sie hat Recht.« Das klang zwar schnippisch, aber sie konnte nicht anders, sie musste Lisa diese nicht zu leugnende Tatsache unter die Nase reiben, zumal sie gerade von einem intimen Rendevouz mit dem Mann kam. Und seit sie von Charlotte Einzelheiten über Ricks Vergangenheit erfahren hatte, verspürte sie den starken Drang, ihn zu beschützen – besonders vor solchen falschen Schlangen wie Lisa Burton.

»Sie haben beide kein Benehmen, und das werden die Chandlers auch noch feststellen.« Lisa sprang auf, griff nach ihrer Handtasche und stolzierte zur Tür.

»Schönen Tag noch«, rief Kendall ihr nach, dann ging sie in sich hineinlächelnd zu dem kleinen Tisch im hinteren Teil des Restaurants, wo Hannah wartete. Sie setzte sich auf ihre Bank, faltete die Hände vor sich und fragte sich, wo um Himmels willen sie anfangen sollte.

»Bild dir jetzt bloß nicht ein, ich hätte dich in Schutz nehmen wollen.« Wie üblich hielt Hannah mit ihrer Meinung nicht hinter dem Berg. »Ich fand es bloß ätzend, wie sich diese Zicke an Rick rangeschmissen hat.«

Kendall beschloss, den Protest ihrer Schwester zu überhören. Hannah *hatte* sie in Schutz nehmen wollen, und diesen Umstand galt es auszunutzen. »Mir gefällt das auch nicht, aber Rick ist ein erwachsener Mann und ein Experte im Abwimmeln lästiger Verehrerinnen. Das müssen wir nicht für ihn übernehmen.« Da sich ihr hier endlich eine Möglichkeit bot, eine Brücke zu ihrer Schwester zu schlagen, beugte sie sich vor. »Aber es hat Spaß gemacht, Lisa einen Dämpfer zu verpassen, nicht?«

Hannah nickte mürrisch, dann hellte sich ihre Miene auf. »Wir sollten wirklich ein bisschen auf Rick aufpassen.«

»Aber ich bin sicher, es wäre ihm lieber, wenn du dabei etwas ... sagen wir, feinfühliger vorgingest.«

»Ich denk drüber nach.«

Mit einem größeren Zugeständnis durfte Kendall wohl nicht rechnen.

»Wo steckt Rick eigentlich?«, wollte Hannah wissen.

Scheinbar hatte ihre Schwester den mittleren Chandler ins Herz geschlossen; etwas, wofür Kendall vollstes Verständnis hatte. »Er steht noch unter der Dusche, denke ich. In ein paar Minuten wird er hier sein. Hannah, wegen der Sache mit dem Direktor ...«

»Das war keine Absicht, ich schwöre es!« Hannah hob die

243

Hände. »Ich wollte es einem Typen heimzahlen, der mich vorher nass gespritzt hat, aber der war schneller und hat sich geduckt. Es ist nicht meine Schuld, dass Dr. Nowicki die Ladung abgekriegt hat.«

Jemanden in Hannahs Alter schien nie die Schuld an irgendetwas zu treffen.

»Sieh mal, wer da sitzt!«

Kendall drehte sich um und sah Raina und den Stadtarzt auf ihren Tisch zukommen, was Hannah vor weiteren Vorhaltungen bewahrte. »Hallo, Raina. Dr. Fallon.«

»Eric«, berichtigte er. »Wir sind hier nicht so förmlich.«

Kendall lächelte. »Eric. Und das ist meine Schwester Hannah«, stellte sie vor, wobei sie betete, Hannah möge ein Mal ihren vorlauten Mund halten. »Hannah, das ist Ricks Mutter und das Dr. Eric Fallon.« Sie erwähnte eigens Ricks Namen, um ihre Schwester milde zu stimmen.

»Freut mich, Sie kennen zu lernen.« Hannah schenkte dem Paar ein aufrichtiges Lächeln.

Raina trat zu ihr und schüttelte ihr die Hand. »Ganz meinerseits. Du bist ja eine richtige kleine Schönheit, junge Dame.«

Zu Kendalls Überraschung lief Hannah rot an.

»Ich muss mit dir reden, Kendall, und deine Schwester kann mir vielleicht auch behilflich sein.« Raina sah Eric an. »Gib mir fünf Minuten, ja?«

»Bewilligt. Aber nur, wenn du dich jetzt hinsetzt und dich ein bisschen ausruhst.«

Raina warf ihm einen finsteren Blick zu. Ganz offensichtlich missfiel es ihr, wenn man ihr Vorschriften machte.

»Dein Herz.« Eric tippte sich viel sagend gegen die Brust.

Die ältere Frau errötete leicht und nickte, während Kendall sie nachdenklich musterte. War es Einbildung, oder hatte

Erics Stimme leicht sarkastisch geklungen? Dann schüttelte sie unwillig den Kopf. Scheinbar sah sie schon Gespenster. »Raina, Eric, setzen Sie sich doch zu uns.« Sie deutete einladend auf die freien Stühle.

Sowie das Paar Platz genommen hatte, kam Raina sofort zur Sache. »Ich habe für Ricks Geburtstag eine Überraschungsparty geplant. Oder vielmehr, ich suche Leute, die die Party organisieren, denn ich darf mich ja nicht überanstrengen.«

»Rick hat Geburtstag?«, wunderte sich Kendall. »Wann denn?« Er hatte kein Wort darüber verloren. Und sie fragte sich, warum es sie kränkte, dass er ihr ein so wichtiges Datum verschwiegen hatte.

»Morgen«, mischte sich Hannah ein. »Diese grässliche Lisa ...«

»Ms. Burton«, korrigierte Kendall.

»Diese grässliche Ms. Burton hat gesagt, sie wüsste das *pe-her-fekte* Geschenk für Rick.« Hannah rümpfte angeekelt die Nase.

Kendall seufzte. Manche Frauen gaben nie auf.

»Könnt ihr euch vorstellen, was sie mit ihm vorhat?«, fragte Hannah voller Entsetzen in die Runde. »Kendall, du musst sie von Rick fern halten.«

»Junge Leute machen mir doch immer wieder Spaß«, lachte Raina. »Hannah hat Recht, wir dürfen Lisa auf keinen Fall einweihen. Ich gebe ja zu, dass ich sie vielleicht ein bisschen ermutigt habe – natürlich nur, bis du gekommen bist«, versicherte sie Kendall. »Aber ich hatte keine Ahnung, wie hartnäckig sie ist. Zu meiner Zeit hatte eine Frau zu viel Stolz, um einem Mann nachzulaufen, der ihr eine Abfuhr erteilt hat.«

»Ich dachte, in der guten alten Zeit hätten die Männer den Frauen die Anträge gemacht«, stichelte Hannah.

»Himmel, Hannah ...«

Erics dröhnendes Gelächter schnitt Kendall das Wort ab. »Da hast du Recht, junges Fräulein. In den alten Zeiten waren die Frauen bescheiden und zurückhaltend und überließen den Männern die Initiative. Aber damals wie heute gab es Ausnahmen; Frauen, die ihren eigenen Kopf hatten.« Sein Lächeln wurde breiter, als sein Blick zu Raina wanderte. Die Zuneigung zwischen den beiden war nicht zu übersehen.

Aus irgendeinem Grund krampfte sich Kendalls Magen zusammen.

»Also hat Mrs. Chandler auch ihren eigenen Kopf?« Hannah stützte das Kinn in eine Hand und grinste Eric an.

»Ich denke, wir sollten lieber über Ricks Geburtstagsfeier sprechen, ehe er hier aufkreuzt«, schlug Kendall hastig vor. Und ehe Hannah noch mehr respektlose Bemerkungen von sich geben konnte.

»Gute Idee. Aber lass nur, Kind.« Raina beugte sich zu Hannah. »Wir beide können dieses interessante Gespräch ein andermal fortsetzen.« Sie tätschelte Hannahs Hand, und Hannah ließ es widerstandslos geschehen.

Wunder gibt es immer wieder, dachte Kendall. Die Familie Chandler schien der Schlüssel zu Hannahs Herz zu sein.

»Auf jeden Fall werde ich Rick bitten, mit euch beiden morgen Abend zu mir zum Essen zu kommen. Izzy und Norman kümmern sich darum, das ist schon geklärt, ich brauche keinen Finger krumm zu machen. Ihr zwei sorgt dafür, dass der Ehrengast pünktlich vor der Tür steht. Ich habe schon alle erforderlichen Anrufe getätigt, um die Überraschung für Rick vorzubereiten. Mehr kann ich ja leider nicht tun.«

»Was für eine Überraschung?«, fragten Kendall und Hannah wie aus einem Mund.

»Ich möchte eine kleine Show mit dem Titel *Das ist dein Leben* veranstalten. Erinnerungen an Ricks Kindheit wieder aufleben lassen.« Sie klatschte begeistert in die Hände. »Das wird bestimmt ein Riesenspaß.«

»Was wird ein Riesenspaß?« Rick hatte das Lokal betreten, den letzten Satz mitbekommen und begann seine Mutter augenblicklich in typischer Copmanier ins Verhör zu nehmen.

»Dein Geburtstagsessen natürlich.« Raina ließ sich nicht in die Irre führen.

»Ihre Mutter hat Kendall und mich für morgen Abend zum Dinner eingeladen. Ist das nicht cool?« Hannah strahlte Rick an.

Der undefinierbare Funke, der in Ricks Augen aufflackerte, verriet Kendall, dass ›cool‹ der letzte Begriff war, mit dem er seine Geburtstagsfeier bezeichnet hätte. Und der arme Kerl dachte, nur mit der Familie feiern zu müssen. Er würde sein blaues Wunder erleben.

Doch Rick hatte sich von dem Schreck schon erholt und ging zu Hannah hinüber. »Erste Sahne«, stimmte er zu, während er mit der Hand über ihr immer noch lila leuchtendes Haar strich.

Kendall überlegte, wie sie ihre Schwester dazu bringen könnte, die scheußliche Farbe endlich auszuwaschen. Doch als Hannah über Ricks Versuch, sich dem Teenagerslang anzupassen, begeistert kicherte, begriff sie, dass es Wichtigeres im Leben gab als Hannahs Äußeres. Hauptsache, sie fühlte sich wohl. In Ricks Gegenwart klang ihr Lachen echt und unbekümmert, und sie erinnerte wieder an das glückliche Kind, das sie vor gar nicht allzu langer Zeit noch gewesen war.

»Sie sind echt herbe drauf.« Hannah kicherte und lenkte Kendalls Aufmerksamkeit so wieder auf ihre Umgebung.

Raina und Eric sahen Rick erwartungsvoll an; warteten offenbar auf eine Übersetzung.

»Total in Ordnung«, erklärte dieser. »Die Arbeit mit Jugendlichen hat meinen Wortschatz beträchtlich erweitert.«

Wieder musste Hannah lachen. Über ihrem Kopf trafen sich Ricks und Kendalls Blicke, und beide mussten unwillkürlich an jene Minuten voll prickelnder Intimität in seinem Apartment denken, die Lisas Anruf so unverhofft unterbrochen hatte.

Sein Haar war noch feucht vom Duschen, und er hatte keine Zeit gefunden, sich zu rasieren. Die Bartstoppeln ließen ihn noch attraktiver erscheinen. Seine dunklen Augen übermittelten ihr eine nicht misszuverstehende Botschaft. *Später.* Kendall konnte es gar nicht erwarten, endlich wieder mit ihm allein zu sein.

Aber nun stand erst einmal seine Geburtstagsparty an. Allmählich fragte sie sich, ob sie je dazu kommen würden, da weiterzumachen, wo sie aufgehört hatten.

Am nächsten Morgen schritt Kendall in Gedanken versunken in ihrem Dachatelier auf und ab, während Hannah geräuschvoll Kaugummi kaute und jeden Vorschlag zurückwies, den ihre Schwester bezüglich eines Geburtstagsgeschenks für Rick machte. Sie mussten bis zum späten Nachmittag eine Lösung gefunden haben, denn dann sollten sie Rick abholen und zum Haus seiner Mutter eskortieren, wo, wie er meinte, eine kleine Familienfeier stattfinden würde.

Während der kurzen Zeit ihrer Bekanntschaft hatte Kendall recht schnell gelernt, sich in Rick hineinzuversetzen, daher bezweifelte sie, dass er Gefallen an der für den Abend geplanten Veranstaltung finden würde. Flüchtig erwog sie, ihn zu warnen, kam aber dann zu der Einsicht, dass dies einem Verrat an Raina gleichkäme.

Stattdessen konzentrierte sie sich auf sein Geschenk. Hannah und sie waren übereingekommen, ihm gemeinsam etwas zu schenken. Sie wollten ihm nicht irgendeine Kleinigkeit kaufen, weil ihnen das zu unpersönlich erschien, sondern eigenhändig etwas anfertigen. Seitdem verwarfen sie einen Vorschlag nach dem anderen, ohne sich auf etwas einigen zu können.

»Manschettenknöpfe?«, überlegte Kendall.

Hannah verdrehte die Augen. »Klar, die machen sich gut zu seinen T-Shirts.«

»Eine Krawattennadel?«

»Igitt.« Hannah verschränkte die Arme vor der Brust. »Soll er rumlaufen wie ein Spießer?«

Kendall warf stöhnend die Hände in die Höhe. »Okay, ich geb's auf. Was würdest du denn vorschlagen?«

»Da du endlich drauf gekommen bist, mich auch mal nach meiner Meinung zu fragen – ich finde, wir sollten ihm eine Halskette machen. Keine kitschige Scheiße, sondern was Cooles. Leder mit Knoten vielleicht.« Hannah schritt um Kendalls Arbeitstisch herum und begutachtete die Plastikbehälter mit den verschiedenen Steinen und Perlen. »Hey, was sind das denn für Dinger?« Sie nahm ein paar schwarz glänzende Perlen in die Hand.

»Hämatitrondelle.«

»Ich versteh nur Bahnhof.«

Kendall lachte. »Leicht abgeflachte, runde, schwarzblaue Perlen. Siehst du, was für einen schönen Schimmer sie haben? Das Mineral, aus dem sie bestehen, heißt Hämatit.«

Hannah machte große Augen. Ein Anflug von Interesse huschte über ihr Gesicht. Vielleicht hatten sie ja endlich eine

Gemeinsamkeit gefunden, hoffte Kendall. Sie würde Hannah mit Freuden alles beibringen, was sie über das Anfertigen von Schmuck wusste, und sich von ihrer frischen Unvoreingenommenheit gern inspirieren lassen. Am besten fing sie gleich damit an, indem sie Hannahs Selbstvertrauen ein bisschen stärkte.

Sie streckte eine Hand aus, und Hannah ließ ein paar Perlen hineingleiten. Dann betastete sie die glatten Steine und hielt sie ins Licht. »Wenn man sie auf Silberdraht aufzieht, wirken sie ausgesprochen maskulin.« Sie warf Hannah einen aufmunternden Blick zu. »Du hast ein gutes Auge für solche Dinge.«

Ihre Schwester wurde rot. »Die Teile sind auch wirklich super. Dann kriegt Rick eine Kette aus Hämorriden zum Geburtstag.«

»Hämatite, du Schlaumeier.«

Hannah kicherte. »Wie auch immer.«

»Aber wir brauchen noch einen Kontrast zu diesem strengen Schwarz.« Kendall überprüfte die Röhrchen mit ihren Silberkugeln und wählte eines aus. »Hier, das dürfte gehen. Nach ungefähr fünfundzwanzig Hämatitperlen setzen wir ein Silberkügelchen dazwischen, das lockert den Gesamteindruck auf.«

»Dann lass uns loslegen.« Hannah rieb sich die Hände und zog sich einen Stuhl heran.

Kendall wurde warm ums Herz, als sie sah, welches Interesse ihre Schwester an der Arbeit zeigte, die ihr selbst so viel bedeutete. »Such du doch schon mal eine Reihe möglichst gleichgroßer Hämatite raus, während ich den Draht zurechtschneide.«

Eine halbe Stunde später waren sie beide eifrig bei der Arbeit. Hannah fischte die schönsten Perlen aus der Plastikschale, während sie Fragen über Fragen stellte. Zum ersten Mal seit ihrer Ankunft schien sie bereit, Kendall ein wenig an sich heranzulassen, und diese musste sich mit äußerster Willenskraft davon abhalten, ihre Schwester nicht in die Arme zu nehmen – und alles zu verderben.

»Wie bist du überhaupt dazu gekommen, dich mit diesem Kram zu befassen?«, wollte Hannah schließlich wissen.

»Nun, du weißt ja, dass ich ständig von einem Verwandten zum nächsten abgeschoben worden bin, deshalb hatte ich kaum Spielzeug oder eigene Sachen. Aber als ich bei Tante Crystal lebte, brachte sie mir bei, wie man aus Nudeln Schmuckstücke anfertigt. Wir haben so ziemlich alles verwendet, was uns in die Finger fiel, und später haben wir auch zusammen gemalt. Tante Crystal arbeitete am liebsten mit Perlen und Steinen, bis die Arthritis ihre Hände befiel. Man könnte sagen, das Talent zum Herstellen von Schmuck liegt bei uns in der Familie.«

»Vermutlich hat sie nur Altweiberkram gemacht«, bemerkte Hannah in dem überheblichen Ton, den sie den ganzen Morgen lang nicht angeschlagen hatte.

Kendalls Augen wurden schmal. »Nein, Tante Crystal war wirklich begabt.« Sie musterte die Perlen, die Hannah ausgewählt hatte. »Genau wie du.«

»Klar, man muss ja auch ein Genie sein, um ein paar schwarze Perlen zu sortieren.« Hannah griff nach dem Häufchen, das sie beiseite gelegt hatte, warf es in den Behälter zurück und rührte mit der Hand darin herum. »So, das war's dann.«

»Ach, Hannah, warum hast du das getan?« Betrübt betrachtete Kendall das Durcheinander. »Jetzt müssen wir wieder ganz von vorne anfangen.« Die ganze Arbeit, die sich ihre Schwester gemacht hatte, war für die Katz, und das vollkommen grundlos.

251

Oder gab es da vielleicht eine Erklärung, von der Kendall nichts ahnte? Falls ja, schien Hannah nicht geneigt, sich näher darüber auszulassen. Sie saß mit versteinerter Miene da und ließ Kendall keine andere Wahl, als in Gedanken ihr Gespräch noch einmal Revue passieren zu lassen. Die Stimmung ihrer Schwester war in dem Moment umgeschlagen, wo Kendall Tante Crystal erwähnt hatte, aber sie verstand nicht, wieso der Name einer älteren Verwandten, die sie nie kennen gelernt hatte, Hannah in Wut versetzen sollte.

Oder doch?

»Hannah«, begann sie behutsam, »bist du eifersüchtig auf Tante Crystal? Auf meine Zeit mit ihr?«

»Wieso sollte ich eifersüchtig sein, weil sie dir lieber war als ich?«

»Das stimmt doch gar nicht.« Kendall streckte eine Hand aus, aber Hannah wich zurück.

»Ich will nicht darüber reden, okay?«

Das trotzig vorgeschobene Kinn verriet Kendall, dass sie es ernst meinte. Sie stieß vernehmlich den Atem aus, wohl wissend, dass sie augenblicklich das Thema wechseln musste, wenn sie das zarte Band, das sich zwischen ihnen gebildet hatte, nicht mit einem falschen Wort zerreißen wollte. »Macht es dir Spaß, selbst Schmuckstücke zu entwerfen?«, fragte sie.

Hannah zuckte die Achseln. »Ist ganz okay.«

Das war eine Untertreibung, wie Kendall wusste. »Weißt du, ich habe überall, wo ich gerade war, Nudelschmuck gebastelt, und niemand hatte was dagegen, weil ich auf diese Weise wenigstens beschäftigt war und niemanden gestört habe.« Kendall verzog das Gesicht, als angenehme und weniger angenehme Erinnerungen auf sie einstürmten. »Im Gegensatz zu dir kannte ich so was wie ein geregeltes Leben gar nicht.«

Vielleicht konnte sie Hannah ja dazu bringen, ein paar positive Aspekte ihrer Situation anzuerkennen.

»Wie schade. Was ist denn so toll daran, Jahr für Jahr an einem Ort festzusitzen, keine Familie zu haben und immer wieder seine Freunde zu verlieren, weil die wieder nach Hause geholt werden? Findest du das vielleicht prickelnd?« Hannah verzog die stark mit Lipgloss geschminkten Lippen zu einem Schmollmund.

Man kommt einfach nicht an sie heran, dachte Kendall. »Nun ja ...«

»Leute, wo steckt ihr denn?«, ertönte Pearls Stimme von unten, dann stapfte sie auch schon die Treppe hoch und betrat den Dachboden.

Die Gelegenheit zu einem vertraulichen Gespräch mit ihrer Schwester war dahin. Kendall konnte nur hoffen, später noch einmal eine Chance zu bekommen, all diese Missverständnisse zwischen ihnen aus der Welt zu schaffen.

Rick bemerkte die Spannung, die in der Luft lag, sofort, als Kendall ihn abholte, um ihn zum Haus seiner Mutter zu bringen, wo er zum Dinner erwartet wurde. Er wusste nicht, was zwischen den Schwestern vorgefallen war, aber beide wirkten sichtlich aufgewühlt, und keine sprach mehr als nötig mit der anderen.

Dafür hatten sie ihm umso mehr zu sagen. Zumindest Kendall. »Wann wolltest du eigentlich damit herausrücken, dass du heute Geburtstag hast?«, fragte sie ihn.

»Yeah, sogar Lisa Burton wusste Bescheid. Du hättest Kendalls Gesicht sehen sollen, als sie erfahren hat, dass die es wusste und sie nicht«, meldete sich Hannah von der Rückbank schadenfroh zu Wort.

»Du hältst die Klappe!«, fauchten Rick und Kendall wie aus einem Mund. Hannah provozierte Kendall mit voller Absicht, versuchte ihr den letzten Nerv zu rauben, und er musste zugeben, dass auch er langsam die Geduld verlor. Aber vielleicht lag ihm nur das heutige Datum so auf der Seele.

»Ein Tabuthema, wie?«, kicherte Hannah, ehe sie erstaunlicherweise tat, wie ihr geheißen, sich in die Fensterecke kuschelte und fortan den Mund hielt.

Rick stöhnte. Die Kleine hatte den Nagel genauer auf den Kopf getroffen, als ihr bewusst war. Sein Geburtstag war durchaus kein Tabuthema, er fand sich recht bereitwillig mit den zu diesem Anlass stattfindenden Familienfeiern ab. Trotzdem hängte er diesen Tag nicht gern an die große Glocke, denn er fiel mit seinem und Jillians Hochzeitstag zusammen. Und daran ließ er sich nur äußerst ungern erinnern.

Kendall hielt vor Rainas Haus. Hannah schoss aus dem Auto und verschwand. Als Rick ebenfalls aussteigen wollte, legte Kendall ihm eine Hand auf den Arm und hielt ihn zurück.

Widerwillig drehte er sich zu ihr um.

»Du hättest es mir sagen müssen.« Er wusste nur zu gut, was sie damit meinte.

»So wichtig war's nun wirklich nicht.«

Doch der Kummer in ihren Augen traf ihn tief. Er hatte ihr die Wahrheit nicht absichtlich vorenthalten, sondern jeden Gedanken an seinen Geburtstag einfach verdrängt. Er glaubte jedoch nicht, dass ihr dieser feine Unterschied ein Trost sein würde. Und er selbst wollte lieber nicht eingehender darüber nachdenken, warum er geschwiegen hatte. Kendalls Zukunftspläne und ihre bevorstehende Abreise erinnerten ihn zu schmerzlich an den größten Fehler, den er in seinem

Leben je gemacht hatte und den er keinesfalls wiederholen wollte.

Kendall riss ihn aus seinen Gedanken. »Lass uns gehen. Deine Mutter wartet.« Sie stieg aus dem Wagen und schlug die Tür mit einem Knall hinter sich zu. Genau in diesem Moment beschlich ihn das unbehagliche Gefühl, durch sein Schweigen etwas zerstört zu haben, was ihm sehr teuer war.

Zehntes Kapitel

»Überraschung!«

Rick schrak angesichts der Menschenmenge zusammen, die ihn im Haus seiner Mutter erwartete, blickte sich um und begriff, dass er in eine Falle gelockt worden war. Eine gottverdammte Überraschungsparty, dachte er grimmig. Er hätte den heutigen Abend am liebsten alleine verbracht, wie er es schon seit Jahren gern tat. Was seine Mutter sehr gut wusste. Welcher Teufel hatte sie geritten, all diese Leute zusammenzutrommeln?

So gern er sonst auch Menschen um sich hatte – dies war der einzige Tag, an dem er keinen Wert auf Gesellschaft legte, und das aus gutem Grund. Er spürte, wie Kendall ihm beruhigend die Hand auf die Schulter legte, was ihn wunderte, immerhin hatte er sich ihr gegenüber nicht gerade fair verhalten. Vermutlich würde sie später einige Antworten von ihm erwarten, aber er wusste ihr Taktgefühl zu schätzen, das ihr jetzt den Mund verschloss.

»Herzlichen Glückwunsch zum Geburtstag!« Seine Mutter kam langsam auf ihn zu und küsste ihn auf die Wange.

Da er wusste, wie schädlich jede Art von Stress für ihr Herz war und dass sie sich nur ihm zuliebe so viel Mühe gemacht hatte, rang er sich ein Lächeln ab. Er würde sie sich später vorknöpfen, wenn sie allein waren.

»Das wäre doch wirklich nicht nötig gewesen«, knirschte er mit zusammengebissenen Zähnen.

»Unsinn. Mein mittlerer Sohn wird ja nicht jeden Tag fünfunddreißig.«

»Fangt mit der Show an!«, brüllte Norman im Hintergrund.

Applaus setzte ein, dann folgte ein stetiger Sprechgesang. »Show, Show, Show ...«

»Was für eine Show?«, übertönte Rick den Lärm misstrauisch.

Er blickte sich um und sah Roman, Charlotte und Chase an der hinteren Wand stehen. Alle drei zuckten gleichzeitig die Achseln. Offenbar wollten sie andeuten, dass sie mit Rainas verrücktem Einfall nichts zu tun hatten.

»Ich tappe genauso im Dunkeln«, flüsterte Kendall. Wie seine Brüder schien sie keinerlei Verantwortung für diesen Wahnsinn zu tragen, sie war nur insoweit die Komplizin seiner Mutter, als dass sie ihn hergebracht hatte.

Ein lautes Pfeifen unterbrach den Sprechchor einen Moment lang, dann setzte er wieder ein.

»Okay, das reicht jetzt.« Raina gebot mit erhobenen Händen Ruhe.

Rick warf ihr einen besorgten Blick zu, woraufhin sie sich rasch auf den nächstbesten Stuhl sinken ließ.

Augenblicklich trat Stille ein.

»Wie ihr alle wisst, muss ich mich leider sehr schonen«, erklärte Raina dann. »Deswegen habe ich auch eine Art Conférencier engagiert.« Sie winkte Rick zu sich, und er beugte sich zu ihr hinunter. »Ich wollte eigentlich deine Brüder für diesen Job gewinnen, aber sie haben sich geweigert.«

»Dafür bin ich ihnen was schuldig«, murmelte Rick düster.

»Gut, dann wollen wir anfangen.« Raina klatschte in die Hände.

»Und dann können wir endlich essen!«, erklang es aus den hinteren Reihen der Menge.

Rick kniff die Augen zusammen, als er die Stimme erkannte, und blickte sich suchend um. »Samson, bist du das?«

Er konnte den alten Mann nirgendwo entdecken, wusste aber, dass dieser es meisterhaft verstand, mit einer Menschenmenge zu verschmelzen. Der Entenmann, wie die Kinder Samson Humphrey riefen, verbrachte seine Tage in dem Park neben Norman's, schenkte den meisten Menschen keine Beachtung und wirkte wie ein Obdachloser, der er aber nicht wahr. Außerdem war er für die Wäschediebstähle vor einiger Zeit verantwortlich, die in der ganzen Stadt für Aufruhr gesorgt hatten, was aber nur Rick, Charlotte und Roman wussten. Normalerweise mied der alte Mann größere Menschenansammlungen. Es sei denn …

»Natürlich ist er es. Er lässt sich doch nicht die Gelegenheit entgehen, umsonst an eines meiner Hähnchensandwiches zu kommen«, röhrte Norman.

»Stimmt!«, brüllte Samson zurück und bestätigte so Ricks Vermutung. »Aber wenn du wieder diesen scheußlichen süßen Senf draufgetan hast, kannst du die Dinger selber fressen.«

Norman stieß einen knurrenden Laut aus. »Hör mal, du undankbare kleine Ratte …«

Ehe Rick eingreifen konnte klatschte Raina erneut in die Hände, vermutlich um eine handgreifliche Auseinandersetzung zu vermeiden. Daraufhin schritt ein ganzer Trupp bekannter Gesichter gemessen die Treppe hinunter.

»Das ist dein Leben, Rick Chandler!«, donnerte Big Al, der pensionierte Footballcoach der Highschool, in sein Mikrofon. Es schien ihn nicht zu stören, dass er sich nicht auf dem Fußballfeld befand.

Rick verfolgte ungläubig, wie seine Vergangenheit wieder vor ihm auferstand. Eine sorgsam zusammengestellte Gruppe, bestehend aus einigen seiner alten Lehrer, Trainer und Freunde, bildete im Wohnzimmer seiner Mutter einen Kreis.

Sein Magen krampfte sich zusammen. »Das kann doch nicht wahr sein!«

»O doch.« Seine Mutter strahlte vor Freude, was sein Unbehagen noch verstärkte.

Kendall hielt sich an seiner Seite, die kichernde Hannah hinter ihm, als er durch die Menge geschoben wurde. Endlich wies man ihm einen Stuhl in der vordersten Reihe zu. Seine Mutter, seine Brüder, Charlotte, Kendall und Hannah nahmen rund um ihn herum Platz, die restlichen Gäste bauten sich hinter ihnen auf.

»Der Spaß kann beginnen!«

Rick zuckte zusammen. Big Als dröhnende Stimme tat ihm in den Ohren weh.

»Mrs. Pearson von der Yorkshire Falls Middle School, die kürzlich in den Ruhestand versetzt wurde, hatte Rick in ihrer Vorschulklasse. Bitte, Mrs. Pearson.« Al reichte das Mikrofon an die zierliche, grauhaarige Frau zu seiner Rechten weiter.

»Test. Test.« Mrs. Pearson hielt sich das Mikro dicht an die Lippen und entlockte ihm ein schrilles Quietschen. Alle Anwesenden stöhnten gequält auf. »Tut mir Leid. Es ist schon ewig her, seit ich zum letzten Mal so ein Mistding in der Hand hatte. Ein Mikrofon, meine ich. Seit ich pensioniert bin, lässt meine Ausdrucksweise etwas zu wünschen übrig.« Sie lachte. »Was soll's? Machen wir weiter.«

»Bitte nicht«, rief Rick laut dazwischen.

»Stell dich nicht so an, kleiner Bruder, und trag es wie ein Mann.« Chase verschränkte die Arme vor der Brust und feixte.

Rick beschloss unverzüglich, es ihm an seinem nächsten Geburtstag heimzuzahlen.

»Rick steckte damals schon voller verrückter Einfälle«, begann Mrs. Pearson in ihrem besten Lehrerinnenton. »Und er wusste, wie man ein Publikum bei Laune hält. Außerdem war er äußerst geschäftstüchtig. Ich erinnere mich noch daran, wie er einmal auf dem Schulhof Hof hielt und alle Kinder – hauptsächlich Mädchen – vor ihm Schlange standen.«

»Rick war schon immer ein Charmeur«, bemerkte Raina.

Rick schüttelte den Kopf, weil er spürte, dass seine Wangen brannten. War er nicht langsam zu alt, um noch rot zu werden? Scheinbar nicht. Scheiße.

»Keine Unterbrechungen, bitte«, mahnte Mrs. Pearson, aber sie lächelte dabei. Sie genoss es, einmal wieder im Mittelpunkt zu stehen, wenn auch nur für kurze Zeit. »Es stellte sich heraus, dass Jung-Rick ein paar Tage zuvor beim Arzt war, zur jährlichen Untersuchung. Sicher erinnern sich noch alle hier an Doc Little?«

Zustimmendes Gemurmel und ein gelegentliches »Möge er in Frieden ruhen« ertönten.

»Nun, Doc Little hatte Rick gelobt, seine Ohren seien so sauber, dass man dadurch bis nach China gucken könnte. Und Rick, clever, wie er war, ließ alle seine Kameraden aufmarschieren und kassierte einen Penny – von jedem, der gerne einmal China sehen wollte.«

Die Gäste applaudierten, als Mrs. Pearson das Mikrofon an Ms. Nichol weiterreichte, einer anderen Grundschullehrerin, die bemerkenswerte Ähnlichkeit mit Lucille Ball hatte.

»Ich hoffe, das geht jetzt nicht von Klasse zu Klasse so weiter«, murmelte Rick.

»Nein, nein. Nur die Highlights«, versicherte ihm Raina und strich ihm über die Hand.

»Das beruhigt mich ungemein.«

Kendall lachte, und die *Das ist dein Leben*-Show nahm ihren Fortgang. Rick ließ eine nicht ganz so schlimme Geschichte aus dem Mund der hochrot angelaufenen Ms. Nichols über sich ergehen, wurde von einem anderen Lehrer an seine Schandtaten in den oberen Klassen erinnert und ertrug mit ausdrucksloser Miene die Erzählung seines Coachs, der ihn in der Highschool hinter der Tribüne beim Knutschen erwischt hatte.

Er musste seiner Mutter widerwillig Anerkennung zollen. Es war ihr gelungen, eine aufgelockerte Stimmung zu erzeugen und ihn sogar für eine Weile vergessen zu lassen, wofür das heutige Datum noch stand. Als er ihr wissendes Lächeln bemerkte, begriff er, dass sie die ganze Party allein deswegen geplant hatte. Ehe er sich darüber klar werden konnte, ob er sich darüber freuen oder ärgern sollte, griff Kendall nach seiner Hand. Die Berührung erweckte in ihm augenblicklich den Wunsch, mit ihr allein zu sein.

Sie beugte sich zu ihm und flüsterte ihm ins Ohr: »Ich erfahre durch diese Show mehr über dich, als du mir je freiwillig erzählt hättest.«

»Ich habe dich nie aus meinem Leben ausgeschlossen.« In Bezug auf Kendall empfand er mehr und gab mehr über sich preis als je zuvor. Und am Jahrestag der größten Katastrophe seines Lebens erschreckte ihn dieser Umstand mehr denn je.

Kendall selbst jagte ihm Angst ein. Es fiel ihm schwer, sich das einzugestehen. Trotzdem hatte er ihr nichts verheimlicht, sondern ihr nur diese eine Erinnerung verschwiegen, die eine alte Wunde aufriss, weil Kendall ihn genau wie Jillian eines Tages verlassen würde.

Ehe Kendall etwas erwidern konnte bemächtigte sich seine

Mutter des Mikrofons. »Wie ihr seht, habe ich allen Grund, auf meine Söhne stolz zu sein, auch wenn mir bislang noch keiner ein Enkelkind geschenkt hat.« Eric, der hinter Rick saß, räusperte sich vernehmlich. Ihm missfiel es offenbar, dass Raina diesen Punkt immer wieder in aller Öffentlichkeit beklagte.

Rick war ebenfalls nicht erbaut, aber im Gegensatz zu Eric kannte er Rainas Gejammer nun schon zur Genüge. Seine Mutter fing seinen Blick auf und strich ihm über die Wange. »Aber ganz im Ernst – ich habe wirklich wundervolle Söhne. Sie sind immer für mich da, wenn ich sie brauche.« Dabei legte sie viel sagend eine Hand auf die Brust.

Aber ihr Blick schweifte zu einem Punkt am anderen Ende des Raumes; sie wirkte plötzlich, als habe sie irgendetwas zu verbergen, und darauf konnte sich Rick nun überhaupt keinen Reim machen.

»Und deshalb«, fuhr Raina fort, »ist es mir ein ganz besonderes Vergnügen, euch jetzt meine eigene Lieblingsgeschichte über meinen mittleren Sohn zu erzählen.«

»Kann ich vorher gehen?«, fragte Rick trocken.

»Nur wenn du mit Gewalt zurückgeschleift und mit deinen eigenen Handschellen an deinen Stuhl gekettet werden willst«, rief jemand aus der Menge.

Kendall unterdrückte ein Lachen, konnte jedoch nicht verhindern, dass ihr ein leiser Hickser entschlüpfte.

»Schon gut, weiter im Text«, knurrte Rick gottergeben.

Er legte einen Arm um seine Mutter, weil er trotz allem dankbar war, dass sie sich bemüht hatte, ihm einen besonders schönen Abend zu bereiten – und auch froh darüber, dass sie noch da war, um mit ihm feiern zu können. *Dass sie noch da war.* Bei dem Gedanken schien sich eine eiskalte Hand um sein Herz zu schließen, und augenblicklich fühlte er sich wieder schuldig, weil Rainas größter Wunsch im Leben bislang unerfüllt geblieben war.

Enkelkinder. Beinah wäre es soweit gewesen, damals, als er Jillian geheiratet hatte. Raina hatte, großzügig, wie sie war, schon Pläne für Jillians Baby geschmiedet und sich so darauf gefreut, als wäre es Chandlersches Fleisch und Blut. Sie hatte auch Jillian, die von ihren eigenen Eltern aus dem Haus gejagt worden war, aufrichtig lieb gewonnen und war genau wie Rick außer sich vor Kummer gewesen, als sie mit ihrem früheren Freund durchbrannte. Aber sie hatte Rick nie Vorwürfe gemacht und nie versucht, mit ihm über Jillian zu sprechen, wenn er nicht dazu bereit war. Weil sie seine Mutter war und ihn vorbehaltlos liebte. Aber inzwischen waren viele Jahre vergangen, und noch immer waren keine Enkel für Raina in Sicht, noch nicht einmal von Roman, der vor ein paar Monaten geheiratet hatte.

Enkel, dachte er wieder, dabei wanderte sein Blick zu Kendall.

»Was ich euch erzählen möchte, hat sich ereignet, als Rick drei Jahre alt war.« Rainas Stimme und die Kindheitserinnerungen, die sie in ihm weckte, boten eine willkommene Ablenkung von fruchtlosen Grübeleien über längst vergangene Zeiten.

»Ich dachte, wir wären schon bei seinen Highschooljahren angelangt«, warf Roman ein.

Wie Rick schien auch er zu ahnen, worauf ihre Mutter hinauswollte, und war nicht sonderlich begeistert davon. Rick warf seinem jüngsten Bruder einen dankbaren Blick zu, obwohl sie beide wussten, dass Raina sich nicht aufhalten lassen würde. Und sie behielten Recht.

Ohne auf Roman zu achten drehte sich Raina zum Publikum, um den größtmöglichen Effekt zu erzielen. »Ratet mal, als was mein Junge damals zu Halloween gehen wollte.«

»Vermutlich war es nichts so Banales wie ein Geist oder Kobold.« Kendall lehnte sich zu Rick; ihre Brüste streiften seinen Arm.

Rick unterdrückte ein Stöhnen, dann schüttelte er den Kopf. »Hör einfach zu.«

»Chase, Rick und ich saßen zusammen im Auto, als Rick verkündete, sich zu Halloween als Fee verkleiden zu wollen.«

Die Menge brach in schallendes Gelächter aus, und Beifall brandete auf. Wieder begannen Ricks Wangen zu glühen. Verdammt, er war doch kein kleiner Junge mehr! Trotzdem musste er über die Geschichte unwillkürlich schmunzeln. Kendall dagegen konnte gar nicht mehr aufhören zu lachen, bis er ihr einen leichten Rippenstoß versetzte.

»Tut mir Leid«, keuchte sie zwischen zwei erstickten Atemzügen. »Ich stelle mir das gerade nur bildlich vor ... ich kann's einfach nicht glauben.«

Rick verdrehte die Augen. »Mir fällt es auch schwer, aber sie schwört Stein und Bein, dass die Geschichte wahr ist.«

»Ach ja?« Ihre vollen Lippen zeigten ein Lächeln.

»Erzähl uns mehr von der Fee«, verlangte eine Stimme, die verdächtig nach Samson klang.

Rick schüttelte den Kopf. Jetzt blieb ihm nichts anderes übrig, als das Ganze mit zusammengebissenen Zähnen über sich ergehen zu lassen. Wobei seine Gedanken nur noch darum kreisten, mit Kendall allein zu sein. Möglichst in der Nähe eines Bettes.

»Nun, da ihr schon fragt ...« Raina kicherte. »Ricks Großmutter hat ihm das Märchen von Cinderella vorgelesen, und ihm hatte es die gute Fee angetan, die alle Wünsche erfüllt. Ich wusste, dass John einen Tobsuchtsanfall bekommen würde, wenn er davon erfuhr, also sagte ich Rick, das müsse unser Geheimnis bleiben und versprach ihm einen Satz Baseballkarten, wenn er seinem Vater nichts verriet.«

Wieder ertönte Applaus. Rick seufzte leise. Er wunderte sich, dass all diese Leute seine Kindheitsgeschichten so lustig fanden, war aber auch gerührt, weil sie sich alle ihm zuliebe hier versammelt hatten.

»Okay, die Show ist vorbei.« Eric nahm Raina das Mikrofon ab. »Meine ... ähm, Patientin braucht jetzt Ruhe. Also macht euch über Normans köstliches Büffet her, esst, trinkt und amüsiert euch.« Er hob sein Glas und prostete Rick zu. »Herzlichen Glückwunsch zum Geburtstag, mein Sohn.«

Rick zwinkerte. Er wusste nicht, ob er den Doktor richtig verstanden hatte. Wahrscheinlich war der Begriff ›Sohn‹ nur so dahingesagt und nicht wörtlich gemeint gewesen. Aber nach einem Blick in Erics Gesicht wusste Rick Bescheid – das Wort beinhaltete sowohl für ihn als auch für Raina eine ganze Fülle von Bedeutungen. Aber falls Eric Fallon eine ablehnende Reaktion Ricks fürchtete, so machte er sich umsonst Sorgen. Rick und seine Brüder wünschten Raina alles Glück dieser Welt. Wenn sie das nach zwanzig Jahren Einsamkeit mit Eric gefunden hatte, würden sie ihn mit Freuden in die Familie aufnehmen.

Rick hielt zwar kein Glas in der Hand, aber er nickte Eric zustimmend zu und wechselte einen verständnisvollen Blick von Mann zu Mann mit ihm. Wenn jemand seine Mutter verdiente, dann er.

Er ging zu dem älteren Mann hinüber, um ihm die Hand zu schütteln, dann wandte er sich an Raina. »Ich liebe dich, Mom.«

»Ich dich auch. Und, Rick ...« Ihre Augen schimmerten plötzlich feucht.

»Was denn?«

Raina öffnete den Mund, dann schloss sie ihn wieder und nickte in Kendalls Richtung. »Sie wartet auf dich. Ich weiß, wie viel sie dir bedeutet, ich brauche dich ja bloß anzusehen. So hast du noch nicht mal Jillian angeschaut.«

»Jedenfalls weiß ich diesmal von vornherein, dass es nichts von Dauer ist. Solltest du dich jetzt nicht ein bisschen ausruhen?« Seine Mutter wirkte zwar weit weniger erschöpft, als er befürchtet hatte, doch sie musste sich wirklich mehr schonen.

»Du weißt überhaupt nichts.« Raina kehrte zum Thema Kendall zurück. »Wenn du etwas wirklich willst, musst du schon darum kämpfen.« Sie strich ihm über die Wange. »Denk mal darüber nach. Aber Eric hat Recht, ich brauche Ruhe.« Sie hakte sich bei dem älteren Mann unter. »Er meint, ich sollte in seinem Haus übernachten, damit ihr hier weiterfeiern könnt. Ich kann sogar in seinem Bett schlafen.« Eine zarte Röte breitete sich auf ihren Wangen aus. »Er schläft natürlich auf der Couch. Dann seid ihr ungestört und ...« Sie sah Eric bittend an. »Bring mich lieber hier raus, bevor ich mich komplett zum Narren mache.«

»Schon passiert, Süße.« Eric schüttelte lächelnd den Kopf. »Dein Wunsch ist mir Befehl. Lass uns gehen, ehe du dich in ernste Schwierigkeiten bringst. Mach dir keine Sorgen, Rick, ich passe gut auf sie auf.«

»Davon bin ich überzeugt.« Rick neigte den Kopf, dann sah er dem Paar nach, das sich einen Weg durch die Menge bahnte und den Raum verließ.

Was für eine Nacht. Und sie war noch lange nicht vorbei. Kendall schien mit ihrer Schwester beschäftigt zu sein, also ging er zu den auf einem Tisch in der Ecke bereitstehenden alkoholfreien Getränken hinüber, goss sich eine Coke ein, hob sein Glas und begann zu summen. »Happy birthday to me, happy birthday to me. Happy birthday ...«

»Singst du dir öfter mal selbst etwas vor?« Kendall stand plötzlich hinter ihm und schlang die Arme um seine Taille.

Ihre Brüste pressten sich weich gegen seinen Rücken, und er spürte, wie sich Verlangen in ihm regte.

Dann kicherte er leise. »Jetzt hast du mich kalt erwischt.«

»Die Feengeschichte hat mir gefallen.«

»Dir und jedem anderen im Saal«, brummte er.

»Du hast dich also mit einem Satz Baseballkarten bestechen lassen.« Sie umkreise ihn, ohne ihn loszulassen, bis sie vor ihm stand. »Ich wusste gar nicht, dass du käuflich bist, Officer Chandler«, stellte sie dann mit heiserer Stimme fest.

»Damals in den guten alten Zeiten schon. Und es waren keine Baseballkarten, sondern Kaugummi.«

»Hast du nicht behauptet, dich an diesen Vorfall nicht mehr erinnern zu können?«

Sie hob die Brauen und zog die Stirn kraus, was ihn dazu verlockte, sie zu küssen. »Tue ich auch nicht. Aber nehmen wir einmal an, die Geschichte ist wahr und kein Produkt der blühenden Fantasie meiner Mutter. Dann war ich damals drei Jahre alt. Was reizt einen Jungen in diesem Alter wohl mehr, Baseballkarten oder Kaugummi?«

Kendall warf den Kopf zurück und lachte. »Gute Antwort. Sie verrät mir, dass du tatsächlich bestechlich bist.«

»Willst du mir jetzt meine Jugendsünden vorhalten?«

Sie schürzte die Lippen, was seine ohnehin schon entflammte Begierde noch schürte. »Nein, ich würde viel lieber mit dir sündigen.«

Ein erstickter Laut entrang sich ihm. »Ich hätte nichts dagegen einzuwenden.«

Kendall zwang sich zu einem Lächeln. Sie wusste nicht, wie

er reagiert hätte, wenn er ihre Gedanken lesen könnte. Nachdem sie soeben einiges über Ricks Vergangenheit erfahren hatte, war ihr erst richtig bewusst geworden, wie viel sie *nicht* über ihn wusste – und gerne wissen würde. Als sie früher am Abend behauptet hatte, durch die Show mehr über ihn zu erfahren als er ihr freiwillig verraten würde, war das mehr Scherzhaft gemeint gewesen.

Immerhin hatte der sonst so offene, lebhafte, redselige Rick Chandler ihr seinen Geburtstag bewusst verschwiegen, und das kränkte sie zutiefst. Er wusste mehr über ihr Leben als sie über seins. Erst heute Abend war ihr klar geworden, dass er vieles mit voller Absicht für sich behalten hatte.

Die Show hatte ihre Neugier geweckt, und sie war fest entschlossen, ihn dazu zu bringen, ihr mehr über sich zu erzählen. »Kommen wir noch mal auf die Bestechlichkeit zurück. Gibt es denn nichts, was ich dir anbieten könnte, damit du mir ein paar deiner Geheimnisse enthüllst?«

Obwohl sie von Leuten umringt waren, heftete er den Blick fest auf sie. Der Ausdruck seiner Augen war nicht misszuverstehen. »Oh, ich wüsste da etwas, was mich ganz sicher dazu veranlassen würde, all meine Prinzipien über Bord zu werfen.« Er brach den Augenkontakt nicht ab, hypnotisierte sie, forderte sie mit den Blicken heraus.

»Setz deinen Job nicht leichtfertig aufs Spiel.«

»Eine innere Stimme sagt mir, dass es die Sache wert wäre. Was hast du denn im Austausch für Informationen anzubieten?« Er beugte sich näher zu ihr.

Sein Atem strich warm über ihre Wange, und ihr Körper schien plötzlich in Flammen zu stehen. Aber noch hatte er ihr nicht versprochen, über sich zu reden. Ihr zu verraten, was sie wissen wollte – über sein Leben, seine Vergangenheit, seine Ehe. Scheinbar hatte er die Kunst perfektioniert, Distanz zu wahren und dabei gleichzeitig den Eindruck von Nähe zu vermitteln. Allmählich fragte sie sich, ob er überhaupt im Stande war, sich einem anderen Menschen zu öffnen und dabei zu riskieren, verletzt zu werden.

Aber war sie denn selbst dazu bereit?

Kendall erschauerte unter seinem Blick, denn sie wusste, dass sie eine gewisse Distanz bislang bereitwillig akzeptiert hatte, weil sie sich dabei sicherer gefühlt hatte. Und daran hatte sich auch nichts geändert. Dann belass es doch dabei, mahnte sie sich. Dring nicht weiter in ihn.

Ohne Vorwarnung quäkte das Mikrofon erneut, und eine Frauenstimme unterbrach die Unterhaltung der Gäste und Ricks und Kendalls stumme Auseinandersetzung. »Ich wollte warten, bis Raina weg ist, ehe ich Rick die letzte Überraschung dieses Abends bereite.«

»Was geht hier vor?« Kendall drehte sich um, um besser sehen zu können, und Rick erstarrte.

»Lisa«, knurrte er. »Ich bin gleich wieder da.«

»O nein, du bleibst hier!« Kendall wollte mit eigenen Ohren hören, was jetzt kam. Sie folgte Rick durch den Raum.

Da sprach Lisa schon weiter. »*Das ist dein Leben, Rick Chandler* wäre unvollständig, wenn die späteren Jahre nicht zur Sprache kämen. Mir ist aufgefallen, dass niemand Jillian Frank erwähnt hat.«

Mit einem Mal trat Totenstille ein. Rick ging auf den ungebetenen Gast zu. »Geben Sie mir das Mikrofon und hören Sie auf, sich lächerlich zu machen.«

Lisa ließ das Mikrofon sinken, gab es jedoch nicht aus der Hand. »Ich bin Lehrerin. Mir ist so schnell nichts peinlich.« Dann hob sie das Mikro wieder an die Lippen. »Eigentlich wollte ich Rick nur einen schönen Hochzeitstag wünschen.«

Kendall holte vernehmlich Atem. »Wie bitte?« Sie hatte die

Worte unbewusst laut ausgesprochen. Scheinbar würde sie gleich erfahren, warum ihr Rick seinen Geburtstag verschwiegen hatte. Plötzlich begann sie zu frösteln.

Hannah marschierte auf Lisa zu. »Sie gehässige Giftspritze!«

Kendall ahnte, dass die Situation gleich eskalieren würde. Offenbar hegte Rick ähnliche Befürchtungen, denn er warf Roman einen Hilfe suchenden Blick zu, und kurz darauf führten Roman und Charlotte die widerstrebende Hannah von Lisa weg.

»Wir behalten sie über Nacht bei uns«, rief Charlotte Kendall über die Schulter hinweg zu, als sie das junge Mädchen aus dem Raum führten. Hannahs wütende Proteste verklangen erst, als sich die Tür hinter ihnen schloss.

Kendall stieß einen erleichterten Seufzer aus. Ein Problem war aus der Welt geschafft. Eins wartet noch, dachte sie, als sie sich wieder zu Lisa wandte. Ihr war nicht entgangen, dass die anderen Gäste ungerührt weiteraßen, tranken und Lisa anstarrten, als gehöre ihr Auftritt zum Unterhaltungsprogramm des Abends.

Kendall hatte die Enthüllung tief getroffen, aber sie wollte Lisa den Triumph nicht gönnen, sich ihren Schmerz anmerken zu lassen, schon gar nicht, als sich die Lehrerin direkt an sie wandte.

»Schätzchen, Sie sind vermutlich der einzige Mensch in der Stadt, der nicht weiß, dass Rick an seinem Geburtstag auch seine schwangere Freundin geheiratet hat. Die hat ihn allerdings sitzen lassen und ist mit dem Vater des Kindes durchgebrannt. Aber Rick ist nie darüber hinweggekommen. Hat sich nie wieder auf eine feste Beziehung eingelassen. Also bilden Sie sich jetzt nicht ein, er hätte nur auf Sie gewartet ...«

Rick entwand ihr das Mikrofon, und Chief Ellis kam drohend auf sie zugestapft. »'schuldige, Rick«, nuschelte er mit vollem Mund. »Ich war in der Küche, hab Izzys Petit Fours probiert, sonst wäre ich schneller zur Stelle gewesen. War die Lady eingeladen?«

»Um Gottes willen, nein«, murmelte Rick.

»Hausfriedensbruch, Ruhestörung ...« Chief Ellis rasselte eine Reihe von Vergehen herunter, dann beförderte er Lisa mit Ricks Hilfe ziemlich unsanft zur Tür hinaus.

Mittlerweile wirbelten in Kendalls Kopf Worte durcheinander, die sich noch nicht zu einem Gesamtbild zusammensetzen ließen. Hochzeitstag. Schwanger. Baby. Ihr Wunsch war in Erfüllung gegangen, sie hatte ein paar interessante Dinge über Ricks Vergangenheit erfahren. Allerdings hätte sie die lieber von ihm selbst gehört.

Ein Kloß bildete sich in ihrer Kehle, als sie sich ausmalte, was es für einen Mann wie Rick bedeutet haben musste, von seiner schwangeren Frau verlassen zu werden. Einem Mann mit ausgeprägtem Ehrgefühl. Einem Mann, der sich bereit erklärt hatte, seine Freundin zu heiraten, obwohl sie von einem Anderen ein Kind erwartete. Sie strich sich mit der Hand über die schmerzenden Schläfen. Kein Wunder, dass er Frauen nicht mehr traute. Und kein Wunder, dass es ihr selbst nie gelungen war, seinen Schutzpanzer völlig zu durchbrechen. Sie hatte ihm ja von Anfang an gesagt, sie wolle nicht länger als nötig in der Stadt bleiben.

»Okay, Leute, die Show ist vorbei.« Chase klatschte in die Hände, woraufhin zustimmendes Gemurmel ertönte, dann wandte er sich an Rick. »Alle Achtung, du weißt wirklich, wie man eine Party schmeißt.«

»Ich bin der Ehrengast, falls du es vergessen hast. Wäre ich vorher gefragt worden, hätte es gar keine Party gegeben.«

Rick knetete seine Nackenmuskeln, die sich vor Anspannung verkrampft hatten.

»Und jetzt weiß ich auch, warum.« Kendall tauchte neben ihm auf. »Warum du deinen Geburtstag ... oder deinen Hochzeitstag nie erwähnt hast.«

Chase räusperte sich. »Braut sich bei den Turteltauben etwa ein Gewitter zusammen?«

»Kümmere dich um deine eigenen Angelegenheiten«, erwiderten Kendall und Rick wie aus einem Mund.

Chase lachte. »Wie ein altes Ehepaar kurz vor der Silberhochzeit. Ich weiß noch, wie Mom auch immer genau das ausgesprochen hat, was Dad gerade dachte.«

»Mir reicht's, wir verschwinden jetzt.« Rick griff nach Kendalls Hand.

»Ich komme nur mit, wenn du mir versprichst, mir nachher ein paar Fragen zu beantworten«, flüsterte sie ihm ins Ohr.

»Wenn du versprichst, mir ruhig zuzuhören«, erhielt sie zur Antwort.

Kendall wertete seine Worte als Herausforderung. Nach all dem, was sie heute Abend erfahren hatte, würde es ihr vielleicht schwerer fallen, den Geschichten über seine Vergangenheit zu lauschen als ihm, sie ihr zu erzählen.

Rick sprach nur äußerst ungern über sich selbst. So ungezwungen er auch mit seinen Freunden über unverfängliche Themen plauderte – ernsthaften Diskussionen über sein Leben ging er tunlichst aus dem Weg. Allerdings hatte er diesen Wesenszug erst heute an sich entdeckt. Als er Kendall in sein Apartment zog und die Tür hinter sich schloss, überkam ihn plötzlich ein Anflug von Panik, und er spürte, wie ihm der Schweiß ausbrach.

Er warf die Schlüssel auf den Dielenschrank. Im selben Moment kam ihm die Erleuchtung. »Komm mal mit.«

»Wohin denn?«, wunderte sich Kendall. »Ich dachte, wir wären schon da.« Sie blickte sich in der Wohnung um. »Vier Wände und ein Schlafzimmer, welches ich übrigens erst zu betreten gedenke, nachdem wir ein paar Dinge geklärt haben.«

Rick ging zu dem hohen Fenster hinüber, das zu einer breiten Feuertreppe führte, und schob es so weit hoch, dass sich auch ein hoch gewachsener Mensch darunter hindurchzwängen konnte. Dann winkte er Kendall zu sich. »Wir setzen uns auf die Terrasse.«

»Machst du Witze?«

»Nein. Als Charlotte hier gewohnt hat, hat sie den Absatz der Feuertreppe immer als Balkonersatz benutzt. Zwei Leute haben da gut Platz.« Er bückte sich und kroch unter dem Fenster hindurch, dann hielt er Kendall eine Hand hin, um ihr gleichfalls hinauszuhelfen.

Er wartete, bis sie es sich auf dem harten Eisenboden so bequem wie möglich gemacht hatte, dann quetschte er sich neben sie. »Luxuriös ist das nicht, aber es wird schon gehen.«

»Bisschen eng hier, findest du nicht?« Kendall wandte das Gesicht dem warmen Luftstrom zu, der über sie hinwegwehte, und seufzte. »Ich nehme an, du hast da drinnen plötzlich Platzangst bekommen.«

Rick erstarrte. »Wie kommst du denn darauf?« Auf dem Gebiet des Gedankenlesens verfügte er über keine nennenswerte Erfahrung, und Chase' Bemerkung über das ›alte Ehepaar‹ hatte ihm daher schon einen gelinden Schrecken eingejagt.

Kendall sah ihn an. »Weil ich dich gebeten habe, mit mir zu reden. Über dich. Und da du jeden früheren Versuch zu einem

Gespräch erfolgreich abgeblockt hast, schätze ich mal, dass du dir jetzt ziemlich in die Enge getrieben vorkommst.«

»Ein Gefühl, das du vermutlich nur zu gut kennst«, schoss er zurück.

»Würdest du bitte damit aufhören?« Verärgert schlug sie mit der Faust auf den Boden. »Aua, verdammt!« Mit schmerzverzerrtem Gesicht blies sie auf ihre lädierte Hand.

Rick griff danach und drückte einen Kuss in ihre Handfläche.

Kendall machte sich unwillig los. »Versuch nicht, mich abzulenken. Ich weiß, wie gut du den Spieß umdrehen kannst. Ich stelle dir eine Frage, und im nächsten Moment breite ich mein ganzes Leben vor dir aus.«

Er grinste. »Zu meiner Verteidigung kann ich nur vorbringen, dass ich die Kunst des Verhörs meisterhaft beherrsche.«

»Die Kunst des Ausweichens beherrschst du noch viel besser«, brummte sie. »Du bist derjenige, der in der Falle sitzt, nicht ich.«

Rick blickte zum dunklen Nachthimmel empor. Jetzt war der Zeitpunkt gekommen, entweder über das einzige Tabuthema in seinem Leben zu sprechen oder die Beziehung zu Kendall zu beenden, ehe sie es tat. Was sie wahrscheinlich früher oder später ohnehin tun würde. Er rieb sich mit der Hand über den Nacken. »Jillian und ich kannten uns, seit sie in die Stadt gekommen war. Ich war ein paar Jahre älter als sie, aber wir wurden trotzdem gute Freunde und blieben das auch noch während unserer Highschoolzeit.«

»Nur Freunde?«, hakte Kendall nach.

»Ja, nur Freunde.«

»Aber du wolltest mehr.«

Er zuckte die Achseln. »Ich war ein junger Bursche, sie ein sehr hübsches Mädchen. Natürlich wollte ich mehr.« Rick wollte die Geschichte nur möglichst schnell hinter sich bringen, ohne allzu theatralisch zu klingen. »Nach dem Highschoolabschluss ging ich in Albany aufs College und begann dann die Ausbildung bei der Polizei. Jillian wechselte auch zum College und kam nach ihrem dritten Jahr dort plötzlich nach Hause.«

»Schwanger.« Kendall legte ihm eine Hand auf den Arm, und er bedeckte sie mit der seinen.

»Im vierten Monat.«

Kendall seufzte.

Obwohl sie ihn dazu gezwungen hatte, ihr diese Geschichte zu erzählen, bedeutete ihm ihr Mitgefühl viel. Es gab niemanden, den er lieber an seiner Vergangenheit teilhaben lassen würde als Kendall. Und auch niemanden, mit dem er lieber seine Zukunft teilen würde. Diese Erkenntnis traf ihn wie ein Schlag, und er schluckte hart.

»Bist du okay?«

»Ja.« *So einigermaßen.*

»Dann erzähl weiter«, bat sie.

Irgendwie brachte er die Kraft auf, ihrem Wunsch zu entsprechen. Für Jillian empfand er schon lange nichts mehr, so viel war ihm klar. Keine verdrängten Emotionen würden an die Oberfläche schwappen, wenn er die Geschichte jetzt zu Ende brachte. Es war vielmehr ein unbestimmtes Gefühl des Verlusts, das ihm so zusetzte, nur war ihm das bislang noch nie richtig bewusst geworden. Die Trennung von Jillian hatte für ihn das Ende des Lebens bedeutet, von dem er immer geträumt hatte. Eines Lebens, das er nie haben würde, damit hatte er sich abgefunden.

Zumindest war er davon überzeugt gewesen, bis er Kendall getroffen hatte. Irgendwie hatte ausgerechnet diese ruhelose Vagabundin den Wunsch nach einer Familie wieder in ihm aufleben lassen. Allerdings war sie die Letzte, mit der sich dieser Traum realisieren ließ.

Aber Rick konnte Kendall keinen Vorwurf daraus machen, denn sie hatte von Anfang an kein Hehl daraus gemacht, dass sie an einer festen Bindung nicht interessiert war. Aufgrund ihrer Geschichte war die Angst vor einer Enttäuschung vermutlich stärker als der Wunsch, jemanden zu haben, dem sie vertrauen konnte.

»Rick?«, drängte sie behutsam. »Wenn es dir zu schwer fällt ...«

»Nein, nein.« Er konnte sie nicht zum Bleiben zwingen, nur darauf hoffen, dass sie ihre Meinung von sich aus änderte. Ihre Aufrichtigkeit ihm gegenüber verpflichtete ihn dazu, nun seinerseits ganz offen zu ihr zu sein, also nahm er sich zusammen. »Jillian hatte dem Vater des Kindes von ihrer Schwangerschaft erzählt, aber der hatte gerade seinen Abschluss gemacht und meinte, er wäre noch nicht bereit, eine Familie zu gründen.«

»Vielleicht hätte er das freundlicherweise auch seinem Sperma mitteilen sollen«, meinte Kendall voller Abscheu.

»Da kann ich dir nicht widersprechen.« Ricks Lachen klang bitter. »Für eine Abtreibung war es viel zu spät, also warfen ihre Eltern sie aus dem Haus. Eine Szene wie aus einem schlechten Film, nicht wie aus dem wirklichen Leben, zumindest nicht aus dem Leben in Yorkshire Falls. Jedenfalls stand sie plötzlich vor meiner Tür. Ich mietete ein kleines Apartment, sie zog bei mir ein, und von da an nahmen die Dinge ihren Lauf.«

»Das klingt mir alles zu sachlich.« Kendall lehnte sich mit dem Rücken gegen das Geländer und musterte ihn skeptisch.

Sie studierte ihn, als wolle sie nicht nur seine Gedanken, sondern auch seine Gefühle ergründen, fand Rick. Jillian hatte ihn auch recht gut gekannt, allerdings nur oberflächlich. Sie hatte gewusst, dass er ihr aus der Patsche helfen und sie nie im Stich lassen würde, aber sie hatte ihn nie verstanden und sich auch nie dafür interessiert, was in ihm vorging. Für sie zählten nur ihre eigenen Bedürfnisse, und daran hatte sich auch nach der Hochzeit nichts geändert, als die nagende Angst vor einer unsicheren Zukunft verflogen war.

Kendall verhielt sich ganz anders. Ihr lag wirklich etwas daran, die Gründe für seine Handlungsweise zu verstehen, und sein Glück hatte für sie stets Vorrang. Aus Erfahrung wusste er, wie hoch diese Eigenschaft zu bewerten war. Niemand hatte ihn je so gut verstanden wie Kendall es tat, das hatte er von Anfang an gespürt.

»Was du für Jillian empfunden hast, ging über körperliche Anziehungskraft hinaus, nicht wahr?«, fragte sie behutsam und bestätigte so prompt, dass er mit seiner Vermutung richtig lag. Sie durchschaute ihn mühelos. Aber war sie auch im Stande, das Ausmaß seiner Gefühle für sie zu erkennen? Er bezweifelte es, wenn auch nur deshalb, weil er sich darüber bislang selbst nicht im Klaren gewesen war.

Er liebte sie. Höchste Zeit, sich diese nicht länger zu leugnende Tatsache endlich einzugestehen. Er wollte den Rest seines Lebens mit ihr verbringen, weil er sie liebte. Und er hatte keine Ahnung, wie er dieses Ziel erreichen sollte.

Es war nicht Ricks Art, vor einem Problem zu kapitulieren. Er gab eine Sache erst dann verloren, wenn er alles versucht hatte. Seufzend streckte er die Beine aus, so weit der begrenzte Raum es zuließ, und betrachtete Kendall.

Ein leichter Windstoß fuhr durch ihr Haar, während sie ruhig abwartete, bis er sich seine Antwort genau überlegt hatte. Wie sollte er ihr begreiflich machen, was er für seine Exfrau empfunden hatte, wenn er nur daran denken konnte, was er jetzt gerade für *sie* empfand?

»Wie kommst du darauf, dass ich in Jillian nicht einfach nur eine Freundin gesehen habe, die dringend Hilfe brauchte?«

Kendall zuckte die Achseln, doch er vermutete mehr hinter dieser Geste als ein oberflächliches Abtun seiner Frage. »Du bist zwar der sprichwörtliche Retter in der Not, aber noch nicht einmal du würdest eine Frau heiraten, die du nicht liebst. Auch Rick Chandlers Hilfsbereitschaft sind Grenzen gesetzt«, fügte sie trocken hinzu. »Versteh mich nicht falsch, ich bin überzeugt, du hättest Jillian auf jeden Fall aus der Klemme geholfen, aber da du sie gleich geheiratet hast, muss sie dir viel bedeutet haben.« Sie holte tief Atem. »Ich denke, du hast sie geliebt.«

Rick hob eine Braue. Es überraschte ihn, dass sie dieses Wort benutzte, obwohl sie genau wusste, auf welch dünnem Eis sie beide sich bewegten. »Es stimmt, Jillian war für mich mehr als nur eine Freundin«, gab er zu. »Zwischen uns hat es immer ziemlich geknistert, in sexueller Hinsicht, meine ich. Ich müsste lügen, wenn ich behaupten würde, dass das nicht zu meinem Entschluss, sie zu heiraten, entscheidend beigetragen hat.«

Kendall starrte ihn mit großen Augen an.

Fast kam es ihm so vor, als hielte sie den Atem an. Sacht strich er mit einem Finger über ihre glatte Wange. »Im Nachhinein könnte man jedoch sagen, ich habe das Bild geliebt, das ich mir von Jillian gemacht habe. Die Vorstellung unseres gemeinsamen Lebens. Eine perfekte Familie.« Er schüttelte bei dem Gedanken an seine jugendliche Naivität leicht den Kopf. Erst jetzt wurde ihm so recht bewusst, was für ein Scherbenhaufen sein Leben geworden wäre, wenn sich der

Vater von Jillians Kind nicht noch rechtzeitig eines Besseren besonnen hätte. »Mutter, Vater, Baby. Himmel, ich hätte beinahe noch einen Hund angeschafft, um das Bild von Familienidylle zu vervollständigen.«

Er drehte sich zu Kendall um. »Ich habe sie gerne gehabt, so gerne, dass es mir nicht schwer fiel, sie zu heiraten, aber ich habe sie nicht geliebt.«

Täuschte er sich, oder hatte er sie vor Erleichterung leise aufseufzen hören? Am liebsten hätte er vor Freude gegrinst und ihr einen Kuss auf die gespitzten Lippen gedrückt, aber erst musste er noch etwas loswerden. »Das Leben, das ich mir in so leuchtenden Farben ausgemalt hatte, hätte sich wie eine Schlinge um meinen Hals gelegt und mir langsam, aber sicher die Luft abgeschnürt.«

Kendalls Blick wurde weich. »Jillian hatte großes Glück, dich zu haben. Aber du hast Recht. Wenn zwei Menschen aus den falschen Gründen heiraten, machen sie sich letztendlich nur gegenseitig unglücklich. Hat sich Jillian eigentlich jemals vor Augen geführt, wie gut sich für sie alles gefügt hat – auf Kosten anderer?«

»O ja. Zum ersten Weihnachtsfest nach unserer Trennung bekam ich von ihr einen Brief, in dem sie sich entschuldigte und sich gleichzeitig bei mir bedankte. Sie schrieb, sie lebte jetzt das Leben, das sie sich immer gewünscht hätte, und wäre sehr glücklich. Somit hatte ich mein Ziel erreicht, nur nicht auf dem Weg, den ich mir vorgestellt hatte.«

»Und du hast lange unter der Trennung von ihr gelitten?«

»Ich habe immer unter dem Gefühl gelitten, etwas verloren zu haben. Aber jetzt weiß ich, dass Jillian mir nichts genommen hat. Im Gegenteil, sie hat mir die Chance geschenkt, noch einmal ganz neu anzufangen.« Erstaunlich, zu welchen Einsichten ein Mann im Verlauf eines Gesprächs gelangen konnte. Vorausgesetzt, er hatte den richtigen Gesprächspartner, fügte Rick im Stillen hinzu.

All die Barrieren, die er zwischen sich und Kendall errichtet hatte, waren innerhalb kürzester Zeit zusammengebrochen, als hätten sie nie existiert. Noch immer kam er sich vor wie auf sehr dünnem Eis, aber diesmal musste er das Risiko eingehen, darin einzubrechen.

»Also trauerst du ihr nicht mehr nach?« Kendall beugte sich vor.

Er schüttelte den Kopf. »Überhaupt nicht.« Er wünschte Jillian alles Gute und dankte ihr insgeheim dafür, dass sie aus seinem Leben verschwunden war. »Wenn sie nicht mit dem Vater des Babys durchgebrannt wäre, was hätte ich denn dann mit dir machen sollen, als du am Straßenrand gestrandet bist?«

Kendall lachte, aber es klang gezwungen. »Du hättest einen Blick auf mein pinkfarbenes Haar und mein Brautkleid geworfen, mich beim Haus meiner Tante abgesetzt und dann schleunigst das Weite gesucht.«

»Einen Teufel hätte ich getan«, widersprach er grollend.

»Nun, jedenfalls hättest du keinen Grund gehabt, dir eine erfundene Geliebte zuzulegen. Und somit keinerlei Verwendung für mich gehabt.«

Rick lehnte sich zu ihr und nahm ihr Gesicht in beide Hände. Hatte sie denn gar keine Ahnung, was er für sie empfand? Konnte sie es nicht in seinen Augen lesen? Die Worte hören, obwohl er sie noch nicht laut ausgesprochen hatte?

Aber vielleicht verschloss sie sich der Wahrheit ja ganz bewusst. Inzwischen kannte er sie nämlich besser, als sie dachte, daher wusste er, dass sie, wenn sie sich gezwungen sah, sich einzugestehen, dass er sie liebte und sie seine Gefühle erwiderte, in ihr übliches Verhaltensschema verfallen und fortlaufen würde.

Aber das würde er nicht zulassen. Nicht, wenn er es verhindern konnte. Rasch überlegte er, wie er jetzt weiter vorgehen sollte. Nur eine Möglichkeit erschien ihm durchführbar – vorerst weiterzumachen wie bisher. Den Spieß umdrehen und sich ein bisschen von ihr zurückziehen. Weiter so tun, als bliebe es bei einer flüchtigen Sommeraffäre und darauf hoffen, dass sie endlich ihre Scheuklappen ablegte und der Wahrheit ins Auge blickte.

Rick hatte sich eben mit seiner Vergangenheit auseinandergesetzt. Kendall brauchte Zeit, um dasselbe zu tun. Wenn er sie zu sehr bedrängte, lief er Gefahr, sie zu verlieren. Brachte er dagegen viel Geduld und Einfühlungsvermögen auf, hatte er vielleicht eine Chance. Hatten sie eine Chance.

Er wusste, wie sehr er sie brauchte, dass er sich ein Leben ohne sie nicht mehr vorstellen konnte. Aber vorerst wollte er sie in dem Glauben lassen, die Beziehung zwischen ihnen sei rein sexueller Natur, während er gleichzeitig alles tun würde, um ihr das zu geben, was sie in ihrem Leben hatte entbehren müssen: eine Familie, Sicherheit, Geborgenheit, Liebe.

Was aus ihm werden sollte, wenn all seine Bemühungen nichts fruchteten und sie sich nicht von dem Entschluss abringen ließ, samt ihrer rebellischen kleinen Schwester nach Arizona zu gehen, darüber wollte er lieber nicht nachdenken.

Elftes Kapitel

Kendall blickte durch das Fenster auf den Bürgersteig hinaus, wo gerade die Tische für den Straßenverkauf aufgestellt wurden. Sämtliche Ladeninhaber, Restaurantbesitzer sowie einige Schülerinitiativen beteiligten sich daran. Aber wenn sich die Schlange, die bei Norman's nach Kaffee anstand, nicht bald weiterbewegte, würde ein Unglück geschehen. Kendall lechzte geradezu nach Koffein.

»Gott sei Dank ist die Sonne noch rausgekommen. Kannst du dir einen Straßenverkauf im strömenden Regen vorstellen?« Charlotte erschauerte. »Ich selbst mache ja zum ersten Mal dabei mit, aber ich habe gehört, letztes Mal hätten sie die Stände mit Markisen überdachen müssen, und das Wasser wäre an den Seiten nur so heruntergepladdert ...« Sie nahm Kendall am Arm und schüttelte sie leicht. »Du hörst mir ja gar nicht zu.«

Kendall zwinkerte und konzentrierte sich auf Charlottes besorgtes Gesicht. »Tut mir Leid. Was hast du gesagt?«

Charlotte lachte. »Schon gut. Du hast sicher andere Dinge im Kopf.«

Nach der Nacht mit Rick ging Kendall tatsächlich mehr im Kopf herum, als ihr lieb war. Ihre Gefühle für ihn wurden immer stärker, und die Enthüllungen über seine Vergangenheit hatten entscheidend dazu beigetragen. Nun, wo sie wusste, dass er verheiratet gewesen war und beinahe Vater geworden wäre, stellte sie an sich leise Anzeichen von Eifersucht fest. Die Vorstellung, eine andere Frau könne ihm einmal viel bedeutet haben, behagte ihr ganz und gar nicht. Unwillig schüttelte sie den Kopf und zwang sich, an etwas anderes zu denken.

»Habe ich mich schon bei dir dafür bedankt, dass du Hannah gestern Abend mit zu dir genommen hast?«, fragte sie Charlotte, um das Thema zu wechseln. Vielleicht fühlte sie sich ja nach einer kleinen Koffeinspritze dazu in der Lage, einigen Tatsachen ins Gesicht zu sehen.

»Erst drei Mal. Ich hab sie gern um mich.«

»Bist du sicher, dass wir von ein und demselben Teenager sprechen? Vorlaut, frech, aufmüpfig?«, vergewisserte sich Kendall. »Und das ist noch schwesterlich-liebevoll gemeint«, fügte sie grinsend hinzu.

»Ich dachte, wir sprechen von dem hilfsbereiten, zurückhaltenden und höflichen jungen Mädchen da drüben.« Charlotte tippte gegen die Fensterscheibe und deutete zu Hannah hinüber, die Beth gerade dabei half, Wäschestücke zu falten und zum Verkauf auszulegen.

»Ein Alien muss von ihrem Körper Besitz ergriffen haben.« Hauptsache, ihre Schwester war glücklich. Und Hannahs breites Lächeln sowie der nicht still stehende Mund ließen darauf schließen, dass es ihr einen Heidenspaß machte, Beth zur Hand gehen zu dürfen.

»Ich glaube, mir fällt es leichter, positive Seiten an ihr zu entdecken, weil ich objektiv bin. Ich bin ja keine Erziehungsberechtigte. Denk daran, wie es bei dir und deinen Eltern war«, erwiderte Charlotte und schlug erschrocken eine Hand vor den Mund. »Ach je, das tut mir jetzt Leid. Ich hab ganz vergessen, dass du ständig bei anderen Familienmitgliedern gelebt hast, Roman hat mir davon erzählt. Das war taktlos von mir.«

Kendall winkte ab. »Unsinn. Das war eine ganz logische Schlussfolgerung, die ja auch erklärt, warum sich Hannah im Umgang mit mir so schwer tut.« Sie legte Charlotte eine Hand auf den Arm. »Danke, dass du mir geholfen hast, die Situation besser zu durchschauen. Außenstehende sehen manches klarer.«

Charlotte neigte leicht den Kopf. »Gern geschehen.«

»Trotzdem glaube ich, dass sie sich bei dir hauptsächlich deshalb so gut benimmt, weil du Ricks Schwägerin bist.«

Charlotte machte große Augen. »Meinst du, Hannah ist in Rick verliebt?«

»Nein, das glaube ich nicht. Sie hat ihn nur zu ihrem Idol erkoren.« Kendall seufzte. »Rick dringt zu ihr durch, wo ich versage. Aber ich bin froh, dass überhaupt jemand an sie herankommt.«

»Ich könnte ja jetzt sagen, Rick kann jedes weibliche Wesen um den Finger wickeln, aber das trifft den Kern der Sache nicht ganz. Jedenfalls kann er hervorragend mit Kindern und Jugendlichen umgehen. Das DARE-Programm ist vor allem dank seines Engagements ein so großer Erfolg. Er bietet an seinen dienstfreien Tagen Freizeitaktivitäten an, damit die Kids auch nach der Schule beschäftigt sind. Und deswegen bewundern und respektieren sie ihn.«

Kendall nickte. Das war ihr auch schon aufgefallen. Rick wäre Jillians Kind bestimmt ein guter Vater geworden; würde für jedes Baby, jedes Kleinkind, jeden Heranwachsenden einen wunderbaren Vater abgeben. Sie verschränkte die Arme vor der Brust, da sie merkte, dass ihre Gedanken schon wieder eine neue, erschreckende Richtung einschlugen. Aber es stimmte. Rick sollte selber Kinder haben.

Es fiel Kendall schwer, über die Möglichkeit einer langfristigen Bindung auch nur nachzudenken. Andererseits war zwischen ihr und Rick von einer solchen Möglichkeit ja nie die Rede gewesen.

»Hannah scheint auf Rick genauso positiv zu reagieren wie die meisten anderen Teenager auch«, meinte Charlotte.

Kendall nickte wieder. »Stimmt. Hannah und er haben sich vom ersten Moment an verstanden.« Genau wie Rick und sie selbst sofort auf einer Wellenlänge gewesen waren.

»Hannah ist nicht das einzige Sutton-Mädchen, das Ricks Charme erlegen ist, nicht wahr?«, flüsterte Charlotte so leise, dass kein Lauscher in der Schlange ihre Worte hören konnte. »Es klingt vielleicht anmaßend, aber als ich mich in Roman verliebte, hatte ich wenigstens Beth, der ich alles anvertrauen konnte, und ich dachte, da du fremd in der Stadt bist, könntest du jemanden brauchen, mit dem du ab und zu mal reden kannst. Jemanden, der dich und Rick kennt. Und ... na ja ... ich stelle mich gern zur Verfügung.« Charlotte errötete leicht. »Natürlich nur, wenn du möchtest.«

Kendall machte Anstalten, etwas zu erwidern, fand aber keine Worte. Charlottes ebenso aufrichtiges wie warmherziges Angebot kam vollkommen unerwartet für sie. »Ich bin nicht in Rick verliebt.« Der Standardsatz kam ihr ganz automatisch über die Lippen, der stumme Protest ihres Herzens folgte auf dem Fuße.

Charlottes Miene zeigte deutliche Zweifel. Ein ungläubiges Lächeln spielte um ihre Lippen. »Sorry, Kendall, aber das nehme ich dir nicht ab. Spar dir diese Behauptungen für jemanden auf, der nicht selbst schon mal in deiner Lage war.« Sie tappte mit der Fußspitze auf den Boden und unterbrach ihren Rhythmus nur, um ein Stück in der Schlange vorzurücken. »Du kannst es leugnen, so lange du willst – Sekunden,

Minuten, Tage oder Jahre – es hilft dir nichts. Eines Tages werden deine Gefühle für Rick die Oberhand gewinnen. Genauso ist es mir mit Roman ergangen.«

Kendall wusste nicht, ob sie sich ärgern sollte, weil Charlotte sie so mühelos durchschaute, oder ob sie sich über das Freundschaftsangebot freuen sollte.

Charlotte konnte natürlich nicht ahnen, was Letzteres für sie bedeutete. Ihr Instinkt sagte ihr, dass sie ihr ihr Angebot ohne zu überlegen aus purer Zuneigung unterbreitet hatte. Kendall jedoch tat sich schwer damit, darauf einzugehen, so sehr sie sich auch eine Freundin wünschte. Das kleine Mädchen tief in ihrem Inneren sehnte sich verzweifelt danach, dem Alleinsein zu entfliehen, aber die Furcht vor einer Enttäuschung hinderte die Erwachsene daran, über ihren Schatten zu springen.

Kendall riss sich zusammen und begegnete Charlottes ruhig abwartendem Blick. »Du setzt voraus, dass wir beide uns ähnlich sind. Sozusagen in einem Boot sitzen. Aber das stimmt nicht.« Wie sollte es auch?

Denn jedes Mal, wenn Kendall es gewagt hatte, eine gefühlsmäßige Bindung zu einem anderen Menschen – ihrer Tante, ihren Eltern, einem Kind in einer neuen Stadt – einzugehen, war irgendetwas Unvorhergesehenes geschehen, und sie hatte wieder allein dagestanden. Und darin wurzelte auch der Grund für ihre Furcht, erkannte sie mit einem Mal. Deswegen war sie ständig auf der Flucht. Weil die Menschen, die sie liebte, die Menschen, die ihr etwas bedeuteten, sie auf die eine oder andere Art verließen.

Ihre Eltern hatten sie im Stich gelassen, und in gewisser Weise auch Tante Crystal – damals, als sie Kendall hatte fortschicken müssen, und als sie gestorben war. Die Erfahrungen ihrer Kindheit hatten Kendall gelehrt, dass sie stets von allem getrennt wurde, was sie liebte. Und so bestand ihre größte Angst im Moment darin, die Bewohner von Yorkshire Falls, Rick und seine liebevolle, warmherzige Familie zu lieb zu gewinnen – nur um sie früher oder später zu verlieren.

Charlotte zuckte die Achseln. »Okay, wenn du es sagst.«

»Ich habe aber doch Recht. Soweit ich weiß, wolltest du gern in Yorkshire Falls bleiben. Ich möchte die Stadt möglichst bald wieder verlassen.« Und wenn sie das nicht tat? Wenn sie einfach hier blieb, flüsterte ihr eine leise Stimme in ihrem Kopf zu. Fröstelnd schüttelte sie diesen Gedanken wieder ab. Sie hatte sich nie irgendwo auf Dauer niederlassen wollen – wie sie auch das Gefühl nicht kannte, irgendwo dazuzugehören. Und ganz gewiss gehörte sie nicht nach Yorkshire Falls.

»Worin unterscheiden wir uns denn noch?«, fragte Charlotte mit einem feinen Lächeln. Kendalls Sicht der Dinge schien sie zu amüsieren.

»Na ja, zum Beispiel hattest du auch nichts dagegen, Roman zu heiraten. Für mich käme eine Ehe nie in Frage.«

Wenn das stimmt, warum hast du dir dann Gedanken über Ricks Vaterqualitäten gemacht?, meldete sich die Stimme in ihrem Kopf wieder zu Wort. Zum Teufel mit dieser Stadt und Ricks Familie und Freunden. Warum hatten sie ihr so drastisch vor Augen führen müssen, was ihr im Leben alles verwehrt geblieben war? Und was sie haben könnte, wenn sie nicht solche Angst davor hätte, nach dem zu greifen, was das Schicksal ihr bot?

Charlotte musterte sie, als wüsste sie von dem Kampf, der in Kendall tobte, und ließ ihr einen Moment Zeit, ehe sie sich räusperte. »Ich muss mich wohl geirrt haben. Nach all dem zu urteilen, was du mir gerade gesagt hast, seid ihr beide, du und Rick, das genaue Gegenteil von Roman und mir. Angefangen damit, dass Roman der Vagabund war, nicht ich.«

»Vermutlich«, murmelte Kendall, die nicht mehr wusste, wo sie eigentlich stand. Wieso wurde sie das Gefühl nicht los, dass Charlotte von vornherein beabsichtigt hatte, ihre festen Überzeugungen zu erschüttern?

Die andere Frau schüttelte den Kopf und lachte. »Nun, zumindest eines weiß ich mit hundertprozentiger Sicherheit – dass du ein menschliches Wesen bist. Und Menschen sind nun einmal kompliziert. Sie wissen oft nicht, was sie wirklich wollen, auch wenn sie sich das einbilden.«

»Aha, eine Amateurpsychologin.« Kendall grinste.

»Nein, nur eine gute Beobachterin. Nimm mich als Beispiel. Ich dachte immer, ich wollte in Yorkshire Falls bleiben, weil das Sicherheit bedeutete. Wie sich herausstellte, beinhaltet das Wort Sicherheit für mich eine ganze Reihe verschiedener Definitionen. Und ich kann mit jeder leben, wenn sie nur Roman mit einschließt.« Charlotte zuckte die Achseln. »Vielleicht redest ja auch du dir nur ein, unbedingt von einem Ort zum anderen ziehen zu müssen. Vielleicht auch nicht.« Sie warf ihr dunkles Haar zurück. »Wenn ich so darüber nachdenke, hast du Recht. Ich sollte mir nicht einbilden, alles über dich zu wissen. Aber wenn du mal eine Freundin brauchst, dann bin ich für dich da. Ohne dir Predigten zu halten, das verspreche ich. Abgemacht?«

Kendall ergriff die Hand, die Charlotte ihr hinhielt. »Abgemacht«, stimmte sie zu, während Charlottes Worte in ihrem Kopf durcheinanderwirbelten.

»Der Nächste. Was wünschen die Damen?«, fragte Norman dazwischen und enthob Kendall somit der Notwendigkeit, eingehender über das nachzudenken, was sie soeben gehört hatte.

»Orangensaft für mich, halbgefrorenen Chaitee für Beth und …« Sie bedeutete Kendall mit einem Nicken, ihre Bestellung aufzugeben.

Beth' Getränk klang verheißungsvoll. »Ich nehme auch einen Chaitee und einen großen Orangensaft für Hannah«, bestellte Kendall.

»Zwei Chai, zwei O-Saft«, wiederholte Norman. »Sonst noch was?«

»Nein, danke.« Trotz Kendalls Widerspruch bestand Charlotte darauf, die Getränke zu bezahlen. Einen Moment später standen sie wieder draußen in der Hitze, und der Straßenverkauf lief an. Charlottes handgefertigte Häkelwäsche und Kendalls Schmuck fanden reißenden Absatz. Nach einer Stunde war fast die gesamte Schmuckkollektion verkauft, und Charlotte hatte eine ganze Liste Bestellungen von Leuten aufgenommen, die bestimmte Farbzusammenstellungen und Namensketten oder – Armbänder haben wollten.

»Mit einem so durchschlagenden Erfolg hätte ich nie gerechnet«, staunte Kendall.

»Gute Arbeit verkauft sich immer.« Beth lächelte ihr zu. »Willkommen im Team, Kendall.«

Kendall musste vor Rührung schlucken und brachte es gerade noch fertig, das Lächeln zu erwidern. Dann hielt sie nach ihrer Schwester Ausschau und entdeckte sie ein Stück weiter unten auf der Straße inmitten einer Gruppe gleichaltriger Mädchen. Hannah war scheinbar bereits in eine Clique aufgenommen worden.

Wieder begannen ihre Gedanken um das Was-wäre-wenn-Spiel zu kreisen. Was, wenn sie sich hier niederlassen würde? Wenn sie nicht ihre Sachen packte und nach Arizona zog? Wenn sie ein Mal darauf baute, dass etwas in ihrem Leben von Dauer sein konnte?

Kendall schüttelte den Kopf. Die Gewohnheiten so vieler Jahre ließen sich nicht von heute auf morgen ablegen. Im Moment wollte sie einfach nur den herrlichen Tag und das ungewohnte Gefühl der Zugehörigkeit genießen, ohne sich mit Entscheidungen herumzuplagen. Sie war geradezu dankbar, als ein paar Sekunden später Thomas Scalia auf der Bildfläche erschien und mit Beth zu flirten begann. Der Anblick dieses Pärchens lenkte Kendall von ihren Luftschlössern ab. Als ob sie sich je irgendwo wirklich zu Hause fühlen könnte! Aber alles an Yorkshire Falls erschien ihr so …

»Ms. Sutton?«

Kendall drehte sich um, als sie ihren Namen hörte. Vor ihr stand eine attraktive Brünette.

»Ich bin Grace McKeever«, stellte sie sich vor. »Meine Tochter heißt Jeanette. Jeannie und Ihre Schwester haben sich sofort angefreundet.« Sie deutete auf die kichernden Mädchen. Ganz in der Nähe lungerte eine Horde halbwüchsiger Jungen herum.

Kendall verbiss sich ein Lachen.

»Jeannie ist die mit dem dunklen Pferdeschwanz. Ich habe ihr versprochen, mit ihr und einer Freundin in die Nachmittagsvorstellung des Kinos in Harrington und danach zum Essen zu gehen. Wahrscheinlich zum Chinesen. Wir würden Hannah gern mitnehmen, wenn Sie nichts dagegen haben.«

»Hannah wird begeistert sein.« Ihre Schwester führte Jeannies Namen seit der Autowaschaktion praktisch ununterbrochen im Mund. Kendall hatte Rick über Hannahs neue Freundin ausgefragt, und er hatte ihr versichert, die McKeevers seien ganz reizende Leute. »Natürlich habe ich nichts dagegen. Im Gegenteil, ich bin Ihnen sehr dankbar.«

»Wunderbar. Die beiden werden sich freuen.«

Schon kamen Hannah und Jeannie angerannt und überschütteten Kendall und Mrs. McKeever mit einem Wortschwall. »Mom, kann Hannah bei uns übernachten?«, bettelte Jeannie.

»Kendall, ich muss unbedingt diese grässliche Farbe aus meinen Haaren kriegen«, krähte Hannah. »Pam hat gesagt, sie hätte ein Mittel, das hilft, und sie kann mich jetzt schnell einschieben. Ich weiß echt nicht, was ich mir bei diesem Lila gedacht habe, aber Greg hasst Mädchen mit gefärbten Haaren, deswegen muss das Zeug schleunigst raus. Geht das, Kendall? Und ich würde total gern bei Jeannie schlafen. Wusstest du, dass Greg gleich nebenan wohnt?« All das kam atemlos und ohne Pause heraus.

Ihre Schwester wollte ihre Haarfarbe ändern? Es gefiel ihr so gut hier, dass sie sich freiwillig weniger provozierend herrichten wollte? Dann fiel Kendall wieder ein, dass sie ja selbst direkt nach ihrer Ankunft in dieser Stadt ihr pinkfarbenes Haar hatte blondieren lassen, weil sie wieder sie selbst sein wollte. Schon wieder eine Gemeinsamkeit zwischen uns beiden, dachte sie. Diesmal eine positive.

»Kendall?«

Hannahs Stimme riss sie aus ihren Gedanken. Sie hob den Kopf und sah ihre Schwester an. »Ja, ja und nein.«

Hannahs Augen wurden groß. »Das ist unfair! Bloß weil ich letzte Nacht bei Charlotte übernachtet habe darf ich jetzt nicht bei Jeannie schlafen? Dabei hab ich heute sogar eigenes Geld verdient, ich hab Charlotte den ganzen Morgen geholfen ...«

»Halt, stopp!« Kendall unterbrach den Redefluss ihrer Schwester, indem sie eine Hand hob. »Ja, du kannst zum Friseur gehen. Ich gebe dir Geld. Ja, du kannst auch bei Jeannie schlafen, wenn ihre Mutter nichts dagegen hat.« Sie zögerte, als ihr eine Idee kam. »Aber warum schlaft ihr zwei nicht bei uns, dann haben ihre Eltern nach Kino und Essen ein bisschen Ruhe? Und nein, ich wusste nicht, dass Greg neben Jeannie wohnt«, schloss sie lachend.

Hannah errötete. »Sorry.«

»Schon gut.« Wenigstens benahm sich Hannah jetzt wie ein typischer Teenager und nicht wie eine zornige Halbstarke. »Was haltet ihr von dem Vorschlag?«

Die Mädchen blickten erst sich und dann Grace McKeever an.

»Bitte, Mom, kann ich bei Hannah schlafen?« Jeannie zupfte ihre Mutter am Ärmel. »Sie wohnen in Mrs. Suttons altem Gästehaus, Hannah sagt, es ist voll cool da. Sie hat ein eigenes Zimmer, und auf dem Dachboden hat sich Kendall eine richtige Werkstatt eingerichtet. Ganz toll, sagt Hannah. Bitte!«

Hannah hatte im Zusammenhang mit Kendall und dem Haus das Wort *toll* gebraucht? Kendall zwinkerte, um ein paar Tränen zurückzuhalten, und wischte sich über die Augen. Falls jemand etwas bemerkt hatte, würde sie sagen, die Sonne habe sie geblendet.

»Mir soll's recht sein, Mädels. Wir fahren auf dem Weg nach Harrington kurz zu Hause vorbei, damit du ein paar Sachen packen kannst, Jeannie.«

»Cool!« Die beiden Mädchen grinsten einander so verschwörerisch zu, als hätten sie gerade einen großen Coup gelandet.

»Bring eine Decke oder einen Schlafsack mit«, riet Kendall Jeannie. »Wir haben leider kein Gästebett oder so was.«

»Doppelt cool!«, freute sich Jeannie, während Grace und Kendall rasch ihre Telefon- und Handynummern austauschten. Dann verabschiedete sich Grace, um noch ein paar Einkäufe zu erledigen. Die Mädchen liefen zu ihren Freunden zurück, aber Hannah machte noch einmal kehrt, beugte sich über den Tisch und sah Kendall an.

»Danke.«

Das Leuchten in Hannahs Augen verriet Kendall mehr als alle Worte. »Keine Ursache.« Sie griff in die Tasche ihrer Jeans und gab ihrer Schwester ein paar Geldscheine. »Hau nicht gleich alles auf den Kopf«, scherzte sie.

Hannah steckte das Geld ein. »Kendall?«

»Ja?«

Hannah schluckte hart.

»Hannah, nun komm schon! Die anderen warten auf uns«, rief Jeannie ihr zu.

»Ich ... ich hab dich lieb.« Ehe Kendall etwas erwidern konnte drehte sich Hannah um und rannte zu ihren Freunden.

»Ich dich auch.« Und diesmal löste sich tatsächlich eine Träne aus ihrem Augenwinkel und rann ihr über die Wange.

Der Straßenverkauf näherte sich dem Ende. Ricks Schicht auch. Jetzt konnte er gehen, wohin es ihm beliebte, und sein Weg führte ihn schnurstracks zu Kendall. Er fing sie ab, als sie gerade mit einem Köfferchen in der Hand aus Charlotte's Attic kam.

»Hey.«

Ihre Augen leuchteten freudig auf. »Selber hey.«

»Erfolgreichen Tag gehabt?« Er deutete auf das Köfferchen.

»Allerdings. Ich habe fast meinen gesamten Bestand verkauft und noch Dutzende von Bestellungen aufgenommen.«

Sie schüttelte voller Staunen den Kopf. »Es war ein unglaublicher Tag.«

»Ich wüsste da noch einen krönenden Abschluss.«

»Ach ja?« Ihre Lippen verzogen sich zu einem Lächeln.

Nach dem Gespräch vom gestrigen Abend hatte er beschlossen, ernsten Themen vorerst auszuweichen, und seine Taktik schien aufzugehen. Statt vor ihm zurückzuweichen rückte Kendall ein Stück näher an ihn heran.

Aber nicht nah genug. »Hast du schon mal ein heißes Date in einem Autokino gehabt?«, fragte er.

Sie zog eine Braue hoch. »Dieses Vergnügen ist mir bislang leider verwehrt geblieben. Wieso?«

»Heute Abend findet hier die alljährliche Diashow statt, traditsionellerweise immer am selben Tag wie der Straßenverkauf. Der Begriff Autokino war vielleicht etwas übertrieben. Das Fußballfeld wird in ein Freilichttheater verwandelt wo die Geschichte von Yorkshire Falls erzählt und mit Bildern belegt wird. Nicht unbedingt spannend, aber trotzdem geht jeder hin. Und ich kenne zufällig ein lauschiges Plätzchen, wo wir ganz unter uns sind und trotzdem alles mitbekommen. Kommst du mit?«

»Musst du nicht arbeiten?«

»Ich habe ganz offiziell dienstfrei und stehe zu deiner Verfügung.«

»Das hört man gern.«

Ihre Stimme sank dabei um eine Oktave, und er verspürte das vertraute Prickeln in der Magengegend. Aber ehe er sich auf die Freuden des Abends konzentrieren konnte, musste er noch etwas mit Kendall besprechen. »Ich habe heute Morgen auf dem Weg zur Arbeit kurz bei meiner Mutter vorbeigeschaut.«

»Sind alle Spuren der Party beseitigt?«

Er nickte. »Bis auf den Geschenkeberg. Ich hatte keine Ahnung, dass jeder der Gäste auch noch ein Geschenk mitgebracht hat.« Am liebsten hätte er alle zurückgegeben, so peinlich war ihm das.

Alle bis auf eines. Er zog den Kragen seines T-Shirts ein Stück herunter. Die dünne schwarze Kette, die Kendall und Hannah angefertigt hatten, kam zum Vorschein. Eigentlich war er kein Freund von Schmuck, aber dieses Stück gefiel ihm, es wirkte maskulin und unaufdringlich, also konnte er es getrost tragen. Aber am wichtigsten war, dass dieses Geschenk von Herzen kam. Von Kendalls Herzen.

»Gefällt sie dir?«

Die Unsicherheit in ihrer Stimme überraschte ihn. In Bezug auf ihre Arbeit litt sie sonst nicht gerade unter einem Mangel an Selbstvertrauen. Zumindest war er zu diesem Schluss gekommen, nachdem er sie den ganzen Nachmittag lang aus der Ferne beobachtet hatte, weil er sie nicht stören oder gar einen Verkauf verhindern wollte. Je mehr Erfolg sie in Yorkshire Falls hatte, umso besser für ihn.

»Sie gefällt mir sogar ausnehmend gut. Genau wie du.« Er trat einen Schritt näher, klemmte sie zwischen seinem Körper und der Ziegelmauer des nächstliegenden Hauses ein. Die körperliche Nähe ließ ihn nicht unbeteiligt, was ihr nicht entging und ihr ein leises Stöhnen entlockte. »Ich habe mich noch gar nicht angemessen bedankt.« Ein spitzbübisches Lächeln huschte über sein Gesicht. »Immerhin hat mich meine Mutter zu einem Gentleman erzogen.«

»Sie hat dir vor allem eingeschärft, bestimmte Dinge nur hinter geschlossenen Schlafzimmertüren stattfinden zu lassen.« Rainas unverwechselbare Stimme und ihr Kichern brachten ihn wieder zu sich.

»O je.« Kendall schlüpfte unter seinem Arm durch.

Rick knirschte mit den Zähnen. »Hallo, Mutter«, knurrte er und trat zur Seite, während Kendall um Fassung rang.

»Hallo, Rick.« Raina grinste. »Kendall.«

»Ich dachte, du wärst zu Hause und würdest dich ausruhen«, tadelte Rick.

»Das habe ich ja auch getan. Dann kam Chase und wollte schnell ein paar Fotos holen, also habe ich ihn gebeten, mich herzubringen. Ich habe bisher noch nie einen Straßenverkauf versäumt und wollte dieses Jahr nicht damit anfangen.«

»Na schön, jetzt hast du also alles gesehen und bist gesehen worden. Und nun?«

Raina verdrehte die Augen. »Jetzt gehe ich nach Hause, um Kräfte für den Abend zu sammeln.«

Rick warf ihr einen seiner Das-darf-doch-nicht-wahr-sein-Blicke zu. Sie wollte heute Abend schon wieder ausgehen?

»Gemütlich auf einer Decke zu sitzen wird mir wohl nichts schaden. Außerdem sitzt mein Arzt direkt neben mir.« Raina errötete, schob jedoch kampfeslustig das Kinn vor. »Gehst du mit Hannah auch zu der Show?«, fragte sie Kendall dann. Offensichtlich war sie bestrebt, die Aufmerksamkeit von ihrer Person abzulenken.

Der Trick funktionierte. Ricks Gedanken wandten sich vom Gesundheitszustand seiner Mutter wieder Kendall zu. Über seinen Wunsch, mit ihr allein zu sein, hatte er Hannah ganz vergessen.

»Nein, Hannah geht mit einer Freundin ins Kino und dann essen.« Kendall trat neben Rick. »Vor elf erwarte ich sie nicht zurück, und dann übernachten sie zusammen.« Sie hatte ihre Verlegenheit darüber, von Ricks Mutter in einer verfänglichen Situation ertappt worden zu sein, offenbar überwunden.

»Kenne ich diese Freundin?«, erkundigte sich Raina.

»Sie heißt Jeannie McKeever.«

Rick unterdrückte einen erleichterten Seufzer. Grace McKeever war dafür bekannt, dass ihr Haus den Freundinnen ihrer Tochter stets offen stand. Wenn die Mädchen dort schliefen, blieb ihm eine weitere Nacht, um Kendall zu zeigen, dass sie zu ihm gehörte.

»Die zwei bleiben über Nacht bei mir im Gästehaus. Ich habe als Kind nie bei einer Freundin übernachten dürfen, aber ich dachte, so ein Erlebnis wäre gut für Hannah, zumal sie sich hier schon fast zu Hause fühlt, verstehen Sie?«

»Nur zu gut.« Raina strich Kendall liebevoll über die Wange.

Das kam davon, wenn er irgendwelche voreiligen Schlussfolgerungen zog – besonders, wenn sie sein Liebesleben betrafen! Rick schüttelte den Kopf und lachte laut auf.

»Findest du irgendetwas komisch?«, wollte seine Mutter wissen.

»Ganz im Gegenteil«, erwiderte er trocken. Dann musste er eben Kendalls Gesellschaft genießen, bis ihre Pflichten als Elternersatz sie wieder in Anspruch nahmen. Pflichten, die sie offenbar mit einer größeren Selbstverständlichkeit übernommen hatte, als sie beide vorher gedacht hätten.

Obgleich sie und ihre Schwester einige Probleme hatten, erkannte Kendall instinktiv, was Hannah brauchte. Sie wäre im Stande, dem Mädchen ein wunderbares Leben zu bieten, wenn sie nicht bewusst die Augen vor dieser Tatsache verschließen würde. Sie war eine großartige Schwester und würde eine noch bessere Mutter abgeben. Der Gedanke kam ihm so unverhofft, dass er zu frösteln begann.

Er blickte zu Kendall und Raina hinüber, die über Videos und die Möglichkeit, einen Videorekorder auszuleihen, damit Kendall den Mädchen ein bisschen Unterhaltung bieten konnte, diskutierten. Das breite Lächeln seiner Mutter verriet ihm, wie sehr sie Kendall bereits ins Herz geschlossen hatte. Obwohl er sich bezüglich seiner Freundinnen noch nie von seiner Mutter hatte beeinflussen lassen, war es ihm eine große Beruhigung, dass sie mit seiner Wahl einverstanden war und sich daher keine Sorgen um ihn machen musste, was ihr krankes Herz nur unnötig belasten würde. Diesmal hatte er sie glücklich gemacht. Indem er sich für Kendall entschieden hatte.

Was für eine unglaubliche Ironie des Schicksals! Er war die Beziehung zu Kendall ja anfangs nur eingegangen, um die Pläne seiner Mutter zu vereiteln. Und nun träumte er plötzlich selbst davon, eine Familie zu gründen – ausgerechnet mit der Frau, die er nur als Schachfigur hatte benutzen wollen, um seine Mutter von ihrem Vorhaben abzubringen. Schade nur, dass Kendalls Träume etwas anders aussahen ...

Kendall parkte ihr Auto hinter dem Gästehaus und ging zur Vordertür. Schon lange hatte sie keinen so unterhaltsamen Tag mehr verbracht. Und keinen so erfolgreichen, dachte sie lächelnd. Als sie den Reißverschluss ihrer Tasche aufzog, vernahm sie plötzlich ein leises, winselndes Geräusch. Sie blickte sich um, konnte aber nicht feststellen, woher es kam. Achselzuckend stellte sie ihr Köfferchen ab, um in ihrer Tasche nach den Schlüsseln zu kramen, die sie kurz zuvor achtlos hineingeworfen hatte, weil sie erst das Auto ausräumen wollte.

Das Erste, was ihr in die Hände fiel, war die Visitenkarte, die ihr eine Maklerin namens Tina Roberts überreicht hatte.

Die junge Frau hatte ein Armband mit Namensschild bestellt und war dann sofort auf geschäftliche Dinge zu sprechen gekommen; hatte Kendall gefragt, was sie mit dem Haus ihrer Tante vorhabe und sich, ohne eine Antwort abzuwarten, wortreich erboten, vorbeizukommen, um den Wert zu schätzen. Dabei hatte sie schamlose Selbstbeweihräucherung betrieben, indem sie sich ihrer zahllosen Erfolge rühmte, und all das, ohne dabei ein Mal Luft zu holen. Kein Wunder, dass sie zur Maklerin des Monats gewählt worden war, dachte Kendall sarkastisch.

Aber sie konnte das Haus nicht zu einem guten Preis verkaufen, wenn es sein Geld nicht wert war, und die Karte der Maklerin rief ihr eine Tatsache ins Gedächtnis zurück, die sie in den letzten Tagen bequemerweise verdrängt hatte. Sie hatte nichts mehr am Haus getan und auch keinen Gedanken mehr daran verschwendet, wie es sich am besten auf den Markt bringen ließ.

Nur zu einer Entscheidung hatte sie sich durchgerungen. Sie würde Pearl und Eldin im Gästehaus unterbringen und vertraglich festlegen, dass die beiden dort ein mietfreies Wohnrecht auf Lebenszeit hatten. Ob sich ein potenzieller Käufer auf so eine Klausel einlassen würde, wusste sie nicht, aber sie wollte das Paar auf keinen Fall vor die Tür setzen. Sie hoffte nur, die beiden würden sich in dem kleineren Haus auch wohl fühlen, wobei es für Eldin mit seinem kaputten Rücken sicher ein Vorteil wäre, keine Treppen mehr steigen zu müssen. Außerdem machte das Gästehaus lange nicht so viel Arbeit ...

Aber nach diesem wunderbaren Tag war Kendall einfach nicht bereit, eingehender über den Verkauf des Hauses nachzudenken. Nicht, wo sie gerade zu überlegen begonnen hatte, ob es im Leben nicht noch andere Möglichkeiten gab als vor allen Schwierigkeiten davonzulaufen. Nicht, wo sie gerade damit angefangen hatte, *was-wäre-wenn* zu spielen.

Nun, sie hatte ja noch Zeit. Kendall schob die Karte in die Tasche zurück und wühlte weiter darin herum. Gerade als sie den Schlüsselbund ertastet hatte, erklang das Winseln erneut, diesmal ganz in der Nähe. Kendall blickte nach unten. Da saß ein Hund, ein sandfarbener, zottiger Hund, der sie mit großen, seelenvollen Augen ansah.

»Na, du?« Vorsichtig ging sie auf ihn zu.

Als der Hund daraufhin rhythmisch mit dem Schwanz zu wedeln begann, bückte sie sich, um ihn zu streicheln. Sein Fell war verfilzt, vermutlich schon ewig nicht mehr gebürstet worden, aber er schien freundlich und zutraulich zu sein, und er zeigte nicht die geringste Angst vor ihr. Nach ein paar Minuten rollte er sich sogar auf den Rücken, damit sie ihm den Bauch kraulen konnte.

»Jetzt weiß ich wenigstens, mit wem ich es zu tun habe. Du bist ja ein feiner Junge.« Lachend strich Kendall ihm über den Nacken. »Kein Halsband, keine Hundemarke. Was mache ich denn jetzt mit dir?«

Sie erhob sich. Der Hund ebenfalls. Als sie zum Haus zurückging, trabte er ihr hinterher. Zwanzig Minuten später, nachdem sie ihm eine Schüssel Wasser hingestellt und das Malheur vor ihrer Haustür beseitigt hatte – das kurze Bellen hatte wohl bedeutet, dass er ein Geschäft erledigen musste – rief sie Charlotte an, um nach dem Namen des hiesigen Tierarztes zu fragen. Kurz darauf stand sie samt Hund in Dr. Denis Sterlings Praxis.

»Ich hatte keine Ahnung, was ich mit ihm anfangen sollte«, entschuldigte sie sich, nachdem der Arzt seine Untersuchung beendet hatte.

»Es war ganz richtig, mich zu verständigen. Ich kümmere mich oft um ausgesetzte Tiere.«

Dr. Sterling tätschelte dem Hund sacht den Kopf und lächelte Kendall aufmunternd zu. Sein ganzes Verhalten bestätigte ihren ersten guten Eindruck von ihm. Er war ungefähr Ende Fünfzig, ein gut aussehender Mann mit blondem Haar ohne eine Spur von Grau, einem wettergegerbten Gesicht und einer umgänglichen Art.

»Ich wollte so spät nicht mehr stören, aber Charlotte meinte, das mache Ihnen nichts aus.«

»In solchen Dingen irrt Charlotte sich selten.« Seine Stimme klang warm.

Charlotte hatte durchblicken lassen, dass der Tierarzt viel für ihre Mutter übrig hatte, doch Annie Bronson erwiderte seine Gefühle nicht. Stattdessen bemühte sie sich, die gescheiterte Ehe mit Charlottes Vater wieder zu kitten. Dr. Sterling schien ihr die Zurückweisung allerdings nicht übel zu nehmen.

»Dann werde ich Ihnen jetzt mal erzählen, was ich über unseren Freund hier weiß«, begann der Arzt. »Er ist ein Wheaton-Terrier, das sieht man an dem beige- oder sandfarbenem Fell und dem typischen Terriergesicht. Der Größe und dem Gewicht nach zu urteilen ist er ausgewachsen, vielleicht zwei oder drei Jahre alt. Und aus seinem Verhalten Fremden gegenüber schließe ich, dass er nie misshandelt wurde.«

»Gott sei Dank.« Kendall merkte erst jetzt, dass sie unbewusst den Atem angehalten hatte.

Dr. Sterling nickte. »Darauf deutet vor allem das ständige Schwanzwedeln hin. Wheatons bleiben eigentlich immer verspielte, unbekümmerte Welpen.« Er setzte den Hund auf den Tisch und drehte ihn dann auf den Rücken. »Sehen Sie, wie bereitwillig er sich den Bauch kraulen und sich untersuchen lässt? Er zeigt trotz seiner unterlegenen Position keinerlei Angst. Ein freundliches, zutrauliches Kerlchen. Er wird Ihnen keine Schwierigkeiten machen, wenn Sie ihn bei sich behalten.«

»Aber ...«

»Mir liegt keine Suchmeldung nach einem entlaufenen Hund vor, und nachdem Sie ihn mir am Telefon beschrieben haben, habe ich mich bei Freunden und in den Tierheimen der Nachbarstädte umgehört. Ohne Erfolg. Aber sie haben sich meine Angaben notiert und versprochen, zurückzurufen, wenn sie etwas hören.«

»Dr. Sterling, ich ...« *Habe nicht vor, lange hier zu bleiben.* Kendall zögerte. Die Worte kamen ihr nicht mehr so leicht über die Lippen wie noch vor kurzer Zeit.

»Ja?«

»Ich weiß nicht, ob ich ihn behalten kann. Wäre er in einem Tierheim nicht besser aufgehoben?« Noch während sie diese Frage stellte, erkannte sie schon, wie wenig ihr die Idee gefiel. Der Hund war zu lieb und anhänglich, um einfach abgeschoben zu werden. Aber was sollte sie mit ihm machen, wenn sie fortging? Falls sie fortging ...

»Ein Tierheim halte ich in seinem Fall für den allerletzten Ausweg. Das in Harrington platzt ohnehin schon aus allen Nähten. Sie würden ihn zwar aufnehmen, dürften ihn aber kaum vermitteln können. Die Leute wollen alle möglichst junge Hunde. Irgendwann würde er eingeschläfert werden.«

Der Terrier jaulte auf, als habe er die Worte genau verstanden, und wedelte heftig mit dem Schwanz. Bettelte darum, ein Zuhause zu bekommen. Bei Kendall. Und nach der düsteren Prognose des Arztes blieb ihr keine andere Wahl. »Okay, kein Tierheim.«

»Ich kann mich natürlich erkundigen, wer einen Hund haben möchte, aber da Sie ja mit Rick verlobt sind, sehe ich überhaupt kein Problem für Sie. Rick liebt Hunde. Er hat schon als Kind ständig Streuner angeschleppt. Seine Mutter ist bald wahnsinnig geworden.«

Also hatte sich Rick schon damals als Retter in der Not betätigt. »Ich frage mich, wie viele davon Hündinnen waren«, bemerkte sie trocken.

Dr. Sterling lachte. »Mit den Chandler-Jungs wird nur eine starke Frau fertig. Sie und Rick werden sehr glücklich miteinander werden, glaube ich.«

In diesem Moment fiel Kendall auf, dass sie Dr. Sterling gar nicht widersprochen hatte, als er sie und Rick als verlobt bezeichnet hatte – nicht, weil sie meinte, er werde ohnehin wie die meisten Leute in der Stadt einfach darüber hinweggehen, sondern weil ihr die Vorstellung gefiel, als Ricks Verlobte betrachtet zu werden. Besser, als sie sich selbst gegenüber eingestehen mochte.

»Ich werde morgen ein paar Zettel in der Stadt verteilen. Vielleicht vermisst ja jemand diesen Burschen«, fuhr Dr. Sterling fort. »Aber jetzt braucht er erst einmal ein Bad, und morgen, wenn mein Assistent da ist, werden wir vorsichtshalber seine Impfungen auffrischen.« Scheinbar setzte er schon voraus, dass Kendall den Terrier behalten würde.

Und das würde sie auch tun, beschloss Kendall spontan. Natürlich musste sie Hannah klar machen, dass sie ihn zurückgeben mussten, falls sich sein Besitzer meldete. Aber wenn er das nicht tat, hatten sie ab jetzt einen Hund. Der mehr Verantwortung bedeutete, als sie bislang zu übernehmen bereit gewesen war.

Sie warf Dr. Sterling einen Hilfe suchenden Blick zu. »Ich

habe nur leider noch nie ein Haustier gehabt. Wo kriege ich denn Hundeshampoo her? Und Futter ...«

»Nur keine Panik. Hunde sie wie kleine Kinder, sie machen Ihnen schon klar, was sie wollen. Sie brauchen Pflege, regelmäßig ihr Futter und vor allem viel Liebe. Das dürfte für Sie kein Problem darstellen. Außerdem bin ich ja auch noch da. Und Rick.« Er schenkte ihr ein aufmunterndes Lächeln, ohne zu ahnen, dass er gerade ihren wundesten Punkt getroffen hatte.

Wie konnte sie auf den Beistand anderer Menschen bauen? Sie hatte noch nie jemandem wirklich vertraut, sich noch nie auf jemanden verlassen außer auf sich selbst.

»Jetzt zu den Einzelheiten«, begann Dr. Sterling. »Sie können ihn mit jedem milden Haarshampoo waschen, und eine Tüte Futter habe ich auch noch hier. Warten Sie einen Moment.« Er drehte sich um und verließ das Untersuchungszimmer.

»Was habe ich mir da nur eingehandelt?«, seufzte Kendall, dann sah sie den Hund an, der zur Antwort nur eifrig mit dem Schwanz wedelte. Noch vor einer halben Stunde war er allein durch die Stadt gestreunt, und jetzt blickte er sie voller Hoffnung an; vertraute darauf, dass sie sich fortan um ihn kümmern würde.

Noch immer fegte sein Schwanz hin und her. Glücklich. Das schien sein hervorstechendster Wesenszug zu sein. »Okay, Happy, ich denke, einen Namen für dich haben wir auch schon gefunden.« Sie strich dem Terrier über den Kopf, er leckte ihr die Hand, und Kendall verliebte sich auf der Stelle in ihn. Noch eine neue Erfahrung.

»Hier ist noch ein Buch für Sie. *Wie erziehe ich meinen Hund?* Ich habe so das Gefühl, Sie könnten es gut brauchen.«

Kendall lachte, denn sie hatte dem Arzt am Telefon als Erstes von dem kleinen Unfall vor der Haustür erzählt, woraufhin er sie gebeten hatte, eine Probe davon mitzubringen, damit er sie auf Würmer untersuchen konnte. Bei der wenig appetitlichen Erinnerung schüttelte sie sich innerlich, zumal sie weitere ähnlich geartete Zwischenfälle befürchtete, ehe Happy stubenrein war. »Danke, Dr. Sterling.«

»Denis bitte. Ich sehe Sie dann morgen. Rufen Sie so gegen neun an und vereinbaren Sie einen Termin. Zum Glück liegt hinter dem Haus Ihrer Tante ja ein großer Hof, da kann er herumlaufen. Rick kann ja ein bisschen mit ihm spielen. Wheatons brauchen viel Auslauf.«

»Kann man sie auch in einer Wohnung halten?«, fragte Kendall, die an ihren normalen Lebensstil außerhalb von Yorkshire Falls dachte. Ein Lebensstil, der ihr jetzt beengter und einsamer vorkam, als sie es je für möglich gehalten hätte. Warum nur kam ihr ihr lang gehegter Traum von einem Leben in Arizona auf einmal nicht mehr so erstrebenswert vor wie früher? Die Antwort lautete, dass sie sich in dieser Stadt heimisch zu fühlen begonnen hatte. Und ihre Beziehung zu Rick nicht beenden mochte. Aber ob es ihr gelingen würde, ein Mal in ihrem Leben ihre Angst vor Zurückweisungen und Verlust zu überwinden, stand auf einem anderen Blatt.

»Eine Wohnung wäre für ihn erträglich, aber nicht empfehlenswert. Ich rate den Leuten immer, sich zu fragen, womit sie ihrem Hund einen Gefallen tun und womit nicht. Dieser Bursche hier wiegt fünfunddreißig Pfund, hat aber Untergewicht. Er wird noch zulegen, wenn er gut ernährt wird, und er braucht viel Freiraum.«

Genau wie seine neue Besitzerin. Zumindest hatte Kendall das bisher gedacht. Jetzt war sie sich da nicht mehr so sicher.

Sie war beruflich in eine neue, erfolgreiche Phase eingetreten, ihre Schwester hatte Freunde gefunden und sie selbst gerade einen Hund adoptiert.

»Sehe ich Sie heute Abend bei der Diashow?«, erkundigte sich Dr. Sterling.

»Ich gehe auf jeden Fall hin.«

»Gut. Wenn Sie noch Fragen haben, finden Sie mich dort.« Er grinste, dann öffnete er eine Schublade und zog ein Halsband nebst Leine hervor. »Das dürften Sie auch brauchen. Sie können es mir irgendwann mal wiedergeben. Aber es eilt nicht.«

Kendall nickte benommen. Innerhalb eines einzigen kurzen Tages hatte sie sich stärker an diese kleine Stadt gebunden als je zuvor an einen Ort. Sie wusste nur nicht, ob sie für Yorkshire Falls bereit war – oder Yorkshire Falls für sie.

Rick holte Kendall um halb neun ab. Als er wie üblich an die Tür klopfte, wurde er von wüstem Gebell begrüßt. Noch ehe er sich von seiner Überraschung erholte hatte ging die Tür auf, und Kendall erschien im Rahmen. Sie hielt ein zottiges Fellbündel an der Leine.

»Komm rein, ehe er unbedingt raus will.« Der Hund zerrte an der Leine, und Kendall zog ihn mit einiger Mühe ins Haus zurück.

Rick folgte ihr und schlug die Tür hinter sich zu. »Wo kommt der denn her?« Er hatte die Frage kaum ausgesprochen, als der Hund auch schon einen Satz machte und ihm die Vorderpfoten auf die Brust legte.

Kendall lachte. »Er mag dich. Happy, Platz!« Sie zog den Hund von ihm weg.

»Happy?«

»Sieh dir diesen Wackelschwanz an. Kannst du dir einen besseren Namen für ihn vorstellen?« Sie zuckte die Achseln. »Ich weiß nicht, wie er wirklich heißt. Er trug kein Halsband, als ich ihn gefunden habe.«

Kendall nahm einen streunenden Hund in ein Haus, in dem sie nicht bleiben wollte, und lächelte dabei auch noch zufrieden? In der letzten Zeit musste er wohl zu viel gearbeitet haben, scheinbar litt er unter Halluzinationen. »Du hast ihn gefunden?«, wiederholte er fassungslos.

»Eigentlich hat er mich gefunden. Draußen vor der Tür. Wie dem auch sei, jetzt gehört er wohl mir. Dr. Sterling sagte, er würde sich umhören, aber anscheinend vermisst ihn niemand.« Beim Sprechen kraulte sie geistesabwesend Happys Nacken, was sie wohl schon öfter getan hatte, denn sie fand genau die richtige Stelle, und der Hund wand sich förmlich vor Behagen.

Ganz offensichtlich liebte er diese Streicheleinheiten. »Ich kann's dir nachfühlen, mein Junge«, murmelte Rick.

»Wie bitte?«

Rick schüttelte nur den Kopf. »Du willst ihn behalten?«, fragte er statt einer Antwort.

»Ja. Dr. Sterling hat mir Futter mitgegeben, und ich hab mir auf dem Rückweg von deiner Mutter einen Korb für ihn geliehen.« Sie verschränkte die Hände hinter dem Rücken, sichtlich zufrieden mit sich.

Auch Happy schien mit ihr zufrieden zu sein, er machte es sich auf ihren nackten Füßen bequem.

»Woher wusstest du, dass meine Mom einen Hundekorb hat?«

»Weil mir Dr. Sterling von deiner Vorliebe für Streuner erzählt hat. Hätte ich auch selbst drauf kommen können. Mich hast du ja schließlich auch aufgelesen.«

Sie grinste, und er hätte sie am liebsten in die Arme genommen und geküsst.

»Wollen wir gehen? Die Show wartet«, fragte sie.

Rick legte ihr eine Hand auf die Stirn. »Übermäßig heiß fühlst du dich gar nicht an.«

Sie zog verwirrt die Brauen zusammen. »Wie meinst du das?«

»Kendall, was soll denn aus dem Hund werden, wenn du hier weggehst?« Er zwang sich, ihr diese Frage zu stellen, obwohl es ihm zutiefst widerstrebte.

Sie sah ihn ernst an. »Ich mag ja impulsiv sein, aber ganz dämlich bin ich nicht. Ich habe mir schon Gedanken darüber gemacht. Zumindest ein paar.« Sie biss sich auf die Unterlippe.

»Und was ist dabei herausgekommen?«, fragte er mit angehaltenem Atem.

»Ich bin mir noch gar nicht sicher, ob ich überhaupt irgendwo hingehe.« Kendall wich seinen Blick aus. Sie wagte nicht, ihm in die Augen zu sehen.

Scheinbar war sie sich hinsichtlich ihrer neuen Pläne noch unschlüssig, aber dass sie die Möglichkeit überhaupt erwähnt hatte, erfüllte ihn mit Hoffnung.

Kendall klopfte sich mit der Hand gegen das Bein, und der Hund trottete ihr hinterher, als sie in die Küche ging.

»Was hast du vor?«, rief Rick ihr hinterher.

»Ich sperre Happy ein, damit wir endlich gehen können. Außerdem brauche ich etwas räumlichen Abstand, ehe ich keine Luft mehr bekomme«, rief sie über die Schulter hinweg zurück.

»Du warst eigentlich noch gar nicht bereit, zuzugeben, dass du dich doch gerne hier niederlassen würdest, hmm?«

»Es geht alles so schnell, Rick. Gib mir Zeit, ein bisschen darüber nachzudenken.«

Er nickte. Damit konnte er leben. Mit einem Haus, einem Hund und einer Schwester, um die sie sich kümmern musste, konnte sie vorerst ohnehin nicht in ihre alten Gewohnheiten zurückfallen und Hals über Kopf ihre Zelte abbrechen.

Zwölftes Kapitel

Seidenweiche Luft, ein tintenschwarzer Nachthimmel und Rick an ihrer Seite. Ein tiefes Glücksgefühl durchströmte Kendall, als sie das Fußballfeld erreichten. Zum ersten Mal in ihrem Leben freundete sie sich allmählich mit dem Gedanken an, zu einem Ort und zu einem anderen Menschen zu gehören – ohne ständig zu fürchten, irgendwann wieder allein und heimatlos dazustehen.

Sie blickte sich um. Wie Rick versprochen hatte, war die große Anzeigetafel mit einer Leinwand verhängt worden, und überall auf dem Rasen hatten Leute Decken ausgebreitet und es sich darauf bequem gemacht. Rick bahnte sich einen Weg dazwischen hindurch, ohne irgendwo stehen zu bleiben, nur hin und wieder warf er einem Bekannten ein flüchtiges ›Hallo‹ zu.

»Wo willst du denn hin?«, japste Kendall.

»Das wirst du gleich sehen.« Er zog sie weiter, auf die Tribüne zu, die gleichfalls vor Menschen wimmelte.

»Bislang bin ich von dem privaten Ambiente nicht sonderlich beeindruckt«, neckte Kendall ihn.

Sie gingen um die Tribüne herum, dann schob Rick sie unter die Bänke, wo nur die Schritte auf den Metalltreppen sie daran erinnerten, dass sie nicht allein waren. Es war ihm tatsächlich gelungen, inmitten all dieser Menschen eine einsame

Oase zu finden. »Okay, ich nehme alles zurück und behaupte das Gegenteil. Jetzt bin ich beeindruckt.«

»Ich habe dir doch gesagt, ich weiß da ein Fleckchen, wo wir ungestört sind.« Rick schlang die Arme um sie und zog sie an sich.

Es tat gut, wieder in seinen Armen zu liegen, und die Gefahr, von Vorübergehenden wie zwei Teenager beim Knutschen ertappt zu werden, steigerte ihre aufkeimende Erregung noch. Ihr Herz begann schneller zu schlagen, das Blut rauschte heiß durch ihre Adern. So war es immer mit Rick. Ob sie nur an ihn dachte oder tatsächlich mit ihm zusammen war, immer wurde sie von diesem verzehrenden Feuer erfasst.

»Du hast wirklich den idealen Platz für uns gefunden.« Sie schmiegte das Gesicht in seine Halsbeuge, was ihm ein genüssliches Stöhnen entlockte. »Ich weiß zwar nicht, wie wir hier etwas von der Diashow mitbekommen sollen, aber im Moment ist mir das ziemlich egal. Hauptsache, wir sind allein, wie du versprochen hast.«

»Ich pflege meine Versprechen zu halten, Kendall.«

»Dann musst du dir leider ein anderes lauschiges Plätzchen suchen«, ertönte plötzlich eine vertraute Männerstimme. »Wir waren nämlich zuerst hier.«

»Roman?«, fragte Rick entgeistert.

»Wer sonst?«

»Scheiße«, knurrte Rick.

Kendall konnte sich ein Lachen nicht verbeißen. »So viel zu deiner originellen Idee.«

»Wie ich schon sagte – wir waren zuerst hier.«

Rick schnaubte abfällig. »Und du meinst, deswegen hättest du das alleinige Recht auf diesen Platz?«

»Nennt man das geschwisterliche Rivalität?« Kendall war

auf diesem Gebiet nicht sehr beschlagen, sie hatte keinen Bruder, und mit ihrer Schwester hatte sie nicht lange genug unter einem Dach gelebt, um dieses Phänomen am eigenen Leibe zu erfahren. Aber trotz der unwillkommenen Unterbrechung machte ihr die hitzige, aber dennoch gutmütige Auseinandersetzung zwischen den Brüdern Spaß.

»Nein, unter Männern nennt man das ›sein Revier abstecken‹«, erklärte Charlotte gleichfalls lachend. »Genau genommen haben allerdings weder Roman noch Rick ein Anrecht auf dieses Liebesnest. Man munkelt, es wäre Chase gewesen, der hier als Erster die Chandler-Duftnote gesetzt hat.«

»Wirklich? Erzähl mir mehr davon.« Kendall konnte sich nicht vorstellen, dass der so ernst und gemessen wirkende Chase sich jemals in derartige Schwierigkeiten gebracht haben sollte. Aber obwohl ihr Ricks offenes, extrovertiertes Wesen mehr lag, konnte sie gut verstehen, dass sich auch viele Frauen von einem ruhigen, gesetzten Mann wie Chase angezogen fühlen mochten.

»Nun, Gerüchten zufolge wurde Chase, als er noch die Schule besuchte, mit einem Mädchen hier unter der Tribüne erwischt. Sie hatten den Unterricht geschwänzt, um ... na, du weißt schon. Deswegen flog er dann von der Schule.«

Kendall brach in schallendes Gelächter aus. »Das ist doch wohl nicht dein Ernst!«

Rick schüttelte den Kopf. »Das war Chase' letzter Jugendstreich, danach musste er den frei gewordenen Posten des Familienoberhauptes übernehmen.«

»Und mutierte zu dem sittenstrengen Moralapostel von Bruder, den wir heute kennen und lieben«, fügte Roman todernst hinzu.

»Irgendwie muss sich doch auch dieser Mann einmal aus der Reserve locken lassen«, grübelte Charlotte laut.

Roman gab einen unwilligen Knurrlaut von sich. »Der einzige Chandler, den du je aus der Reserve locken wirst, bin ich. Und du machst dich jetzt vom Acker, Rick. Das geht nicht gegen dich, Kendall.«

»Schon gut«, wehrte sie lachend ab. Es gefiel ihr, wie besitzergreifend sich Roman gebärdete, wenn es um Charlotte ging. Sie hegte aufrichtige Bewunderung für Ricks Schwägerin, der es gelungen war, den unsteten Weltenbummler Roman an sich zu binden und die sich darauf verließ, dass er sie nie betrügen würde, so wie ihr Vater ihre Mutter betrogen hatte. Was Kendall zu der Frage führte, ob sie wohl jemals diesen entscheidenden Schritt wagen und einem anderen Menschen voll und ganz vertrauen würde.

Einem Mann.

Rick.

Sie war nahe daran, das wusste sie. Nahe daran, wirklich zu glauben, endlich das Glück und die Geborgenheit gefunden zu haben, um die sie andere immer beneidet hatte.

Dennoch blieben quälende Fragen offen. Würde sie die Furcht, verlassen und verraten zu werden, je ablegen können? Konnte sie die vielen Male, wo sie im Stich gelassen worden war, je vergessen? Immerhin hatte sie sich seit ihrer frühesten Jugend eingeredet, dass es für sie das Beste war, allein zu bleiben und ruhelos von einem Ort zum anderen zu ziehen.

»Lass uns verschwinden«, riss Rick sie aus ihren Gedanken, griff nach ihrer Hand und zog sie zum Fußballfeld hinüber. »Wir sprechen uns noch, kleiner Bruder.« Es fiel ihm sichtlich schwer, Roman das Feld überlassen zu müssen.

Zehn Minuten später hatten sie eine Decke aus dem Auto geholt und sich unter die Menge auf dem Rasen gemischt. Obwohl sie von Menschen umringt waren, kuschelte sich

Kendall eng an Rick. Aus den Lautsprechern in den Ecken dröhnte Musik, und die Show begann mit einigen Dias aus der Gründerzeit von Yorkshire Falls.

Rick hatte Recht gehabt. Obwohl manche Bilder und die dazugehörigen Geschichten durchaus interessant waren, verfolgte kaum jemand die Vorführung. Alle genossen nur den Abend unter freiem Himmel und nutzten die Gelegenheit, den neuesten Klatsch auszutauschen. Dennoch konnte Kendall gut nachvollziehen, warum diese Show Traditionscharakter hatte, und sie war froh, dabei sein zu können.

Rick zog sie enger an sich, schlang die Arme um ihre Taille und vergrub das Gesicht in ihrem Haar. »Hast du das, was du vorhin gesagt hast, ernst gemeint?«, fragte er leise.

Es wäre ihm gegenüber nicht fair, so zu tun, als wüsste sie nicht, wovon er sprach – nicht, seit sie seine Vergangenheit kannte und um seine unterschwelligen Ängste wusste. Sie drehte sich um, sodass sie ihm ins Gesicht sehen konnte, und hielt seinem forschenden Blick tapfer stand. »Dass ich hier bleibe, meinst du?«

Er nickte, sagte aber nichts. Doch die Art, wie er sie ansah – voller Sehnsucht und Verlangen – jagte ihr einen Schauer über den Rücken. Er wartete – typisch Rick – geduldig und verständnisvoll darauf, dass sie sich zu einer Antwort durchrang.

Und während er wartete, glitten seine Hände über ihren Rücken und gruben sich in ihr Haar, und diese Geste löschte ihre letzten Bedenken aus.

Zum ersten Mal war sie bereit, sich voll und ganz auf einen anderen Menschen einzulassen. »Rick, ich ...«

Er legte ihr einen Finger auf die Lippen. »Ehe du antwortest, möchte ich dir etwas sagen, was du wissen solltest.«

Worte waren überflüssig, was er ihr sagen wollte, stand ihm deutlich ins Gesicht geschrieben. Aber vielleicht half es ihm ja, es laut auszusprechen.

Er nahm ihr Gesicht zwischen seine Hände. »Ich liebe dich, Kendall.«

Ihr Herzschlag drohte auszusetzen. Gerade als sie ihre widerstrebenden Empfindungen halbwegs in Einklang gebracht hatte, lieferte er ihr den letzten, endgültigen Beweis für das Ausmaß seines Vertrauens und seiner Hingabe. Nur war sie sich nicht sicher, ob sie diese Gefühle im gleichen Maße erwidern konnte.

Aber sie wünschte sich nichts sehnlicher, als dass es ihr gelingen würde. Er war ein Mann unter Tausenden, und sie wollte ihm das Glück schenken, das ihm so lange verwehrt geblieben war. Er liebte sie. »Rick, ich ...«

Ein lautes Raunen rund um sie herum hinderte sie daran, den Satz zu Ende zu führen. Kendall drehte sich um, um festzustellen, was der Grund für die plötzliche Unruhe war, und fuhr entsetzt zurück, als ihr Blick auf die Leinwand fiel, über die noch Sekunden zuvor erst schwarzweiße, dann sepiabraune Bilder der Stadt geglitten waren. Doch stattdessen prangte dort jetzt ein überlebensgroßes Foto, das Kendall nur allzu gut kannte – schließlich hatte sie ja dafür posiert.

Vor langer Zeit, als sie Geld gebraucht hatte, um ihre Tante in einem erstklassigen Pflegeheim unterzubringen und Brian ihr noch keine besseren Engagements verschaffen konnte, hatte sie sich in verschiedenen, teils recht gewagten Outfits für einen Wäschekatalog ablichten lassen. Unter anderem auch in Leder-Dessous wie bei diesem Foto, auf dem sie auch noch fellgefütterte Handschellen in der Hand hielt. Zwar hatte sie die Sachen, die sie vorführte, nie selbst getragen, sich aber trotzdem für die Fotos nicht geschämt. Bis jetzt.

Aber damals war sie davon ausgegangen, dass die Bilder nur in Katalogen erscheinen und nicht in aller Öffentlichkeit zur Schau gestellt werden würden. Dieser Gedanke brachte ihr wieder zu Bewusstsein, wo sie sich befand – und dass sie fast nackt auf einer riesigen Leinwand zu sehen war, wo die ganze Stadt sie begaffen konnte. All die Menschen, die Officer Rick Chandler und seiner Familie großen Respekt entgegenbrachten. Hier stand nicht nur ihr, Kendalls, Ruf auf dem Spiel, sondern vor allem der des Chandler-Clans.

»O Gott, ich muss hier weg!« Sie löste sich aus Ricks Armen und sprang auf, aber als sich alle Augen auf sie richteten, bereute sie diesen Fehler sofort.

Jeder, der eben noch das Foto angestarrt hatte, konzentrierte seine Aufmerksamkeit jetzt auf sie. Es wurde getuschelt, gekichert und mit den Fingern auf sie gezeigt. Kendall war innerhalb einer Sekunde der Lächerlichkeit preisgegeben. Flammende Röte schoss ihr ins Gesicht, und ihr Mageninhalt drohte ihr in die Kehle zu steigen. Wie hatte das nur passieren können?

Rick legte einen Arm um sie und versuchte sie vorwärts zu schieben. »Kendall, komm, wir gehen.«

Aber seine Stimme drang kaum durch den Nebel, der sie mit einem Mal umgab. Als sie sich zur Leinwand umdrehte, sah sie, dass das anstößige Foto durch eines von der First Street ersetzt worden war. Das belastende Material war verschwunden, aber der dadurch angerichtete Schaden ließ sich nicht so einfach beheben, dessen war sich Kendall bewusst. »Ich dachte ...«

»Du kannst mir später erzählen, was du dachtest. Jetzt bringe ich dich erst mal nach Hause.«

Wieder stieß er sie sacht an, aber sie rührte sich nicht von der Stelle. »Ich dachte, ich würde endlich einmal dazu gehören.«

Aber offensichtlich war *dazu gehören* ein Wort, das zu benutzen sie nie das Recht haben würde. Das Gelächter, das erschrockene Nach-Luft-Schnappen und das gedämpfte Geflüster all der Leute, die sie kennen gelernt und ins Herz geschlossen hatte, hallte noch immer in ihren Ohren wider und erinnerte sie an ihren ersten Tag in Yorkshire Falls, wo man sie im Friseursalon deutlich hatte spüren lassen, dass sie eine Außenseiterin war.

Und daran würde sich niemals etwas ändern.

»Du gehörst dazu«, versicherte ihr Rick in der Hoffnung, die Worte würden in ihr Bewusstsein einsickern. Sie gehörte hierher, in diese Stadt und zu ihm.

Rick kannte die Menschen in Yorkshire Falls und wusste, wie tolerant, mitfühlend und warmherzig die meisten waren. Natürlich gab es auch ein paar Ausnahmen. Die allgemeine Reaktion auf das Foto basierte auf dem Schock, den sein Anblick ausgelöst hatte. Aber niemand würde Kendall verurteilen, weil sie als Model gearbeitet hatte, da war er ganz sicher.

Aber es war der erste Eindruck, der zählte. Das Foto war für einen bestimmten Kundenkreis gemacht worden – Männer und Frauen mit einem etwas ausgefallenen Geschmack und einer Vorliebe für heiße Spielchen im Schlafzimmer. Und es erfüllte seinen Zweck. Wenn Rick die Augen schloss, sah er Kendall in einem Lederbustier vor sich, das ihre vollen Brüste betonte und den straffen Bauch frei ließ. Und obgleich ihr niemand offen Vorhaltungen machen oder sie schneiden würde, würde auch niemand so schnell vergessen, was er da gesehen hatte.

317

Himmel, selbst ihm würde es schon schwer fallen, das Bild von Kendall in ihren Lederdessous aus seinem Gedächtnis zu tilgen. Leder? Ihm fiel ein, wann er das letzte Mal so einen Aufzug zu Gesicht bekommen hatte – bei Lisa Burton. *Kommen Sie, ich zeige Ihnen meine Spielzeugsammlung,* hatte sie gesagt und dabei ein Paar mit Fell versehene Handschellen vor seiner Nase baumeln lassen. Diese Schlampe, dachte Rick grimmig.

»Ich gehöre dazu?« Kendall lachte schrill auf. »Frag mal die Leute hier, ob die das auch finden.« Sie schüttelte den Kopf. Erst jetzt merkte sie, dass sie am ganzen Körper zitterte.

Rick legte ihr einen Arm um die Schultern. »Wir fahren jetzt nach Hause.« So sehr es ihn drängte, Lisa eine Abreibung zu verpassen, die sie ihr Lebtag nicht vergessen würde, jetzt musste er sich erst einmal um Kendall kümmern. »Ich weiß nicht mit hundertprozentiger Sicherheit, wer hinter dieser Sache steckt«, sagte er zu ihr. »Aber ich kann es mir ziemlich gut denken. Ich verstehe auch, wie dir im Moment zu Mute sein muss, aber glaub mir, bald wächst Gras darüber. Es war ein schlechter Scherz, weiter nichts.«

Sie riss sich mit einem Ruck von ihm los und starrte ihn mit weit aufgerissenen Augen ungläubig an. »Weiter nichts? Meinst du wirklich, ich könnte einfach so zur Tagesordnung übergehen?«

Die Vehemenz, mit der sie sprach, erschreckte ihn. Anscheinend war sie der festen Überzeugung, dass sich für sie jetzt alles geändert hatte. Für sie beide.

Sie hatte sich nicht nur von ihm zurückgezogen, sondern er sah ihr auch an, dass sie wieder an Flucht dachte, für sie seit jeher die einzige Möglichkeit, ein Problem zu lösen. Dieses Foto stellte sie vor die größte Herausforderung ihres Lebens –

würde sie den Mut aufbringen, sie anzunehmen, zu bleiben und zu kämpfen?

Oder würde sie wie immer den Weg des geringsten Widerstandes gehen und die Stadt verlassen?

Er konnte sie nicht gewaltsam daran hindern, erneut fortzulaufen. Aber er konnte ihr wieder ins Gedächtnis rufen, was er zu ihr gesagt hatte, bevor das verdammte Foto aufgetaucht war. Er liebte sie, und das würde er ihr so lange einhämmern, bis sie es glaubte. Aber im Moment stand sie noch unter Schock. Er musste warten, bis sie über diesen peinlichen Vorfall hinweggekommen war, ehe er ihr seine Gefühle gestehen durfte.

Wenn sie dann trotzdem die Stadt verließ, konnte er wenigstens mit gutem Gewissen behaupten, ihr alles gegeben zu haben, was er zu geben hatte. Genau wie er es damals bei Jillian gemacht hatte.

Aber jetzt stand für ihn viel mehr auf dem Spiel.

Rick hielt vor dem Haus und machte Anstalten, aus dem Auto zu steigen.

Kendall hielt ihn zurück. Ein unnatürlicher Glanz lag in ihren Augen. »Du brauchst nicht mit hereinzukommen. Ich muss jetzt allein sein.«

Das klang so sachlich und unbeteiligt, dass sich sein Magen zusammenkrampfte. »Willst du dich noch tiefer in deinem Schneckenhaus verkriechen?«

»Du solltest dich jetzt besser um Raina kümmern«, sagte sie statt einer Antwort. »Der Schock, den ihr dieses Foto versetzt haben dürfte, kann nicht gut für ihr Herz sein.«

»Das Einzige, was das Herz meiner Mutter nach dem heutigen Abend tut, ist bluten – und zwar deinetwegen. Und damit wird sie fertig.« Rick schob frustriert die Hände in die Hosentaschen.

»Sieh trotzdem lieber nach ihr.«

Es hatte keinen Sinn, mit ihr zu diskutieren, er drang ja doch nicht zu ihr durch. »Rufst du mich an, wenn etwas ist?«, bat er.

Kendall nickte. Aber als sie ohne ein weiteres Wort ausstieg und die Autotür hinter sich zuschlug, wusste er, dass er weder heute Nacht noch in der nächsten Zeit von ihr hören würde.

Raina ging nervös in der Küche auf und ab. Eric saß an dem weißen Formicatisch und beobachtete sie, Roman und Charlotte lehnten an dem Wandschrank gegenüber des Tisches. Sie hatten sich nach dem Fiasko des heutigen Abends hier versammelt, weil sie sich alle Sorgen um Rick machten, der sich nicht mehr gemeldet hatte, seit Kendalls Foto überlebensgroß und für die ganze Stadt sichtbar auf der Leinwand erschienen war.

Nur Chase fehlte. Da ein anderer Reporter an seiner Stelle über die Diashow berichtet hatte, hatte er von der ganzen Sache nichts mitbekommen und sich folglich auch nicht bei seiner Mutter eingefunden, wofür Raina ihrem Schöpfer dankte. Sie fühlte sich jetzt nicht dazu in der Lage, sich mit ihrem ältesten Sohn und ihrer eigenen Lügengeschichte auseinander zu setzen. Erst galt es, demjenigen ihrer Söhne beizustehen, der sie jetzt am meisten brauchte.

»Es war eine Schande«, empörte sie sich. »Eine absolute Schande. Ich kann einfach nicht glauben, dass jemand so etwas tut.« Sie runzelte die Stirn, als sie daran dachte, was sie auf der Leinwand gesehen hatte.

»Ich wüsste nicht, warum es eine Schande sein sollte, sich für einen Wäschekatalog fotografieren zu lassen«, verteidigte Charlotte Kendall. »Findest du nicht auch, Roman?«

Roman räusperte sich. »Ganz deiner Meinung. Die Sachen waren zwar etwas ... gewagt, aber Kendall sah heiß aus.« Prompt stieß Charlotte ihrem Mann den Ellbogen in die Rippen.

»Klasse. Sie sah klasse aus«, berichtigte sich Roman hastig, dann legte er den Arm um seine Frau. »Du weißt schon, wie ich das meine. Ich bete dich an, aber ein Mann müsste schon blind sein, wenn ihm bei dem Anblick nicht das Wasser im Mund zusammengelaufen wäre.«

Raina verdrehte die Augen.

»Du redest anscheinend zwei Mal, bevor du ein Mal überlegst, mein Sohn«, meldete sich Eric trocken zu Wort.

»Jedenfalls hat Kendall keinen Grund, sich für dieses Foto zu schämen«, beharrte Roman.

»Das finde ich auch.« Eric stützte die Ellbogen auf den Tisch.

Raina lächelte. Sie hatte die Stimmung im Raum ganz bewusst aufgeheizt und zufrieden festgestellt, dass alle auf Kendalls Seite standen. »Okay, nun, wo wir uns in diesem Punkt einig sind, sollten wir überlegen, wie wir Kendall helfen können. Das arme Ding würde sich sicher am liebsten in einem Mauseloch verkriechen.«

»Wir können jeglichen Klatsch im Keim ersticken und ihr zeigen, dass wir zu ihr halten. Ansonsten glaube ich, wäre es ihr am liebsten, wenn wir die ganze Sache unter den Tisch fallen lassen«, meinte Charlotte.

»Unter den Tisch fallen lassen?«, entrüstete sich Raina. »Irgendwer muss ihr das schließlich eingebrockt haben.«

»Und es ist ihre Sache, das herauszufinden.« Romans Tonfall mahnte Raina, das Thema nicht weiter zu verfolgen.

Da sie schon einmal Zielscheibe seines Zorns gewesen war, wäre es vielleicht klüger, ihn nicht weiter zu reizen. Aber sie hatte ihn zur Welt gebracht, das gab ihr ja wohl das Recht, wenigstens ihre Meinung zu äußern. »Immerhin gehört sie schon fast zur Familie, und ich bin sicher, Rick wäre froh, wenn ...«

»Wir uns alle um unsere eigenen Angelegenheiten kümmern würden«, beendete Eric den Satz für sie.

Raina warf ihm einen verstimmten Blick zu. Da sie sich im Lauf der letzten Monate sehr nah gekommen waren, kannte er ihren brennenden Wunsch nach Enkeln und verstand auch, wie viel ihr daran lag, ihre Söhne glücklich zu sehen. Aber weder das Eine noch das andere würde sich verwirklichen lassen, wenn Kendall den Kopf verlor und aus Yorkshire Falls flüchtete.

»Ich stimme Eric zu, Raina. Auch wenn du Rick und Kendall noch so sehr liebst – du kannst nicht ihre Entscheidungen für sie treffen, und du kannst schon gar nicht den Lauf des Schicksals ändern.« Ein bittender Unterton schwang in Charlottes Stimme mit.

»Entschuldige, aber da bin ich anderer Meinung. Falls du dich erinnerst, hat so eine Kleinigkeit wie eine vorgetäuschte Herzschwäche meine Söhne auf die idiotische Idee gebracht, eine Münze zu werfen, und Roman hat dich geheiratet. Und abgesehen von den üblichen kleinen Zwistigkeiten seid ihr beide doch sehr glücklich miteinander. Was beweist, dass sich das Schicksal manchmal doch beeinflussen lässt.« Zwar lastete ihr die Lüge noch immer schwer auf der Seele, aber der Zweck heiligte nun einmal die Mittel, und zum Glück war ja alles gut ausgegangen. Stünde sie allerdings noch ein Mal vor derselben Entscheidung, würde sie wahrscheinlich anders handeln. Aber es ließ sich nicht leugnen, dass ihr Plan aufgegangen war.

»Du wirst dich aus der ganzen Sache heraushalten, Mom.«

Romans blaue Augen, die denen seines Vaters so sehr glichen, bohrten sich in die ihren.

Raina stieß vernehmlich den Atem aus. »Was ist denn so schlimm daran, wenn man Menschen helfen will, die man liebt?«

Charlotte ging zu ihr hinüber und legte ihr eine Hand auf den Arm. »Hör zu, ich habe mit Kendall gesprochen, und soweit ich das beurteilen kann, hatte Rick schon seine liebe Not, sie dazu zu bringen, in der Stadt zu bleiben, bevor ihr jemand diesen üblen Streich gespielt hat. Er braucht deine Unterstützung, aber keine überflüssige Einmischung. Vertrau mir.«

»Ich wünschte, ihr würdet *mir* auch einmal vertrauen.«

Raina schnappte nach Luft, die beiden anderen fuhren herum, als sie Ricks Stimme hörten.

»Ich weiß nicht, was mich mehr ärgert – dass ihr hier alle über *mein* Leben diskutiert oder dass ihr Geheimnisse vor mir habt.« Er trat mit vor der Brust verschränkten Armen und finsterer Miene in die Küche.

Raina hatte ihn nicht ins Haus kommen hören, und die drei anderen auch nicht, wenn sie die erschrockenen Gesichter richtig deutete. Rick lehnte sich gegen den Türrahmen. Er wirkte erschöpft und verhärmt. Ein Chandler gab nie kampflos auf, aber es war offensichtlich, dass die Dinge zwischen ihm und Kendall nicht mehr zum Besten standen.

Und es sah so aus, als würde der nächste Krach auf dem Fuße folgen. »Wie lange stehst du denn schon da?«, fragte Raina verzagt, obwohl die leise Übelkeit, die in ihr aufstieg, die Antwort vorwegnahm.

»Oh, ich bin ungefähr zu der Zeit gekommen, wo du dein vorgetäuschtes Herzleiden erwähnt hast.« Obwohl sich sein

Gesicht vor Zorn gerötet hatte, las sie in seinen Augen, wie tief ihn der Verrat traf.

»Rick ...«

»Jetzt nicht, okay? Ich habe heute Abend schon genug durchgemacht. Aber ich bin froh, dass du gesund bist. Ganz aus dem Häuschen vor Freude, um genau zu sein.« Mit einem ungläubigen Kopfschütteln wandte er sich ab.

»Rick.« Roman hielt ihn am Arm fest.

Rick machte sich unwillig los. »Wenn du mich nicht davon überzeugen kannst, nichts von dieser Komödie gewusst zu haben, gibt es nichts weiter zu sagen.«

»Charlotte, ich gehe mit meinem Bruder irgendwo etwas trinken. Eric bringt dich sicher gern nach Hause.« Roman sah den älteren Mann an, der zustimmend nickte.

»Danke, ich trinke lieber alleine«, knurrte Rick.

»Geh nur. Ihr zwei müsst dringend miteinander reden.« In Charlottes grünen Augen spiegelte sich Mitgefühl für ihre immer noch neue Familie wider. »Rick, du weißt doch, dass wir alle nur dein Bestes wollen.«

»Dann habt ihr eine verdammt merkwürdige Art, das zu zeigen.«

»Du hast Recht, und es gibt auch keine Entschuldigung dafür, außer ...« Raina brach ab.

»Ich mache das schon, Mom. Ruh du dich aus. Ein paar Stunden Schlaf wären nicht schlecht.« Roman legte ihr eine Hand auf die Schulter. Seine Sorge um sie rührte sie.

Obwohl er ihr Verhalten nicht billigte, machte er ihr jetzt keine Vorwürfe, und dafür war sie ihm dankbar. Sie liebte ihre Söhne – zu sehr, wie es aussah, wenn sie ihnen trotz bester Absichten nur Kummer bereitete.

»Wo ist Kendall jetzt?« Charlotte stellte die Frage, die allen im Kopf herumging.

»Zu Hause. Wahrscheinlich packt sie schon ihre Sachen«, murmelte Rick.

Raina zuckte zusammen. »Wenn ihr meint, es könnte ihr helfen, fahre ich zu ihr und rede mal mit ihr.« Noch während sie sprach und Romans unwilliges Stirnrunzeln sah, wusste sie schon, wie die Antwort ihres mittleren Sohnes ausfallen würde.

»Meinst du nicht, du hättest schon genug angerichtet?«, erwiderte Rick auch prompt.

Seine Worte trafen sie mitten ins Herz, eben jenes Organ, das sie benutzt hatte, um ihn zu manipulieren. Ausgleichende Gerechtigkeit, dachte Raina bitter, ohne Trost in diesem Gedanken zu finden.

Ricks Schmerz war ungleich größer. Kendall hatte sich von ihm zurückgezogen, seine Mutter ihn hintergangen. Ihr eigener Kummer verblasste angesichts der Qualen, die er im Moment durchleiden musste.

Ob Rick ihr nun vergab oder nicht, Raina musste einen Weg finden, ihn und Kendall wieder zusammenzubringen. Leider hatte sie noch nicht die geringste Ahnung, wie sie das anstellen sollte.

Irgendwie überstand Kendall die Nacht mit zwei Teenagern, einem Hund und dem Elend, in dem sie immer wieder zu versinken drohte. Die Mädchen halfen ihr, Happy zu baden, was Kendall von der erlittenen Demütigung ein wenig ablenkte. Wer hatte ihr das nur angetan, fragte sie sich zum hundertsten Mal.

Obgleich Rick angedeutet hatte, bereits einen Tatverdächtigen im Visier zu haben, konnte Kendall sich nicht vorstellen, wer sie so abgrundtief hasste, dass er sie fast nackt auf einer riesigen Leinwand zur Schau stellte und dem allgemeinen Gelächter preisgab. Der einzige Mensch in der Stadt, der aus seiner Abneigung ihr gegenüber kein Hehl gemacht hatte, war Lisa Burton, doch Kendall hielt es für unwahrscheinlich, dass die Lehrerin ihren eigenen Ruf und ihren Job wegen so eines dummen Streiches aufs Spiel setzte.

Als die Mädchen, die ja nicht wussten, was sich bei der Diashow zugetragen hatte, endlich im Bett lagen, kam Kendall zu dem Schluss, das es völlig bedeutungslos war, wer hinter der ganzen Sache steckte. Der oder die Schuldige hatte ihr einen großen Gefallen getan; ihr plastisch vor Augen geführt, warum sich ihre Träume nie verwirklichen lassen würden. Kendall Sutton gehörte nirgendwo hin und schon gar nicht an die Seite eines Mannes wie Rick Chandler.

Als das erste Tageslicht ins Zimmer fiel, war die Diashow unzählige Male vor Kendalls geistigem Auge abgelaufen; hatte sich das Foto förmlich in ihr Gedächtnis eingebrannt. Sie schämte sich weder für ihre frühere Karriere als Model noch für das bewusste Bild, denn sie hätte sich niemals auf einen zwielichtigen Job eingelassen, selbst wenn sie das Geld noch so dringend gebraucht hätte. Nichtsdestotrotz blieb die Tatsache bestehen, dass die ganze Stadt und somit auch all die Menschen, die sie lieb gewonnen hatte, sie überlebensgroß in aufreizenden Lederdessous hatten bestaunen können.

Und die Chandlers mussten das jetzt ausbaden – Charlotte, die ihres Geschäftes wegen auf ihren Ruf achten musste; Raina, deren schwaches Herz keinerlei Stress vertrug und Rick, der Cop, dem bislang nichts Nachteiliges nachgesagt worden war. Das würde sich jetzt ändern, und sie allein war schuld daran.

Kopfschüttelnd trat sie ans Fenster und blickte über das taufeuchte Gras hinweg. Zum ersten Mal in ihrem Leben hatte sie eine Zukunftsperspektive gehabt, hatte wirklich geglaubt, in dieser Stadt heimisch zu werden und von Ricks Verwandten in den Familienkreis aufgenommen zu werden. Doch nun waren ihr diese Illusionen schlagartig geraubt worden – durch ein einziges Foto. Ihre Kindheitserfahrungen hatten sich bestätigt. Wieder hatte sie erleben müssen, dass sie eine Ausgestoßene war und immer bleiben würde.

Zum Glück hatte Hannah die Show nicht gesehen. Kendall musste ihr schonend beibringen, was geschehen war, ehe sie es von jemand anders erfuhr. Am liebsten hätte sie ihrer Schwester die ganze Sache verschwiegen, weil sie wusste, wie peinlich berührt Hannah sein würde, aber das ging nicht. Sie konnte nur versuchen, den Schlag etwas abzumildern.

Und dann würde sie mit Hannah nach Arizona gehen, weit weg von dieser Stadt, ehe ihnen beiden der Abschied noch schwerer fiel oder sie noch mehr Enttäuschungen hinnehmen mussten.

»Morgen, Kendall.« Die beiden Mädchen kamen fröhlich in die Küche gehüpft.

Kendall wäre am liebsten in ihr Bett zurückgekrochen, aber sie rang sich ein Lächeln ab. »Guten Morgen, ihr beiden. Soll ich euch Frühstück machen?«

»Nicht nötig. Wir essen Müsli«, erwiderte Hannah.

»Wie war die Show? Wir waren gestern Abend so mit Happy beschäftigt, dass ich glatt vergessen habe, danach zu fragen.« Jeannie strich dem Hund über den Kopf. »Meine Mom geht normalerweise hin, aber sie sagt, bald kann sie die ewigen Bilder alter Häuser nicht mehr sehen, deshalb hat sie uns diesmal lieber ins Kino mitgenommen.«

Kendall hatte nicht die Absicht, in Gegenwart von Hannahs Freundin mit der Wahrheit herauszurücken. »Sie war ...

ganz interessant. Und was steht bei euch heute auf dem Programm?«

In diesem Moment klingelte Kendalls Handy und hielt die Mädchen von einer Antwort ab. »Ich geh schon ran, ich hab ein paar Freunden die Nummer gegeben.« Hannah griff nach dem auf dem Tisch liegenden Telefon. »Hallo?«

Kendall wartete. Sie hoffte nur, dass der Anrufer nicht Rick war.

»Wer ist da?«

»Wer ist da, *bitte*?«, formte Kendall lautlos die Lippen, dann unterdrückte sie ein Stöhnen. Hannah würde entweder Manieren lernen oder sie selbst bei dem Versuch, sie ihr einzubläuen, den Verstand verlieren.

»Nein. Nein. Nein! Dieses Haus steht nicht zum Verkauf und wird auch nicht verkauft! Und Sie können auch nicht mit der Besitzerin sprechen, weil ich erst mal ein Hühnchen mit ihr zu rupfen habe!« Sie schaltete das Handy aus und wandte sich an Kendall. »Wie konntest du nur!«

Alles, nur das nicht. Nicht jetzt. »Ich habe das Haus nicht zum Verkauf angeboten, Hannah.«

»Noch nicht. Aber du hast es vor, das hat mir diese Tina Roberts ja gerade gesagt. Du willst es verkaufen. Und was dann? Muss ich dann wieder in ein Internat? Wie konntest du nur?«, jammerte sie, schniefte und fuhr sich mit der Hand über die Augen, wobei sie ihr Make-up verschmierte.

Der Kummer ihrer Schwester schnitt Kendall ins Herz.

Jeannie blickte von Kendall zu Hannah und machte große Augen. Nun, daran ließ sich nichts ändern. Hannah würde sich mit Sicherheit nicht zurückhalten, bis sie allein waren.

Kendall trat einen Schritt vor und legte ihrer Schwester eine Hand auf den Arm. »Ich schicke dich nicht wieder in ein Internat.«

»Nicht?« Hannah blickte hoffnungsvoll zu ihr auf.

Kendall schüttelte den Kopf. »Ganz bestimmt nicht.« Es gab nicht viel, was sie in ihrem Leben sicher wusste, aber eines stand fest: Nach ein paar Wochen mit ihrer Schwester konnte und wollte sie Hannah nicht wieder wegschicken. »Ich werde mich mit Mom und Dad in Verbindung setzen und sie bitten, mich zu deinem Vormund zu bestimmen, damit ich die nötigen Entscheidungen für dich treffen kann, wenn du bei mir bleibst.«

»Ich wusste es!« Hannah quiekte vor Freude.

Dann warf sie die Arme um Kendalls Hals und drückte sie an sich. »Ich wusste, dass du mich nicht wegschicken würdest.«

Wie schnell Teenager doch ihre Meinung änderten. Vielleicht war das das Vorrecht der Jugend. Hannah trat einen Schritt zurück und sah Kendall an. Die Liebe, die sie in ihren Augen las, verschlug Kendall den Atem; die Freude, endlich von einem Menschen gebraucht zu werden, drohte sie zu überwältigen. Nun musste sie nur noch die sie ständig beherrschende Angst loswerden, auch Hannah eines Tages zu verlieren. Sie war für ihre Schwester verantwortlich, da konnte sie sich diese Schwäche nicht leisten.

Kendall hatte sowohl Rick als auch den Menschen von Yorkshire Falls zu vertrauen begonnen und war bitter enttäuscht worden. Nun setzte Hannah Vertrauen in sie, und Kendall war fest entschlossen, ihr keinen Grund zu geben, das zu bedauern. »Ich schicke dich nicht fort, Hannah. Ich nehme dich mit, egal, wo ich hingehe. Wir zwei sind doch ein Team.« Sie lächelte ihrer Schwester zu. Zum Glück konnten sie sich wenigstens aufeinander verlassen.

»Was soll das heißen, egal, wo du hingehst?« Hannah verschränkte die Arme vor der Brust. »Ich dachte, wir bleiben hier. Ich habe hier Freunde gefunden, mir gefällt es hier. Und dir auch. Außerdem liebt Rick dich.«

Ich liebe dich, Kendall. Das hatte er letzte Nacht gesagt, kurz bevor das verdammte Foto auf der Leinwand erschienen war. Und sie war vor Scham so benommen gewesen, so sehr damit beschäftigt, sich selbst davon zu überzeugen, dass sie immer und überall eine Ausgestoßene bleiben würde, dass sie seinen Worten überhaupt keine Beachtung geschenkt hatte. Er liebte sie, aber wie er sich zu ihr stellen würde, wenn ihm die ersten Bemerkungen über das bewusste Bild zu Ohren kamen, stand in den Sternen.

Sie drehte sich zu ihrer Schwester um. Der Ausdruck von Liebe und Dankbarkeit war aus deren grünen Augen verschwunden, jetzt loderten nur noch Wut und Angst darin. »Wie kommst du darauf, dass Rick mich liebt?« Gestern Abend war Hannah ja nicht mit dabei gewesen.

»Dazu muss man ihn doch nur ansehen. Genau wie ich dich nur ansehen muss, um zu sehen, dass du nur an dich denkst. Immer nur an dich!« Sie stapfte auf Jeannie zu, die die Szene noch immer mit offenem Mund verfolgte. »Komm, wir gehen.«

»Wohin?«, fragte Jeannie verblüfft.

»In die Stadt. Oder zu dir. Ganz egal, Hauptsache, ich komme hier raus«, fauchte Hannah.

Kendall seufzte. »Hannah, bleib bitte hier. Wir sind noch nicht fertig.«

»O doch. Ehe ich bei dir bleibe, gehe ich lieber gleich in ein Internat. Da tun die Leute wenigstens nicht so, als würde ihnen was an mir liegen, obwohl das gar nicht stimmt. Ich muss hier weg!« Sie packte Jeannie bei der Hand und zog sie aus der Küche. Ein paar Sekunden später wurde die Tür mit einem Knall ins Schloss geworfen.

Das Geräusch hatte etwas so Endgültiges, dass Kendall die Tränen in die Augen traten. Wie es aussah, war ihre kleine Schwester soeben aus ihrem Leben verschwunden.

Dreizehntes Kapitel

Ricks Mund fühlte sich strohtrocken an, in seinem Kopf hämmerte ein ganzes Bergwerk, und trotzdem ging es ihm um einiges besser als gestern Abend, als er hilflos hatte zusehen müssen, wie sich Kendall von ihm abwandte.

»Raus aus den Federn.« Von irgendwo her drang Charlottes widerlich muntere Stimme an sein Ohr.

Nachdem Roman ihn mit Alkohol abgefüllt hatte, ohne ihn jedoch zum Reden bringen zu können, hatte er seinen Bruder mit zu sich nach Hause geschleift, damit er dort seinen Rausch ausschlafen konnte. Rick war noch immer wütend auf ihn, aber als Trinkkumpan hatte Roman seinen Zweck erfüllt.

»Aufstehen, Schlafmütze.« Charlotte kam ins Zimmer und stieß die Fensterläden auf.

Das grelle Sonnenlicht war eine Qual für seine empfindlichen Augen. Rick stöhnte leise. »Mann, Charlotte, musst du mich schon am frühen Morgen foltern?« Er rollte sich auf den Bauch und presste beide Hände gegen den Kopf.

Charlotte trat neben die Couch. Von seiner Position aus konnte er nur ihre nackten Zehen sehen. Trotzdem dröhnten ihre Schritte in seinen Ohren, als ob sie sich Blechdosen unter die Füße geschnallt hätte.

»Was heißt hier foltern? Sieh mal, was ich dir mitgebracht

habe.« Sie bückte sich und stellte ein Glas auf den Tisch neben ihm.

»Was ist das?« Er musterte das dunkle Gebräu aus halb geschlossenen Augen misstrauisch.

»Trink nur. Wird dir gut tun. Erst wollte ich dich ja mit dem bevorzugten Katermittel meines Vaters traktieren. Es besteht unter anderem aus rohen Eiern und Milch.«

Ricks Magen hob sich, und er unterdrückte einen Würgelaut.

»Aber ich habe Gnade vor Recht ergehen lassen und dir stattdessen eine Cola gebracht. Und Aspirin.« Sie streckte ihm die Hand hin, in der zwei weiße Tabletten lagen. Dankbar griff er danach. »Hast du eigentlich das Wasser getrunken, das ich dir gestern Nacht hingestellt habe?«, fragte sie dann.

»Weiß ich nicht mehr.« Rick schwang die Beine von der Couch und schaffte es irgendwie, sich aufzurichten, ohne dass sein Kopf zersprang. Er schob sich die Pillen in den Mund und spülte sie mit Cola hinunter, was seinen grollenden Magen etwas versöhnlicher stimmte.

Dann sah er Charlotte zum ersten Mal bewusst an. Jeder Mann, der morgens die Augen aufschlug und sie sah, musste denken, er wäre gestorben und in den Himmel gekommen. Dazu kam, dass sie ihm etwas gegen seinen Kater gebracht hatte, ohne ihm zugleich eine Strafpredigt zu halten. Im Moment gab es keine Frau, die er lieber um sich gehabt hätte.

Außer Kendall. Aber mit diesem Problem würde er sich befassen, wenn er sich etwas erholt hatte. »Habe ich dir schon mal gesagt, dass mein kleiner Bruder verdammtes Glück mit dir hat?«

»Sag's mir lieber selber und hör auf, ihr schöne Augen zu

machen.« Roman betrat das Zimmer, ohne sich die Mühe zu machen, auf Zehenspitzen zu schleichen oder sonst wie Rücksicht auf Ricks Zustand zu nehmen.

»Wie soll ich ihr denn schöne Augen machen, wenn ich sie kaum aufkriege?«, murrte Rick.

»Versuch's mal, dann siehst du Charlotte vermutlich gleich doppelt, du Glückspilz.« Roman grinste, legte seiner Frau einen Arm um die Taille und zog sie an sich.

»Mach dich nur lustig – nach allem, was du getan hast.« Rick erinnerte sich wieder, wie ihm zu Mute gewesen war, als er erfahren hatte, dass die Herzschwäche seiner Mutter frei erfunden war. Erleichterung hatte sich mit Wut vermischt, am liebsten hätte er Raina gleichzeitig umarmt und ihr den Hals umgedreht, aber am tiefsten hatte es ihn getroffen, dass sein Bruder Bescheid gewusst und geschwiegen hatte. »Wie konntest du mich nur in dem Glauben lassen, Mom wäre ernsthaft krank?«

Roman zog sich einen Stuhl heran, während Charlotte sich mit auf die Couch quetschte. »Wir schulden dir wohl eine Erklärung«, begann Roman, dann zögerte er, als müsse er erst seine Gedanken sammeln.

Rick wartete. Dabei unterdrückte er den Drang, mit dem Fuß ungeduldig auf den Boden zu tappen, weil er fürchtete, sein pochender Kopf könne ihm das verübeln.

»Es ist alles ein bisschen kompliziert.« Roman schüttelte nachdenklich den Kopf. »Zuerst habe ich dir nichts gesagt, weil wir in Europa auf Hochzeitsreise waren.« Er griff nach Charlottes Hand.

Rick hatte den Traum, sich jemals einem anderen Menschen – vorzugsweise Kendall – so nah zu fühlen, schon fast begraben, daher schmerzte ihn die Verbundenheit, die sein Bruder und dessen Frau zur Schau stellten. Er massierte seine hämmernden Schläfen. »Du hättest mich anrufen können«, widersprach er in dem Versuch, sich auf seine familiären Probleme zu konzentrieren statt auf sein verkorkstes Liebesleben. Vor ihm lagen noch genug endlose Tage und Nächte, während derer er darüber nachgrübeln konnte.

»Stimmt. Das hätte ich vermutlich sogar tun müssen. Zu Charlottes Ehrenrettung muss ich hinzufügen, dass sie mich regelrecht bestürmt hat, dir sofort reinen Wein einzuschenken.«

»Und warum hast du nicht auf sie gehört?«

»Meine Entschuldigung würde kein Richter gelten lassen«, erwiderte Roman trocken. »Ich war zu glücklich, um mir über solche Dinge den Kopf zu zerbrechen. Und ich dachte, es wäre nicht weiter schlimm, wenn ich noch ein paar Wochen den Mund halte. Himmel, ich redete mir sogar ein, es würde Mom vielleicht gelingen, dich mittels dieser linken Masche mit einer genauso tollen Frau wie Charlotte zu verkuppeln. Bei mir haben ihre Intrigen ja auch zu einem guten Ende geführt.«

Rick hob die Brauen, obwohl augenblicklich ein sengender Schmerz durch seine Schädeldecke schoss. »Man sollte dich standrechtlich erschießen!«

Roman zuckte die Achseln. »Vermutlich.«

»Und was war nach deiner Rückkehr in die Staaten? Was hat dich da davon abgehalten, mir Moms Geheimnis zu verraten?«

Roman rang sichtlich mit sich, dann lehnte er sich stöhnend zurück, ohne dabei Charlottes Hand loszulassen. Vermutlich brauchte er ihre Unterstützung, er wand sich nämlich wie ein Aal, was Rick zufrieden zur Kenntnis nahm. Er hatte keine Ahnung, mit welcher Ausrede sein kleiner Bruder sein Verhalten rechtfertigen wollte.

»Du weißt ja, dass wir über einen Monat weg waren«, begann Roman schließlich. »Ich wollte Mom keine allzu lange Gnadenfrist mehr lassen, aber Charlotte und ich hatten alle Hände voll damit zu tun, das Apartment in D. C. einzurichten, ich musste mich in meinem neuen Job zurechtfinden, und du wirst ja wohl selbst zugeben, dass du ihre Versuche, eine Frau für dich zu finden, anfangs noch ganz witzig fandest.« Wieder zuckte er die Achseln. »Also habe ich die Sache schleifen lassen. Länger, als ich es hätte tun dürfen.«

»Verdammt richtig.« Rick legte den Kopf schief, ein Fehler, den er sofort bereute. »Was hat dich denn nun wirklich davon abgehalten, die Karten auf den Tisch zu legen?«

»Wir beide kennen doch den Grund für Moms Spielchen. Sie will, dass wir die Frau fürs Leben finden und mit ihr glücklich werden, aber vor allem möchte sie endlich ...«

»Enkel«, beendete Rick den Satz. Immerhin wies Raina sie seit Jahren bei jeder Gelegenheit darauf hin.

»Richtig. Und ich fand, nach dem ganzen Theater, das sie veranstaltet hat, verdiente sie es einfach nicht, dass ihr Herzenswunsch so schnell in Erfüllung geht. Ich wollte sie ein Weilchen schmoren lassen. Wenn ich ihr erzählt hätte, dass Charlotte schwanger ist, hätte sie vermutlich ...«

»Chase und mich in Ruhe gelassen?«, fragte Rick. »Das wäre uns beiden sehr recht gewesen. Warum zum Teufel hast du ihr dann nicht gesagt, was sie hören wollte, und dann die Bombe platzen lassen? Dann hätte sie ihre hirnrissigen Pläne vielleicht ad acta gelegt.«

»Weil Raina nicht so ist wie andere Mütter und man bei ihr nichts als selbstverständlich voraussetzen darf. Tatsache ist, dass sie uns *alle* glücklich verheiratet sehen möchte. Wenn sie von Charlottes Schwangerschaft wüsste, wäre sie nur noch überzeugter davon, das Richtige zu tun, und würde erst recht alles dransetzen, Chase und dich ebenfalls unter die Haube zu bringen.«

Rick musste an das Vampkostüm denken, in dem Lisa ihn, ermutigt durch seine Mutter, hatte verführen wollen, und schüttelte den Kopf. Sofort begannen vor seinen Augen ein paar Sterne zu tanzen. »Ich bin mir nicht sicher, ob Mom überhaupt noch steigerungsfähig ist«, brummte er. »Und wenn du hier gelebt hättest, wüsstest du das.«

Roman senkte den Blick. »Ich gebe ja zu, dass ich keine Ahnung hatte, wie hart sie dir zugesetzt hat. Jedenfalls habe ich Mom gesagt, Charlotte und ich wollten erst eine Weile unser Leben genießen, ehe wir eine Familie gründen. Ich wollte sie halt ein bisschen zappeln lassen.«

Rick hatte schon den Erklärungen seines Bruders kaum folgen können, aber jetzt begriff er gar nichts mehr. Nur eines war hängen geblieben. Charlotte war schwanger. Sie erwartete den ersten Spross einer neuen Chandler-Generation. Er war stolz auf seinen kleinen Bruder, freute sich aufrichtig für ihn, aber diese Freude war mit einem Hauch von Neid vermischt. Doch darüber wollte er jetzt nicht nachdenken. Stattdessen betrachtete er seine Schwägerin. Abgesehen davon, dass sie von innen heraus zu glühen schien, war ihr nichts anzusehen. Er machte Anstalten, aufzustehen und sie zu umarmen, doch sein Kopf war dagegen.

Charlotte kam zu ihm, legte ihm eine Hand auf die Schulter und kicherte leise. »Gratulieren kannst du mir später, wenn es dir besser geht.« Dann setzte sie sich zu ihm. »Rick, wir haben dir nicht nur deshalb die Wahrheit verschwiegen, weil wir deiner Mutter einen Denkzettel verpassen wollten. Ich weiß, dass das unverzeihlich war. Aber als wir wieder nach Hause kamen, habe ich gemerkt, wie labil der psychische Zustand meiner Mutter immer noch war. Ihre Depressionen ...« Sie schüttelte den Kopf. »Die Medikamente schlugen noch nicht richtig an. Deswegen wollte ich noch ein paar Wochen warten und ihr erst dann von meiner Schwangerschaft erzählen, wenn sie die Neuigkeit verkraften kann. Und so habe *ich* dann Roman gebeten, niemanden etwas vor Rainas wahren Gesundheitszustand und unserem Kind zu verraten.«

Rick musterte die Frau, die das Glück seines Bruders perfekt gemacht hatte. In ihren großen grünen Augen las er aufrichtiges Bedauern. Wie konnte er ihr böse sein? Seufzend legte er ihr eine Hand auf die Schulter. »Ich mache dir deswegen keine Vorwürfe.«

Sie bedachte ihn mit einem dankbaren Lächeln. »Es war trotzdem nicht richtig.«

Roman nickte zustimmend. »Und als wir endlich soweit waren, mit der Wahrheit herauszurücken, hattest du Kendall kennen gelernt. Und da konnte ich dir beim besten Willen nicht mehr sagen, dass Mom uns mit ihrer erfundenen Herzschwäche aufs Glatteis geführt hat.«

»Und warum bitteschön nicht?«

Roman verdrehte die Augen, als läge der Grund auf der Hand. Ricks Frust wuchs.

»Ich konnte es dir nicht sagen, weil Kendall seit Jillian die erste Frau war, für die du ernsthaftes Interesse gezeigt hast. Und ich hoffte, es würde mit euch beiden so gut klappen wie mit uns.« Er nickte zu Charlotte hinüber. »Deshalb wollte ich dir keinen Vorwand liefern, aus Enttäuschung und Ärger über unsere Mutter nun auch Kendall auf Abstand zu halten. Nicht, wo du ganz offensichtlich bis über beide Ohren in sie verliebt warst. Deshalb habe ich Mom auch verboten, mit der

Wahrheit herauszurücken, als ihr Gewissen sie zu drücken begann.«

Rick runzelte ungläubig die Stirn. »Mom wollte uns reinen Wein einschenken?«

Roman hob beide Hände. »Allerdings. Sie hatte genug davon, die Kranke zu spielen, weil sie ihre Aktivitäten dadurch auf ein Mindestmaß beschränken musste. Aber ich habe dafür gesorgt, dass sie den Mund hält. Die Komödie weiterspielen zu müssen war eine sehr wirkungsvolle Strafe dafür, dass sie uns alle zum Narren gehalten hat.«

Rick zwickte sich in die Nasenwurzel. Zum Glück begann das Aspirin allmählich zu wirken, das Hämmern in seinem Kopf ließ nach, und er konnte wieder klarer denken. »Ich glaube es einfach nicht. Jetzt hast du dich auch noch als Amateurpsychologe und Ehevermittler betätigt!«

Aber nachdem er einen Moment lang über die ganze verfahrene Situation nachgedacht hatte, kam Rick zu dem Schluss, dass Romans Erklärungen einen Sinn ergaben, wenn auch einen ziemlich verqueren. »Aber dir ist schon klar, dass du keinen Deut besser bist als unsere Mutter?«

Roman lief tatsächlich rot an. »Hinterher ist man immer schlauer«, murmelte er.

Charlotte seufzte nur. »Mehr wäre dazu wohl nicht zu sagen.«

Rick stöhnte. »Stimmt, es reicht. Wisst ihr, dass ihr beide sogar einem vollkommen nüchternen Mann Kopfschmerzen bescheren würdet?«

Roman lachte, und obwohl Rick ihm einen finsteren Blick zuwarf, stimmte er schließlich mit ein. Im Grunde genommen konnte er Roman nicht für eine Situation verantwortlich machen, die Raina geschaffen hatte und mit der er sich wohl noch eine Weile abfinden musste. Alle Chandler-Brüder hatten schon immer zusammengehalten wie Pech und Schwefel, daran konnte nichts und niemand etwas ändern – außer einer Frau. In Romans Fall war das Charlotte, und da Rick wusste, was er notfalls alles Kendall zuliebe auf sich nehmen würde, hatte er kein Recht, seinen jüngeren Bruder zu verurteilen.

»Ich nehme an, das Kriegsbeil ist somit begraben?« Charlotte fixierte Rick, bis er ihrem Blick nicht länger ausweichen konnte.

»Ich denk drüber nach.« So einfach sollte Roman nicht davonkommen. Wenn er Blut und Wasser schwitzte, bis Ricks Kater verflogen war, war das Ricks Meinung nach der gerechte Ausgleich für die höllischen Kopfschmerzen, die das von ihm inszenierte Trinkgelage seinem älteren Bruder eingetragen hatte. »Ach, vergiss es. Denken fällt heute aus.«

Roman grinste. Er konnte die Gedanken seines Bruders lesen und wusste, dass zwischen ihnen wieder alles im Lot war. »Ich hab noch ein paar Dinge in der Stadt zu erledigen, bevor Charlotte und ich morgen nach D. C. zurückfahren. Trink deine Cola aus und komm, ich setze dich bei dir zu Hause ab.«

Rick griff nach dem Glas und kippte den Rest des Inhalts in einem Zug herunter. »Jetzt geht's mir besser.« Er stand auf, doch auf dem Weg zur Tür fiel ihm etwas ein, woran er bislang gar nicht gedacht hatte. »Wir müssen Chase die Wahrheit über Mom sagen.«

Roman und Charlotte zuckten merklich zusammen. Rick konnte sie gut verstehen. Wenn ihr ältester Bruder das Ausmaß von Rainas Spielchen entdeckte, würden ein paar böse Worte fallen. Rick war selber nicht übermäßig erfreut darüber, aber sein körperlicher Zustand hielt ihn davon ab, sich allzu intensiv mit Rainas Eskapaden zu befassen. Wenn er überhaupt fähig wäre, sich im Augenblick auf etwas zu konzentrieren, dann wäre das Kendall.

Zwanzig Minuten später kletterte Rick aus Romans Auto und ging um das Haus herum zu seinem Apartment.

Zu seiner Überraschung fand er dort einen Besucher vor. Hannah saß mit gesenktem Kopf auf der Treppe vor seiner Tür. Das Haar fiel ihr über das Gesicht. Er blieb auf der Stufe unter ihr stehen. »Was ist denn los?«, fragte er besorgt. Irgendetwas musste passiert sein, sonst wäre sie nicht frühmorgens bei ihm aufgekreuzt und würde auf ihn warten.

Hannah hob den Kopf. Ihr Gesicht war tränenüberströmt und vor Kummer verzerrt. »Kendall will das Haus verkaufen und die Stadt verlassen.« Beim letzten Wort brach ihre Stimme.

Rick wurde plötzlich klar, dass er insgeheim immer noch auf eine gemeinsame Zukunft mit Kendall gehofft hatte, doch Hannahs trostloser Ton zerstörte die Illusion endgültig. Erstaunlicherweise versetzten die Worte ihm keinen Schock, sondern stimmten ihn nur traurig. Er war enttäuscht, weil Kendall sich entschieden hatte, wieder einmal fortzulaufen, statt zu bleiben und sich ihren Dämonen zu stellen.

Rick hatte den gestrigen Abend damit verbracht, seinen Kummer zu ertränken, und war noch dazu heute Morgen mit familiären Problemen konfrontiert worden. Mit beidem hatte er sich noch nicht auseinander gesetzt, doch das konnte warten. Im Moment war Hannah wichtiger. Sie brauchte ihn jetzt. Also kniete er sich neben ihr nieder, wohl wissend, dass auch er ihr keinen Trost spenden konnte.

Weder ihr noch sich selbst. Dennoch legte er einen Arm um sie und zog sie an sich. »Deine Schwester liebt dich, das weißt du doch.«

»O ja, heiß und innig.« Hannahs verächtliches Schnauben endete mit einem Schniefen.

So sehr Kendall ihn auch enttäuscht hatte, ihrer Schwester zuliebe musste er versuchen, einer hoffnungslosen Situation ein paar positive Aspekte abzugewinnen. Normalerweise gab Rick eine Sache nie kampflos verloren, aber Kendall ließ ihm keine andere Wahl. Er hatte sein Bestes getan, um ihr das Leben, das sie zusammen hätten führen können, in rosigen Farben auszumalen, aber sie hatte sich dagegen entschieden. Sie würde ihn verlassen. Und obwohl er gedacht hatte, seit Kendalls Ankunft in der Stadt auf diesen Augenblick vorbereitet zu sein, belehrte ihn das Brennen in seinem Magen eines Besseren.

Wie auch immer ihre Gefühle für ihn geartet sein mochten, ihre Schwester liebte sie abgöttisch, da war sich Rick ganz sicher. Aber ehe er Hannah das klar machen konnte, musste er erst einmal herausbekommen, was Kendall genau vorhatte. »Hat deine Schwester gesagt, was mit dir passieren soll, wenn sie aus der Stadt weggeht?« Es kostete ihn eine nahezu übermenschliche Anstrengung, die Worte auszusprechen, die seine und Kendalls gemeinsame Zeit in Yorkshire Falls beendeten.

Hannah seufzte. »Kendall meinte, sie würde mich mitnehmen, aber ich will nirgendwo anders hin.« Ihre Stimme zitterte merklich.

Ganz offensichtlich verlangte sie mehr von Kendall, als diese zu geben bereit war. Willkommen im Club, dachte Rick sarkastisch. Aber es tröstete ihn ein wenig, dass Kendall wenigstens Hannah nicht im Stich ließ. Wenn sie bereit war, ihr einsames Zigeunerleben aufzugeben, hatte sie begonnen, sich mit ihrer Angst vor Beständigkeit und Bindung auseinander zu setzen. Sie kämpfte härter dagegen an, als er zunächst angenommen hatte, aber deswegen bildete er sich noch lange nicht ein, sie würde auch den nächsten Schritt wagen und endgültig sesshaft werden. Wenigstens war sie bereit, ihrer Schwester zuliebe Opfer zu bringen, weil sie wusste, wie sehr Hannah sie brauchte. Das rechnete Rick ihr hoch an.

Er musterte Hannah aus den Augenwinkeln heraus. »Deine Schwester kennt nur dieses unstete Leben. Dass sie dich bei sich behält, bedeutet für sie eine gewaltige Umstellung und beweist, wie viel ihr an dir liegt. Du musst ihr ein bisschen entgegenkommen. Zu ihr halten. Und versuchen, sie zu verstehen.«

Er holte tief Atem und fuhr fort, einem Teenager trostlose Zukunftsaussichten in möglichst lockenden Farben zu schildern. »Außerdem soll in Arizona immer herrliches Wetter sein, viel Sonne, kaum Regen, und du kannst Reiten lernen«, erklärte er, denn er vermutete, dass Kendall Richtung Westen weiterziehen wollte, wie sie es ursprünglich geplant hatte. Dann legte er eine Hand unter Hannahs Kinn. »Sieh mich an.«

Sie blickte auf, doch statt freudiger Erregung las er nur Verzweiflung in ihren Augen. »Du musst versuchen, sie von diesem Plan abzubringen«, bettelte sie.

Rick hatte Hannah mittlerweile so lieb gewonnen, als gehöre sie zur Familie. Er würde alles für dieses Mädchen tun. Alles, was in seiner Macht stand, fügte er in Gedanken hinzu. Leider schloss das genau das aus, was sie sich am sehnlichsten von ihm wünschte. »Das kann ich nicht.«

Sie blinzelte und wandte den Kopf ab, dann schob sie störrisch das Kinn vor. »Weil es dir egal ist, ob wir bleiben oder gehen.« Doch der Kummer in ihrer Stimme strafte diesen gespielten Trotz Lügen.

»Das stimmt nicht, und das weißt du genau.« Er hielt sie

immer noch fest, obwohl sie sich loszumachen versuchte. Anscheinend wollte sie ihm die Schuld an der ganzen Misere in die Schuhe schieben, um einen Prellbock für ihre aufgestaute Wut zu haben.

»Warum willst du mir dann nicht helfen, Kendall zum Bleiben zu überreden?«

Weil er sich weigerte, die Verantwortung für Kendalls überstürzte Handlungen auf sich zu nehmen. Sie verschloss bewusst die Augen vor manchen Tatsachen, und Rick beabsichtigte nicht, ihr das Leben leichter als unbedingt nötig zu machen. Wenn ihre enttäuschte, frustrierte kleine Schwester ihr hart genug zusetzte, überdachte sie ihre Entscheidungen und die daraus resultierenden Konsequenzen vielleicht noch ein Mal.

»Weil Kendall eine erwachsene Frau ist«, erklärte er sanft, aber bestimmt. »Sie muss tun, was sie für richtig hält. Ich kann deine Schwester nicht dazu bringen, etwas zu tun, was sie nicht will, Hannah.«

»Schon klar. Vielen Dank für deine Hilfe.« Sie riss sich von ihm los und sprang auf.

Rick erhob sich ebenfalls. »Versprichst du mir etwas?«

»Vielleicht.«

Rick unterdrückte ein Lächeln und schüttelte den Kopf. »Denk über das nach, was ich dir eben gesagt habe. Gib deiner Schwester eine Chance. Sie liebt dich.«

»Behauptest du.« Hannah wandte sich ab und stieg die Stufen hinunter.

»Hannah, warte.«

Das Mädchen blieb stehen und drehte sich zu ihm um. »Was denn noch?«

»Ich möchte nur wissen, wo du hin willst.« Er fühlte sich immer noch für sie verantwortlich.

»Zu Norman's, was trinken. Jeannie wartet da auf mich, und da ich nicht weiß, wann Kendall hier ihre Zelte abbricht, möchte ich noch so viel Zeit wie möglich mit ihr verbringen.«

Rick nickte. Ihm ging es in Bezug auf Kendall genauso. »Brauchst du Geld?«

Hannah winkte ab. »Nein, ich hab mir gestern ein bisschen was verdient. Trotzdem danke.«

Das Klingeln von Ricks Handy unterbrach ihr Gespräch. »Einen Moment, ja?« Er löste das Handy von seinem Gürtel und meldete sich. »Chandler.«

»Hi, Rick.« Er wusste sofort, zu wem die weiche Stimme am anderen Ende gehörte.

»Kendall.« Sein Herz begann schneller zu schlagen, und in seinem Kopf überschlugen sich die Fragen. Hatte sie ihre Meinung geändert? Wollte sie nun doch bleiben? Musste sie mit jemandem reden?

Brauchte sie ihn?

Hoffentlich lautete die Antwort auf jede Frage ja. »Was ist denn los?«

»Hast du Hannah gesehen?«

All seine Hoffnungen zerplatzten wie eine Seifenblase, und sein gesunder Menschenverstand übernahm wieder die Regie. Kendall wollte weder in der Stadt noch bei ihm bleiben und hatte dies auch nie vorgehabt. Jedoch musste er ihr zugute halten, das sie ihn über ihre Absichten von Anfang an nicht im Unklaren gelassen hatte. Seine Schuld, wenn er sich Illusionen gemacht hatte.

Wie damals bei Jillian. »Deine Schwester ist hier.« Er bedeckte das Handy mit der Hand und winkte Hannah zu sich. »Kendall fragte nach dir«, flüsterte er.

»Ich habe ihr nichts zu sagen.« Hannah warf trotzig die Lippen auf.

»Das habe ich gehört.« Kendalls Stimme verriet deutlich, wie weh ihr diese Antwort tat.

Ihr Schmerz rührte ihn, obwohl sie im Begriff stand, ihm das Herz zu brechen. Er konnte nichts dagegen tun.

»Kannst du sie bitten, mich bei Norman's zu treffen?«, fragte Kendall sachlich. Als hätte sie nie mit ihm im Bett gelegen. Als hätte er ihr nie seine Liebe gestanden.

Er schluckte hart. »Klar.«

»Danke. Bringst du sie hin? Dann sehen wir uns gleich da.« Sie beendete ohne ein persönliches Wort das Gespräch. Als ob er ihr nicht das Geringste bedeutete.

Gewöhn dich dran, Kumpel. Rick wandte sich an Hannah. »Wir gehen zu Norman's. Deine Schwester wird gleich dort sein.«

Hannah verschränkte die Arme vor der Brust. »Ich habe keinen Hunger.«

»Niemand zwingt dich, etwas zu essen. Aber du gehst mit. Ich bin sicher, Kendall möchte mit dir reden, also versuch um deinetwillen, ihr auf halber Strecke entgegenzukommen.« Er legte ihr die Hände auf die Schulter und sah sie eindringlich an. »Ich weiß, dass es nicht leicht für dich ist. Aber es handelt sich hier auch um dein Leben. Es liegt nur bei dir, es in die eine oder andere Richtung zu lenken.«

»Himmel, du triefst ja echt!«

Rick zog eine Braue hoch. »Wie bitte?«

»Vor Weisheit, Officer Chandler.«

Sie grinste, und in diesem Augenblick wirkte sie wie ein Abbild ihrer Schwester. Sie würde sich zu einer ungemein attraktiven Frau entwickeln, das sah man jetzt schon. Hoffentlich setzte sie dann mehr Vertrauen in ihre Mitmenschen als Kendall es tat.

»Ich triefe vor Weisheit.« Er schüttelte seinen Kopf,

konnte sich aber ein Lachen nicht verbeißen. Und das, obwohl sein Leben ein einziger Scherbenhaufen war. »Deine Charakteranalysen sind wirklich bemerkenswert. Jetzt gib mir eine Minute, um mich umzuziehen, dann können wir gehen.«

Hannah nickte zustimmend und setzte sich wieder auf die Treppe, um auf ihn zu warten. Rick überlegte einen Moment, wie er sich jetzt verhalten sollten. Am besten, er ging mit Hannah zu Norman's, traf Kendall dort, gab vor, mit all ihren Entscheidungen einverstanden zu sein und sah zu, dass er wieder wegkam.

Seinen ursprünglichen Plan hatte er bereits verworfen. Mit Sicherheit würde er Kendall nicht noch ein Mal sagen, dass er sie liebte. Er hatte es ihr bereits gesagt und oft genug bewiesen. Warum sollte er sie erneut auf seinen Gefühlen herumtrampeln lassen?

Er liebte Kendall, aber jetzt musste er zuerst an sich denken. Es war an der Zeit, sich wieder in seinen Schutzpanzer zurückzuziehen.

Wenn es nicht um ihre Schwester gegangen wäre, hätte sich Kendall niemals freiwillig am Tag nach der verhängnisvollen Diashow bei Norman's blicken lassen. Sie hätte Rick auch nie freiwillig angerufen. Aber sie kannte ihre Schwester nur zu gut, deshalb hatte sie sich auch weder selbst auf die Suche nach ihr gemacht noch sie gebeten, nach Hause zu kommen, ehe sie sich ausgesprochen hatten. Sie konnte sich lebhaft vorstellen, wie zornig und verletzt Hannah war.

Das letzte Mal hatte sie sich in dieser Verfassung in Kendalls Auto gesetzt und eine Spritztour unternommen. Diesmal hoffte Kendall, eine derartige Katastrophe vermeiden zu können. Und sie hoffte, einer Szene aus dem Weg zu gehen, indem sie sich mit ihrer Schwester in einem öffentlichen Restaurant traf.

Als sie ihren Wagen abgestellt hatte und die Tür öffnete, sah sie Rick und Hannah schon an einem Tisch im hinteren Teil des Raumes sitzen. Sie holte tief Atem und schritt hoch erhobenen Hauptes an den anderen Gästen vorbei, obwohl sie erneut Getuschel hörte und spürte, wie man mit dem Finger auf sie zeigte. Sie bildete sich nicht ein, dass alle Augen auf sie gerichtet waren, sie wusste es, aber das brauchte sie nicht mehr zu kümmern.

Ihre Schwester wich ihrem Blick aus. Rick nicht. Er sah ihr fest in die Augen. Er wirkte übermüdet, Bartstoppeln bedeckten sein Gesicht, dunkle Ränder lagen unter seinen Augen, und er sah so elend aus, wie sie sich fühlte. Beim Gedanken, dass sie allein die Schuld daran trug, wurde ihr Herz schwer.

»Hi.« Sie rang sich ein Lächeln ab.

Er verzog keine Miene. »Hallo.«

Kendall wusste nicht, was sie sagen sollte. Offenbar beruhte das auf Gegenseitigkeit, denn betretenes Schweigen machte sich breit und zerrte an ihren ohnehin schon überreizten Nerven. Plötzlich stand Hannah auf, schob ihren Stuhl geräuschvoll zurück und zerriss so die bedrückende Stille zwischen Kendall und Rick.

»Wo willst du hin?«, fragte Kendall.

»Aufs Klo. Wenn ich euch zwei noch länger ansehen muss, wird mir schlecht.« Dabei blickte sie Rick an. Und zwinkerte ihm zu.

Kendall seufzte. Die kleine Intrigantin verschwand absichtlich, um Rick und ihr Zeit zu geben, sich auszusprechen.

Ehe sie sie zurückhalten konnte stolzierte Hannah in Richtung Toiletten davon.

»Ich habe sie nicht auf diese Idee gebracht.« Rick lehnte sich zurück.

»Das habe ich auch nicht angenommen.« So, wie sie ihn gestern Abend behandelt hatte, würde er jetzt sicher keine Tricks anwenden, um mit ihr allein zu sein.

Seine Augen hatten belustigt gefunkelt, als er die Absichten ihrer Schwester durchschaut hatte, aber als er nun Kendall ansah, wurde seine Miene ausdruckslos. Er hatte sein Visier wieder heruntergelassen, schottete sich vor ihr ab, ließ sie nicht an dem teilhaben, was ihn bewegte. Sie hatte es nicht besser verdient, trotzdem traf sie sein Verhalten tief. Plötzlich wusste sie nicht recht, wie sie mit ihm umgehen sollte.

Er legte einen Arm über die Rückenlehne seines Stuhls; eine beiläufige, sehr maskuline Geste, bei der seine Armmuskeln deutlich hervortraten und sein T-Shirt sich über der breiten Brust spannte. »Hannah erzählte mir, du willst das Haus verkaufen und die Stadt verlassen.« Seine Stimme klang vollkommen unbeteiligt.

Jegliche Intimität zwischen ihnen war verflogen. Genauso gut hätte sie einem Fremden gegenübersitzen können. Ihre Kehle fühlte sich mit einem Mal wie zugeschnürt an. *So wolltest du es doch, Kendall, mahnte sie sich. Keine zu große Nähe, keine echte Bindung. Dafür die Freiheit, nach Lust und Laune deine Sachen packen und weiterziehen zu können. Lass niemanden an dich herankommen, dann kann dich auch niemand zurückstoßen oder sonst wie verletzen.*

So hatte sie es immer gehalten, und letzte Nacht hatte sie sich entschieden, dieses Leben beizubehalten. Aber wenn sie ihre Freiheit allem anderen vorzog, wieso fühlte sie sich dann bei dem Gedanken, sie sich wiederzuholen, so furchtbar elend? Kendall ahnte, dass sie die Antwort bereits kannte, und die erschreckte sie so sehr, dass sie das Thema rasch verdrängte.

Halt dich an die nackten Tatsachen, riet sie sich selbst. »Ich habe es noch nicht öffentlich zum Verkauf ausgeschrieben, aber schon mit Tina Roberts gesprochen. Sie meint, für Haus und Grundstück einen guten Preis erzielen zu können. Weniger, als der Besitz wert ist, weil ich auf einer Klausel bestanden habe, aber was übrig bleibt, reicht Hannah und mir für einen Neuanfang. Irgendwo.« Plötzlich drohte sie an ihren eigenen Worten zu ersticken und musste heftig schlucken, ehe sie weitersprechen konnte. »Wir werden wohl nach Arizona gehen.«

Er nickte mit versteinertem Gesicht. Offenbar wollte er ihr nicht die Genugtuung geben, irgendeine Reaktion auf ihre Worte zu zeigen. »Was für eine Klausel?«, fragte er stattdessen.

»Pearl und Eldin erhalten ein lebenslanges mietfreies Wohnrecht im Gästehaus, sie sind nur für die anfallenden Reparaturen zuständig. Ich hoffe, einen Käufer zu finden, der sich darauf einlässt. Ich kann sie doch nicht einfach vor die Tür setzen.« Und sie glaubte nicht, dass sich das alte, ›in Sünde lebende‹ Paar irgendwo anders als in Tante Crystals Haus heimisch fühlen würde.

»Hast du ihnen das schon gesagt?«

Kendall schüttelte den Kopf. Vor diesem Gespräch graute ihr jetzt schon. Aber nun schuldete sie erst einmal Rick eine Erklärung für ihr Verhalten. Er hatte so viel für sie und ihre Schwester getan und außerdem in der Vergangenheit schon genug durchmachen müssen. Sie wollte nicht, dass er dachte, er wäre der Grund für ihre Unfähigkeit, sich ihren Dämonen zu stellen. »Rick, hör zu, du musst mir glauben ...«

»Lass das.« Seine Augen flammten zornig auf. »Entschuldige dich jetzt bitte nicht oder erklär mir, wie Leid dir alles tut.«

»Aber es stimmt.« Sie rieb mit den Händen über ihre Jeans.

Er zuckte die Achseln. »Was nützt mir das? Oder dir? Immerhin hast du mir ja von Anfang an klar und deutlich gesagt, du wolltest unter keinen Umständen hier bleiben. Ich hatte mir nur eingebildet, du hättest diese Stadt und die Leute hier lieb gewonnen. Und mich.«

Kendall zwinkerte, um die Tränen zurückzuhalten. »Das habe ich auch.«

Rick verzog keine Miene. »Na und? Was ändert das schon? Du bist schlicht und ergreifend bindungsunfähig; nicht bereit, dich mit deinen Ängsten auseinander zu setzen.« Ohne Vorwarnung sprang er auf und beugte sich fast drohend über sie. »Und weißt du was?«

»Was?«, flüsterte sie.

»Ich bin enttäuscht von dir.«

Das Glühen in seinen Augen verstärkte die Wirkung seiner Worte noch. Kendall hatte mit einer Reihe von Emotionen seitens Rick gerechnet, vornehmlich mit Wut. Aber sie hatte weder das Ausmaß seiner Enttäuschung geahnt noch sich vorstellen können, wie klein und mies sie sich angesichts dieser Erkenntnis fühlen würde.

Seit sie in diese Stadt gekommen war, waren zahlreiche neue, verwirrende Erfahrungen auf sie eingestürmt. Erschreckende Erfahrungen für jemanden, der niemals eine Familie gehabt oder ein geregeltes Leben kennen gelernt hatte. Wie durfte Rick es wagen, sie deswegen zu verurteilen? »Ich bedauere es sehr, dir eine Enttäuschung bereitet zu haben, Rick Chandler. Aber wie du selbst sagst, habe ich von Anfang an keinen Zweifel daran gelassen, dass das mit uns nicht von Dauer sein würde.«

»Und du hast deinen Worten Taten folgen lassen. Herzlichen Glückwunsch.« Er klatschte ein paar Mal spöttisch in die Hände. »Du bist vor einem Problem in New York weggelaufen und hierher gekommen, und kaum ergibt sich ein neues Problem, läufst du wieder weg. Vor mir.« Er stützte die Hände auf den Tisch und beugte sich vor. »Aber vergiss eines nicht, Kendall. Vor dir selbst und vor deinen Gefühlen kannst du nicht weglaufen. Eines Tages werden sie dich einholen. Leider habe ich nicht mehr die geringste Lust, auf diesen Tag zu warten.«

Er richtete sich auf und bedachte sie mit einem eigentümlichen Blick. »Tut mir Leid, wenn ich in Klischees spreche, aber wir waren füreinander bestimmt.« Er schüttelte den Kopf, wandte sich ab und ließ sie wie erstarrt am Tisch sitzen.

Und er drehte sich nicht ein einziges Mal mehr um. Aber seine Worte hallten noch in ihrem Kopf wider, als er schon längst das Restaurant verlassen hatte.

»O Gott.« Stöhnend legte Kendall die Stirn auf die gefalteten Hände.

»Du hast es vermasselt, stimmt's?« Hannahs vernichtende Feststellung folgte Ricks abrupten Abgang auf dem Fuß.

Kendall hob den Kopf und blickte sich benommen im Raum um, ehe sie ihre Schwester ansah. Die Leute an den umliegenden Tischen spitzten neugierig die Ohren, um sich nur ja kein Wort entgehen zu lassen. Ein Wunder, dass sie sich nicht gleich Notizen machten.

Viel schlimmer konnte es schon gar nicht mehr kommen.

Warum also sollte sie die Auseinandersetzung mit Hannah, die sie erwartungsvoll anstarrte, noch länger vor sich herschieben?

»Na? Hast du's vermasselt oder nicht?«

»Das kommt drauf an, was du unter ›vermasselt‹ verstehst.«

Hannah hatte sich auf der Toilette die Lippen in einem knalligen Pink geschminkt, das fiel Kendall erst auf, als sie unwillig den Mund verzog. »Ich hab dich doch extra mit ihm allein gelassen. Du brauchtest ihm nur zu sagen, dass du bleibst. Dass du ihn auch liebst. Irgend sowas. Aber du hast gar nichts gesagt, oder? Und jetzt ist er weg!« Ihre Stimme wurde immer schriller. Sie stand kurz vor einem hysterischen Anfall.

»Hannah, bitte.« Kendall ballte die Fäuste, während sie gegen ihre wachsende Verlegenheit ankämpfte. Inzwischen legte sie Wert auf die Meinung, die die Leute hier von ihr hatten. »Könntest du bitte etwas leiser sprechen?«

»Warum?« Jetzt brüllte Hannah beinahe. »Es glotzen dich doch sowieso schon alle an. Dabei fällt mir etwas ein. Ich habe auf dem Klo gehört, wie irgendwer was über dich und dieses Bild gestern Abend bei der Diashow gesagt hat. Was für ein Bild?« Sie unterbrach ihren Redeschwall nur, um Luft zu holen. »Hab ich da irgendwas verpasst? Und wie schlimm hast du die Sache mit Rick in den Sand gesetzt?«

Kendall barg stöhnend das Gesicht in den Händen und massierte ihre schmerzenden Schläfen. Ihr war schwindelig, und sie spürte Übelkeit in sich aufsteigen.

»Kendall?«, fragte Hannah etwas leiser.

»Hmm?« Kendall hob leicht den Kopf. Sie konnte kaum einen klaren Gedanken fassen, aber Hannah ließ nicht locker.

»Hatte ich erwähnt, dass ich Normans Klo verstopft habe und es jetzt überläuft?«

»Alles, nur das nicht!« Kendall kam schlagartig wieder zu sich, sprang auf und winkte Izzy zu.

»Moment noch«, rief die ältere Frau zu ihr hinüber.

»Aber ...« Kendall versuchte noch ein Mal auf sich aufmerksam zu machen, doch Izzy verschwand in der Küche, kam mit einem beladenen Tablett wieder zum Vorschein und wandte sich in die entgegengesetzte Richtung.

»Ich hab's nicht absichtlich getan. Es war ein Unfall, ich schwöre es«, fuhr Hannah mit sich überschlagender Stimme fort.

»Ein Unfall? Und das soll ich einem Mädchen abkaufen, das sich einen Spaß daraus gemacht hat, in Vermont Acres die Toilette im Lehrerzimmer zu verstopfen?«

Ihre Schwester besaß den Anstand, zu erröten, ehe sie sich weiter verteidigte. »Der Mülleimer war voll, und die Papiertücher, mit denen ich mir die Hände abgetrocknet habe, sind auf den Boden gefallen.« Sie unterstrich ihre Worte mit beredten Gesten. »Normalerweise hätte mich das nicht gestört, aber du sagst ja immer, es wäre unhöflich, seinen Dreck einfach liegen zu lassen, damit andere ihn wegräumen, also hab ich versucht, das Zeug im Klo runterzuspülen. Siehst du? War keine Absicht.« Sie zuckte ein bisschen zu unschuldig die Achseln.

»Isabelle!« Normans Stimme dröhnte durch den Raum. »Der verdammte Lokus läuft über!« Er schien vor Wut zu schäumen.

Kendall ließ sich wieder auf ihre Bank fallen. Sie versuchte verzweifelt, die Tränen zurückzuhalten, und als das nicht gelang, schlug sie die Hände vor das Gesicht, um abwechselnd schluchzen und schrill auflachen zu können.

Ihr Leben war ein einziges Chaos. Und Hannahs Benehmen, ihre bohrenden Fragen und ihr Drängen, Kendall solle sich mit Rick versöhnen, ließ nicht darauf schließen, dass sie in absehbarer Zeit Licht am Ende des Tunnels sehen würde.

Vierzehntes Kapitel

Nach dem Zwischenfall bei Norman's schleppte sich Kendall mit letzter Kraft nach Hause. Hannah war mit Jeannie und deren Eltern abgezogen, während sie selbst auf den Klempner gewartet hatte, weil sie ihn bitten wollte, ihr die Rechnung für die Reparatur der Toilette zu schicken. Auf der letzten Stufe blieb sie stehen, weil ihr ein belebender Duft nach Schokolade in die Nase stieg.

Sie bückte sich zu dem mit Folie bedeckten Teller hinunter, löste den daran klebenden weißen Zettel und überflog ihn. »Kendall, Schatz, dein liebster Seelentröster wird dich vielleicht auch jetzt ein bisschen aufheitern. Die Familie muss zusammenhalten. Achte einfach nicht auf das Gerede, dann wird's den Leuten bald langweilig werden. Alles Liebe von Pearl und Eldin.«

Die Familie muss zusammenhalten. »Familie?«

Das Wort ging ihr einfach nicht aus dem Sinn, schien sie zu verhöhnen. Ehe sie nach Yorkshire Falls gekommen war, hatte Kendall sich für eine überzeugte Einzelgängerin gehalten, die gut ohne familiäre Bindungen auskam. Deshalb hatte sie bislang auch alle Menschen in ihrem Leben auf Abstand gehalten, einschließlich Hannah. Und sie beide mussten nun für diesen Fehler teuer bezahlen.

Und jetzt waren da Pearl und Eldin, die sie kaum kannten,

sich aber trotzdem um sie sorgten, weil sie sie ganz selbstverständlich als Teil ihres Lebens betrachteten. Genau wie Raina Chandler, wie Charlotte und Roman, wie Beth ... die Liste der Leute, die Kendall ins Herz geschlossen hatten und ihr das auch deutlich zeigten, schien kein Ende nehmen zu wollen. Aber ging es ihr nicht umgekehrt genauso? Bedeuteten ihr all diese Menschen nicht längst viel mehr, als sie sich eingestehen mochte?

Sie wischte sich eine Träne von der Wange, die sich unbemerkt aus ihrem Augenwinkel gelöst hatte. Pearl und Eldin, dachte sie. Wie sollte sie den beiden klar machen, dass sie aus dem großen Haus in den Anbau umziehen mussten, damit sie den Besitz verkaufen konnte?

Ebenso kaltschnäuzig, wie sie auch ihrer Schwester gesagt hatte, dass sie aus Yorkshire Falls fortgehen würden, ganz einfach. Und ebenso kaltschnäuzig, wie sie über Ricks Liebeserklärung hinweggegangen war. *Ich liebe dich,* hatte er gesagt. Und sie hatte ihn zurückgestoßen. Trotz der Hitze begann sie zu frösteln und registrierte erst jetzt, dass sie noch immer auf der Veranda stand.

Seufzend hob sie den Teller mit den Brownies auf und ging ins Haus. Happy kam schwanzwedelnd auf sie zugeschossen, sprang an ihr hoch und riss ihr dabei fast den Teller aus der Hand.

»Platz, Happy!«

Der strenge Befehl zeigte Wirkung, der Hund ließ sich gehorsam zu ihren Füßen nieder, doch sein Schwanz stand immer noch nicht still. »Wenigstens einer, der sich heute freut, mich zu sehen.« Nachdem sie den Kuchenteller in die Küche gebracht hatte, schenkte sie dem Hund die Aufmerksamkeit, um die er bettelte, und kraulte ihn, bis er sich vor Wonne auf den Rücken rollte.

Er liebte sie bedingungslos und verlangte als Gegenleistung nur, ebenfalls geliebt zu werden. Obwohl sie bis zum gestrigen Abend eine völlig Fremde für ihn gewesen war, vertraute er ihr und war überzeugt, bei ihr ein neues Zuhause gefunden zu haben.

Und sie würde sein Vertrauen nicht enttäuschen. Warum brachte sie es bloß nicht über sich, genau wie der Hund ihrem Instinkt zu folgen und gleichfalls anderen Menschen zu vertrauen? Wann war ihr Leben nur so kompliziert geworden? Kendall ging mit Happy an ihrer Seite zum Fenster und blickte auf den Hof hinaus, auf das Rasenstück und die Bäume, an die sie sich noch aus ihrer Kindheit erinnerte. Unwillkürlich musste sie an die Teestunden mit Tante Crystal denken. Diese hatte ein paar ausgestopfte Tiere bei sich zu stehen gehabt, und für Kendall waren sie Gäste gewesen, mit denen sie Tee tranken, die ihren Geplapper zu hörten und sie nie unterbrachen.

Tante Crystal übrigens auch nicht, dachte Kendall lächelnd. Die Erinnerung schmerzte nicht mehr, sondern tröstete sie irgendwie. Sie zog Happy an sich. Mit einem Mal kannte sie die Antwort auf die Frage, die sie sich einige Minuten zuvor gestellt hatte. Kendall konnte niemandem so blind vertrauen, wie Happy es tat, weil sie kein Hund war, sondern ein Mensch. In ihrem Gedächtnis waren Erinnerungen gespeichert, gute und schlechte, und diese Erinnerungen hatten sie zu der Frau gemacht, die sie heute war. Einem von Misstrauen zerfressenem Menschen, der unfähig war, echte Gefühle zu entwickeln, dachte sie traurig.

Sogar Rick, der schon eine bittere Erfahrung hinter sich hatte, hatte es gewagt, ihr sein Herz zu öffnen. Und sie hatte die Liebe und den Respekt, die er ihr entgegenbrachte, bedenkenlos mit Füßen getreten.

Du bist bindungsunfähig; nicht bereit, dich mit deinen Ängsten auseinander zu setzen, hatte er gesagt. Ich bin enttäuscht von dir.

Seine Worte hatten sie getroffen wie ein Schlag, vorhin und auch jetzt. Genau so hatte sich Kendall gefühlt, als Tante Crystal ihr eröffnen musste, dass sie nicht länger bei ihr in Yorkshire Falls bleiben konnte. Und als ihre Eltern sie ein zweites Mal allein zurückgelassen, Hannah in ein Internat gesteckt hatten und in irgendeinen abgelegenen Winkel der Erde gereist waren. Kendall schlang die Arme um den Oberkörper, während sie versuchte, den Schmerz zu überwinden, den diese Gedanken wieder in ihr aufleben ließen.

Rick hatte Recht. Sie war unfähig, echtes Vertrauen in andere Menschen zu setzen, weil sie sich nie ihren geheimen Ängsten gestellt hatte. Sie hatte ihre Vergangenheit nie richtig verarbeitet, aber der Anfang dazu war jetzt gemacht. Weil sie Rick bereits verloren hatte, kurz davor stand, Hannah gleichfalls zu verlieren und weil sie – hoffentlich nicht zu spät – erkannt hatte, dass sie nicht länger allein sein wollte.

Die Widersprüchlichkeit, die in dieser Erkenntnis lag entging ihr nicht. *Sie war genau vor dem Leben fortgelaufen, nach dem sie sich insgeheim immer gesehnt hatte.* Das kleine Mädchen, das mit ausgestopften Tieren Tee trank, hatte unbewusst davon geträumt, eines Tages eine eigene Familie zu haben. Menschen, die sie liebten; Menschen, die in guten wie in schlechten Zeiten zu ihr standen.

Aber da ihre Eltern in der prägenden Phase ihrer Kindheit nicht für sie da gewesen waren und Tante Crystal sie nach einem Sommer wieder hatte fortschicken müssen, hatte Kendall sich immer mehr in sich selbst zurückgezogen, um sich weitere Enttäuschungen und Zurückweisungen zu ersparen. Als sie achtzehn war und ihre Eltern erneut auf Reisen gingen, redete sie sich bewusst ein, sich innerlich bereits so sehr von ihnen gelöst zu haben, dass es ihr egal war, was sie taten, ob sie blieben oder gingen. Aber sie hatte sich etwas vorgemacht, wie sie jetzt klar und deutlich erkannte.

Seine Eltern zu verlieren – egal auf welche Weise und in welchem Alter – schlug tiefe, nie ganz verheilende Wunden in die Seele eines Menschen. Kendall hatte ihre Eltern gleich zwei Mal verloren, weil diese ihre eigenen Interessen über die ihrer Kinder gestellt hatten, und dieser Verlust hatte verheerende Auswirkungen auf ihre Psyche gehabt. Deswegen hatte sie einen so dicken Panzer um ihr Herz gelegt, dass es sie selbst wunderte, wie Rick ihn hatte durchbrechen können.

Aber es war ihm gelungen. Weil er sie liebte. Und sie liebte ihn ebenfalls. Sie schluckte hart, weil sie an dem Schmerz in ihrer Brust zu ersticken drohte. Sie liebte ihn, und trotzdem hatte sie ihn zurückgestoßen. Sie war in ihr übliches Verhaltensmuster zurückgefallen und hatte dadurch einen Mann zutiefst verletzt, der seine eigenen Ängste überwunden hatte und das Risiko eingegangen war, sich voll und ganz auf sie einzulassen.

Es bestand kaum Hoffnung, dass Rick ihr je vergeben würde. Wie sollte er begreifen, was sie dazu getrieben hatte, sich in ihrem aus Einsamkeit und Abwehr gesponnenen Kokon zu verstecken, weil sie sich nur dort sicher fühlte? Doch vom Gefühl der Sicherheit war jetzt nicht viel geblieben. Sie kam sich nackt, bloß und schutzlos vor. Und konnte den Schmerz, der in ihr tobte, kaum ertragen. Aber wenn sie Schmerz empfand, war noch nicht alles in ihr erloschen.

Und das bedeutete, dass sie vielleicht doch noch eine Zukunft hatte.

Raina saß im Wohnzimmer von Erics Haus, während er mit irgendwelchen anderen Dingen beschäftigt war. Es machte ihr nichts aus, auf ihn zu warten, im Gegenteil, sie genoss es. Allzu lange hatte sie auf die Geräusche eines im Haus herumrumorenden Mannes verzichten müssen, sodass sie jetzt jede Sekunde auskostete. Bald würde sie noch mehr Familie um sich haben, denn sie erwarteten Erics Töchter mit ihren Kindern.

Aus Rücksicht auf ihre angebliche Herzschwäche planten sie einen ruhigen Nachmittag zu Hause, anschließend wollten sie bei Norman's essen gehen. Eric missbilligte zwar ihr Verhalten, aber er ging auf ihr Spiel ein und hatte nur klargestellt, dass er nicht lügen würde, wenn einer von Rainas Söhnen ihm konkrete Fragen über ihren Gesundheitszustand stellte. Aber Roman wusste ohnehin Bescheid, Rick hatte die Wahrheit gerade herausgefunden, und Chase würde sie zweifellos auch in Kürze erfahren.

Aus demselben Grund war jetzt auch Erics Partner Dr. Leslie Gaines ihr Hausarzt. Eric legte Wert darauf, Privates und Berufliches strikt voneinander zu trennen.

»Entschuldige, dass es so lange gedauert hat.« Eric trat ins Wohnzimmer und setzte sich zu ihr auf das weiße Sofa.

In seinem gestreiften Polohemd und den Khakihosen wirkte er ungemein attraktiv. Ihr Herz begann jedes Mal zu flattern, wenn er in den Raum kam – für sie nach zwanzigjähriger Witwenschaft ein ebenso ungewohntes wie aufregendes Gefühl. Seit sie mit Eric zusammen war, kam sie sich regelrecht verjüngt vor, und sie dankte Gott jeden Tag dafür, dass er ihr ein zweites Glück geschenkt hatte. Ein Glück, das sie auch ihren drei Söhnen von Herzen wünschte.

»Ich musste noch ein bisschen Papierkram erledigen, aber für den Rest des Tages gehöre ich ganz allein dir.« Er lächelte ihr liebevoll zu.

»Das ist herrlich.«

»Warum klingst du dann so bedrückt?« Er nahm ihre Hände in die seinen.

Sie schüttelte den Kopf. »Ich bin nicht bedrückt, ich mache mir nur Sorgen um Rick und Kendall.«

Eric seufzte. »Das kann ich gut verstehen. Der Vorfall bei der Diashow gestern Abend war ja auch mehr als unangenehm. Weiß sie inzwischen, wer dieses Bild eingeschmuggelt hat?«

Weil Raina wusste, wie sehr sie ihren mittleren Sohn durch ihre Lügengeschichte gekränkt hatte und weil sie seine Wünsche respektierte, hatte sie es vermieden, sich weiter in sein Leben einzumischen und ihn mit allzu vielen Fragen zu bedrängen. Aber auf diese wusste sie die Antwort. »Rick glaubt, es wäre Lisa Burton gewesen, aber er kann es nicht beweisen.«

»Lisa?« Erics Augen wurden groß. »Na gut, ich dachte mir schon, dass Eifersucht das Motiv gewesen sein muss, aber dass jemand so weit geht ... das war doch sicher nicht leicht etwas zu finden, womit sie die arme Kendall bloßstellen konnte.«

»So schwer dürfte das gar nicht gewesen sein. Scheinbar hat Lisa nämlich eine ausgesprochene Vorliebe für Reizwäsche und ausgefallenes Schlafzimmerspielzeug, von der kaum jemand etwas weiß.«

»Wie hast du das denn herausbekommen?«, erkundigte sich Eric neugierig.

Raina kicherte. »Ich halte eben Augen und Ohren offen. Rick ist nicht der Einzige, der auf Lisa tippt. Mildred im Postamt hatte sie auch von vornherein im Verdacht, weil Lisa schon seit Jahren unanständige Kataloge zugeschickt bekommt, wie Mildred sich ausdrückt. Verstehst du?«

»Allerdings. Du trägst Informationen zusammen, um Rick zu helfen.« Er schnalzte kopfschüttelnd mit der Zunge. »Raina, Raina. Wann wirst du endlich meinen Rat befolgen und dich mehr auf dein eigenes Leben konzentrieren als auf das deiner Söhne?«

Raina seufzte. »Fang doch bitte nicht wieder damit an. Du weißt genau, dass ich ein Mal pro Woche auf der Kinderstation im Krankenhaus bin, um den Kleinen etwas vorzulesen. Außerdem treibe ich Sport, wenn ich nicht befürchten muss, dabei erwischt zu werden, und treffe mich mit dir, wenn du keine Sprechstunde hast. Mein Leben ist ausgefüllt, und ich finde es wunderbar.«

»So? Dann lass mich versuchen, es noch etwas wunderbarer zu machen.« Eric griff nach einer kleinen, mit Samt bezogenen Schachtel, die auf dem Lampentisch neben ihm lag und die Raina bislang nicht bemerkt hatte.

Dank einer Lebenserfahrung von bald sechzig Jahren konnte sie sich ziemlich genau vorstellen, was die Schachtel enthalten mochte. Ihr Pulsschlag beschleunigte sich, und sie dankte ihrem Schöpfer insgeheim dafür, dass sie nicht wirklich herzkrank war, sonst würde sie jetzt ohnmächtig zu Boden sinken. Eric hielt ihr die Schachtel hin, und sie nahm sie mit zitternden Händen entgegen.

»Mal was anderes, wenn die Überraschung auf deiner Seite ist«, murmelte er.

Sie fing seinen belustigten Blick auf. »Ich weiß gar nicht, was ich sagen soll.«

»Am besten gar nichts«, erwiderte Eric trocken. »Mach sie einfach auf.«

Behutsam hob Raina den Deckel. In der Schachtel schimmerte ein Saphirring. Der tiefblaue, runde Stein war in Platin gefasst. »Er ist ... er ist wunderschön.« Raina kämpfte mit den Tränen. Sie fand nicht, dass sie etwas so Schönes und Kostbares verdiente.

»Ich dachte, da es für uns beide das zweite Mal ist, können wir die Tradition außer Acht lassen und persönlichem Geschmack den Vorzug geben. Der Saphir erinnert mich an deine blauen Augen.« Seine Stimme klang auf einmal heiser. Dann sank er völlig unerwartet vor ihr auf die Knie. »Würdest du mir die Ehre erweisen, meine Frau zu werden?«

Der Ring und die altmodische Geste rührten sie so sehr, dass sie keinen Ton herausbrachte.

»Du sagst ja gar nichts.« Eric wartete einen Moment, dann ergriff er ihre Hand. »Darf ich das als ein überwältigtes Ja auffassen?«

Irgendwie gelang es ihr, benommen zu nicken. »Ja. Ja.« Doch ehe sie ihren Gefühlen freien Lauf lassen und ihn an sich drücken konnte, klingelte es an der Tür, und der Zauber des Augenblicks war dahin.

Eric kauerte sich auf die Fersen. »Schlechtes Timing«, knurrte er. »Das müssen meine Kinder sein.«

»Sollen wir es ihnen schon sagen?« Raina hielt die Samtschachtel fast ehrfürchtig in den Händen und blickte den Ring an, der den Beginn eines neuen Lebens symbolisierte. Eines Lebens an der Seite des Mannes, den sie liebte.

»Besser, wir sagen es allen unseren Kindern gemeinsam. Vielleicht bei einem guten Essen.«

Bei der Vorstellung wurde ihr warm ums Herz. »O ja, ein Essen im Kreis der ganzen Familie! Ich werde uns etwas ganz Besonderes kochen und alle einladen ...« Nachdem sie Chase ihre Lügengeschichte gebeichtet hatte. »Aber ich brauche noch etwas Zeit. Bis Rick und Chase ihr Leben in Ordnung gebracht haben. Bitte, Eric. Ich muss wissen, dass meine Söhne glücklich sind, sonst kann ich mich über mein eigenes Glück nicht freuen.«

Wieder schrillte die Klingel.

»Moment«, rief Eric. »Ich komme gleich.«

Dann sah er Raina an. Seine Augen wurden schmal. »Ein Vorschlag zur Güte. Ich warte, bis Rick und Kendall ihr Problem gelöst haben. Auf die eine oder andere Art. Und dann geben wir unsere bevorstehende Hochzeit bekannt, komme, was wolle.«

Sie hatte gewusst, dass sie Zugeständnisse würde machen müssen, aber sie war froh, weil er sich überhaupt auf eine Wartezeit eingelassen hatte. Sie bedachte Eric mit einem strahlenden Lächeln. »Ich liebe dich, weil du mich so nimmst, wie ich bin.«

Er hauchte ihr einen flüchtigen Kuss auf die Lippen. »Das ist das Mindeste, was ich tun kann, ich habe ja selbst so einige Macken. Wie du bald merken wirst.« Sein Lachen klang warm und zärtlich. »Außerdem liebe ich dich auch, Raina.«

Raina seufzte. Ihr Herz floss geradezu über vor Glück – mehr Glück, als einem Menschen im Leben zustand. »Dann sind wir uns ja einig. Und jetzt hol endlich deine Töchter rein.«

Eric erhob sich umständlich, dabei verzog er das Gesicht.

»Keine Sorge, Liebling, ich werde dich schon jung halten.«

Er kicherte leise, dann nahm er ihr die Samtschachtel aus der Hand. »Den behalte ich vorerst. Bis du bereit bist, unser kleines Geheimnis zu lüften.« Er schob die Schachtel in die Tasche. »Ein zusätzlicher Anreiz für dich, nicht zu lange damit zu warten.« Nachdem er ihr viel sagend zugezwinkert hatte, wandte er sich ab und ging zur Tür.

»Ich weiß ja noch nicht einmal, ob er passt!«, rief sie ihm

hinterher. Ein Anflug von Enttäuschung keimte in ihr auf. Aber sie wusste, sie hatte ihm keine andere Wahl gelassen. Doch nachdem sie den Ring und die Liebe in Erics Augen gesehen hatte, brannte sie darauf, der ganzen Welt zu zeigen, wie glücklich sie sich schätzen durfte, von diesem Mann geliebt zu werden.

Plötzlich kam ihr ein Gedanke. Eric hatte sie gebeten, nicht zu lange zu warten, und das würde sie auch nicht tun. Sie wusste jetzt, wie sie Rick und Kendall einen kleinen Schubs in die richtige Richtung geben konnte.

Kendall zerriss die Karte der Immobilienmaklerin in kleine Stücke und ließ die Fetzen in den Abfalleimer regnen. Sie würde nicht weggehen, Yorkshire Falls nicht verlassen, nicht schon wieder Hals über Kopf die Flucht ergreifen. Der Traum von Arizona war ausgeträumt, ihre Zukunft lag hier. Zum ersten Mal in ihrem Leben stellte sie sich ihren Ängsten, um ihren so lange verdrängten Herzenswunsch verwirklichen zu können. Und obwohl die Vorstellung ihr eine Todesangst einjagte, war sie noch nie zuvor so sicher gewesen, die richtige Entscheidung getroffen zu haben.

Das Klingeln ihres Handys riss sie aus ihren Gedanken. Um ihren Status als Einwohnerin der Stadt Yorkshire Falls zu untermauern, würde sie als Erstes einen Festanschluss beantragen, beschloss sie, als sie das winzige Telefon aufklappte. »Hallo?«

»Hi, Kendall. Ich bin's, Raina. Ich habe nicht viel Zeit zum Reden, also hör mir genau zu.«

Kendall kicherte. Sie mochte Ricks Mutter und ihre unkonventionelle Art. »Ist alles in Ordnung?«, fragte sie.

»Es ist nicht meine Art, sich einzumischen«, begann Raina,

dann korrigierte sie sich hastig: »Na gut, ich mische mich zu oft in Dinge ein, die mich nichts angehen, also entschuldige, dass ich es schon wieder tue. Auch wenn du die Stadt verlässt, wird es dich vielleicht interessieren, was ich herausgefunden habe.«

Kendall holte tief Atem. »Raina, ich werde Tante Crystals Haus nicht verkaufen.«

Nur wussten bislang weder Rick noch ihre Schwester davon. Sie hatte Hannah nicht mehr zu Gesicht bekommen, da diese es vorzog, bei Jeannie zu übernachten. Und mit Rick hatte sie auch noch nicht gesprochen und wusste daher nicht, wie sehr sie ihn verletzt hatte.

Kendall schüttelte den Kopf. Sie verdiente weder seine Vergebung noch seine Liebe, so sehr sie sich beides auch wünschte. Aber selbst wenn Rick nichts mehr von ihr wissen wollte, blieb Yorkshire Falls ihre Heimat; war es schon gewesen, als sie vor vielen Jahren bei Tante Crystal gelebt hatte. Leider hatte sie zu lange gebraucht, um zu dieser Einsicht zu gelangen.

»Kendall, hörst du mir zu? Das ist die beste Neuigkeit seit langem! Deine Tante würde sich freuen, dass du hier bleibst.« Die Freude in Rainas Stimme war jedenfalls unzweifelhaft echt.

»Danke.« Kendall atmete tief aus. »Aber ich möchte Rick das gern selbst sagen.«

»Natürlich. Aber wenn du nicht weggehst, dürfte das, was ich dir zu sagen habe, noch wichtiger für dich sein.«

Rainas Worte weckten Kendalls Interesse, was die ältere Frau mit Sicherheit beabsichtigt hatte. »Was wissen Sie, was ich nicht weiß, Raina?«

»Ich weiß, wer dieses Foto bei der Diashow gestern Abend eingeschmuggelt hat. Wer dir eins auswischen wollte. Bleib mal einen Moment dran. Ich telefoniere von Norman's aus und möchte nicht, dass halb Yorkshire Falls mithört.«

Raina verstummte, und Kendalls Erregung wuchs. Jetzt, wo sie beschlossen hatte, hier zu bleiben und sich ein neues Leben aufzubauen, musste sie ein paar Entscheidungen treffen. Die Person zur Rede zu stellen, die sie so offensichtlich aus der Stadt vertreiben wollte, wäre ein guter Anfang. Danach konnte sie sich mit Rick aussprechen.

»Es war Lisa«, flüsterte Raina.

Kendall schüttelte den Kopf. Rick hatte denselben Verdacht gehegt, aber sie konnte noch immer nicht recht glauben, dass eine Lehrerin zu so extremen Mitteln griff, um sich einen Mann zu angeln. Andererseits ergab das Ganze jetzt einen Sinn, und Kendall empfand den Gedanken, dass Lisa die Schuldige war, als irgendwie tröstlich. Lisa hatte aus ihrer Eifersucht und ihrer Abneigung ihr gegenüber nie ein Hehl gemacht. Wenigstens wusste sie jetzt, dass sie niemand heimlich hasste.

»Das klingt ziemlich absurd«, erwiderte sie unsicher. »Ich bin sicher, Sie meinen es gut, aber ich kann ohne hieb- und stichfeste Beweise niemanden direkt beschuldigen.«

»Einen Beweis kann ich dir liefern. Mildred unten im Postamt steckt schon seit Jahren Kataloge von Firmen in Lisas Postfach, die ... wie soll ich es ausdrücken? ... recht ausgefallene Unterwäsche vertreiben.«

Kendall atmete tief durch. »Hat Mildred irgendwelche speziellen Kataloge erwähnt?«

Raina lachte. »Ich wusste, dass du danach fragen würdest, deshalb habe ich auch Mildred nach allen Regeln der Kunst verhört. Sieht so aus, als würde unsere Freundin Lisa so ziemlich alles Einschlägige beziehen, von Victoria's Secret über *Fe-*

minine and Flirty bis hin zu *Risqué Business*. Sagt dir einer dieser Namen etwas?«

»Allerdings.« Das bewusste Foto stammte aus *Risqué Business*. Kendall räusperte sich. Etwas wie Erleichterung stieg in ihr auf. Der Feind hatte ein Gesicht und ein Motiv. »Vielen Dank, Raina. Gut, dass ich jetzt Bescheid weiß.«

Die andere Frau seufzte. »Ich wusste erst gar nicht, ob ich dir das sagen sollte, aber als ich dann gesehen habe, wie Lisa sich bei Norman's aufgespielt hat, fand ich, dass sie einen Denkzettel verdient. Ich schäme mich, dass ich diese Person auch noch ermutigt habe, Jagd auf meinen Sohn zu machen. Deshalb wollte ich meinen Fehler auch wieder ausbügeln. So, und jetzt muss ich Schluss machen, Erics Familie wartet auf mich.«

»Noch mal danke, Raina.«

»Gern geschehen, Kendall. Du weißt ja, deine Tante gehörte für mich fast zur Familie, genau wie du. Mach's gut.«

Raina hängte ein, und Kendall klappte ihr Handy zu. Erst jetzt merkte sie, dass sie zitterte, aber nicht vor Angst, sondern vor Wut. Wut auf Lisa.

Den Bruch mit Rick hatte Kendall ganz allein verschuldet, das wusste sie. Lisa Burton hätte nie einen Keil zwischen sie treiben können, wenn Kendall nicht den Kopf verloren hätte. Und ihr dämmerte, dass sie auch ohne Lisas Eingreifen früher oder später die Flucht ergriffen hätte. Irgendein Vorwand hätte sich schon gefunden. Aber damit ist jetzt Schluss, dachte sie voller Stolz.

Trotzdem musste Lisa für den Streich, den sie ihr gespielt hatte, zur Rechenschaft gezogen werden. Immerhin hatte sie die traditionelle Diashow der Stadt sabotiert und Kendall aus purer Eifersucht öffentlich bloßgestellt. Kendalls Beziehung zu Rick mochte ja in die Brüche gegangen sein, aber Lisa hatte keine Chance bei ihm, was Rick ihr oft genug unmissverständlich klar gemacht hatte.

Wenn Kendall in der Stadt bleiben wollte, war es an der Zeit, sich klar und deutlich zu ihren Plänen, Träumen und Zielen zu bekennen. Eines dieser Ziele hieß Rick Chandler.

Was bedeutete, dass sie Lisa Burton ein für alle Mal in ihre Schranken weisen musste.

Rick fühlte sich äußerst unbehaglich, als er Norman's Restaurant betrat. Als seine Mutter ihn vor ein paar Minuten auf der Wache angerufen und ihn gebeten hatte, sich nach Dienstschluss mit ihr und Erics Familie hier zu treffen, hatte er ihr diesen Gefallen nicht abschlagen können, obwohl seine Wut über ihre erfundene Krankheitsgeschichte noch immer nicht verraucht war.

Aber da er wusste, dass sie nur sein Bestes wollte, auch wenn sie dabei zu recht unorthodoxen Methoden griff, brachte er es nicht fertig, ihr Gleiches mit Gleichem zu vergelten. Sie war seine Mutter, und er liebte sie.

Sowie Raina ihn sah, kam sie auf ihn zu und umarmte ihn fest. Erleichterung und Dankbarkeit waren ihr deutlich anzumerken. »Ich bin ja so froh, dass du gekommen bist!«

Rick erwiderte ihre Umarmung, wobei er Gott im Stillen dafür dankte, dass sie kerngesund war, dann trat er einen Schritt zurück. »Wo steckt denn Chase?« Vermutlich hatte Raina ihn ebenfalls zum Dinner mit Erics Familie eingeladen. Roman und Charlotte waren noch in D. C.

»Dein Bruder kommt später«, erklärte Raina, ohne Rick dabei ins Gesicht zu sehen.

Rick hatte Chase noch nicht über Rainas Lügengespinst aufgeklärt, was ihn selbst verwunderte, immerhin hatte er ja

Roman bittere Vorwürfe gemacht, weil dieser so lange geschwiegen hatte. Aber Chase war in der letzten Zeit so beschäftigt gewesen, dass Rick einfach nicht dazu gekommen war, ihm die Wahrheit zu sagen. Jetzt musste er aber erst einmal herausfinden, was seine Mutter von ihm wollte. Sie schien schon wieder irgendetwas im Schilde zu führen.

Dieses Treffen roch plötzlich nach einer Falle. »Wo ist denn Erics Familie?«, fragte er, weil er allmählich daran zweifelte, dass überhaupt jemand hier war.

»Sie sitzen dort drüben an dem runden Tisch.« Raina deutete über die Schulter zu einer größeren Gruppe von Leuten. »Aber ich dachte, du solltest wissen, dass Kendall gerade im hinteren Saal ...«

Rick stöhnte. Seine Mutter hatte seine Befürchtung soeben bestätigt. Sie hatte ihn absichtlich hierher gelockt. Oh, sie hatte ihn sicher mit Erics Familie bekannt machen wollen, aber der Gedanke war ihr vermutlich erst gekommen, als sie Kendall hier entdeckt hatte. Er legte seiner Mutter eine Hand auf die Schulter. Es hatte keinen Sinn mehr. Er weigerte sich, Kendall noch weiter entgegenzukommen. Jetzt wollte er nur noch sein Leben weiterleben.

Er drückte Rainas Arm leicht, um sicherzugehen, dass sie ihm auch zuhörte. »Wohin Kendall geht und was sie tut, ist allein ihre Sache. Es ist alles geklärt. Sie verlässt die Stadt, und sie will bis dahin in Ruhe gelassen werden. Belassen wir es einfach dabei.«

Raina runzelte die Stirn. »Na schön, du musst es ja wissen. Wenn du tatenlos zusehen willst, wie die Auseinandersetzung zwischen ihr und Lisa zu einem handgreiflichen Streit ausartet, bitte.« Mit diesen Worten wandte sie sich ab und ging zu Erics Familie zurück.

Rick ärgerte sich über sich selbst. Würde er denn ewig auf

die Tricks seiner Mutter hereinfallen? Sie hatte ihm einen unwiderstehlichen Köder hingeworfen, und sie wusste es. Aber sie hatte Recht. Wenn Kendall wirklich mit Lisa aneinander geriet, sollte jemand ein Auge auf die beiden haben, um im Notfall eingreifen zu können. Und dazu war er wohl am besten geeignet.

Als er in den hinteren Teil des Restaurants ging, drang Kendalls Stimme klar und deutlich zu ihm herüber. »Wenn Sie mir noch ein einziges Mal Ärger machen, werde ich gegen Sie vorgehen.«

»Ach ja? Und wie?«, fragte Lisa betont gelangweilt.

»Indem ich Sie als Erstes bei der Polizei anzeige. Erst mal wegen Belästigung. Mehr dürfte auch gar nicht nötig sein. Yorkshire Falls ist eine kleine Stadt, und die Leute hier vergessen nicht so schnell.«

Rick wollte nicht riskieren, entdeckt zu werden, indem er um die Ecke spähte, so gerne er jetzt auch Kendalls Gesicht gesehen hätte. Die Drohung in ihrer Stimme war unüberhörbar. Doch Lisa stieß nur einen langen, gereizten Seufzer aus.

»Ich lebe seit Jahren hier, habe einen einwandfreien Ruf, und außerdem können Sie mir gar nicht beweisen, dass ich irgendetwas getan habe«, erwiderte sie von oben herab.

»Sind Sie da so sicher? Zufällig habe ich nämlich eine Freundin, die im Postamt arbeitet.«

Ricks Augen wurden schmal.

»Wussten Sie eigentlich, dass Versandhäuser auf die Titelseiten der Kataloge, die sie verschicken, ein Schild mit Namen und Adresse des Kunden kleben? Und meine Freundin ist gern bereit, die Titelseite Ihrer nächsten Sendung von *Risqué Business* abzureißen und mir auszuhändigen. Womit glasklar bewiesen ist, dass Sie regelmäßig Kataloge von genau der Firma zugeschickt bekommen, für die ich damals als Model gearbeitet habe.« Deutliche Schadenfreude schwang in Kendalls Stimme mit. »Ich bin kein Anwalt, aber ich denke, das reicht für eine Anzeige allemal aus. Jeder in der Stadt weiß, dass Sie hinter Rick her sind, womit sich die Motivfrage erledigt hätte. Ich gebe Ihnen einen guten Rat, Lisa. Legen Sie sich nie wieder mit mir an.« Bei den letzten Worten sank ihre Stimme um eine Oktave.

Rick blieb vor lauter Überraschung fast der Mund offen stehen. Noch nie hatte er Kendall einen so bestimmten Ton anschlagen hören, noch nicht einmal ihrer Schwester gegenüber. Ein Anflug von Stolz wallte in ihm auf, verbunden mit der Erkenntnis, dass sich Kendall verändert hatte. Anscheinend hatte sie ein paar der Dämonen besiegt, die sie seit ihrer Kindheit peinigten, und war gestärkt aus dem Kampf hervorgegangen.

Er wünschte, neue Hoffnung aus diesem Gedanken schöpfen zu können, aber er wusste auch, wie stark der Wandertrieb in Kendall war. Selbst wenn sie jetzt Lisa wagte er nicht mehr zu glauben, dass sie vielleicht ihre Meinung änderte und hier blieb. Bei ihm.

Aber es freute ihn, dass sie, wenn sie die Stadt verließ, dies hoch erhobenen Hauptes tun würde. »So lobe ich mir mein Mädchen«, murmelte er und begriff im selben Moment, dass der letzte Teil dieser Bemerkung nicht zutraf und nie zutreffen würde.

»Rick wird Sie in der Minute vergessen haben, wo Sie die Stadt verlassen«, holte Lisa zum letzten Schlag aus.

Rick trat einen Schritt vor. Sein Instinkt trieb ihn dazu, Lisa zu widersprechen und Kendall zu beschützen. Aber Kendall benötigte seinen Schutz nicht. Sie hatte sich schon immer gut zu behaupten gewusst.

»Lassen Sie mich ein paar Dinge klarstellen«, schoss sie zurück. »Erstens bin ich unvergesslich. Zweitens gehe ich nirgendwo hin, und drittens: Finger weg von Rick. Er gehört mir.«

Rick kicherte in sich hinein. Mit einem Mal wurde ihm die volle Bedeutung von Kendalls Worten bewusst, und die schon verloren geglaubte Hoffnung flackerte zaghaft wieder auf. Kendalls Wortwahl – *ich gehe nirgendwo hin und er gehört mir* – ließen seinen Adrenalinspiegel ansteigen, obgleich er sich immer noch weigerte, an sein Glück zu glauben.

Er beschloss, mit Kendall erst einmal unter vier Augen zu reden, und betrat den hinteren Raum. Lisa stürmte an ihm vorbei, doch er machte keine Anstalten, sie aufzuhalten. Kendall hatte alles gesagt, was es zu sagen gab – und mehr. Blieb die Frage, ob sie es noch einmal sagen und ihm dabei in die Augen sehen würde. Oder würde sie wieder vor ihm davonlaufen?

Rick blickte zu ihr hinüber. Sie lehnte mit geschlossenen Augen an der Wand. Er wusste, dass sie solche Auseinandersetzungen hasste, aber sie hatte sich tapfer geschlagen. Er war stolz auf sie. Ob Lisa sie wirklich von nun an in Ruhe lassen würde, konnte er noch nicht sagen, aber zumindest hatte Kendall ihr eine deutliche Warnung erteilt. Das nächste Mal würde sie nicht so glimpflich davonkommen.

Kendall holte tief Atem. Ihre Brüste hoben und senkten sich unter ihrem engen zitronengelben Top. Ein Träger war ihr von der Schulter geglitten und gab ein Stück glatter, weicher Haut frei, das er am liebsten mit Küssen bedeckt hätte.

Vorsicht, mahnte er sich. Vor ihnen lag noch ein langer Weg. Am besten tat er gleich den ersten Schritt. »Herzlichen Glückwunsch.«

Kendall riss die Augen auf. »Rick!« Sie blinzelte verwirrt, schien sich aber trotzdem zu freuen, ihn zu sehen, wenn er das Lächeln auf ihrem Gesicht richtig deutete. »Weswegen gratulierst du mir?«

»Weil du dieser Schlange die Giftzähne gezogen hast.« Er grinste ihr anerkennend zu. »Das verdient Applaus.« Er klatschte ein paar Mal in die Hände, um seine Worte zu unterstreichen und die Spannung zwischen ihnen zu mildern.

»Ich weiß nicht, ob ich ihr irgendwas gezogen habe«, lachte Kendall. Ihre Augen funkelten triumphierend. Himmel, wie hatte er dieses Lachen und diese strahlenden Augen vermisst! »Aber ich habe ihr ordentlich die Meinung gegeigt.«

Er nickte. »Das war nicht zu überhören.«

»Du hast gelauscht?« Sie machte ein überraschtes Gesicht.

»Nein, nur zufällig an einem öffentlichen Ort ein Gespräch mit angehört.«

Kendall verdrehte die Augen. »Jacke wie Hose. Und wie viel hast du mitbekommen?«, fragte sie, dann biss sie sich auf die Unterlippe.

Daran würde er jetzt auch gerne knabbern. »Wie viel hätte ich denn mitbekommen dürfen, ohne dass es dir peinlich wäre?«, fragte er stattdessen.

Kendall seufzte, dabei scharrte sie unbehaglich mit den Füßen. »Könntest du aufhören, eine Frage mit einer Gegenfrage zu beantworten?«

»Wenn es sein muss.« Wenn er aussprach, was ihm auf dem Herzen lag, würde er sich doch nur wieder eine Abfuhr holen. »Dann schlage ich vor, du sagst mir jetzt einfach, was Sache ist.« Er trat einen Schritt näher, wohl wissend, dass er gerade das größte Risiko seines Lebens einging. Aber wenn er sie richtig verstanden hatte, hatte sie das ebenfalls getan. Wenn nicht, war das Rick Chandlers letzter Versuch gewesen. »Sprich mit mir.«

Kendall starrte Rick an, prägte sich jeden Zug des vertrau-

375

ten Gesichtes ein. Jetzt, wo er ihr in Fleisch und Blut gegenüberstand, wusste sie nicht mehr, was sie sagen sollte, also beschloss sie, sich einfach an die Wahrheit zu halten. »Ich habe Angst«, gestand sie leise.

Er streckte eine Hand aus und strich ihr über die Wange. Die Berührung brachte ihr wieder zu Bewusstsein, wie stark das Band zwischen ihnen noch war – nicht nur auf körperlicher, sondern auch auf emotionaler Ebene. Scheinbar hatten ihre zahlreichen Versuche, ihn aus ihrem Leben auszuschließen, nichts daran ändern können. Eine Welle der Erleichterung durchströmte sie, und sie spürte, wie sie merklich ruhiger wurde. Dies war Rick, und ihm konnte sie alles anvertrauen.

Als sie ihm in die Augen sah, erkannte sie, wie viel von ihrer Antwort abhing. So sehr sie sich auch vor einer Zurückweisung fürchtete – ihre Angst, er könne ihr doch noch eine Chance geben, wog fast genauso schwer. Das Leben, nach dem sie sich sehnte und vor dem sie zugleich zurückscheute, war zum Greifen nah. Jeder Mensch in ihrer Lage wäre zwischen widersprüchlichen Gefühlen hin- und hergerissen worden.

Sie holte tief Atem, dann wagte sie den Sprung ins kalte Wasser. Hoffentlich war Rick zur Stelle, um sie aufzufangen. »Ich habe mich entschlossen, doch in Yorkshire Falls zu bleiben.«

»So?« Er hob eine Braue. »Erzähl mir mehr darüber.«

Das leise Lächeln, das dabei um seine Mundwinkel spielte, verriet ihr, dass er ihre ganze Auseinandersetzung mit Lisa mit angehört hatte. Aber er hatte das Recht, es noch ein Mal von ihr selbst zu hören, und das nicht in dem schneidenden, herrischen Ton, den sie der Schlange, wie Rick Lisa so zutreffend genannt hatte, gegenüber angeschlagen hatte.

»Ich ...« Kendall hielt inne und räusperte sich. Sie war vor

Nervosität und Befangenheit wie gelähmt. Was, wenn er ihr eine schroffe Abfuhr erteilte? Was, wenn nicht ...?

Er schien zu erahnen, was in ihr vorging, denn er griff nach ihrer Hand und drückte sie. Um sie zu beruhigen. Und um ihr Mut zu machen. »Sprich weiter.«

Sie rang sich ein gequältes Lächeln ab, doch dann hellte sich ihre Miene auf. »Ich will einfach nicht länger vor allen Schwierigkeiten weglaufen.«

»Und warum nicht?«

Dabei drückte er ihre Hand fester, was ihr neue Hoffnung einflößte. »Das weiß ich selbst nicht genau. Nachdem ich dieses furchtbare Foto gesehen hatte, habe ich mir eingeredet, nicht länger hier bleiben zu können. Ich dachte, ich müsste schließlich auch an deinen Ruf und den deiner Familie denken.«

»Hat einer von uns auch nur ansatzweise angedeutet, dass er derselben Meinung ist?«, grollte Rick. Sein Gesicht hatte sich verfinstert. Ihre Antwort schien ihn verstimmt zu haben.

»Nun ... eigentlich nicht.« Niemand hatte etwas Derartiges anklingen lassen.

»Aber du warst so frei, das einfach vorauszusetzen. Vielen herzlichen Dank.« Er schüttelte ungläubig den Kopf.

»Das war nur ein Vorwand für mich, um wieder weglaufen zu können.«

»Das war nur ein Vorwand für dich, um wieder weglaufen zu können«, sagte er im selben Moment.

Kendall lachte, und der Kloß in ihrer Kehle löste sich auf. »Du kennst mich viel zu gut.«

»Das habe ich dir ja die ganze Zeit klar zu machen versucht.« Seine Stimme klang tief, ernst und ging ihr noch stärker durch Mark und Bein als je zuvor.

»Ich wünschte, ich könnte dir versprechen, dass du es

leicht mit mir haben wirst.« Kendall schloss kurz die Augen. »Aber es wird mir schwer fallen, mein Leben so von Grund auf umzukrempeln.«

»Wenn ich es mit einer Frau leicht haben wollte, hätte ich mich für Lisa entschieden.« Rick schlug sich auf die Schenkel und lachte schallend über seinen eigenen Witz.

»Sehr komisch.«

»Das finde ich auch«, grinste er, dann zuckte er die Achseln. »Aber ganz im Ernst, Süße, ich will, dass du hier bei mir bleibst, alles Weitere findet sich dann schon von selbst, das verspreche ich dir. Natürlich wird es ab und zu Meinungsverschiedenheiten geben, aber damit muss jedes Ehepaar fertig werden.«

»Ehepaar?« Sie fuhr erschrocken zurück und prallte mit dem Rücken gegen die Wand hinter ihr.

Er folgte ihr, ließ ihr keinen Raum zur Flucht. »Es gibt genau zwei Möglichkeiten, wie es mit uns weitergehen soll. Langsam und locker oder schnell und gründlich. Machen wir lieber Nägel mit Köpfen.« Er stützte sich mit einer Hand gegen die Mauer oberhalb ihrer Schulter. »Ich möchte dich nicht bedrängen, aber ich halte es für das Beste, die Karten ganz offen auf den Tisch zu legen, damit du weißt, wie ich mir unsere Zukunft vorstelle.«

Kendall nickte. Auch ihr erschien absolute Aufrichtigkeit als der einzig richtige Weg. Dann gab es keine Missverständnisse, keine bösen Überraschungen und keine Ausflüchte.

»Ich möchte dich heiraten.« Mit seiner freien Hand strich er ihr über die Wange. »Ich möchte den Rest meines Lebens mit dir verbringen. Ich möchte dir helfen, deine schwierige kleine Schwester großzuziehen – zusammen mit einer Horde eigener Kinder. Und das möchte ich nirgendwo anders als hier tun, in Yorkshire Falls.« Er beugte sich zu ihr, seine

Stirn berührte die ihre, sein Atem strich warm über ihre Haut.

Kendall atmete tief durch. Sie hatte das Gefühl heimzukommen. »Das wünsche ich mir auch.« Ihre Stimme zitterte, und eine Träne rann ihr über die Wange. »Aber was ist, wenn ich in Panik gerate? Ich habe nie längere Zeit an einem Ort gelebt, mir nie konkrete Vorstellungen gemacht, wie meine Zukunft aussehen soll. Sobald sich irgendwelche Probleme zusammenbrauen, rät mir mein Instinkt zur Flucht; dazu, mich von einem Menschen oder einem Ort zu lösen, ehe ich zurückgestoßen oder vertrieben oder sonst wie verletzt werden kann. Das ist mir inzwischen klar geworden. Was, wenn ...«

»Schsch.« Er legte ihr einen Finger über die Lippen. »Es gibt kein ›Was, wenn‹ mehr. Jetzt nicht mehr, denn jetzt kennst du die Gründe für dein Verhalten. Wenn sich mal wieder so eine Panikattacke ankündigen sollte, werde ich das rechtzeitig merken. Oder du merkst es selber und kommst zu mir, weil Menschen, die sich lieben, gemeinsam mit allem fertig werden. Ich werde dir dann schon darüber hinweghelfen«, versicherte er ihr, dann verschloss er ihren Mund mit den Lippen und löschte alle weiteren Bedenken aus.

Er kannte sie, er verstand sie, und er nahm sie trotzdem so, wie sie war, mit all ihren Fehlern und Schwächen. Kendall hob die Hände, umschloss sein Gesicht und kostete die Wärme seines Mundes aus, ehe sie ihn freigab. »Ich hätte nie gedacht, dass ich einmal eine Heimat finden würde«, flüsterte sie.

»Deine Heimat ist hier.« Wieder strichen seine Lippen über die ihren. »Bei mir.«

»Hmm.« Trotz der unterschwelligen Furcht, von der sie wusste, dass sie früher oder später wieder die Krallen nach ihr ausstrecken würde, fühlte sich Kendall zum ersten Mal in ihrem Leben sicher, geborgen und geliebt. Ein Gefühl, das sie ihrerseits ihrer Schwester und ihren eigenen Kindern vermitteln würde. Wärme erfüllte ihre Brust und breitete sich in ihrem Körper aus.

»Das ist ja der helle Wahnsinn!« Hannahs Quieken hallte durch den Raum. »Jeannie, komm schnell, das musst du sehen! Und hol Mrs. Chandler! Ich meine Raina. Bring Raina her. Juhuuh!«

Kendall spürte, wie ihr eine heiße Röte in die Wangen stieg, während sich Rick lediglich aufrichtete und lachte. »Ich schätze, an diese Art von Störungen muss ich mich in Zukunft wohl gewöhnen.«

»Vielleicht lernt sie ja wenigstens noch, dass man anzuklopfen hat, bevor man in ein Zimmer stürmt«, hoffte Kendall.

»Bleiben wir hier? Wir bleiben, stimmt's?« Hannahs große Augen waren beschwörend auf ihre Schwester gerichtet.

Kendall grinste. »Ja, wir bleiben.«

»Wo werden wir denn wohnen? Können wir nicht in das große Haus ziehen? Pearl sagt, Eldin würde sich wegen seines Rückens im Gästehaus wohler fühlen, aber sie wollte erst mit dir darüber reden, wenn über diese Fotogeschichte Gras gewachsen ist«, redete Hannah weiter auf sie ein.

Kendall warf Rick einen Hilfe suchenden Blick zu. In ihrem Kopf ging alles durcheinander.

»So weit sind wir noch nicht, Fratz«, ermahnte Rick Hannah.

»Okay gut prima. Reden wir eben später drüber. Ich möchte ein lila Zimmer. Kannst du das Zimmer, was ich kriege, lila streichen, Rick?«

Kendall starrte ihre vor Begeisterung übersprudelnde Schwester ungläubig an. »Über dein lila Zimmer sprechen wir auch ein andermal. Was hast du überhaupt hier verloren? Hat Norman dir nicht gesagt, er wollte dich erst wieder hier sehen, wenn es in der Hölle schneit?«

»Schon, aber ich habe ihn rumgekriegt.« Hannah grinste spitzbübisch.

Rick drehte sich zu ihr um. »Und wie, wenn ich fragen darf?«

»Ich habe ihm heute Morgen beim Tellerspülen geholfen, und danach konnte ich ihn um den Finger wickeln. Muss ich dich jetzt eigentlich Dad nennen? Oder Onkel Rick? Oder wie wär's mit Hey Copper?« Hannah kicherte. Kendall hatte sie noch nie so glücklich gesehen.

»Wie du ihn nennen sollst, muss er selbst entscheiden, aber zu mir sagst du ab heute Grandma.« Raina trat hinter Hannah und zwinkerte Rick zu. »Siehst du? Ich habe dir doch gesagt, dass ich schon irgendwie zu Enkeln komme.« Sie umarmte das Mädchen und drückte es fest an sich.

»Ich krieg keine Luft mehr«, japste Hannah.

»Dann hältst du wenigstens mal den Mund. Nicht loslassen, Mom.« Rick schmunzelte. Hannah bedachte ihn mit einem finsteren Blick, der in ein breites Lächeln überging, sowie Raina sie freigab.

»Heißt das, dass du Chase von jetzt an in Ruhe lässt?«, fragte Rick seine Mutter. »Roman und mich hast du glücklich unter die Haube gebracht, damit solltest du zufrieden sein. Ich denke, wir sollten nachher zur *Gazette* rübergehen und ihm gemeinsam die Wahrheit sagen.«

»Was für eine Wahrheit?«, erkundigte sich Kendall verwirrt.

»Das erzähle ich dir später«, flüsterte Rick ihr ins Ohr. »Wenn wir in einem schönen weichen Bett liegen.« Seine Stimme wurde weich, als er an ihrem Ohrläppchen knabberte.

»Ääks«, machte Hannah, die sie beobachtete. Doch das Lächeln wich nicht aus ihrem Gesicht.

Und als Kendall Ricks Blick auffing, verstand sie, wie ihrer Schwester jetzt zu Mute sein musste. Ihr wurde ja selbst schwindelig vor Glück, wenn sie sich ihre Zukunft ausmalte. Eine Zukunft, die sie nicht mehr fürchten musste, weil sie die Schatten ihrer Vergangenheit vertrieben hatte.

Ihre überstürzte Flucht hatte ein gutes Ende gefunden. Sie war in dieser Stadt gelandet, wo sie ein neues Leben, eine Heimat und die Familie, nach der sie sich immer gesehnt hatte, gefunden hatte. Und sie hatte sowohl ihre ganz persönlichen Dämonen besiegt als auch den attraktivsten Mann der ganzen Stadt gezähmt. Nicht schlecht, lobte sie sich im Stillen.

Danksagung

Ich möchte mich noch ein Mal ganz herzlich bei Lynda Sue Cooper bedanken, die mir jede noch so kleine Frage bereitwillig beantwortet und überdies *True Blue* geschrieben hat. Dich muss der Himmel geschickt haben! Für alle Fehler trage ich die Verantwortung.

Nicholas Sparks

Liebesgeschichten – zart, leidenschaftlich und voller Tragik

Wie ein einziger Tag
978-3-453-81015-0

Weit wie das Meer
978-3-453-81017-4

Zeit im Wind
978-3-453-81011-2

Weg der Träume
978-3-453-81003-7

Ein Tag wie ein Leben
978-3-453-40187-7

Das Schweigen des Glücks
978-3-453-81023-5

Die Nähe des Himmels
978-3-453-81067-8

Das Lächeln der Sterne
978-3-453-81009-9

Du bist nie allein
978-3-453-81010-5

Nicholas Sparks/
Micah Sparks
Nah und fern
978-3-453-40479-3

Nicholas Sparks/
Billy Mills
Die Suche nach dem verborgenen Glück
978-3-453-81048-8

978-3-453-81111-9

Es gibt nur eine Marian Keyes

»Marian Keyes ist eine Klasse für sich.«
Bild am Sonntag

Wassermelone
978-3-453-40483-0

*Lucy Sullivan
wird heiraten*
978-3-453-16092-7

Rachel im Wunderland
978-3-453-17163-3

Pusteblume
978-3-453-18934-8

Sushi für Anfänger
978-3-453-21204-6

Auszeit für Engel
978-3-453-87761-0

Unter der Decke
978-3-453-86482-5

Pralinen im Bett
978-3-453-40468-7

*Neue Schuhe
zum Dessert*
978-3-453-58019-0

978-3-453-40501-1

Carly Phillips

»Rasant und sexy!«
The New York Times

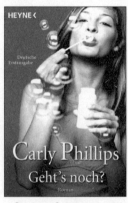

978-3-453-58045-9

Die Hot-Zone-Serie:

Mach mich nicht an!
978-3-453-58021-3

Her mit den Jungs!
978-3-453-58025-1

Komm schon!
978-3-453-58030-5

Geht's noch?
978-3-453-58045-9

Mehr bei Heyne:

Der letzte Kuss
978-3-453-87356-8

Der Tag der Träume
978-3-453-87765-8

Küss mich, Kleiner!
978-3-453-58043-5

HEYNE‹